JOHN KATZENBACH es uno de los autores más importantes de novela negra en el mundo; muchas de sus obras han sido adaptadas al cine y a la televisión. Posee también una larga trayectoria como periodista en temas judiciales. Es autor de *La guerra de Hart, Al calor del verano, El hombre equivocado, La historia del loco, Juegos de ingenio, La sombra, Juicio final, Retrato en sangre, Un final perfecto, El estudiante, Personas desconocidas* y *El club de los psicópatas*. Con *El psicoanalista* (que lleva más de un millón y medio de ejemplares vendidos), inauguró la serie protagonizada por el profesor Ricky Starks. Le siguieron *Jaque al psicoanalista* y *El psicoanalista en la mira*.

Papel certificado por el Forest Stewardship Council®

Penguin
Random House
Grupo Editorial

Título original: *The Last Patient*

Primera edición en B de Bolsillo: enero de 2025
Tercera reimpresión: mayo de 2026

© 2023, John Katzenbach
© 2023, Penguin Random House Grupo Editorial, S. A. de C. V.
Blvd. Miguel de Cervantes Saavedra núm. 301, 1er piso, colonia Granada,
alcaldía Miguel Hidalgo, C. P. 11520, Ciudad de México
© 2024, 2025, Penguin Random House Grupo Editorial, S. A. U.
Travessera de Gràcia, 47-49. 08021 Barcelona
© 2023, Alejandra Ramos, por la traducción
Diseño de la cubierta: Penguin Random House / Colin Landeros
Fotografía de la cubierta: © iStockphoto / Angel Gruber
Ilustración de la cubierta: © Alejandro Colucci

Printed in Spain – Impreso en España

ISBN: 978-84-9070-648-0
Depósito legal: B-19.217-2024

Compuesto en Llibresimes
Impreso en Liber Digital, S. L.
Casarrubuelos (Madrid)

BB 0 6 4 8 A

El psicoanalista en la mira

JOHN KATZENBACH

Traducción de Alejandra Ramos

—Saludos, profesor Falken...

—Hola, Joshua.

—Extraño juego. El único movimiento para ganar consiste en no jugar.

Juegos de guerra
United Artists/MGM, 1983

PRÓLOGO

QUINCE AÑOS ANTES

Primer encuentro

Para el doctor Frederick Starks todo comenzó el día de su quincuagésimo tercer cumpleaños, cuando recibió la carta que decía:

> Bienvenido al primer día de su muerte.

Con esas palabras, Ricky, el psicoanalista, se vio envuelto en un elaborado y perverso plan de venganza creado por cuatro personas.

Su otrora mentor, un psicoanalista sumamente respetado de la ciudad de Nueva York, quien logró ocultar, a lo largo de casi toda su vida adulta, la atracción que sentía por el mal: el doctor Lewis.

Y...

Los tres hijos de una mujer pobre y maltratada a la que varios años antes no pudo ayudar cuando llegó a él presa de la aflicción. En aquel tiempo, Ricky era un terapeuta joven y sin experiencia; fue negligente al no identificar el peligro en el que la mujer se encontraba, ni lo desesperada que era su existencia. Debió haberla ayudado. Debió haberla guiado al remanso de la seguridad emocional y física. Tenía a su disposición varios programas sociales y sistemas asistenciales ya establecidos que habrían podido servirle, pero no actuó con la celeridad, atención y urgencia que la mujer necesitaba. Aquello, que debido a su ingenuidad le pareció un caso rutinario, resultó ser algo más complejo. Sus errores devinieron en tragedia: su fracaso le costó la vida a una madre y convirtió en huérfanos a tres niños. Tres pequeños que crecieron y, tras haber sido adoptados y preparados durante años por el hombre a quien Ricky había considerado su amigo y mentor, se convirtieron en:

El señor R: un psicópata profundamente culto. Un asesino profesional.

Merlin: un adinerado abogado de Wall Street, un mago versado en el arte de arruinar la vida de otros.

Virgil: una asombrosa actriz que prometió a Ricky ser su guía personal en su descenso al infierno.

Estos tres individuos crecieron aferrados a un solo objetivo en la vida.

La venganza.

Junto con el anciano doctor que los crio, constituyeron la familia que deseaba que Ricky muriera como castigo por los errores cometidos. El desafío que le propusieron al principio fue: «Suicídese, doctor Starks. Si no, un inocente morirá...».

Ricky tuvo mucha suerte, sobrevivió al primer encuentro fingiendo su suicidio y desapareciendo. Adoptó nuevas identidades e investigó la burocracia para averiguar el pasado de sus verdugos y lo que los condujo a ese presente. En esa ocasión, hizo uso de todas sus habilidades e intuición para aventajarlos. Aunque a un costo terrible, al final creyó haberlos derrotado. No pudo volver a ejercer su profesión en la ciudad de Nueva York. Su antigua carrera y estatus de respetable y exitoso psicoanalista quedaron destruidos. La vida que alguna vez conoció y apreció, así como su adorada casa vacacional en Cape Cod, ardieron y se convirtieron en cenizas. Tardó años en recuperarse. Al principio anduvo de un lugar a otro hasta que se instaló en una ciudad distinta, logró hacerse con nuevos pacientes y una segunda existencia. Cinco años de ardua labor para restaurarse y ser de nuevo él mismo. Y todo, para encontrarse con que... diez años más tarde habría un...

Segundo encuentro

Todo comenzó cuando los tres miembros de la familia se acercaron a él para solicitarle algo.

«Necesitamos su ayuda. Usted es la única persona a la que podemos recurrir. Alguien quiere asesinarnos y no podemos ir a la policía. Si nos ayuda a descubrir quién es esa persona, no volveremos a importunarlo jamás».

La súplica se sustentaba en que ellos sabían, hasta cierto punto, que siendo él médico y psicoanalista no se negaría a atender una petición de auxilio. Una petición realizada con aparente sinceridad pero... detrás de una amenazante arma de fuego.

Todo era mentira.

Era el mismo deseo de venganza que logró eludir la primera vez.

La «petición» formaba parte de una compleja broma que incluía juegos psicológicos, una sofisticada manipulación diseñada para encerrarlo en una habitación con un hombre postrado en cama debido a una enfermedad terminal, al cual habían sobornado para que intentara matarlo. Así, ellos se desvincularían por completo del asesinato. Podrían deleitarse con su muerte desde alturas olímpicas, inalcanzables, inexpugnables. El crimen perfecto. Fue una mortífera misión imposible que lo hizo abandonar su nuevo hogar y su recién restaurada vida en Miami para volver a Nueva York, al Connecticut suburbano y, por último, a la Alabama rural.

El soborno: asesine al doctor Starks para nosotros y nos encargaremos de que su única hija se vuelva rica y exitosa. Así, usted podrá morir en paz.

Otra mentira. Un engaño que sacó provecho con facilidad de la angustiosa desesperación y la incurable enfermedad.

Y el plan habría funcionado, de no ser por...

... unas manos temblorosas y un disparo fallido.

... una niña de trece años que se negó a participar en un plan de asesinato y que necesitaba ser rescatada.

... un paciente de veintidós años que solo lo consultó en una ocasión porque tenía alucinaciones bipolares, y que impidió que Ricky cayera de nuevo en una trampa igual de letal.

... una decidida viuda de ochenta y siete años con una poderosa pistola en el bolso, quien reconoció el peligro en que el psicoanalista se encontraba, identificó con precisión la amenaza y, sin dudarlo ni por un instante, disparó la solitaria bala que mató al asesino.

Ricky creyó que con ese disparo se había liberado para siempre de los planes de la familia que lo quería muerto.

En los días, meses y años que de nuevo avanzaron para hacer de la vida una rutina normal y corriente, a Ricky jamás se le ocurrió que quizá se había equivocado al suponer, desde el primer instante, que al fin sería libre.

PRIMERA PARTE

LA DECIMOTERCERA LABOR

1

TRES INCIDENTES

Dos que el doctor Starks no notó
de inmediato y un tercero del que
sí se percató.

En una reunión por la tarde, en una gran sala de conferencias
de la escuela de Medicina de la universidad...

Ricky

El doctor Frederick Starks guardó silencio antes de finalizar la jornada de conferencias «Por qué el psicoanálisis continúa siendo valioso en el mundo moderno». Los reflectores frente a él lo deslumbraban y le dificultaban distinguir los rostros de los asistentes, pero sabía que Roxy estaba cerca de allí, en algún lugar, tal vez en la primera o la segunda fila, rodeada de sus colegas psiquiatras y de los otros estudiantes de la escuela de Medicina. Sabía también que, quizá, Charlie habría salido del trabajo un poco más temprano ese día, pero habría ocupado un asiento lejos del escenario, al fondo del auditorio repleto. Ricky quería impresionar a los asistentes con reflexiones profundas; sentía que iba un poco a la deriva y se acercaba con rapidez a lo que temía que todos reconocerían como un cliché. Pero, más que nada, deseaba hablar con las dos personas que ahora formaban parte de su vida. Diez años antes, cuando tuvo que librar una segunda batalla con la familia que lo quería muerto, Charlie, un paciente poco regular que lidiaba con el trastorno bipolar, le salvó la vida. En tanto que Roxy, una huérfana aterrorizada de trece años, se convirtió en una menor bajo su custodia. Los dos jóvenes se habían vuelto muy importantes para Ricky desde entonces.

No se preguntó quién más podría haber asistido a la conferencia.

—Permítanme dar fin a estas palabras —dijo y, antes de continuar, dejó que el silencio se instalara en el auditorio—. Tal vez se trata de una visión antigua en este mundo moderno, plagado de estímulos, en el que no podemos seguir esperando, un mundo pletórico de gratificación instantánea y tecnología punta..., pero hay algo, una verdad fundamental que continúa siendo importante y que impregna todas nuestras interacciones: la esencia absoluta del psicoanálisis radica en una sola noción...

Volvió a quedarse en silencio con la intención de conmover al auditorio.

—... Que el pasado, tanto el malo como el bueno, nunca muere. Influye de manera permanente en la trayectoria de nuestro futuro. Si logramos escuchar el resonar de los pasos en los lugares donde hemos estado y la manera en que cada uno de esos movimientos repercute en nuestra vida a lo largo de los años, entonces cada zancada hacia delante será más sencilla y considerablemente más segura. Sin embargo, también puede suceder lo contrario: cuando no alcanzamos a comprender nuestra historia íntima, corremos un mayor riesgo de tropezar y caer. Ahí es donde radica el verdadero peligro emocional.

Ricky sonrió desde el podio a la gente que no podía ver y cerró el bloc de notas donde había escrito el texto de su intervención. El aplauso del público no fue ensordecedor, pero sí entusiasta y sincero. Excepto por dos personas a las que no habría reconocido de inmediato y dos a las que sí, de no ser porque toda la gente se escabulló con rapidez antes de que el resto de las luces se encendieran y él pudiera distinguir los rostros.

EL PRIMER INCIDENTE, UNA SEMANA MÁS TARDE

Charlie

Sintió que lo invadían las sensaciones gemelas que ya conocía: temor abrumador y energía irrefrenable. La primera acechaba en algún lugar en el fondo de sus recuerdos. La segunda lo instaba a entrar como un guardia de seguridad demasiado entusiasta en la puerta de un local de mala reputación invitando a los paseantes a un atrevido espectáculo sexual. La obsesión comienza como un tibio impulso de emoción: no necesito dormir, puedo lograr todo lo que deseo en menos tiempo que los demás. «Soy imparable. Nadie puede lograr lo que yo y, mucho menos, con esta facilidad». Charlie había aprendido a reconocer e identificar todos estos pensamientos como lo que eran en realidad: impostores. Antiguas sirenas mitológicas que lo incitaban a tomar el camino más rápido a la locura. Las horas que pasó en la consulta del doctor Starks hablando de estas señales, discutiendo sobre la medicación adecuada, sobre qué dosis debería tomar de cada píldora para mantener al margen su trastorno bipolar, lo prepararon para el precipicio sobre el que siempre tenía que mantener el equilibrio.

Era como si tuviera dos ángeles guardianes en conflicto, uno bueno y otro malo. Dos ángeles guardianes riñendo en su cabeza. «Haz esto. Haz aquello. Deja de tomar estos medicamentos porque te adormecen, te vuelven estúpido y te hacen engordar. No los necesitas para ser grandioso».

O:

«No te rindas. No seas tonto. Continúa tomando tus medicamentos, te sanan, te mantienen feliz y te permiten participar en la sociedad. Gracias a los medicamentos tienes empleo. Amigos. Un futuro».

Ese día, justo cuando la primera de esas señales empezaba a manifestarse de manera sonora y triunfante por encima de la razón, Charlie permaneció hasta tarde en su oficina. Solo había tres personas más trabajando en el departamento de diseño gráfico digital de la modesta agencia de publicidad de Miami que lo había contratado. A las tres las vio alejarse de sus escritorios y partir agitando la mano de forma amistosa y susurrando: «Nos vemos mañana, Charlie». Desde su lugar vio partir también a los otros empleados de la agencia: ejecutivos esbeltos en elegantes trajes de lino y empleados creativos en pantalones de mezclilla con el cabello largo y despeinado. Al otro lado de su ventana se empezó a desplegar la oscuridad, pero él se mantuvo inmóvil. Sintió las oleadas de locura en su mar interior, como un océano agitado por la tormenta. Sintió que la temperatura de su cuerpo aumentaba con mucha más rapidez que la del exterior de su cubículo con aire acondicionado. Buscó el móvil en su bolsillo.

«Llama al doctor Starks. Ve a su consulta y cuéntale lo que está sucediendo. Él te ayudará. Siempre lo hace».

Dejó el teléfono sobre su escritorio y giró en su silla.

«Al diablo. Estoy bien. Puedo lidiar con esto solo».

Charlie sabía que en su interior había mentiras disfrazadas de verdades y verdades que parecían mentiras. Entendía que tal vez eso era lo que lo estaba confundiendo.

El problema era que no, no lo confundía.

Giró hacia su escritorio de nuevo, pivoteó en la silla giratoria, hacia atrás y hacia delante, se inclinó, se reclinó, luego inició su ordenador y se dedicó de lleno al proyecto en que él y otras personas de la agencia habían estado trabajando. Se movió hacia delante, como si pudiera apoderarse de cada renglón en su pantalla. Ojeó la imagen. El ratón empezó a hacer clic con cada golpe de su dedo índice derecho a medida que dibujaba. Frente a él, los colores y las formas bailaron de manera seductora.

Para las nueve de la noche, Charlie sintió que había terminado todo lo que su equipo se había propuesto lograr para esa semana. Al llegar la medianoche supuso que, además de su propio trabajo, había completado una buena cantidad del de sus compañeros diseñadores. Desde su perspectiva, era una labor brillante, visionaria, especial. A la una de la mañana se quedó mirando la pantalla del ordenador casi sintiéndose triste de no tener nada más que hacer. Se levantó de la silla de mala gana.

La oficina estaba en tinieblas. El único escritorio donde había luz era el suyo, un pequeño cono de brillantez enfrentándose a la insidiosa oscuridad. Supuso que debería volver a su apartamento, pero luego pensó que tal vez sería buena idea ir a una pizzería que permanecía abierta hasta el amanecer en los márgenes de Coconut Grove. Aunque, en realidad, no tenía hambre, y eso le sorprendía. O quizá debería dirigirse a Bayside Park y simplemente caminar hasta que amaneciera. Antes de poder moverse siquiera, sin embargo, tuvo la sensación de que no se encontraba solo en la oficina. Giró sobre la silla.

Contempló las sombras.

Inclinó la cabeza hacia delante. Le pareció oír una respiración trabajosa. Siseos.

«Hay alguien aquí. Alguien me observa».

Se enderezó. Entonces se dio cuenta de que quien respiraba con dificultad era él mismo.

Levantó la mano derecha y la colocó frente a su rostro. Quería ver si temblaba, pero no alcanzaba a distinguir: sus dedos se veían firmes y, un momento después, temblorosos. De pronto sintió el sudor perlarle la frente, caerle en los ojos.

—¿Quién anda ahí? —preguntó en un susurro.

«Esto no va a funcionar».

—¿Quién anda ahí? —insistió, subiendo el tono de voz.

No hubo respuesta.

—¡¿Quién anda ahí?! —gritó.

Le pareció que su voz retumbaba en cada rincón de la oficina vacía.

Miró a la izquierda y a la derecha. Arriba y abajo. Todas las sombras tenían forma, cada una más amplia y amenazante que la anterior. Retrocedió.

«¡Tranquilízate! —se dijo. No sabía si lo hizo en voz alta o solo lo pensó. Volvió a buscar su móvil—. Llama al doctor Starks».

En lugar de marcar, se quedó mirando el reloj en la pantalla. Sabía que pasaba de la una de la mañana, pero de pronto se preguntó si no sería la una de la tarde. Miró por la ventana y vio la amplitud y la negrura de la noche de Miami. Aun así, tardó varios segundos en convencerse de que era de noche, no de día.

«¡Sal de aquí!», se dijo. Esta vez, estaba seguro de que su voz fue la única que se oyó en su interior. Cogió su mochila y se dirigió con premura al ascensor. Presionó varias veces el botón.

—Vamos, vamos —murmuró—. Tengo que salir de aquí.

No estaba seguro de qué o de quién tenía que alejarse, pero sabía que, fuera lo que fuera, era real y se ocultaba entre las sombras, un poco más allá de donde él alcanzaba a ver.

Entró en el ascensor y apretó con un golpe el botón de la planta baja. Sintió como si un viento frío, una presencia, se hubiera colado y ahora estuviera a su lado.

—Vamos, vamos —dijo en voz alta. El ascensor respondió a su urgencia, sus puertas se cerraron con un silbido y descendió los tres pisos. Por un instante, Charlie sintió que el ascensor se había atascado, como si alguien hubiera presionado el botón de emergencia para detenerlo. Le pareció que estaba tardando demasiado en llegar a su destino. Cuando las puertas se abrieron, salió apresurado y corrió por el pasillo hasta alcanzar el aparcamiento como un hombre perseguido por lobos.

Su modesto utilitario era el único que quedaba en el lugar. En su carrocería se reflejaba la tenue luz de los edificios cercanos, pero él percibió cada ligero resplandor como un relámpago cegador. Una hilera de palmeras delimitaba el fondo del aparcamiento. La ligera brisa hacía ondular los helechos. La húmeda y densa oscuridad de Miami encapsulaba toda el área. Charlie sintió que el espeso aire le dificultaba respirar. No estaba seguro de adónde dirigirse, solo sabía que debía llegar allí rápido. En el trayecto a su automóvil, sus pies apenas tocaron el pavimento.

Cuando estuvo junto a la puerta buscó las llaves a tientas.

—Vamos, vamos… —dijo.

Presionó en la llave el botón para liberar el seguro del coche y, en ese momento, oyó una voz detrás de él.

—Charlie…

Se quedó paralizado, el terror lo invadió. Y en su interior retumbó el grito del último vestigio de pensamiento racional.

«Es una alucinación. Todo está bien. ¡Ignórala!».

—Charlie, me dejaste esperando hasta tarde.

Por un momento se preguntó: «¿Me sigue hablando?».

Se volvió despacio hacia el lugar de donde provenía la voz.

Cerró los ojos, temeroso de lo que podría ver.

Oyó ruidos extraños:

¡Pop! ¡Pop! ¡Pop!

Sintió como si lo hubieran golpeado tres veces en el pecho.

Se tambaleó hacia atrás.

«Estoy muerto. Me han disparado».

Le pareció que todo giraba detrás de sus párpados apretados, como si la negrura que lo rodeaba fuera una especie de vórtice tirando hacia abajo. Sintió la puerta de su automóvil contra la espalda, luchó por mantener el equilibrio, pero sabía que deseaba algo imposible. Abrió los ojos poco a poco y miró abajo, hacia su pecho.

«Sangre».

La vio desbordándose de su cuerpo, extendiéndose sobre su abdomen.

Sin embargo, la contradicción era absoluta:

«Debería doler.

»Pero no duele.

»No debería poder respirar.

»Pero puedo.

»Debería estar agonizando.

»No, no agonizo. No creo estar agonizando.

»O tal vez sí. Tal vez la muerte es justo esto. No puedes sentirla, ni olerla ni oírla. Pero sabes que ha llegado».

Tocó la mancha roja en su pecho con una mano. Densa, viscosa.

«Sangre».

Se acercó los dedos mojados a la nariz.

«Pero no. No, no es».

En su mente no logró formar la palabra «pintura».

Solo cayó al suelo y, perdiendo la compostura, empezó a llorar. Se hizo un ovillo, las rodillas le tocaron el pecho, las abrazó con fuerza. Gruesas e incontrolables lágrimas manaron de sus ojos acompañadas de sollozos desgarradores. Fue como si le hubieran cortado con una navaja todos los tendones y músculos del cuerpo. Su energía y el frenesí lo abandonaron por completo. Se quedó paralizado hasta poco después del amanecer, cuando por fin estuvo en condiciones de buscar fuerza en su interior. En algún momento reunió suficiente valor para sacar el móvil de su bolsillo y hacer una llamada…

EL SEGUNDO INCIDENTE

Roxy

La nota del decano de la facultad de Medicina resultaba enigmática, estaba escrita en papel con membrete de la universidad y llegó por correo postal a su casa. Una carta certificada. Qué perturbador. Todos los otros documentos que había recibido de gente de la administración o de los profesores habían llegado por vía electrónica. Esta nota tenía un aire antiguo, una autoridad atemorizante.

Estimada señorita Allison:

Ha sido acusada de forma convincente de haber hecho trampa en su examen de Medicina Interna más reciente. Esta acusación ha puesto en riesgo su lugar en la facultad de Medicina. Hemos programado una audiencia preliminar para hablar de esta situación en mi despacho mañana a las 9.00. Hay una acusación adicional. Se sostiene que tuvo usted acceso ilegal a los registros médicos electrónicos (EMR) de pacientes en el pabellón de psiquiatría del hospital de la universidad. De comprobarse las acusaciones, el caso será referido a la Oficina del Fiscal del Estado para que se realicen las acciones legales correspondientes.

Roxy sintió que se asfixiaba, como si alguien la asiera del cuello. Tuvo que leer la carta dos veces. Se sintió mareada. Las palabras en el papel parecían confusas, parecían escritas en un idioma extraño. De pronto sintió seca la garganta. Le temblaron las manos.

Lo primero que pensó: «Se trata de un gran error».

Lo segundo: «Es imposible. No es cierto. Qué locura».

Trató de recordar el examen al que se refería la carta. Lo realizaron online, hubo estrictos protocolos para acceder a libros de texto y a las publicaciones médicas relevantes. No lo cronometraron. Las preguntas las enviaron de forma directa a su dirección de correo de la facultad de Medicina, la cual se suponía que estaba protegida. Luego las respuestas fueron enviadas al profesor a través de la misma vía encriptada.

Roxy no recordaba más detalles, pero estaba segura de no haber violado ninguna regla al realizar el examen.

Ahora cursaba el primer año de la facultad de Medicina y, antes de eso, había estudiado biología y literatura inglesa. Como predijo su difunto padre diez años antes, solo obtuvo las mejores calificaciones posibles. *Summa cum laude.*

Al igual que casi todos los estudiantes de primer año, Roxy casi no dormía. Entre las tareas de todas las asignaturas, las horas de estudio y sus labores cotidianas en la clínica de psiquiatría —un rutinario trabajo de procesamiento administrativo, ya que solo le permitían observar cómo trataban los médicos a los enfermos mentales de mayor gravedad—, no tenía tiempo para dormir más de una media de cinco horas diarias. Era evidente: todo el tiempo estaba exhausta.

Tenía ojeras y había perdido peso, lo cual no era favorable porque, de por sí, era tan delgada como una modelo. De vez en cuando, alguno de los médicos del pabellón psiquiátrico la veía y le hacía preguntas directas sobre una posible anorexia o bulimia. A veces lloraba, cuando aún no había descansado las pocas horas que podía permitirse. Aunque nunca tenía tiempo para ir a la iglesia, en ocasiones rezaba para recuperar su agradable apariencia. «Alguna vez fui hermosa. Sé que puedo volver a serlo». En ocasiones, incluso, el estrés de la facultad de Medicina afectaba a la regularidad de su periodo. Y, salvo por la ocasional hamburguesa y la cerveza que bebía con sus compañeros, casi no tenía vida social. Sabía que la soledad la estaba perjudicando demasiado, pero no veía la manera de cambiar su estilo de vida. Al menos, no mientras fuera estudiante de Medicina. Mucho tiempo antes de su primer día en la facultad, el doctor Starks, su mentor y tutor legal, le advirtió que todo esto podría suceder.

También le prescribió un inhibidor selectivo de la recaptación de serotonina, el famoso ISRS. El alprazolam era una droga para personas con ansiedad extrema.

«Llámalo, él sabrá qué hacer», pensó.

Marcó la mitad del número completo y luego se detuvo.

Los ojos se le llenaron de lágrimas, sintió que la recorría una ráfaga de vergüenza. La idea de ir llorando a ver al hombre que tanto la había ayudado para decirle «Me acusan de hacer trampa» le parecía impensable.

«Pero no he hecho nada malo —insistió la voz en su interior—. Nunca he hecho trampa en nada».

Lo quejumbroso de su respuesta la hizo sentirse peor. Apenas iniciaba la veintena y, de repente, su vida entera estaba en la balanza. El problema era que no creía pesar lo suficiente. Era como si el pasado hubiera inundado de fantasmas su pequeño apartamento. Su madre, que había fallecido en un accidente automovilístico. Su padre, que había muerto de cáncer. Y la señora Heath, que, antes de morir de vejez, había pagado sus estudios, y que le había dejado en herencia un generoso estipendio y había colaborado con el doctor Starks para encaminarla a la facultad de Medicina. Se encontraba sola en su habitación, pero percibía la presencia de otra aparición, una más insistente y menos amigable: el asesino que, una década atrás, los había acosado a ella y al doctor Starks por toda la Alabama rural y, finalmente, a su amiga y compañera de clase que había sido asesinada. «Hola, Joanie —le susurró al espectro de su compañera de la infancia antes de reiterar la promesa que le hizo—: No te decepcionaré. Te lo prometo».

«Una carta y estoy enloqueciendo».

Roxy empezó a derrumbarse por dentro.

«Si me expulsan de la universidad, voy a…».

Evitó que este pensamiento se extendiera. Inspiró larga y profundamente.

«Contrólate».

Se repitió que la verdad la protegería, pero era lo suficientemente inteligente para reconocer que las mentiras bien elaboradas tenían un poder viral y que, a menudo, para la gente resultaba mucho más sencillo y conveniente creer en la falsedad simple que en la verdad elaborada.

¿El decano sería una de esas personas?

Cómo saberlo.

Solo estaba segura de que las horas que había apartado para dormir esa noche la eludirían. No importaba lo fatigada que estuviera, al día siguiente se sentiría aún peor. Esperaba que la acusación la enfureciera lo suficiente para hacer frente a la reunión con el decano.

Sabía que necesitaba adrenalina porque la adrenalina era un estimulante natural, pero se preguntó si una pastilla de metilfenidato, la anfetamina que los médicos solían prescribir para el TDAH, podría ayudarla. Su vecino tendría una. Ya estaba a medio camino entre su puerta y la de él para despertarlo, pero se detuvo.

Tal vez podría sobrevivir a una noche repleta de miedo y dudas. Era evidente que la misiva la había perturbado de gran manera y que necesitaba un chaleco salvavidas de tipo emocional. Pero no tenía uno disponible. O tal vez la respuesta estaba ahí, a una llamada de distancia, y ella no se atrevía a buscarla: el doctor Starks, la línea escolar para estudiantes en crisis, cualquiera de los médicos que con frecuencia la felicitaban por su trabajo. Tenía mucho temor y estaba demasiado avergonzada para marcar alguno de esos números telefónicos.

Ni siquiera podría llamar a Charlie. Sabía que hablaría con ella y le daría sus típicos consejos en ese tono medio en broma y medio en serio con que solía ayudarla a superar la ansiedad. Sin embargo, no podía o, quizá, no quería contactar con él. No sabía por qué, así que solo se quedó sentada toda la noche con la cabeza apoyada sobre el escritorio, sin saber cómo sobreviviría al día que estaba por venir.

A la mañana siguiente, dos minutos antes de las nueve, entró en el despacho del decano de la facultad de Medicina. Solo llevaba consigo su ordenador y la poca indignación con que trataba de ocultar el abrumador miedo de lo que intuía: que su futuro estaba a punto de desvanecerse.

—Hola, Roxanne —la recibió la secretaria del decano con un tono agradable—. ¿Puedo ayudarte en algo?

—El decano me dijo que viniera a las nueve —respondió la joven con voz temblorosa. Estaba preparada para pelear, para llorar o para suplicar, no sabía para qué, pero sentía tensos todos los músculos del cuerpo, como un boxeador justo antes del toque de la campana. El alegre recibimiento de la secretaria la desarmó.

—¿Sí? No he visto nada en su agenda, permíteme revisarla de nuevo...

La amable mujer dejó lo que estaba haciendo y levantó el auricular.

—¿Te encuentras bien, cariño? —dijo preocupada—. Pareces... —agregó—. ¿Ha pasado algo?

La secretaria estaba acostumbrada a poner en contacto a los estudiantes de primer año estresados con ciertos terapeutas de la facultad que ofrecían su ayuda.

Roxy negó con la cabeza a pesar de lo obvio de la respuesta.

La secretaria marcó en un intercomunicador.

Mientras esperaba, la joven transfirió el peso de su cuerpo de una pierna a la otra varias veces.

—El decano vendrá en un momento. Tiene un día muy ocupado...

Roxy levantó la vista. De una de las oficinas interiores salió un hombre delgado con gafas con montura de metal y en vías de quedarse calvo. El decano era el tipo de individuo del que seguro se habían burlado en el instituto por las calificaciones perfectas que sacaba en los exámenes, pero que no permitió que los insultos y las provocaciones lo mortificaran en ninguna etapa de la obtención de los distintos grados académicos.

—Hola, Roxy —dijo el decano en tono familiar—. Hoy estoy realmente presionado. ¿No se supone que deberías estar camino de la conferencia de patología? ¿Qué sucede?

Dejó de hablar en cuanto vio la expresión de absoluta sorpresa en el rostro de la estudiante.

Ella no dijo nada al principio, solo le entregó la carta.

Y lo vio leerla.

—Pero... —dijo el decano—, pero... —Se detuvo y volvió a leerla—. Esta no es mi firma y yo no escribí esto.

Roxy a punto estuvo de tambalearse, como si alguien la hubiera golpeado en el rostro.

Ahora fue ella quien murmuró:

—Pero...

—Creo que se debe realizar una investigación —dijo el decano—. ¿Puedo conservar este documento? —preguntó señalando la carta.

Roxy asintió.

El decano titubeó de nuevo.

—Esto no es cosa de broma —exclamó—. Alguien quiere hacerte daño de verdad. No sé cómo obtuvieron acceso a nuestro sistema ni cómo consiguieron el papel con membrete. Además, esta acusación sobre los registros médicos..., me parece que es un delito y tendré que hacer un seguimiento. La ley lo exige. ¿Tienes idea de quién habrá podido hacer esto?

«¿Quién me odia? —pensó Roxy—. ¿Un exnovio resentido? ¿Algún chico que dejé plantado? ¿Un compañero celoso? ¿Un bromista?».

No tenía ni idea.

—No —contestó Roxy con voz temblorosa.

Deseaba sentir alivio. «Todo es mentira —se dijo. Luego pensó—:

Pero ¿por qué?». Y entonces, de forma abrupta, supo que le acababan de dar una disimulada lección personal que ningún programa en ninguna facultad de Medicina ofrecía: era una joven vulnerable y muy frágil.

EL TERCER INCIDENTE

Ricky

Algunos minutos antes de las siete de la mañana, justo antes de que llegara su primer paciente, Ricky recibió una llamada inesperada. En el identificador apareció: «D. P. Homicidios. Miami».

Respondió de inmediato.

—Sí, habla el doctor Frederick Starks...

—Doctor, soy el inspector Eduardo González del departamento de homicidios de la policía de Miami.

—Sí, ¿en qué puedo ayudarle?

—¿Es usted el médico de referencia del señor Alan Simple?

—Así es.

—¿Le ha prescrito algún medicamento?

—Sí, inspector, pero no puedo discutir los detalles en esta conversación. ¿Por qué me llama? Yo y el señor Simple...

Ricky estaba a punto de sumergirse en un vago sermón sobre la confidencialidad entre médico y paciente, pero el inspector lo interrumpió.

—El señor Simple está muerto.

—¿Qué dice?

—Anoche condujo hasta el parque estatal Bill Baggs en Cayo Vizcaíno, caminó hasta el borde del agua y se pegó un tiro.

—¿Cómo?

—Un suicidio al parecer.

—Pero...

Ricky sintió que le oprimían una arteria del corazón. Su pulso se aceleró, la cabeza empezó a darle vueltas, como si lo aquejara de golpe una virulenta enfermedad exótica. El inspector continuó:

—¿Estaba de verdad deprimido? ¿Usted lo vio venir?

—No, no en realidad, pero...

—¿No tenía idea de que el señor Simple podría quitarse la vida?

—No. No. Por supuesto que no. En absoluto.

—Comprendo —dijo el inspector en un tono que indicaba lo contrario—. Su paciente le dejó un mensaje escrito.

—¿Un mensaje? ¿A mí?

Ricky se quedó mudo. Estaba perplejo, de pronto se sintió enfermo y le cubrió un sudor frío. Se aferró al borde del escritorio con la mano que tenía libre. Trató de imaginar a su paciente: cuarenta y tantos años, casado, dos niños pequeños. Exitoso hombre de negocios. Lo aquejaba una ansiedad recurrente debido a un padre maltratador que golpeaba a su madre en su presencia cuando era niño. Le preocupaba que las abruptas oleadas de ira que con dificultad controlaba lo transformaran en su padre. Su mejoría, sin embargo, era real. Un hombre en contacto con su mente y con sus sentimientos. No mostraba ninguna señal de pensamientos suicidas. Su desesperación tampoco parecía descontrolada, no se sentía atrapado entre cuatro muros que lo dejaban sin opciones. Nada de frases como: «El mundo estaría mejor sin mí en él» o «Ya no soporto este dolor». Ricky pensó: «No, no era un caso difícil en absoluto. Solo requería de la terapia de rutina. Interesante. Intenso. Pero manejable».

—Sí —repuso el inspector—, lo dejó sobre el salpicadero de su automóvil. Un vehículo envidiable, por cierto. Mercedes recién adquirido. Si así lo desea, puede pasar por mi oficina en un par de días para recogerlo. El mensaje, no el Mercedes.

El inspector pronunció la última frase con un cinismo apabullante.

Ricky sintió que lo acababan de atropellar. «¿Qué fue lo que no vi?». Sesiones, conversaciones. En su interior rebotaron las horas que pasó hablando con su paciente. De pronto sintió que se deslizaba sin control, que su mundo entero era una superficie resbaladiza.

—¿Quiere saber lo que dice la nota, doctor? —añadió el inspector.

—Sí —contestó Ricky, aunque no estaba seguro de desearlo realmente.

—Es solo un renglón: «Toda la culpa es suya, doctor Starks». Eso es todo.

Ricky respiró agitado.

—¿Es cierto esto, doctor? —preguntó el inspector, pero era obvio que no esperaba una respuesta honesta. O que respondiera en absoluto.

2

UNA TARDE DOMINICAL

Diez años después de la muerte del señor R

Aunque de una manera muy peculiar, pensó Ricky, era como asistir a su propio funeral. O a un funeral parcial. Como si una parte de él se hubiera ido en ese féretro.

Se sentó. Solo.

Sabía que no era bien recibido.

En más de una ocasión la viuda del paciente fallecido se giró en su asiento, lo miró con ira y acercó a sus hijos más a ella como si Ricky fuera una especie de infección amenazante. Su mirada decía: «Leí el mensaje, usted es el culpable. No él. Tampoco yo. Ni nadie más. Usted». El psicoanalista no estaba seguro de que la mujer se equivocara por completo. El peor momento fue cuando la hija de doce años de su paciente se puso de pie, se dirigió a la multitud y, ahogándose en lágrimas, leyó una breve declaración titulada «Mi papi», la cual provocó que los desconsolados abuelos comenzaran a sollozar en ese instante.

Ricky se sintió viejo por primera vez en su vida. Y cansado.

Con la mirada fija en el féretro de caoba cubierto de flores blancas debajo de un cáliz de plata y un crucifijo, comprendió: «Hoy me he acercado muchísimo más al final que al principio».

Casi no escuchó a los otros oradores. Sobraron las frases como: «En la plenitud de la vida», «Tenía tanto por vivir» y «Nunca sabremos lo grande que era el dolor de Alan».

Al oír esta última frase, se dio cuenta de que él, mucho más que cualquiera de los presentes en la iglesia, debió de saber el alcance de la pena de aquel hombre. Trató de conciliar esta idea con una débil excusa: «Los médicos pierden pacientes sin importar cuál sea su especialidad. Las cirugías se complican. La quimioterapia no garantiza matar todas las células cancerosas. El respirador no puede evitar la desintegración de los pulmones». Su reflexión lo llevó de vuelta a sus días en la facultad de Medicina, recordó las cientos de maneras en que un paciente podía morir. Diagnóstico erróneo. Prescripción equivocada. Negligencia. Estupidez. No haber detectado en un electrocardiograma, un ultrasonido o un hemograma lo que debió ser evidente.

Convertirse en psicoanalista significó eludir muchas de estas situaciones.

Él no tenía que lidiar con insuficiencias cardiacas ni cánceres de pulmón.

Sin embargo, había otros peligros. Como el de lidiar con la mente y las emociones que acechan en su interior. Las amenazas podían ocultarse mejor en la memoria que en la sombra de una radiografía o en una colorida línea de una resonancia magnética. Entre los estudiantes de la facultad de Medicina que se encaminan a psiquiatría hay una broma recurrente: «Solo hay dos tipos de psiquiatras: a los que se les suicidó un paciente y a los que no se les ha suicidado un paciente. Aún».

Su pensamiento volvió a la iglesia donde se celebraba el servicio religioso. Miró alrededor. La luz del sol se colaba a través de los modernos vitrales. Representaciones de escenas bíblicas tan abstractas que era difícil identificarlas: ¿san Cristóbal levantando al niño Jesús para atravesar un embravecido río? Quizá. Imágenes demasiado modernas, como Miami mismo. Una iglesia que no se dirigía a una tradición desgastada, sino que disfrutaba de la música rap y los biquinis de lazos. Como si, contradictoriamente, la transparencia de los rojos, azules, dorados y blancos de los vitrales ocultara el constante calor acumulado en el exterior. Pensó que los funerales deberían ser oscuros y aciagos. Fríos, envueltos por el penetrante y helado viento de la puritana Nueva Inglaterra en noviembre. Pero, en lugar de eso, el escenario del de su paciente incluía rayos de sol implacables, un cielo azul y las bamboleantes palmeras del sur de Florida.

El traje color carbón le apretaba. El sudor empezó a acumularse en sus axilas. El que le corría por la frente lo pudo enjugar de vez en cuando con un pañuelo que se empapó con rapidez. Sintió que la corbata lo ahogaba, como si las manos de la muerte rodearan su cuello y lo asieran con fuerza. El último orador en el funeral se puso de pie para dirigirse al podio. Era el hermano menor de Alan Simple. Miró al psicoanalista fugazmente y con el entrecejo fruncido, luego inclinó la cabeza y se enfocó en su texto. Fue breve pero elegante. En cuanto el joven pronunció las primeras palabras y estas hicieron eco en la iglesia, Ricky lo reconoció: el famoso soneto de John Donne «Muerte, no seas orgullosa».

Luego se llevó a cabo una oración silenciosa y el servicio religioso terminó.

Ricky se puso de pie cuando los miembros de la familia caminaron por el pasillo del centro abrazados. A pesar de su paso constante, en sus rostros se adivinaba que, en realidad, avanzaban tambaleándose.

La última vez que estuvo en una iglesia fue diez años antes. «Diez largos años. Diez felices años». En aquella ocasión, en el funeral del padre de Roxy en Alabama, se sentó en un banco del fondo, convencido de que por fin moriría a manos de esa familia poseída por una irrefrenable necesidad de venganza que lo culpaba de los errores que condujeron al fallecimiento de su madre muchas décadas atrás. El suicidio de aquella mujer fue como una tintura que tiñó casi por completo la vida de Ricky, tanto en el aspecto profesional como en el personal. Justo detrás de él, estaba el escurridizo y letal señor R con una pistola semiautomática en la mano. Un asesino profesional, el hijo mayor de la mujer que murió por su negligencia. «Ricky, deberíamos salir del servicio religioso para que puedas morir...». El señor R, devoto hermano de dos personas: Merlin, el adinerado abogado de Wall Street, y Virgil, la talentosa actriz. Ricky suponía que rara vez usaban sus nombres reales, que preferían usar los de las personalidades falsas que adoptaron para asesinarlo. Lo único que parecían desear esos tres individuos era verlo muerto. Habían invertido tiempo y energía, y desarrollado muchas habilidades para lograrlo. Al reconciliarse en su interior con su propio asesinato, Ricky recordó el canto coral: «Todo tiene su momento, y cada cosa su tiempo...».

Sabía que, de no haber sido por la anciana señora Heath, una de sus pacientes favoritas, habría muerto en ese momento. La señora Heath era una adinerada viuda de Miami a quien recurrió porque sabía que sus recursos financieros podían brindarle el tipo de ayuda que necesitaba. La mujer supo reconocer el peligro en que se encontraba su psicoanalista y, con la misma decisión con que Gabriel empuñó la fiera espada, caminó por el pasillo central de la iglesia, tomó el Magnum 357 y le salvó la vida. Por un momento, Ricky se dijo que no había pensado en el incidente en muchos años, pero luego se dio cuenta de que, quizá, lo había recordado todos los días. Las veinticuatro horas de cada día. Mientras evocaba aquel otro funeral, en el que recuperó de forma abrupta su existencia y su futuro, pensó: «Debería llamar a Roxy. No hemos hablado en una semana. Mejor no. Debe de estar en la facultad de Medicina. También debería telefonear a Charlie, necesita una llamada y una cita, solo para asegurarme de que se encuentra bien y de que está tomándose sus medicamentos. Debería organizar una cena para reunirnos los tres. Así podríamos hablar, reír un poco y relajarnos».

Le habría agradado mucho que la señora Heath se uniera a ellos; sin embargo, sus cenizas llevaban cuatro años flotando en la bahía Vizcaína. Se encogió de hombros con discreción y pensó: «A veces, la muerte llega a tiempo y no hay nada que uno pueda hacer al respecto». Luego se unió a los otros y caminó con ellos hacia la salida, hacia la luz del día.

La familia se había reunido afuera, en la escalinata de la iglesia, para despedirse con tristeza e intercambiar sentidas condolencias.

Ricky se acercó a la viuda. Tenía la vaga intención de disculparse, aunque no estaba seguro de qué decir. Ni siquiera sabía si lo que pudiera expresar mitigaría su pena. Más bien le parecía improbable.

Cuando extendió la mano, ella le dio la espalda sin decir una palabra.

Los otros adultos de la familia de su difunto paciente hicieron lo mismo. Los niños alrededor parecían confundidos.

Comprendió que las palabras serían inútiles. Cualquier cosa que dijera sonaría vana. Evasiva.

«Solo provocarías más ira. Más odio —pensó—. No reconfortarías a nadie. No habría un entendimiento. Tal vez las palabras ayuden más adelante, cuando hayan tenido tiempo para procesar la pérdida. Pero no ahora».

Se hizo a un lado y fue desapareciendo con cada escalón que bajaba. Le pareció un acto cobarde, pero luego comprendió que lo único útil en ese momento era la flaqueza. Probablemente los miembros de la familia lo culpaban de lo sucedido en lugar de asumir su responsabilidad. Era el blanco más conveniente. La rabia dirigida al exterior, a casi cualquier fuente arbitraria, siempre es más fácil de aceptar que la dirigida al interior, adonde tal vez pertenece de verdad. Todos los psicoanalistas lo saben.

El calor de los rayos de sol era abrasador. Sentía como si un enorme foco dirigido a él le quemara el cráneo. Como si hubiera entrado en un escenario oscuro y de repente lo bañara una luz capaz de hacerle olvidar el diálogo de su personaje. De camino a su automóvil, la luz casi lo cegó y, al pisar sobre la acera, sintió que caminaba sobre brasas ardientes. Estaba sumido en sus pensamientos, reproduciendo una vez más cada una de las conversaciones que había mantenido con el señor Simple, tratando de encontrar alguna señal de lo que estaba a punto de suceder. De pronto, oyó que alguien gritaba su nombre detrás de él.

—Disculpe, ¿doctor Starks?

Un corpulento hombre latino con un traje que no le quedaba muy bien se acercaba a él caminando a paso veloz por la acera.

—¿Sí?

—Soy el inspector González. Hablamos el otro día…

Ricky estrechó la mano del inspector.

—¿Estuvo presente en la ceremonia? —preguntó Ricky.

—Sí.

La presencia del inspector le pareció un poco fuera de lugar.

—¿Por qué? No me parece que sea parte de la labor de un inspector de homicidios.

—No lo es, pero pensé que quizá usted vendría. No creí que tendría las agallas de dar la cara, pero quise corroborarlo de todas maneras.

El psicoanalista asintió. No respondió a la provocación de las «agallas». «No tiene idea, inspector», pensó.

—En fin, imaginé que querría esto —continuó el inspector—. Quise ahorrarle un viaje a mi oficina. O ahorrarme un viaje a su despacho —explicó mientras le entregaba a Ricky una hoja de papel doblada. El psicoanalista se quedó mirándola.

«La nota del suicidio».

—Es la nota original, pero conservamos una copia para nuestro archivo.

—Gracias, inspector —dijo Ricky sin sentir verdadero agradecimiento.

No estaba seguro de qué hacer con la nota. Tirarla a una papelera. Quemarla. Ocultarla en algún cajón de su escritorio. O tal vez enmarcarla y colgarla en la pared para recordar que debía levantar, dar la vuelta y examinar toda piedra emocional en el paisaje mental de sus pacientes.

Estaba a punto de girar hacia su automóvil cuando un pensamiento le vino a la mente. Era un pensamiento de años atrás, del tiempo de sus primeros encuentros con la familia que lo habría querido ver muerto.

—Inspector, ¿está convencido de que fue un suicidio? —preguntó.

El inspector titubeó por un instante.

—Así fue como lo registramos —contestó.

«Eso no es un "sí" —pensó Ricky—. Mi muerte también la registraron así hace quince años, cuando fingí mi suicidio para poder luchar contra la familia que deseaba mi muerte».

—¿Qué quiere decir? —continuó el psicoanalista.

—Pues había solo una herida, provocada por un disparo. Un arma no registrada, comprada de forma ilegal tal vez, lo cual no es nada complicado en esta ciudad. El cañón de la pistola apuntó directo al paladar. Encontramos el arma en la arena, junto al cuerpo. Sobre el salpicadero del automóvil se encontró una nota impresa escrita en ordenador y firmada por el difunto. Todo eso se fue sumando —explicó el inspector—. Coincide con las características de un suicidio. Caso cerrado. Lo único que resta es una viuda, dos niños pequeños y otros parientes discutiendo sobre quién se queda con qué porción del negocio del individuo, lo que significa bastante trabajo para algunos codiciosos abogados que terminarán llevándose la mayor parte...

Ricky percibió un «pero» implícito en las afirmaciones del inspector. Por eso se atrevió a insinuar:

—Pero hay algo que...

—¡Ah! Sí, si lo desea, puede llamarlo «el sexto sentido de un policía», doctor. «Pero» me parece que todo resulta demasiado pulcro. Ya sabe, no me refiero forzosamente a un escenario preparado, sino a que cada pieza se encontraba en el sitio correcto, donde uno la esperaría: lugar aislado, ausencia de cámaras de seguridad, la pistola aquí, la nota allá y, en mi experiencia, las cosas no son nunca así de esmeradas. Siempre hay cierto desorden, incluso en los suicidios. Siempre.

«Mi experiencia me dice lo mismo», pensó Ricky, pero no lo expresó en voz alta.

El inspector se encogió de hombros despacio, de forma exagerada, pero continuó hablando rápido.

—Es por eso por lo que hoy vine a buscarlo. A menos de que salga algo más a la luz, será caso cerrado, pero quería volver a verificar algunas cosas con usted, cara a cara. ¿Su paciente mencionó alguna vez algo sobre rivales en los negocios o socios a los que les estuviera robando? ¿Temía por su vida debido a algún negocio «alternativo»? Tal vez vendía cocaína para llegar a fin de mes, dado que tenía un estilo de vida bastante caro, pero no suficientes recursos para mantenerlo. ¿O quizá tenía enemigos? Ya sabe, un verdadero adversario. ¿O tal vez engañaba a su esposa y ahora hay por ahí un esposo celoso riéndose y pensando: «Me salí con la mía»? No lo sé, doctor, ¿puede que haya algo que nos indique que se trató de un homicidio en lugar de lo que parece que fue?

El inspector lanzó con celeridad todas esas posibilidades, desplegando frente a Ricky un abanico.

—Tendría que revisar las notas de mis sesiones…

El inspector sonrió.

—¿Acaso no lo hizo justo después de que llamara para darle la noticia?

Fue lo que hizo.

—Porque, si su paciente le hubiera mencionado algo, usted lo recordaría, ¿no es cierto, doctor?

Ricky asintió.

—Sí, lo recordaría.

—¿Nunca dijo algo como: «Alguien quiere matarme»?

—No que yo recuerde. Tampoco creo haber anotado algo así.

—Y si así fuera, ¿me lo diría?

—Por supuesto. La confidencialidad entre médico y paciente también tiene sus límites.

—Comprendo. Entonces, ¿recuerda algo? Por trivial que parezca. Algo que le resulte un poco fuera de lugar. No sé, un gesto que lo haya inquietado. A veces basta un detalle para continuar investigando —dijo el inspector con peculiar persistencia.

—Para mi profesión, a veces también basta con un detalle, inspector.

González sonrió.

—Muy cierto. Y bien, ¿recuerda algo, doctor?

Ricky titubeó mientras hurgaba a toda velocidad en sus recuerdos. En blanco. Nada. Parecía que el calor que le martilleaba el cráneo le había borrado la memoria.

—No, lo lamento.

—¿Está seguro?

—Sí —contestó Ricky, aunque no era cierto.

—¿Su paciente no le llamó antes de suicidarse?

—No.

El inspector sonrió. Ironía. Incredulidad.

—Encontramos el móvil en la arena junto a la pistola. El último número que marcó fue el suyo.

—Nunca recibí esa llamada.

El inspector asintió, pero su gesto no parecía indicar que le creyera.

—Tal vez colgó antes de que se estableciera la conexión —dijo—. ¿Estaba usted en casa esa noche? ¿Tenía su teléfono a mano?

—Sí. Y sí.

—¿No dejó pasar alguna llamada sin contestar? ¿Como alrededor de las once de la noche?

—No. No que me haya dado cuenta.

—¿Lo ve? Ese es el tipo de suceso fuera de lugar que me induce a pensar. Uno de esos detalles.

—Comprendo —dijo Ricky—, pero nunca recibí dicha llamada.

—De acuerdo. Mire, doctor, si llegara a recordar algo que pudiera cambiar la situación, llámeme —dijo, al tiempo que le entregaba su tarjeta de visita—. Hay otro detalle que me inquieta —agregó.

—¿De qué se trata? —preguntó el psicoanalista.

—Su paciente tenía una herida en el brazo, como si él mismo se hubiera cortado. Una herida bastante profunda. *Pre mortem*. Sin embargo, no encontramos ningún cuchillo cerca del cuerpo. Tal vez había planeado cortarse las venas, ya sabe, a la altura de las muñecas, y luego cambió de opinión. Arrojó el cuchillo al agua, se dijo: «Que le den», y sacó su pistola. Un arma muy elegante, por cierto. Este individuo no reparaba en gastos. ¿Alguna vez había visto usted algo así? ¿Alguien que intentara un tipo de suicidio pero cambiara de opinión y usara otro método la misma noche?

—No. De hecho, me parece inusual. Nunca había oído hablar de algo así. Ni siquiera en la literatura. Es decir, algunas personas intentan con un método, fracasan y, tiempo después, usan uno más eficaz...

Ricky se detuvo. Sonaba como si estuviera ofreciendo una soporífera conferencia.

El inspector sonrió y señaló la nota de suicidio.

—Es interesante, ¿no le parece, doctor? Tanto usted como yo trabajamos en negocios que consisten en establecer la culpabilidad, ¿cierto? O quizá deba usar una palabra más adecuada: establecer las causas. Usted busca una causa psicológica para apuntar hacia algún móvil, ¿verdad? ¿Y yo? Yo busco a alguien físicamente responsable: el causante de un crimen. Alguien a quien pueda imputarle una fechoría. Desde mi perspectiva, lo que usted busca es un crimen y un resultado, solo que de un tipo distinto.

Ricky no respondió a pesar de que le parecía que el inspector podría tener razón. El hombre frente a él parecía exudar el aroma de la sospecha cada vez que articulaba una idea.

El inspector sonrió, pero no como si estuviera a punto de reír.

—¿Tiene usted en casa otros souvenirs como el que le dejó el señor Simple, doctor?

Ricky odió la palabra «souvenirs», pero no exteriorizó su desprecio, solo miró al inspector directo a los ojos.

—Si los tuviera, le aseguro que no se lo diría.

—Eso imaginé —dijo el inspector—. No se aleje demasiado, doctor, es probable que tenga más preguntas para usted si las cosas llegaran a agitarse un poco.

El inspector se quedó en silencio esperando a que Ricky asimilara sus últimas palabras, luego se volvió y se alejó caminando por la calle. El psicoanalista se quedó inmóvil un rato. «Espero no volver a tener un día así de malo en mi vida», pensó.

Bajó la mirada y vio el mensaje. En ese momento recordó las palabras del centenario soneto que el hermano del difunto había leído un poco antes, en el servicio religioso: «Muerte, no seas orgullosa, aunque algunos te hayan llamado poderosa y terrible, no lo eres…».

Ricky pensó que había visto demasiada muerte, tuvo la sensación de que cada fallecimiento indicaba que aún habría más, que se estaban acercando y pronto tocarían a su puerta. Esa gélida sensación lo acompañó hasta su automóvil y se mantuvo a su lado en su recorrido a casa. Al insistente calor y los opresivos rayos del sol de Miami parecía haberlos reemplazado el helado viento de la puritana Nueva Inglaterra en noviembre.

Para cuando se detuvo en el camino de acceso a su casa, la tarde había partido y la noche se aproximaba con celeridad. Pulsó el código numérico en la reja de la entrada sintiendo el abrazo del follaje que impedía que su casa fuera vista desde la calle. A esta privacidad la definía el carácter selvático de Miami, la posibilidad clara de que, si todos los equipos de mantenimiento de jardines se pusieran en huelga de repente, y si todas las podadoras de césped y las tijeras para dar forma a los arbustos dejaran de funcionar al mismo tiempo, bastarían unos minutos para que, con un poco de lluvia y de sol, la naturaleza recuperara lo que alguna vez le perteneció de forma absoluta.

El psicoanalista llegó al frente de su casa y se detuvo. Tenía la cabeza repleta de preguntas sobre su paciente y todas comenzaban con «¿Y si…?». Lo repentino de la muerte lo había distraído demasiado.

Su primer reflejo fue entrar en su consulta y revisar de nuevo sus notas de las sesiones. No dejaba de pensar: «Debe de haber algo». Pero luego venía la contradicción: «No, sabes que no hay nada».

A estos pensamientos los seguía un tercero. «Y, si lo hubiera, ¿de qué serviría?».

Ricky era en extremo cuidadoso con las notas de sus sesiones, lo había sido siempre, desde que se lanzó de lleno a la profesión de psicoterapeuta. Había afinado su memoria para retener las palabras y las inflexiones precisas de lo que le decían sus pacientes. Luego, al terminar las sesiones, escribía los testimonios. Los primeros años lo hizo en cuadernos, pero ahora usaba archivos en su ordenador. Había tantos secretos en esas páginas, tantas observaciones y diagnósticos…

Imaginó a su paciente muerto. «¿Se habrá despedido de alguna u otra manera de su esposa y sus hijos? No lo creo. No tendría sentido, ni siquiera en el caso de un intento decidido de suicidio». Luego imaginó al hombre conduciendo su automóvil hasta aquel aislado punto en Cayo Vizcaíno.

«Debió llamarme. ¿Por qué no hubo conexión?

»Yo debería saber la respuesta a esta pregunta.

»Amaba a su esposa.

»Adoraba a sus hijos.

»Su empleo lo hacía sentir pleno.

»Era rico y respetado. Su futuro parecía a todas luces favorable.

»Vino a verme porque no quería convertirse en otro, en alguien a quien odiaría. Fue una señal de fortaleza, un acto con el que mostró reflexión, inteligencia. Estaba tratando de lidiar con sus miedos. Estaba progresando.

»Entonces, ¿de dónde surgió esa necesidad de suicidarse?

»Vuelve a ver las notas», se dijo.

«Tal vez creía que ya no podría superar lo que vio en su pasado, que estaba condenado a convertirse en lo que no deseaba. Quizá pensó que, si se mataba, podría proteger a otros».

Ricky se dio cuenta de que esta era una explicación conveniente, de esas que le permiten a uno liberarse, pero que tal vez no se acercaba a la verdad lo suficiente.

Apagó el motor de su automóvil y levantó la vista.

Un relámpago helado de terror lo recorrió de pies a cabeza.

Por un instante sintió que no podía respirar.

La puerta principal estaba abierta de par en par.

El sistema de alarma debía de haberse activado, pero no se oía nada. La empresa de seguridad que lo monitoreaba habría tenido que llamarle o enviar un mensaje, pero no había recibido nada. Se preguntó si, en su prisa por llegar al funeral, él mismo habría dejado la puerta abierta. Uno de esos olvidos y distracciones que se tienen cuando uno empieza a envejecer.

«De ninguna manera.

»No en Miami.

»Cerrar con llave y seguro. Programar la alarma».

Hacía todo esto al salir como si fuera parte de su memoria muscular.

El primer reflejo que tuvo fue volver a arrancar el coche e irse de allí. Llamar a la policía desde un lugar seguro, esperar a que llegara una patrulla y luego caminar vacilante detrás de un par de corpulentos y bien armados policías para entrar en su casa, revisar cada habitación y asegurarse de que no hubiera intrusos.

A pesar de que no dejaba de decirse que esa opción sería la más prudente, no hizo nada de ello.

Se deslizó con cuidado, salió del coche y subió por las escaleras despacio hasta llegar a la puerta abierta.

Escudriñó las tinieblas en el interior.

Estiró la mano hasta la pared que tenía al lado y encendió un interruptor.

La luz dispersó la angustia. Miró alrededor tratando de detectar lo que habían robado, pero no guardaba dinero en efectivo en casa y tampoco tenía un arma o algo igual de atractivo para un ladrón. Pensó que, quizá, algún adicto se había enterado de que era médico y supuso que tendría muestras de medicamentos controlados en algún lugar de su casa. Pero no era así. Fuera de esas posibilidades, sabía que, quienquiera que hubiese entrado en su casa, seguro que había sufrido una decepción.

Aun así, aguzó el oído. «¿Pasos? No. ¿Una respiración delatora? No. ¿El sonido de una pistola siendo amartillada o el de una bala entrando en la recámara? No». Quería cerciorarse de que estaba solo a pesar de que sentía que no era así.

Volvió a decirse que debería llamar a la policía.

De nuevo no lo hizo.

Entró en cada habitación.

Cocina: vacía.

Sala: vacía.

Dormitorios: todos vacíos. Las puertas de los armarios, cerradas.

Comedor, la terraza. Justo como los dejó antes de salir: vacíos.

Lo último que revisó fue su despacho. El santuario donde pasaba consulta. Era la única habitación de su hogar cuyo diseño cumplía un doble propósito. Era minimalista de cara a sus pacientes, pero al mismo tiempo reflejaba su profesión. Tenía algunos títulos académicos y premios enmarcados, una librería con textos médicos y el famoso retrato de Freud fumando un puro y mirando con aire severo al fotógrafo anónimo detrás de la cámara.

Supuso que habían registrado el despacho. Supuso que encontraría muebles volcados, cajones en el suelo, papeles por todos lados, cuadros pintarrajeados, librerías echadas abajo. En fin, la labor de un ladrón frustrado en busca de algo de valor para vender y pagar sus drogas.

Pero no encontró nada de eso.

La habitación estaba intacta, al menos a primera vista. Estaba justo como la había dejado antes de salir al funeral.

Miró el diván de psicoanálisis que rara vez usaba y luego el par de sillas colocadas frente a frente donde conducía la mayor parte de sus terapias. Una, dos o tres veces por semana, dependiendo del nivel de angustia del paciente. Los antiguos cinco días freudianos en el diván y «la hora de cincuenta minutos» se habían vuelto obsoletos y poco comunes. Demasiado costosos para algunas personas. En el caso de otras, dicho régimen quedaba fuera de la cobertura de su seguro médico y, para algunos «impacientes», representaba un tratamiento demasiado prolongado. Diez años antes Ricky llegó a sentirse como un pesado dinosaurio avanzando con dificultad en un mundo donde lo común eran los aviones de propulsión a chorro y, ahora, se imaginaba como un psicoanalista que miraba al cielo y anhelaba ser incluso más viejo y sin estilo porque no estaba seguro de que le agradara en lo que se había convertido el «estilo». Un «dinosaurio nostálgico». Se quedó mirando el vacío. Se vio a sí mismo y a su paciente muerto sentados frente a frente, apenas una semana antes. Escuchó en su mente la rutinaria conversación que sostuvieron. Progreso constante, casi alentador. «¿Dónde estaba la muerte ese día?», se preguntó.

Se acercó al escritorio, aún seguía buscando con cautela alguna señal de violación del espacio. Miró por todo el lugar, pero incluso el portalápices en la esquina parecía intacto.

Empezó a relajarse sin saber por qué, tuvo una sensación de alivio, de que todo estaba como debería. Trató de formarse en la mente la imagen de un ladrón irritado y decepcionado que se había tomado la molestia de desactivar el sistema de alarma, pero que al entrar no había encontrado nada de valor ni fácil de vender. Casi sentía ganas de reírse de aquel ficticio artista de la intrusión.

«Mala suerte. Elegiste al médico equivocado para robarle. Debiste buscar un cirujano ortopedista con una caja llena de muestras de opioides o un oncólogo con un cajón repleto de fentanilo».

Pero, justo cuando empezaba a invadirlo esa sensación de: «Me salvé de una experiencia horrible», vio algo que hizo que su corazón casi dejara de palpitar.

El teclado de su ordenador brillaba.

Granate oscuro sobre el blanco de las teclas.

Sangre. Salpicada.

Le pareció que las gotas habían sido colocadas ahí con todo cuidado.

Extendió la mano y las tocó. Levantó los dedos y examinó el color rojo profundo que le cubría las yemas.

«Inconfundible».

Se quedó un momento junto a la silla.

Trató de imaginar quién se habría sentado en ella. Solo podía visualizar una sombra. La sombra que dejó abierta la puerta principal y que, tras no tocar nada en ninguna de las otras habitaciones, salpicó su teclado con aquel espeso líquido. La que le dejó una invitación a sentarse en el lugar que ocupó poco antes.

Sacó del bolsillo de su traje su pañuelo ligeramente húmedo y limpió la sangre.

No sabía de quién era. Tampoco sabía por qué estaba ahí.

Levantó la vista y miró la oscura pantalla del ordenador.

Luego, invadido por un golpe de ansiedad, estiró la mano despacio, tomó el ratón e hizo doble clic.

Esperaba ver el protector de pantalla de costumbre: una emotiva imagen de mucho tiempo atrás en la que aparecían su difunta esposa y él en el exterior de su casa de vacaciones en Cape Cod. Se cogían del brazo, el sol brillaba en sus rostros, el viento les agitaba el cabello, ambos eran jóvenes y el mundo estaba lleno de promesas por cumplir. Una fotografía que desencadenaba recuerdos de amor y tristeza, tomada antes de que el cáncer lo complicara todo. También antes de que el señor R y sus letales hermanos volvieran a entrar en su vida y la enredaran de una forma que jamás habría imaginado. Una imagen capturada antes de que esos mismos seres sanguinarios arruinaran la primera parte de su vida, instados por el médico al que durante tanto tiempo consideró su mentor, cuando se vio forzado a incendiar la casa en Cape Cod para fingir su propia muerte. Una imagen tomada también mucho antes de que la segunda parte de su vida se viera interrumpida, casi llegara a su fin y luego se restaurara en una iglesia en un instante. No a causa del poder redentor de la fe sino por el fuego de un disparo.

Se dejó caer en la silla.

Lo que apareció frente a él no era la fotografía que esperaba.

Vio un nuevo protector de pantalla.

Un cadáver.

Le llevó un instante comprender quién era. Se quedó helado al reconocerlo.

Su paciente. El señor Alan Simple.

Tendido sobre la arena.

Con las piernas hacia afuera y los brazos bien extendidos.

Era un híbrido entre una fotografía *noir* de arte abstracto de Helmut Newton y una típica imagen de escena de un crimen.

Conmocionado, Ricky solo alcanzó a exclamar:

—¡Lo asesinaron!

En su mente, la palabra «asesinar» solo se relacionaba con tres personas, y una de ellas estaba muerta. Desde hacía diez años.

Sin embargo, antes de poder procesar algo más, de caminar mentalmente sobre la estrecha cornisa entre suicidio-oficial y homicidio-extraoficial, sintió que algo trataba de atraerlo al interior de la imagen. Como sucede con un curioso observador en la periferia de un accidente automovilístico o un desastre natural, seducido de forma inexorable por el retrato de la muerte.

La fotografía fue tomada desde el borde del agua en la oscuridad. Brillaba un poco debido a la luz de la cámara; quien la realizó se encontraba erguido a los pies del cadáver, por lo que su rostro apenas era visible. Tampoco era posible ver mucho del daño que le causó la bala al cráneo. Una gran mancha de sangre color rojo profundo se extendía sobre la arena clara. Las piernas del hombre estaban dobladas, casi retorcidas por la violencia de la muerte. El cuerpo se extendía como la maleza en un jardín abandonado y silvestre. El arma, como el detective le había dicho, se encontraba cerca de la mano de su paciente. En el fondo se veía el elegante Mercedes, y sus faros frontales iluminaban la escena de playa y palmeras.

Ricky miró la imagen como hipnotizado.

El cuándo era obvio. «Algunos segundos después de la muerte». Le llevó un minuto empezar a imaginar por qué habría alguien allí para tomar aquella fotografía y cómo había llegado a la pantalla de su ordenador. Pero responder a estas preguntas parecía imposible. Se oyó respirar de forma superficial.

En el centro de la pantalla, justo encima de la cabeza del difunto, vio el campo que le solicitaba su contraseña para acceder a internet y a la información almacenada en el ordenador.

Escribió «Miamishrink1» con manos temblorosas.

El campo y las letras se sacudieron: «Contraseña incorrecta».

—Demonios —murmuró.

Se concentró, tecleó con cuidado, verificando que marcaba las minúsculas y la mayúscula de manera correcta.

El campo volvió a sacudirse.

Era ilógico. Llevaba años sin modificar la contraseña.

—¿Por qué no funcionas? —preguntó al ordenador, pero este no contestó.

Lo intentó con una contraseña anterior: «Freudfollower!».

Tampoco. El campo volvió a sacudirse.

Trató de recordar. Intentó un par de combinaciones más. Probó con la fecha de su cumpleaños. Su aniversario de bodas. Lo intentó con el nombre de la primera mascota que tuvo cuando era niño. Lo intentó con el largo apellido de soltera de su difunta madre. De mala gana, probó variaciones del nombre de su esposa y, desesperado, lo intentó incluso con la fecha de su fallecimiento.

Nada funcionó.

Abrió uno de los cajones del escritorio y buscó su viejo cuaderno. Además de números telefónicos, direcciones y detalles variados sobre pacientes y colegas, en él había escrito las contraseñas de sus cuentas bancarias, tarjetas de crédito, suscripciones a periódicos, televisión por cable, servicios de streaming y cualquier otra cosa que necesitara un código o palabra secreta. En un mundo en el que se suponía que la seguridad era primordial, toda la existencia digital de Ricky estaba registrada en un cuaderno barato forrado de plástico imitación piel.

Había desaparecido.

Se reclinó en su asiento. En su interior, la frustración y el miedo se mezclaron y circularon sin obstáculos. Trató de analizar lo que había sucedido.

«Alguien tuvo acceso a mi ordenador. Alguien modificó las claves de acceso. Alguien estableció este nuevo protector de pantalla. Y me robaron».

La sensación de violación a su privacidad hizo que los dedos le hormiguearan. Murmuró varias imprecaciones.

Meneó la cabeza y escribió en el campo para la contraseña:

«Zimmerman».

Era el nombre falso del impostor que se había hecho pasar por un paciente y quien con toda diligencia se había reclinado en su diván para contarle historias de su infancia, todas falsas, mientras, en realidad, se dedicaba a analizarlo para aprender su rutina. Eso fue quince largos años atrás. Zimmerman, el «paciente», era en realidad el señor R. Hermano. Psicópata. Asesino profesional. Líder de una familia sedienta de venganza.

La palabra no funcionó. Intentó otra cosa:

«Señor R».

Tampoco. Entonces escribió:

«Merlin».

No. Y por último:

«Virgil».

Una vez más, acceso denegado. Se detuvo, respiró hondo y escribió el nombre del primer personaje creado por el asesino muerto, el nombre que llegó con la carta que recibió en su quincuagésimo tercer cumpleaños, que decía: «Bienvenido al primer día de su muerte», y que traía consigo el desafío de quince días para adivinar su verdadero nombre y evitar así un asesinato anónimo que se cometería en algún lugar. El asesinato de algún miembro de su lejana y desconectada familia. Era el nombre que más lo había atormentado en la vida, el que más deseaba olvidar aunque sabía que era imposible. El nombre de sus pesadillas.

«Rumpelstiltskin».

El ordenador se desbloqueó de inmediato.

3

UN POEMA Y UN ACERTIJO

Se le revolvió el estómago.

Mareos. Náusea. Pulso acelerado. Respuestas físicas sumadas a un mismo sentimiento: desesperación.

«Todavía me quieren muerto».

Sintió una doble oleada de ira.

«No tienen derecho. Los he superado en dos ocasiones».

Ricky apretó los párpados, trató de convencerse: «Todo esto es una pesadilla. No puede estar sucediendo». No de nuevo. Pero sabía que se estaba mintiendo. Poco antes de abrir los ojos, su mente fantaseó, imaginó que en la pantalla vería el escritorio de costumbre, repleto de iconos y carpetas azules: todas las notas de sus pacientes, escritos diversos, cartas e incluso una queja a la empresa que le proveía el servicio de aire acondicionado. Algo que le permitiera saber que la normalidad de su vida no se había desvanecido de repente.

Pero no vio nada de eso.

En su lugar solo había un archivo. De vídeo.

Se dijo que no debería hacer clic para reproducirlo.

Sabía que sería como meterse en la boca del lobo.

«Pero ¿qué opción tengo?», se preguntó.

Con el dedo índice presionó el botón izquierdo del ratón.

En un instante la superficie se llenó de lado a lado con una falsa pantalla de antigua televisión en blanco y negro, incluyendo los diales y los sonidos metálicos tan comunes más de cincuenta años atrás, mucho antes de que existieran las pantallas planas de alta definición empotradas en los muros. Lo que tenía frente a sí era la televisión de la época en que uno podía ver *Ozzie and Harriet*, *Leave it to Beaver* o *La ley del revólver*. En el centro vio líneas negras oscilantes contra un aburrido fondo blanco. Era el frío inicio de un programa que le sonaba vagamente de uno de sus cursos de licenciatura sobre el incipiente campo de la psicología y la influencia de la televisión, una serie de ciencia ficción titulada *Más allá del límite*. Ricky recordó que era un programa de principios de los sesenta e imitaba a *En los límites de la realidad*. Algo vibró en su interior en cuanto escuchó a un actor entonar de forma sonora:

«No le ocurre nada a su televisor. No intente ajustar la imagen. Ahora somos nosotros quienes controlamos la transmisión. Si queremos más sonido, aumentamos el volumen...».

La voz del actor subió de volumen y retumbó en la consulta.

«... si queremos menos volumen, lo ajustamos para que solo sea un murmullo».

El sonido bajó, como si tratara de susurrarle algo al oído al psicoanalista.

«Controlamos la horizontalidad y la verticalidad. Podemos abrumarlo con miles de canales o hacer que una simple imagen alcance una claridad cristalina, y aún más: podemos hacer que vea cualquier cosa que conciba nuestra imaginación».

La imagen en la pantalla iba ilustrando lo que decía el locutor. Las líneas negras crecieron y se encogieron, ondearon y oscilaron. Ricky permaneció paralizado frente a la pantalla. Observando.

«Durante la próxima hora controlaremos todo lo que vea y oiga. Está usted a punto de experimentar el asombro y el misterio que se extiende desde lo más profundo de la mente, hasta más allá del límite...».

Ricky sintió que el estómago se le revolvía aún más. Tuvo la sensación de que se deslizaba hacia un precipicio que ya conocía; como si, después de caminar en muchas ocasiones sobre el borde con aire despreocupado, esta vez algo desconocido e inesperado lo hiciera tropezar. Como si reuniera impulso para la caída, como si estuviera a punto de desplomarse desde algún acantilado a la negrura de un vacío colosal. Sus manos seguían sin poder mover el cursor.

«Ya he estado aquí —pensó—. No creí volver a encontrarme en esta situación».

Antes de que otro pensamiento lograra sumarse a su creciente inquietud, vio una serie de palabras aún más perturbadoras. Letras rojas en negrita y cursiva.

Hola, doctor Starks.
El hombre que me mató.
Saludos desde el inframundo...

En la pantalla se fijó una imagen de una pintura del siglo xv realizada por Hieronymus Bosch, el Bosco. Ilustraba la visión que el artista tenía del infierno. De pronto, una voz áspera, densa y metálica resonó a través de los altavoces del ordenador.

«¿Creyó que me quedaría tranquilo después de que me asesinara? ¿Que permanecería en silencio en una tumba anónima? ¿Que descansaría en paz? ¿Que dormiría el largo sueño? ¿Pensó que descendería con calma al Hades sin recordarle mi tormento segundo a segundo? ¿Creyó que bebería la esencia del olvido?».

Entonces apareció otra imagen famosa: la diosa griega Lete flotando sobre una corriente de agua. Ofreciéndole una copa de olvido a una nueva alma muerta que acaba de cruzar el río Estigia. «Bebe y olvida todo lo terrenal». La voz continuó:

«No...
»No lo creo.
»Ha llegado el momento de jugar a otro juego».

En esta ocasión, una imagen más moderna inundó la pantalla: Pat Sajak y Vanna White, presentadores del concurso de éxito internacional *La rueda de la fortuna*. Un concursante hizo girar la ruleta y, cuando esta se detuvo y el indicador marcó GIRO ESPECIAL, apareció una imagen del tablero donde el participante tendría que adivinar la frase. Ricky vio a Vanna White tocar los cuadros que giraron y se convirtieron en letras... hasta que se quedó paralizada y su mano permaneció a unos centímetros de un cuadro cuya letra se transformaría en una pista.

Luego se formó otra pantalla con una versión falsa del tablero. Una a una, las letras fueron apareciendo en las cajas hasta que la frase se completó:

BÚSQUEDA DEL TESORO

La voz volvió y rio con frialdad.

«Una búsqueda en la memoria, doctor. Recopilará los recuerdos, los reunirá y así sabrá dónde buscar...».

La voz calló.

—¿Buscar qué? Maldito seas... —exclamó Ricky.

Pero, antes de que pudiera dar rienda suelta a aquella ira mezclada con frustración y ornamentada con amplias pinceladas de miedo, aparecieron dos palabras nuevas en el centro de la pantalla:

LAS REGLAS:

La voz volvió, hablando con rapidez. Sonaba incluso más fría y penetrante.

«Solo usted.
»Nada de policías, ni amigos ni colegas.
»Tampoco desconocidos en la calle».

Las palabras hicieron eco mientras la imagen cambiaba en la pantalla. Un rostro familiar. La mujer que le salvó la vida diez años atrás.

La señora Heath.

Era una imagen de cuando era joven, hermosa, fulgurante. Esbozaba una interminable sonrisa desbordante de alegría. La fotografía fue tomada en la popa de un velero durante una competición de natación en aguas abiertas. El viento agitaba su cabello, ella estaba al mando del timón, el velero se ladeaba en su encuentro con la brisa: la imagen que imprimieron en la portada del programa de su funeral.

Desapareció tan rápido como había aparecido y la reemplazó la fotografía de un féretro. Se parecía al que Ricky había visto en el funeral de Alan Simple, pero bien podría ser cualquier ataúd de cualquier funeral, de cualquier muerte.

La voz continuó:

«Como ya ha jugado al juego,
»solo habrá un árbitro, una sola juez».

La voz titubeó y luego estalló en una larga e iracunda carcajada.

«La conoce bien.
»Es nuestra vieja amiga…
»La muerte».

Ricky se aferró a los bordes de su escritorio. Una oleada de miedos y emociones lo inundó, su corazón latía a toda velocidad. El vértigo le hizo sentir que se tambaleaba, que se deslizaba, que resbalaba. Le pareció que cada palabra lo conducía a un tipo especial de locura. Una locura que le resultaba familiar, que vivió en el pasado y que creyó haber dejado atrás. La voz del señor R era como una alucinación auditiva que resonaba en algún lugar en la profundidad de su corazón y de su mente. El asesino había muerto, y aun así… ahí estaba. La persona que se comunicaba con él por medio de palabras y sonidos a través de su ordenador había fallecido. Ahora, sin embargo, parecía haberse transformado en la presencia fantasmal que fluía a través de la pantalla. Ricky sabía que quien se dirigía a él no era el hombre muerto, un actor había logrado imitar cada tono e inflexión de manera impecable. De pronto sintió la garganta seca, creyó que no podría pronunciar una palabra si quisiera. El sudor, como de maratonista en el kilómetro cuarenta, empezó a nublarle la vista. Se preguntó si eso sería lo que sentiría un paranoico esquizofrénico en el momento en que se rendía en la batalla, cuando abandonaba la razón, empezaba a escuchar las órdenes de las voces que solo él podía oír y sucumbía a las inexorables exigencias de su enfermedad. Cuando sentía que la alucinación, el delirio y el miedo lo controlaban.

Trató de analizar las sensaciones que lo invadían, pero en ese instante una nueva serie de imágenes apareció en la pantalla de su ordenador: Culturista. Músculos. Barba. Taparrabos.

La fotografía de un fortachón posando, tomada en los años fundacionales de Hollywood. Lo recordaba vagamente, pero, antes de poder evocar el nombre, apareció otra imagen. Luego una más. Pasaron a toda velocidad una tras otra. Músculos aceitados, una muestra de la fuerza en todo su esplendor, cabellera larga y ondulante, sandalias de piel. Una caricatura estilo Disney. Los tres chiflados alrededor de otro culturista. Un antiguo gobernador de California posando en su juventud, cuando acababa de llegar a Los Ángeles.

Ricky comenzó a descifrar las imágenes.

Todas eran encarnaciones cinematográficas del héroe griego Heracles, más conocido como Hércules.

Casi se cayó de espaldas cuando otra carcajada retumbó en la habitación. Violenta, desenfrenada. Se extendió por todo el despacho oyéndose cada vez con más fuerza e insistencia hasta que se detuvo de súbito, igual que como comenzó. La voz habló con frialdad y a un volumen estable.

«Hércules realizó doce trabajos.
»Venció a bestias aterradoras,
»mató a enemigos salvajes.
»Limpió establos y sostuvo al mundo
»sobre sus hombros...».

En la pantalla apareció un rápido montaje de imágenes: caricaturas, películas cursis y pinturas antiguas en las que Hércules realizaba un trabajo. La voz continuó:

«Todos los trabajos estaban diseñados para derrotarlo,
»y cualquiera de ellos debió poder matarlo.
»Qué terrible.
»Pero los chicos malos no tuvieron suerte.
»Hércules triunfó siempre.
»Doctor, ¿no cree que tal vez esa es la razón
»por la que lo recordamos ahora?
»Por desgracia, no muchos recuerdan.
»Para colmo de la ironía...,
»a pesar de lo poderoso que era,
»murió envenenado a manos de una esposa celosa.
»Usted solo tendrá que realizar una tarea,
»pero conformada por doce elementos».

A través de los altavoces se oyó una fanfarria de trompetas.

«¿Los reconoce?
»Debería».

La tipografía cambió. Las letras seguían siendo rojas, pero la fuente era distinta. Ricky la reconoció de inmediato. En general, podía identificar Medieval, Helvética o cualquiera de las más comunes, porque las usaba con frecuencia. Esta era un poco distinta. Se llamaba Quicksand. A pesar de notar el cambio, no pensó mucho en él, prefirió centrarse en lo que vio de pronto.

Doce nombres.

Aparecían con letras grandes formando una lista en el centro de la pantalla.

Los conocía todos.

Según los contemplaba fijamente, volvió a oír la voz.

«¿Se está poniendo nervioso, doctor?
»Estos nombres deberían inquietarlo.
»Son doce antiguos pacientes.
»Seis hombres. Seis mujeres.
»Algunos terminaron su terapia hace poco.
»A otros los atendió hace veinte años.
»Cuando volvió a su vida en Nueva York,
»antes de que intentara hacerme terapia
»sin saber quién era yo en realidad».

Ricky volvió a cerrar los ojos; ver aquellos nombres fue doloroso. Cada uno era como una puñalada que le penetraba el pecho. Parpadeó, abrió los ojos, la imagen había cambiado. Se encontró con una frase escrita en mayúsculas.

¡ESCRÍBALOS AHORA MISMO!

La lista volvió a aparecer. Ricky tomó un trozo de papel y empezó a garabatear con frenesí a pesar de saber que, con haberlos visto una vez, le bastaba para no olvidarlos. Los nombres fueron desapareciendo frente a sus ojos, como un truco de magia en un espectáculo de Las Vegas.

Una nueva imagen apareció frente a él.

Un árbitro en un partido de fútbol del Mundial mira su reloj de pulsera, activa el temporizador, sopla con fuerza y emite un silbido que rechina al pasar por los altavoces, sacude el brazo, señala que el encuentro debe comenzar. La imagen se centró por un instante en el rostro del árbitro, pero luego se disolvió y se convirtió en algo más.

La cabeza de la muerte, un cráneo. Riéndose.

A continuación, una nueva frase se deslizó y atravesó la pantalla:

¡El juego ha comenzado!

La última palabra pareció estallar, se quebró en una multitud de esquirlas ensangrentadas que se extendieron hasta los bordes. Temblaron un poco antes de moverse y regresar al mismo lugar hasta agruparse y comenzar a crecer para formar la nueva frase que quedó en el centro:

EL ACERTIJO DEL DOCTOR STARKS

Ricky observó como hipnotizado, como un hombre incapaz de dejar de mirar algo terrible que sucede frente a él. Un accidente automovilístico en cámara lenta; un avión que se sacude de repente hasta perder el control; un francotirador mirando hacia abajo, apuntando, disparando.

«Este es el juego, doctor Starks.
»El juego del fracaso…

»Uno de estos doce nombres que,
»de cierta forma, son un jurado…
»Una de las doce personas que salieron de su consulta
»sintiéndose optimistas, creyendo estar curadas,
»tomando el camino correcto,
»rumbo a una nueva y mejor vida…
»todo gracias al maravilloso doctor Starks…
»Elija el cliché psicoanalítico que prefiera y,
»luego, adivine qué…».

Silencio.
—¿Qué? —casi gritó Ricky frente al ordenador.
La voz parecía haberlo anticipado. No demoró su respuesta:

«No los ayudó. No lo suficiente.
»Igual que le falló a nuestra madre hace tantos años…
»también le falló a uno de los doce.
»¿Y sabe lo que el fracaso significa?».

Esta vez Ricky se mantuvo callado, sabía que la respuesta llegaría.

«Bien, doctor…, esa persona ha planeado suicidarse.
»Muy pronto.
»¿Cuándo?
»¿Dentro de algunos minutos?
»¿Horas?
»¿Días?».

Ricky estuvo a punto de soltar un grito ahogado.

«¿Qué piensa, doctor Starks?
»Su paciente… ¿se colgará de una viga?
»¿Se pegará un tiro en la sien?
»¿Se cortará las venas con una navaja?
»¿Se lanzará desde un rascacielos?
»¿O, quizá, igual que usted hizo hace algún tiempo,
»caminará hacia el mar?
»Solo que usted fingió, ¿cierto?

»Aquí tiene su juego:

»Solo deberá realizar un trabajo,
»una labor sencilla, una tarea común que
»Hércules habría podido hacer sin mayor problema…

»Encuentre las piezas del enigma:
»¿Quién?
»¿Por qué?
»¿Dónde?
»Como dije, es una búsqueda del tesoro de la memoria.

»Y entonces…

»Evite esa muerte.
»Impida el suicidio.
»No permita que suceda.
»Salve esa vida antes de que fenezca.
»Evítele a alguna familia, a parientes, amigos, colegas,

»lágrimas, angustia y preguntas sin respuesta.
»Como las preguntas que surgieron
»en el servicio religioso de hoy.
»Dicho de otra forma:
»así como debió ser suficientemente astuto
»para salvar la vida del señor Alan Simple,
»hombre de negocios de Miami, devoto padre de dos niños,
»amoroso esposo, hombre angustiado por un pasado
»que le fue impuesto, que no eligió…,
»evite que se cumpla un destino oscuro
»que nunca tendría solución».

En la pantalla apareció una fotografía: Alan Simple muerto, rodeado de sus seres amados. Era el tipo de fotografía que podría uno ver en una tarjeta de Navidad: los miembros de la familia posando con rigidez, dispuestos por un fotógrafo profesional en algún estudio.

Ricky sintió que todo se tensaba en su interior. Quería argumentar, decir: «Yo estaba tratando de salvar mi vida. La vida de la que ustedes me despojaron». Pero no había nadie con quien argumentar, solo la implacable voz proveniente del ordenador que no dejaba de exigirle, de emitir nuevas frases.

¡CATORCE DÍAS!

«Ese es el tiempo que le queda para impedir el suicidio.
»En una ocasión le di quince para adivinar mi nombre.
»Ahora será uno menos porque en catorce días
»se cumple un aniversario importante».

De pronto, en los altavoces retumbó una música fúnebre: la típica música militar de corneta que se toca en ocasiones solemnes. Ricky se quedó pensando: «¿Qué aniversario?», y, mientras tanto, la voz se fundió con las últimas notas de la corneta. No tuvo tiempo para pensarlo demasiado porque de pronto apareció frente a él una nueva imagen: una fotografía en blanco y negro de un cementerio abandonado y desbordante de maleza. Tumbas cubiertas de escombros, lápidas deformes y tiradas a un lado.

«Me debe algo, doctor.
»Es una deuda sustancial.

»Me pagará dentro de dos semanas
»con la única divisa que sabe que aceptaré».

Ricky sabía de qué hablaba: «Quiere que me mate. Justo como entonces, como hace quince años». Antes de tener tiempo de decirlo, la voz comenzó a hablar de nuevo:

«Pero...
»seguro que se está preguntando...
»¿Qué pasará si no lo hago?
»¿O si no puedo?
»¿O si no quiero?
»¿O si lo intento, fracaso
»y me vuelvo a esconder?
»¿Qué sucederá?».

En la pantalla aparecieron varias palabras: «Puedo...», «Quiero...», «Fracaso...», y luego dos imágenes:

La primera: una fotografía de una camisa blanca colgada en un muro, salpicada de pintura roja.

La segunda: la imagen de una frase escrita con una sola fuente tipográfica en la parte superior de un cuadernillo de exámenes, del tipo que se usa en la universidad y las facultades de Medicina: «Identifica las seis causas más comunes de insuficiencia hepática».

Se quedó mirando ambas imágenes, en su mente apareció la palabra «incomprensible», pero no le dio tiempo de analizar lo que veía porque, de repente, en la esquina de la pantalla surgió un contador de diez segundos. Una vez más, empezó a contar de diez a cero, las imágenes desaparecieron y las reemplazaron más palabras garabateadas en rojo.

¿Quiere una pista, doctor?
¿Quiere saber cuál es mi precio?

—Sí, maldita sea, sí —estalló, sin estar seguro de que lo que se oyó con fuerza en su despacho fuera su propia voz. Los altavoces sonaron de nuevo, de ellos salió una voz distinta. Melódica, casi musical. Seductora, susurrante.

«Hola, doctor, aquí está su acertijo...

»Soy, raro,
»pero común.
»Soy fácil de perder,
»difícil de encontrar.
»No cuesto nada,
»pero soy invaluable.
»Puedo durar para siempre,
»o apenas nada.
»Soy simple,
»y a la vez complejo.
»¿Quién soy?».

Ricky se inclinó hacia delante, esa debía de ser la voz de actriz de Virgil. Se quedó pensando un instante.

—Conozco la respuesta —susurró—, no es tan difícil.

«El amor», pensó.

En ese instante supo quién estaba bajo amenaza. En el mundo solo había dos personas con las que podía relacionar ese concepto: Roxy y Charlie. Comprender esto lo hizo sentirse enfermo, le costó trabajo no caer desmayado como un hombre que de repente sufre un fulminante ataque al corazón.

En la pantalla apareció un reloj caricaturizado, las manecillas giraban enloquecidas sobre la esfera, a toda velocidad. Luego se derritió como los objetos en las pinturas de Salvador Dalí. Cuando se transformó en un charco, la voz continuó:

«No pierda tiempo, doctor,
»le queda poco».

Después, agregó riéndose:

«Esperaré a que se reúna conmigo
»en nuestra nueva casa».

En la pantalla apareció una trepidante serie de fotografías acompañadas de fragmentos musicales. Un indigente con «Aqualung» de Jethro Tull. Casas de barrios residenciales que se desvanecieron al ritmo de «Pink Houses» de John Mellencamp hasta transformarse en casas en serie como las de Levittown. Por último, Ricky vio varias mansiones de Newport sacadas de *El gran Gatsby*. Un castillo escocés. Versalles acompañado de los «Conciertos de Brandemburgo» de Bach…, hasta que todo se detuvo de súbito, casi a media nota.

La voz continuó:

«Por desgracia, mi casa no es ninguna de estas.
»Tal vez logre adivinar mi nueva dirección:
»El infierno. Hades. Inferno. El inframundo. El averno.
»El séptimo círculo.
»El anillo exterior, donde llueven sangre y fuego de forma incesante,
»el lugar reservado para nosotros, los asesinos».

Más imágenes. Fuego y almas torturadas. Agonías medievales.

«Le he reservado un lugar aquí, doctor.
»Porque usted, al igual que yo, es un asesino.
»Salvo que…

»Me pregunto… si a usted no lo enviarán
»al anillo medio. El dedicado a los suicidas,
»donde los perros salvajes desuellan a los condenados
»sin cesar… por toda la eternidad.
»Porque ahí es donde debería terminar.
»Es adonde deberían condenarlo».

Luego apareció la tristemente célebre fotografía del movimiento de derechos civiles, tomada en Birmingham, Alabama, en 1963. En la pantalla se vio uno de los perros policía de Bull Connor atacando a un manifestante negro y, a continuación, el primer plano de un pit bull en una pelea de perros clandestina destrozándole el cuello a un caniche. Otra larga carcajada.

—No soy un asesino, ¡y no me pienso suicidar! —gritó Ricky frente a la pantalla, preguntándose a quién le estaría mintiendo, si a la voz o a sí mismo. Antes de tener la respuesta, la voz continuó.

«Y, como sabe lo mucho que me agrada la poesía,
»le regalaré un poema».

Un sonsonete agudo, voces familiares. Como una clase de niños en la guardería coreando la canción infantil «Itsy Bitsy Spider»…

«Catorce días para adivinar el nombre.
»Catorce días para salvar a una mujer o un hombre.
»Catorce días, una persona, tal vez dos.
»Usted sabe qué hacer aunque sea atroz.
»El señor R sabe quién desea morir...
»Sabe por qué y sabe adónde ir...
»Pero ¿nos dirá quién?
»No, no, él nunca hace el bien.
»Usted debe cazar, todo debe intentar.
»Vamos. Vuele, se tiene que elevar.
»Porque, si llegara a fallar,
»el señor R el corazón le va a quebrar.
»Su vida en cenizas se convierte,
»si no cumple y, sobre todo, si no vence.
»No tema, ya lo veo en mi huerto.
»Desde hace mucho, lo sabe de cierto:
»... que está aquí, que está muerto».

Ricky vio en su pantalla materializarse en color rojo una frase en una escritura elegante, como si la trazara una pluma invisible:

Cordialmente suyo,
su viejo amigo Rumpelstiltskin.
Y sus otros amigos con nuevos nombres:
Hansel
y Gretel.

Aunque desde ahora debería saber
que en realidad somos:

... Cerbero.

Luego todo desapareció y en la pantalla se vio el osciloscopio del programa de televisión de medio siglo atrás. Se volvió a oír la voz del locutor:

«Ahora le devolvemos el control de su televisor.
»Nos vemos la próxima semana a la misma hora.
»La voz lo llevará más allá del límite».

La pantalla se quedó en negro.

Ricky tomó el ratón e hizo clic.

Nada.

Intentó de nuevo.

Nada.

Tomó el módem que conectaba su casa a internet y apretó tres segundos el botón de reinicio.

Nada.

Estiró el brazo hasta la parte de atrás del ordenador y presionó el interruptor principal. Apagó el ordenador por completo, pero contar hasta sesenta antes de volver a encenderlo le exigió un gran esfuerzo. Cuando se encendió, esperaba ver el logo de Apple seguido de las barras de progreso que indicarían que había vuelto a la vida.

Nada.

Se reclinó en la silla. Comprendió que, igual que las palabras que leyó, la pantalla negra que tenía frente a él ahora formaba parte del mensaje.

Su ordenador estaba muerto. Alguien lo había asesinado.

Se preguntó si él también moriría pronto.

4

UN PLAN FRAGUADO EN EL INFIERNO

Ricky se sentó en medio de una negrura casi absoluta y dejó que la noche lo devorara.

«El señor R sabe quién desea morir...», recordó.

El fallecido señor R, encarnado ahora por Merlin y Virgil.

«¿Cómo pueden saberlo?».

Estaba seguro de que su pregunta tenía una respuesta, pero ¿dónde buscarla?

«¿Y qué puedo hacer yo al respecto?».

No estaba tan convencido de que hubiera respuesta para la segunda pregunta.

Lo primero que tuvo que reconocer es que estaba inmerso en una situación sumamente diabólica. En el mensaje que vio en su ordenador se mencionaba una tarea común. Pero era mentira: esa tarea iba más allá de lo hercúleo. No solo no sabía cuál de los doce antiguos pacientes estaba considerando suicidarse, tampoco sabía lo avanzado que estaría el proceso, y solo tenía dos semanas para averiguarlo. «¿Evitar que alguien se suicide? ¿Cuánto estará esa persona comprometida con su plan?». Trató de evaluar la dificultad de la tarea desde la perspectiva de la disciplina clínica, pero era muy difícil.

«De acuerdo, digamos que, después de todos estos años de silencio, aparezco de la nada, lo cual quizá sea una violación del código de ética. Y entonces les pregunto: "Buenas noches, ¿cómo está? Dígame, ¿está considerando suicidarse?". ¿Qué probabilidades hay de que me contesten con sinceridad? No creo que muchas. Incluso si alcanzara a discernir sus intenciones y estuviera seguro de que alguien se va a suicidar, no tengo obligación legal no debatible de llamar a la policía, a un familiar o al centro de ayuda en caso de crisis. De hecho, fue justo lo que dijo la voz que no podía hacer. Y, si intentara persuadir a esa persona para que se detuviera y fuera a un hospital, ¿me haría caso? Incluso si lo hiciera y yo lograra que la admitieran y la estabilizaran, ¿luego qué? ¿Prepararía un tratamiento con medicamentos? ¿Organizaría un calendario para sesiones de psicoanálisis? ¿La daría de alta del pabellón de psiquiatría? Y, mientras transcurren mis catorce días, todo esto se va a la basura porque en algún momento el paciente suicida volverá a comprender la situación desesperada en que se encuentra, antes de que los medicamentos comiencen a hacer efecto, antes de que tengamos oportunidad de hablar. Y para entonces habría encontrado su pistola, tirado al sanitario todas las pastillas que pudiera recetarle, quemado el calendario de la terapia, escrito una enigmática nota como la del señor Simple, y se habría pegado un tiro en la cabeza.

»Porque, a menos que ellos mismos quieran ayudarse, yo no puedo hacer nada.

»Y, si no quieren ayuda, yo permanezco en la impotencia más absoluta».

Ricky imaginó de inmediato a los dos jóvenes que se encontraban bajo amenaza. No estaba seguro de que pudieran comprender esta venganza.

También eran las únicas personas que quedaban en su vida a las que podía relacionar con el concepto del amor. Tal vez, si no se trataba de un amor paternal, era algo profundo y muy similar. Era afecto y estima que se traducían en compromiso. De una manera muy peculiar, esos dos jóvenes habían renovado su vida. Sus problemas le daban una razón para continuar luchando, quería ayudarlos en cada paso, en cada etapa. Sus esperanzas se transformaron en los éxitos de él. Cada vez que ellos sufrían una desventura o fracaso, él se sentía miserable, y, cuando triunfaban, se regocijaba. Sus triunfos y sus infortunios eran suyos también.

Cada vez que se reflejaba en el espejo del envejecimiento, ellos estaban ahí para recordarle que aún era joven, y él se sentía agradecido por ello. Se sentía en deuda y ellos también. Era una conexión que le daba un propósito, significado, dirección.

«El amor es la emoción más peligrosa de todas, incluso un poco más peligrosa que el odio».

Ricky tensó la mandíbula con fuerza, golpeó sobre el escritorio provocando un ruido sordo que hizo eco en su despacho.

Se meció en la silla del escritorio sin dejar de mirar el ordenador muerto, de pensar en lo que le dijo aquel hombre que había perecido y ahora le escribía desde el infierno.

Ricky sabía que el señor R, el asesino, era un cadáver. Lo vio morir. Vio que lo enterraban en una tumba anónima, «Escribieron un dato común y corriente para marcar su deceso». Demasiadas identidades falsas, imposible encontrar la verdadera. Durante su vida, solo un letal nombre en clave. Y, en su muerte, un hombre no identificado.

Y sin embargo, el señor R ahora volvía como una especie de fantasma en un castillo embrujado, volvía acompañado de su hermano y su hermana para acosarlo.

«Cerbero».

Un nombre que tenía sentido desde la perspectiva psicológica. Cerbero era el salvaje perro de tres cabezas que custodiaba la lóbrega entrada al Hades en la mitología griega. Una de las labores de Hércules consistió en burlar y extraer al perro de su puesto de guardia y conducirlo del reino de los muertos al mundo de los vivos.

Sintió que una oleada de furia lo inundaba.

—Diez años —susurró. Luego elevó la voz y su discurso se tiñó de imprecaciones—. ¡Diez años, maldita sea! ¡Diez años! ¡Diez jodidos años en los que todo estuvo bien! —gritó con fuerza dirigiéndose a las tres personas que parecían materializarse frente a él con aire espectral. Dos al lado de su fallecido hermano, emanando la tóxica esencia de la venganza.

«Merlin, sofisticado abogado de Nueva York, hombre de familia.

»Virgil, una increíblemente hermosa y consumada actriz de teatro.

»Se han convertido en Hansel y Gretel.

»En el cuento infantil, los hermanos van dejando migajas de pan por todo el bosque para volver a casa, pero, como los pájaros se comen la inesperada dádiva, se ven obligados a buscar refugio y terminan en la casa de una bruja.

»A la que matan».

Su primer impulso fue llamarles. Se preguntó si estarían esperando una colérica llamada de su parte a medianoche.

«Lo dudo».

Abrió uno de los cajones y buscó su teléfono, pero entonces recordó lo sucedido.

«También robaron mi agenda».

Entonces comprendió que todas las direcciones y números telefónicos que había reunido a lo largo de los años y que habrían podido conducirlo al paradero de los hermanos resultaban inútiles. También se dio cuenta de que ese viejo cuaderno era el único espacio de su vida en el que había registrado sus nombres. No había nada más que lo conectara con ellos, salvo el recuerdo de su historia común.

Les bastó un robo para volverse anónimos.

Dejó de pensar y se agachó un poco.

«Pasaron diez años planeando esto.

»¿Una década sería suficiente para urdir el asesinato ideal?».

Tenía una urgencia abrumadora, sentía que una grieta de ira y odio se había abierto en su interior. Quiso amenazarlos de la misma manera en que ellos lo amenazaban a él, solo que no estaba seguro de cómo hacerlo.

«¡Voy a llamar a la policía! ¿Para decir qué? ¿Que hace diez años trataron de manipular a un hombre moribundo para que me matara y que quince años antes trataron de obligarme a suicidarme amenazando a mis familiares? ¿Y que, casualmente, nunca les mencioné a las autoridades nada de esto?».

La ventaja que tenía diez años antes se había ido disipando más y más cada día, tanto, que no le quedaba nada. Se reprendió: «¡Debí imaginarlo! ¿Qué tipo de psicoanalista soy?». Una parte oculta y sombría de su personalidad hizo a un lado estos pensamientos y se enfocó en algo más. «Si pudiera encontrarlos y matarlos primero, acabaría con todo esto de una vez». El problema era que sabía que no era cierto. «Porque asesinarlos me cambiaría a mí para siempre, mientras viva. Y destruiría todo lo que he logrado construir en este tiempo». Ya no podría ser psicoanalista. «Todas las terapias que he dado serían cuestionadas». Oyó en su mente la voz de un paciente tras otro tratando de responder entre lágrimas a las preguntas de algún inspector: «Entonces ¿dice que el médico que usted pensaba que le había ayudado a cambiar su vida se convirtió en un asesino a sangre fría? ¿Cómo es posible?». Ricky sabía que cuando se enfrentara a los inspectores sería un hombre recién convertido en asesino tratando de explicar las razones más intricadas posibles. No faltaría el que dijera: «Bien, entonces el tipo que trató de matarlo ya estaba muerto, pero, diez años después, usted decidió matar a estas otras personas porque dice que son familiares del muerto aunque no tiene manera de demostrarlo. ¿He entendido bien? Y los mató porque creyó que ahora ellos querían que usted se suicidara igual que, según me dice, lo deseaba el hombre que murió hace diez años y era un asesino, pero prefería que usted hiciera su trabajo y se matara porque él no quería apretar el gatillo por sí mismo, ¿cierto? ¿Le parece lógico, doctor Starks? ¿Está tratando de decirme que esta demencial explicación de la supuesta defensa propia es la manera en que justifica un crimen un psicoanalista respetable?».

«Sí, inspector, justo eso».

De lo que sí estaba seguro era de que tenía la furia a flor de piel.

—Conseguiste lo que fuera que deseabas hacer con tu maldita vida ¡y yo recuperé la mía! ¿Por qué no pudiste dejarme en paz? ¿Por qué volver ahora? —exclamó.

Sus propias palabras lo instaron a ponerse de pie. Se flexionó, inclinó su cuerpo hacia la derecha y la izquierda, y luego se arqueó hacia atrás como un corredor preparándose para una carrera, justo antes de colocarse en la posición de salida.

—¿Podría contraatacar? ¿Defenderme? —se preguntó en voz alta.

Hizo un inventario rápido de su edad madura sintiéndose como un soldado que revisa el equipo antes de partir al combate. ¿Tenía suficientes municiones? ¿Granadas? ¿Maletín de primeros auxilios? ¿Sistema de comunicación? ¿Casco? ¿Chaleco antibalas? ¿Su arma estaba limpia? ¿Funcionaba de manera correcta? ¿Había una bala en la recámara? ¿El seguro estaba activado? ¿El arma cargada?

¿Y contaba con suerte?

Todavía podía correr. Tal vez no tanto como antes, pero seis kilómetros eran plausibles sin mucha dificultad. También podía montar en bicicleta, unos dieciséis kilómetros. Y podía acostarse tarde y funcionar bien con solo cuatro o cinco horas de sueño.

Su corazón estaba fuerte. Los pulmones y las piernas ya no eran tan competentes, eso estaba claro, pero aún respondían adecuadamente. Tenía suficiente fuerza. Quizá los músculos le dolían con un poco más de frecuencia que algunos años antes, pero podía seguir confiando en ellos. Hizo flexiones como tratando de asegurarse de que todo estuviera en su lugar, de que su cuerpo aún respondía a sus órdenes.

También podía urdir planes. No tenía lapsus cognitivos ni embarazosos «momentos de señor mayor» que le hicieran olvidar nombres, citas ni lo que había visto la semana anterior en televisión. En sus sesiones de terapia, su atención todavía era aguda y bien dirigida. Aún tenía muy buena memoria. Podía recordar todas las palabras cruciales y los matices notables en las conversaciones en sesión de cada uno de sus pacientes.

Su cabello era más fino que cuando era joven y lo atravesaban franjas de gris y blanco, pero seguía en su lugar. Su vista no era tan aguda como antes, pero continuaba siendo más que adecuada, y la última vez que se sometió a una prueba para conducir —«lea la línea de en medio, por favor...»— el aburrido empleado de la oficina del departamento de vehículos motorizados escribió en su carnet: «No necesita gafas». Sus manos no mostraban el menor temblor anticipado de párkinson. En el último examen médico que se realizó, después de revisar un informe de laboratorio con un conteo elevado de glóbulos blancos, el internista no levantó la vista para decirle: «Creo que debería pedir una cita con el oncólogo y realizarse más pruebas».

Sabía que parecía mayor de lo que era, pero, aparte de algunas arrugas alrededor de los ojos y un poco de engrosamiento alrededor de la cintura, creía que seguía siendo el mismo hombre de antes. Reconoció que esto era, quizá, una ligera exageración, pero justo en esa exageración residía toda su esperanza.

Por un instante visualizó a su difunta esposa, que había partido tantos años antes.

«Seguiría siendo hermosa. Seguiría amándome.

»Y sé lo que me diría:

»Sí, Ricky, puedes contraatacar. Debes hacerlo. Sálvate. Salva a todos. Es tu misión».

—De acuerdo —volvió a decir en voz alta, dirigiéndose al espectral trío frente a él—. Entonces, queréis jugar de nuevo. Estoy en condiciones de haceros frente. ¿El ajedrez no es de vuestro agrado? Bien, volvamos a jugar al juego de la muerte. Os he ganado antes y puedo volver a hacerlo.

Se quedó mirando su ordenador muerto, fijó la vista en el teclado. El húmedo pañuelo que había usado para limpiar la sangre sobre las teclas se encontraba arrugado junto a un bote con lápices y plumas.

Recordó lo que le había dicho el inspector: «Su paciente tenía una herida en el brazo, como si él mismo se hubiera cortado». Y creía que lo había hecho con un cuchillo, pero no encontraron nada.

«De ahí viene la sangre», supuso, y luego recordó más. «Alguien hizo un montaje, escenificó un suicidio para ocultar el asesinato. Yo también lo hice una vez, hace quince años. Hice un montaje de mi propia muerte para adoptar otra identidad y así evitar que asesinaran a alguien. A mí. Están arrancando una página de mi libro».

El recuerdo le provocó escalofríos. Era una situación irónica y macabra a partes iguales, como sacada de algún relato de Edgar Allan Poe. Una tumba construida con ladrillos y un hombre embriagado a propósito. Un cuervo que grazna una sola palabra. El mensaje legal de la sangre salpicada era claro: si llamaba a la policía para denunciar la intrusión, le preguntarían:

«¿Por qué hay sangre de uno de sus pacientes salpicada en su teclado? ¿Cómo llegó ahí? ¿Quiere que creamos que un misterioso desconocido entró en su casa y salpicó la sangre solo para implicarlo en un crimen? ¿En cuál? ¿Quiere decir que alguien mató a una persona que no conocía solo para hacerle quedar mal a usted, doctor? ¿Para hacerle quedar como un profesional incompetente?».

«Eso es, inspector, es justo lo que le estoy explicando», diría él.

«Qué raro, suena improbable», le dirían. «¿Es usted un asesino, doctor Starks? Porque eso es lo que parece».

Ricky se quedó mirando la sangre en el pañuelo. «Eres prueba de un crimen del que la policía me culparía», pensó antes de dirigirse a la zona de lavandería de la casa, colocar el pañuelo en la lavadora y comenzar un ciclo de lavado. En la cocina, debajo del fregadero, encontró un poco de limpiador a base de amoniaco con atomizador que usó para limpiar el teclado tres veces. «Las pruebas de ADN son cada vez más sofisticadas», pensó. Aunque parecía limpio, siguió dudando, así que lo desconectó y lo tiró a la basura.

Luego volvió a su escritorio.

Tenía la sensación de que el fantasma del señor R observaba cada uno de sus movimientos, que en cualquier momento le hablaría con tono sarcástico: «Bien hecho, Ricky, estás empezando a pensar como un verdadero asesino, ya sabes destruir las pruebas de un homicidio».

Todavía lo dominaba aquella espeluznante sensación cuando sonó su teléfono móvil.

A punto estuvo de morir del susto. Su corazón tardó varios segundos en desacelerar. Cuando miró hacia abajo, vio en el identificador que quien llamaba era Roxy.

Al verlo sintió un alivio que no duró mucho tiempo; de pronto lo sacudió una oleada de preocupación.

Era demasiado tarde. ¿Por qué llamaría a esa hora?

Cuando contestó y oyó la voz de la chica, se sintió orgulloso, recordó lo mucho que había superado para encontrarse donde estaba: a punto de alcanzar una meta muy valiosa. Pero de pronto lo invadió un temor incomprensible, en cuanto detectó el ligero temblor en su voz, tras oír unas cuantas palabras.

—Roxy, cariño, ¿pasa algo malo? Suenas inquieta.

La chica titubeó, pero luego habló.

—Sí, he tenido unos días muy difíciles…

—Bueno, sabemos que la facultad de Medicina puede ser así…

—No, no se trata de la facultad. Bueno, no del todo. Es decir, se trata de la facultad porque sucedió algo raro ahí, pero… —dijo Roxy. La oyó respirar hondo mientras trataba de asimilar la palabra que lo asustó: «raro»—. En fin, te llamo porque me encuentro en Urgencias con Charlie.

5

UNA INYECCIÓN

Las fulgurantes e implacables luces de las salas de urgencias en los hospitales modernos tienen algo que hace que toda la gente parezca más enferma de lo que en realidad está. Una servicial enfermera en pijama sanitario azul marino condujo a Ricky a una habitación separada de la serie de camas y cortinas en fila del área de exploración. La habitación tenía una pesada puerta de metal que solo podía cerrarse desde el exterior y una ventana de observación en plexiglás reforzado. En el interior había una cantidad mínima de equipo médico, nada que alguien pudiera tomar y usar como arma. La enfermera habló como disculpándose.

—Cuando llegó nos dijo que estaba teniendo un ataque maniaco y se le veía bastante descompensado. Hablaba sin parar, lloraba sin control y lo único que quería era ponerse en contacto con usted y con cierta estudiante de Medicina. Por eso pensamos que, por su propia protección, mientras esperábamos que ustedes llegaran...

Se detuvo en cuanto se dio cuenta de que haber puesto a Charlie en esa habitación era más para protegerse ellos que a él. Y Ricky también lo sabía, no le parecía ilógico en absoluto.

—Voy a aplicarle una primera inyección de lorazepam y clorpromazina, eso debería tranquilizarlo pronto —continuó explicando la enfermera.

Llevaba una jeringa hipodérmica sobre una bandeja de metal.

En la jerga hospitalaria, a esta combinación la llamaban «B-52» porque incluía cinco miligramos del sedante y dos del antipsicótico.

—Permítame hablar con él antes de inyectarle —dijo Ricky.

La enfermera asintió y siguió al psicoanalista cuando entró en la habitación de alta seguridad.

Charlie estaba recostado en una rígida cama de reconocimiento, no llevaba puesto nada más que una bata de hospital y tenía los ojos enrojecidos. Lo habían contenido físicamente: sus manos estaban esposadas a las barandillas de aluminio de la cama. A pesar de ello, había logrado aferrarse a la mano de Roxy, que estaba sentada a su lado. Al verla, a Ricky le pareció más delgada, exhausta.

Ambos levantaron la mirada cuando entró el psicoanalista. El solo hecho de verlos juntos le hizo sentir que lo recorría una corriente eléctrica.

Charlie adoptó una ligera expresión de chico travieso arrepentido.

—Lo lamento —dijo de inmediato—, pensé que… —añadió, pero se detuvo y negó con la cabeza. Logró sonreír con aire irónico, casi como si estuviera avergonzado—. Supongo que era predecible, ¿no es cierto? Justo cuando crees que tu enfermedad está en remisión, vuelve para recordarte que no se ha ido —observó.

De pronto se arqueó un poco y tiró de los brazos tratando de liberarse, parecía que su cuerpo estaba recibiendo electrochoques. Ricky asintió mirando a la enfermera. Ella se acercó a un lado de la cama, limpió el brazo de Charlie con una torunda humedecida con alcohol. El joven vio la aguja en su mano y se sintió aterrado.

—No, no, por favor, estoy bien… —dijo, tratando de alejarse.

—Todo irá bien, Charlie, permite que la enfermera te ponga la inyección —murmuró Roxy.

Charlie trató de relajarse y cerró los ojos con fuerza cuando sintió la aguja penetrar su brazo.

—Te ayudaremos a reponerte muy pronto —dijo Ricky—. ¿Sabes, Charlie? Esto puede suceder, es cuestión de modificar algunos de los medicamentos, ya hemos hablado de ello. El único que puede identificar cuándo sufrirá un ataque eres tú, por eso es esencial que llames en cuanto…

Charlie empezó a parpadear rápido. Ricky le habló con sosiego, tratando de apaciguarlo, explicando lo que quería que recordara al despertar.

Y de pronto calló.

—¿Qué demonios es…?

Se quedó mirando la pila de ropa de Charlie. Vio una camisa blanca con manchas y salpicaduras rojas, muy parecida a la que aparecía en el vídeo.

—Alguien le disparó —explicó Roxy. En su voz se apreciaba una ansiedad que se justificaba al ver la camisa—. Con una pistola de cápsulas de pintura.

El médico que había ingresado a Charlie estuvo de acuerdo con la evaluación de Ricky. Era un médico de urgencias que, aunque estaba familiarizado con las enfermedades mentales, era obvio que no se sentía cómodo tratando una de ellas de la misma manera en que trataría una herida pulsante de disparo en el cuerpo de un mafioso o un ataque de asma en un niño pequeño. Se decidió que llevarían a Charlie en silla de ruedas a otra habitación para «mantenerlo en observación». Ricky le dijo a Roxy que eso significaría, quizá, unas cuarenta y ocho horas de sueño. Cuando Ricky y Roxy dejaron a Charlie solo, él se estaba quedando dormido. Al llegar al aparcamiento del hospital, Roxy empezó a contarle a Ricky con ojos llorosos todo lo que la apesadumbraba en ese momento: la falsa acusación de que había hecho trampa y la perturbadora sensación de que alguien la observaba.

—¿Quién podría estarme haciendo esto? ¿Y quién habrá fingido dispararle a Charlie? Quienquiera que fuera sabía que le provocaría un ataque y así fue. ¡Es tan cruel! Quiero decir, ¿qué tipo de persona...? —exclamó y se detuvo, sabía que podía responder a su propia pregunta—. Pensé que, como aquel hombre murió, todo lo demás había terminado. Han pasado...

—Diez años —dijo Ricky. «Casi la mitad de tu vida».

No le contó nada sobre el juego o las amenazas. Tampoco le explicó lo que el disparo con la cápsula de pintura o la carta falsa significaban: «Que alguien puede haceros daño, a ti y a Charlie. La próxima podría ser una bala de verdad o una acusación sostenible». Roxy se quedó mirando a Ricky, lo vio más allá de las sombras, como si tratara de leer las respuestas en su semblante. «Los psiquiatras veteranos le enseñarán esa habilidad en la facultad —pensó Ricky con cierta esperanza—. O, tal vez, yo mismo podría entrenarla».

—En esa ocasión, el asesino, aquel hombre, la señora Heath... —dijo Roxy vacilante—. El hombre al que ella disparó en la iglesia, en el funeral de mi padre, no estaba solo, ¿cierto?

—No —contestó Ricky—. Aunque... habría que ser más precisos, Roxy. En ese momento estaba solo, pero tuvo ayuda todo el tiempo.

—¿De quién?

—De su hermano y su hermana.

—Pero él fue el único que murió, ¿cierto?

«Tal vez una parte de ellos también murió, pero su necesidad de venganza se fortaleció», pensó él.

—Así es —asintió Ricky.

—Nunca me lo dijiste..., ni a Charlie..., nunca hablamos sobre esto. Es decir, nunca hablamos sobre lo que vimos, lo que sucedió en la iglesia, lo que nos reunió...

Ella se detuvo.

—Tienes razón, no lo hemos discutido —dijo Ricky sintiendo un mareo repentino. Podía comprender que había desatendido un asunto crucial: «Ay, Roxy, disculpa, olvidé decirte que la casa se está incendiando».

Ella lo percibió con claridad.

—Yo te ayudaré —le dijo a Ricky—. Y Charlie también, en cuanto se recupere. Lo hicimos una vez, podemos hacerlo de nuevo...

Roxy no mencionó con qué podría necesitar ayuda Ricky y él tampoco se lo dijo. Fue como si ninguno quisiera asignar nombres, rostros o dudas a sus temores.

—Sabes que ambos haremos cualquier cosa por ti —le dijo en un tono que aunaba su afecto y una firme determinación.

Ricky negó con la cabeza, en sus labios se dibujó una sonrisa cautivadora que contradecía lo grave de la situación.

—No, descuida, puedo hacer frente a esto solo —le aseguró—. Tú debes volver a tus estudios, son la prioridad, no debes rezagarte ni un poco. Por otra parte, también es necesario que duermas más, Roxy, que empieces a comer bien. Voy a insistir en este tema porque es tan fundamental como todo lo que estás aprendiendo. Yo me haré cargo de los asuntos que requieren de mi atención.

Al escucharlo, ella lo miró inquisitiva.

—¿Qué es lo que debes hacer?

Ricky inspiró lentamente, no quería decir nada que la asustara o la distrajera de sus estudios o de su recuperación física.

—Solo necesito hablar con esa gente y dar fin al asunto —explicó animado, como si fuera lo más sencillo del mundo.

«Solo debo convencer a la gente que me quiere ver muerto de que se equivoca. No hay mayor problema».

Notó que Roxy no le creía.

—De acuerdo —dijo ella alargando sus palabras—. ¿Cuánto tiempo crees que...? —quiso preguntar.

«Catorce días para adivinar el nombre.

»Catorce días para salvar a…».

—No mucho —respondió Ricky antes de que Roxy terminara—. Una o dos semanas. Solucionaré esto en poco tiempo —explicó, mintiendo a medias, ya que lo de «poco tiempo» era cierto: tenía solo dos semanas para averiguar algo imposible.

—¿Y Charlie estará bien? —preguntó Roxy.

—Sabes que sí. Volverá a ser el Charlie de siempre muy pronto. En menos de lo que imaginas volverá a hablar de su trabajo, sobre qué cocinará para la cena y las últimas películas y series de televisión que ha visto. También volverá a bromear sin clemencia. Ya verás.

Roxy asintió.

—A veces, cuando estoy trabajando en el pabellón psiquiátrico, pienso… —Respiró profundamente—. Charlie significa mucho para mí. Tú y él sois la única familia que me queda…

No dijo más.

Ricky la tomó de la mano.

—Todo está bajo control —le dijo, sabiendo que era una mentira absoluta. Pero ella estrechó su mano con fuerza.

«Charlie tal vez esté bajo control pensó. «Roxy, quizá también. Pero nada más».

Sabía cómo tranquilizarla y lo haría, incluso si eso implicaba no ser sincero. Quizá debería advertirle, pero trataría de postergar ese momento lo más posible. Por lo pronto, recurriría a su habilidad para mostrarse como un tipo intrépido y despreocupado, como alguien que no se inquieta por nada en el universo. Sospechaba que Roxy vería más allá de esa fachada porque, desde el instante en que la encontró en Alabama, en la casa donde su padre agonizaba en su lecho, sujetando una pistola con la intención de asesinarlo, comprendió que su percepción y madurez hacían de ella una chica mucho mayor.

Se preguntó si sería el momento de despedirse. Le daba la impresión de que su pasado estaba infectando el futuro de todos y no creía soportarlo más.

A pesar de ello, se sentía incapaz de pronunciar la palabra. «Adiós». No sabía cómo sonaría ni el impacto que tendría, tampoco sabía si eso mantendría a Roxy y a Charlie a salvo hasta el día siguiente o los días por venir. No sabía siquiera si podría pronunciar una palabra cercana a esa sin derrumbarse. Tampoco estaba seguro de lo que significaría despedirse: ¿Que podría desaparecer? ¿Desvanecerse? ¿Volver a renacer siendo otro como ya había hecho antes? «Hace quince años, esa fue mi ruta de escape, pero ahora sería imposible volver a intentarlo, estoy atado a esta vida —reflexionó—. Para un hombre dedicado por completo a examinar pasados para establecer futuros nuevos, me encuentro en territorio desconocido». Comprendía que con dificultad podía intuir lo que sucedería en la siguiente hora, así que mucho menos podía saber lo que traería el día siguiente, la semana, el mes o el año por venir.

En lugar de despedirse, solo le dio a Roxy un paternal abrazo y la vio subirse a su coche y alejarse conduciendo lentamente. Se sentía orgulloso, pero, al mismo tiempo, tenía roto el corazón. Se preguntó si volvería a verla.

Eran casi las tres de la madrugada y aún no había señales de la luz diurna, solo se percibía la densa, cálida y húmeda oscuridad que las luces de la sala de urgencias atravesaban como navajas.

Necesitaba un estallido de energía, lo buscó dentro de sí, pero lo único en que podía pensar era: «El juego solo dura catorce días».

Con ese pensamiento rebotando en su interior como una bala incontrolable en busca de un blanco escurridizo, Ricky volvió a la superficie, a lo que quedaba de la noche y a la tarea que se le había impuesto.

«Encuentra al hombre. O mujer. Encuentra al expaciente que quiere suicidarse. Averigua por qué desea morir».

Doce nombres, uno de ellos al borde del precipicio, listo para saltar, para apretar el gatillo, cerrar el nudo de la soga o dejar de agitar en la palma de su mano el cóctel de somníferos.

El psicoanalista debía salvar esa vida y luego dar media vuelta para salvar las otras dos, las que ya conocía.

Por último, salvar una cuarta vida: la propia. Como decía el poema que recibió.

6

EL PRIMER DÍA

Una conversación inesperada

El lunes por la mañana, cuando el sol se elevó sobre la ventana de su oficina, tomó un trozo de papel y redactó una lista de las tareas inmediatas por hacer mientras bebía un café cargado que, en realidad, no estaba haciendo gran cosa para contrarrestar su abrumadora fatiga. Una insistente voz en su interior penetró más allá del cansancio y de su preocupación por el diagnóstico de Charlie y las dificultades y la insistencia de Roxy en ser muy organizada. Se dijo que debería dormir un par de horas, pero, desde la perspectiva de la gente que acababa de reentrar en su vida, eso parecía un insulto. Catorce días, el tiempo que le quedaba. Tictac. Retomó el trozo de papel y examinó la lista de forma minuciosa. Le parecía que haciendo listas podría aventajar a la muerte y su gran libro de cuentas pendientes.

Era curioso, pero creía que tenía que dividirse en dos personalidades. La primera era la del Ricky común, el hombre que tenía que actuar de manera ética, de acuerdo con su práctica psiquiátrica, y que se encargaba de recuperar las rutinas de la vida. Un paseo en bicicleta, algo de trote en el vecindario, una ocasional cena en solitario en un restaurante elegante antes de ver en casa algo de cine de autor hasta pasada la medianoche. Ver a Roxy y a Charlie crecer y convertirse en las personas que podrían llegar a ser. Tratar a su círculo de pacientes con toda la delicadeza emocional que le proporcionaba la experiencia. Ese «primer Ricky» le recordó el juramento hipocrático: «Lo primero es: no hacer daño». La segunda personalidad, el «segundo Ricky», era un hombre calculador. Inteligente, astuto. Un experto en asesinato.

Un jugador decidido a encontrar la ventaja en una nueva partida contra la letal familia que llevaba años acechándolo. «En el caso de ellos no hay juramento que valga. Les quiero hacer bastante daño».

Al psicoanalista le parecía que el segundo Ricky no se parecía en nada al primero.

El segundo Ricky tenía algo de detective, algo de asesino, algo de rata en laberinto. Y, ahora, ambos tenían que ponerse a trabajar.

Se sacudió esos pensamientos de la cabeza de la misma manera que un perro labrador se sacude del pelaje el agua después de un baño.

Bajó la vista y miró su lista escrita a mano. Era una montaña de tareas, sería como escalar el Everest en una carrera letal.

Sintió que lo envolvía un profundo cansancio, sabía que tenía que reposar. Percibió una especie de neblina de fatiga que descendía sobre él, recordándole que no disponía de la misma energía que antes.

—Tal vez este viejo deba dormir un poco —se dijo en voz alta. También sabía que no podría realizar varias de las tareas hasta que el día comenzara de verdad.

Caminó de su escritorio al diván tambaleándose un poco.

Cuando se recostó pensó en algo peculiar. En todos los años que llevaba escuchando a pacientes hablar sin parar, haciendo asociaciones libres sobre sus madres, padres, hermanos, traumas personales y sus profundas confusiones, dudas, humillaciones y odios, rara vez se había colocado físicamente en el mismo lugar que ellos. Cerró los ojos y deseó que su problema fuera tan simple que se pudiera solucionar charlando al respecto.

Dos horas y media más tarde, después de una ducha y un cambio de ropa, se sintió un poco más fresco. Fue a una tienda de informática con servicio de reparación cerca de su casa y, en cuanto abrieron, dejó su ordenador para que lo arreglaran.

—Se quedó congelado, ni siquiera puedo hacer que aparezca el protector de pantalla —explicó al empleado, sin mencionar nada sobre el nuevo protector: el cadáver de su paciente—, y necesito la información almacenada en él. Soy médico.

El joven experto tenía un aspecto desaliñado, como si no se hubiera cambiado de ropa desde el día anterior y hubiera dormido en un catre diminuto. Tenía el cabello de punta, usaba gafas y parecía distraído. Después de explicarle a Ricky que recuperar la información tal vez sería imposible, inspeccionó un poco el aparato.

—¡Vaya! Mire, doctor, parece que alguien tuvo acceso a su ordenador, tomó de él lo que necesitaba e instaló un virus bien dirigido. Es un tipo de ataque muy personal y sofisticado, doctor, repugnante de verdad, pero, al mismo tiempo, fascinante. Quien lanzó este ataque sabía bien lo que estaba haciendo. Erradicar estos virus es muy difícil, incluso para los expertos del FBI o de la policía de Miami. ¿No ha considerado llamarles?

Aunque la sugerencia parecía pertinente, era algo que Ricky no haría de ninguna manera.

—Naturalmente, nos esforzaremos al máximo, pero tal vez lo mejor sea que compre un nuevo ordenador y cambie su información de acceso y las contraseñas de todo. Que empiece de cero, digamos. También debería llamar a su banco, a todas las empresas de tarjetas de crédito, y a cualquier persona con la que haya establecido sistemas de pagos periódicos. Sé que parece una pesadilla pero, a largo plazo, tal vez sea lo más sencillo.

A Ricky se le encogió el corazón.

«Ya me arruinaron una vez, me borraron por completo. Saquearon mis cuentas bancarias. Arruinaron mi reputación con una mentira. Destruyeron mi apartamento en Nueva York. Destrozaron mi vida de manera sistemática. Tuve que adoptar una personalidad completamente distinta para vencerlos. ¿Habrán vuelto a hacer todo eso?».

No lo sabía, pero lo que imaginó lo perturbó.

«La segunda vez, para matarme usaron todo lo que había logrado reconstruir. Jugaron justo con mi personalidad, conocían cada uno de los pasos que di. "Ayúdenos", dijeron. Jugaron la carta de víctimas porque sabían que yo reaccionaría de manera favorable. Fueron muy astutos. Estuvieron un paso por delante en cada ocasión, hasta llegar al final y a lo inesperado. Tuve suerte de sobrevivir».

Mientras pensaba en todo esto, el segundo Ricky intervino:

«No podrán hacerlo una tercera vez. Deja de sufrir por quiénes eran y concéntrate en comprender quiénes son ahora».

—Le suplico que intente todo lo que esté en su mano —dijo Ricky al empleado—. Como imaginará, es crucial para mí: años de trabajo, registros de pacientes, información personal. Comenzar de cero, como me sugiere, es impensable.

—Tal vez tenga que hacerlo de todas formas —contestó el joven—. Esto demuestra la importancia de hacer copias de seguridad. ¿Hizo copias de todo, doctor?

Ricky se había presentado como médico, por eso el empleado se dirigió a él así desde el principio. Sin embargo, no estaba impresionado. La informática era su área como experto, y en el universo de la información en bytes y de la programación, él era el rey. Ricky se sentía como un novato y, al analizarlo un poco, comprendió que era justo eso. El empleado lo miró con detenimiento.

—Como le dije, este fue un ataque demasiado personal. ¿Tiene enemigos, doctor?

«Sí», era la respuesta, pero no iba a decirlo en voz alta.

—Solo haga lo que sea necesario, por favor, y no escatime recursos —dijo Ricky.

—Lo intentaremos —contestó el empleado, negando un poco con la cabeza. En su entonación había otro mensaje implícito que le quedaba claro a Ricky: «Imposible, no hay manera, ¿bromea? Las probabilidades son iguales a cero, es una locura. Mejor compre un ordenador nuevo, doctor. Tire esta cosa a la basura y reinicie su vida virtual».

—¿Sabe? Tal vez tenga razón —dijo el psicoanalista—. Quizá mientras usted trata de reparar este yo debería trabajar en otro ordenador, comprar uno nuevo, ¿no cree?

Minutos después, salió de la tienda sosteniendo un portátil y bastante sorprendido de que el cargo a su tarjeta de crédito hubiese sido aceptado. Este ordenador contaba con lector de DVD a un lado y tenía el sistema de seguridad más avanzado que pudo pagar en el lugar, un sistema que generaba contraseñas al azar para dificultar la identificación. Ya no podría usar «Miamishrink1».

Se preguntó qué más ya no podría recuperar, qué partes de su vida tendría que dejar atrás.

Al salir de la tienda de informática condujo directo a una sucursal de su banco. En cada semáforo a lo largo de la carretera South Dixie su preocupación fue aumentando. El tráfico lo rodeaba, era lo común en el trayecto matutino de los barrios de las afueras al centro de la ciudad. Miami resplandece por la mañana, los rascacielos reflejan los rayos del sol atravesando las aguas azules de la bahía como faros que esclarecen toda posibilidad. En cierta forma, eso era lo que Ricky adoraba de su ciudad de adopción. Todo parecía enfocarse en la potencialidad y, al mismo tiempo, ocultaba un posible desastre. Todas las grúas de construcción visibles en el cielo sobre la ciudad eran testimonio de un rápido crecimiento y de entusiastas recursos y dinero. «Estaremos aquí para siempre, que se joda la naturaleza». La gente solía ignorar las tormentas que acechaban de forma permanente desde el sur, desde el Caribe: categoría 3, 4, 5... «Instale en su casa ventanas de alto impacto capaces de soportar vientos de doscientos kilómetros por hora. Con eso todo irá bien». Pero ¿y si los vientos eran de doscientos veinte kilómetros por hora? A veces imaginaba que la silueta en el horizonte del Miami moderno era una versión urbanizada de lo que vieron los colonos en el siglo XIX cuando partieron hacia el vasto y vacío oeste: un nuevo mundo. Nuevas oportunidades. Nuevas esperanzas. Nuevos sueños. En aquel entonces nadie previó los duros y letales desafíos que había más allá de aquellos inmensos y hermosos paisajes. Doscientos años antes, desde esa perspectiva, las montañas a lo lejos resultaban majestuosas, imponentes. Los colonos nunca imaginaron las ventiscas de nieve de seis metros, la hambruna ni el probable canibalismo. Las amenazas actuales parecen ser un poco distintas. El canibalismo es de otra clase.

En la sucursal de Bank of America Ricky deslizó su tarjeta de débito en un lector y explicó su situación a la empleada.

—Alguien tuvo acceso a mi información personal y necesito verificar la situación de mis ahorros, el plan de pensiones y las cuentas de cheques e inversión...

La gestora de cuenta era una mujer joven de origen hispano. Miró la pantalla de su ordenador. Tras revisar las cifras, negó con la cabeza.

—Todo parece estar en orden —dijo sonriendo—. No se han realizado reintegros importantes sin autorización. Tal vez tuvo suerte.

Giró el ordenador para que Ricky pudiera ver la pantalla. Le sorprendió comprobar que todo estaba intacto. Esperaba el mismo tipo de desastre financiero que sufrió en una ocasión.

Esto lo tomó por sorpresa.

Y las sorpresas eran atemorizantes.

«¿Por qué no atacaron mis recursos financieros?».

La única razón que se le ocurrió fue:

«Me quieren muerto, no arruinado».

—De cualquier manera, voy a establecer una alerta de seguridad en todas las cuentas y tarjetas —dijo la empleada—. Cambiaremos ahora mismo su PIN. Elija uno que pueda recordar, pero que no sea tan obvio como su fecha de cumpleaños...

Eligió una secuencia numérica. Parecían dígitos elegidos al azar, pero no lo eran: 8362373. Era la correspondencia numérica de siete dígitos de «Venceré» en un teclado telefónico. Una palabra que no olvidaría.

En cuanto volvió a casa, se puso manos a la obra.

La primera llamada que hizo fue al joven que tenía programado para una sesión esa mañana. El paciente era un residente de psiquiatría. Se sentía abrumado por su carga de trabajo en el hospital, pero, aprovechando su terapia personal, estaba tratando de aprender más sobre cómo ofrecer tratamiento a otros individuos. A Ricky le caía muy bien y se disculpó por aplazar la sesión que habían planeado, pero el residente lo interrumpió.

—Por supuesto, doctor, podemos aplazarlo. Solo que… hay algo sobre lo que quería hablarle hoy, ya sabe, en persona.

—¿De qué se trata?

—Anoche recibí un correo electrónico anónimo. Proveniente del servidor del hospital, pero sin firma. Cuando traté de rastrearlo, me encontré con un obstáculo electrónico, así que no tengo ni idea de quién lo envió.

—¿Qué decía?

—Bien, pues eso fue lo que me inquietó…

Ricky oyó al joven respirar hondo.

—Solo decía: «A los pacientes del doctor Starks les gusta suicidarse. ¿Qué hay de usted?».

Ricky estuvo a punto de ahogarse. No pudo responder.

—¿Es eso cierto, doctor? Espero que no —dijo el residente con voz un poco temblorosa.

Ricky respondió con calma.

—A ningún médico le gusta perder pacientes, pero en nuestra área a veces sucede. Y siempre es doloroso.

No era una respuesta sino una obviedad.

Colgó el teléfono sin decir nada más.

Sabía que sus otros pacientes estaban a punto de recibir mensajes similares. Supuso que sus colegas de la facultad de Medicina también se encontrarían con esta críptica afirmación. Se preguntó si la junta médica estatal también recibiría una queja.

Sabía quién la había enviado.

«Cerbero».

También sabía quién parecería haberla enviado.

«La familia del señor Alan Simple, el paciente que todos creían que se había suicidado».

Pero la queja no provenía de ellos.

Era el peor tipo de mensaje porque no era ni falso ni cierto del todo, solo provocaría que todos los pacientes se hicieran una gran cantidad de preguntas inquietantes. Algunas los aterrarían. Otras les producirían furia. O ansiedad. Era como si alguien rasgara a lo largo y ancho la tela de su vida profesional.

La rabia le hizo apretar la mandíbula, sentir los labios secos.

Sabía que no tendría éxito, pero decidió intentar lo obvio al menos.

«Primero Merlin».

La recepcionista que contestó su llamada en el bufete de abogados fue cortante:

—El señor Thomas ya no trabaja en este bufete... —Era lo que Ricky esperaba—. Le paso con la abogada que se hizo cargo de sus casos.

Ricky oyó una serie de clics telefónicos antes de que la voz de una mujer le dijera:

—Soy Sandra Gabriel. Me dijeron que está tratando de contactar con el señor Thomas, antiguo socio del bufete...

—Así es —repuso Ricky—. Hace muchos años trabajé para él como testigo experto en un caso...

Era solo una mentirijilla.

—Y ahora tengo a mi vez una pregunta para él. Hace poco surgió una situación médica peculiar y creo que el señor Thomas podría iluminarme un poco al respecto.

Todo sonaba muy rutinario y normal a pesar de que lo que trataba de averiguar no tenía lo más mínimo de rutinario ni de normal.

—Me gustaría poder ayudarle —dijo la abogada—. El señor Thomas ganó muchos casos fundamentales para cimentar nuestro bufete. Casos extraordinarios. Acuerdos económicos importantes. Por todo esto, supongo que invirtió su dinero con prudencia, ya sabe, Apple y Microsoft, puestos de alto nivel que ofrecen recompensas muy generosas. Hace algunos años se retiró, nadie se lo esperaba. Me dejó los archivos de sus casos, pero todo estaba hasta cierto punto en orden, gracias al cielo. Luego se mudó de la ciudad, no estoy segura dónde...

Ricky sabía dónde: en el lujoso Connecticut.

Si todavía seguía ahí.

Pero Ricky lo dudaba.

—Nos encantaría que volviera a trabajar con nosotros —continuó la abogada—, pero oí que ahora representa causas caritativas de vez en cuando. Ocean Conservancy, ACLU, la Federación Nacional de la Vida Silvestre, Médicos Sin Fronteras, ese tipo de organizaciones.

—Ah, ¿sí? ¿Cómo se enteró de eso? —preguntó Ricky.

—No lo recuerdo, me parece que lo oí en un juzgado.

—¿En el bufete habría algún amigo del señor Thomas que pudiera indicarme cómo ponerme en contacto con él?

—Le puedo dar el número que tengo, de hecho, es el único que dejó registrado en el bufete. En cuanto a amigos, el señor Thomas era una persona muy reservada. Supongo que su vida social se desarrollaba fuera del bufete y del círculo de abogados...

«Sí, con Virgil, su hermana actriz, y con el señor R, su hermano asesino. Y con la esposa y los dos niños que visité hace diez años».

La abogada leyó un número. Ricky le dio las gracias y colgó.

Marcó el número de inmediato.

«Número fuera de servicio».

Una migaja que los pájaros se habían comido.

Tal vez podría preguntar en cada una de las organizaciones que había mencionado la abogada, pero sabía que en ninguna de ellas habrían oído hablar de Mark Thomas, el hombre que él conocía como Merlin. Y, aunque lo conocieran, la información de contacto lo llevaría a otro callejón sin salida.

—Solo tengo unos treinta segundos. Estoy muy ocupado. ¿Qué desea?

El productor de teatro habló con voz ronca, dándose aires de grandeza. Ricky explicó rápido:

—Una actriz que participó en su producción de *Macbeth* hace cuatro años, de nombre Tyson... —«Nombre verdadero: Tyson. Pero yo la conozco como: Virgil».

—Ah, sí, interpretó a Lady Macbeth. Tuvo buenas reseñas y su actuación fue extraordinaria, pero no lo suficiente para sacarnos del centro de la ciudad y llevarnos hasta el Teatro Público y otros escenarios de importancia. Una buena actuación como manipuladora e incluso mejor como demente.

«Me parece lógico», pensó Ricky.

—Sí, verá, estoy tratando de localizarla...

—Espero que tenga buena suerte. La última conversación que mantuvimos, la noche de clausura, se sentía demasiado frustrada por todo el asunto. Ya sabe, esa sensación de estar todo el tiempo solo al borde del estrellato. Dijo que iba a dejar de actuar y que se consagraría a otros proyectos...

«Otros proyectos. Como matarme».

—Usted se imaginará. Era todavía una mujer muy bella y llena de talento, pero el fulgor de la juventud ya no se reflejaba en su apariencia. Por eso interpretó a Lady Macbeth y no a Viola en *Noche de epifanía*. Las cosas se ponen difíciles para las actrices a medida que envejecen. A los hombres no les va tan mal, siempre hay papeles de sobra para ellos. No quiero sonar sexista, pero...

«Pero suena sexista».

—Mire, en verdad es más complicado para ellas. Por eso, cuando alguien ya tiene dinero y algunas otras ideas y proyectos, vaya, pues ahí lo tiene. Tal vez deseaba empezar a dirigir.

«Sí, dirigir mi suicidio».

—Comprendo. ¿Tiene idea de dónde podría encontrarla?

—En absoluto. Despidió a su agente y tampoco tiene representante. O, al menos, no tenía uno el año pasado cuando traté de contactar con ella para una producción de *El zoológico de cristal*. Supongo que abandonó por completo el ámbito teatral.

«Y se entregó de lleno a algo distinto: el homicidio».

Ricky colgó. El director le dijo lo que había anticipado.

Otra migaja que también engulleron los pájaros.

Vio la lista de los doce nombres de sus antiguos pacientes.

«Encuéntralos.

»Empieza el juego».

Miró su lista por última vez y dirigió la vista a la ventana. Su mirada se encontró con una generosa luz diurna. «Qué falsedad», pensó. De pronto la luz le pareció desconocida, ajena. Se quedó inmóvil por un instante, analizando un poco lo que había sucedido. «Una pistola de cápsulas de pintura y pintura roja salpicada en el pecho de un joven con paranoia en el marco de un trastorno bipolar; una acusación falsa de haber hecho trampa en un examen, contra una chica que todo el tiempo tiene que luchar contra las dudas y su baja autoestima; una irrupción y pirateo electrónico para dejar en mi ordenador un mensaje diseñado para perturbar, interrumpir y alterar la complacencia que se ha establecido sutilmente durante una década de silencio».

Ricky se daba cuenta de que era la tortuga de la carrera, que solo alcanzaba a ver la cola de la liebre avanzando a lo lejos. Y, a diferencia de en la fábula infantil, dudaba que, confiada en la ventaja que llevaba, la liebre decidiera echarse una siesta al lado de la pista de carreras.

«No les basta con verme morir.

»Primero quieren verme fracasar.

»El verdadero castigo de Hércules no radicaba en las tareas que tenía que realizar, sino en la posibilidad del fracaso. En la humillación. "Lo lamentamos, amiguito Herc, pero ya no eres ni semidiós ni el hombre más fuerte del mundo…".

»Y en cuanto tengan la satisfacción de verme fallar, podrán regodearse en mi muerte. El señor R solía ser el ancla de sus vidas, murió tratando de asesinarme. Seguro que desean una venganza muy especial».

Doce personas, cuatro de ellas en Miami.

Miró los nombres tratando de vincular con cada uno la noción de suicidio y los recuerdos de las sesiones de terapia, pero ninguno destacaba. Ninguno le parecía obvio. Los recuerdos resultaban huidizos, las terapias iban de lo que en su momento le pareció un éxito importante a situaciones cercanas al fracaso.

No le llevó mucho tiempo obtener el número de un primer nombre. Frank S., abogado de un elegante bufete de Brickell Avenue. Un hombre sometido a intensos ataques de depresión que casi siempre se presentaban después de una victoria legal y que solían paralizarlo. Mientras que otros abogados bebían champán, aceptaban los halagos de sus colegas y se regodeaban en sus crecientes cuentas bancarias, Frank S. se quedaba hecho un ovillo en el hueco para las piernas de su costoso escritorio de caoba, paralizado y luchando contra el llanto. Un análisis complicado, la raíz de la desesperación parecía encontrarse en el éxito mismo. Cuatro años, muchas sesiones. Hacia el final, Ricky se había sentido orgulloso de la manera en que Frank S. resurgió. Sin sentirse completo, pero al menos ya sin aquella antigua sensación de tortura.

Le contestó una secretaria que lo dejó esperando algunos segundos. Luego oyó la voz que conocía.

—Doctor Starks, qué raro todo esto…

—Hola, Frank. Comprendo, solo estoy tratando de hacer un seguimiento…

Era la semificción que Ricky había elegido. Un seguimiento. Como si fuera algo rutinario para un psicoanalista llamar a un antiguo paciente así, de repente.

—Estaba esperando su llamada —interrumpió el abogado.

Ricky titubeó.

—Lo siento, quiere decir que esperaba…

—Justo eso. Qué curioso. ¿Se encuentra en dificultades, doctor? Tengo muchos recursos con los que creo que podría ayudarle…

Ricky no respondió a la pregunta, solo tartamudeó.

—No comprendo, ¿esperaba usted mi...?

El abogado habló sin dudar.

—Hace dos días recibí una carta por correo certificado. Fue enviada desde algún lugar de esta localidad, pero todo en el formato me pareció falso. Es decir, el nombre del remitente pudo haber sido tomado de la guía telefónica, pero la dirección no coincidía. Quienquiera que la haya enviado usó una identidad robada. En la oficina de correos ya no verifican estas cosas. No sé quién la envió. No traía firma ni ninguna otra marca de identificación. No tengo ni idea de lo que significa o por qué la enviaron, estoy perdido. Podría asignárselo a uno de nuestros investigadores, si así lo desea usted. Podría encontrar la manera, aunque sea por la fuerza, de revisar la grabación de la cámara de seguridad de la oficina postal y...

—No, no, ningún investigador, por favor. Entonces, dígame, ¿recibió una carta?

—Así es. Hoy día casi todo se transmite por medios electrónicos, incluso los documentos importantes, pero en el ámbito legal todavía recurrimos al correo certificado de vez en cuando. Por eso no me pareció tan raro. Mi secretaria firmó el acuse de recibo cuando el empleado postal trajo la carta y la dejó sobre mi escritorio.

Ricky trató de pensar a toda velocidad, de comprender algo que parecía dar vueltas impulsado por un tornado.

—La carta, ¿qué decí...? —empezó a preguntar, pero su antiguo paciente lo interrumpió.

—Solo tenía dos renglones escritos a máquina en papel común. Sin saludo ni explicación.

—De acuerdo —asintió Ricky, impaciente.

—El primer renglón decía: «Hola, Frank. En dos días recibirás noticias del doctor Starks». Por eso esperaba su llamada.

Ricky sintió la garganta seca.

—¿Qué más? —preguntó.

—El segundo y último renglón es más misterioso y críptico, doctor.

—¿Qué...? —trató de preguntar Ricky de nuevo.

—Decía: «Por favor, dígale lo siguiente...».

El abogado se quedó callado como para crear cierto efecto.

—«¿No desearía que fuera el elegido...?».

Frank S. volvió a hacer una pausa.

—¿El elegido para qué? No lo dice. Me da la impresión de que es la primera parte de una frase más larga. ¿Cree que me llegarán más cartas certificadas para completarla? —preguntó el abogado.

—No lo creo…—dijo Ricky. De inmediato supuso que se habrían enviado otras once cartas certificadas. Era un medio de comunicación antiguo. En un mundo en el que todos quieren que la información se transmita a la velocidad de la luz, este método resultaba parsimonioso. Se dio cuenta de que había una segunda razón para un tipo de envío así. La gente podría ignorar o eliminar un correo electrónico, el mensaje podría quedarse en el filtro de spam y no ser entregado, como los de los anuncios de revestimientos de aluminio o tarjetas de crédito. Una carta certificada, en cambio, no pasaría desapercibida. El destinatario la abriría y leería el contenido. Una carta así dejaría huella.

Titubeó, recordando el porqué de su llamada.

—Por cierto, Frank, necesito preguntarle algo: ¿se encuentra bien? ¿Siente que controla sus emociones? ¿En algún momento ha recaído en la situación en la que se encontraba cuando vino a verme la primera vez?

El abogado rio a medias.

—Vaya, gracias por preguntar, doctor. No, no en realidad. Es decir, todavía hay días en que me siento frustrado, momentos de… —se quedó callado por un instante, como buscando la palabra precisa—. Vaya, de desaliento. Sin embargo, no siento depresión. No hay llanto ni pensamientos oscuros. Bueno, solo cuando pienso en algunos jueces con los que tengo que lidiar —dijo, y rio sarcástico ante su broma—. Pero supongo que todo eso es normal en la vida de un abogado.

Después de hacer otra pausa, continuó.

—¿Está seguro de que no necesita ayuda, doctor? Suena bastante alterado. Como dije, cuento con recursos y siento que le debo algo por toda la ayuda que me brindó para lidiar con mis dificultades… —dijo el abogado, con cierta incomodidad.

—No, no necesito ayuda, Frank, gracias —respondió Ricky—. Al menos, no por el momento.

Le mintió a su otrora paciente, tal como a sí mismo.

MIGAJAS EN EL SENDERO DEL SUICIDIO

Después de colgar a Frank S., Ricky procedió a llamar al siguiente número en su lista.

María E.
La había tratado por una fuerte depresión posparto. Era una mujer con tendencia a sufrir altibajos emocionales y, en algún momento, consideró seriamente recurrir al suicidio. También había leído de forma obsesiva sobre mujeres que entraban en estado de fuga, ahogaban a sus recién nacidos con almohadas, se lanzaban en el automóvil a ríos caudalosos con sus niños pequeños o, simplemente, se negaban a alimentarlos y vestirlos. El tratamiento de Ricky consistió en fuertes dosis de antidepresivos y en examinar las lúgubres historias de abandono de su niñez. María E. era hija de inmigrantes venezolanos increíblemente adinerados. Había logrado muy poco en la vida por sí misma; sobre todo, en comparación con todo lo que le habían dado: veloces automóviles, un fideicomiso propio, ropa de firma. Ninguno de aquellos lujos la había preparado para el estrés de la maternidad. Cuando terminó su terapia, sonrió. Se despidió estrechando la mano de Ricky y anunciándole con entusiasmo que estaba de nuevo embarazada y tendría un segundo hijo con su esposo, un hombre desde siempre igual de privilegiado. Ricky se quedó con muchas dudas, creía que tras el nacimiento de su segundo hijo lo llamaría hecha un mar de lágrimas. Mientras marcaba el número, pensó: «Es una firme candidata, podría estar contemplando de nuevo el suicidio. Tal vez tenga suerte y sea ella. No creo que sea muy difícil persuadirla de no pegarse un tiro».

Sin embargo, cuando María E. contestó la llamada, al psicoanalista le sorprendió el tono alegre con que respondió.

—Ah, doctor, quise llamarlo ayer, pero tuvimos una sesión grupal de juegos con nuestros bebés en casa y lo olvidé por completo. Recibí una carta. Por correo certificado...

—Gracias, María. Dígame, ¿había algún tipo de identificación en el sobre?

—Solo un sello de Miami y la pequeña tarjeta verde que pegan en el frente con el nombre y la dirección del remitente.

—¿Me puede dar la información?

La paciente leyó los datos, pero, al igual que en el caso de Frank S., el abogado, a Ricky no le dijeron mucho.

—María, ¿reconoce usted esta información?

—No, pero la dirección se encuentra a tres calles de distancia, es de una casa junto a la de una de las nuevas mamis de nuestro grupo.

La cabeza empezó a darle vueltas a Ricky.

—¿Y el mensaje? —preguntó tosiendo involuntariamente.

—Pues... —comenzó a decir la joven madre—. El primer renglón me advertía de su llamada: «Hola, María, en uno o dos días tendrá noticias del doctor Starks...». Y después: «Por favor, dígale lo siguiente...». —Vaciló—. No comprendo, doctor.

—Solo dígame lo que leyó en la carta, por favor —la instó Ricky.

—De acuerdo: «... Hazlo fácil, hazlo divertido». ¿A qué se refiere? —preguntó su antigua paciente—. Es decir, ¿qué es lo que hay que hacer divertido?

Ricky no estaba seguro de cómo contestar. Como se dio cuenta de que le debía algún tipo de explicación, recurrió a una ficción poco creíble.

—Lo lamento, María. Verá, es muy inadecuado que la hayan involucrado en este asunto, pero, al parecer, un antiguo paciente desarrolló una obsesión malsana conmigo. —«Hasta cierto punto es verdad», pensó. Salvo por el hecho de que el «antiguo paciente» estaba muerto y enterrado—. Este individuo se encuentra desorientado y quiere comunicarse conmigo a través de otros pacientes. Le repito que es algo inapropiado, le ofrezco una sentida disculpa.

La mujer se quedó callada, pensando en lo que acababa de decir el psicoanalista.

—Pero ¿cómo supo mi nombre y dirección?

—Me parece que algunos de mis registros privados se vieron comprometidos —explicó Ricky.

María volvió a quedarse en silencio.

—Doctor, ¿estoy en peligro? Es decir, ¿está muy enfermo su paciente? Me está yendo bien, soy muy feliz con mis hijos. Aunque de vez en cuando me siento deprimida y necesito una pastilla o dos, la vida es... buena en general. ¿Esta persona planea buscarme para hacerme daño?

—No, María, de ninguna manera, permítame tranquilizarla en ese sentido —contestó Ricky, sin dudar. Solo esperaba que fuese verdad.

—¿Y qué hay de mis niños? ¿Mi esposo? Él conoce a gente eficaz, gente mala, guardaespaldas, exmilitares. ¿Debería contratar a alguien?

—No —repuso Ricky—, solo me han amenazado a mí.

—No lo sé, doctor —dijo la mujer despacio. Ricky oyó en su voz algo más que un temor superficial—. No lo sé, no me convence.

Entonces, Ricky violó todos los límites psiquiátricos existentes.

—María, le prometo que todo estará bien —dijo, sabiendo que no debía hacer promesas que no estaba seguro de poder cumplir. Pero las palabras simplemente salieron de su boca.

—Esto no es una broma, doctor —dijo María—. En absoluto.

El psicoanalista sabía que tenía razón.

Phillip F.

Ricky dudó un instante, estaba tratando de determinar lo que le acababa de decir María E., lo que significaba.

Iba a tomar su teléfono para hacer la siguiente llamada cuando este sonó.

En el identificador leyó: Phillip F.

Contestó y, antes de que pudiera decir cualquier cosa, oyó una voz colérica.

—Doctor Starks, ¡qué poco profesional es esto! ¿De qué demonios se trata?

Phillip F. tenía más o menos la misma edad que él. Era un cirujano ortopédico que atendía a un grupo de pacientes de alto nivel en Miami, contaba con contactos en el mundo de los equipos deportivos profesionales y universitarios; un hombre que había convertido el oficio de reparar ligamentos desgarrados de una rodilla y codos fragmentados en el arte de hacer millones de dólares. Cuando buscó la ayuda de Ricky fue porque, en una ocasión, mientras llevaba a cabo sus tres cirugías consecutivas del día, de pronto perdió el control de los músculos del antebrazo derecho, y uno de sus residentes tuvo que terminar la operación. Phillip F. había recurrido a neurólogos y rehabilitadores de tres hospitales para tratar de encontrar la razón por la que su brazo había empezado a temblar. Le realizaron varias series de estudios y se sometió a una gran cantidad de resonancias magnéticas, pero no encontraron una explicación clara. El último especialista le recomendó que consultara a Ricky. «Su problema es psicosomático», le dijo. Al psicoanalista le pareció que se trataba de una típica reacción histérica, como cuando alguien es testigo de un suceso horrible y se queda ciego por un tiempo. Phillip F. despreciaba el psicoanálisis y se mostró reticente a consultar a Ricky. «Un caso sumamente difícil con resultados ambiguos», según recordaba el psicoanalista. El inmenso ego del cirujano rayaba la arrogancia. Se convirtió en una especie de bloqueo naval que no le permitió explorar el porqué de los temblores, a pesar de que Ricky insistió en que se dejase tratar. Era el tipo de individuo que esperaba las respuestas que él quería: «a» más «b» igual a «c». Cuando Ricky trató de hacer que inspeccionara las dudas que tenía sobre sí mismo y averiguara en qué parte de su pasado habrían nacido las causas, Phillip F. se sintió frustrado. A pesar de todo, lo poco que Ricky alcanzó a husmear entre los recuerdos del cirujano que surgieron en decenas de sesiones de terapia sirvió para que un día llegara a su consulta desbordando una falsa gratitud porque la cirugía de esa mañana la había realizado sin un solo temblor y para que se declarara a sí mismo «curado». Cuando Phillip F. salió sonriendo de la consulta ese día, Ricky pensó: «Ya volverás». Al oír la voz del cirujano por teléfono, se preguntó si el repentino regreso de su temblor muscular lo haría considerar el suicidio. Era posible, pero también improbable.

No pudo pensar en la posible respuesta porque de inmediato se vio envuelto en los ataques verbales de su otrora paciente.

—¡Me llegó una maldita carta por correo certificado! ¡Pensé que era de algún abogado demandándome porque su estúpido cliente seguía cojeando por no haber hecho la rehabilitación como se lo indiqué! Y luego veo esta estupidez de «Dentro de poco tendrá noticias del doctor Starks». ¿Qué sucede, doctor? Nuestra relación médicopaciente terminó hace tiempo.

—La única explicación que puedo darle es que un antiguo paciente se está comportando de forma errática.

La declaración truncada de Ricky debió desencadenar una decena de preguntas, pero no fue así.

Phillip F. solo resopló.

—Mire, por lo general, siempre recibo un sincero «Gracias, doctor» por parte de mis pacientes que se sienten agradecidos porque pudieron volver a correr o lanzar un balón —dijo el cirujano ortopédico, aferrándose a la idea de que, entre ellos dos, el verdadero doctor era él, no Ricky.

—¿Qué más decía la carta? —preguntó el psicoanalista.

Phillip F. se tranquilizó un poco.

—Que debía transmitirle a usted lo siguiente: «Pero no lo soy, qué lástima, qué impiedad...».

Ricky se quedó en silencio. Escribió la frase en una hoja de papel.

—¿No soy qué? —preguntó Phillip F. La ira había regresado a su voz de repente—. ¿Se trata de un insulto? ¿De qué estamos hablando? ¿«Lástima»? ¿Lástima por quién? ¿Por mí? Es ridículo. Absurdo. Incoherente. ¿Y por qué tendría yo algo que ver con sus problemas, doctor?

—No, no tiene nada que ver —dijo Ricky.

Sylvia T.

Cuando Ricky la localizó y la oyó al otro lado de la línea, todo indicaba que había estado llorando. Fue como si hubiera llegado de golpe, sin invitación y de forma inoportuna, a un momento privado. Sylvia T. era miembro del Ballet de Miami, era una joven ágil y flexible que simplemente no poseía la habilidad necesaria para desempeñar un papel principal. Por las noches trabajaba en un club de strippers en Fort Lauderdale; bailaba medio desnuda alrededor de una barra mientras lascivos hombres de negocios le lanzaban billetes a los pies con la esperanza de que su revelador atuendo les dejara ver alguna parte privada de su cuerpo sobre la que solo podían fantasear. Ricky la trató por una depresión que se complicó debido a un trastorno alimentario. En ambos empleos se veía sometida a demasiada presión: debía mantenerse siempre esbelta, siempre sexy. Los problemas de autoestima fueron el eje del plan de tratamiento, aunque Ricky comprendió lo difícil que debía de ser, para una mujer que se contoneaba alrededor de una barra o que tenía que hacer un *jeté* junto a diez bailarines más en apoyo a la estrella, pensar en sí misma como algo más que un objeto.

—Sylvia, lo lamento, puedo oír que está llorando... —empezó a decir, aunque sabía que no debía orientar la conversación en esa dirección.

—Me sentí mucho mejor, doctor —dijo la bailarina con voz entrecortada y entre profundas inspiraciones—. Día tras día me fui sintiendo..., no lo sé, más completa.

—Sí, imagino que así ha sido, pero...

—Pero ahora llega esta carta. Pensé que el remitente era mi casero, ya sabe, para avisar que subiría el alquiler o amenazarme con que me echaría por pagar con retraso...

Ricky escuchó con paciencia.

—No entendí a lo que se refería, solo indicaba que usted se pondría en contacto conmigo y... eso desencadenó algo. Malos recuerdos, supongo. Recuerdos que creí haber dejado atrás. No lo sé, doctor, solo me inquietó.

Ricky sabía que, como muchos artistas, Sylvia T. tenía la tendencia a sufrir altibajos en su estado de ánimo.

—Lo lamento —dijo—. Alguien la involucró en un problema que solo me concierne a mí —explicó, tratando de mantener la distancia profesional a pesar de que por dentro hervía—. Permítame preguntarle algo, Sylvia. ¿Cómo le ha ido? ¿Le parece que han reaparecido los problemas sobre los que discutimos cuando estuvo bajo tratamiento?

—No, no —exclamó, quizá demasiado pronto—. Todo ha ido bien. Me asignaron un solo en una presentación de ballet, el cual podría permitirme obtener un papel de mayor relevancia. Y, en el club, acaban de darme un aumento —dijo la bailarina. Ricky notó que los sollozos iban disminuyendo—. Pero, claro, supongo que en el club solo te aumentan el sueldo si tú les aumentas otras cosas a los clientes —dijo en tono de broma y riendo.

—Sí, comprendo —repuso Ricky antes de preguntar titubeando—: Y, en la carta que recibió, ¿había algún mensaje para mí?

—Sí —contestó Sylvia—. Se supone que debo decirle esto: «Deberá buscarme en otra ciudad».

La bailarina se quedó callada.

—Pero no comprendo, no pienso irme de Miami. ¿Por qué habría de estar en otra ciudad?

—Descuide —dijo Ricky con calma—, la frase no se refiere a eso. No tiene que ver con usted.

Ricky le hizo a Sylvia T. unas cuantas preguntas más para asegurarse de que no se encontraba en un estado suicida, pero no podía evitar preguntarse cómo vería la vida su antigua paciente cuando empezara a envejecer, o qué sucedería si se lesionara de gravedad como les sucede a muchos bailarines de ballet. El riesgo se elevaría al máximo en una situación así. Cuando terminó de hablar con ella, revisó los mensajes que le habían hecho llegar. Cuatro pacientes, cuatro mensajes, una estrofa con cadencia:

> ¿No desearía que fuera el elegido?
> Hazlo fácil, hazlo divertido.
> Pero no lo soy, qué lástima, qué impiedad.
> Deberá buscarme en otra ciudad.

8

UN PASO MÁS CERCA

Lo primero que comprendió Ricky:

«Desde el inicio actué justo como esperaban que lo hiciera.

»Llamé a los cuatro pacientes más cercanos, los de Miami. Todos esperaban mi llamada, pero yo no me esperaba que los hubiesen alertado».

Sintió un pegajoso sudor acumulándose en sus axilas, una oleada de pánico. En su mente se fue componiendo una serie de rimas, un sonsonete con que parecía burlarse de sí mismo:

Escribieron una cancioncita
y en otra ciudad me dieron cita.
Querían cambiar mi dirección,
que descubriera su selección.
Y al hacerlo, casi me quedo inerte:
sé que estoy un paso
más cerca de la muerte.

«Muy astutos», pensó. El segundo Ricky se dio cuenta de algo: «En Miami podría contar con recursos de los que ellos no están al tanto. Podría tener nuevos amigos, contactos importantes. Una relación que representara una amenaza para ellos, como lo que sucedió cuando la señora Heath sorprendió a su hermano, el señor R. ¿Cuánto me habrán estudiado y espiado estos diez años? Supongamos que han estado cerca y yo no lo noté. Un automóvil que parecía seguirme y aparcó frente a mi casa una hora. Un sonido en la noche. Un transeúnte pasando cerca mientras yo hacía ejercicio en la calle. Alguien en una mesa cercana en el restaurante. Disfraces, camuflaje, oculta-miento. Fue lo que hizo el señor R hace quince años cuando se con-virtió en mi paciente, se recostó en el diván y empezó a tejer fantasías. Además, están siendo muy inteligentes. Quieren enviarme a otro lu-gar, donde me encuentre solo y sin ayuda. Es una estrategia que casi funcionó antes. Estuve a un caprichoso disparo de la muerte».

También comprendió por qué no habían tocado sus cuentas ban-carias.

«Quieren que tenga libertad para viajar».

La opción obvia de esa «otra ciudad» era Nueva York, el lugar donde se estableció y construyó la carrera como terapeuta que luego el señor R y sus hermanos destruyeron. Hacía quince años. Donde descubrió el sistema psicopatológico que construyó su otrora mentor, el doctor Lewis. Un asesino. El hermano de un asesino. Y su herma-na. Un experimento de psicopatía.

«Hace tres vidas».

Todos esos análisis tuvieron lugar cuando estaba limitado a los documentos en papel, antes de que los ordenadores aparecieran y do-minaran los registros médicos. Toda nota crucial, toda valiosa obser-vación, todo pensamiento divagante en las historias de esos pacientes se perdió cuando el apartamento de Ricky se convirtió en cenizas, cuando los tres asesinos malditos lo acecharon la primera vez. Una explosión de viejas tuberías de gas. Inundación y fuego provocado por problemas eléctricos. Un incendio y su extinción. Creía que los regis-tros de toda la gente a la que había atendido hasta el día del incendio fueron destruidos, y nunca pensó en restaurarlos.

Nunca tuvo una razón para hacerlo.

«¿Los habrán robado del apartamento antes de su destrucción?», se preguntó. Entonces no se le ocurrió siquiera, pero «entonces» no era lo mismo que «ahora».

Titubeó. Se vio quince, veinte años atrás.

«Una búsqueda del tesoro de la memoria».

Los nombres los podría recordar, pero los diagnósticos…, eso era más complicado. Los detalles de cada análisis, recuerdos, anécdotas, observaciones, descubrimientos que surgieron a lo largo de tantos años de tratamientos. Todo resultaba igual de esquivo. En aquella ocasión pusieron en su contra a cada uno de sus pacientes con quejas e informes falsos como una estrategia para destrozar su vida de mane-ra sistemática, para transformarlo en un don nadie. «Bienvenido al primer día de su muerte». No bastaba con matarlo de inmediato, su tortura a lo largo del camino al suicidio tenía que incluir toda pérdida imaginable. Es lo que creían haber sufrido ellos debido a los errores que él cometió cuando era joven y apenas comenzaba su carrera como psicoterapeuta. «Tenían la noción de que dar vuelta de forma radical a mi vida sería un castigo justo».

Ricky revisó la lista, se enfocó en los ocho nombres que quedaban. Entonces notó algo más.

«Todos estos pacientes terminaron su tratamiento antes de la destrucción de mi carrera en Nueva York.

»¿Alguno de ellos tendrá idea de lo que me sucedió después de la última sesión que tuvieron en mi consulta?».

También se dio cuenta de que no tenía sentido tratar de responder a esa pregunta. Le quedaba poco tiempo. Debía apresurarse y ver qué sucedía.

Tomó la lista con los ocho nombres restantes.

Sentía que su propio pasado estaba a punto de devorarlo.

Al mirar los nombres trató de imaginar cuál de esas personas habría podido convertirse en un posible suicida. Habían pasado veinte años en los que la vida pudo volverse lo suficientemente desesperanzadora como para querer suicidarse.

O no.

Se giró hacia su nuevo ordenador, se sintió arropado por los objetos que constituían su vida en Miami, la vida que tanto trabajo le había costado reconstruir tras el primer encuentro con la familia letal. Miró alrededor y pensó: «Eso es nuevo. Eso es un duplicado de algo que tuve hace quince años en Nueva York. Eso es igual. Eso es distinto. Eso es parte del nuevo yo. Eso es parte del viejo yo».

Al mirar hacia fuera vio una palmera balanceándose impulsada por una tibia brisa; el cristal de la ventana amortiguaba el traqueteo. Ningún roble escuálido de Manhattan tratando de sobrevivir entre el humo de los tubos de escape y las heces de los perros. Ningún sonido urbano penetrando por el cristal con insistencia.

Se esforzó por recordar, pero las imágenes ondulaban de forma caprichosa en su memoria.

Se meció en el asiento.

«Si tuviera diez años para planear un asesinato, ¿qué haría?».

Se quedó pensando.

«No, ese no es el problema. La cuestión es cómo matar y no ser atrapado. Fue lo que les enseñó a hacer una y otra vez su hermano, el asesino muerto. ¿Cuánto habrán aprendido?».

En su mente vio a Alan Simple en una fotografía que no dejaba de expandirse. Muerto en una playa. Recordó lo que le dijo el inspector: «Tal vez ahora hay por ahí un esposo celoso riéndose y pensando: "Me salí con la mía"».

«No será un esposo, pero podría usted tener razón, inspector González. Y no hay nada que yo pueda hacer al respecto».

Volvió a imaginar al hermano y la hermana.

«Psicópatas de segunda categoría».

Sintió un sabor ácido en la boca, pero se limitó a menear la cabeza.

«Y, en cierta manera, yo fui quien hizo posible su existencia.

»Debí fotografiarlos y registrar todo lo que llegué a saber de ellos: números telefónicos, direcciones, el bufete y la familia, esposa e hijos, agente teatral, representante, carteles de representaciones teatrales... Debí entregarlo todo a algún abogado aquí en Miami y advertirle: "Si algo llegara a sucederme...".

»Luego debí dar seguimiento al asunto. Vigilarlos de manera constante. Observar cada uno de sus movimientos. Espiarlos con frecuencia.

»De la misma manera en que ellos me han espiado a mí».

—¡Maldita sea! —se gritó a sí mismo como si se mirara en un espejo—. Creíste que se había terminado, pero en lugar de eso fuiste holgazán y les diste tiempo para planear. Tonto, tonto. ¡Estúpido, estúpido!

«Dejaste que se escaparan dos veces. ¿Con eso habré firmado mi propia sentencia de muerte?».

Se tambaleó. Con cada reflexión surgida en aquel momento de introspección y autoanálisis sentía que clavaba un clavo más en su propio féretro.

«¿Sus vidas serán tan amargas que ya nada les importa? ¿Mi muerte será más importante que su futuro?

»Si fuera así, solo habrían aparecido en la puerta y me habrían disparado.

»Y habrían reído mucho al mirar mi cadáver.

»Habrían esperado muy tranquilos a que llegara la policía».

Diez años es mucho tiempo para dejar que se acumule la cólera.

«En ningún texto psiquiátrico he leído sobre una necesidad de venganza así de abrumadora. Sobre esa compulsión y obsesión».

Palabras demasiado simples para expresar aquello a lo que se estaba enfrentando.

«La venganza existe en las novelas de misterio, en la literatura sofisticada y en las obras de Shakespeare. En las películas de Hollywood y en los mitos antiguos».

Si algo sabía Ricky respecto a la venganza era la manera en que la memoria y el procesamiento del pasado podían rebanar el presente y tronchar el futuro.

Por eso volvió a centrarse en su ordenador y dio inicio a la tarea de averiguar cómo contactar con los ocho nombres restantes de su pasado profesional. Ocho personas a las que había tratado veinte años atrás.

«Busca alguna conexión con Merlin o Virgil. Luego busca una vida que pudiera encontrarse al borde de la desesperación».

A medida que fue analizando los nombres, trató de recordar rostros, los distintos tipos de terapia; trató de imaginar cómo habrían cambiado en todos los años transcurridos desde la última sesión. Todas las sesiones terminaron con un apretón de manos. «Buena suerte. Llámeme si necesita ayuda de nuevo». Pero nadie lo hizo.

En aquellos ocho casos, los demonios parecían haberse detenido.

Ricky también luchaba contra demonios. El problema era que no se llamaban «depresión», «ansiedad» o «duda», sino Merlin y Virgil.

Y su hermano fallecido, el señor R.

El asesino que para ellos seguía vivo.

Y ahora también para él.

Aprovechó todos los recursos que las modernas redes sociales le ofrecían para encontrar a aquellos ocho a pesar de que se sabía no muy versado en informática. Lo que él tenía no era un ordenador, sino una máquina de escribir venida a más con la que tomaba notas y de vez en cuando enviaba cartas sin sellos postales. A pesar de ello, recurrió a todas las posibilidades que se le ocurrieron. Facebook. Sitios de negocios y personales. Las páginas blancas. Informes policiales. Registros de impuestos y transacciones de bienes raíces. Google. Instagram. Yahoo. Todo lo que le vino a la mente. Fue anotando en una libreta, empezó a reunir direcciones, números telefónicos e información laboral. Con cada dato que encontraba, le asombraba más y más cuánta información personal podía encontrarse en internet. Algunos expacientes habían publicado fotografías, sus rasgos le permitieron evaluar los cambios con el paso de los años: arrugas, piel colgando, cabello encanecido, gafas más gruesas. Las imágenes lo dejaron recordar, cada detalle le permitió a su memoria enfocarse más.

«Este era un arquitecto asolado por una pesadilla recurrente: uno de los edificios que había diseñado se desplomaba y toda la gente en el interior moría. Este otro, profesor de historia en una universidad, era presa de la repetición; el hecho de que los cursos fueran iguales cada semestre lo hizo caer en un estado de intenso odio por sí mismo y tener salvajes deseos ilícitos. Este era un pusilánime, dirigía un modesto despacho contable. Lo desgarraban salvajes fantasías sexuales similares a las del profesor, pero fantaseaba con todas sus clientas y, cuando veía las cifras de sus ingresos tributables, tenía visiones de desnudez y erotismo. Esta mujer dirigía una guardería para familias adineradas y celebridades; lloraba sin control cada vez que un niño o niña terminaba su periodo en la guardería y pasaba a primaria porque imaginaba que moriría en cualquier momento. La abrumaba la idea de que la única persona que podía salvar a esos niños de la muerte era ella y se negaba a oír a los agradecidos padres que no sospechaban nada».

Quince o veinte años antes, Ricky encontró en las historias la clave para tratar a todos sus pacientes, quienes pasaron horas en el diván recordando mientras él escuchaba. Todo lo que su subconsciente guardaba como una botella, tarde o temprano se desbordaba.

Empezó a oír sus voces.

«Este paciente tenía un padre distante y maltratador. La madre de este otro lo criticaba por todo. A este lo atacó su tío sexualmente. A esta la violaron cuando estaba en la universidad. Había tenido una cita, en la cual se embriagó; la administración escolar le dijo que «olvidara el asunto» y la forzaron a sentarse durante semanas en clase junto a su atacante, quien le sonreía con aire de superioridad. De este otro paciente los demás se mofaban cuando estaba en los vestuarios escolares, se burlaban de él por sus anormalidades físicas. Aquel otro era impotente. Esta, frígida. Este no podía encontrar el amor. Esta amaba en exceso y con frecuencia se involucraba sexualmente con desconocidos que abordaba en bares».

Soledad. Depresión. Ansiedad. Duda. Aquel diván lo había oído todo.

Se hacía tarde.

Miró los ocho nombres. Cada uno había sufrido y se había sentido lastimado lo suficiente en el pasado como para que el dolor resurgiera y desencadenara un suicidio. Durante su terapia, sin embargo, todos llegaron a comprender que el suicidio ya no era una posibilidad.

Y en esa contradicción radicaba su dilema.

Ricky lo comprendía bien. «No hay ningún procedimiento implementado para contactar con un paciente veinte años después». Un cardiólogo o un ortopedista podrían sin problema telefonear y decir:

«Buenas tardes, señor o señora Jones, solo llamo para supervisar cómo va todo con su marcapasos o su cadera nueva…».

Eso era aceptable.

En cambio, que un psicoanalista telefoneara y preguntara: «Hace veinte años, cuando terminé de darle tratamiento, parecía usted ir por buen camino. Pero, ahora, ¿acaso está contemplando suicidarse?», era una violación ética y podría causarle problemas con la junta médica. Sus colegas verían con muy malos ojos una llamada así. Sentía que lo estaban forzando a dar un paso que, aunque no era del todo ilegal, lo colocaba en una zona demasiado gris.

Se quedó mirando los nombres.

«¿Tengo opción?

»No. Ninguna».

Se quedó mirando el primer nombre de la lista.

«Termina con esto.

»Hay algo que conecta a esta gente con Virgil y Merlin.

Encuentra ese vínculo».

Marcó su primer número.

«El arquitecto».

Un timbrazo. Dos. Tres.

Y luego la voz que atravesaba veinte años.

—¿Doctor Starks?

—Sí, lamento molestarlo después de tanto tiempo… —Titubeó. Estaba improvisando.

Un largo silencio.

—No había pensado en usted desde hacía años —dijo el arquitecto. Otro silencio—. No, espere, no es verdad. Creo que he recordado nuestras sesiones, o al menos parte de ellas, todos los días desde que salí de su consulta por última vez.

«Esa es la esencia de la terapia», pensó Ricky.

—¿En qué puedo ayudarle, doctor?

Ricky vaciló.

—En días recientes, ¿ha recibido alguna carta certificada u otro tipo de comunicación que tenga que ver conmigo? Tengo un paciente contrariado que, al parecer, obtuvo la información de mis pacientes anteriores y…

Era una verdad a medias.

El arquitecto lo interrumpió.

—No, en absoluto. Nadie se ha puesto en contacto conmigo.

Ricky se quedó boquiabierto. Estaba sorprendido.

—¿Nada? ¿Está seguro?

—Bueno, no, no estoy seguro por completo porque en mi oficina hay pilas de correo y me he vuelto bastante despreocupado, así que a veces me limito a arrojar toda la correspondencia al cubo de reciclaje. Tal vez llegó algo como lo que menciona, pero no lo he visto aún —explicó el arquitecto, antes de hacer una pausa—. Además, los filtros de spam de mi ordenador son muy eficaces. En tiempos recientes, ya tampoco contesto el teléfono con frecuencia, le dejo esa labor a mi secretaria. De hecho, su llamada me resulta inusual. Estuve a punto de no responder.

—Sí, es inusual.

Ricky iba a despedirse sin más. Sentía que había caído en una especie de agujero en la tierra, que había caído demasiado bajo para salir solo. Tartamudeó, no sabía qué más decir.

—Bien, lamento haberlo molestado… —Tragó saliva con dificultad, sabía que tenía que hacer lo siguiente—: Ya no le quitaré mucho tiempo, pero me sentiría negligente si no le preguntara… —«Negligente». Mentía—. Viéndolo en retrospectiva y, considerando su situación actual, ¿le parece que el resultado de la terapia…?

El arquitecto no le permitió terminar.

—Ya no tengo pesadillas recurrentes —dijo—, si eso es lo que desea saber. He tenido éxito en lo económico. En mi matrimonio. Tengo dos hijos mayores y les va bastante bien. Tengo altibajos, pero supongo que, al ponderar todo, podría decir que soy feliz. Supongo que todo valió la pena. No obstante, me cuesta trabajo discernir si se lo debo al tratamiento y a hablar de mis problemas un día tras otro… o si las cosas solo empezaron a salir bien.

—Espero que… —empezó a decir Ricky, pero se detuvo—. Me alegra que haya tenido éxito.

Sonaba flojo, pero no sabía qué más decir.

—El expaciente del que habla, ¿es peligroso, doctor?

«Sí», pensó, pero no lo dijo.

—Es difícil saberlo —mintió.

—¿Cree que debería cuidarme de…? En fin, no sé de qué.

—Solo si alguien se pone en contacto con usted en relación conmigo —explicó Ricky. Eso sonaba todavía más flojo.

—De acuerdo, doctor. Si necesitara hablar con usted, ¿puedo marcar este número? El identificador de llamadas muestra su nombre, pero con un número de Florida. ¿Ya no vive en Nueva York?

—No, me mudé hace muchos años —respondió Ricky, pero no

entró en detalles, no le dijo que, en Nueva York, la familia que lo acechaba había destruido su reputación y su práctica profesional—. Una última pregunta —añadió vacilante—: Los apellidos Thomas o Tyson, relacionados con un abogado o una actriz, ¿le dicen algo? ¿Conoce a alguien con esas características?

El arquitecto se quedó pensando.

—No, lo lamento, no me resultan conocidos. ¿Deberían?

—No, no necesariamente.

—De acuerdo. ¿Puedo hacer algo más por usted, doctor?

—No, no lo creo, gracias —contestó Ricky.

—Bien, entonces, adiós, buena suerte con su paciente contrariado.

Ricky colgó y volvió a mirar la lista. No sabía si sentirse avergonzado o aterrado. O ambas cosas. También incluso confundido, pensó. Cartas certificadas a cuatro de los individuos, pero nada al quinto. O tal vez algo, pero no podía saberlo.

Sintió que una oleada de paranoia lo invadía.

El arquitecto no solía exagerar. Era preciso, tanto en las líneas que trazaba sobre el papel como en los recuerdos. Solía sondearlos a fondo en el diván. Fue riguroso y veraz en cada sesión.

«¿Había cambiado?».

Ricky negó con la cabeza.

«Claro que había cambiado, ese era el objetivo de la terapia».

Pero ¿se habría convertido en un mentiroso?

¿Alguno de sus otros pacientes se habría convertido en un mentiroso?

¿O en algo peor?

¿Alguien los habría instado a mentir?

¿Los habrían sobornado?

No había mucho que pudiera hacer, aparte de las llamadas restantes.

A continuación, telefoneó al profesor universitario. El hombre le contestó con una pregunta:

—Hola, doctor Starks. Estaba a punto de llamarle. Me sorprendió ver que ya no se encontraba en la ciudad de Nueva York...

—¿Dice que me iba a llamar?

—Sí, di por hecho que... —empezó a contestar, pero de repente calló. Respiró hondo y continuó—: ¿Qué es este asunto del grupo de Facebook con todos sus antiguos pacientes? Es decir, me parece una idea terrible.

—¿Disculpe? —dijo Ricky sorprendido.

—Sí —continuó el profesor con el tono de un hombre acostumbrado a hacer frente a un montón de universitarios que no han hecho su tarea—. Hace uno o dos días encontré en mi página personal de Facebook una publicación con una solicitud: quería saber si me gustaría unirme a un grupo de apoyo de expacientes suyos. De forma implícita, el texto indicaba que el grupo contaba con su autorización y que ya lo habían inaugurado. Parecía una especie de reunión de alcohólicos anónimos en dificultades o de club de lectura para gente de los barrios residenciales que no sabe qué hacer con su tiempo libre. Un grupo para reunirse online y decir: «A mi primo le gustaba mostrarme sus genitales» o «Mi mamá revisaba mis partes íntimas cuando me bañaba...». —Cada palabra del profesor contenía una buena dosis de sarcasmo—. No encontré ninguna indicación de cómo había averiguado mi nombre la persona que envió la solicitud. Me pareció raro. Es decir, la terapia psicológica es privada, ¿no? Los recuerdos del paciente solo le pertenecen a él, o a ella, y al terapeuta. Y se supone que así deben permanecer, ¿o me equivoco? No es algo que se pueda compartir con negligencia. En especial en Facebook, donde «privado» significa «público». Para colmo, ¡apareció en el muro de mi perfil! ¡En el timeline! Cualquiera de la comunidad universitaria podía verlo, lo que significa que tanto los colegas como los estudiantes estarán especulando sin medida. Estoy muy molesto, me parece algo muy peculiar. Es ofensivo.

—Lo es —dijo Ricky—. ¿Leyó algo más sobre la solicitud?

—Pues lo que encontré solo sumó más razones para que me pareciera peculiar, doctor.

El profesor ahora sonaba un poco menos molesto y casi igual de intrigado.

—¿Por qué dice eso? —le preguntó Ricky.

—Pues estaba furioso, como era de esperar. Pensé que, por lo menos, debía contestar, decir que no estaba interesado y preguntar cómo habían conseguido mi nombre. Incluso pensé en negar que fui su paciente y dejar claro que la sugerencia de formar parte de un grupillo de este tipo me parecía fuera de lugar. Sin embargo, cuando traté de averiguar a cuál de los otros pacientes se le ocurrió la loca idea de formar un grupo de Facebook, noté que la persona había desaparecido. O nunca existió. Al menos en lo electrónico. Para colmo, Facebook nunca me quiso revelar quién envió la solicitud original, y la justificación fue la protección de la privacidad. La de alguien más, claro, no la mía. Tal vez les da miedo perder dinero. Mire, lamento ser tan cínico, doctor.

Era una disculpa sin fundamento, era obvio que no lo lamentaba.

Ricky se quedó callado, pensando en lo que acababa de oír. Le parecía un ataque muy violento.

—¿La persona que publicó en su página incluyó otros nombres? —preguntó Ricky—. Tal vez debería contactar con esos pacientes.

El profesor gruñó.

—Sí, quienquiera que haya sido, él o ella, lo hizo.

—¿Cuáles son los nombres?

El profesor leyó unos seis nombres.

—No conozco a ninguna de estas personas —añadió.

Ricky no tuvo que escribirlos. Tres eran pacientes de Miami y ya estaban en su lista.

De pronto recordó que uno de ellos había seguido terapia de manera regular, con cita siempre después de las sesiones de aquel profesor. Por supuesto, no lo mencionó. Ricky, por lo general, espaciaba las citas para evitar que un paciente se encontrara con el siguiente.

—Fuera de la sugerencia de participar en el grupo, ¿hubo algo más que...? —empezó a preguntar Ricky, pero cambió de opinión y dijo—: Disculpe, profesor, ¿conoce a un abogado de apellido Thomas o una actriz de apellido Tyson?

El profesor se quedó pensando.

—No, no lo creo. Doctor, ¿hay algún problema?

—Parece que un antiguo paciente... —buscó la palabra adecuada—, vaya, se encuentra contrariado y obtuvo su información de contacto y la de otros pacientes. Lamento la molestia.

«Contrariado». Ricky se dio cuenta de que era un adjetivo demasiado alejado de «homicida», pero no dijo nada.

El profesor titubeó antes de contestar.

—Doctor, esto es un poco más que solo «una molestia» —dijo resoplando antes de aclararse la garganta con aire de superioridad—. De hecho, es bastante más que una molestia. Uno se siente molesto cuando olvida la llave de la oficina o una cita con el dentista, esto va mucho más lejos. Se supone que la terapia a largo plazo es un asunto privado. Como podrá imaginar, no quiero que nada de lo que hablamos en su consulta todos esos años se convierta en una especie de saber popular. Es mi historia personal y no quiero que se vea expuesta en ninguna circunstancia. ¿Sería eso acaso posible? ¿Que alguien revelara todo?

—No —contestó Ricky aunque no estaba seguro de que su respuesta fuera precisa.

—Es decir, todo sobre lo que hablamos lo tengo ahora bajo control, doctor Starks. Todas las cosas que me movían en aquel entonces... ¿Cómo decirlo? Vaya, ya no permito que sucedan. No lo he permitido desde hace años.

Ricky escuchó con detenimiento las inflexiones y el tono del profesor, tratando de detectar las notas individuales de la veracidad o, en su defecto, una sinfonía de mentiras. Cualquier cosa era posible.

Entonces recordó: «Extrañas fantasías sexuales, producto de una crianza rígida y represiva. Un hombre que llegó a mi diván cuando estaba a punto de dañar de manera irreversible su carrera, su matrimonio y todo su futuro debido a su descontrolada obsesión con prácticas sexuales de bondage y pornografía dura. Lo perturbaban visiones de sexo y dolor por las que, contradictoriamente, se sentía atraído de forma inexorable». En el clima social actual, cualquier revelación respecto a lo que solía fascinarle podría costarle todo. Alguien podría acusarlo de acoso. Ocupar una plaza en la universidad no lo protegería. Estudiantes furiosas organizarían marchas, saldrían de sus espacios seguros con pancartas y se reunirían fuera de su oficina exigiendo su destitución. Su atribulada esposa le diría: «Estoy harta» y «No tenía idea de esto...», y luego lo abandonaría, solicitaría el divorcio y encontraría la manera de despojarlo de hasta el último centavo. Sus hijos quedarían traumatizados de por vida. Tendrían problemas para volver a ver a su padre como el hombre que creían que era. «¿Papá quiere que alguien lo amarre y le dé latigazos?». A pesar de que habían pasado veinte años, si resurgiera cualquiera de los asuntos que llevó al profesor a la consulta de Ricky, aquello destruiría su vida.

El psicoanalista sabía que, en caso de que alguna de aquellas obsesiones llegara a conocerse, el suicidio se volvería una posibilidad real. No creía que el profesor soportara el tipo de ataques que acompañarían una denuncia como esa. Ni la ruina financiera y profesional.

También sabía que el académico poseía armas. Una pistola «para protección personal» y un rifle de gran potencia para cazar venados en las zonas rurales de New Jersey, donde encontrar y disparar a un animal de ese tipo no implicaba un desafío monumental.

Pero el profesor no tomaría la decisión de suicidarse de manera inmediata, primero tendrían que presentarse varios escenarios posibles. Tendría que defenderse, porque resultaba obvio que era un individuo beligerante. Contrataría abogados, haría declaraciones. Trataría de arrastrarlo a él al lodazal. Por desgracia, nada de lo que intentara funcionaría. Poco a poco, pero de manera certera, minarían su existencia. La idea del suicidio se iría forjando con el impulso de cada clavo que martillaran en su vida.

Entonces comprendió que no sería en catorce días.

—No sé si podría... —dijo el profesor titubeando, como si de pronto en su garganta se hubieran atorado las palabras que describían lo que Ricky había imaginado—. Las habladurías me harían... —volvió a dudar. Ricky lo oyó respirar hondo—. Las cosas de las que hablamos en su consulta, todos esos malos recuerdos y fantasías exageradas, todo aquello... Nadie lo sabrá, ¿verdad, doctor?

La misma pregunta, pero formulada de otra manera.

Una oleada de incomodidad. Más que de incomodidad.

De terror.

Ricky se quedó callado, pensó en el hecho de que el profesor había usado la expresión «bajo control» cuando se había referido a todas sus «dificultades».

Tal vez no.

Pero solo tenía una respuesta segura para aquel hombre.

—No —repitió—, en absoluto. Yo nunca permitiría ningún tipo de revelación.

Sonaba reconfortante. Convincente. Con unas cuantas palabras, estableció una confianza absoluta.

Pero, para cuando Ricky colgó el teléfono, no tenía idea de si era verdad lo que acababa de decir.

Se puso de pie y caminó por su consulta. Se detuvo frente a las repisas repletas de textos médicos y libros de psiquiatría. Echó un vistazo a los títulos, pero no encontró ninguno con el título *Programa especializado para médicos. Diez sencillos pasos para lidiar con asesinos sociópatas y no morir en el intento*. Se quedó pensando. «Sería como un libro para ponerse a régimen. Tal vez debí escribirlo yo mismo».

Cuando giró hacia su escritorio para emprender la tarea que tenía frente a sí, el teléfono sonó.

Miró el identificador de llamadas. Número anónimo.

Contestó. Esperaba oír a Virgil o a Merlin del otro lado. Por un segundo incluso pensó que escucharía la voz del señor R hablándole desde la ultratumba. Sintió el miedo convertirse en un frío y pegajoso líquido dentro de su cuerpo.

—¿Hola? —contestó titubeando.

Silencio. Una respiración.

—¿Doctor Starks?

—Sí.

Reconoció la voz de inmediato. Era inolvidable. Una mujer en la lista de los doce hablando con el peculiar tono nasal que escuchó cinco días por semana durante cuatro años. El sonido desencadenó una inundación de sus propios recuerdos, la ubicó entre la gran cantidad de sesiones de terapia que había dado. Miró hacia abajo y vio su nombre en la lista. Productora de televisión para una cadena de noticias. Con frecuencia, desafortunada en el amor. Más que desafortunada. Una mujer que siempre se sentía atraída por hombres que resultaban ser violentos. Un análisis difícil porque, cuanto más indagaba en su comportamiento autodestructivo, más incapaz parecía de ponerle fin. Relaciones de una sola noche, hombres que encontraba en bares. Amoríos que terminaban en ojos amoratados. En una ocasión, incluso en costillas rotas y mandíbula fracturada. «¿Suicidio? ¿Habrá vuelto a caer en los comportamientos que la trajeron a esta consulta hace veinte años?», se preguntó el psicoanalista.

—¿Señorita Wilson? ¿Rachel?

—Sí, soy yo, doctor.

Silencio. Luego una pregunta. De ella.

—¿Se encuentra bien?

Tomó a Ricky por sorpresa. Era lo que él le iba a preguntar a ella.

—Eh, sí, pero…

—No comprendo —dijo la mujer—. No comprendo nada.

—¿Cómo…? —empezó a decir Ricky, pero fue interrumpido.

—Hoy recibí un correo electrónico de parte de alguien a quien no conozco, pero en el Asunto aparecía su nombre, por eso lo abrí. Es algo que no haría normalmente, ya sabe, me habría limitado a borrarlo. Pero decía: «Rece por el doctor Starks», así que…

Se detuvo. Volvió a respirar hondo.

—No me agrada recordar, doctor.

Se mantuvo callado, sabía que su expaciente no había terminado de hablar.

—Todo lo de aquel tiempo, cuando nos veíamos. No me… —dijo y volvió a callar—. Estoy casada ahora. Con un editor que trabaja en una oficina de *The New York Times* en el extranjero. Tenemos dos niños. De ocho y diez. Somos felices, pero él… en realidad no sabe nada sobre mi pasado. No he sido muy comunicativa a ese respecto. Le conté que estuve en terapia, que tuve que enfrentar problemas de…, bueno, de autoestima. Él nunca me ha presionado para que le cuente más. Podrá imaginarse, doctor, que cuando uno tiene niños pequeños, lo despiertan todo el tiempo, nunca dan oportunidad de reflexionar, y por eso el pasado va desapareciendo. Pero luego, este correo electrónico...

—¿Por qué se supone que debería rezar por mí? —preguntó Ricky.

—En el correo dice que usted está enfermo, en su lecho de muerte. E incluía un número. —Titubeó—. Pero no suena enfermo.

—No lo estoy.

—Me pareció raro que alguien solicitara oraciones para un psicoanalista. No sé por qué, solo me sonó peculiar.

—Lo es.

Otro silencio.

—¿No está enfermo?

—No. Señorita Wilson, permítame asegurarle que...

—Ahora soy la señora Anderson —le aclaró, riendo discretamente—. Creí que nunca renunciaría a mi nombre de soltera, pero me traía tantos malos recuerdos que, cuando él me propuso matrimonio, me pareció que era lo correcto —explicó.

A Ricky le pareció que todo esto reflejaba una actitud sorprendente, muy saludable. Antes de que él pudiera contestar algo, ella continuó hablando:

—El mensaje también decía que solo le quedaban dos semanas de vida.

—Eso no es cierto —repuso él de inmediato, aunque no estaba del todo seguro.

—Me alegra escuchar eso. Pero, entonces, ¿es una especie de broma?

—No —respondió él, sin ahondar en el asunto.

—¿Está usted en peligro? —preguntó ella.

Quería decir «sí», pero no lo hizo.

—Me temo que estoy siendo el blanco del mal manejo emocional de un expaciente. Alguien cuya terapia no fue exitosa.

Ricky esperaba que esa explicación fuera justificación suficiente.

—Suena terrible —dijo ella—. Pero ¿por qué contactar conmigo?

—No estoy seguro. También ha contactado con otros pacientes. De distintas maneras, con mensajes diversos.

—¿Cómo obtuvo mi nombre su paciente, doctor?

—No estoy seguro. Los registros que tenía de la época en que usted estuvo en terapia fueron destruidos.

No parecía creerle.

—Todo por lo que pasé en aquel tiempo, sobre lo que hablamos...

Nadie sabe nada al respecto, ¿cierto? Porque si algo llegara a filtrarse, yo...

Calló. No necesitaba explicar lo que significaría.

Ni lo frágil que era su nueva vida.

—Me aseguraré de que nada sea revelado —dijo Ricky. Una promesa que no podía cumplir. La misma que había hecho a los otros pacientes.

—Bueno, doctor —dijo ella con calma—, espero que pueda solucionar su problema con este paciente. Me alegra saber que no está enfermo. No sé, ¿hay algo que pueda hacer para ayudarle?

—No, no —respondió Ricky, pero no estaba seguro—. Es mi responsabilidad, yo lidiaré con ella. Solo quisiera hacerle una última pregunta. Hace poco surgieron un par de apellidos en este asunto: Thomas y Tyson. El primero es abogado y la segunda, actriz. ¿Los conoce?

Al igual que los otros pacientes, Rachel se quedó en silencio y se sumergió en su memoria.

—No, creo que no.

Ricky se reprendió en silencio.

«Tuvieron diez años para planear esto. Si hay una conexión, no va a ser tan obvia como para que alguien me conteste afirmativamente al teléfono».

—Lamento no poder ayudarle, pero buena suerte —le deseó con indiferencia.

Ricky colgó el teléfono.

Comprendió la profundidad del juego en que estaba atrapado. Cuando pensó en sus pacientes de manera individual, vio lo que les provocaba ansiedad. Su pasado. Verse expuestos. Era diabólico. Aún más de lo que había imaginado. Cada plan de tratamiento exitoso dependía de cambios en el comportamiento que solían tener los pacientes antes de solicitar su ayuda. Nadie querría ver su pasado resurgir.

—Maldita sea —dijo en voz alta.

Miró la lista. Intuía que los detalles y las reacciones serían distintos, pero todas las conversaciones llegarían a la misma conclusión.

—¡Maldita sea! —repitió. Con más fuerza.

No veía otra opción más que seguir haciendo llamadas y escuchar lo que ya sabía que le dirían.

Marcó número tras número.

Oyó lágrimas. Cólera. Frustración. Habían contactado con sus expacientes de diversas maneras, desde una nota pegada en la puerta de una oficina a una hoja de papel con letras recortadas de un periódico deslizada en un buzón, como una antigua nota de secuestro sacada de una película de los años treinta. «El doctor Starks necesita ponerse en contacto con usted». Otros mensajes fueron enviados por correo electrónico o publicados en páginas de Facebook. Todos los pacientes estaban disgustados. Cada incursión en el recuerdo fue como si alguien hubiera entrado de manera violenta en el hogar donde moraba el pasado, una intrusión sin pistolas ni pasamontañas. No era que quisieran olvidar las sesiones que tuvieron con él veinte años atrás, más bien las habían compartimentado para poder continuar con su vida. Ese era el poder del psicoanálisis y la terapia. Todos los pacientes articularon la misma noción de una manera u otra: «Si se llegara a saber algo sobre lo que hablamos, estaría arruinado». Su matrimonio se arruinaría. Su vida se arruinaría. La relación de pareja, la vida o algo más. Lo que fuera. Casi todos usaron la palabra «arruinar». Ante la posibilidad de ser revelado, todo instante de su pasado era una amenaza para su presente y su futuro.

Y, en consecuencia, una amenaza para él.

Comprendía todo, a pesar de que no había averiguado realmente nada sobre sus pacientes, salvo que su vida actual se balanceaba sobre el pasado con un equilibrio endeble. Una palanca que oscilaba hacia un lado y hacia el otro.

Cualquiera de ellos podría presentar tendencias suicidas.

O no.

No las mostraban por el momento, pero eso podría cambiar en un instante.

Cuando terminó de hablar con el undécimo nombre de la lista, ya casi era medianoche. Se trataba de un antiguo jugador profesional de béisbol que buscó su ayuda varios años después de haberse retirado porque esa vida no le ofrecía la misma satisfacción que la que vivió en el campo. Tenía ingresos constantes porque había invertido con sabiduría. Su segunda esposa seguía con él, su lealtad era incuestionable, en especial después de haber pasado por la amarga experiencia de perder una hija debido al cáncer infantil. El otrora jugador de béisbol estaba concentrado en lo que decía Ricky, pero aún parecía vulnerable a una posible recaída, a un estado depresivo desencadenado por el recuerdo de la ovación del público y de los tensos encuentros en los que solía enfocar toda su atención. Cuando colgó el guante de catcher y los zapatos de tacos gruesos para dedicarse a una vida monótona y rutinaria, la pérdida de su intensa vida deportiva fue demasiado, y ese tipo de situaciones siempre implican una amenaza. «Cuando miras hacia atrás y todo parece mejor de lo que se ve cuando miras adelante, siempre corres un riesgo», pensó Ricky. Al colgar el teléfono, no estaba seguro, pero le parecía que el exjugador podría ser la persona que buscaba. O no. Toda esa incertidumbre lo enfurecía.

Estaba a punto de volver a telefonearle, pero como no sabía qué más preguntar prefirió centrarse en el último nombre de la lista.

Le resultaba familiar y distante a la vez.

Era el nombre que más trabajo le costó desenterrar en su búsqueda. Un sitio de internet que no había sido actualizado. Información vieja y ninguna referencia de «contacto». Una dirección en la ciudad de Nueva York que no era la actual, un número telefónico fuera de servicio, una oficina donde ya no trabajaba.

Un hombre de imágenes.

Alexander Williams. Cuando fue a ver a Ricky por primera vez, era joven, un fotógrafo profesional que se sentía atraído por los lugares más peligrosos del mundo, un hombre que de manera constante y consistente se ponía en el camino del riesgo, como si su juventud fuera una capa de invencibilidad. Adicto a la guerra y la violencia, con una compulsión abrumadora de observar y documentar el mal. Con el sueño plagado de pesadillas. Un día no pudo atravesar una concurrida calle de la ciudad de Nueva York porque de pronto imaginó un autobús que explotaba y lanzaba a los automóviles hacia las aceras como una lluvia de proyectiles de artillería pesada que iba matando peatones a diestro y siniestro. Esta visión le provocó un ataque de pánico que lo dejó sollozando, aferrado a un muro de hormigón sin que ninguno de los transeúntes le prestara atención, y fue también lo que lo llevó hasta el diván de Ricky. El análisis fue difícil, destinado al fracaso casi desde el primer día debido a que las agencias fotográficas para las que trabajaba el paciente lo enviaban, sin avisarle con anticipación, a los lugares donde sucedían los desastres, y podía permanecer allí veinticuatro horas o veinticuatro días. No había manera de prever cuánto tiempo sería, solo se enteraba de su regreso el mismo día, unas horas antes. Esto produjo interrupciones constantes en el proceso de terapia. Ricky solo encontraba de repente en su contestador mensajes crípticos sin ninguna consideración: «Lo siento, doctor. Al aeropuerto. Gente matándose en Sudáfrica. Tengo que fotografiarlo. Llamaré en cuanto vuelva. Si vuelvo…». Recordó lo que le había explicado al fotógrafo, que el psicoanálisis tradicional exigía constancia porque el paciente sondeaba y examinaba sus problemas cada vez que se recostaba en el diván. Pero la explicación no ayudó. «Estaré ahí cuando pueda», fue su respuesta.

Ricky se quedó mirando el último nombre de la lista.

Williams era un hombre con una capacidad de negación excepcional: «No, no, doctor, mi niñez fue maravillosa. No hay nada que decir al respecto. Mi viejo era policía en una pequeña ciudad en la zona oeste de Massachusetts, pero nunca hablaba de lo que veía en su trabajo. Iba a animarme cuando jugaba a béisbol en las ligas menores o fútbol americano en la categoría infantil. Mamá era maestra de preescolar. Un amor de mujer. Dedicada a los niños. El tipo de madre que siempre te permite comer más de una galleta con chispas de chocolate. Pasábamos los veranos en un campamento junto a un río en Vermont. Pescábamos y nadábamos. En mi niñez casi siempre disfruté de una vida al aire libre. No, no, doctor, todos mis problemas vienen de la adultez. Mi niñez fue genial, y no solo para mí, también para mi hermana. Fue reina del baile de graduación. Ella fue quien me regaló mi primera cámara. Una vieja Brownie, de esas cuadradas sin posibilidad de enfocar en las que solo apuntabas y disparabas. Supongo que eso fue lo que me inició en esta profesión. Me gustaba salir solo y tomar fotografías. Hice tantas que mi viejo se cansó de llevar los carretes a revelar, y por eso me presentó al fotógrafo del departamento de policía, quien me enseñó a usar los productos químicos para revelarlos yo mismo. Una cosa llevó a la otra, y eso es todo respecto a la fotografía».

En aquel tiempo, Ricky buscó una conexión entre la oscuridad interior y la oscuridad vista a través de la lente. De joven, Williams fue testigo de verdaderas atrocidades a través del objetivo de su cámara, pero años después declaró que no habían tenido ningún efecto en él. Era temerario. Estuvo en peligro en muchas ocasiones. En Sudán hizo frente a amenazas de muerte de jefes militares a los que no les agradaba que les robara el alma al retratarlos; en Irak sobrevivió a cortinas de fuego de artillería; y en las montañas de Colombia, a una lluvia de ametralladoras. En Eritrea fue rehén de las guerrillas y en México de narcoterroristas que lo obligaron a ver cómo empapaban de gasolina a un hombre y le prendían fuego antes de advertirle que él sería el siguiente, aunque en realidad no planeaban matarlo. Sobrevivió a una experiencia espeluznante tras otra, con el único objetivo de capturar las imágenes.

Fotografías que ganaron concursos.

El problema era que, cuando volvía a casa, no podía dormir.

Y en el más trivial de los momentos empezaba a respirar con dificultad, a ahogarse y sudar. Ataques de pánico en todo su esplendor en el supermercado, a la hora de la cena o cuando iba conduciendo.

Sus sesiones se transformaron en horas en las que por fin dejó salir los miedos que no había reconocido hasta entonces: mirar un AK-47 apuntándole al pecho, mientras que la única arma que él tenía era su Nikon. Las conversaciones parecían liberarlo, relajarlo, incluso se veía más dispuesto a correr riesgos, no lo contrario. Ricky trató de averiguar por qué Alexander Williams se sentía atraído de una forma tan irremediable a tanto horror, pero no tuvo éxito.

El fotógrafo había logrado menospreciar su pasado, permanecer indiferente. Lo único que le importaba era el presente, y rara vez hablaba del futuro.

Era un hombre que pensaba que la muerte violenta era cosa de rutina.

Tampoco estaba interesado en descubrir qué suceso, durante sus años de formación, lo hizo interesarse tanto en capturar la vida de otros. Sus emociones estaban recubiertas con teflón.

Era más proclive a reír que a llorar ante el estrés; se burlaba del peligro, excepto cuando la emoción lo abrumaba; sufría de repentinos espasmos de miedo y terror incontrolables aun cuando estaba en lugares seguros. Era una contradicción absoluta.

Y, un buen día, su terapia terminó de la misma forma abrupta en que comenzó.

Ricky recordaba cómo había sido. Una sesión ordinaria tras dos caóticos años de tratamiento. Le sorprendió un poco que el fotógrafo llegara a tiempo a su cita.

Ese día, Alexander Williams esbozaba una sonrisa de oreja a oreja. Se dejó caer en el diván, echó la cabeza hacia atrás, miró al techo, la sonrisa se convirtió en un discreto gesto.

—¿Sabe, doctor? He tomado una decisión importante, de esas que le cambian a uno la vida. Gracias a usted, he logrado ver las cosas con perspectiva. He decidido que ya no lo haré.

—¿Hacer qué?

—Ver cuánto puedo acercarme a la muerte sin que me maten —respondió, antes de estallar en una carcajada—. Esta mañana les dije a mis jefes de la agencia: se acabó. ¿Qué fue lo que dijo aquel boxeador, Roberto Durán...? *No más.** De ahora en adelante solo

* En castellano en el original. *(N. de la T.)*

haré fotografías de moda y de celebridades caminando en la alfombra roja. Partidos de fútbol americano escolar y estilizados retratos de gente rica y famosa. Tal vez también costosas bodas de millonarios, reuniones familiares de gente en la cima. Todos sonriendo, diciendo «patata», ojos en la cámara, uno, dos, tres… Miren el pajarito. Me compraré un elegante esmoquin y varios trajes caros. Solo situaciones seguras y tranquilas. Nada de pistolas ni de granadas, ni fuego de armas automáticas. Nada de machetes ni decapitaciones.

En aquel momento Ricky no dijo nada, se quedó en silencio.

—Así es, doctor. Tal vez ahora sí tendré tiempo para enamorarme. Para casarme. Con una chica increíble y dulce que tenga un gran corazón. Agente inmobiliaria, banquera o maestra… —prosiguió Williams sonriendo—. Ni siquiera tiene que ser virgen, solo fértil para que yo pueda engendrar un par de pequeñas bestias muerdetobillos. Ahora seré el señor Normal. El señor Casa en Barrio Residencial. Señor Rutina. Voy a comprar un monovolumen, ponerles el cinturón de seguridad a todos y conducir sin pasar el límite de velocidad. Voy a tomar fotografías en las fiestas de graduación. Esos retratos superfalsos de familia feliz, ya sabe, mamá y papá, la pequeña Julie y Johnny vestidos muy elegantes y sonriendo, sin mostrar ningún indicio de que papá está a punto de perder el negocio familiar debido a su adicción a la cocaína ni de que mamá es una ninfómana alcohólica, ni de que a la pequeña Julie la embarazó su novio, el de los tatuajes y la motocicleta, ni de que Johnny sale por la noche de casa para fisgonear por las ventanas de los vecinos y tratar de ver a alguna pareja teniendo sexo. No sé si lo sabe, doctor, pero a los fotógrafos de los estudios les pagan miles de dólares por ese tipo de imágenes.

Entonces calló.

Luego, solo se carcajeó un largo rato de sí mismo. En ese tono con que reía con frecuencia.

—¿Sabe, doctor? Creo que estamos a punto de terminar con esto. Esta es la buena noticia: gracias a usted, ya no sufro de ataques de pánico. Tampoco me despierto aterrado y sudando por las noches. Me siento genial. De hecho, hasta aquí llegamos. Creo que estoy curado casi por completo, es lo más cerca que estaré del cien por cien. Gracias. Por favor, envíeme su última factura y piense en mí como una tremenda historia de éxito. Le diría: «Hasta pronto, doctor», pero sospecho que no volveremos a vernos.

Por supuesto, Ricky no se creyó nada.

Ni entonces ni ahora. Trató de disuadir al fotógrafo de su idea de abandonar la terapia, pero no tuvo éxito. Esperaba que volviera en cuanto comprendiera que no había resuelto nada en su interior, que solo había pospuesto el trabajo. O solo lo había ocultado. Tal vez un día tomaría una fotografía en una de esas reuniones familiares o fiestas de graduación y vería a todos muertos. Después volverían las pesadillas, la ansiedad, el sudor y la dificultad para respirar.

Su yo interior regresaría y bramaría de nuevo.

Entonces lo llamaría para retomar la terapia.

Pero no fue así.

Alexander Williams desapareció. Pasó a formar parte de la lista «probable terapia fallida, no estoy seguro». En teoría, era posible que su capacidad para negar la realidad hubiese sido tan fuerte que lograra engañarse a sí mismo durante años. Eso habría permitido que, con el tiempo, dejara la terapia a un lado sin olvidarla, solo escondiéndola en una caja de la memoria profesional que rara vez abría. Pasados un par de años, Ricky incluso dejó de mirar los créditos de las fotografías en los diarios y las revistas, dejó de buscar el nombre de Williams debajo de una imagen aterradora más. Muertos por huracanes, cadáveres flotando en el interior de casas inundadas. Tiroteos escolares. Disturbios. Guerras. Sucesos espeluznantes y lugares terribles a los que creía que habrían enviado a su expaciente a tomar fotografías. Pero no, nada.

«Hace veinte años, lo último que pensé fue que tal vez sí se había convertido en el señor Normal del que me habló. Pero no estaba convencido entonces y ahora tampoco. El señor Normal nunca fue para él una posibilidad real, en la historia de Williams había una amalgama de demasiadas imágenes enloquecedoras. Tal vez ahora es un falso señor Normal».

Pero incluso dudaba eso.

Ricky se meció en su asiento.

En el papel que tenía delante solo había información sobre dónde había estado el fotógrafo, no sobre dónde estaba ahora.

«Williams recibió alguna especie de mensaje, igual que los otros, y, hasta que no averigüe de qué se trata, estaré perdido».

Tres palabras lo oprimían sin piedad: «callejón sin salida».

—¿Dónde diablos estás? —se preguntó en voz alta.

Mientras seguía pensando y preguntándose cuál podría ser el siguiente paso, vio las manecillas del reloj sobre el escritorio marcar la medianoche.

«Un día más que se va».
Su mirada se quedó fija en la esfera.
«Un minuto más que se va».
En ese instante, sonó el teléfono.

9

DÍA DOS

El último nombre

El timbrazo le llenó de ansiedad. Tomó el teléfono.

—¿Sí?

—Hola, doctor Starks. Ha pasado mucho tiempo desde la última vez que hablamos. ¿Sabe quién soy?

La profunda voz del fotógrafo era inconfundible, incluso pasadas dos décadas.

—Señor Williams —empezó a decir Ricky, pero su expaciente lo interrumpió.

—Me dijeron que debía telefonearle justo a esta hora, a las doce en punto, dijeron que estaría esperando mi llamada. La petición me sorprendió. También me pidieron que le informara de que ha perdido un día completo, pero, bueno, eso les sucede a todos en este planeta, ¿no? El tiempo vuela, ¿no es cierto? —La última frase iba acompañada de una risa burlona que Ricky conocía.

—¿Quién lo contactó? ¿Y cómo?

—Me dijeron que sería lo primero que preguntaría y que debía responder con: «Sabe muy bien quién».

—¿Cómo…?

—Fue un mensaje por ordenador, un correo electrónico de una fuente desconocida. La información es muy detallada. El mensaje indicaba que debía llamarle porque usted sería el único que podría salvarme.

Ricky no respondió.

—También decía que… usted iba a morir.

No respondió, solo se limitó a respirar hondo.

—¿Está muriéndose, doctor? —insistió Williams del otro lado de la línea.

Qué pregunta tan brutal.

Ricky sintió cómo se le tensaba la garganta.

—No, quienquiera que le haya dicho eso mintió —repuso. Otro silencio.

—¿En serio? Pero ¿acaso la frase no dice que «todos empezamos a morir desde el día que nacemos»? Naturalmente, traté de rastrear el correo electrónico y averiguar quién lo había enviado, pero no logré nada...

«Como los otros —pensó Ricky—. Pero esta situación es distinta».

—... Quienquiera que lo haya enviado sabe muchísimo más sobre informática y privacidad que yo. Lo siento.

Ricky permaneció en silencio. Ser directo no era lo común en un psicoanalista. A pesar de ello...

—Señor Williams, ¿está usted considerando...?

Pero se detuvo antes de terminar la frase.

Y en ese silencio momentáneo escuchó un peculiar sonido en la línea telefónica. Como un clic. Siguieron otros ruidos y después varios clics rápidos. Un ligero titubeo y un misterioso crac.

—¿Sabe qué fue eso, doctor? —preguntó el fotógrafo tras un silencio de treinta segundos. Su voz se adelgazó, flaqueó.

—No.

A continuación se oyó un sonido de desesperación del otro lado de la línea.

—Doctor, este es el singular sonido que se produce cuando se abre el tambor de un revólver de gran calibre, se coloca una bala en la recámara, se gira el tambor y se cierra. Como en el juego de la ruleta rusa. Es un sonido único. Luego, el sonido del martillo cayendo en una recámara vacía. Un fallo afortunado porque, de lo contrario, esta conversación habría terminado de una manera, digamos, abrupta. Todo es muy característico, ¿no le parece?

Ricky no respondió.

—Por supuesto, hay cinco recámaras más y en una de ellas hay, en efecto, una bala.

Un momento de vacilación. Luego una pregunta.

—¿Qué piensa, doctor? —La voz del fotógrafo empezó a estirarse como una tensa banda elástica hecha nudos, a punto de reventar. Se oyó una inspiración profunda—. ¿Debería seguir intentándolo? ¿Debería volver a apretar el gatillo? Y, si no funciona, intentar de nuevo. Y luego otra vez...

—No —dijo Ricky, tal vez demasiado pronto.

—Siento que debería hacerlo —dijo el fotógrafo. Sus palabras se oían tan secas como el desierto.

—No, por favor no lo haga, señor Williams...

Ricky sabía que sonaba poco convincente, pero no tenía otro tono de voz.

—¿No es como la vida, doctor? Siempre hay una recámara cargada y, día tras día, año tras año, década tras década, seguimos apretando el gatillo. Si tenemos suerte, el martillo siempre golpea en una recámara vacía. Pero, un día, ya no es así.

Calló por un momento y luego continuó.

—De acuerdo, no lo apretaré por el momento. Pero lo mejor será tener en mente esa bala. ¿Puede ayudarme, doctor? Necesito que me salven, de eso no hay duda.

Ricky respiró hondo, sabía que la siguiente pregunta sería una especie de apuesta, pero tenía que arriesgarse.

—Alex —dijo Ricky pausadamente, con mucha calma, tratando de sonar amigable e informal—, ¿por qué querría usted quitarse la vida?

El fotógrafo tosió o, más bien, soltó algo que habría podido ser risa, pero también un alarido de desesperación. Se quedó callado un momento, analizando la pregunta.

—Tal vez tengo una enfermedad terminal, tal vez quiero eludir la humillación médica y el insoportable dolor. O quizá he empezado a pensar como un filósofo francés y a desarrollar un miedo existencial. ¿Quién fue, doctor? ¿Sartre o Camus? ¿Quién dijo que la única pregunta que un hombre en verdad debía responderse era «suicidarse o no»? No recuerdo. Solo sé que fue uno de ellos. Es triste, si lo piensa. O quizá me encuentre inmerso en la agonía de un escrito profundo pero ordinario, como un libro académico de primer año de psiquiatría sobre depresión rutinaria. Tal vez estoy aquí sentado leyendo *La campana de cristal* o *Gente corriente*, sintiéndome cada vez peor con cada página que pasa, cayendo. Incapaz de detener el descenso. Pero, escuche, ¿acaso parte de salvarme no radica en que usted mismo pueda responder a su pregunta? Me parece que así funcionan las cosas.

—¿Dónde se encuentra? —preguntó Ricky de inmediato.

El fotógrafo volvió a reír. Un sonido seco y melancólico.

—También me dijeron que preguntaría eso, pero que no debía ayudarle. ¿Cree que debo desobedecer a esa persona? Usted dígame, doctor.

—No —contestó el psicoanalista a pesar de que deseaba decir lo contrario.

El fotógrafo continuó.

—No sé por qué me lo prohibió. Él. O ella. No lo sé. No parece lógico, ¿cierto? Es decir, ¿cuál es el problema? Postergar las cosas solo empeora todo. Quizá. Acercarse cada vez más a elegir el olvido. Sin embargo, eso es lo que quieren, ¿y quién soy yo para oponerme? Pero, claro, también podría suceder lo contrario: que el simple hecho de anticipar si me encontrará pueda mantenerme vivo algunos días más. ¿Qué piensa, doctor?

«¿Será esto parte del juego? No estoy seguro», pensó Ricky.

Antes de que pudiera contestar a su pregunta, el fotógrafo siguió hablando.

—Y lo peor es que la persona que escribió el correo electrónico parece saber más de mí que yo mismo —dijo riéndose—. Es una broma, ¿eh, doctor? Irónica. En fin, todo esto resulta espeluznante, siento que me vigilan, que el remitente me ha visto cada vez que cargo y descargo mi revólver. Cada vez que lo levanto hasta mi frente o meto el cañón en mi boca para practicar. Jesús bendito. Es suficiente para…, no sé, ¿asustarlo a uno? ¿Para provocarle paranoia? Es como si esa gente viviera en mi cabeza. O en mi ático. O en el sótano o el armario del pasillo, no lo sé. ¿Estará a mi lado en la cama por las noches? ¿Al otro lado de la mesa del comedor? ¿En la casa de al lado? ¿Mirándome con prismáticos? ¿Todos los días? Online y en persona. No sé cómo supieron que necesitaba que alguien me salvara ahora, pero vaya si tienen razón. Por eso creo que debo hacer lo que me indicaron: dejar que usted me encuentre. De cualquier manera, ¿acaso la terapia no trata justo de eso, doctor? ¿De buscar en nuestro interior, de examinar el pasado y ver cómo afecta al presente y abre las puertas al futuro? Estoy seguro de que usted puede hacerlo…

El fotógrafo volvió a respirar hondo.

—… porque me parece que, en una ocasión, hace muchos años, le di suficiente información para averiguar dónde me encontraría si este día llegara. Al menos, al recordar nuestras sesiones, estoy casi seguro de que lo hice. Vaya, eso espero. Tal vez no es así y solo estoy imaginando lo que dije o callé todos esos años. Ya no estoy seguro. Es el estrés, doctor, usted lo sabe, le hace cosas terribles a la memoria —dijo el fotógrafo antes de detenerse para volver a inspirar con fuerza—. Así que... venga rápido. Trote, doctor, corra. Como si fuera una carrera, porque me parece que ninguno de los dos tiene mucho tiempo. ¿No le hace esto sentir que las horas y los minutos que quedan son demasiado valiosos?

—Alex... —empezó a decir Ricky mientras trataba de procesar todo lo que iba saliendo de la boca de su expaciente, pero era una marejada de detalles y lo interrumpió de inmediato.

—En caso de que se lo pregunte, doctor, en verdad deseo ser salvado. Una gran parte de mí quiere vivir, y mucho. Está luchando contra la parte hostil que dice: «Qué lástima, qué tristeza. Cómo lo siento, Alex, pero llegaste al final». Es difícil decir cuál va ganando, el marcador cambia cada hora o, tal vez, cada minuto. He estado quitando el dedo del gatillo, dejando el revólver sobre la mesa y pensando: «De acuerdo. Matarme, sí, lo puedo posponer un día más». No sé si esta actitud durará porque, ya sabe, doctor: los impulsos son peligrosos. No sé cuándo podrían superar a las inhibiciones que aún me quedan, cuándo podría pensar de repente: «Mañana parece un mal día. Inevitable. Así que al diablo». Por eso creo que salvarme, si acaso puede, doctor, será su gran logro, su coronación. Una singular victoria psiquiátrica...

El fotógrafo continuó hablando, su discurso cobró ímpetu. De pronto, a la voz quebrada de unos segundos antes la reemplazó su conocido tono burlón. Fue como si hubiera pasado del borde de la desesperación a la arrogancia y la soberbia en un santiamén.

—... creo que, si lograra salvarme, muchos lo alabarían. Sobre todo sus colegas, en especial si escribiera un artículo sobre mi caso para la *Revista médica de psiquiatría moderna*: «Cómo logré, sin ayuda de nadie, traer a Alex, el fotógrafo, de vuelta desde el borde de la muerte». Tal vez lo inviten al informativo *60 Minutes* a exponer mi caso. O quizá un equipo de documentalistas lo busquen en persona. ¿Y qué tal un productor de Hollywood? De los que dicen: «Mire, solo firme aquí. ¿Recuerda el filme *Sybil*? Qué gran éxito. Puso a Sally Field en la lista de los más famosos. ¿O *Alguien voló sobre el nido del cuco*? Jack y Miloš ganaron el Oscar y recaudó un montón de dinero. Ahora le toca a su historia, doctor». Imagino a un periodista de *Vanity Fair* tocando a su puerta para escribir un artículo sobre cómo me salvó. Podríamos posar juntos para la portada. Tal vez nos ofrezcan un trato por el libro: *El rescate de Alex Williams por el doctor Frederick Starks, contado por...* ¿Quién sería su negro, doctor? ¿O tal vez para esta situación se requeriría de algo más artístico? ¿Poesía? Un poeta irlandés tipo Seamus Heaney podría escribir *La balada del rescate de Alex* en versos inspirados en Yeats. ¿O una canción? ¿Rock and roll? ¿Bruce Springsteen quizá? «Nena, nacimos para correr y salvar a Alex...». No, tal vez sea mejor un musical de Broadway: *¡Alex vive!* Un espectáculo con muchas canciones, números musicales y elaboradísimos escenarios. Sí, eso me gusta.

Ricky no podía discernir si su expaciente hablaba en serio o si su cinismo había alcanzado nuevos límites.

—Apresúrese, doctor. Diríjase al norte, me parece que ambos tenemos una fecha límite. No nos queda mucho tiempo.

La última frase la pronunció con innegable amargura.

Y entonces solo se escuchó silencio en la línea.

10

CACERÍA EN EL RECUERDO

Naturalmente, lo primero que hizo el psicoanalista fue lo que más era de esperar. Pulsó el botón para devolver llamada. Lo enviaron directo al buzón de voz. «Hola, soy Alex. No puedo atender tu llamada en este momento. Por favor deja un mensaje detallado». Colgó e intentó de nuevo, pero le respondió el mismo mensaje. Probó tres veces más y luego oyó un fantasmal mensaje electrónico grabado: «Este número está fuera de servicio». Comprendió que Williams había destruido de inmediato el teléfono, había sacado la tarjeta SIM o algo así. No sabía qué.

Tampoco estaba seguro de lo que le habría preguntado si hubiera respondido a su segunda llamada.

Se meció en el asiento preguntándose: «¿Qué tipo de hombre desea ser salvado del suicidio, pero no te dice dónde está?».

Él mismo podía responder a su pregunta. «Un hombre decidido a hacer ambas cosas. Morir y vivir. Una contradicción».

El suicidio —o suicidio potencial— del fotógrafo no se correspondía con los modelos que Ricky había aprendido mientras estuvo en la facultad de Medicina. Tampoco con los estudios que vio ya siendo terapeuta, ni con ninguna de las experiencias que había tenido a lo largo de todos los años que le dio terapia a gente con depresiones severas.

No tenía manera de comprender el sistema de la trampa en que se encontraba.

Era una especie de juego, pero las reglas parecían cambiar de manera constante.

«Encuéntralo, es uno de los doce.

»Y luego me llama a una hora precisa.

»Pero entonces ¿por qué me tomé la molestia de ponerme en contacto con los otros?».

Se sentía inquieto, confundido.

Una oleada de ira lo invadió. Estaba furioso con la gente que aún lo quería muerto. Furioso por su incapacidad de prever cómo jugaban con él, furioso por sus limitaciones. Estaba seguro de que un policía habría rastreado sin problema la señal del móvil hasta su origen, pero él no podía.

Lo único que era capaz de rastrear eran los recuerdos de las sesiones que tuvo en el pasado.

«Suficiente información para averiguar dónde me encontraría si este día llegara...», había dicho Williams.

Veinte años atrás.

Al principio no recordaba ninguna ubicación específica. Se devanó los sesos. Recordaba que el fotógrafo le había mencionado muchos lugares aterradores en todo el mundo, en los que presenció guerras, hambrunas, enfermedades, destrucción. Todo sucedía en algún sitio. Sus historias eran para ponerle los pelos de punta a cualquiera. «Vi esto». «Presencié aquello». En sus conversaciones prevalecían la muerte y la crueldad, pero nada de eso significaba algo. Para él, todo se limitaba a un lugar para captar una imagen memorable y desgarradora de los desastres a los que otros hacían frente. Y, por lo tanto, habría sido difícil que a Ricky se le grabara en la memoria. Escuchó muchas verdades sobre el mundo en que vivía su paciente, pero, quizá, también mentiras sobre el mundo del que provenía.

El psicoanalista miró alrededor como un animal salvaje, como si de esa manera pudiera hacer que aparecieran frente a él, como por arte de magia, las notas de sus sesiones del pasado. Una página podría materializarse en el aire como un truco de mago de Las Vegas y volar hasta posarse con suavidad en el escritorio, frente a él. La respuesta se encontraría entre los característicos garabatos de Ricky.

«Este es el lugar donde estará Alex Williams cuando desee morir».

Pero ni magia, ni suerte.

Cuando recordó la manera en que el señor R, Virgil y Merlin inundaron su consulta veinte años atrás, maldijo en voz alta, dejando manar un torrente irrefrenable de imprecaciones. Pensó en lo increíblemente afortunados que fueron. Arruinaron documentos que necesitaba ahora sin saber la manera en que la inundación y el fuego lo afectarían en el presente.

«O tal vez lo sabían.

»Están usando lo que hicieron entonces para matarme ahora».

Sintió que un rayo de paranoia lo atravesaba de pies a cabeza, le costó trabajo no sucumbir.

«El pasado siempre nos acosa», pensó.

Una gran parte de su mente quería entrar en pánico.

Correr. Ocultarse. Desaparecer.

El pánico era como el canto de la sirena: tentador.

La opción más sencilla, también la peor.

No importaba lo astuto que fuera, arriesgar las vidas de Charlie y Roxy era algo con lo que no podría vivir.

«Desaparezco, vuelvo a fingir mi muerte y me convierto en otra persona en otra ciudad. El doctor Starks ya no podría existir, estaría muerto. Pero yo viviría. Barrería calles o serviría hamburguesas. Contestaría teléfonos. Ya lo hice una vez. Tendría un empleo en el anonimato. Significaría dejar atrás mi vida y la de ellos por completo. No, no puedo hacer eso, porque, incluso si sirviera para ponerme a salvo a mí, ellos correrían peligro. Todos los días…, no, cada segundo, me preguntaría: "¿Estarán bien?". Viviría en una incertidumbre producto del egoísmo. No puedo pedirles que se unan a mí y que se oculten también. Ella es demasiado joven y él demasiado mayor para cambiar sus objetivos profesionales. ¿Interrumpir los estudios de Medicina? No, no puedo hacer eso. ¿Decirle a un paciente bipolar que tiene que deshacerse de todas las rutinas en su vida? ¿De lo único que lo mantiene cuerdo? No, no puedo».

A Ricky le parecía inimaginable que alguien inocente estuviera en peligro solo por tener un vínculo con él. De pronto, un recuerdo nauseabundo le vino a la memoria y se dio cuenta de que, cuando encontró a las tres personas que querían que muriera, la situación era casi la misma. Quince años atrás le prometieron que matarían a un pariente suyo. En aquel entonces le pareció que era como jugar a ser el as de picas, pero no era así. Ahora estaban siendo específicos y la apuesta era mayor.

«Alex Williams, expaciente, fotógrafo de desastres, se suicida».

Sabía lo que sucedería si fallaba.

Merlin y Virgil harían una oferta sencilla:

«Suicídese, doctor, para que ellos puedan vivir. No los mataremos ni los arruinaremos. Sabe que somos capaces porque ya lo hicimos con usted. De la misma manera en que provocó que nuestro padre adoptivo y nuestro amado hermano terminaran en la tumba, ahora nosotros necesitamos verlo a usted en un féretro y bajo tierra».

Sentía que los había subestimado.

Pasaron años diseñando un juego en el que él tenía que participar, pero solo podría perder. Porque incluso si evitara el suicidio de esa noche o del día siguiente, o de la semana siguiente, en los años que le quedaran de vida se preocuparía y pensaría todo el tiempo: «¿Qué sucedería si Alex Williams, fotógrafo de desastres, cambiara de idea? ¿Si apretara el gatillo de la única recámara cargada?».

Y mientras sus electrizantes pensamientos giraban alrededor de esta posibilidad, reconoció que la gente estaría en riesgo para siempre, solo por tener un desafortunado vínculo con él. O por mala suerte. O por ambas causas. Todos los días muere gente inocente. Un automóvil salta a la acera, una persona se contagia de la enfermedad de otro en el metro. Un estudiante llega a un salón abarrotado preguntándose sin mucho interés por qué el niño que se sienta en el rincón, aquel chico triste al que acosan y maltratan todo el tiempo, suda tanto y busca con nerviosismo algo en su mochila. Y se lo seguirá preguntando sin saber que la 9 milímetros cargada del papá del chico está a punto de ver la luz.

El fotógrafo que ahora amenazaba con suicidarse había captado terribles momentos como ese.

Ricky se preparó para lo que venía.

Tomó una libreta, empezó a garabatear lo que recordaba de sus sesiones con Williams, y cada vez que algo más le venía a la mente, se decía: «Mitad psicoanalista, mitad detective».

Concentrarse de esa manera era tan difícil como levantar pesas. Escribió todo lo que fue recordando. No era mucho, pero notó que había cosas con las que podría seguir trabajando. Visualizó al hombre recostado y hablando en su diván, pero, al igual que las imágenes que él captaba por todo el mundo, lo único con que Ricky contaba eran instantáneas.

«Tenía una hermana. El padre era policía, y la madre, maestra.

»Me dijo que tuvo una infancia maravillosa.

»Feliz, sin preocupaciones. Especial.

»Pero no le creí entonces.

»Tampoco ahora».

Descubrir esto desencadenó en el psicoanalista un sentimiento tan lóbrego que tuvo que luchar contra la desesperanza.

Una hora, dos, tres.

Justo cuando el cansancio y la sensación de fracaso lo abrumaron, el ordenador emitió un sonido. Notificación de correo nuevo.

Ricky se crispó y empezó a sudar como si la temperatura de su despacho hubiera aumentado de pronto.

Se quedó mirando el encabezamiento.

Sintió que el corazón se le detenía, la pesadumbre se deslizó por sus ojos, sus manos temblaron nerviosas.

El Asunto era:

Su fiel can, Cerbero. Desde el inframundo.

Era como si lo observaran. Miró alrededor, angustiado, como esperando ver a Merlin o a Virgil sentados en silencio en un rincón, tomando notas y viendo todo lo que hacía.

Imaginó que sería algo parecido a las alucinaciones de Charlie y recordó que Alex Williams había descrito algo similar: «Siento que me vigilan».

Se preguntó cómo podría deshacerse de sus miedos, volvió a centrarse en la pantalla y respiró varias veces de manera profunda.

Abrió el correo electrónico. Lo primero que apareció fue una serie de globos de colores que se iban elevando, el lugar común de las invitaciones a las fiestas de cumpleaños infantiles generado por algún sitio de internet especializado en ese tipo de eventos. Después, en el lugar donde debería aparecer la invitación, había un mensaje en letra manuscrita.

Hola, Ricky...
¿Se le está haciendo tarde?
¿Está cansado?
¿No encuentra respuestas?
¿Se siente indeciso?
¿No sabe dónde ir?
¿Ni dónde podría estar el hombre a punto de morir?
¿Necesita un indicio?
¿Una señal?
Me gustaría ayudarle a lo largo de su camino
hacia la muerte.
Pulse el botón.

Debajo había un botón de reproducción con una flecha y una caja. Una fría sensación de ansiedad lo abrumó.

«El primer poema decía que el señor R no ayudaría...

»pero ahora me ofrecen ayuda en la pantalla».

Las contradicciones le hicieron imaginar que derrapaba en grava suelta. Sintiéndose un autómata, o más bien como un ratón atraído de forma inexorable hacia el trozo de queso en la trampa que lo matará, movió el cursor hacia la flecha e hizo clic. Entonces dio inicio un vídeo de YouTube que cubrió la pantalla. Tardó algunos segundos en reconocer lo que tenía delante.

Un vídeo del cantante James Taylor encorvado sobre su guitarra e interpretando una de sus canciones más famosas: «Sweet Baby James».

Ricky escuchó:

«Con diez millas detrás de mí y diez mil más por recorrer…».

La música se fue apagando y la imagen del cantante se congeló de pronto. Permaneció en la pantalla algunos segundos y luego la reemplazó otra: un paisaje glacial de dibujos animados con colores oscuros y difusos, y nieve empezando a caer.

Un ciervo levanta la cabeza al oír un sonido.

Hay otro ciervo, más pequeño, una cría.

«¡Corre, Bambi!».

Ricky sabía exactamente lo que estaba viendo. Imágenes famosas, un momento de la historia del cine que muchos otros pacientes habían mencionado en su diván a lo largo de los años. Un suceso traumático de la infancia que permanecía en el recuerdo de la gente porque así era como se habían enfrentado por vez primera a la noción de la fragilidad de la vida. La escena de muerte en la película animada original de Disney de 1942, *Bambi*.

Observó, permaneció absorto mientras la mamá ciervo gritaba:

«¡Corre, corre más, Bambi! ¡No te gires! ¡Más rápido, sigue!».

Y, luego, el solitario disparo.

El cervatillo mirando atrás.

«Llegamos. Ya no hay peligro. Ma… ¿Mami? ¿Mamita, dónde estás?».

Silencio. La negrura del bosque.

El cervatillo vaga lastimosamente entre la nieve que no deja de caer, busca a su madre hasta que la señorial figura, la cornamenta y el inflamado pecho de su padre surgen de la penumbra.

«Tu madre no podrá venir ya más. Los hombres se la han llevado».

Las imágenes en la pantalla se congelaron mientras el cervatillo se arrastra detrás del padre y desaparece andando entre la nieve.

La imagen se quedó en la pantalla unos dos o tres segundos, y luego la reemplazó la fotografía de un edificio de ladrillos en una calle lateral.

Debajo había un texto breve:

Empieza aquí. Donde protegen y sirven.

Ricky sintió que se le secaba la boca. Tragó aire. Esperaba que apareciera otro mensaje, pero no hubo más. Se quedó mirando la pantalla.

En ese instante, supo dónde buscar.

En la memoria, el recuerdo, las conversaciones. En una lejanía de veinte años, pero con la fuerza del presente explotando en su cabeza.

«El lugar que el fotógrafo describió cuando habló de su idílica niñez.

»Padre policía».

Empezó a buscar imágenes en su ordenador, tratando de encontrar una coincidencia. Una comisaría.

Encontró una posibilidad real.

Arrastró los dedos sobre el teclado e hizo lo más práctico.

Reservó un vuelo para la mañana siguiente.

Alquiló un automóvil.

Mentalmente, preparó la maleta.

Sintió el peso del tiempo sobre él.

Se preguntó si no estaría preparando la maleta y haciendo reservas para ir al encuentro de su propia muerte.

Nunca había estado en el lugar adonde se dirigía, al menos, no en persona.

De una manera emocional, quizá.

11

DÍA TRES

Una época distinta del año

Mientras Ricky conducía por la autopista de peaje de Massachusetts, de camino a las montañas Berkshire, en su mente se repetía sin cesar la letra de la canción que le envió Cerbero. No las había oído desde hacía años, pero las palabras volvieron a él en ese momento: «Ahora el primero de diciembre estaba cubierto de nieve… también la ruta de Stockbridge a Boston…». Era noviembre, el mes previo al mencionado en la canción, y el mundo que transitaba por el parabrisas del automóvil alquilado evocaba la nostalgia del cambio. Los exuberantes verdes del verano se habían ido, también los vibrantes rojos y ocres del follaje otoñal. Era demasiado pronto para la capa de nieve que anticipaba el cantante, pero no faltaba mucho. Ricky vio una transición. Un paisaje que auguraba una cantidad mucho mayor de aire frío congregándose en el norte antes de llegar a su destino. Implacable, como un ejército dispuesto y a punto de invadir, esperando nada más la orden de ataque.

El psicoanalista trató de examinar el sistema de venganza al que se enfrentaba.

Estaba casi seguro de que el fotógrafo suicida estaba muy conectado con Merlin, Virgil y que era parte esencial de su plan. Sin embargo, resultaba difícil saber cuál era el papel que desempeñaría y su relación con ellos. Todo era evidente y confuso al mismo tiempo.

«¿Estará preparado para matarme y luego suicidarse?

»¿Será un asesino muerto en vida?

»Hace diez años intentaron lo mismo.

»Pudo funcionar, pero no fue así.

»¿Tratarán de hacerlo de nuevo?

»Sí. No. Tal vez».

Se dio cuenta de que aún no sabía dónde estaba Alex Williams. Cerca, pero no tenía ninguna dirección ni número telefónico. Solo una imagen de una canción, unos dibujos animados, la fotografía de un edificio y un vago indicio proveniente del recuerdo. El padre del fotógrafo fue policía, pero el oeste de Massachusetts estaba salpicado de pequeñas ciudades y pueblos, y cada uno tenía su propio cuerpo policial. Era territorio desconocido para Ricky, le parecía que estaba intentando resolver el enigma con pistas impalpables. Al realizar una búsqueda en internet, muchas de las imágenes que encontró de comisarías construidas con ladrillos parecían iguales. Escogió la que le pareció más probable.

En el pasado había una pista de dónde podría estar el fotógrafo en el presente.

En el pasado había pistas de por qué querría suicidarse ese día. O el siguiente. O durante el fin de semana próximo.

Ya casi oscurecía cuando aparcó frente a la comisaría. Iba haciendo cálculos mentales respecto a la edad que debía de tener Williams cuando se recostó por primera vez en el diván. La niñez, la adolescencia, la etapa universitaria, la profesional..., en conjunto eran muchos años. Estaba calculando con recuerdos imprecisos.

Sintió la frescura del aire al cruzar la callejuela hacia el sólido edificio de ladrillos rojos.

Se detuvo un momento y observó la construcción.

Se parecía a la de la imagen que había enviado Cerbero.

Caminó por la calle y se detuvo en el mismo ángulo desde el que había sido tomada la fotografía. La noción de solo una posibilidad creció y casi se transformó en certidumbre.

Sobre las amplias puertas había una placa de granito gris incrustada. DEPARTAMENTO DE POLICÍA. Al final de la calle estaban estacionadas varias camionetas blanquinegras con barras de luces azules y rojas, y escudos con la leyenda «Proteger y servir».

Mientras estaba parado frente al edificio, persuadiéndose de que se encontraba donde debía estar, sonó su teléfono en uno de los bolsillos de su abrigo.

Sintió que lo atravesaba un rayo frío.

«Me están observando».

Giró a la derecha, después a la izquierda. Miró los automóviles estacionados y luego levantó la vista hacia las ventanas. El teléfono seguía sonando. Lo sacó y sintió alivio.

Era un número de Miami, de la tienda y taller de reparación donde había dejado el ordenador hackeado.

—¿Sí? —dijo al contestar.

—¿Doctor Starks?

Reconoció la voz nasal del joven empleado.

—Sí, soy yo. ¿Logró usted...?

El empleado lo interrumpió.

—Mire, esto es muy extraño —dijo—. Creo que nunca había visto algo así.

—¿Qué quiere decir? —preguntó Ricky.

—Verá, el ordenador que nos dejó... lo tenía en su escritorio, ¿cierto?

—Sí, claro, pero...

—El protector de pantallas, por fin lo recuperamos... Nos llevó una eternidad. Es algo muy extremo, doctor, todos en la tienda quedaron conmocionados al verlo. Sin embargo, nadie puede entrar en el sistema. Los archivos están encriptados. También las contraseñas.

—Entonces no encontró nada de mi información... ¿Solo la imagen?

—Sí —contestó el empleado—. Creo que alguien en verdad quiere jugar fuerte con usted, doctor. Intentamos de todas las maneras posibles tener acceso a sus archivos, a los que nos dijo que se encontraban en el disco duro, pero nada de nada. Ha sido un acto total de desaparición. Luego se me ocurrió algo...

—¿El qué?

—Revisé el número de serie del ordenador contra nuestros recibos antiguos y ¿sabe qué? No es el que le vendimos.

—¿Qué? —exclamó Ricky.

—La única explicación que se me ocurre es que alguien entró en su casa, cogió su ordenador con todo lo que tenía en él y lo reemplazó con otro ordenador Apple del mismo modelo, exactamente igual. Es decir, todos se parecen, ¿no?

Ricky no pudo responder.

—El que pusieron en su escritorio, pues... lo prepararon para usted, por eso no podemos acceder a él ni ver lo que le enviaron. Para ser franco, lo único que tenemos es un protector de pantalla aterrador. Terrible en todos los sentidos —dijo en tono rotundo.

Ricky pensó en todas las ocasiones en que había contemplado distraído su ordenador, era solo una herramienta, nunca le había prestado mucha atención.

—¿Quiere que me deshaga de este ordenador, doctor? —preguntó el empleado—. Porque, en el estado en que se encuentra, ni siquiera podríamos aceptarlo para intercambio. Lo lamento.

—No —dijo Ricky—. Guárdelo. Lo recogeré cuando vuelva de mi viaje.

«Si vuelvo».

Colgó y permaneció inmóvil. «Fueron muy astutos —pensó—. Nunca lo habría imaginado». Se quedó helado al pensar que cualquiera que se hubiera parado fuera de su despacho y mirado por la ventana habría podido saber qué ordenador tenía sobre el escritorio. «Una intrusión planeada para sacarlo y dejar uno de reemplazo». De pronto comprendió algo: «Mucha información sobre mi vida estaba en ese ordenador y ahora tienen todo. Para colmo, todas las contraseñas estaban en mi viejo cuaderno y también lo robaron».

Sintió ganas de vomitar.

Volvió a la comisaría. A pesar de que en la entrada había luces muy brillantes, tuvo la sensación de que estaba entrando en un lóbrego corredor repleto de sombras siniestras.

Caminó hasta el fondo y vio un mostrador de recepción protegido por vidrio a prueba de balas. Un agente uniformado atendía al mismo tiempo una pantalla de ordenador y una gran cantidad de teléfonos fijos. También tenía un micrófono. Ricky supuso que era para hacer anuncios importantes en la comisaría, aunque no había nadie para escucharlos en ese momento. No había una sala de espera, solo una línea amarilla en el suelo, a unos metros del agente en la recepción. Imaginó que ahí era donde debía colocarse. A un lado había un ascensor y varias puertas que tal vez llevaban a las distintas oficinas. Mientras esperaba para acercarse, oyó un lastimero y agudo grito que provenía muy del fondo: el sonido de la agonía.

Dio un paso al frente y el agente levantó la vista. El grito se fue apagando.

—Adicción al opio —explicó—. Ese individuo está encerrado por beber y provocar disturbios, pero su mayor problema no es ese: ahora atraviesa un desgarrador síndrome de abstinencia. A mucha gente le gusta la oxicodona, pero tarde o temprano se apodera de uno y la situación se vuelve muy difícil. ¿En qué puedo ayudarle, señor?

El agente era joven, amable. Sonreía.

—Tengo una petición poco común —dijo Ricky. Su interlocutor no dejó de sonreír.

—En este lugar, lo poco común es bastante rutinario. ¿Qué puedo hacer por usted? —volvió a preguntar en un amable tono.

Ricky empezó a explicar algo sobre lo que sabía muy poco.

—Hace varias décadas, no tengo las fechas precisas, en este departamento trabajó un oficial cuyo apellido era Williams...

—¿Sam Williams? ¿El inspector?

—Sí, eso creo.

El agente volvió a sonreír. Miró a Ricky de arriba abajo como preguntándose: «¿Por qué ahora?».

Se encogió de hombros como si hubiera descubierto que no necesitaba una respuesta y señaló una pared a la derecha del psicoanalista.

—Un héroe —dijo.

Ricky giró hacia donde le indicaba el agente.

En la pared había una placa de madera con grabado en relieve dorado que decía: «En cumplimiento del deber». Solo había una fotografía debajo, era el retrato formal de un hombre uniformado que miraba con rigidez a la cámara.

Ricky se acercó lentamente a la pared. Vio la imagen de un hombre desgarbado con mejillas rojas, mandíbula cuadrada y cejas espesas. De inmediato notó el parecido con su expaciente, las mismas mejillas, la misma nariz, la misma mirada penetrante. Debajo de la fotografía había una fecha de décadas atrás y otra frase, también grabada en dorado: «El sacrificio supremo».

—¿Es esa la persona que busca? —preguntó el agente.

12

DÍA CUATRO

La primera mentira

A Ricky le pareció la más estúpida de las muertes.

Y bastante alejada de un acto heroico.

El padre del fotógrafo había ascendido de manera constante en el escalafón hasta llegar a ser inspector. Una típica noche de verano estaba bebiendo en un bar cuando dos hombres con pasamontañas entraron en el lugar y trataron de robar la caja registradora. Era lo que los policías solían llamar «robo con intimidación». Una escopeta y un revólver, exigencias y gritos, tal vez un culatazo a cualquiera que dudara en sacar la cartera. Miedo repentino. El plan era entrar y salir lo más rápido posible, tomar el botín y huir. Sin embargo, el padre de Williams sacó su revólver y disparó. La muerte invadió el bar. Un ladrón murió junto con el oficial, el camarero resultó herido de gravedad y terminó en silla de ruedas, una mujer que estaba bebiendo allí tardó demasiado en lanzarse al suelo y murió por el impacto de una bala perdida. El otro ladrón terminó en prisión y murió un año después debido a lo que las autoridades describieron como «riña en el patio de ejercicio». Lo golpearon hasta matarlo, una disputa entre adictos, según se explicó en el seguimiento que dio al suceso cierto periódico. «Tal vez una retribución ordenada por oficiales de forma clandestina —pensó Ricky—. Asesino de policías. No hubo manera de determinar la verdad respecto al fallecimiento del ladrón». Después de la visita al departamento de policía, Ricky leyó con atención los diversos artículos publicados en *The Berkshire Eagle*. Vio una fotografía del padre de Williams y pensó: «Si solo se hubiera quedado sentado, tranquilo. Si hubiera dejado el arma en su funda y permitido que los hombres se llevaran los cuatrocientos dólares que había en la caja registradora, todos habrían vivido y él hubiera visto el sol del día siguiente».

«¿Por qué el inspector decidió sacar su arma? —se preguntó—. ¿Por instinto? ¿Entrenamiento? ¿Mala decisión? ¿Demasiado alcohol?».

De cualquier manera, su decisión tuvo un alto coste.

Ricky se sentó en una silla de madera en la biblioteca local. Frente a él había un gran archivo forrado en cuero con ediciones de periódicos; no le costó mucho tiempo encontrar artículos sobre la muerte del padre del fotógrafo. Los leyó todos en busca de pistas. Encontró una fotografía del funeral: agentes uniformados que marcharon, una banda de gaitas con músicos en kilt de tela escocesa y tocados de piel de oso. En una segunda foto se veía a un joven oficial, compañero del inspector muerto, leyendo una oración mientras el féretro descendía a la tumba. Ricky oyó en su mente la descarga de rifles que, al parecer, se realizó a continuación, y luego la orden de atención que se dio mientras los agentes con guantes blancos levantaban las manos al unísono para despedirse por última vez del hermano caído. Llegó a la conclusión de que todas las fotografías de policías «muertos en cumplimiento del deber» eran iguales, sin importar dónde fueran tomadas. Pompa, ceremonia, música elegiaca, disparos, una bandera plegada. Nada respecto a la cruda forma en que la muerte llegó. El psicoanalista pensó que la devoción y la lealtad estaban muy presentes porque eran valores legítimos y supuso que todo resultaba coherente.

Se preguntó qué plegaria habría leído el compañero de patrulla del oficial caído. Anotó el nombre en un trozo de papel: «Oliver Wells».

Volvió a ver los artículos del periódico y las imágenes.

«¿Qué falta?», se preguntó.

En ese momento lo supo.

Una viuda. Un hijo. Una hija.

Debería haber una fotografía ampliamente difundida. Una instantánea obligatoria: la esposa con vestido negro, sombrero de ala ancha y gafas oscuras. La hija con un atuendo parecido, pero sin gafas. Un traje oscuro que, evidentemente, le quedaría grande para el joven que se convertiría en su paciente muchos años después. El duelo familiar exhibido para el público. Pero no, no había nada de eso.

Para colmo, en su breve e intermitente tratamiento, el fotógrafo nunca mencionó nada sobre «Caído en cumplimiento del deber».

«Alex debió hablarme de eso», pensó.

«Debió ser lo primero».

Era una omisión significativa.

Volvió a examinar la fotografía del compañero de patrulla del inspector muerto. «Él debe de saber por qué la familia no aparece en ningún lado». Ricky miró alrededor en la biblioteca. Pilas de libros, publicaciones periódicas, antiguas microfichas en contraste con una sala moderna donde solo había ordenadores. «Encuentra al viejo policía —pensó—. Espero que no se haya mudado a Florida o Arizona después de retirarse. Espero que no esté en un asilo con demencia y aguardando la muerte. Espero que no esté muerto aún».

Las montañas Berkshire no solo son celebradas en canciones debido a su belleza, también han sido el hogar de artistas, poetas, escritores, actores y gente muy adinerada. Contradictoriamente, ahora las aqueja una plaga de tráfico de drogas y pobreza rural. En uno de sus pintorescos senderos es posible encontrar enormes granjas de productos orgánicos con sofisticados nombres o elegantes casas de verano de gente rica de Nueva York o Hollywood. En otro, decadentes casas de viga expuesta; casas móviles maltratadas por la inclemencia del clima y habitadas por desempleados. En el primero, vehículos Porsche. En el segundo, oxidados camiones Chevy de hace más de una década. Y en medio, montones de limpias casas de gente de clase media. Algunas evidencian el deseo de ascenso social; otras, un contundente declive. Pero todas construidas entre rústicas colinas escalonadas que sería difícil calificar como montañas, y aciagos bosques con arboledas de elevados abetos y robles en lóbregos tonos verde marrón. Los pueblos son variados, van de comunidades sumamente evocadoras y de apariencia perfecta con zonas por donde fluyen burbujeantes riachuelos repletos de truchas que se antojan sacadas de las postales de Nueva Inglaterra, hasta decadentes colectividades que alguna vez se desarrollaron alrededor de molinos o fábricas, y cuyos mejores tiempos quedaron atrás, hace un siglo, cuando los adinerados propietarios podían deshacerse con toda impunidad de los desechos industriales en los ríos, en nombre del progreso. Ahora, tazas de café de cuatro dólares y bizcochitos recién horneados compiten con heroína mexicana barata de color parduzco y metadona fabricada en cocinas familiares. Es un lugar donde, debajo de la excepcional paz y la tranquilidad, se oculta con facilidad la azarosa desesperanza.

Ricky tenía un mapa de carreteras sobre el asiento del copiloto del coche de alquiler.

Justo antes de que la biblioteca cerrara, había encontrado los recibos de pago emitidos por el ayuntamiento del inspector retirado tanto tiempo atrás. Había pasado la noche en un motel barato, comiendo una pizza insípida y pensando.

«Otro día que se va».

Volvió a colocarse en el asiento del conductor del automóvil alquilado. Estaba fatigado por la noche de sueño angustiante y plagado de pesadillas y sensaciones erráticas, y por haber tenido que luchar contra su amorfa cólera cuando por fin pudo levantarse de la cama.

Ahora tenía que encontrar la casa de ese hombre.

El hecho de que hubiese sido el compañero de patrulla significaba que podría saber todo o nada. O que recordaría muy poco porque habían pasado demasiados años.

No obstante, era la única pista que tenía para averiguar dónde podría estar Williams.

Ricky condujo por un camino y pasó junto a un granero maltrecho que alguna vez había sido de color rojo. Le dio la impresión de que con cualquier obstinada ráfaga se desplomarían el techo colgante y los opacos muros marrón rojizo. Entró por un camino de acceso de grava donde solo había un solitario y torcido buzón de acero. Cuando viró vio una casa blanca de una sola planta con una discreta terraza en la fachada. En un rincón había un banco colgante de madera que necesitaba algunas capas de pintura fresca y cuyo asiento se veía desequilibrado porque una de las oxidadas cadenas era más larga que las del otro lado del asiento. Notó que, en lugar de escalones, en el centro había una rampa para sillas de ruedas, así como una plataforma de madera frente a la entrada principal. Al lado de la casa había dos automóviles estacionados, un viejo Toyota plateado con un largo rasponazo en un lado y una camioneta de reparto que parecía haber sido roja en el pasado y que habían adaptado para poder transportar una silla de ruedas. También parecía vieja; en el hueco donde debería estar la rueda de repuesto había señales de corrosión y el parachoques trasero tenía varias abolladuras. A una la cubría parcialmente una pegatina: «Apoye a la policía local».

Ricky se detuvo y salió del vehículo.

El perro del vecino corrió al lado de una cerca de malla ladrando con furia. Ricky miró la casa; las cortinas estaban cerradas, el ambiente parecía frío, inmóvil.

Como no vio ningún timbre, golpeó con fuerza la puerta principal. Por un instante creyó que no había nadie en casa, pero luego oyó pasos en el interior.

La puerta se abrió con un crujido y una mujer se asomó por la rendija. Llevaba un pulcro y blanco uniforme de enfermera y un suéter negro raído. Tenía cabello rubio con algunos mechones tendiendo a grises y gafas colgando de una cadena de plata. Lo miró con curiosidad, como si nadie hubiera tocado a la puerta jamás.

—Si viene a vender algo, no queremos nada.

—No, en absoluto —respondió Ricky rápidamente—. Lamento molestarla, pero estoy buscando a Oliver Wells. Es un inspector de policía retirado que...

Del interior de la casa salió un gruñido.

—¡Déjalo pasar!

La mujer dudó. Ricky sintió que, a pesar de la orden, era el tipo de persona que prefería tomar sus propias decisiones.

—¿Cómo se llama?

—Soy el doctor Frederick Starks. Soy psiquiatra. Creo que el inspector Wells podría proporcionarme la información que necesito para localizar a un paciente que se encuentra en grandes dificultades.

Ricky esperaba que este resumen bastara; había elaborado el discurso completo a lo largo de la mañana.

La mujer volvió a vacilar.

—¿Un paciente?

—Así es.

—¿Quién?

Mantuvo la puerta apenas abierta, en la posición usual de cuando no se está seguro de querer que alguien entre, la adecuada para cerrar de golpe de ser necesario.

Ricky estaba seguro de que estaba violando algún código ético. «Pero no hay otra manera», pensó de nuevo.

—El paciente se apellida Williams —explicó.

La mujer continuó mirándolo inexpresiva.

—Es el hijo del fallecido compañero del inspector Wells, el que murió en un tiroteo en un bar... en cumplimiento de su deber.

—¡Que lo dejes entrar, te digo! —se volvió a oír desde adentro.

La mujer asintió.

—Está bien —dijo sin prisa, pronunciando con calma—. Sí, conocemos ese apellido. El inspector Williams murió hace muchos muchos años.

—Lo sé, pero… —empezó a decir Ricky.

No pudo terminar. La mujer se volvió y le gritó por encima del hombro al individuo que Ricky no alcanzaba a ver en el interior.

—No creo que sea buena idea —dijo con el semblante endurecido y los hombros echados al frente, en postura defensiva. Como si sintiera que Ricky empujaría la puerta.

La respuesta del interior no se hizo esperar.

—¡No me importa! ¡Déjalo pasar!

—Oliver —dijo la mujer sin dejar de mirar a Ricky, pero hablando de lado, como tratando de lanzar sus palabras al interior—, no creo que quiera usted hablar con este hombre.

—Sí, sí quiero —respondió la voz.

La mujer volvió a titubear, pero finalmente abrió la puerta.

—Está bien. Pase, doctor, aunque preferiría que no lo hiciera.

Ricky entró en la casa y se sintió atrapar por una sombra gigante. La penumbra era perceptible, envolvente, pegajosa.

—Creo que va a inquietar al oficial —dijo la mujer—, y su corazón es frágil.

—Me esforzaré en no molestarlo —repuso Ricky—. Son solo algunas preguntas —añadió, aunque sabía que podría no ser verdad. Miró alrededor. El interior de la casa resultaba tan viejo como el hombre con el que estaba a punto de entrevistarse. Había grietas en las paredes y rayones en los suelos de madera pero, en contraste, de las paredes colgaban baratas pero coloridas reproducciones de obras de arte y, a un lado, había un armarito lleno de baratijas. En el centro de la mesa se situaba un florero con flores rojas y blancas que resultaba una contradicción respecto al olor a moho y vetustez del ambiente. La calefacción estaba al máximo nivel, casi sofocaba.

—Mire, doctor, hablo muy en serio. Si el oficial se alterara, podría morir —dijo la mujer—. Está tomando demasiados medicamentos y le indicaron que debía evitar cualquier tipo de sobresalto. ¿Podría usted no estresarlo?

—Comprendo —dijo Ricky, eludiendo la pregunta.

—¿Podría? —insistió la mujer. De una forma más incisiva y contundente.

El psicoanalista no respondió.

—De acuerdo, doctor. Solo, por favor, no lo mate —exclamó la mujer con aire severo y señalando una habitación interior—. Sígame —le indicó como si estuvieran a punto de descender a un laberinto del que solo ella conocía la salida.

—¿Es usted su enfermera? —preguntó Ricky.

—Eso podría decirse —respondió—. Me hago cargo de él cuando no estoy en alguno de mis turnos en el centro médico. A cambio de eso puedo ocupar la habitación de atrás. También cocino y limpio un poco. No pago renta. Es el acuerdo que hemos tenido desde hace años.

«¿Este hombre no tiene esposa? ¿Una hija? ¿Algún familiar?».

Quería preguntar muchas cosas, pero le daba la impresión de que la mujer le había impuesto una especie de periodo de prueba. Se dijo que con quien le urgía hablar era con el inspector, pero, a pesar de ello, se detuvo un instante cuando la enfermera lo condujo a la sala de estar. De pronto llegó a su recuerdo un episodio traumático de diez años atrás, cuando conoció a Roxy y a su padre, quien agonizaba debido a un cáncer generalizado. Recordó que al entrar en la habitación lo recibió el cañón de una pistola. El dedo en el gatillo pertenecía al moribundo padre de Roxy, pero la presión para apretarlo provenía de Virgil, Merlin y el señor R. El recuerdo lo hizo sacudirse un poco y temer que su voz se quebrara al pronunciar la primera pregunta.

El inspector estaba sentado en un viejo, gastado y deshilachado sillón individual repleto de mantas. En la televisión sin sonido emitían un programa de concursos, cuyos participantes parecían muy felices por lo que estaba sucediendo. Al lado del sillón había una mesa plegable llena de frascos de medicinas que el codo del oficial casi tocaba.

Ricky vio una silla de ruedas detrás del hombre y, un poco más allá, un andador ortopédico de aluminio y un tanque verde de oxígeno. A sus pies había varios contenedores de plástico de comidas congeladas, todos vacíos. La habitación olía a humo de cigarro.

—Me busca a mí, ¿cierto? —preguntó el inspector.

Resultaba más viejo de lo que se esperaría para su edad. Era obvio que se trataba de un hombre disminuido por los años y una enfermedad crónica. A Ricky le pareció ver en él a alguien que fue testigo de demasiado mal en su día a día, que lo absorbió por completo y ahora lo usaba como si fuera una prenda más. No obstante, sus ojos eran límpidos y su voz más fuerte que su semblante. En su camisa había migajas y los pantalones de franela tenían un par de parches. Su largo cabello canoso parecía brotar de su cabeza como maleza descuidada. Era obvio que el pulcro y prolijo inspector que alguna vez fue cedió mucho tiempo atrás al desaliñado hombre que yacía ahora en el sillón. Sus gafas se apoyaban con dificultad en el extremo de su nariz y la piel de sus manos estaba repleta de las manchas de la vejez. Ricky notó una contracción nerviosa en el dedo índice de la mano derecha, como si apretara un gatillo invisible una y otra vez.

—Así es —dijo Ricky tan rápido como pudo—. Necesito ayuda y usted es la única pista que…

El viejo inspector levantó la mano y sonrió.

—¡Una pista! Eso me agrada. Me he convertido en una pista. Pasé demasiado tiempo siguiéndolas, pero nunca imaginé que algún día sería una. Nunca me había sucedido. Solía seguir una pista, pero, si no llevaba a nada, pasaba a la siguiente. Y ahora, yo soy la pista. ¿La pista para llegar a qué?

—Esperaba que pudiera ayudarme a encontrar a un antiguo paciente mío…

—¿Es usted médico?

—Sí, psicoanalista.

El viejo inspector resopló.

—Ah. Los psicólogos forenses siempre me parecieron odiosos. Solo arruinaban los casos con su blablablá sobre enfermedades que no se pueden ver con rayos X. Bien, dígame, ¿cómo se llama su paciente?

—Alex Williams. Es fotógrafo profesional. Su padre…

El otrora inspector lo interrumpió.

—¿Para qué necesita encontrar a Alex? —preguntó.

—Me temo que está sumido en una peligrosa depresión.

Estaba minimizando la situación.

El viejo inspector negó con la cabeza.

—Debe de ser algo realmente peligroso para que haya venido usted hasta aquí.

—Lo es —dijo Ricky.

—¿Y quiere ayudarle?

—Si puedo, claro. Su padre…

—… fue mi compañero en el cuerpo de policía. Sí.

—Estoy tratando de encontrar una conexión que me lleve a Alex. No tengo dónde más buscar.

—Oliver —dijo la enfermera en voz baja—, no creo que deba hablar. Doctor…

—Starks. Frederick Starks. Mis amigos me llaman Ricky.

—Doctor Starks, creo que debería marcharse. Ahora.

El inspector levantó la mano y negó con la cabeza.

—No, querida, de ninguna manera. Si este hombre puede ayudar a Alex, nosotros deberíamos ayudarle a él.

—No me parece que... —empezó a rebatir la enfermera, pero entonces calló.

—¿El padre? —preguntó Ricky.

—Fue un héroe.

Ricky no dijo nada, solo vio a la enfermera deslizarse hasta situarse detrás de la silla del inspector y colocar la mano en su hombro. Los dedos apretaron con fuerza.

—Le advertí que no debería hablar con este hombre —susurró.

—Un gran héroe —continuó Wells sin prestar atención a la mujer. Se inclinó hacia delante y miró a Ricky de tal forma que lo hizo preguntarse si esa habría sido la misma mirada que alguna vez hizo que algún criminal en un austero cuarto, esposado a una silla, sintiera que estaba a punto de ser golpeado brutalmente y lo instara a desembuchar en ese instante, incluso corriendo el riesgo de autoincriminarse. La enfermera adoptó una actitud demasiado rígida, Ricky vio su rostro ensombrecerse, como si un recuerdo indeseable exigiera su atención a gritos.

—¿Sabe por qué estaba bebiendo en aquel bar la noche que murió? ¿Por qué bebió tanto, un trago tras otro y luego una botella antes de pedir otra, justo antes de que entraran aquellos dos tipos novatos y estúpidos? Pero... serendipia —dijo el inspector. Sus palabras cortaron el ambiente en la sala de un lado a otro.

Ricky negó con la cabeza.

—Me gusta esa palabra. Serendipia. Porque desenrolla tu lengua y besa tus labios al salir.

Ricky se mantuvo en silencio.

—¿No sabe por qué estaba esa noche en el bar? Bien, se lo diré.

La enfermera interrumpió con solo dos palabras:

—No, Oliver.

El inspector volvió a negar con la cabeza.

—Porque en su propia casa alguien estaba agonizando.

Hubo otro silencio. Ricky sintió que el ambiente se enfriaba, como si el aire de noviembre del exterior hubiera encontrado la manera de penetrar, vencer al calor en el interior de la casa y ocupar el espacio entre él y el viejo inspector. Antes de que continuara, la enfermera volvió a interrumpir.

—No en ese instante, pero pronto, un poco más tarde.

El inspector levantó la mano lentamente y la colocó sobre la de la enfermera. Fue un gesto conmovedor.

—Esta historia te pertenece a ti en realidad —dijo en voz baja.

En ese instante Ricky comprendió quién era ella.

—Sí, es mía —dijo la enfermera—, y de mi hermano.

Fijó la vista en Ricky, más o menos de la misma manera en que lo había hecho el inspector unos minutos antes. En su caso, sin embargo, el psicoanalista supuso que estaba recordando un momento en que a un desafortunado paciente le dijeron que ya no quedaba ningún tratamiento, ni medicamento ni terapia para salvarle la vida.

—A Alex le gustaba contar historias, así que es probable que le haya mentido —comentó la mujer—. Siempre le agradó inventar cuentos.

13

UNA HISTORIA SOBRE UN TIPO DE MALDAD

La enfermera calló. Se quedó mirando a Ricky, luego al techo y volvió a observarlo con una mirada feroz.

«La memoria puede hacer eso —pensó el psicoanalista—. Hay un tipo de recuerdos que salen con alegría y presteza de entre los labios, pero otros se divulgan con duda. A veces salen con dolor, como cuando el dentista saca un diente sin usar novocaína, y hay otros que sangran al pronunciarse».

—¿Qué le contó sobre nuestra niñez? —preguntó la enfermera.

—Dijo que fue… —El psicoanalista titubeó, buscó la palabra adecuada—. Dichosa. Incluso idílica. Feliz.

—¿Y usted le creyó?

La pregunta se quedó suspendida en el aire como olor de animal muerto.

—Doctor, lo que le contó fue una ficción. Nuestra historia fue dura, mala como la de cualquier otra familia, o tal vez peor. No sé cómo sobrevivimos —dijo, con tanta determinación que sorprendió al psicoanalista—. La nuestra es el tipo de historia que cualquiera desearía olvidar.

—Eso es difícil —dijo Ricky, aunque en realidad pensaba otra cosa.

«Es imposible. Incluso si se oculta en el inconsciente, sigue ahí como una enfermedad infecciosa».

Entonces comprendió.

«He pasado toda mi vida escuchando historias».

Historias felices. Historias tristes. Misterios y fantasías. Historias sobre dolor. Historias de alegría. Historias desbordantes de errores. Historias salpicadas de éxitos. Historias que le pusieron la piel de gallina, que le erizaron el pelo de la nuca. Historias que lo hicieron sonreír y, a veces, incluso reír. Historias que harían llorar de desesperanza a cualquiera. Historias que revolverían estómagos. Historias que lo harían a uno vitorear. Historias que terminaron mal.

E historias que no acabarían hasta que llegara la muerte con su guadaña y su manto negro y llamara a la puerta.

Se preguntó si la suya sería de ese tipo.

Observó a la enfermera alejarse poco a poco del viejo inspector y sentarse en un sofá hundido, tan desgastado y sucio como el sillón en que estaba él. La vio colocar sobre sus piernas una manta de muchos colores tejida a ganchillo y tratar de cubrirse a sí misma de manera inconsciente mientras su voz desvelaba reticente su historia.

Sintió que estaba a punto de escuchar a fantasmas.

Le costó trabajo captar si la enfermera hablaba con el viejo inspector de eso a menudo o nunca. Él solo la observaba inexpresivo, como si conociera cada una de las palabras que ella estaba a punto de pronunciar o como si fuera a oír la verdad por primera vez y quisiera ocultar su reacción. Tenía la expresión estudiada y practicada de un inspector. La enfermera lo miraba de vez en cuando en busca de confirmación, parecía no estar segura de lo precisos que eran sus recuerdos.

—La noche que mataron a mi padre —comenzó—, él merecía morir.

Ricky escuchó lo que se fue revelando.

Una historia de palizas. Físicas y psicológicas.

Le siguió un relato de abuso sexual.

Por alguna razón, al principio creyó que oiría que el «heroico policía» había abusado de su hija y de su hijo.

Pero lo que oyó fue espantoso y muy distinto a lo que esperaba.

El tipo de suceso que da paso a un trauma permanente en los niños y una ira incontenible en los adultos.

Lo que el padre hacía era beber en exceso. No en el trabajo, porque ahí era un inspector modelo. Un hombre curioso, preciso, dedicado, en el que se puede confiar. En suma, un pilar de su departamento.

Pero cuando terminaba su turno, empezaba a beber.

En el ordenado mundo del departamento de policía era un tipo de hombre, y otro por completo distinto en cuanto cerraba la puerta de su casa.

Por la noche solía llegar a casa tambaleándose y apestando a alcohol.

Cada trago se sumaba y lo iba transformando en un ebrio iracundo, un ebrio violento. Del tipo que cree que el mundo confabula en su contra y que necesita descargar su ira y castigar a alguien más pequeño, débil y vulnerable que él. Un ebrio que quería borrar su dolor haciendo que otros sufrieran más.

Luego forzaba a la madre. Por lo que entendió el psicoanalista, la violaba, aunque no se le llamaba así en aquel tiempo, un tiempo distinto, en el que se suponía que las esposas debían ser sumisas. Tan sumisas como la del hogar de la alegre serie televisiva *La tribu de los Brady.*

Un ebrio lo bastante intoxicado y furioso para exigir que sus dos hijos fueran testigos de este acto.

Control a través del terror sexual.

Una perversión profunda que dejaría cicatrices permanentes.

Imágenes que ninguno de los niños podría borrar por completo.

Y que Alexander Williams nunca mencionó o insinuó siquiera durante su brevísima terapia.

Aquella perversión explicaba en buena medida por qué el fotógrafo deseaba ser testigo de horrores y buscar uno suficientemente espantoso para reemplazar los que presenció siendo niño.

Ricky continuó escuchando. La voz de la enfermera, hermana de su expaciente, se quebró con frecuencia. Tensión y dolor en el alma. De vez en cuando vio en sus manos un temblor provocado por el estrés de los recuerdos.

La aterradora historia surgió de forma atropellada. Las palabras que pronunció la mujer parecían brillar como chispas candentes nacidas en un yunque.

Después de detallar la letanía de atrocidades, hizo una pausa para recuperar el aliento.

—Nunca había hablado de esto... excepto aquí —dijo mirando y señalando al viejo inspector—. Oliver nos acogió a ambos después de que...

Otra pausa.

—Cuéntale al doctor sobre esa noche —dijo el inspector—. La noche en que murió.

—Fue la peor de todas, pero también la mejor —explicó la enfermera—. Ganamos y perdimos al mismo tiempo. Dos vidas terminaron y la nuestra comenzó —dijo antes de respirar hondo y continuar—. Debía de estar enfadado, más que de costumbre. No sé por qué. Nunca explicó por qué estaba tan enojado, solo estaba así. En fin, también había bebido lo suficiente para estar furioso, más que furioso. ¿Hay otro nivel? Quizá. No lo sé. De cualquier manera, había bebido tanto que no quería acostarse, dormir y dejar que la embriaguez pasara. Quería lastimarnos. Más de lo común, supongo. Sentía rabia. Todo comenzó por una nimiedad, algo que no le agradó de la cena. Que la comida se quemó o no estaba preparada de la manera que a él le gustaba, o que no estaba lista cuando él quería. Es decir, no fue nada especial. Y...

Calló de nuevo, como si su recuerdo hubiera topado con un muro.

Un silencio incómodo invadió la sala, como si la hermana del fotógrafo se sintiera de pronto desnuda en público.

—Continúa —dijo con aire severo quien fue compañero de su padre.

Ricky la vio asentir y respirar profundamente.

—De acuerdo —contestó lentamente, como si cada letra le doliera—. Al inicio solo fue una bofetada. Alex y yo quisimos correr porque sabíamos lo que vendría, pero él nos gritó y nos ordenó que nos quedáramos sentados. Alex tenía once años y yo era un poco más pequeña. La bofetada se convirtió en puñetazo. Luego hubo dos, tres golpes, y de pronto muchos más. No sé cuántos, solo recuerdo que fueron consecutivos. Por la derecha y la izquierda. «Detente, detente, ¡ayuda...!». No lo sé, todo lo que usted esperaría que gritara alguien a quien están golpeando con ganas de matarlo. Alex y yo nos limitamos a quedarnos ahí sentados, paralizados. Al menos, así estaba yo. Alex lloraba, imploraba: «Por favor, por favor, detente...». Pero no había nada que pudiéramos hacer. Continuó golpeándola hasta dejarla inconsciente. Ella ni siquiera se defendía ya. Al final, la lanzó debajo de la mesa y le arrancó el vestido. Recuerdo el sonido de la tela al rasgarse. Parecía que, para él, no estábamos ahí; para ella, éramos lo único que existía. Nuestra madre nos miró. Uno de sus ojos ya estaba tan inflamado que no podía abrirlo, tenía la nariz rota y sangrante. Solo atinaba a decir: «¡Corred! ¡Corred!», pero no podíamos. Él tenía el rostro contorsionado. Nunca he vuelto a ver furia igual, doctor. Nunca, ni una sola vez desde aquella noche. Y créame que he presenciado cosas terribles.

Volvió a callar.

«¡Corre, Bambi!», pensó Ricky, pero no dijo nada.

La mujer miró al viejo inspector.

Él sacudió la cabeza.

—Termina —dijo.

—Creo... —empezó a hablar ella arrastrando cada palabra—. Creo que... No lo sé, era muy pequeña, ¿sabe? En realidad no sé si...

Ricky tenía una corazonada de lo que estaba a punto de suceder en la historia de la noche en que el padre murió.

—Cuando lo pienso... y recuerdo esa noche que vive en mi mente, doctor..., cuando la evoco, creo que él no podía..., es decir..., no podía tener una erección. Y, cuanto más lo intentaba, más empeoraba la situación. Siempre he pensado que, si hubiera tenido su arma consigo, nos habría disparado y matado a todos, pero la había dejado en el vestíbulo, colgada de un gancho como todas las noches. Empezó a bramar y a estrellarle la cabeza a mi madre contra la mesa. Después gritó algo como: «Es culpa vuestra», se echó hacia atrás y lo que sí recuerdo con muchísima claridad fue que nos amenazó: «Cuando regrese a casa, os voy a matar a todos...». Entonces salió de la cocina pisando fuerte, tomó su arma y salió dando un portazo. Fue la última vez que lo vimos vivo.

La mujer se giró para mirar al viejo inspector.

—Continúa —dijo él.

Ella asintió.

—Alex llamó a una ambulancia. Nuestra madre estaba tirada en el suelo, herida de gravedad.

—Serendipia —dijo el viejo inspector.

Ricky se giró hacia él con mirada inquisitiva. El inspector rio, no por el recuerdo de algo gracioso, sino por la confluencia de la memoria. La enfermera volvió a asentir y entonces él continuó la historia donde ella la había dejado.

—Yo aún me encontraba en la comisaría cuando se recibió la llamada. Presentía que mi compañero de patrulla era un maltratador, pero no había comprobado nada. Es decir, a veces veía a la madre de los chicos en el supermercado o caminando por la calle. Con un ojo morado un día, un brazo roto tiempo después, dientes rotos: las señales clásicas. Ya sabe, doctor, uno pregunta y la respuesta siempre es: «Me caí por accidente» o «Me resbalé y me golpeé la cabeza». Intuía que algo no andaba bien, pero no sabía lo grave que era la situación. Nunca hablé con él de ello, pero debí hacerlo. Debí hablar con nuestros superiores y mencionarles mis sospechas, debí organizar algún tipo de intervención. O quizá solo debí dispararle un día yo mismo. Eso, al menos, habría puesto fin a la pesadilla...

El inspector calló un instante y miró a Ricky con aire severo.

—¿Qué habría hecho usted, doctor?

—No lo sé —respondió Ricky—. Uno nunca sabe cómo reaccionará hasta que se encuentra en cierta situación. Es como en un combate o en la guerra. El soldado podría quedarse paralizado o disparar su arma. Podría obedecer las órdenes o no; podría mostrar valor y sacrificio extraordinarios o hacerse un ovillo y empezar a sollozar. Uno nunca lo sabe hasta que llega el momento.

El inspector lo miró en silencio durante varios segundos y luego se encogió de hombros antes de continuar.

—Bien, pues yo no tuve valor —dijo—. Esa noche me encontraba aún en la comisaría terminando el papeleo. Yo fui quien recibió la llamada. El conductor de la ambulancia nos llamó en cuanto vio las heridas e imaginó lo que había pasado, le pareció que se trataba de un crimen. Yo estaba a punto de salir, tenía puesto el abrigo y todo, pero, en cuanto oí la dirección, supe lo que sucedía. Al llegar a la casa, estaban subiendo a esa pobre mujer a la ambulancia y trataban de estabilizarla. Más o menos a la misma hora, Williams estaba bebiendo el segundo, tercer o centésimo trago. Cuando salió de su casa, después de haber golpeado a su esposa e intentado violarla, condujo hasta el bar. El bar equivocado, supongo. Se sentó frente a una botella sabiendo que quizá había llegado demasiado lejos esa noche. Es probable que estuviera tratando, sin éxito, de inventar alguna historia para desvincularse de lo sucedido. Tal vez empezaba a preocuparse porque sabía que se había metido en un lío, y comenzaba a preguntarse si, quizá, solo quizá, la posibilidad de que lo arrestaran, lo esposaran y lo hicieran pasar algún tiempo en prisión se acababa de volver real. Sabía que ningún policía deseaba estar en el lado incorrecto de los barrotes, por eso bebió una y otra vez; y luego entraron en el bar aquellos dos tipos con pasamontañas, uno de ellos con una escopeta y el otro con un revólver. Y en unos cuantos segundos se generaron varios problemas y se solucionaron otros, no sé si me entiende…

—No, no creo saber a qué se refiere —masculló Ricky.

El viejo inspector se movió inquieto en su sillón.

—Verá, doctor, lo que se nos presentó aquella noche fueron dos situaciones convergentes. Un crimen por la derecha y otro por la izquierda. A las diez teníamos, por un lado, a una esposa camino de la sala de urgencias, destinada a someterse a una cirugía a la que no sobreviviría, y, por el otro, teníamos a un policía muerto en un bar junto con otras víctimas, un verdadero desastre. ¿Qué hace uno? ¿En especial si usted es un supervisor a punto de retirarse y no desea titulares desfavorables? Pues mantiene la parte álgida lo más controlada posible, convierte al policía maltratador en un héroe en medio de un tiroteo de pueblo y espera a que todo retome su curso pronto y el asunto se olvide. Eso fue más o menos lo que sucedió —explicó el inspector antes de negar con la cabeza y continuar—. Yo ayudé a que así sucediera y no me siento orgulloso de ello. No estoy diciendo que haya ayudado a encubrir el asunto, pero tampoco estoy diciendo lo contrario. De todas formas, él consiguió que colgaran su retrato en el departamento de policía y lo llamaran «héroe» —agregó el viejo inspector antes de reír. Fue una risa seca y ronca, distinta a las que produce una broma—. Muchas vidas cambiaron esa noche, ¿no es verdad?

Ricky asintió y miró de nuevo a la hermana del fotógrafo.

—Mamá murió esa noche en el hospital, un poco más tarde. Tenía heridas internas y hemorragias, como si hubiera sufrido un accidente automovilístico. Trataron de salvarla, pero... —Se detuvo y miró al suelo. Cuando levantó la vista, dijo—: A veces, ni toda la medicina del mundo puede hacer algo para paliar el dolor, pero en verdad se esforzaron. Alex y yo estuvimos en el hospital, nunca lo olvidaré. Supongo que eso explica un poco el hecho de que yo haya decidido ser enfermera —concluyó, señalando su uniforme blanco.

«Cuando se es psicoanalista, se oye mucho eso —pensó Ricky—. De lo horroroso ordinario a lo horroroso extraordinario».

—Y su hermano —dijo Ricky—, ¿sabe dónde puedo encontrarlo?

—No hemos hablado desde hace años —repuso la mujer.

Ricky sabía que eso no era una respuesta.

—Necesito encontrarlo de inmediato. Como expliqué antes, me temo que podría estar en una situación de muchísimo riesgo.

La maldad de décadas atrás empezaba a burbujear hacia la superficie.

—¿Un riesgo mayor al que corrimos aquella noche? —preguntó la hermana del fotógrafo, pero al parecer no esperaba una respuesta.

—Quizá —contestó Ricky.

Una palabra que podría significar algo o no.

Ella se reclinó.

—No sé dónde podría estar —dijo.

Ricky decidió probar una táctica distinta porque no quería decir lo que estaba pensando: «Habló conmigo y amenazó con suicidarse, pero no dijo dónde me estaba esperando». Aunque cierta, esta formulación solo abriría la puerta a demasiadas preguntas.

—¿Dónde se sentiría cómodo su hermano? Podría ser un lugar lleno de recuerdos que tal vez habría mencionado durante una sesión de terapia al evocar momentos felices. Un lugar adonde iría a luchar contra la desesperanza.

Le pareció que sonaba pedante, pero prefirió eso que preguntar: «¿Dónde se sentiría su hermano lo bastante cómodo para suicidarse?». Notó que la enfermera estaba hurgando en su propia historia, que estaba volviendo en el tiempo, moviéndose a paso constante hacia el horror.

—No teníamos ningún recuerdo feliz —dijo por fin con resentimiento y frialdad. Negó con la cabeza antes de agregar—: Bueno, tal vez uno. No lo sé. ¿Está seguro de que morirá si no lo encontramos?

—Eso creo —dijo Ricky—, pero, hasta que no lo tenga delante y hablemos, será difícil saberlo. De cualquier manera, yo no estaría aquí si no...

No terminó, sabía que la enfermera lo haría por él.

No estaba seguro de haber dicho la verdad, pero presentía que eso la obligaría a volver a buscar en su memoria.

—Bien —dijo ella tras una larga pausa durante la que rebuscó en el archivo de la historia—, ¿alguna vez le dijo dónde tomó su primera fotografía? Bueno, quizá no la primera, sino solo una importante, en realidad no lo sé. Alex era como muchos otros chicos, le gustaba andar solo siempre que podía escaparse.

—No, no lo mencionó. Solo me dijo que usted le dio su primera cámara.

Ella negó con la cabeza.

—No, no fui yo. Es una idea hermosa que pudo ser en el País de Nunca Jamás, pero no aquí. Le mintió.

—¿Cómo es posi...? —empezó a decir Ricky, pero ella lo interrumpió.

—La robó. A los vecinos del final de la calle. Eran el tipo de gente que no cerraba la puerta con llave y siempre decía cosas agradables o saludaba cuando uno pasaba cerca. Nunca supieron que lo hizo, o, si se enteraron, no dijeron nada. Tal vez porque sabían lo que sucedería si lo delataban. Era una cámara de buena calidad, de 35 milímetros. No recuerdo la marca. ¿Nikon? Alex la mantuvo oculta, solo la sacaba cuando estaba seguro de que nadie lo vería con ella. Sabía que, si nuestro padre se enteraba de que la había robado, estaría en serias dificultades. Sus huesos lo estarían. Tal vez hasta romperse.

Ricky se dio cuenta de que, veinte años atrás, lo bañaron olas de mentiras, pero, a pesar de todo, empezaba a relacionar las verdades: «Brutalidad. Una cámara. Fotografías».

—Esa fotografía —empezó a hablar de nuevo.

La enfermera volvió a centrarse en él y dio inicio a un monólogo muy parecido a los que estaba acostumbrado a escuchar en su diván de psicoanalista. Un fuego que se extiende con rapidez, cascadas de palabras, flujo de conciencia ininterrumpido.

Era como oír a un dique quebrarse poco a poco.

—Supongo que es uno de esos raros buenos recuerdos por los que usted preguntaba. Fue el verano previo a que todos murieran. En la fotografía aparecemos ambos. Alex sabía cómo operar la función de retraso del temporizador. Solo de pensar en ello me dan ganas de sonreír, mi hermano parecía tener un vínculo natural con esa cámara. Apenas iba a cumplir doce años, pero ya sabía sobre la profundidad del enfoque, los ángulos adecuados y la perspectiva que crean las sombras. No tengo ni idea de dónde aprendió todo eso. ¿En la biblioteca de la escuela? Tal vez, porque nadie le enseñó nada. No que yo sepa.

Sonrió negando con la cabeza, y luego, en un instante, su rostro se ensombreció. Bajó la voz y la duda se arrastró entre sus palabras.

—En fin, tal vez esas fueron las únicas vacaciones en las que, por alguna razón, papá no golpeó a mamá... —dijo antes de hacer una pausa—, ni la violó frente a nosotros —agregó con una profunda amargura que dio fin al recuerdo.

A Ricky le pareció que la enfermera respiraba con dificultad, pero la animó a continuar hablando.

—¿Y la fotografía? Podría ser información importante.

Lo era, estaba seguro.

—Tengo una copia. Alex guardó una y me dio otra, pero eso fue años después de que nuestros padres murieran. Más o menos cuando él iba a entrar en la universidad. Lo había olvidado por completo —dijo. De nuevo sonrió negando con la cabeza y Ricky comprendió: «Un recuerdo agradable»—. La montó en una base y la enmarcó. Luego la envolvió en papel de regalo y me la dio como un presente de despedida —explicó antes de reír de repente—. La envolvió mal, como envuelven regalos los adolescentes. Demasiada cinta adhesiva, pliegues mal hechos, papel muy largo de un lado y muy corto del otro —dijo. Volvió a negar con la cabeza y señaló la pared con la mano—. Es gracioso, pero nunca supe cómo ni dónde revelaba las películas, ni siquiera sé dónde conseguía los carretes para la cámara, tal vez los robaba también. Nunca me molesté en preguntar, solo conservé mi copia durante años. No sé por qué, pero fue la única fotografía que me dio. Piénselo, ha tomado un millón, ha expuesto en galerías de alto nivel y en museos, creo que incluso en el Smithsonian de Washington tienen algunas de sus fotografías, ha publicado en periódicos y revistas, algunas de sus imágenes son muy valiosas, supongo; y, sin embargo, a su única familiar viva solo le ha regalado una.

Volvió a callar. Ricky vio distintos tipos de dolor en su rostro.

—La cuestión es que, cuando uno recuerda el único momento bueno…, también recuerda los otros mil terribles. Tal vez por eso nunca se ha puesto en contacto conmigo. Pero usted ya sabía eso, doctor, ¿no es verdad? —dijo poniéndose de pie sin esperar la respuesta de Ricky—. Iré a por ella para que la vea.

La enfermera dejó sobre el sofá la manta de colores y abandonó la estancia. Sus pasos dejaron de oírse y solo quedó el silencio. Ricky se volvió hacia el inspector.

—Dígame, ¿cómo llegó a esta situación? —le preguntó señalando alrededor.

—¿Se refiere a qué hice para estar viejo, lisiado, solo y casi en la ruina? Demonios, doctor, me da la impresión de que tiene más o menos la misma edad que yo. Dígame usted cómo sucede esto —dijo, y luego agitó la mano en el aire como desestimando todo lo que acababa de decir—. Sí, sí, ya sé que no se refiere a eso, habla de ella —aclaró señalando el lugar por donde la enfermera acababa de salir. Se encogió de hombros y no esperó a que Ricky preguntara algo más—. Al principio, todo estaba muy claro, aunque no del todo. Repartieron a los chicos entre familias de acogida en la localidad y, más adelante, como un año después, mi difunta esposa y yo imaginamos que necesitaban ayuda. Recibí una llamada de alguien en la división juvenil del departamento, supongo que sabía que había sido compañero del padre de los chicos. Habían detenido a Alex por un delito menor, vandalismo. Lo atraparon con un bote de pintura en aerosol frente al muro de un edificio del gobierno. Apenas era un adolescente, pero tenía edad suficiente para escribir «Jódete» en letras muy grandes. Este tipo de acto es una bandera roja para la policía. Alex estaba justo en la encrucijada en la que tomaría una u otra dirección. Una era el centro de detención juvenil, y de ahí iría ascendiendo por el escalafón del crimen hasta hacer algo de verdad terrible y terminar en prisión. La otra era…, bueno, hablé con mi esposa, que en ese tiempo trabajaba de administrativa en una escuela. En fin, estuvo de acuerdo en lo que propuse. Conocía a Alex, precisamente por la escuela, y sabía que se estaba convirtiendo en un problema, que alguien debía intervenir. Solicitamos la custodia como padres de acogida, y como ninguna agencia estatal le niega un permiso a un inspector y a una administrativa escolar, obtuvimos la custodia de Alex y su hermana. Ayudamos a enderezar la situación lo más que pudimos. Supongo que vivir en un hogar estable y pacífico siempre ayuda. El vandalismo llegó a su fin y las calificaciones mejoraron; ambos empezaron a practicar deporte. Alex entró en el equipo de natación, era rápido y rompió algunas marcas que habían permanecido intactas durante años. También empezó a hacer amigos, más o menos. Yo quería que ambos recibieran terapia, pero siendo adolescentes, ya sabe, es difícil. Nunca pude organizarlo bien, fue mi culpa. Debí esforzarme más. Al cumplir dieciocho, Alex empezó sus estudios superiores, obtuvo una beca para la universidad estatal. Un año después, Annie logró lo mismo, pero ella volvió en cuanto recibió el título. Buscaba algo, tal vez respuestas, aunque, al mismo tiempo, en realidad no quería averiguar nada. Pero ese es su territorio, doctor, no el mío. Supongo que todo lo que le ocurrió de niña le quitó los deseos de casarse y formar una familia. Me parece que nunca ha tenido un novio en serio. Me da pena por ella, pero admito que su situación me ha convenido. Me ayudó cuando mi esposa falleció y sufrí una gran depresión. Incluso pensé en tragarme mi pistola...

Ricky sabía que así se referían al suicidio los policías.

El inspector continuó.

—De no haber sido por ella, tal vez lo habría hecho. Se convirtió en una especie de hija y, al mismo tiempo, no era nada mío... —explicó.

Ricky pensó de inmediato en Roxy y en Charlie, que seguían en Miami. «Es una situación muy similar a la mía», pensó. Wells respiró hondo.

—Luego, cuando quedé en estas condiciones, volvió a ayudarme. Soy una especie de inválido, pero no del todo. Ya sabe, todavía puedo ir de aquí para allá, siempre y cuando «allá» no quede lejos.

Ricky miró los frascos de medicamentos sobre la mesa cercana.

—Tienen píldoras para todo, doctor, pero, claro, usted está al tanto. Sirven para, digamos, postergar lo inevitable, ¿no es cierto?

Ricky permaneció callado; el inspector se encogió de hombros.

—Siento que cada día desaparece una parte de mí, como si algo viniera en la noche y me rebanara un trozo. ¿Qué es lo que dicen? Ah, sí, que envejecer no es para los débiles. El problema es que lo que queda del corazón es débil de todas maneras —dijo, y volvió a reír—. Tengo razón, ¿no le parece?

Ricky sonrió a manera de respuesta.

—¿Y Alex?

—No volvió nunca a casa. Tal vez vino una o dos veces durante sus estudios universitarios. Supongo que largarse de aquí era lo más lógico, ¿para qué recordar todo ese infierno? Naturalmente, volver y tratar de lidiar con el asunto también habría servido a algún propósito. Usted es el experto, seguro que lo sabe mejor que yo. Creo, sin embargo, que algunas heridas están más allá de la ayuda, y tal vez lo que esos niños vieron y sufrieron califica para esa categoría. No lo sé. De cualquier forma, Alex logró conseguir diversos empleos. Se hizo un nombre por sí solo muy rápido, era un joven intrépido. ¿Quién entraría corriendo en un edificio en llamas para fotografiar a un bombero? Si se cometía un homicidio, él era el primero en llegar ahí. Si un chico se rompía una pierna en el campo de fútbol americano, Alex capturaba la imagen de cuando se lo llevaban en la camilla. Se fue a una ciudad grande. No lo he visto desde hace veinte años o más, tampoco he hablado con él. Por supuesto, me entristece, me gustaría saber de él. Quisiera pensar que le ayudé en un momento importante, que lo encarrilé cuando fue necesario, supongo. Cada vez que suena el teléfono, tengo la leve esperanza de que…, ya sabe. Me agradaría tener al menos una conversación con él antes de morir, pero quizá es mi ego el que habla. Dígame, doctor, ¿logré ayudar a ese chico?

—Quizá —dijo Ricky—. No, estoy seguro de que lo hizo.

«Un chico que negaba su infancia, una hermana que no pudo escapar de ella. Dos tipos de supervivientes, cada uno dañado a su manera».

El inspector vaciló, sonrió de nuevo.

—Me agradaría escuchar a Alex, incluso si me estuviera mintiendo. En fin, seguí su carrera de lejos. Seguro que usted sabe que ha ganado premios importantes, que ha sido muy aclamado. Todos nos sentimos muy orgullosos de sus logros, aunque no los haya compartido con nosotros. Capturó mucha crudeza con esa cámara: guerras, desastres y mucho más. Yo pensaba que en mi trabajo había visto todo lo que la gente mala se puede hacer entre sí, pero no es comparable a lo que él ha visto o vivido. Sospecho que eso fue lo que lo llevó a usted, ¿cierto?

—Sí, pero…

—No debe haber sido un caso sencillo. Supongo.

—No —dijo Ricky, pero no quería dar detalles, sabía que el inspector lo estaba sondeando.

—Es un chico al que ha sido difícil ayudar, ¿cierto? Imagino que no basta con elegir una página cualquiera de un viejo manual de psiquiatría y seguir un procedimiento estándar. «Tome dos de estas pastillas y llámeme por la mañana» —dijo el inspector estirándose para coger uno de los pequeños frascos con píldoras y agitarlo.

—Así es —dijo Ricky.

—Ser inspector también era así a veces, ninguna de las experiencias rutinarias conocidas servía para saber qué hacer. Uno tenía que averiguarlo por su cuenta, eso es lo que me gustaba de mi trabajo. En fin, en cuanto al presente, supongo que en algún momento notó que el caso de Alex era infinitamente más difícil de lo que imaginó, ¿cierto?

El inspector era perceptivo.

—En efecto —convino Ricky.

—Pero a veces su diván funciona, ¿no?

—Sí, es parte del proceso.

—Un proceso lento, supongo.

—Está en lo correcto.

—Estoy seguro de que, cuando yo sentaba a un criminal en la silla del cuarto de interrogatorios, llegaba a la verdad y al fondo del asunto mucho más rápido.

—Es probable que así fuera —admitió Ricky—. Sin embargo, usted y yo buscamos distintos tipos de verdad.

El viejo inspector sonrió de oreja a oreja.

—Por supuesto. Bueno, supongo que se siente culpable de que las cosas no hayan funcionado con Alex.

Ricky no contestó a pesar de conocer la respuesta.

«Sí, así me siento ahora.

»Tal vez.

»O quizá estaba demasiado absorto en los casos de otros pacientes y eso me impidió analizar a fondo mi fracaso. Ya me sucedió en una ocasión, con la madre del señor R, Merlin y Virgil. Su resentimiento se transformó en una obsesión: castigarme. Una obsesión que no parece tener fin».

—¿Cree que puede reparar las cosas ahora, doctor?

La pregunta interrumpió el tren de ideas de Ricky. Asintió.

—Lo voy a intentar.

El inspector se rio con el mismo tono seco de las veces anteriores.

—Le deseo buena suerte.

La frase rezumaba todo su cinismo. Ricky pensó en responder: «Estoy tratando de salvar vidas», o dar una excusa igual de inútil, pero no lo hizo. Solo se giró hacia el sitio por donde había salido la enfermera.

—Le está llevando tiempo —dijo el psicoanalista.

—Ya encontrará la fotografía, sabe dónde está. Apuesto a que después de sacarla de uno de los cajones del escritorio la miró con atención y se quedó sentada en el borde de la cama llorando un poco.

A Ricky le pareció que era una observación profunda. «Tal vez fue un buen inspector».

Se dio cuenta de que aquel hombre le caía bien porque era honesto. Brusco y cínico pero optimista. No mucha de la gente con la que trataba tenía la misma capacidad de introspección o precisión emocional que la que el inspector parecía poseer. Pensó que las únicas personas que se acercaban a ese tipo de honestidad eran Charlie y Roxy, quienes ahora se encontraban en Miami, preguntándose tal vez por qué habría desaparecido, dónde estaría. Empezando a inquietarse respecto a sus propias vidas después de haber estado tranquilos en cierta medida.

Ricky estaba a punto de decir algo, solo para mantener la conversación fluyendo, pero en ese instante oyó los pasos de la enfermera, hermana del fotógrafo.

Estaba de vuelta, tenía los ojos un poco enrojecidos.

«Wells tenía razón», pensó Ricky.

—Me llevó tiempo encontrar la fotografía —explicó la mujer—, había varias cosas sobre ella.

«Falso —pensó Ricky—. Sabía bien dónde estaba, pero es comprensible que mienta un poco. Nada que no se pueda perdonar».

La enfermera observó la imagen un largo rato antes de entregársela a Ricky.

Era una fotografía sencilla de unos veinte por veinticinco centímetros, montada en un marco barato de madera pintada de negro.

La fotografía era en blanco y negro, pero el tiempo había impregnado sus bordes de una coloración parduzca, y un doblez cruzaba los rostros de los pequeños. Ambos con un brazo sobre los hombros del otro, sonrisa a la cámara, un poco desenfocados. Ricky imaginó a Alex Williams colocando la cámara sobre un tocón o una piedra grande, ajustando el temporizador mientras su hermana permanecía muy quieta al frente. Casi podía oír su voz de niño: «¿Lista? Allá vamos: diez segundos…», luego lo vio correr para colocarse a su lado. Justo a tiempo para medio abrazarla y esbozar una sonrisa. Después, ¡clic! Y se acabó.

Examinó todos los aspectos de la imagen.

Árboles, el universo de ensueño de todo campista, el suelo forestal alfombrado con agujas de pino, un ancho río al fondo reflejando la luz solar de la tarde. Un pequeño y antiguo puente rural cubierto sobre el agua en movimiento.

—¿Recuerda dónde fue tomada? —preguntó—. ¿Dónde estaba el puente?

La enfermera asintió.

—Más o menos —dijo. Ricky esperaba que fuera «más»—. Me parece que le puedo mostrar el lugar en un mapa. Está a un par de horas de aquí en automóvil, en Vermont.

«Ahí está Alex —pensó Ricky—. Espero».

14

DÍA CINCO

Una galería muy inusual

Más tarde ese día, el sol empezaba a ocultarse detrás de las montañas Berkshire. La poca calidez que quedaba huía, y el frescor nocturno se instalaba con rapidez en el ambiente. Ricky estaba en la puerta, listo para partir. Dio las gracias tartamudeando, estaba fatigado por los incesantes recuerdos de maltrato y todo lo demás que había oído, necesitaba dormir. La hermana del fotógrafo y el viejo inspector en silla de ruedas estaban con él.

—¿Nos llamará cuando lo encuentre? ¿Podría decirle que no está solo y que Oliver y yo estamos aquí para él? Es mi hermano y le quiero a pesar de todo. —La mujer ahogó un sollozo y apretó un trozo de papel en la mano del psicoanalista. Era un número telefónico garabateado con premura.

—Conduzca rápido —dijo el viejo inspector—. Apresúrese. Sálvelo. Tal vez no lo hayamos visto desde hace años, pero es parte importante de nosotros, de nuestra familia, no queremos perderlo. Ni ahora ni nunca. Haremos lo necesario para ayudar.

—Esperamos recibir noticias suyas mañana —dijeron ambos—. Contamos con usted, doctor Starks.

A la mañana siguiente, armado solamente con un círculo trazado en un antiguo mapa impreso, Ricky condujo hacia un territorio desconocido. Viajó por la autopista de peaje de Massachusetts y se dirigió a Boston como dice una popular canción. Él, sin embargo, viró hacia el norte y tomó otra autopista interestatal ignorando el límite de veloci- dad, como le había dicho que hiciera el inspector, pensando que aca- baba de perder un día más y se acercaba a la fecha límite. Nunca había estado en el sur de Vermont, no sabía qué esperar. Como mucha gente, imaginaba lo que había visto en las postales: vibrantes colores otoña- les y pueblitos pintorescos, paseos en carretas con heno, puestos con venta de jarabe de arce al lado de los caminos y las colinas ondulantes que llevaban a la majestuosa cadena de las Green Mountains. La épo- ca que atraía a miles de turistas para observar la caída del follaje rojizo anaranjado y ver la belleza otoñal había llegado a su fin. Ahora solo se percibía un universo cada vez más parduzco y gris, un mundo del color de la roca y la arenisca. Incluso los verdes de los altos abetos como estatuas parecían haberse quedado mudos, algo le había drena- do toda la vitalidad al paisaje. Una lluvia ligera caía de los cielos taci- turnos. El medidor de la temperatura exterior de su coche marca- ba nueve grados. A cada kilómetro que avanzaba, su reflexión sobre lo que había oído y su significado se volvía más profunda. Compren- dió que aquellas insondables cicatrices habían permanecido ocultas demasiado tiempo. Las heridas nunca sanaron, solo las cubrieron ca- pas y más capas de una negación devastadora. No era sorprendente que años después resurgieran, se infectaran y reventaran.

Una sola de las distintas recámaras de un revólver.

Una bala solitaria.

Una sola respuesta a una enormidad de incógnitas.

Todavía no tenía una idea inmediata de cómo salvar a Alex Wil- liams, pero tendría que encontrar la manera.

«¿Convencerlo de que no lo haga?

»¿Debería decirle que tiene algo por lo que vivir?

»¿Lo tenía? En caso de que así fuera, ¿qué podría ser?».

Para colmo, solo tenía una noción vaga sobre dónde empezar a buscarlo.

Por lo que alcanzó a ver, la fotografía de Alex Williams y su her- mana fue tomada en las afueras de un pequeño pueblo llamado West Dummerston, en un parque estatal cerca de otro pueblo aún más pe- queño, Newfane, el cual se ubicaba a unos kilómetros al oeste de la casi ciudad de Brattleboro. Aunque, claro, el término «ciudad» podría ser una exageración. Nueva York era una ciudad. Miami también. Pa- rís. Roma. Londres y Moscú. Brattleboro, en cambio, era un sitio que, un siglo o poco más atrás, se encontraba casi suspendido sobre el am- plio río Connecticut y desarrollaba su actividad en torno a la producción de un molino. Ahora tenía una calle con cierta afluencia de tráfico, un museo de arte y algunos semáforos. Era hogar de un famoso «retiro», que en realidad era algo parecido a los hospitales psiquiátricos que Ricky conoció siendo joven, cuando empezaba en la profesión. Incluso los psiquiatras que, como él, se habían concentrado en Manhattan, conocían McLean, en las afueras de Boston, y Austen Riggs, no muy lejos del pueblo en el que acababa de estar y cuya memoria honró aquel famoso cantante. Ambos eran hospitales para pacientes adinerados. Las celebridades ingresaban usando identidades falsas y confiando en la discreción del lugar. Su objetivo era dejar de beber o controlar una depresión bipolar, dar fin a alucinaciones y reducir el estrés. Eran lugares fuera del alcance del público. El Retiro Brattleboro era otro de los destinos que solían escoger. Cuando pasó por ahí vio la zona del hospital: edificios de ladrillos color rojo oscuro que contrastaban con los marcos blancos de las puertas y ventanas. Los cristales estaban manchados por la lluvia. No era un panorama acogedor, sino más bien aciago.

Giró en la carretera 30 y, cuando empezó a avanzar en paralelo al río West, la modesta urbanidad de Brattleboro empezó a quedarse atrás: las tiendas de equipos para acampar, los restaurantes elegantes y las agencias inmobiliarias que atendían a los neoyorquinos en busca de hogares no muy difíciles de cuidar en zonas rurales. Al río West lo ahogaba la lluvia, olas espumosas empujadas por el viento presionaban contra las rocas sumergidas en su paso hacia su confluencia con el Connecticut. Su flujo era tenebroso y colérico.

A medida que Ricky se internó en el Vermont rural, el camino se fue volviendo más estrecho. Vio algunas casas detrás de las arboledas, pero eran pocas y estaban diseminadas por aquí y por allá. Parecía un mundo de aislamiento y soledad en el que lo más importante era mantenerse alejado; solo de vez en cuando pasaba a su lado un automóvil o una camioneta que iba en la dirección contraria. Los limpiaparabrisas rechinaban al deslizarse sobre el vidrio y deshacerse de la ocasional llovizna.

Buscaba algo, pero no sabía con exactitud qué.

Se detuvo en cuanto vio el antiguo almacén a un lado del camino. Le pareció que era un lugar tan bueno como cualquier otro para empezar a orientar mejor su búsqueda. El pequeño comercio emulaba un tiempo pasado y muy lejano, mientras le hacía promesas falsas al presente. Al frente había un par de modernos surtidores de gasolina equipados con terminal para tarjeta de crédito, pero los escalones que llevaban a la amplia puerta principal estaban repletos de placas y anuncios de productos de compañías que dejaron de existir varias décadas atrás. Sobre la entrada había un letrero de madera con un texto grabado a mano y una ligera tendencia antigramatical: «Si no lo hay con nosotros, seguro no lo necesita. Abierto diario 6 a 6».

Ricky caminó rodeado de aquella peculiar mezcla del pasado y el presente.

En un rincón había una estufa de leña que producía olas de calor.

Bajo sus pasos crujieron los amplios y viejos tablones de madera.

Había anaqueles con ropa de franela, chaquetas de lana y pantalones vaqueros. En un expositor se mostraba una selección de cañas de pescar y carretes; en otro, una serie modesta de pistolas. Una repisa detrás del mostrador estaba repleta de cajas de municiones y, debajo, había otra llena de libros de tapa dura de segunda mano. Junto a las novelas de suspense de James Patterson y las de terror de Stephen King había un pequeño letrero manuscrito: NUESTRA BIBLIOTECA. Debajo de esa repisa, en una tercera, había viejas cintas VHS y algunos DVD. También había un letrero al lado: NUESTRO BLOCKBUSTER. En un pequeño expositor había linternas de alta tecnología junto a antiguos frascos de dulces de un centavo y una plataforma giratoria con sombreros de lana. A un lado, junto a los productos de «Jarabe de arce local», había una caja que contenía un producto llamado: «Esencia garantizada de venado para cazadores». Sobre el mostrador también había una antigua caja registradora junto a un ordenador. Apartada de la sección de ropa se encontraba un área con una modesta variedad de alimentos enlatados y empaquetados en cajas. Se trataba sobre todo de cereales, crema de cacahuete y barras nutritivas y de jalea. Detrás de esa zona había un mostrador refrigerado con embutidos y carnes frías, y una pizarra con la lista de los distintos sándwiches que podían pedirse. Adosado contra la pared había un refrigerador con refrescos, algunas botellas de vino barato y una amplia variedad de cervezas. Huevos, leche, waffles congelados y helado Ben & Jerry's. Un verdadero abanico de posibilidades.

Detrás del mostrador principal estaba sentado un hombre calvo de mediana edad con gruesa barba y dos cabezas de ciervo disecadas y un despliegue de varias truchas y róbalos a sus espaldas. Uno de los ciervos tenía una gran cornamenta. Una gorra de béisbol con el logo de los Red Sox de Boston colgaba de un delgado gancho, y la bufanda de los New England Patriots estaba bien enrollada en el cuello del dependiente.

En uno de sus gruesos antebrazos lucía un elaborado tatuaje: la imagen de las Torres Gemelas acompañadas de la frase «El 11-S no se olvida».

—¿Necesita que le ayude a buscar algo? —preguntó el hombre a Ricky—. Tenemos una gran cantidad de artículos de calidad que no están expuestos.

—En realidad, solo esperaba que me pudiera ayudar con cierta información —contestó el psicoanalista en el tono más amigable y desenfadado del que era capaz.

El hombre asintió.

—En ese caso... —dijo pronunciando cada palabra con lentitud—, todo dependerá de qué tipo de información busque. La información puede ser barata, pero también cara.

—Es un pueblo pequeño —dijo Ricky.

—En eso tiene razón. De hecho, no sé si le llamaría «pueblo» para empezar.

—Supongo que usted conoce a casi todo el mundo por aquí.

—No, no a todo. A la mayoría sí, pero siempre hay personas que no quieren que las conozcan.

Observando el lenguaje corporal del hombre, Ricky se dio cuenta de que estaba tenso, a la defensiva.

—Soy médico —dijo.

—Y yo soy dueño de un almacén —lo interrumpió el hombre— y hace algún tiempo trabajé en las Fuerzas Especiales. Pero es una larga historia y no estoy seguro de que desee escucharla —agregó, sonriendo ante su propia capacidad para contestar en forma de réplica.

—Busco a un antiguo conocido —dijo Ricky.

—Seguro. Todos buscamos a alguien —dijo el hombre—. O algo. Pero continúe, lo escucho.

—Alexander Williams. Fotógrafo profesional.

Por la ligera sacudida de hombros, Ricky se dio cuenta de que reconocía el nombre. Sin embargo, como los militares están entrenados para no expresar ningún gesto, sabía que el individuo actuaría con cautela.

—Sí. Alex. Buen tipo. Viene de vez en cuando. A lo largo de los años hemos compartido algunas anécdotas de la guerra, ambos hemos estado en ciertos lugares y recibido disparos de los mismos tipos malos. Lo conozco desde hace mucho tiempo.

Ricky experimentó una repentina emoción, pero la ocultó. Él también quería sonar precavido.

—¿Sabría dónde puedo encontrarlo? —preguntó sin dejar de sonreír, tratando de imprimir a su voz un tono relajado y amistoso, sin urgencia.

—Tal vez —dijo el dependiente—, pero solo en función de la mentira que esté usted a punto de contarme. Tendría que ser una bastante buena, algo especial. El tipo de mentira que me haga pensar que le estoy haciendo un favor a Alex. De lo contrario, sabré que usted está aquí por otra razón. Para tratar de entregarle una citación judicial porque su exmujer o un antiguo socio de negocios lo ha demandado; porque, debido a malas decisiones y apuestas, ahora le debe demasiado dinero a algún capo del crimen organizado y usted es el sicario que ha venido a matarlo; o porque no ha declarado impuestos en más de una década y usted es el recaudador asignado. Así que ¿por qué no empieza por decirme quién es en realidad y me muestra una identificación aunque sea falsa?

—Me parece razonable —dijo Ricky mientras introducía la mano en su bolsillo para sacar la cartera. Le entregó al empleado su carnet de conducir y una tarjeta de identificación del hospital.

—¿Lo ve? Soy médico.

—Quizá. ¿Miami? Está lejos de casa, doctor.

Ricky no dijo nada.

El dependiente continuó.

—Entonces ¿qué tipo de médico es, si es que es médico?

—Soy psicoanalista —respondió Ricky.

—Vaya, vaya, sí —dijo el individuo—. Loquero.

—Algunos colegas consideran este término insultante.

—¿Y usted?

—No —dijo Ricky—, solo me parece un poco gracioso.

—De acuerdo —dijo el dependiente devolviéndole las identificaciones—. Sus falsificaciones son impresionantes. Por lo general, aquí solo llegan chicos de instituto para tratar de comprar un pack de seis botellas de cerveza Miller Lite mostrando carnets de conducir falsos y haciéndome creer que son de California a pesar de que los conozco desde que tenían tres años. Sus credenciales son mucho más sofisticadas, doctor.

—Es porque son reales —dijo Ricky. El dependiente asintió.

—De acuerdo, finjamos por un instante que lo son. ¿Qué tipo de asunto tiene que tratar con Alex un psicoanalista de Miami?

Ricky había anticipado esta pregunta, no quería decir la verdad completa, pero tampoco le parecía que una mentira parcial fuera buena idea.

—Hace muchos años, cuando trabajaba en Nueva York, Alex vino a mi consulta porque necesitaba ayuda para resolver algunos asuntos personales. Lamento no poder ser específico. No lo he visto desde entonces, pero imaginaba que se encontraba en buen estado de salud. Hace poco, sin embargo, me contactó de manera inesperada y supe que se encontraba bajo bastante estrés. Estoy aquí para ofrecerle mi ayuda de nuevo.

—¿Lo contactó... pero no le dijo dónde se encontraba? Es un poco raro, ¿no?

—Sí, tiene razón, pero en mi área de trabajo lo inusual suele ser bastante común.

—Seguro —sentenció el individuo. Habló con un aire determinante, como si hubiera decidido dar fin a la conversación.

Ricky tuvo una idea que podría ayudarle a penetrar el escudo de cautela del hombre. Señaló el tatuaje en su brazo.

—A los fotógrafos de guerra les sucede algo similar —dijo antes de hacer una ligera pausa para enfatizar lo que decía. Un viejo truco de psicoanalista—. Apuesto a que usted está familiarizado con todo respecto a los desórdenes de estrés postraumático, ¿cierto? Sin importar lo que suceda, uno siempre está vinculado a la persona que fue en su vida previa, a lo que sucedió hace años. Es un lazo esencial. Lo que le sucedió a uno, o quizá, lo que hizo en el pasado, continúa teniendo significado en el presente, ¿no es verdad? Son fantasmas que nunca nos abandonan. En la profesión de Alex pasa lo mismo y, para ser honesto, también en la mía. El pasado es importante, en especial cuando nos alcanza.

Ricky imaginó que su discurso tocaría una fibra profunda del individuo.

Este asintió.

—Me parece lógico hasta cierto punto —dijo—. No diría que estoy de acuerdo con todo, pero sí con algunas cosas.

«Es lógico en extremo —pensó Ricky—. Y lo sabe, es solo que no quiere aceptarlo».

El dependiente se quedó pensando un momento, tratando de decidir qué hacer a continuación.

—Algunas personas de por aquí estiman profundamente a Alex —dijo—. Ha formado parte de la comunidad desde hace mucho tiempo. Vaya, es un buen amigo.

—Bien, eso me parece valioso —dijo Ricky, pero no sabía qué más agregar.

El empleado vaciló.

—¿Por qué no pasa al baño de hombres, doctor? Orine, lávese las manos y mire alrededor.

—¿Cómo?

—Ya me ha oído. Justo detrás del mostrador de embutidos y carnes frías. Ahí verá un letrero.

—No entien... —empezó a decir el psicoanalista, pero luego lo pensó bien. «Lee sus gestos, necesita algo de tiempo a solas»—. Ah, ¿por allá? —preguntó.

El hombre asintió y volvió a señalar al fondo.

—De acuerdo —dijo Ricky—. Volveré en unos minutos.

En una puerta de madera había un par de cuernos y, sobre ellos, un letrero que decía TOROS. En la puerta contigua había un ramillete de flores y un letrero que decía SIRENAS. Le pareció una combinación peculiar.

Entró en el baño de hombres y quedó sorprendido. Había un sanitario y un lavabo, lo cual esperaba, pero también encontró algo que no había previsto.

Una serie de fotografías enmarcadas y apiñadas cubrían hasta el último centímetro de las paredes. Por lo menos más de diez eran del famoso puente cubierto en West Dummerston, el más antiguo de los puentes por los que el estado era famoso. Entre las fotografías había elegantes imágenes de paisajes nevados y fascinantes primeros planos de flores surgiendo entre la tierra. Ricky vio varias fotografías artísticas de vacas en campos extensos y, a lo largo de una de las paredes laterales, una galería de retratos. «Residentes locales», supuso. Eso explicaba el tono con el que el dependiente había dicho: «Ha formado parte de la comunidad» al referirse a Alex. Asombrosas imágenes de los canosos habitantes de Nueva Inglaterra mirando con recelo la lente de la cámara. Una madre de cabello rizado y corona de flores abrazando y cubriendo el cuerpo de su rubia y desnuda hija para no revelar demasiado. Un anciano granjero sujetando la brida de un caballo de arado. Tres niños tallando un rostro en una calabaza en la víspera de Halloween. Dos hombres con botas de pescador de pie en mitad de un arroyo y sosteniendo en alto un par de truchas. Y, en el centro, la imagen más amplia: un hombre sin camisa, el dueño/dependiente del almacén, sumergido hasta la cintura en el río West, con la espalda hacia la cámara, mostrando orgulloso sus heridas en combate. Numerosas cicatrices esparcidas sobre su musculoso dorso y hombros junto a un enorme tatuaje de un águila sosteniendo en sus garras un fusil de chispa y un tridente. Al fondo se veía el puente cubierto. «Navy Seals», pensó Ricky.

Analizó cada fotografía de forma minuciosa.

Nunca había visto una galería en un baño.

Las imágenes estaban ahí por una razón. Sospechaba que en el baño de las SIRENAS habría una serie similar.

«Que un hombre quiera que su obra se exponga sobre un sanitario dice mucho sobre la manera en que considera lo que ha hecho en la vida».

La serie era hipnótica, la mirada del psicoanalista se desplazó de una imagen a otra, todas eran asombrosas. Entonces notó algo más.

«No hay imágenes de áreas destruidas por la guerra. Ni de inundaciones, hambrunas o muerte. Todas son imágenes locales, fotografías artísticas».

En ese momento vio con claridad que todas las fotografías estaban firmadas en la esquina inferior derecha. «A. Williams». También todas estaban fechadas. Hizo cálculos y descubrió que en aquellas paredes había imágenes que representaban diez años de trabajo.

Se lavó las manos debajo de la fotografía del dependiente cubierto de cicatrices y luego salió de nuevo al almacén.

El empleado estaba hablando por teléfono.

Era lo que Ricky esperaba.

—Sí, tenías razón. Aquí está —decía—. Acaba de salir de la galería de la derecha —agregó mientras Ricky se acercaba al mostrador—. ¿Quieres hablar con él?

Ricky observó su rostro, lo vio asentir.

—Sí, comprendo, bien. Empieza la cuenta atrás —dijo antes de entregarle el teléfono al psicoanalista—. Dice que quiere hablar con usted.

Ricky se acercó el teléfono a la oreja.

—¿Señor Williams? ¿Alex?

—Felicidades, doctor —exclamó. La voz le resultaba muy familiar a Ricky, también el tono rítmico, casi alegre—. Excelente trabajo. Rápido. A tiempo. Impresionante. Usted debió ser detective privado, aunque creo que, de cierta manera, lo es. Me gustaría saber cómo logró llegar tan lejos. Ted le dará instrucciones para recorrer los siguientes kilómetros. Lo veré pronto… —dijo titubeando un poco—. Tal vez siga vivo para cuando llegue usted aquí.

La línea se quedó en silencio.

Ricky se giró hacia el dependiente, lo vio escribiendo las instrucciones en un trozo de papel.

—Sígalas al pie de la letra. Algunas personas se pierden cuando vuelven al bosque y a medio camino de la montaña, pero al llegar ahí lo recibirá una vista preciosa.

Ricky tomó la nota. El dependiente se detuvo un momento, como si estuviera pensando.

—¿Está seguro de que tiene todo lo que necesita? —preguntó señalando alrededor, refiriéndose a los artículos en el almacén.

—Sí, gracias. Y gracias por toda su ayuda —respondió Ricky.

El dependiente insistió.

—¿Un sándwich? ¿O tal vez una parka de tela polar? ¿Tarjetas postales para sus seres queridos? Escriba un par de frases, hágales saber que se encuentra bien aunque no sea así. Siempre me gusta venderle algo a la gente que entra en mi almacén. ¿Qué tal una Ruger 9 milímetros? —dijo sonriendo—. Ah, no, espere, no le puedo vender eso. Por las leyes de armas de fuego. Ya sabe, hay un periodo de espera obligatorio —aclaró el dependiente riéndose.

A Ricky no le pareció gracioso. No compró nada. En especial la Ruger.

Al salir del almacén notó que la lluvia había cesado y el sol empezaba a aparecer entre las nubes. Algunos charcos brillaban al reflejar la luz solar. La temperatura había aumentado varios grados y él casi se sentía optimista a pesar de la amenaza inherente en lo poco que le dijo Williams. Dudaba que el fotógrafo hubiera colgado el teléfono y disparado el gatillo de inmediato, tan solo la curiosidad bastaría para impedírselo. La curiosidad de saber: «¿Qué podría decir el doctor Starks para mantenerme vivo?».

Se detuvo en la calzada. La primera indicación era: «Vaya al oeste, dé la vuelta en dos kilómetros y cruce el río por el puente cubierto de un solo carril».

15

UNA BIENVENIDA POCO COMÚN

Cuando el camino dejó de ser pavimento y se transformó en tierra y grava, el automóvil que Ricky había alquilado empezó a rebotar sobre las piedras y los surcos. Las llantas giraban y trataban de adquirir agarre sobre la floja y resbaladiza superficie mientras el pequeño motor se esforzaba por soportar el ascenso. El bosque circundante parecía succionarlo, volverse más estrecho a su alrededor mientras lo iba rodeando de arboledas y arbustos. Era como ser tragado por un mundo septentrional anterior a la civilización, era la selva de Nueva Inglaterra. Incluso el sol que atravesaba las copas de los árboles parecía debilitarse antes de llegar al parabrisas y acariciarlo. Habría sido imposible dar la vuelta y regresar, la retirada era inaceptable. El camino al hogar del fotógrafo solo tenía una dirección: hacia delante. El optimismo del psicoanalista lo abandonó, lo reemplazó la aprensión. Sintió un curioso nerviosismo y se preguntó si lo estarían atrayendo a un cañón zigzagueante con una sola vía de acceso, con peligro detrás, al frente y sin salida. Sentía la ansiedad tirando de él, empujándolo, abrazándolo. Luchó contra su deseo de parar y tomarse un minuto para reflexionar sobre lo que estaba haciendo. ¿No se dirigiría a una o varias trampas? La familia que lo quería muerto ya lo había atraído a ellas antes. En algún momento llegó a creer que, en la década que había pasado desde la última vez que entraron en su vida, se había vuelto lo bastante inteligente para no caer en sus engaños de nuevo, pero ahora pensaba que quizá solo se había mentido a sí mismo. «Nadie es nunca demasiado inteligente para evitar que lo engañen. A veces es posible, otras no». Se sentía envuelto en una especie de dilema filosófico para el que no había respuestas correctas ni incorrectas, solo la muerte. ¿Su muerte? Quizá. ¿La del fotógrafo? También era posible. De pronto consideró la alta probabilidad de que el blanco de la única bala en el revólver de Alex Williams fuera él. Que no se tratara de un suicidio, sino de un homicidio. «Encuéntralo. Ve a su casa pensando que vas a salvarlo cuando, en realidad, es todo lo contrario». Se vio a sí mismo bajando del automóvil para ser recibido por un solitario disparo letal. No le parecía lógico, pero el hecho de que no fuera muy probable no significaba que no pudiera suceder. Era algo que aprendió gracias a todos esos años de dar terapia. Lidiar con toda una familia que quería matarlo le permitía enfatizar esa posibilidad.

«Bienvenido al primer día de su muerte».

Respiró hondo.

«Tal vez hoy es el último día de mi muerte y me dirijo a velocidad constante hacia ella».

Los temores inundaron su imaginación.

«Detente, da la vuelta».

Los rechazó.

«Avanza.

»Sigue adelante».

No veía una verdadera alternativa.

Pensó que, teniendo en cuenta todo su entrenamiento militar, el dependiente del almacén le habría sugerido ser cauteloso, anticipar al fotógrafo y ser más hábil que él. Escabullirse. Sorprenderlo.

Fue el enfoque que adoptó años atrás, cuando se ocultó en las ruinas de su casa vacacional en Cape Cod sosteniendo un arma debajo de un toldo, en espera de ver llegar al señor R. Ahora, sin embargo, no imaginaba ninguna manera de preparar un ataque sorpresa como aquel. Tampoco sabía si necesitaba hacerlo. Pensaba que durante su entrenamiento analítico debió de aprender algo más que a ser circunspecto. «Sé oblicuo. No confrontes».

Negó con la cabeza.

«Es demasiado tarde para ello. Solo puedo avanzar a toda velocidad. Ver qué me espera».

Sintió un ligero alivio cuando la polvareda sobre el camino se amplió un poco, los surcos se suavizaron y vio la casa del fotógrafo al fondo de una apertura más extensa.

La cabaña tenía costados de madera y se la veía maltratada por el clima. Al frente había un vasto pórtico que conducía a una extensa plataforma lateral con un par de mecedoras rústicas talladas a mano. Al final del camino estaba estacionada una maltrecha camioneta roja.

De la chimenea de ladrillos escapaba una delgada columna de humo que reflejaba más el frío matinal que el calor de la tarde. Las ventanas de la fachada eran amplias y seguramente ofrecían una vista extensa desde el interior debido a que la casa estaba montada al borde de una cumbre que miraba hacia el denso bosque y, más abajo, al río. Cerca de donde estaba la camioneta había un jardín que, a pesar de estar rodeado de vallas de alambre, se encontraba penosamente abandonado. Los soportes de metal estaban oxidados, los envolvía una maleza parduzca y muerta que había trepado por ellos. La luz del sol que en algún momento se ocultó entre los árboles ahora iluminaba el río y resplandecía no muy lejos de allí.

Alexander Williams estaba sentado en la escalera de la entrada. Tenía un revólver en la mano.

Cuando Ricky entró en la propiedad conduciendo, Alex abrió el cilindro y sostuvo con aire melodramático el arma en alto, por encima de su cabeza, dejando caer todos los cartuchos. El revólver quedó vacío, lo dejó sobre los escalones y, en cuanto Ricky estacionó en el espacio frente a la casa, tomó su cámara de 35 milímetros. Empezó a disparar el obturador y tomó varias fotografías del psicoanalista bajando del automóvil de alquiler.

Al estar fuera, Ricky oyó el zumbido de la cámara.

—Espere un momento —fue lo primero que dijo el fotógrafo mientras enfocaba la lente y continuaba tomando fotografías.

Cuando terminó bajó la cámara.

—Ha cambiado, doctor —dijo sin saludar antes.

«Conocí a este hombre cuando era joven. Aunque no mucho, ha envejecido». Notó que el fotógrafo aún conservaba su apariencia esbelta y musculosa, casi cadavérica. «Lo recuerdo». Tenía ojos de un azul intenso que parecían hurgar en el alma del psicoanalista. «Esa mirada me resulta familiar». Cabello largo y despeinado con discretos mechones de canas rodeando las orejas. «Es un cambio que era de esperar». Algunas arrugas que no estaban en su rostro años antes. Barba de algunos días. «También era de esperar». Las gafas colgadas de una delgada cinta alrededor del cuello. «Eso es nuevo». Vestía pantalones vaqueros desgastados y un suéter de cuello vuelto negro, ajustado, de tejido sintético, como los que usan los pescadores y los marineros. Encima llevaba una camisa de lana a cuadros verdes deshilachada en el cuello y las mangas. Ricky imaginó que usaría botas viejas, pero en su lugar vio lo que parecía ser un par nuevo de zapatillas deportivas para correr. Excepto por eso, la apariencia del fotógrafo le habría permitido mezclarse sin ser notado en el mundo rural de Vermont, formar parte del campo, el bosque o los riachuelos igual que cualquier helecho o flor del lugar.

—Es lo que hace el tiempo —repuso Ricky. Quería decir: «Usted también ha cambiado», pero no lo hizo. Estaba decidido a permanecer lo más neutral posible hasta que pudiera evaluar la depresión suicida de Alex.

«Si es que está deprimido de verdad».

No podía asegurarlo.

«Un hombre me dice que se va a suicidar. Podría ser cierto, pero también podría ser mentira».

El psicoanalista sabía que todo lo relacionado con la familia que lo quería muerto era una especie de brebaje cocinado con verdades y falsedades, con ficción y realidad. Como los estofados que borbotean sobre el fuego amenazando sin cesar con hervir y desbordarse en cualquier momento.

El fotógrafo extendió los brazos. A Ricky le pareció un extraño gesto de bienvenida.

—Pero está aquí ahora, es asombroso. Además llegó rápido. Venció el tiempo límite para la muerte, e incluso con ventaja. Todavía nos quedan varios días para evaluar mi futuro en este planeta. Cuando recibí la llamada de Ted desde el almacén, me sorprendí mucho. ¿Cómo me encontró? Creí no haber dejado rastros obvios que lo trajeran aquí.

«Este es el hombre que desea ser salvado, pero se oculta».

Ricky imaginó que todo era parte del juego. En el ajedrez, a los movimientos del principio los define una historia. En los deportes siempre hay un momento de inicio establecido para cada competición. Un silbato. Un grito: «¡A jugar, equipo!». Un tiro desde el centro o un saque. En los negocios, antes de cualquier adquisición se establece una oferta.

Esto, en cambio, le parecía demasiado distinto, aunque no sabía bien por qué. No veía ninguna razón para no decirle la verdad al fotógrafo, pero decidió no mencionar la pista que había aparecido a medianoche en la pantalla de su ordenador: la fotografía de la comisaría.

—Encontré al antiguo compañero de patrulla de su padre. El hombre que los acogió a usted y a su hermana cuando fallecieron sus padres.

El fotógrafo sonrió con un aire casi de depredador.

—«Fallecieron». Me agrada esa forma de expresarlo. Da la impresión de que solo desaparecieron del panorama, ¿no? Imagine el obituario: «Tras celebrar su septuagésimo quinto aniversario de bodas, el señor y la señora Williams fallecieron tomados de la mano mientras dormían…» —exclamó en un tono iracundo y cínico que no se molestaba en ocultar—. Pero sabemos que no fue así, ¿verdad?

—No, no fue así —dijo Ricky.

—Su fallecimiento fue más bien intenso, ¿no le parece, doctor?

—Sí, eso creo.

Quería añadir: «Es algo de lo que debió hablar en su terapia. ¿Por qué no lo hizo?». Pero prefirió evitar la confrontación.

Alexander Williams permaneció callado un instante.

—Oliver es un buen tipo, ¿no, doctor? Tal vez salvó mi vida en aquel momento. La cuestión es que se supone que no sabe nada sobre este mundo —dijo agitando el brazo de nuevo, indicando que se refería al Vermont rural—. No sabía que vine a vivir aquí. Entonces, ¿cómo llegó aquí, doctor? ¿O qué lo acercó? ¿Qué le permitió intuir lo necesario para entrar en un almacén y preguntar por mí?

—Su hermana.

Williams negó con la cabeza.

—¿Mi hermana? ¿Annie? ¿Ella forma parte de esto? ¿Cómo?

—Está haciéndose cargo del cuidado del excompañero de su padre. Oliver se encuentra bastante enfermo. A su hermana le gustaría saber de usted. A ambos les gustaría.

—Por supuesto —dijo Williams—. No me sorprende. Es lógico que Oliver quiera verme. Estoy en deuda con él… —agregó mientras dejaba la cámara sobre los escalones. Metió la mano en uno de sus bolsillos y sacó un teléfono móvil—. ¿Debería llamarlo? Usted tiene su número, ¿no es cierto? Pero ¿qué le voy a decir? —preguntó encogiéndose de hombros—. ¿Y qué le voy a decir a mi hermana después de todos estos años? ¿«Hola, hermanita. Qué alegría oír tu voz. ¿Cómo va todo? He estado considerando suicidarme. Y tú, ¿cómo estás?»? Eso es más complicado, ¿no? No esperaba que se involucrara en esto, es un giro inesperado. ¿Annie estaba ahí? Vaya, parece que las maravillas nunca terminan de suceder, ¿no cree? Pero ella tampoco sabía dónde vivo…

Ricky lo interrumpió.

—Me mostró una fotografía, tal vez de las primeras que tomó. Aparecen usted y ella. Fue tomada cerca de…

Williams lo detuvo con un gesto y una sonrisa. Guardó el móvil en su bolsillo y tomó la cámara de nuevo. Señaló con ella un lado de la colina.

—Ese puente. Claro. Creo que es el único recuerdo agradable que compartimos —dijo. Se quedó callado y miró a Ricky en espera de una respuesta, pero como no comentó nada, solo volvió a encogerse de hombros de forma exagerada—. Bueno, tal vez deberíamos caminar hasta allá un poco más tarde para que le muestre el lugar preciso donde tomé la fotografía —sugirió, pero de inmediato negó con la cabeza—. Demonios, mi hermana la conservó todos estos años, eso me hace sentir bien. Es como una caricia para el ego del viejo fotógrafo. Yo tengo mi copia dentro —dijo señalando la cabaña—, en algún cajón, enterrada debajo de muchas otras imágenes. Es algo parecido a los recuerdos, ¿no cree, doctor? —dijo, y miró al cielo sin esperar la respuesta del psicoanalista—. Entonces Annie le mostró la fotografía en que aparecemos felices. Hace muchos años... Es un momento que ha permanecido conmigo y que, después de todo este tiempo, me trajo de nuevo hasta aquí. Y ahora el doctor Starks, el loquero, logra discernir la conexión entre una cosa y otra. Impresionante. —Volvió a negar con la cabeza—. Por otro lado, me entristece que mi hermana no haya logrado alejarse de ese terrible lugar, ¿no? Siempre esperé que lo hiciera, ya sabe, que encontrara una nueva vida en otro sitio como hice yo. Pero supongo que no formaba parte de su devenir —concluyó antes de inspirar profundamente—. Es extraño, ¿no le parece? Las montañas Berkshire no son muy distintas a este lugar...

El fotógrafo señaló alrededor con la cámara entre las manos.

—Las mismas nevadas en invierno. Las mismas flores que se asoman de la tierra en primavera. Las mismas olas de calor en verano y los cambios de color en otoño. Este lugar, sin embargo... —dijo titubeante, parecía reflexionar—, a mí me parece seguro. Donde Annie está es arriesgado, ahí se enfrentan el bien y el mal. Parecen y se sienten iguales, pero no lo son en absoluto. En fin, solo hablo basándome en mis recuerdos, y los recuerdos parecen haberme alcanzado por fin. Los viejos y los nuevos. Se han unido para engendrar pesadillas.

«Una receta para la desesperanza —pensó Ricky—. Pero ¿qué fue lo que desencadenó su deseo de suicidarse?».

Antes de que el psicoanalista pudiera guiarlo para que respondiera a la pregunta que tenía en mente, Alex habló.

—Dígame, doctor, ¿cómo duerme usted por las noches?

Ricky se negaba a responder de manera directa, pero quería que el fotógrafo siguiera hablando. Sabía que era la única manera de comprenderlo.

—Bien y lo suficiente, supongo. Soy como todo el mundo. Siento algo de inquietud. A veces.

—¿Su pasado no lo perturba?

«Pasado» significaba demasiadas cosas. Virgil, Merlin y el señor R. El doctor Lewis, que una vez había sido su mentor. Se quedó mirando al fotógrafo, tratando de ver si se refería a ese grupo de cuatro personas, dos vivas, dos muertas, que podrían estar cerca de ahí, aunque no las hubiera visto aún.

—He aprendido a aceptar mi pasado —contestó Ricky. Esperaba que fuera verdad, pero no estaba seguro.

—Entonces tiene suerte —dijo Williams—. Yo no —agregó con una sonrisa—. Tengo otra pregunta para usted, doctor, es muy relevante. Cuando un caballo se rompe una pata en una carrera, ¿qué hace su entrenador?

Ricky no respondió a pesar de saber la respuesta.

Williams miró hacia el cielo por un instante y continuó.

—El caballo podría ser rápido, hermoso y fuerte. Podría haber tenido éxitos en el pasado y potencial para el futuro. Tal vez adora la pista. Y quizá ama la sensación de involucrar cada uno de sus músculos en el esfuerzo de arrojarse hacia la meta. Le gusta ganar, de eso no hay duda. Supera a los otros caballos y se burla de los perdedores de una manera especial que solo entienden los caballos. No obstante, todo por lo que ha vivido es frágil, tan endeble como sus delgadas patas. Un paso en falso y ¡crac! Todo está perdido. Arruinado por hacer lo que ama hacer. Lo mejor sería dispararle en la cabeza sin dudar un instante, sacarlo de su miseria de inmediato, antes de que el dolor le indique al caballo que la vida que amaba lo traicionó. Y ¿sabe qué, doctor? —preguntó sin esperar respuesta—, es probable que ese caballo de carreras levante la vista y, al ver a su entrenador sosteniendo el revólver junto a su cabeza, diga: «Adelante, dispara. Llegó mi hora. La última carrera terminó».

Calló por un instante y se encogió de hombros.

—¿Qué piensa, doctor? ¿No es este un lugar hermoso para morir? Piense en todos los sitios espantosos en los que he estado y donde pude perecer. Ninguno es igual a este, ¿cierto?

Volvió a exagerar sus gestos, parecía un director inspirando a su orquesta a tocar notas perfectas con una cámara en la mano en lugar de una batuta.

—Supongo que así es —respondió Ricky con cautela—, pero también es un lugar hermoso para vivir, incluso en días como hoy, en que las cosas no van del todo bien.

Williams rio.

—Vaya, eso es lo que yo llamo un buen gambito, doctor —exclamó poniéndose de pie. Se colgó la correa de cuero de la cámara alrededor del cuello y se puso las gafas sobre la punta de la nariz para poder mirar por encima del borde de la montura. Insertó el revólver en su cinturón, buscó en el interior del bolsillo de su camisa y sacó una bala solitaria.

—Es probable que se haya estado preguntando por ella —dijo casi riendo, como si empezara a contar un chiste—, la llevo conmigo las veinticuatro horas del día, los siete días de la semana —dijo sosteniendo la bala en alto—. Incluso tallé mis iniciales en el cartucho. Lo único que me falta es agregar una fecha. Y luego morir, por supuesto. No queremos olvidar esa parte.

Sonrió y agitó la mano en un gesto de bienvenida.

—Me gustaría imaginar que somos un par de viejos caballos de carreras, doctor. ¿Tal vez corriendo nuestra última carrera? Quizá. Entremos para hablar del lugar donde debería guardar mi bala. ¿En el cesto de la basura? ¿En una repisa? ¿En el tambor de mi pistola? ¿En mi cerebro? Hay muchos lugares posibles.

16

UNA GALERÍA DISTINTA Y UNA SESIÓN
PSICOANALÍTICA SINGULAR

El interior de la cabaña del fotógrafo contradecía por completo el exterior. En lugar de astillas y desgaste, Ricky encontró modernidad y elegancia.

Entró en una pequeña sala de estar y lo recibieron dos caros sillones reclinables de cuero color café, una mesa de centro de cristal —a todas luces de diseñador— y, frente a ella, un equipo Sony de televisión de última generación montado sobre la chimenea y su poco avivado fuego. La alfombra era oriental, tejida a mano. Había un elegante y moderno escritorio de mica blanca con superficie de mármol, también blanco, sobre el que se desplegaban varias piezas de equipo informático de vanguardia: tres pantallas, módem, discos externos y una unidad de procesamiento plateada. Una moderna silla ergonómica debajo de estanterías repletas de novelas de detectives, clásicos literarios, guías de autoaprendizaje en temas tecnológicos y una selección de DVD que, por lo que Ricky pudo observar al echar un vistazo, incluía casi todas las películas ganadoras del Oscar. Había también una mesa con un estéreo de alta gama que incluía tocadiscos y un estuche de madera tallada lleno de álbumes de vinilo entre los que Ricky alcanzó a ver *Sketches of Spain* de Miles Davis y *Houses of the Holy* de Led Zeppelin. A un lado de la sala había una pequeña cocina con equipamiento de primera calidad: refrigerador Sub-Zero de acero inoxidable, estufa de gas Viking y lavavajillas Bosch. Incluso los utensilios de hierro fundido que vio sobre la mesa de trabajo de mosaicos colocados a mano eran importados. Ricky se giró y contempló todo lo que había en la sala. Vio una primera puerta que llevaba a una alcoba. Otra que, supuso, conducía al baño, y una tercera que podría ser una habitación vacía o un espacio de almacenamiento. Había dos paredes libres. En la primera se exhibían dos pinturas de gran formato. El psicoanalista reconoció un amplio paisaje de Scott Prior y una asombrosa y enorme flor de David Hockney. No estaba seguro de que fueran originales, pero, de serlo, su valor podría alcanzar una cifra de seis dígitos. El Hockney podría incluso llegar a siete.

La pared del lado opuesto estaba decorada con fotografías enmarcadas. En el centro estaba la imagen capturada por Alfred Eisenstaedt del marinero besando a una joven enfermera en Times Square, Nueva York, el día de la victoria sobre Japón, en 1945. Luego había dos fotografías de Margaret Bourke-White: Gandhi tejiendo con su telar y el nutrido grupo de gente negra pobre reunida debajo del anuncio espectacular en que se elogia «El estándar de vida más alto del mundo» y su subtexto: «No hay ningún estilo como el estilo americano». Junto a ellas había dos de Robert Capa. La más conocida, *Muerte de un miliciano*, donde se ve a un soldado republicano español en el momento de su muerte y una imagen de un soldado estadounidense en cuclillas detrás de la trampilla de un tanque en las olas, tratando de llegar a la playa el día D en la «sangrienta Omaha». Estas imágenes dirigieron la mirada de Ricky a la que, según dicen, es la fotografía más reproducida de todos los tiempos, la de los marines alzando la bandera en Iwo Jima, captada por Joe Rosenthal. A un lado, en contraste con estas imágenes, se encontraba la fotografía de la Guerra Civil que tomó Mathew Brady de los muertos en Antietam y la fotografía de Nick Ut, ganadora del Pulitzer, de la niña vietnamita que corre desnuda, huyendo del ataque con napalm en la guerra de Vietnam. El psicoanalista también vio la premiada fotografía de Eddie Adams del soldado del Viet Cong ejecutado en una calle de Saigón por un oficial vietnamita armado por Estados Unidos. Notó que la mayor parte de las fotografías estaban autografiadas y los autógrafos parecían auténticos. En la parte inferior de la foto de Ut había una dedicatoria: «Sigue disparando, Alex, y algún día tendrás una de estas». Vista en conjunto, esa pared era un breve curso de historia de la fotografía bélica. Oportunidades aprovechadas y vidas arriesgadas para captar un instante de un recuerdo indeleble.

Sin embargo, ninguna de las fotografías había sido tomada por Alexander Williams.

Ricky estaba a punto de preguntar por qué, pero el fotógrafo se adelantó a su duda:

—Hay otra galería en la alcoba. Quizá más tarde.

Williams señaló uno de los sillones de cuero y con un gesto le indicó al psicoanalista que tomara asiento.

—Lo siento —dijo—, debí conseguir un diván para su visita. Así podría recostarme; usted se colocaría detrás de mí, y yo, en lugar de dispararme, dejaría que por mi boca salieran las palabras como municiones.

El fotógrafo sonrió a pesar de que su broma no era nada graciosa.

—Descuide, con el sillón basta —dijo Ricky antes de sentarse.

—Bien —exclamó Williams mirando el reloj en su muñeca—. Cincuenta minutos, ¿verdad? La duración típica de una cita. Y si se suman todas esas sesiones de cincuenta minutos uno puede salir de la consulta caminando, completamente curado, calmado y cantando.

Ricky se mantuvo en silencio.

—Una pequeña aliteración para usted, doctor —dijo el fotógrafo.

Se acercó a la chimenea y arrojó varios leños a los trozos de carbón ardiendo. Segundos después, las llamas se habían avivado.

Entonces se sentó frente a Ricky. Tomó el revólver de su cinturón e insertó la bala en el tambor. Luego lo hizo girar y, cuando este se detuvo, amartilló el arma y la dejó sobre la mesa de centro entre él y Ricky. La historia y los recuerdos invadieron al psicoanalista. «El doctor Lewis en su consulta, suicidándose frente a mí. El padre de Roxy disparando con manos temblorosas la bala que eludí por apenas nada. El señor R en el reclinatorio listo para disparar, asombrado por lo último que vio en la vida: la señora Heath y su Magnum». Era como si la muerte hubiera entrado en la sala del fotógrafo y se hubiera sentado junto a ellos, como si hubiera helado el aire en todo el lugar. En su mente, Ricky hizo a un lado los recuerdos, ignoró el arma sobre la mesa y miró con curiosidad al fotógrafo. Alex volvió a sonreír y se encogió de hombros.

—De acuerdo, doctor, comencemos: salve mi vida.

«No hagas la pregunta más obvia», pensó Ricky y permaneció callado un momento. Entonces empezó.

—Cuando hablamos por teléfono dijo que una parte de usted deseaba vivir; hábleme de esa parte.

El fotógrafo se sorprendió un poco al oír la petición. Antes de responder, se acarició la barbilla y la apoyó en la mano; recordaba un poco a *El pensador* de Rodin.

—¿Alguna vez le dije por qué me gustaba lo que hacía?

«Tal vez lo hizo, pero no lo recuerdo —pensó el psicoanalista». E incluso, si lo hizo, tal vez mintió».

Williams se puso rápido de pie, atravesó la pequeña sala hasta llegar a la pared con las fotografías. Tocó la de Rosenthal, *Alzando la bandera en Iwo Jima*, y luego la de *La muerte de Antietam* de Brady. Después pasó la mano por las imágenes de Capa y, por último, acarició las fotografías de Vietnam tomadas por Ut y Adams.

—Estas fotografías cambiaron el mundo —explicó, sin dejar de mirar la pared. Entonces se giró para mirar al psicoanalista—. Esa es la razón por la que te arriesgas, por la que arriesgas todo. Por eso el peligro te parece irrelevante, porque puedes volverte inmortal en un segundo. Una imagen..., tu imagen..., puede vivir para siempre. —Hizo una pausa—. O no —prosiguió, señalando la pared—. Tal vez estás en el lugar incorrecto o la imagen escapa antes de que puedas levantar la cámara siquiera. O tal vez ya estás muerto y te diriges por la vía rápida al paraíso o el infierno. Piénselo, doctor, en cada uno de estos momentos también se tomaron otras fotografías desde distintos ángulos, con tiempos de exposición diferentes y otros resultados. Esas imágenes no son memorables. Estas, en cambio, no morirán nunca. Supongo que esa es la razón por la que lo hago, y los otros también. A todos nos mueve el mismo deseo: capturar un momento que no solo narre una historia completa, sino que también altere la historia y viva para siempre.

Ricky no dijo nada.

—En esos segundos te transformas en tres cosas: cronista de los sucesos, historiador moderno y agente de cambio. Tal vez la cámara solo cuelgue alrededor de tu cuello como si nada, pero lo que presencias y capturas puede hacer que su contenido se vuelva explosivo. Las imágenes pueden llegar a ser más poderosas que los discursos de un millón de políticos; los planes de generales de cuatro estrellas; los batallones marchando; las bromas que hace la naturaleza, como las hambrunas o las inundaciones; e incluso más poderosas que los editoriales de los diarios en que se lloriquea respecto a este o aquel desastre. Son la realidad máxima. Las imágenes no solo nos muestran quiénes fuimos alguna vez y quiénes somos en verdad ahora, también prefiguran quiénes podemos esperar ser. Son poder. Y, a menos de que estés ahí, justo en ese momento absoluto, idóneo y perfecto, el instante se pierde. Desaparece. ¡Zap! —exclamó el fotógrafo y sonrió—. ¡Qué soliloquio! ¿No cree, doctor?

Ricky asintió mientras hacía una evaluación instantánea. «Grandilocuente y pomposo, pero tiene razón». Sabía que su silencio mantendría al fotógrafo hablando, y, cuanto más hablara, más información útil obtendría él.

—Hamlet no tiene nada que no tenga yo —añadió Williams riendo—. Aunque debo reconocerle el mérito al viejo danés. «Ser o no ser», es más o menos lo mismo que me pregunto todos los días —dijo antes de volver a su asiento y deslizar el dedo sobre el cañón del revólver hasta la punta, casi sin ser consciente—. Odiaría renunciar a todo eso, a la posibilidad. Uno nunca sabe cuándo surgirá ese instante. Es una especie de esperanza, amor, obsesión. Es decir, ¿a quién le importa cuántas veces no coma, con cuánta frecuencia haya que dormir en el duro suelo y temblar de frío toda la noche, o cuántas veces pueda uno morir? En abril de 1970 Sean Flynn y Dana Stone subieron a sus motocicletas porque creyeron que, quizá, podrían tomar una fotografía en cierta callejuela de Camboya. Nunca encontraron sus cuerpos. Pero ellos fueron de todas maneras. Tal vez otros dirían: «Yo no me habría arriesgado», pero mienten, porque todos lo habríamos hecho de una forma u otra. Estamos hablando de una gran posibilidad. Inmensa. Es algo por lo que valdría la pena vivir, ¿no cree, doctor?

—Sin duda —dijo el psicoanalista.

—¿Cree que esas razones pesan más que las otras?

—No me ha dicho cuáles son las otras —respondió Ricky.

No estaba seguro de cómo dirigir la conversación. El suicidio en potencia puede ir en diversas direcciones. Hay factores obvios y factores desconocidos. De pronto le vino un pensamiento repentino.

«¿Qué le habría dicho a mi otro paciente, Alan Simple, el hombre de negocios en Miami? ¿Qué le habría dicho si hubiera recibido su última llamada? Si ese hombre hubiera estado a punto de suicidarse, ¿qué palabras lo habrían hecho dudar? Y, por otro lado, ¿qué habría podido yo decirle si durante la llamada hubiera tenido frente a sí a alguien apuntándole a la cara con un arma y obligándolo a llamarme en lugar de implorar por su vida?».

La incertidumbre aquejaba al psicoanalista.

Mientras él ponderaba cuál sería el enfoque adecuado, Williams se estiró hasta la mesa y tomó el revólver de nuevo.

De pronto lo levantó y se colocó el cañón en la boca.

—¡No! —gritó Ricky empezando a acercarse, pero entonces se detuvo. Un miedo tan poderoso como un relámpago lo atravesó y borró todos sus otros pensamientos—. ¡No lo haga!

Williams mantuvo la misma posición.

Sonreía.

Ambos se quedaron paralizados un momento.

Entonces Williams sacó lentamente el cañón de su boca.

Levantó el arma por encima de la cabeza apuntando al techo, pero con la mirada fija en Ricky.

Y apretó el gatillo.

El revólver hizo clic en una recámara vacía.

Sonrió de nuevo.

—¿Lo ve, doctor? No corría ningún peligro.

Ricky sintió la boca seca, casi enronquecida. El corazón le latía a toda velocidad. Respiró lento y hondo para tratar de calmarse.

—No vuelva a hacer eso —le dijo a Alex.

El fotógrafo volvió a amartillar el revólver y lo colocó de nuevo sobre la mesa, en la misma posición en que estaba antes.

—Bueno, ahora sabemos que una de las recámaras está vacía. Faltan cinco —dijo, y se quedó en silencio un rato—. Dígame, doctor, ¿qué sabe usted sobre el mal?

Ricky respondió con cautela.

—Lo he visto de primera mano, en formas diversas. Creo que a muchos psiquiatras les ha sucedido. Lo escuchamos, lo vivimos. Desde el mal rutinario como el acoso sexual a una compañera o un compañero de trabajo, hasta el mal más profundo: el abuso infantil, la depredación sexual y lo que me dijeron que usted sufrió... —explicó. Alex inspiró de forma profunda y retuvo el aire—. Sin embargo, lo que vemos sobre todo en mi profesión es el impacto del mal. En usted. En mí. En gente de todo tipo y condiciones sociales.

El fotógrafo asintió.

—Nunca le conté sobre la forma en que me criaron, ¿verdad?

—Lo hizo, pero su relato no fue muy preciso —señaló Ricky.

«No fue muy preciso» era una manera amable de decir: «Me mintió».

—Pero tal vez ahora tiene un conocimiento más profundo de mi niñez, ¿no?

—Sufrió un abuso importante por parte de un sádico sexual. Subestimar el impacto que tuvo en su vida lo que vio y a lo que fue sometido sería un gran error.

Ricky odiaba lo académico que sonaba todo lo que acababa de decir. Sus palabras hacían que el verdadero horror de lo acontecido pareciera un paseo por el parque en un día soleado.

El fotógrafo sonrió al notar la incomodidad del psicoanalista.

—Me parece una manera, no sé, bastante cortés de describir la situación —dijo Williams—. Creo que puedo dar por hecho que mi hermana y Oliver le contaron hasta los detalles más grotescos. Qué historia, ¿no?

—Sí, lo hicieron. Sin embargo, señor Williams, debe saber que usted no es culpable de nada, que en ese momento estaba desamparado por completo. Era un niño con muy pocas maneras de protegerse. Debe saber que sobrevivir y lograr todo lo que usted ha logrado es testimonio de su habilidad y de su instinto de supervivencia. Debe estar orgulloso de haber superado todo eso y de todos sus logros subsecuentes.

A Ricky le parecía que sonaba trivial y trillado, pero no sabía qué más decir.

El fotógrafo rio a carcajadas.

—Orgulloso de documentar el mal una y otra vez. Tragedia a la derecha, tragedia a la izquierda. Tragedia al frente y atrás. ¿Orgulloso de ser parte del engranaje de la gran maquinaria del mal? ¿De ser su ilustrador? ¿El típico testigo silencioso? ¿Acaso no llega un momento en la vida en que todos los males sumados pesan demasiado y la vida se agria? Todo lo que debería darme placer, como un hermoso atardecer, la nieve fresca recién caída al suelo o una zorra y sus cachorros deambulando por el patio trasero, ya sabe, las cosas sencillas que hacen sentir bien a la gente…, a mí me dejan indiferente. Ya no percibo nada, es como tener un mal sabor de boca permanente. Y, para colmo, estoy envejeciendo, lo cual también aborrezco. Estoy justo en el punto medio entre la juventud y la vejez. Como usted, doctor. Veo adónde nos dirigimos. Todos los días parecen traer consigo un nuevo dolor o malestar. No me puedo mover como antes. Mis rodillas no están nada bien y es posible que tengan que operarme para reemplazarme la cadera. Y mi vista. Usted sabe lo esencial que es la vista para un fotógrafo, ¿no? La mía ya no es como era, agudísima… —dijo quitándose las gafas. Las examinó como si fueran un objeto ajeno, misterioso—. Incluso usando gafas, todo lo veo un poco borroso. Tampoco oigo tan bien como antes y, como podrá imaginar, si quiero sobrevivir en zonas de guerra, más me vale percibir el peculiar ruido de un proyectil de mortero acercándose. Sé lo que dirá: «Todos envejecemos. Los más prudentes nos vamos adaptando con el paso del tiempo, renovamos nuestra perspectiva, encontramos placer en las nuevas experiencias», o alguna porquería similar. Pero sabe bien que lo más probable es el párkinson. Un incontrolable temblor en las manos. O demencia frontotemporal. Como uno olvida dónde está, dónde estuvo y adónde desea ir, solo pasa de estar perdido en un momento a estar perdido en el siguiente. O el cáncer. ¡Bienvenido, dolor insoportable! Qué manera tan constante e inexorable de desaparecer. A pesar de las maravillas que cuentan algunas personas sobre los años dorados, no es nada agradable. ¡Por cierto! Permítame preguntarle algo, doctor: ¿no le parece que la idea de insertarme una bala en el cerebro es, de cierta forma, una rutina de adaptación bastante práctica? Además, refleja mucho mejor lo que me depara el futuro.

Ricky reflexionó.

«Alex no es tan viejo y no le creo toda esta lista de malestares. Se encuentra en buena forma, es obvio que es un hombre sano y atlético». Pero entonces se preguntó: «O quizá... ¿el cáncer acecha oculto en su cuerpo? ¿Problemas cardiacos? ¿Algún médico le habrá dado un diagnóstico terminal?».

Sintió que las posibilidades lo vapuleaban, pero se mantuvo inexpresivo. El fotógrafo dejó de hablar, parecía estar reflexionando a fondo. «El primer paso es escuchar», se recordó Ricky.

—¿En verdad cree que la vida es tan valiosa? —preguntó Williams.

Ricky titubeó. «Ten cuidado», se dijo.

—Creo que se puede encontrar sentido y satisfacción en muchos aspectos de la vida, que juntos dan valor a lo que sea que la naturaleza nos depare el tiempo que decida.

Usó el plural «nos» de forma deliberada.

—Yo soy más joven que usted, ¿cierto, doctor?

—Sí, pero aquí no estamos hablando de la edad.

—¿Seguro? Pensé que hablábamos de eso. Entonces, ¿de qué estamos hablando?

—De la pérdida —contestó Ricky.

El fotógrafo asintió.

—Claro, hablamos justo de eso. Yo perdí mucho cuando era niño, y más siendo adulto. ¿Usted no, doctor? —dijo y rio enseguida, probablemente recordando una broma. No esperó la respuesta—. Bien, veo que... —continuó, interrumpiendo la reflexión de Ricky— el doctor Starks es tan perceptivo como lo recordaba. Pero dígame, después de todas las conversaciones y de lo que ha oído a lo largo de tantos años, ¿no siente que se acerca al final?

—Aún no.

«Tal vez esté mintiendo —pensó Ricky—. Catorce días».

—¿Todavía disfruta escuchando a otros? ¿No está cansado de toda esa ira? ¿Del odio y del mal?

El psicoanalista no respondió.

Williams parecía estar analizando lo que había dicho, pero luego negó con la cabeza.

En ese momento se estiró y tomó el revólver por segunda vez.

En esta ocasión, sin embargo, apuntó al rostro de Ricky con el dedo tenso sobre el gatillo.

—¿Y ahora? ¿No siente que se acerca al final?

Ricky no se movió.

—¿Piensa mucho en la muerte, doctor? —preguntó Williams en un tono altanero. Áspero. Seco. Mortal.

—No —contestó Ricky. Era una mentira absoluta.

—Yo sí. Tal vez usted también debería hacerlo.

Ricky respiró muy lento. «Contrólate».

—Siempre hay tiempo para ello —dijo arrastrando las palabras.

—¿Está pensando en la muerte en este momento, doctor?

Ricky se quedó mirando el cañón del revólver. Trató de estimar la presión del dedo de Williams sobre el gatillo. Levantó la mirada y se quedó observando al fotógrafo, tratando de descubrir la capacidad de asesinar en su cara. La respuesta a la pregunta era «sí», pero no pensaba decirla en voz alta. «Si así es como voy a morir, no me iré sin al menos luchar —se dijo—. Trata de arrebatarle el arma y agáchate».

Pero no hizo nada de lo que pensó, solo permaneció rígido e inmóvil en su lugar.

El fotógrafo se inclinó hacia delante.

—¿Sabe cuándo morirá, doctor?

—No.

—¿Qué tal ahora mismo?

Ricky se preparó.

—No creo que quiera matarme, Alex.

Necesitó de muchísima fuerza para mascullar esa respuesta. Trató de ocultar el miedo y la duda que había en sus palabras.

—De acuerdo, tal vez no desee hacerlo, pero quizá lo haga. Siempre es difícil saberlo, ¿no? Permítame preguntarle algo: ¿sabe cómo va a morir, doctor?

—No.

—No le creo —dijo el fotógrafo—. Yo creo que lo sabe, me parece que en este momento tiene una idea muy certera.

—No tengo ninguna razón para mentirle, Alex —dijo Ricky.

En realidad, tenía muchísimas. Usó el nombre de pila del fotógrafo con suma cautela. Enfatiza la cordialidad. La unidad. «Sé cómo actuar con una pistola apuntándome al rostro, no es la primera vez que me sucede», se dijo, pero no era nada sencillo.

El fotógrafo vaciló, se quedó pensando en lo que diría a continuación. Ricky sentía que el silencio entre ambos era doloroso, como afiladas agujas penetrándole los nervios.

—¿Por qué le parece que esta sería una mala forma de morir? —preguntó Williams con una sonrisa irónica, hostil. Su voz desbordaba un cinismo gélido—. Todos estamos en etapa terminal, cada uno a su manera, ¿no cree, doctor?

—Yo no veo la vida desde esa perspectiva, Alex —respondió Ricky.

Pero el fotógrafo no parecía escucharlo, parecía ensimismado.

—No creo que esta sea una mala forma de morir, doctor Starks. ¿Usted sí? Una explosión repentina, sin tiempo para el dolor, sin tiempo para reflexionar. Un segundo está uno aquí y al siguiente ya está camino de otro lugar o del olvido. Ambos me parecen atractivos. Sin escándalos ni desorden, salvo por la gente que tendría que venir a limpiar después, pero, seamos honestos, ¿a quién le importa lo que ellos piensen? Una ligera presión al gatillo y bienvenido a la nada. A mí me suena bien, ¿usted qué piensa?

Williams acercó el arma a Ricky, se levantó y colocó el cañón a solo unos cuantos centímetros de su cara.

Ricky sintió el sudor correr en sus axilas. No sabía si podría controlar el temblor en su voz. «¿Habrá llegado el momento?», se preguntó. Pensó que el pánico, la desesperación y el miedo se apoderarían de él en ese instante.

Pero no fue así.

Solo hubo calma.

«Han querido matarme durante mucho tiempo. No sé cómo persuadieron a este hombre de que lo hiciera. Supongo que nunca me enteraré. Tal vez ganaron al fin».

—¿Tiene miedo, doctor? —preguntó Williams con una voz tan dura como el hierro.

Ricky vio el enorme hueco del cañón. Levantó la vista y miró al fotógrafo directo a los ojos.

«Decir "sí" podría matarme. Decir "no" podría matarme». Decidió darle un giro a su respuesta.

—¿Quiere usted que yo tenga miedo o no? ¿Provocarme miedo es importante para usted, Alex?

La ira casi psicótica en el rostro del fotógrafo pareció fijarse por un instante, pero luego se desvaneció con la misma rapidez que se produjo. Volvió a reír, como si todo fuera una broma.

Williams levantó el cañón del revólver por encima de su cabeza por segunda vez, apuntando al techo.

¡Clic!

El martillo volvió a caer en una recámara vacía.

El fotógrafo regresó a su asiento, amartilló el arma y la colocó sobre la mesa de nuevo, en la misma posición que se encontraba al principio. Luego sonrió.

—Verá, doctor Starks, en ningún momento estuvo usted en peligro. Yo tampoco. Sin embargo, ahora sabemos que dos recámaras están vacías. Quedan cuatro y en una hay una bala. Una probabilidad entre cuatro. ¿Quiere apostar si la próxima recámara estará vacía? No, no creo que al buen médico le agrade el estado actual de las probabilidades. Para nada.

Sin dejar de hablar, Williams se puso de pie de forma abrupta y caminó hasta la cocina.

—Vaya, ¡qué malo soy como anfitrión! ¿Le gustaría comer algo, doctor? Después de todos esos viajes debe de tener hambre.

—No, gracias —contestó Ricky.

—¿Café? ¿Una cerveza?

—Un café estaría bien —dijo Ricky—. Solo, por favor.

—Ah, sí. Negro como mi humor, como mi devenir. Negro como mi pasado, como mi futuro. Enseguida, doctor —dijo, y volvió a reírse.

Mientras preparaba las dos tazas de café, empezó a canturrear. De pronto se oyó un zumbido, sacó un móvil de su bolsillo.

—Sí, ahora —dijo antes de volver a guardar el teléfono.

Ricky se quedó en silencio, esperando. Por un instante pensó en estirarse sobre la mesa y tomar el revólver.

Entonces Williams regresó a la sala y empujó la taza de café hacia Ricky. Sorbió un poco de la suya y la colocó sobre la mesa también. Luego acarició el revólver.

—Veo que no trató de cogerlo —dijo.

—No, no lo hice —contestó Ricky—. ¿Era eso lo que esperaba?

El fotógrafo sonrió.

—Pudo ser una prueba —dijo—. O no. ¿No le da curiosidad, doctor? ¿Saber en qué recámara está la bala?

Una vez más, el psicoanalista no respondió. Era experto en encaminar las conversaciones adonde él deseaba, pero no comprendía adónde quería ir Alex Williams. Un instante parecía tener tendencias suicidas; al siguiente, tendencias homicidas. Luego ambas desaparecían y él se comportaba de forma muy amistosa y le hablaba como si fueran dos amigos que no se han visto en años y dedican un rato a ponerse al día y beber una taza de café.

En un instante y moviéndose a toda velocidad, el fotógrafo dejó la taza sobre la mesa y cogió el revólver. Ricky no dejaba de observarlo, lo vio abrir el tambor, echar un vistazo al interior y volver a cerrarlo con un ademán teatral.

—Bien, ahora sé dónde está la bala y usted no. Uno, dos, tres, cuatro. ¿En qué recámara, doctor? ¿En la siguiente o no? Esto nos pone en una situación desequilibrada, ¿no cree?

Volvió a poner el revólver en la mesa, lo colocó con la misma precisión y cuidado con que un florista diseña y prepara un ramo de novia. Levantó la taza de café y la colocó a un lado de su frente, en el mismo sitio donde uno sostendría un revólver para jugar a la ruleta rusa.

—¡Bang! —exclamó riéndose—. El café no puede matar a una persona —añadió—. O quizá sí, si se bebe demasiado.

Mantuvo la taza en el mismo lugar, como si el calor y el vapor lo ayudaran a aflojar los pensamientos.

—Sabe que esta tierna cosita puede matar, ¿verdad, doctor? —preguntó señalando el revólver sobre la mesa.

—Sí, por supuesto.

Luego señaló su cámara. Colgaba de un gancho de madera, junto a un perchero con chaquetas.

—¿Y qué hay de ella? ¿Puede una cámara matar, doctor?

Ricky reflexionó por un momento. «Una pregunta existencial». Tardó un poco antes de responder con cautela.

—Se supone que no —dijo.

El fotógrafo rio de buena gana.

—Así es, tiene razón, pero puede ser peligrosa.

Se inclinó hacia delante antes de continuar.

—Permítame contarle una historia breve. Es algo de lo que no le hablé cuando estaba en tratamiento.

—Como guste.

—Cuando no me encontraba recostado en su diván hablando, hablando y hablando sin llegar a ningún lado porque no me gustaba decir la verdad sobre mi infancia, realizaba misiones de trabajo. Una de esas misiones implicó correr una breve aventura en Oriente Próximo, incorporado a una compañía de marines. Eran tipos rudos, bien entrenados, profesionales. Fue justo cuando todo empezó a irse al demonio en Irak. En fin, a los marines con quienes estaba les asignaron la tarea de despejar un pequeño pueblo, una ciudad inexistente.

Ni siquiera tenía importancia estratégica, solo era otro más de los pobres y sucios sitios donde Al-Qaeda solía florecer. Pero, llegada la orden, ahí vamos todos y, ¿adivine qué? Nada. Cero. No hubo ningún tipo de resistencia, nadie intentó siquiera descargar un arma. No encontramos explosivos improvisados en los caminos ni madres vestidas con burka gritándonos. Solo demasiado polvo y arena, pobreza y un montón de niños aclamando a los marines, extendiendo las manos, pidiendo cigarros, raciones de comidas preparadas, dulces, lo que fuera. El capitán a cargo empieza a entregar todo lo que la compañía tiene de sobra y, un par de horas después, nos ordenan... salir del pueblo —explicó titubeando—. Espere, le mostraré una fotografía.

Se puso de pie, colocó el café sobre la mesa y se dirigió al escritorio. Abrió un cajón grande y empezó a revisar archivos. Ricky no alcanzaba a ver qué buscaba, pero tenía la corazonada de que Williams sabía bien dónde estaba la fotografía y que su fingida búsqueda era solo un efecto dramático.

—¡Ah! —dijo el fotógrafo—. Aquí está. No soy muy bueno para archivar, pero la encontré.

Volvió a sentarse en el sillón y le entregó al psicoanalista una fotografía a color de veinte por veinticinco centímetros. Era una imagen relacionada con lo que acababa de relatar: un capitán de los marines vestido con traje y equipo de batalla, rodeado de más de diez niños sonriendo y entregándoles dulces.

—Es el tipo de fotografía que adoran en el Pentágono —explicó—. También las adoran los editores visuales. Los de *USA Today*, *The Washington Post*, *Magnum* o cualquiera de las otras agencias de información fotográfica. Estas imágenes son una forma de decir: «Somos mejores que todos los demás, tenemos superioridad moral».

Ricky buscó un indicio de algo en la imagen, pero el tono sarcástico en la voz de Williams no indicaba con claridad a qué se refería ni adónde quería llegar con ello. Le devolvió la fotografía.

—Muy interesante —dijo el psicoanalista sin estar de acuerdo en algo concreto.

—Así es. Interesante. Una imagen bonita. Tan bonita que uno de los ancianos del pueblo me pidió que lo dejara verla cuando la tomé. Ni siquiera entendí lo que en realidad estaba pasando durante todo el tiempo que la contempló en silencio. Era una imagen digital en ese momento, el anciano la vio sobre la pequeña pantalla de una cámara moderna. No pensé en nada específico. Quería saber si la publicaría y le dije que lo más probable era que sí porque sabía que era el tipo de fotografía por la que se pelean los editores. Estaba destinada a aparecer en cientos de portadas —dijo Williams negando con la cabeza—. Creo que mencioné algo al respecto.

»Dos días después, el comandante de la compañía recibe otra orden. Debemos prepararnos para un desplazamiento. Preparar el armamento, volver a entrar en el pueblo y despejarlo otra vez. Inteligencia dijo que, al parecer, había soldados insurgentes en la cercanía, así que allá vamos de nuevo.

El fotógrafo calló de forma abrupta y señaló la puerta de lo que Ricky había supuesto que era la alcoba.

—Creo que es el momento de que vea mi galería personal —dijo.

Ricky se sorprendió un poco.

—¿Ahora? —preguntó—. ¿En mitad del relato?

Nunca se interrumpe el relato de un paciente.

—Sí —dijo Williams en un tono gélido. Señaló la puerta de nuevo y luego el revólver—. Le prometo que no me voy a disparar cuando usted dé media vuelta.

Volvió a reír. Un sonido miserable y seco.

Ricky se levantó sin decir nada. Sentía como si estuviera en un teatro, viendo una obra que con cada nueva línea de diálogo se volvía más lúgubre. *Macbeth*, quizá. *El rey Lear. Hamlet.* No estaba seguro. ¿Asesinato o locura? Tal vez ambos, combinados. «Un rey Lear cada vez más demente y un danés muy deprimido se encuentran con el extremadamente ambicioso Macbeth y con la señora Macbeth, quien tiene francos deseos homicidas, y luego todos sucumben a la presión».

Al ver a Ricky dudar, Williams le indicó con un gesto que continuara.

—Adelante, doctor.

Ricky caminó hasta la puerta y la abrió poco a poco. Por un instante se sintió atrapado en una mala película de horror, como si él fuera el despistado adolescente medio desnudo que, después de tener sexo, abre una puerta y descubre que lo espera con paciencia una presencia demoniaca o un maniático homicida con máscara de hockey y un cuchillo enorme.

Entró en la alcoba.

A un lado vio una cama con las sábanas y las mantas revueltas. «Da vueltas en la cama por la noche —pensó Ricky—. También sufre de sudores nocturnos». En una de las paredes había un escritorio con prismáticos y dos lentes de cámara de distintos rangos encima; a un lado, una mesa en un rincón. Recostado contra la mesa había un rifle

automático de tipo militar. Sobre la mesa había dos pistolas semiauto-
máticas, una caja de municiones abierta y varios contenedores de cartuchos, un trapo y líquido para limpiar armas. En el lado opuesto
había otra pared con una ventana grande por la que se veía el valle
hacia abajo, también el río. Y, al otro lado de la cama, lo que captó la
atención de Ricky de inmediato fue una imagen enmarcada, una fotografía de grandes dimensiones y en colores brillantes. Mediría un metro por un metro veinte. Se acercó a un lado de la cama para verla de
frente.

Lo hizo estremecerse enseguida.

Volvió a sentir la boca seca, pero esta vez no fue por miedo o ansiedad.

Lo causaba la imagen que adornaba la pared.

Traumática. Aterradora.

En el centro había un anciano, un aldeano andrajoso. Su rostro,
repleto de marcas trazadas por años de vida ardua, de pronto parecía
embargado por un dolor incontenible.

A sus pies había una media luna formada por cabezas de niños
cercenadas.

La náusea que sintió el psicoanalista estuvo a punto de abatirlo.

Era una fotografía horrenda. Una imagen sacada de una pesadilla.
«O del infierno mismo», pensó Ricky. La imagen gritaba. Más que
documentar la atrocidad, arropaba la desesperanza y la implacabili-
dad del mal. Las miradas desmesuradas y vacías de los niños muertos
hacían eco a sus lamentos al ser asesinados.

Era una visión tan visceral que Ricky sintió como si le hubieran
dado un golpe directo al corazón.

Estuvo a punto de caer de espaldas, tuvo que sujetarse de la cabecera para mantenerse de pie. La abrumadora reacción instintiva casi lo
obligó a dar arcadas y mirar atrás, pero se forzó a permanecer donde
estaba. Su mirada se desplazó, buscó otras imágenes en la alcoba. No
vio nada. En la galería personal de Williams solo se exhibía una obra.

El psicoanalista trató de estimar el impacto psicológico de ver
esa imagen todo el tiempo. Comprendió que no solo estaba colgada
en un muro, ahora formaba parte de la visión de la psique y era imposible desalojarla. Imposible olvidarla. Y, sin importar cuánto la
explicara o racionalizara el fotógrafo, o cuánto se esforzase por olvidarla, también era imposible descartarla. Una vez vista, permanecía
en la memoria.

Respiró muy lento.

Sumó, restó, ponderó, analizó. Trató de responderse por qué Alex Williams había elegido esa fotografía para decorar la pared de su alcoba.

«No es una respuesta sencilla».

Cerró los ojos. Aún sentía náuseas, quería vomitar. Sentía un sabor ácido en la boca. La sensación de que estaba a punto de hiperventilar lo aterró, tardó un rato en apaciguar su corazón acelerado.

Miró hacia otro lado, salió de la alcoba y volvió con pasos apesadumbrados a los sillones en la sala. Williams lo esperaba. Tenía el móvil en la mano, pero, cuando él volvió, lo guardó de nuevo en su bolsillo y tomó su taza de café.

Ricky no confiaba por completo en su voz, pero sabía que tenía que usarla. No le habría sorprendido escucharla quebrarse, emitir sonidos roncos y agudos.

—De acuerdo —dijo—, he visto la imagen. Es repugnante.

—Pero auténtica —contestó el fotógrafo en voz baja.

—Sospecho que así es.

A Ricky le pareció que, de pronto, el fotógrafo parecía resignado.

—Ningún periódico, revista o sitio de internet quiso publicarla. «Es demasiado real», dijeron, como si esa fuera la verdadera razón. Yo no sabía que algo podía ser «demasiado real». Ningún servicio de impresión de fotografías quiso procesar la imagen al tamaño que yo quería, tuve que hacerlo yo mismo. Y, cuando logré imprimirla, nadie quiso enmarcarla. También tuve que fabricar el marco yo. Ninguna galería aceptó exhibirla, ningún museo quiso añadirla a sus colecciones. Ningún centro cultural quiso exponerla. A pesar de todo, la colgué para recordar todas las mañanas y todas la noches aquello de lo que fui testigo... —explicó Alex y luego calló un instante—. Y de lo que fui cómplice.

Ricky sintió frío, como si la sala se hubiera congelado de pronto. Sabía que debía elegir sus palabras con mucha cautela.

—¿Cómo fue que...? —empezó a decir.

Williams miró al techo antes de bajar la vista y mirar al psicoanalista directo a los ojos.

—¿Nunca había usted imaginado, doctor, que el mal es, en última instancia, una especie de brebaje? ¿Un guiso que requiere de muchos ingredientes? Una pizca de esto, un puñado de aquello. Una cucharada de algo más. Luego hay que mezclarlo todo, y ¿cuál es el resultado? A veces solo vemos lo que queda al final, pero para crear una imagen perdurable se requiere de muchos elementos.

—Comprendo —dijo Ricky; en el fondo sabía que era cierto.

—Bien, después de todo, no debí decirle a aquel anciano del pueblo: «Oh, sí, esta imagen les encantará a todos...». Tampoco debí mostrarle la fotografía para que pudiera memorizar quiénes fueron los niños que recibieron algo del capitán de los marines. ¿Dulces? ¿Una comida? ¿Tal vez un efímero momento de felicidad que les permitió olvidar la guerra? ¿Un instante en que pudieron ser niños de nuevo? Por supuesto, el anciano del pueblo tuvo que ir y contarles a los malos toda la información que se tomó la molestia de recabar. A los verdaderos tipos malos. Tipos con cimitarras y convencidos de que tenían que hacer una declaración respecto al encuentro. Una declaración brutal y horripilante, pero que haría eco y, quizá, obligaría a los aldeanos a entender quién tenía el control. Sé que ahora debe de estarse preguntando: «¿Williams provocó que mataran a esos niños?». No. Pero sí. ¡Clic! Yo tomé la fotografía. Como los cientos o miles de otras imágenes que he capturado. Ni siquiera lo pensé. ¿Eché a andar el mecanismo de su muerte? No, eso lo hizo la guerra. Fue la brutalidad, la pobreza, el odio, la religión, el prejuicio y todos esos asuntos políticos que han existido durante años, décadas o, quizá, ¿siglos? Sí, tal vez, pero todo eso existía antes de que yo llegara al lugar. Todos esos factores se acumularon y esperaron con paciencia a que Alex Williams, el inocente fotógrafo, llegara con su infalible cámara. Tal vez podría usted decir que fui parte del engranaje de esa gran máquina del mal que todo lo muele hasta hacerlo polvo. Una pequeña pieza. De acuerdo, supongo que podría explicarlo de esa forma, pero estoy convencido de que fui un componente esencial. Fui el último eslabón, el ingrediente final, lo único que faltaba para que la máquina vomitara su veneno letal. Y quizá, solo quizá, si yo no hubiera tomado esa fotografía, la máquina no habría funcionado con tanta precisión. Tal vez uno, dos, seis o nueve de esos niños habrían sobrevivido porque el aldeano era muy viejo y no habría podido recordar todos los rostros con la misma facilidad que después de ver mi fotogra...

Su voz se perdió.

Bebió otro sorbo de café.

—Se ha enfriado —dijo.

«¿El café o el recuerdo? —se preguntó Ricky—. Tal vez ambos».

El psicoanalista trataba de formular una teoría de la desesperanza actual del fotógrafo. «Culpar o no culpar, esa es la pregunta», pensó. Una variación de la frase de Shakespeare. Sabía que el diagnóstico usual para lo que acababa de oír era «desorden de estrés postraumático», cuatro palabras que no bastaban para capturar ni la profundidad ni el dolor. Cuatro palabras sencillas que con frecuencia presagiaban ese cañón de revólver en la boca y tal vez borraban las inhibiciones lo suficiente para que el dedo dejara de presionar un poco el gatillo y lo apretara. Un diagnóstico común, letal. «¿Pero por qué ahora?», se preguntó.

«Imposible responder de inmediato».

—Los marines que encontraron a los niños... —empezó a decir Ricky. Se le ocurrió algo y estaba a punto de lanzarse hacia la tangente de la tragedia: «No está usted solo en medio de este horror».

El fotógrafo lo interrumpió.

—Sí, yo estaba con ellos, baste decir que se enojaron cuando vieron lo que sucedió, se enojaron mucho. Estaban furiosos y sus razones para estarlo eran legítimas. Y vaya que supieron reaccionar. Es increíble el poder de ataque que puede desplegar una compañía de marines para lidiar con una situación que los..., vaya, que los disgustó. Solo digamos que, para cuando terminaron de despejar el sector, no quedaba un solo insurgente en los parajes, incluido el anciano que memorizó mi fotografía de los niños recibiendo dulces. Los marines supieron llevar a cabo una venganza colosal, una venganza de calibre 50, profundamente motivada y equipada con armas automáticas apuntando con la mayor precisión. Venganza de tiros de artillería ubicados de la manera idónea. Tal vez el resarcimiento los ayudó, los hizo sentir mejor de alguna manera, no lo sé. Pero luego... ¿tuvieron que confesarse con el capellán de la compañía? «Perdóneme, padre, porque he pecado. He pecado de verdad...». ¿O tuvieron que hablar de ello con el loquero de la división? «Doctor, no estoy seguro de que lo que hemos hecho esté justificado...». ¿Alguna vez hablaron del asunto entre ellos? No lo creo. Boca cerrada. «Los malos recibieron lo que merecían y todos nos sentimos mucho mejor porque hicimos lo correcto». Y cuando volvieron en aquel enorme transporte alado al viejo Estados Unidos de América y los recibieron como usted ya sabe, con lazos amarillos y el: «Gracias por su servicio, es usted un verdadero héroe estadounidense. Organicemos un desfile en cada pueblo y bebamos algunas cervezas», ¿cree que disminuyeron sus visitas a la consulta del terapeuta para veteranos? ¿O cree que tuvieron que ir con más frecuencia? ¿Habrá cada uno podido volver a su pueblo de origen y continuar con su vida normal? «Hola, querida, estoy feliz de verte a ti y a toda la familia, en especial a los niños porque veo que todos tienen la cabeza sobre el cuello, como debe ser...». ¿Habrán apartado de sí todos aquellos recuerdos? ¿Los habrán enterrado en el fondo para reemplazarlos con pensamientos normales, corrientes, banales? Sabe a qué me refiero: niños que juegan en las ligas menores o en los equipos infantiles de fútbol americano, o que van a clases de baile. Padres que van a comprar una nueva herramienta a Home Depot el fin de semana; que cumplen con las labores del hogar y reparan la fontanería o la instalación eléctrica. ¿O tal vez solo podan el césped? Todo mientras la esposa remueve la pasta o cocina pan de maíz en el horno. Hacen el amor de forma rutinaria después de que los niños se vayan a dormir. Nada demasiado rudo, postura de misionero y, si tienen suerte, tal vez una mamada cortesía de la mujercita que esa noche se siente particularmente generosa o empática, o que solo se pregunta por qué el soldado todavía no puede hablar de nada de lo que hizo o vio mientras estuvo en la guerra. Tal vez ven un programa nocturno de comedia en la televisión para poder irse a dormir después de haber reído un par de veces. «Gracias, David Letterman o John Stewart por hacerme sonreír. Todavía me cuesta trabajo cerrar los ojos, me sigue aterrando lo que veo en la oscuridad». Tal vez, quizá. Quizá toda esa venganza no les provoca pesadillas cuando colocan la cabeza sobre la almohada...

El fotógrafo hizo una pausa, respiró hondo, como hacen los corredores al final de la carrera. Negó con la cabeza.

—... pero lo dudo.

Temblaba un poco, como si lo hubieran invadido recuerdos que iban más allá de las cabezas cercenadas. Se quedó mirando a Ricky de una forma intensa, como un actor tras la ovación final, volviendo a vivir cada inflexión y tono que usó para pronunciar un gran soliloquio teatral, sin escuchar el aplauso del público, sino reconstruyendo un tartamudeo o una palabra mal pronunciada.

—... y usted también lo está dudando —dijo, y volvió a callar—. Ahora permítame añadir otro elemento que debería tomar en consideración al preparar mi diagnóstico, doctor. Estos tipos, los marines, realizaron su venganza juntos, su cólera fluyó siguiendo órdenes. Es decir, sin importar lo abrumadoras o modestas que fueran, compartieron sus emociones. Yo me incorporé a su equipo, pero no era parte de ellos, solo estaba ahí para acompañarlos, digamos. Permanecí con ellos, pero sin pertenecer a su grupo. Eso significa que desde entonces he tenido que vivir y lidiar por mi cuenta con lo que me dejó aquel incidente... —De nuevo titubeó—. «Incidente» —repitió—. Es una gran palabra, pero no logra capturar lo que les sucedió a esos niños de la manera en que lo hace mi fotografía, ¿no cree, doctor?

Miró a Ricky con cautela, tratando de leer y oír en su silencio sus palabras y pensamientos.

—... y usted está tratando de averiguar por qué esa fotografía está en mi pared. Por qué es la imagen que me saluda por la mañana y me dice «Buenas noches» cuando apago la luz. ¿Podría adivinarlo, doctor?

Ricky procuró de nuevo hablar con cautela.

—Que el mal en el mundo sea insondable no significa que usted sea malo o forme parte de él, incluso si lo documentó. Creo que mucha gente, si no la mayoría, diría que, al exponer el mal, también ayuda a limitarlo. Esa ha sido su labor, el trabajo de su vida, y muchas personas lo honran por lo que es.

A Ricky le pareció que lo que acababa de decir sonaba demasiado trillado y vacío. Aunque iba surgiendo poco a poco, el psicoanalista todavía no lograba establecer el vínculo entre las imágenes del mal que había captado el fotógrafo y su desesperanza personal. En ese momento algo atravesó y penetró la aparente coraza exterior de teflón de su expaciente, hizo trizas las barreras psicológicas del hombre y produjo una culpa abrumadora. Ricky buscó en sus recuerdos. «Testigo de abuso sexual cuando era niño. Testigo del horror ahora que es adulto». Sabía que en algún lugar de ese vínculo se encontraba la explicación de sus deseos suicidas. El problema era que quería empujar al fotógrafo hacia la vida, mientras que todo lo que decía tenía el potencial de lanzarlo hacia la muerte. No era un problema fácil de resolver.

Y tampoco veía la relación con Virgil y Merlin.

«¿Cómo se enteraron de la existencia de este hombre?

»¿Cómo lo eligieron?

»Obviamente, fue la elección adecuada, pero ¿cómo lo hicieron?

»Dos historias de venganza, la de ellos y la de Williams. ¿Cómo se mezclaron?».

Quería hacer todas estas preguntas, pero el instinto le decía que esperara hasta que el fotógrafo abriera esa puerta por sí mismo.

Ricky no se creía el despreocupado cuento de: «Recibí un correo electrónico con instrucciones». No coincidía con lo que sabía respecto a la familia que lo quería muerto. Williams era un hombre espontáneo, acostumbrado a decisiones instantáneas y tomadas a la menor provocación. Ellos, en cambio, eran gente que planeaba y elaboraba estratagemas complicadas. Ricky sabía que esta era una de ellas, pero ¿de qué forma? Trató de sondear a su antiguo paciente.

—Alex —empezó a decir con tiento—, me pregunto dónde estaba y en qué momento pensó por primera vez en dar fin a su vida. ¿Y con quién ha hablado respecto a esta decisión?

Williams se reclinó y volvió a sonreír.

—Ah, el mantra tradicional de todo buen periodista: Quién. Qué. Cuándo. Dónde. Por qué.

Se concentró un rato antes de continuar.

—Creo que no puedo responder a cuándo porque… no lo sé. ¿Hace algunas semanas? ¿Un mes? ¿Un año? ¿Una década? Doctor, ¿no cree que una decisión como esta se va construyendo con el paso del tiempo? Es algo que burbujea alrededor, que no se formula del todo sino hasta que un día se articula hasta cierto punto en el interior, ya sabe, como cuando uno piensa: «Hum, de repente me estoy dando cuenta de que no tengo amigos, ni amante, ni familia; estoy completamente solo con mis pesadillas, y la vida da asco. ¿Quién quiere vivir en un mundo en que a los niños les cercenan la cabeza? ¿No será un buen momento para acabar con esto?». Sin embargo, la idea ha estado cobrando impulso desde mucho antes. «Impulso», me agrada esta palabra. ¿Cómo es eso que dicen los cronistas deportivos? «El impulso que propicia una buena racha…».

Su tono burlón volvió enseguida.

—¿A quién habría podido contarle? ¿Al cartero? ¿A los vecinos que viven a kilómetro y medio, y que rara vez veo porque creo que son aún más ermitaños que yo? ¿A mi amigo Ted, el del almacén? ¿A usted? ¿A quién más? Demonios, no recuerdo. No es algo que surja como si nada en las conversaciones triviales, ¿sabe? «Oye, ¿cómo estás? Yo no me siento muy bien hoy, he estado pensando en volarme los sesos…».

Ricky no dijo nada.

—Y en cuanto al dónde… Creo que puedo mostrarle con precisión el lugar —dijo levantándose de forma abrupta—. Vamos, demos un breve paseo antes de que se oculte el sol. Traiga su abrigo. En este momento el clima es agradable, pero enfriará pronto, un poco como envejecer, ¿no, doctor? Además, creo que nuestra primera sesión ya casi terminó —dijo mirando su reloj de pulsera—. Ah, claro, nos pasamos por lo menos quince minutos. Es obvio que ha llegado el momento de tomar un descanso y respirar aire fresco, de estirar las piernas y permitir que todo fluya en el cuerpo. Momento de reflexionar sobre lo que hemos hablado, de revigorizarnos. Tenemos que alinear todo, ya sabe, organizar las tareas y prepararnos para lo que sigue. Así, tal vez tengamos la energía necesaria para tomar más tarde la decisión: «Morir o no morir».

Ricky se puso de pie.

Williams titubeó un instante, pero luego se estiró y tomó el revólver de la mesa. Abrió el tambor, miró hacia abajo, sonrió y se lo mostró a Ricky para que viera qué recámara albergaba la bala solitaria.

Era la siguiente. Estaba a un tirón del gatillo.

—¿Qué tal, doctor? Hemos tenido suerte, ¿no? La siguiente vez que apriete el gatillo podría no estar apuntando al techo, sino a mi corazón. O al suyo.

Williams sacó el cartucho y lo guardó en el bolsillo de su camisa riendo de buena gana. Le pareció gracioso. A Ricky no.

—Lo mantendré a mano —dijo—. Creo que desempeñará un papel en toda esta locura. De una u otra manera.

Ricky sintió un leve alivio.

—Vamos, doctor.

Williams caminó al perchero junto a la puerta, tomó una parka y se echó al hombro una pequeña mochila de excursión. Luego tomó la Nikon de 35 milímetros que pendía cerca de ahí y se la colgó en el cuello.

—Uno nunca sabe cuándo podría tomar una gran fotografía —explicó— y, además, nos dirigimos a la hora mágica: el momento en que se acaba la luz diurna. Es un instante que trae consigo una sensación invernal, ya sabe, ramas desnudas, hojas cubriendo la tierra. Las elegantes uves que forman en el cielo las aves que se dirigen al sur. Aire helado, claridad. ¿No es ese el momento en que surge la muerte? En esta época del año siempre se puede tomar una buena fotografía del fin de las cosas —dijo sonriendo ante su elocuencia—. Es una broma, doctor, una típica broma del Vermont rural.

Se quedó mirando al psicoanalista como un sastre de Saville Row que pondera al adinerado caballero al que le confeccionará un traje.

—No está bien preparado para una excursión, ¿cierto? Descuide, el sitio no queda lejos y el terreno no es demasiado fatigoso. Además, hay buenas probabilidades de que, cuando lleguemos allí, responda a algunas de las preguntas que me hizo y otras que no me ha hecho. Sígame.

Sin volver a mirar al psicoanalista, Williams agitó la mano en un ademán despreocupado y se dirigió a la puerta.

17

UN PASEO EN EL BOSQUE

Ricky siguió al fotógrafo. Williams caminó con paso regular, que solo interrumpió en algunas ocasiones para mirar al cielo como si buscara una de las elegantes formaciones de aves que había mencionado poco antes. Del otro lado del camino de acceso de tierra, más allá de la pequeña plataforma de la cabaña, había una entrada al denso bosque. Era un sendero creado que descendía por la colina. Ricky vio una zona con herramientas, una motosierra y palas. Al principio el sendero tenía pendiente, bajaba desde la elevada cabaña, pero luego empezaba a serpentear por el bosque. A pesar de todos los giros que daba, era obvio que conducía al río. Los troncos de varios árboles estaban adornados con flechas de madera talladas a mano y clavadas sobre la superficie. En otros había manchas amarillas de pintura para señalización. Al psicoanalista le costó trabajo seguir el paso del fotógrafo. El pantalón se le enganchó en algunas zarzas, el sudor se acumuló en sus axilas. Sus zapatos resbalaron sobre agujas de pino y piedras sueltas cubiertas de musgo. No podría decirse que se esforzaba demasiado, pero era obvio que no era tan ágil como el fotógrafo, quien parecía saber con exactitud dónde pisar y estar familiarizado con cada paso.

Ricky tenía la sensación de que avanzaba a tropezones hacia algo desconocido. Trató de reproducir en su mente todo lo que había oído en la cabaña de Williams. Si hubiera estado en su consulta en Miami o, años antes, en Manhattan, se habría tomado el tiempo necesario para escribir lo que había oído, para procesarlo y ubicarlo en el perfil psicológico que le permitiría elegir el tratamiento a seguir. Sin embargo, con cada paso inestable que daba en el sendero arbolado, le costaba más trabajo tomar notas en su mente. Tenía que concentrarse en dónde pisaba porque temía resbalar, caer y lastimarse.

Se sentía fascinado, enojado y ansioso al mismo tiempo.

«Es un juego», se recordó a sí mismo.

Un juego de muerte.

Trató de centrarse en la tarea que tenía delante.

«Impedir un suicidio».

Desearía haber cogido el revólver del fotógrafo cuando tuvo oportunidad de hacerlo. En la profesión de Ricky, para prevenir un suicidio era necesario aprender, encontrar el sentido y entender; sin embargo, tener el control sobre aquella arma era, quizá, igual de importante que cualquier evaluación emocional. Era lo primero que habría hecho un policía, un trabajador social o un amigo preocupado. Pensó en que, cuando volvieran a la cabaña, diría a Williams que la conversación no podría continuar a menos que le entregara el revólver.

—Ya casi llegamos —dijo Williams hablando por encima del hombro sin prestar mucha atención, sin verificar que Ricky le siguiera el paso.

El sendero terminaba en la ribera, a unos dos metros sobre las caudalosas aguas. El río se mostraba opaco, ya no reflejaba la luz del sol. A pesar de que estaban sobre él, desde el ángulo que lo veían se notaba su furia, la manera en que la lluvia y la cólera lo ahogaban.

—Trate de no resbalar, doctor —dijo el fotógrafo señalando una estrecha senda que corría a lo largo de la ribera. Difícilmente era un sendero. Estaba casi oculto por la vegetación. Era un lugar más adecuado para una cabra montesa—. Si la corriente llegara a atraparlo, le costaría mucho trabajo nadar.

Ricky notó que salían del bosque unos cincuenta metros debajo del puente cubierto y del camino rural hacia el que llevaba. Miró río abajo y vio que, a otros cincuenta metros de donde se encontraban, la corriente volvía a serpentear. El codo del río enlentecía el torrente que fluía a su lado convirtiéndolo en un remanso más amplio.

—Venga —dijo Williams—. Vamos a cruzar el puente y luego le mostraré dónde tomé mi primera fotografía, la primera de verdad. Una de esas raras imágenes felices.

Continuaron avanzando por la senda en fila. Llegaron a un camino que se estrechaba a partir de dos vías y se convertía en una solitaria ruta sobre el antiguo puente de madera cubierto. En la entrada había colgadas varias advertencias. El límite de peso. Una advertencia respecto a la altura. Una señal de «Alto». Un letrero: «Proceda con cau‑ tela». Una advertencia de manejo de materiales peligrosos.

El puente en sí era una reliquia de una época muy antigua. Ricky de inmediato imaginó caballos y calesas atravesándolo, o tal vez un Ford modelo T de 1910.

El suelo estaba construido con tablones y robustas vigas de ma‑ dera plana, en tanto que el techo formaba dos alas inclinadas para que la nieve y la lluvia pudieran resbalar; en conjunto, eran como una casa con tejado a dos aguas. Los laterales estaban formados has‑ ta la mitad por sólidos entablados, y sobre ellos había listones de madera entrecruzados formando cuadros que permitían que la luz entrara e iluminara el lúgubre espacio. También era posible ver el río fluyendo debajo. El puente medía poco más de cuatro metros de an‑ cho y cinco de altura. Como la luz del día se desvanecía con rapidez, al psicoanalista le pareció que la entrada tenía una apariencia amena‑ zante. Le recordó los grabados en madera medievales que represen‑ taban entradas a cuevas.

—Sígame —dijo el fotógrafo casi sin mirar el camino, no había vehículos a la vista. Caminó por el puente hasta llegar al centro. Las tablas de madera crujieron con cada uno de sus pasos—. El puente es antiguo. Como usted —dijo riéndose—. Pero pintoresco. Todos los pescadores y turistas que vienen a ver la caída del follaje y pasan por aquí se detienen para tomar fotografías. Por lo general, prefieren los hermosos días soleados y resplandecientes de Vermont. Captan imáge‑ nes corrientes, clichés, lugares comunes adecuados para colgar en sitios donde también hay cuadros con marcos imitando bordados en los que se lee: «Hogar, dulce hogar» o «Dios bendice esta casa». Yo prefiero los días difíciles, inquietos. En los que uno mira la luz y comprende la crudeza del mundo, los que se prestan más al arte que al recuerdo. ¿Qué opina, doctor?

Ricky procedió con cautela de nuevo.

—La visión creativa le corresponde a usted.

La respuesta del psicoanalista hizo reír al fotógrafo.

Ambos caminaron en silencio a lo largo del puente. Solo se oían los pesados pasos de ambos y los quejidos de las tablas de madera. Ricky esperó a que el fotógrafo hablara, pero Williams parecía más concentrado en llegar rápido al lugar. El psicoanalista imaginó que, con cada paso que daba, su expaciente ahondaba más en sus recuer‑ dos, que lo había hecho muchas veces. Sabía que aquella fotografía de la infancia y el regreso al lugar donde fue tomada tenían una fuerte conexión con sus deseos suicidas; sin embargo, aún quedaban demasiado huecos en la historia para poder llegar a una conclusión. Trató de encontrar el vínculo entre el abuso sexual que Williams presenció siendo niño y el persistente trauma causado por fotografiar las guerras y sus horrores. Un recuerdo por aquí, un factor por allá y el asunto se convertía en una ecuación de suicidio. El problema era que él no la veía con claridad. «Continúa escuchando», pensó. Sentía todos sus músculos tensos, en alerta, a la espera de lo que pudiera decir el fotógrafo. Tratando de leer sus actos de la misma manera que un poeta ponderaba cada verso. Las rimas y los ritmos que, en conjunto, podrían significar algo.

—Por aquí, doctor —dijo Williams.

Ambos salieron del puente cubierto y siguieron el río por un sendero lateral, paralelo al que habían recorrido del lado donde se encontraba la cabaña del fotógrafo. Este sendero, sin embargo, estaba más cuidado y tenía a un lado una pequeña zona para aparcar.

Williams vio a Ricky fijarse en esa zona.

—Muchos excursionistas usan esta parte, también los turistas y los pescadores. Por eso el ayuntamiento la mantiene bien podada. Así nadie se resbala ni cae, nada de tobillos torcidos o rodillas raspadas. Del lado de mi cabaña, en cambio, es una zona silvestre. No está adaptada para la gente que preferiría no rasgarse la ropa o algo peor, pero a mí me gusta que así sea. Creo que la naturaleza tiene una manera poco sutil de advertirte que debes retroceder.

Williams se volvió una o dos veces para ver el puente. Ricky supuso que estaba tratando de establecer el ángulo y la distancia correctos para reproducir la fotografía que tomó décadas atrás.

—Bien —dijo el fotógrafo de repente—. Hemos llegado. —Sonrió—. ¿Ve esa roca? Ahí coloqué la cámara y programé el temporizador. Diez segundos. Una fotografía tomada en otra vida.

Señaló más allá de la roca.

—Ahí estaba la zona donde acampamos con tiendas de campaña. Fue un verano como ningún otro. Sin que violaran a nuestra madre. Sin abusos, sin alcohol, sin palizas. Nadamos y pescamos un poco. También encendimos una fogata y asamos hamburguesas y malvaviscos en varas —explicó meneando la cabeza—. Fue aberrante, inesperado, contra la naturaleza de mi padre. Me pregunto lo que estaría pensando. Tal vez imaginó que, si nos brindaba un poco de diversión, después podría volver a casa y duplicar la tortura. ¿Qué opina, doctor? Es probable, así funcionaba su mente. Me da la impresión de que nos preparaba para la decepción permitiéndonos atisbar lo que podría ser una vida normal. A veces, mi hermana y yo imaginábamos lo que sería ser como los otros niños. Tal vez mi madre creyó que él había decidido empezar de nuevo. No más abuso, se volvería un padre y un esposo amoroso. Y luego, ¡sorpresa! Nos quitaría todo al volver a casa. Tal vez solo quería mostrarnos lo que era ser normal para luego matarnos. Un poco de sadismo familiar, ¿no cree?

Ricky asintió.

—En efecto, es muy probable —respondió.

Williams se encogió de hombros.

—El doctor Starks siempre tan cauteloso —dijo antes de señalar un punto con la mano—. Colóquese ahí, con la espalda hacia el puente.

El fotógrafo hizo que Ricky se colocara en la misma posición en que su hermana lo había hecho años antes.

Luego caminó y dejó la cámara sobre la misma roca, en el mismo ángulo. Ricky lo vio ajustar el temporizador.

—Diez segundos, doctor —dijo—. Ahora sonría.

Pero Ricky no sonrió. El fotógrafo dio algunos saltos para ponerse a su lado y pasarle el brazo sobre los hombros. Para crear esa apariencia de somos amigos.

El psicoanalista oyó el zumbido de la cámara mientras el temporizador estuvo activado, y luego, ¡clic! Apenas se oyó el disparo cuando se tomó la fotografía con ambos en escena.

Williams volvió a la piedra y cogió la cámara. Examinó la imagen en la pantalla de la parte trasera.

—Nada mal —dijo—, pero, doctor, sale usted muy serio. —Rio como si la amenaza de suicidio y las razones por las que Ricky estaba a su lado formaran parte de una broma cósmica.

Ricky esperó a que Williams le mostrara la imagen, pero no lo hizo, solo presionó algunos botones en la cámara antes de volver a colgársela al cuello.

—De acuerdo —dijo mirando su reloj—. Otros cincuenta minutos. En realidad fue mucho más, pero para nuestro objetivo podemos dar por hecho que solo fueron cincuenta. Como si fuera nuestra segunda sesión en este ciclo de análisis. —Miró al cielo—. La luz empieza a acabarse, es hora de regresar. ¿El camino de vuelta no será muy difícil para usted, doctor?

—Estaré bien —contestó Ricky.

—Me agrada su confianza —dijo Williams.

Luego giró y se dirigió de nuevo al puente, avanzó con celeridad, como alguien que llega tarde a una cita. A Ricky le costó trabajo seguirle el ritmo. Justo antes de pisar sobre las tablas de madera, Williams miró hacia abajo y contempló las oscuras aguas en intenso movimiento.

—A los niños les gusta nadar aquí en verano. No es como ahora. De hecho, se puede uno meter en el río, seguir la corriente en una cámara de neumático y salir en donde el codo ralentiza el flujo. No es peligroso, pero estoy seguro de que más de un papá y una mamá han gritado: «¡No lo hagas!», y los han ignorado. Mucha diversión, un poco de rebeldía: buena mezcla. En esta época hace demasiado frío para eso —explicó— y los niños están atrapados en la escuela tratando de adivinar qué día cancelarán clases por la primera nevada del año.

Williams se detuvo unos pasos después de llegar a la mitad del puente. Se volvió para mirar a Ricky.

—Dígame, doctor, ¿cree tener suficiente información para salvarme?

La pregunta tomó a Ricky por sorpresa.

—Veo mucho dolor en su pasado —respondió tartamudeando—, pero también grandes éxitos. Veo logros excepcionales en un ámbito complicado, exigente. Estoy seguro de que podemos trabajar y atender lo que le causa dolor. Usted parece estar en contacto con todo. El pasado puede lastimarnos, pero también es cuestión de ponerlo en perspectiva. —Su respuesta sonaba evasiva y carecía del dinamismo que exigían la peculiar depresión y el estrés del fotógrafo—. También hay algunos medicamentos eficaces que podría prescribirle. Le ayudarían y nos darían más tiempo para hablar y encontrar soluciones.

—Una mejor vida gracias a las drogas, ¿no, doctor?

—No, no se trata de eso. Los medicamentos correctos le ayudarán.

El fotógrafo sonrió.

—No está siendo muy persuasivo —dijo. Parecía casi contento.

El psicoanalista esperaba que continuara hablando, pero no lo hizo.

Cuando vieron un automóvil detenerse y estacionar al final del puente de un solo sentido, ambos dieron la vuelta.

—Deberíamos movernos —dijo Ricky.

Una joven salió del automóvil y se quedó mirando con insistencia a los dos hombres en su camino, como si supiera que estarían ahí.

—No, no lo creo —dijo Williams.

—¿Cómo?

—Tome —dijo el fotógrafo quitándose la mochila y la cámara del cuello antes de entregárselas a Ricky—, necesitará esto.

Luego se quitó la chaqueta y la camisa de lana a cuadros verdes. También se las entregó a Ricky, pero antes tomó la bala que estaba en el bolsillo de la camisa.

—Esto también es para usted, doctor. Siempre lo fue, desde aquel día en que ciertos conocidos visitaron su ordenador. Ha sido para usted desde que llegó hoy a mi cabaña. De hecho, ha sido para usted todos los días, cada minuto de las últimas décadas, tal vez desde antes. Desde el principio, hace tantos años. Lo recuerda, ¿no? «Bienvenido al primer día de su muerte». Este objeto solo ha estado esperando el momento adecuado para dar fin a ese día.

Ricky sintió la boca seca. «¿Cómo lo sabe?», pensó.

—Usted debería entender, doctor. Me he convertido en un asesino y lo he hecho con mucho gusto. Tal vez siempre lo fui, pero no lo sabía. Ahora, gracias a usted, se desvela mi verdadero yo.

El psicoanalista sintió que se ahogaba. «¿Qué está sucediendo?». Sintió frío. Las palabras no lograban salir de entre sus labios.

El fotógrafo entregó la bala a Ricky ejerciendo presión en su palma.

—Y por cierto, doctor, imagino también que soy su último paciente —exclamó dándole una palmada en la espalda. Fue un gesto amigable, familiar—. Esto no fue nunca un juego.

Rio, pero sin humor.

—Nunca —insistió—. Un juego implica que usted podría ganar, no perder. Pero aquí no es así, aquí nunca tuvo oportunidad. Se da cuenta, ¿no? Comprende que solo le queda una semana antes de tener que usarla, ¿verdad?

Williams señaló la bala.

Ricky sintió como si todo a su alrededor empezara a girar de forma incontrolable.

—Vea las iniciales —le indicó el fotógrafo.

Ricky bajó la vista y miró con detenimiento.

A pesar de las tinieblas vespertinas y la cercanía de la noche, vio las letras talladas en la cubierta de latón:

Dr. F. S.

—Pero... —fue la única palabra que pudo articular el psicoanalista preso de la vorágine de confusión.

—Adiós, doctor —dijo Williams usando todavía un tono amigable. Despreocupado, indolente—. Disfruté de la tarde que pasamos juntos, pero la noche se acerca con rapidez —dijo señalando la cámara que tenía Ricky en las manos—. Creo que mis fotografías más recientes le resultarán interesantes —explicó antes de respirar de manera prolongada—. También debería comprender que salvarme nunca estuvo en sus manos. Ni salvarse a usted mismo.

Antes de que el psicoanalista pudiera moverse o responder, el fotógrafo pasó a su lado caminando y, en un solo movimiento, atlético y elegante, demasiado ágil para su edad, escaló la pared lateral del puente, se elevó como un gimnasta y se encaramó en las vigas de madera cruzadas. La joven que los observaba desde el fondo del puente gritó de repente. Su alarido hizo eco debajo de los travesaños. El fotógrafo se dio la vuelta, le sonrió a Ricky de nuevo, se despidió con un gesto burlón y se lanzó al vacío.

SEGUNDA PARTE

EL COLECCIONISTA DE ALMAS PERDIDAS

What goes around comes around…
Deeds you have done now you can't undo…
You've got bones in your closet.
You've got ghosts in your town.
You're running scared, 'cause you know they're out there…
They're waiting for the sun to go down.*

«Bones»
Little Big Town

18

«Y, ENTONCES, ¿QUÉ LE DIJO?»

—«Esto no fue nunca un juego...»

Los gritos como de fantasma de la joven se mezclaron con la conmoción de Ricky cuando creyó oír el golpe del cuerpo del fotógrafo al chocar con el agua. Dio un paso atrás, aturdido, se dio cuenta de que había levantado el brazo para tratar de detener a Williams, pero solo se quedó colgando en el aire como un gesto inútil. Permaneció paralizado un instante, un minuto, una hora, tal vez toda una vida. Luego, cuando un lúgubre pánico se apoderó de él, saltó hacia delante dejando caer la chaqueta, la camisa, la mochila y la cámara sobre las tablas de madera del puente. Solo se oyó un ruido seco. Tropezó y después resbaló, pero finalmente pudo sujetarse a las paredes de madera. Se levantó y ascendió por las mismas vigas entre las que había desaparecido el fotógrafo, se inclinó hacia delante, a través de la apertura, y miró hacia abajo, donde las aguas corrían con ímpetu. El sonido del río se mezcló con sus gritos ahogados.

Miró a izquierda y derecha. Le pareció que había bramado el nombre del fotógrafo, pero no estaba seguro. Tal vez permaneció en silencio, tal vez gritó. Ya no sabía, sentía que todo se movía a velocidades contradictorias. Sus propios movimientos le resultaban lentos, patéticos, mientras el mundo a su alrededor parecía avanzar con celeridad.

Oyó pasos que se acercaban con rapidez. Se giró y vio a la joven con un teléfono móvil en la mano. Había dejado de gritar.

—¡Estoy pidiendo ayuda! —exclamó ella.

Ricky se giró hacia el río y empezó a buscar en la superficie de nuevo. Oía la voz de la mujer a su lado, pero solo pudo distinguir las palabras «río», «saltó» y «¡apresúrense!».

Y en esos segundos lo comprendió.

El fotógrafo había saltado del lado de la contracorriente.

Le costó un instante procesarlo.

«Su cuerpo flotará río abajo».

En cuanto se giró, la mujer trepó a su lado, señaló la ribera en la distancia y gritó.

—¡Ahí!

Ricky dudó, pero miró en esa dirección. No veía nada, solo tinieblas.

—¡Me pareció ver algo! —dijo ella gritando.

El psicoanalista volvió a mirar entre las envolventes sombras.

«Aún nada».

—No, no —dijo él con voz tensa—. ¡De este lado!

Empezó a bajar por la pared, pero la joven lo sujetó del brazo.

—¿Qué está haciendo? —dijo mientras tiraba de él hacia arriba, hacia la apertura entre los cruces de las vigas—. ¡Saltó aquí! —exclamó. No comprendía el flujo del torrente.

—La corriente… —empezó a explicar Ricky.

Ella tiró de él de nuevo. Estaba frenética. «Dirección incorrecta».

—No, ¡de este lado! —gritó él y se liberó de ella. Empezó a caminar de regreso por el puente. Sus pisadas sobre las tablas de madera sonaron como un bombo.

Entonces subió a la altura del espacio del puente que correspondía a la corriente río abajo y empezó a buscar en cada centímetro del río. Miró en la dirección que fluían las aguas con la esperanza de ver a Williams trepar a la ribera en la zona donde el río se ralentizaba. Esperaba que hubiera cambiado de parecer cuando el agua lo arrastró debajo del puente.

Nada.

Nadie.

Tenía la sensación de que debía correr, hacer algo, lanzarse al río e intentar un rescate aunque no fuera profesional.

Pero en lugar de eso se quedó colgado de las vigas de madera y continuó buscando con la vista sobre las aguas. Las sombras aumentaban, la negrura cubría todo con rapidez y cada vez era más difícil ver. Trató de calcular lo rápido que empujaría la corriente al fotógrafo y miró a lo lejos, hacia la curva donde se formaba un remanso río abajo. Sin embargo, no vio señales del fotógrafo. No estaba seguro de poder verlo a esa distancia. Ropa oscura y un mundo cada vez más tenebroso no ayudarían. Buscó movimiento, un destello de color, lo que fuera, pero no vio nada. Era como si el río se hubiera tragado al hombre.

Entonces oyó algo.

—La ayuda ya viene.

Ricky se giró y vio a la joven, que aún sujetaba su teléfono.

—Llegarán en cualquier momento, la comisaría está en este camino, un poco más adelante, también el parque de bomberos. Tienen equipo para rescates acuáticos.

Por un momento Ricky tuvo la impresión de que parecía demasiado organizada en una situación que solo podría causar pánico.

La mujer trepó hasta donde se encontraba Ricky.

—¿Puede ver algo? —le preguntó.

—No.

Ella empezó a decir algo, pero calló poco después. Respiró hondo y finalmente habló.

—No puedo creer lo que acaba de suceder.

Ricky oyó una sirena no muy lejos de allí.

Bajó de la pared del puente y se giró para mirar a la joven. Le pareció que tendría veintitantos años, no más. Vestía vaqueros, botas y un chaleco acolchado que cubría solo en parte la sudadera gris con las iniciales MIT y el logo de la famosa universidad de Boston en el centro. Su cabello largo y rizado enmarcaba su cara y sus asombrosos ojos verdes. Ricky pensó que seguramente era muy guapa, pero en ese momento a su rostro lo deformaban la conmoción y la angustia. No dejaba de sacudir la cabeza de atrás hacia delante.

—¿Pero qué le dijo a ese hombre? —preguntó la chica.

—Nada. Es decir... —tartamudeó Ricky. Su propia aflicción no le permitía expresarse.

—Algo debe de haberle dicho —insistió la joven—. Los vi conversando. Y luego saltó, así sin más.

—No, nada —respondió Ricky, pero sabía que no era del todo verdad. Todavía estaba tratando de recordar qué dijo cada uno y cómo la tensión se fue acumulando hasta el repentino suicidio.

La joven dio un paso atrás para alejarse de Ricky, como si de pronto la hubiera asustado.

A su expresión de sorpresa la reemplazó una mirada penetrante y directa.

—No le creo —dijo—. Debió de haberle dicho algo, nadie salta así sin más.

«Sí, la gente hace esas cosas», pensó Ricky, pero, antes de poder contestar, la vio mirando hacia arriba, vio su rostro bañado en parpadeantes luces rojas y azules. La primera patrulla de policía acababa de llegar al lugar de los hechos.

El tiempo parecía elástico, rebelde, incontrolable.

Los minutos se estiraban hasta tensarse por completo y luego se aflojaban de forma abrupta, se volvían flácidos.

Ricky sintió que la llegada de la noche empezaba a rodearlo, como si lo atrapara entre sus sombras a pesar de que sobre el agua se reflejaban las luces de los equipos de búsqueda dirigidos por los bomberos en el camión rojo de rescate. También se veían las luces provenientes de una ambulancia y de los diversos vehículos policiales locales y estatales. Dos técnicos de emergencias rondaban en la parte trasera de la ambulancia a pesar de que era poco probable que tuvieran que revivir a alguien, su tarea solo consistiría en transportar un cadáver. También había muchos policías en la zona observando a los dos bomberos que trabajaban en el río, mirando inútilmente la negra superficie desde un pequeño esquife de aluminio atado a largas sogas. Después de un buen rato, un segundo equipo se ubicó debajo del puente, en el remanso con aguas menos bravías. Ninguno de los dos grupos parecía tener suerte.

Ricky vio a dos agentes uniformados tomar la declaración de la joven, quien señaló en su dirección por lo menos dos veces y luego continuó respondiendo a las preguntas con vigor y agitando las manos.

Él permaneció sentado en el puente con la espalda apoyada en las tablas de madera.

En algún momento vio una camioneta gris en el extremo del río y reconoció al dueño del almacén general cuando lo vio bajar y mirar un rato hacia donde él se encontraba. No alcanzaba a ver la ira en su rostro, pero estaba seguro de que estaba ahí y se desbordaba. Se dio la vuelta, no estaba seguro de si solo le correspondía encogerse de hombros o si debía ofrecer una débil disculpa. «Lamento que su amigo haya muerto. Traté de salvarlo. Creo». Cuando volvió a girarse, vio la camioneta desaparecer por el camino.

Su imaginación era un embrollo. Trató de pensar cuáles deberían ser sus siguientes pasos. Sabía que había fallado, que había perdido de forma espectacular el juego que habían diseñado para él, el problema era que ahora no le parecía un juego en absoluto. En ese momento no tenía idea de cómo debía responder. De pronto le pareció que la voz y las imágenes en el ordenador de su consulta en casa solo existieron en un mundo paralelo. Aunque llegaron solo algunos días antes, parecían antiquísimas, como una maldición que lo había aquejado durante décadas. Tembló y sintió el frío penetrar su piel de forma progresiva. Aún podía oír al fotógrafo hablar:

«Esto no fue nunca un juego…».

Las palabras lo perseguían como una maldición.

Formaron un torbellino de confusión.

«Soy su último paciente…».

Se preguntó si sería verdad.

«Me he convertido en un asesino y lo he hecho con mucho gusto…».

Eso era todo lo que oía en su mente.

Tres frases. Un mensaje que destruyó su capacidad de planear.

Después de un rato los dos policías terminaron de hablar con la joven, cerraron sus libretas y le dieron las gracias profusamente. La acompañaron a su automóvil y esperaron a que se subiera. Ricky la vio bajar la ventanilla y decirles algo más, luego se fue lentamente. Los policías la vieron partir y de inmediato se dirigieron adonde él se encontraba.

Ambos eran de mediana edad, uno tenía una buena cantidad de canas y el cabello cortísimo. El otro era más bien delgado y mostraba un porte rígido que le hacía parecer recién salido del servicio militar. Ninguno llevaba la gorra del uniforme a pesar de las bajas temperaturas. Eran muy distintos al inspector de homicidios de Miami que lo abordó en la calle al terminar el funeral de su paciente: estos dos agentes parecían ser directos y centrarse en los detalles.

El primero en hablar fue el del porte rígido.

—¿Nos puede mostrar una identificación, por favor?

Amables, pero asertivos.

Ricky les entregó su carnet de conducir de Miami y la identificación del hospital.

—¿Psiquiatra?

—Psicoanalista, en realidad —respondió.

El agente asintió. Escribió en una libreta todo lo que Ricky le dijo.

—¿Miami?

—Así es.

El agente canoso intervino.

—Eso está muy lejos de aquí. ¿Qué hace un psicoanalista de Miami en las zonas rurales de Vermont?

—Hace poco me enteré de que mi antiguo paciente, el señor Williams, estaba en crisis. Vine a tratar de ayudarle.

Los dos agentes asintieron.

—¿Lo hace con frecuencia? Es decir, ¿viajar al otro lado del país para ayudar a antiguos pacientes?

—No —repuso Ricky.

—No ayudó gran cosa, ¿cierto? —dijo el policía de porte rígido en un tono inflexible.

—No —admitió Ricky. El agente había dicho esa frase para provocar una reacción, pero no sabía de qué tipo.

Ambos continuaron sondeando al psicoanalista. Se turnaron para hacer preguntas, como una especie de equipo de luchadores de lucha libre en el ring.

—¿Él contactó con usted?

—Sí. Me llamó. Fue paciente mío hace veinte años.

—¿Pudo ayudarle en aquel tiempo?

—Cuando terminamos el tratamiento me dijo que sí. No, espere. En realidad, él me comunicó que había decidido poner fin a su tratamiento. Sí, eso es más preciso. Yo tenía dudas de haberlo ayudado.

—¿Él no quiso continuar el tratamiento?

—Así es.

—Comprendo —dijo el policía de porte rígido—. Pero, entonces, usted no le dio seguimiento en… ¿cuánto tiempo? ¿Veinte años?

—Correcto.

—Y, después de dos décadas, ¿bastó con que él se pusiera en contacto para que usted lo dejara todo y viniera hasta acá?

—Sí, así fue.

—Es un poco raro, ¿no?

—Lo es —dijo Ricky—. No tiene idea de lo raro que es, agente.

—¿Qué pasará con sus pacientes en Miami? ¿Con sus tratamientos?

—Hice una pausa en las sesiones de terapia.

—¿«Una pausa»? ¿Qué es eso? ¿Una especie de interruptor psiquiátrico?

—Sí.

—¿Acaso sus pacientes actuales no lo necesitan también?

—Sí, pero ninguno de ellos está en crisis.

Ricky percibió el escepticismo en las preguntas de ambos agentes. El canoso negó con la cabeza.

—Bien. Entonces… —dijo el policía de porte rígido arrastrando las palabras—. ¿Qué estaban haciendo en el puente? No me parece lógico que estuvieran ambos aquí.

—El señor Williams quiso mostrarme el lugar donde tomó una

fotografía cuando era niño, era una imagen importante para él desde el punto de vista psicológico. Volvíamos de ese sitio cuando él se lanzó al río.

—¿Qué tipo de fotografía?

—Una en que aparecían él y su hermana, tomada hace varias décadas.

—¿Y eso era importante?

—Eso fue lo que él me contó. Digamos que fue la primera fotografía que tomó.

—Bien —repuso el policía de porte rígido—. Daremos por cierto lo que nos dice.

En el tono que usó el policía, Ricky notó justo lo contrario. Entreabrió la boca para responder, pero decidió no hacerlo. Tras ese silencio momentáneo, el agente preguntó algo más.

—¿Qué le dijo usted, justo antes de que saltara?

La pregunta era casi idéntica a la que la joven le había exigido responder.

—Nada importante —respondió el psicoanalista.

Los dos policías negaron con la cabeza al mismo tiempo.

—¿Está seguro, doctor? ¿Nada? ¿Es eso lo que quiere que quede en su declaración? ¿«Nada importante»? ¿Solo hablaban de trivialidades y de repente él decidió suicidarse? No estoy seguro de creerle, doctor. La testigo ocular nos dijo que estaban sosteniendo una conversación muy animada.

«La joven».

—Además, seguro que hablaron antes de salir para este... ¿cómo lo llamaría usted, doctor? ¿Paseo? ¿Excursión? ¿Visita turística? ¿Terapia móvil? Díganos, por favor.

—Hablamos cuando llegué a su cabaña esta tarde. Hablamos de su profunda depresión.

—Su paciente le dijo que estaba considerando el suicidio.

—Sí.

Ricky no quiso dar más explicaciones. No mencionó a los niños decapitados ni el Magnum 357 cargado con una bala sobre la mesa en medio de él y Williams.

—Entonces él mencionó eso, ¿y a usted no se le ocurrió llamar a las autoridades? ¿No se supone que eso es lo que debe hacer?

No respondió de inmediato. La respuesta breve era: «Sí, es lo que debo hacer». Pensó: «Es lo que debería haber hecho». Trató de desviar la pregunta.

—Aún me encontraba tratando de evaluar el grado de peligro en que se encontraba el señor Williams.

—¿Y ahora, doctor? ¿Tiene una mejor idea de la situación? —preguntó el policía de porte severo.

Ricky no contestó. El desprecio implícito en la pregunta del policía tocó fibras profundas.

«Tiene razón. Maldita sea».

El agente canoso insistió.

—¿Nos podría decir de qué hablaron, doctor?

Ricky respiró hondo para tratar de calmarse. Las preguntas, el suicidio y todo lo demás eran tan turbulentos como las aguas que corrían a sus pies, debajo del puente.

—Hablamos de varias cosas. Al señor Williams lo aquejaban muchos problemas. Tuvo una infancia difícil y, cuando fue adulto, las cosas no mejoraron. Fue testigo de horrores que le causaron mucho daño. Todo lo que vio y fotografió a lo largo de los años tuvo un efecto demasiado fuerte en él y lo condujo a esta depresión que se sumó a los inimaginables abusos que sufrió de niño.

Aunque era una descripción precisa, a Ricky le pareció que todo lo que había dicho sonaba incompleto y superficial.

—¿Por qué no nos repite lo que usted y él dijeron en sus últimos momentos? —solicitó el policía canoso—. Justo antes de que él saltara.

Ricky titubeó. Miró hacia el lugar donde estuvo parado con Williams. Era como si el viejo puente hubiese guardado con recelo cada una de las palabras que pronunciaron sobre sus travesaños. Como ecos de muerte.

—Me dijo que yo no podría salvarlo —contestó Ricky.

—De acuerdo —dijo el policía severo mientras escribía—. Eso me parece obvio. ¿Qué más?

Ricky reprodujo en su mente la última conversación. Sentía que la bala con sus iniciales grabadas en el cartucho le quemaba el bolsillo. No era algo que pensara mencionar a los policías.

—Quería darme su cámara —continuó Ricky.

—¿Le dijo por qué?

—Quería que yo conservara la última fotografía que había tomado. En ella aparecemos ambos. Pero, bueno, yo no sabía que sería su última fotografía.

—Bien. Muéstremela —dijo el agente.

Ricky había levantado la cámara de donde cayó. No era muy ducho con los aparatos electrónicos, pero los conocía lo suficiente para saber que debía tocar el interruptor de encendido y apagado, y mirar la pantalla digital. Esperaba que en ella apareciera la espontánea fotografía de ambos.

Pero no fue así.

La pantalla estaba en negro.

Ricky pulsó el botón para pasar a la siguiente.

Nada.

Lo intentó con el botón de retroceso.

Nada.

Los policías se acercaron para ver lo que estaba haciendo.

—Debería estar aquí —murmuró Ricky—. Me dijo que quería que yo la conservara.

—Pero no está ahí, ¿cierto? —dijo el policía de porte rígido.

—No. Pero él me entregó la cámara…

Los policías asintieron de nuevo al mismo tiempo, como si formaran parte de alguna compañía de Broadway, de un espectáculo de dos actores intentando alcanzar la fama.

—Y el hecho de que le entregara la cámara, ¿no le hizo imaginar lo que iba a hacer su paciente? —preguntó el policía de porte rígido.

—No reaccioné con la rapidez necesaria —explicó Ricky—. Debí hacerlo.

—Dígame —dijo lentamente el policía canoso—. ¿Se le han muerto muchos pacientes en tiempos recientes?

«Sí», pensó Ricky, pero no lo dijo en voz alta.

19

UN SEGUNDO PASEO EN EL BOSQUE

Los agentes no le ofrecieron llevarlo al lugar donde había dejado el automóvil de alquiler, cerca de la cabaña de Williams, pero, de cualquier manera, Ricky dudaba que hubiera aceptado. Quería alejarse lo más posible de todas aquellas preguntas que le hacían sentir remordimiento. Se parecían demasiado a las que se hacía él mismo y que tanto incendiaban su imaginación.

Recordó que en una ocasión alguien le dijo que un bebé podía recoger una brasa de carbón ardiente y no darse cuenta de que le quemaba la piel porque su cerebro todavía no comprendía por completo la noción del dolor. Ahora se sentía justo así.

Cuando los policías terminaron el interrogatorio le hicieron una advertencia.

—Mañana o en los próximos días necesitaremos interrogarlo de nuevo para hacer seguimiento.

Pero a Ricky le pareció más bien una amenaza.

Además, implicaba algo como: «En cuanto encontremos el cadáver y averigüemos qué tipo de crimen cometió, doctor. ¿Acaso le dijo algo que lo instó a lanzarse al río?».

Cuando le entregaron sus documentos de identificación, los tomó sin sentir ningún tipo de emoción. Al final del puente se habían reunido varias personas. Ricky levantó la vista y vio a varias de ellas apuntando hacia donde él se encontraba. El agente de porte rígido lo notó.

—Williams era bien conocido en la zona y le agradaba a la gente. Es probable que estén molestos o indignados —dijo.

Ricky sintió que la culpa lo invadía como sucedió algunos días antes, cuando asistió al funeral de su paciente en Miami. Sentía que la muerte lo rodeaba. Quería alejarse de todos aquellos dedos apuntándole, alejarse de la negrura, de las luces policiales y de aquel puente. Cuando los agentes se fueron en dos SUV, él se quedó viendo cómo todos abandonaban el lugar: el equipo de rescate que no había logrado su cometido; los técnicos de emergencia que estaban ahí para recuperar un cuerpo que no habían recuperado; y los bomberos con todas sus luces Klieg para mantener iluminado el río, el esquife de aluminio y las distintas sogas, poleas y otros instrumentos con los que no habían rescatado a nadie. Entonces oyó a varios de los equipos prometer que reiniciarían la búsqueda a la mañana siguiente, con la luz del día. Luego oyó un comentario de una persona del equipo de rescate:

—Está allá abajo, en algún lugar. Tal vez atrapado en una roca. Los buzos tardarían un par de minutos en encontrarlo. Estoy tan seguro que apostaría.

Ricky sintió esas palabras tan frías como la temperatura que no dejaba de descender.

Se quedó sentado sobre una piedra grande junto a la entrada del puente y vio a varias camionetas alejarse. Unos instantes después se disiparon incluso los sonidos de los neumáticos que hacían crujir los tablones del viejo puente. Y entonces se quedó solo.

El silencio que lo rodeó solo dejaba espacio para la música que producía el torrente.

Se quedó pensando, no sabía cuál debería ser su siguiente paso. Se sentía casi febril debido al miedo, como un corredor que jadea y da bocanadas a media carrera sabiendo que se le escapa el impulso que necesita para ganar. Pensó que tal vez debería advertirles a Charlie y a Roxy que se encontraban en peligro porque no había podido salvar la vida del fotógrafo, pero no se le ocurría la manera de decírselo sin hacerlos entrar en pánico. Charlie estaba demasiado ocupado tratando de controlar su más reciente crisis bipolar y Roxy, al igual que todos sus compañeros, estaba a punto de entrar en el periodo en que las exigencias de la facultad de Medicina la abrumarían. Ambos se encontraban en situaciones precarias; añadir una amenaza imprecisa a sus vidas le parecía injusto y hasta cruel.

No lo merecían.

Pero tampoco sabía qué más hacer.

En medio del silencio y las tinieblas que lo rodeaban, de pronto se dio cuenta de algo que podría ayudarle. Fue como cuando sacas una carta baja en el juego de naipes, una carta débil, a veces inútil, pero que, si se usa de forma sensata, puede servir para triunfar.

Aún le quedaba algo de tiempo.

Poco más de una semana.

Su fecha límite.

No sabía si era suficiente tiempo para recoger a Charlie y Roxy e ir los tres a un lugar seguro.

Tampoco sabía cómo llevarlo a cabo.

«Corremos. Nos escondemos. Esperamos. La fecha límite llega y pasa. ¿Y luego qué?

»Nada volverá a ser normal. Nunca».

Ni los años, ni las décadas parecían significar algo para la familia que lo quería muerto. En el futuro, ni él, ni Roxy ni Charlie podrían bajar la guardia. Lo único que imaginaba era que pasaría el resto de su vida asustándose por el menor ruido. Temeroso de las llamadas por la noche, de cualquier toque a su puerta a mediodía. Esperando encontrar en cualquier momento otro mensaje como «Bienvenido al primer día de su muerte» al abrir su ordenador.

«Los tres sobreviviríamos, pero no estaríamos vivos.

»Nunca tendríamos libertad».

Tocó su bolsillo y metió la mano para sacar la bala con sus iniciales. Estaba tan oscuro que ya no alcanzaba a verlas, pero sentía el grabado con las yemas de los dedos.

Tuvo que ser muy fuerte para evitar la tentación y no lanzar la bala al río, para volver a colocarla en su bolsillo. Aún tenía la cámara vacía de Williams, sin imágenes. También tenía la pequeña mochila que le lanzó a las manos con una advertencia: «Necesitará esto». La policía no le preguntó al respecto y él tampoco lo mencionó; prácticamente lo olvidó entre la confusión del momento.

Abrió el cierre de arriba y hurgó en el interior. Esperaba, tal vez, una nota de suicidio, una casete con una última declaración, o incluso un disco compacto para reproducirlo en el ordenador, es decir, una forma visual y más moderna de dejar una explicación.

Pero no encontró nada de eso.

Solo había un objeto: una linterna potente.

La sacó y la sostuvo.

«Entonces, Williams supo todo el tiempo que este paseo lo empezarían dos personas, pero solo lo terminaría una».

Ricky tomó el pesado tubo de acero negro que encapsulaba la luz, y al cargarlo lo sintió en su mano como si fuera un arma.

Consideró emprender la ardua marcha por la calzada y seguir el mismo sendero serpenteante de vuelta hasta la cabaña del fotógrafo.

Sería un recorrido largo, pero el peso en su mano y la brillante luz que emitía le sugirieron una ruta más corta a través del bosque, la cual trazaba de vuelta el camino por el que había andado ese día más temprano.

«Todo es simbólico —pensó Ricky—. Volver sobre mis pasos, tratar de identificar dónde me resbalé o di un traspié. El precavido enfoque que adoptaría un analista».

Guardó la cámara en la mochila y apretó bien las correas para los hombros. Luego empezó a recorrer el angosto sendero junto al río. Le pareció que tal vez tendría una apariencia espectral porque la única luz en todo el lugar era la que le iba mostrando el camino.

Logró descender sin caer por la estrecha ribera hasta encontrar la apertura en el matorral que marcaba la entrada al sendero que llevaba a la casa del fotógrafo. Ahí empezó a trepar.

Con la cabeza agachada. Un paso, dos.

Tras avanzar algunos metros, dejó el río atrás. Incluso el ruido que producían las caudalosas aguas se había apagado, ahora lo suplía la inmovilidad del bosque.

Sería una dura caminata.

Con la mano izquierda tomó la linterna firmemente y usó la derecha para sujetarse y así no tropezar. Volvió a ver en los árboles las marcas de senderismo y se sorprendió al descubrir que la pintura amarilla con que habían sido trazadas resplandecía cada vez que la luz de la linterna la iluminaba. Aunque solo un poco, esto aligeró la caminata. El denso bosque alrededor era casi una pesadilla, cada vez que su ropa se enganchaba en las espinas o que su pie se resbalaba un poco al pisar sobre una roca suelta, sentía que la naturaleza lo envolvía cada vez más, al punto casi de asfixiarlo. Era claustrofóbico. Qué conveniente, justo cuando le parecía estar atrapado en un espeluznante cuento de hadas de los hermanos Grimm. Hansel, Gretel y Rumpelstiltskin. De pronto notó que la sensación en el bosque no era muy distinta a lo que sintió cuando abrió su ordenador y descubrió el mensaje del asesino muerto. «Te espero en el infierno». Ricky batalló para subir por la colina, empezó a sudar a pesar de la frescura del aire y el sudor le escoció los ojos. Oía su propia respiración mientras ascendía penosamente. Llegó un momento en que la oscuridad empezó a sofocarlo, tuvo la sensación de que lo estaban siguiendo, de que alguien lo observaba y, por último, se sintió convencido de que lo acechaban.

Hasta cierto punto, esperaba oír detrás de él el crujido de las hojas y un gruñido profundo, los aullidos de una manada de lobos o un clic en el momento en que el fantasma del señor R insertara una bala en un arma.

En algún momento imaginó que se desviaba y giraba en el lugar incorrecto, y entonces el pánico de estar perdido se apoderó de él. Por eso luchó contra el amorfo terror que lo acechaba y se concentró en permanecer en el sendero. Cuatro pasos más adelante, cuando el haz de luz de la linterna detectó una señalización, el temor dio paso al alivio.

Había perdido la noción de cuánto tiempo le costó luchar contra el camino, sentía que la noche había destruido cualquier certeza de lo que duraba una hora. Trató de medir sus pasos y de comparar su ascenso solitario con el descenso que realizó caminando detrás del fotógrafo. Ascenso contra descenso. Impulso contra esfuerzo excesivo. Rapidez contra lentitud.

Los músculos le ardían.

Se preguntó si no le estaría exigiendo demasiado a su cuerpo. Se negó a reconocer los estragos de la edad y prefirió visualizar al Ricky de algunos años atrás: fuerte y en forma.

De pronto tuvo que lidiar con una posibilidad: resbalar, fracturarse un tobillo o la columna y nunca volver a salir del bosque sin importar cuánto se arrastrara. Se oyó a sí mismo pidiendo ayuda inútilmente.

Nadie lo estaría buscando.

Al menos, no durante muchos días. Meses, quizá. El invierno daría paso a la primavera, y luego al verano. Posibilidades contradictorias abrumaron su pensamiento.

Lo negativo:

Charlie y Roxy estarían en Miami a la deriva, preguntándose qué habría pasado.

Lo positivo:

Tal vez Virgil y Merlin estarían en la misma situación.

«¿Qué habrá sucedido con nuestro astuto plan? ¿Dónde está el doctor Starks?».

Él solo desaparecería y los animales se comerían sus restos hasta que no quedara nada más que su esqueleto.

Sin funeral, sin homenaje. Tampoco habría lápida ni epitafio: «Aquí yace el doctor F. Starks, quien ayudó a algunas personas, pero no a todas».

Solo dejaría de existir.

Su final no sería como el del señor R.

Pero luego insistió: «No, no estoy listo para morir».

Continuó avanzando con dificultad, pero infundió en él una resolución militar para combatir todos los miedos e inquietudes que hacían eco en su interior. Sintió que abrirse paso en el bosque era un desafío parecido al que le impuso la familia que lo quería muerto y a la que todavía tenía que hacer frente. Dos laberintos, el físico y el psicológico, ambos conspirando en su contra.

Ricky luchó con cada paso mientras observaba lo que el halo de luz de la linterna iba mostrando: buscaba alguna señal que le indicara que se acercaba a la meta, alguna rama, una roca saliente. O un giro en el sendero que coincidiera con los recuerdos de algunas horas antes, a pesar de que la tarde que pasó con el fotógrafo era ahora una especie de alucinación. Tuvo que deshacerse del estrés que le provocaba el deseo de creer que nada de lo acontecido ese día había sucedido en realidad. Insistió en una certeza: habría deseado prestar más atención mientras seguía al fotógrafo en su caminata río abajo. Aun así, el ascenso resultaba demasiado distinto al descenso. En más de una ocasión se arrepintió de no haber tomado la ruta del camino serpenteante para luego bajar por el estrecho camino de tierra. Habría sido mucho más largo y fatigante, pero al menos le habría permitido conservar la noción de que estaba cerca de la civilización. El bosque tenía un efecto contrario, era antiguo, atemporal. El arrepentimiento se apoderó de él, pero, casi de inmediato, Ricky redobló su determinación. Levantó la cabeza y se dijo a sí mismo: «No permitas que las tinieblas te venzan».

—Continúa caminando, maldita sea, continúa —exclamó.

La simple robustez de su voz lo alentó.

Miró hacia arriba y vio una de las flechas grabadas a mano.

Esto lo motivó aún más. Caminó con renovado ímpetu.

Le pareció que el sendero empezaba a allanarse.

La nube de miedo se fue desvaneciendo con cada paso.

Entonces vio el final del sendero y, a pesar de que era de noche, alcanzó a ver el borde del tejado de la cabaña del fotógrafo. Miró al cielo y vio que las estrellas continuaban parpadeando e iluminando la vida en lo alto.

Dio unos cinco o seis pasos más y salió a un claro. Su automóvil estaba donde lo había dejado estacionado, junto a la maltratada camioneta de Williams.

Sintió que su alivio se desbordaba, que el mundo recobraba su lógica.

Caminó hacia el automóvil, solo quería irse de allí. Alejarse de las fotografías de las cabezas y los recuerdos de abuso sexual, alejarse del río y del nuevo cadáver que albergaba en sus profundidades. Quería tiempo para pensar y planear, para evaluar qué debería hacer a continuación.

En cuanto salió del bosque hacia el claro, empezó a calcular. Sabía que le quedaban varios días, que tenía que encontrar al hermano y la hermana que continuaban vivos. Tenía que hallar la manera de desactivar la bomba de venganza que seguía haciendo tictac, pero, sobre todo, debía tranquilizarse y recuperar el control de su vida, porque, cuando aflojó las riendas, la muerte se acercó aún más.

Levantó la cabeza.

Se quedó mirando la cabaña.

«Ve por el arma —pensó—. Y encuentra la nota».

«Debe de haber una nota, una explicación».

Se vio a sí mismo y a su otrora paciente sentados uno frente al otro algunas horas antes. Las palabras que dijeron volvieron a su mente como un torbellino.

«¿Dónde estaba la muerte? Sé que estaba ahí, pero parece haberse acallado. Haberse vuelto paciente. ¿Acaso solo aguardaba porque sabía lo que iba a suceder?».

La pared con las fotografías famosas regresó revoloteando a su recuerdo, las imágenes de guerras y atrocidades. Y después, a ese recuerdo lo hizo arder la fotografía de los niños asesinados colgada en la alcoba. Todas estas imágenes, sin embargo, fueron fugaces. Al final, visualizó el revólver sobre la mesa de centro. Vio al fotógrafo colocándoselo en la boca, apuntándole a la cara con él. Lo vio vaciando el tambor y dejando el revólver en la mesa.

«¿Me hizo caminar todos esos kilómetros solo para que lo viera lanzarse al río?

»Sí».

Algo era seguro: estaba atrapado en un sistema de muerte.

«Tal vez hay una pista dentro. Una respuesta», pensó.

De pronto recordó algo:

«Es una búsqueda del tesoro».

Dio un paso hacia la escalerilla de la entrada y se detuvo.

En la ventana vio una tenue luz que venía del interior.

Trató de recordar.

«¿Williams encendió la luz antes de que partiéramos?
»¿O estaba encendida desde que llegué y no lo noté?».

Miró la puerta principal.

«Abierta de par en par».

«Una invitación para entrar».

Ricky estaba seguro de que cerraron la puerta antes de salir, varias horas antes. Luchó contra lo que su instinto le gritaba: «¡Huye, corre!»; subió por los escalones y entró en la cabaña a paso lento.

Lo primero que notó fue el hedor. Era abrumador.

«Gasolina».

Un miedo distinto. El aroma le recordó el momento en que quemó su casa de Cape Cod quince años atrás. Fue parte del plan de usar el anonimato de la muerte para averiguar quién quería asesinarlo.

Bajo la tenue luz, su mirada buscó la mesa de centro.

El revólver se encontraba donde Williams lo había dejado.

Luchó contra el nauseabundo olor, se dijo: «¡Para, no avances más!». Y entonces, como si una fuerza invisible lo detuviera de golpe, miró alrededor.

Las coloridas pinturas de Hockney y Scott Prior habían desaparecido.

Sobre la mesa ya no estaban ni el caro ordenador ni el equipo informático.

El estéreo, sin embargo, seguía intacto. Estaba reproduciendo un disco a un volumen tan bajo que era apenas audible. Música rock que no había oído antes. Sin embargo, alguien había dejado la funda del álbum de pie para que él pudiera ver la portada: Nirvana. Una imagen angelical femenina, alada. «Grunge», pensó Ricky. Supuso que era el último álbum que Kurt Cobain, líder de la banda, grabó antes de suicidarse. Quienquiera que hubiera puesto el disco de vinilo en el tocadiscos lo sabía.

Miró alrededor y vio que las famosas fotografías de conflictos bélicos ya no estaban. En el centro ahora había una sola. No podía verla bien desde donde estaba, así que caminó con paso lento mirando alrededor; alguien había limpiado la cocina. Las chaquetas de Williams estaban ordenadas en los ganchos junto a la puerta. Las tazas de café en que ambos bebieron ahora se encontraban en un escurridor y en la chimenea ardía un intenso fuego que hacía que el calor en la sala fuera abrumador, asfixiante. Vio charcos de líquido en varias zonas y dio por hecho que era gasolina. No estaba seguro de por qué el fuego no se había extendido por todo el lugar, pero imaginó que era cuestión de segundos. «¡Apresúrate!», pensó. Le dio la impresión de que alguien había tomado las pinturas, las fotografías y el ordenador como para cobrarse algo. Se sintió muy confundido, era una especie de mensaje, pero no tenía idea de lo que quería decir. Le pareció tan perturbador como la sensación que tuvo cuando imaginó que podría quedar atrapado en el bosque. El alivio que sintió algunos minutos antes cuando salió de entre los matorrales lo abandonó de golpe.

Se agachó, tomó el revólver y lo guardó en la mochila que le había dado el fotógrafo.

Se giró para mirar la fotografía que ahora estaba en la pared donde antes hubo muchas más.

Un temor gélido y tenebroso se apoderó de él.

Reconoció la imagen.

Cerró los ojos por un instante, era lo que había imaginado que sentiría si alguien lo apuñalara.

Se acercó un poco y contempló la fotografía de la misma forma que lo hizo antes con las imágenes bélicas que alguien quitó.

«No, no era como una puñalada, sino más bien como una bala disparada años atrás. En el pasado».

El señor R.

Virgil.

Merlin.

El doctor Lewis.

La imagen era de varios años antes, cuando el asesino era conocido como Zimmerman, su paciente; luego como Rumpelstiltskin, el maligno personaje de los cuentos de hadas que quería que Ricky adivinara su nombre; y, por último, como el señor R, un profesional de la muerte. Se le veía joven, acababa de dejar atrás la adolescencia. Tenía una apariencia vibrante y una sonrisa en el rostro, como provocándolo para que se reuniera con él en la fotografía. Como la imagen final de Jack Nicholson en *El resplandor*, la adaptación que realizó Kubrick de la novela de Stephen King. A su lado se encontraban Virgil y Merlin tomados del brazo. A ella también se la veía joven, al borde de la verdadera belleza. Merlin ya parecía poseer la seriedad y dedicación de un abogado. Detrás de ellos tres se encontraba el padre adoptivo, su otrora mentor, el doctor Lewis. En la imagen, el letal psicoanalista sonreía, complacido por la presencia de los individuos que pronto se convertirían en sus creaciones: una actriz consagrada, un astuto abogado, un hábil asesino.

—Hola, ¿cómo estáis? —dijo Ricky infundiéndole amargura a cada palabra—. Sigo vivo —añadió. Pero, quizá, no tenía derecho a actuar como un bravucón.

El olor a gasolina era casi tan abrumador como la ira que sentía hacia las cuatro personas en la fotografía; sin embargo, notó que su enojo era solo una pequeña parte de lo que los dos miembros aún vivos de aquella familia sentían por él. Dos de las personas que aparecían en la imagen habían muerto y él estuvo presente en ambas ocasiones. Imaginó un río de culpa fluyendo hacia él.

«¡Sal de aquí ahora mismo!», se repitió.

Quería revisar que en la cabaña todavía estuviera un objeto más. «Las cabezas».

Se movió con cautela, como si hacer ruido pudiera encender en llamas la cabaña. Se dirigió a la puerta de la alcoba y miró al interior. Primero notó que alguien se había llevado las armas. Se giró rápido hacia la pared donde estaba la fotografía.

La espantosa imagen principal había desaparecido como las otras.

Ricky vio dos cosas distintas casi al mismo tiempo.

Sobre la cama y extendidas en todo el piso de la alcoba había más de veinte velas parpadeantes que se consumían despacio. El olor de la gasolina se percibía en todo el lugar. En ese momento se dio cuenta de que las sábanas y las mantas sobre la cama estaban empapadas, comprendió que en solo unos segundos o, a más tardar, unos minutos la alcoba estaría en llamas. Eran demasiadas velas para tratar de apagarlas con soplidos. En la pared donde antes había visto la imagen de las cabezas de los niños, ahora había dos hileras de fotografías sin marco. Diez en total. En blanco y negro. Alguien las había pegado con cinta adhesiva en la pared de manera apresurada.

En la primera hilera vio retratos suyos.

Ricky, hacía ocho años.

Ricky, hacía cinco años.

Ricky en la graduación de instituto de Roxy, del brazo de la sonriente señora Heath poco antes de su fallecimiento. Roxy sonriendo y ataviada con toga y birrete, su rostro pleno de encanto y promesa.

Ricky y Charlie caminando en un parque de Miami en una hermosa tarde, el sol escondiéndose poco a poco detrás de los hombres absortos en la conversación. Una fotografía artística.

Ricky trotando en su vecindario una mañana muy temprano.

Ricky comiendo solo en la terraza de un restaurante.

Ricky en la puerta de su casa con una solitaria caja de pizza y el correo en las manos.

Había algunos primeros planos que obviamente fueron tomados desde lejos con una lente especial. Algunas de las imágenes documentaban momentos trascendentales, otras capturaban lo rutinario y trivial. Vio años encapsulados en ellas.

La segunda hilera agrupaba algo distinto.

Todas las fotografías habían sido tomadas desde el mismo lugar y ángulo. Eran imágenes de vigilancia.

También eran fotografías en blanco y negro con textura granulosa. Las personas que aparecían en ellas eran cada uno de sus pacientes actuales al entrar en su consulta en casa para asistir a su sesión terapéutica. Las imágenes imitaban a las que aparecen en los programas televisivos cuando los buenos tratan de identificar a los delincuentes que fueron captados por alguna cámara.

Tenían escritas algunas fechas, así como el nombre de cada paciente garabateado con tinta negra en la parte inferior.

Una de ellas destacaba porque estaba rodeada por un círculo trazado con tinta negra: la de Alan Simple al salir de su sesión.

La vida de un psicoanalista documentada.

Ricky se quedó mirando como hipnotizado. De pronto sintió que las imágenes de lo que había sido su vida en los últimos años y semanas semejaban arenas movedizas.

Mientras su imaginación daba vueltas, de pronto recordó el peligro en que se encontraba, y el olor de la gasolina que la conmoción había logrado borrar regresó con mucha más intensidad, gritándole: «¿Acaso no me oyes? ¡Sal de aquí! ¡Sal ahora mismo!».

Retrocedió con cuidado y luchando al mismo tiempo con dos pánicos distintos.

Un paso. Dos.

Lo hizo de la misma manera en que había ascendido con dificultad por el sendero en la ladera.

Aunque temeroso de tirar alguna de las velas, aceleró el paso hasta salir de la alcoba. Atravesó la sala de tres zancadas como si lo siguieran la música que se reproducía en tocadiscos y la profunda voz del cantante muerto que repetía casi a gritos: «*Mean heart. Cold heart. Cold heart. Cold heart...*». Salió por la puerta hacia el porche, luego bajó por los escalones y cruzó el jardín. Abrió la puerta de su automóvil y se detuvo.

Respiró profundamente, despejó los pulmones, inspiró el frío aire de Vermont y, aun así, de pronto se dio cuenta de que el aroma a gasolina había penetrado en su ropa.

Por un momento no supo qué hacer.

«Llama al parque de bomberos local y explícales todo: "Sé que es de noche y acaban de terminar una infructuosa búsqueda en el río. Lamento molestarlos, pero la cabaña del fotógrafo suicida está a punto de estallar"».

Imaginó al capitán de bomberos o al policía de porte rígido interrogándolo: «Dígame, ¿por qué apesta usted a la misma gasolina con que se incendió este lugar?».

Supuso que nadie creería su explicación.

Su única alternativa:

«Solo vete de aquí. Sube al automóvil, arranca y aléjate poco a poco. No atraigas la atención. Sal del maldito Vermont y trata de descifrar cuáles serán sus siguientes pasos.

»Y, luego, solo ten esperanza».

Si lo pensara con un poco más de lucidez, esta sería la decisión equivocada, pero, sabiendo que quizá no había una decisión correcta, dudó por un instante. Después se despojó con furia de su abrigo, del suéter y la camisa. Arrancó todas sus prendas y las arrojó al suelo, luego se quitó los pantalones. También la ropa interior, los calcetines y los zapatos terminaron en un montón. Cuando quedó desnudo por completo, empezó a tiritar. Reunió toda la ropa, la recogió con ambos brazos y volvió a subir los escalones de la fachada de la cabaña. Abrió la puerta y lanzó todo al interior, a uno de los charcos de gasolina.

La canción aún se oía en bucle. Era el único sonido.

Cerró la puerta y volvió a su automóvil.

Se sentó tras el volante y condujo con cautela hasta el sitio donde el largo e irregular camino de acceso convergía con el fantasmal camino rural asfaltado. Miró a la derecha y luego a la izquierda.

No había nadie.

Se detuvo, apagó las luces delanteras y aguardó en la oscuridad. Tras uno o dos minutos de espera para cerciorarse de que en verdad estaba solo, salió del automóvil, caminó al maletero y sacó su maleta. Se vistió rápido con la ropa de repuesto que había llevado. Se dio cuenta de que solo tenía un par de zapatos, los que había lanzado a la cabaña. Tendría que conducir en calcetines.

Oyó un golpe seco no muy lejos de ahí. ¡Cloc! Comprendió que el fuego estaba a punto de envolver la cabaña. Miró hacia atrás, a lo alto de la colina, y vio un distintivo resplandor rojo que empezaba a contaminar el límpido cielo nocturno.

Volvió a subir al coche y se alejó conduciendo muy despacio.

No era la primera vez en la vida que sentía que se estaba convirtiendo en un criminal.

20

DÍA SEIS

Más sorpresas en el camino a la iluminación

—Estamos a punto de cerrar, señor —dijo el empleado de la tienda de artículos deportivos al fondo del centro comercial. Faltaban unos minutos para las nueve de la noche.

—Solo tardaré unos segundos. Un par de zapatillas para correr. Talla cuarenta y cinco.

Con apenas veintitantos años y una camiseta de árbitro a rayas, el empleado miró los pies de Ricky y asintió al ver los otrora calcetines claros, tan manchados que ahora eran casi negros.

—¿Alguna marca en particular, señor? ¿O color?

—La marca no me importa, pero las quiero negras. Blancas también vale. De hecho, cualquier color que tenga.

El empleado volvió a asentir.

—¿Nike o Asics? Voy a por ellas. Tal vez también querrá calcetines —dijo señalando un expositor.

Ricky usó su tarjeta de crédito para pagar por las zapatillas y por la gorra de béisbol de los Yankees de Nueva York y el grueso chaquetón de lana que tomó de un estante cercano. El empleado miró la tarjeta de crédito un instante, como si estuviera convencido de que era robada, y solo se encogió de hombros cuando la compra fue autorizada vía electrónica. El psicoanalista también miró la tarjeta y comprendió que era una manera de exhibirse, una señal de su presencia en la tienda. Salió a los pasillos y vio que las luces de los locales empezaban a apagarse. El pequeño centro comercial se fue transformando en un lugar espeluznante. Aparecieron sombras entrecortadas a un lado y al otro. Unos cuantos rezagados como él se dirigían a las salidas principales. Un poco por delante de él caminaban varios adolescentes vociferando y comiendo conos de helado. Imaginó que las cámaras de seguridad estarían siguiendo sus pasos, así que mantuvo la cabeza hundida, se acercó lo más posible a los chicos y ajustó su gorra para que la visera quedara hacia atrás. Mantuvo la vista pegada al suelo. Cuando se unió al grupo por detrás, dudó parecer un adolescente, pero sabía que en las granulosas imágenes en blanco y negro de las cámaras de seguridad podría pasar por uno de ellos. Se sintió tonto, pero le pareció necesario. Pensó que las cámaras lo habrían captado cuando entró sin zapatos y sin abrigo a pesar del frío glacial, pero en ese momento ya no había nada que pudiera hacer al respecto. Además, estaba seguro de que, si algún policía se presentara con una lista de preguntas incisivas, el joven empleado recordaría al hombre que llegó poco antes del cierre para comprar un par de zapatillas de correr.

Tampoco podía hacer nada sobre eso.

A pesar de su inocencia, sintió que ahora vestía un tipo distinto de culpa. Salió del centro comercial y se dirigió al coche de alquiler con la esperanza de que afuera no hubiera más cámaras de seguridad, pero suponiendo que estaba siendo ingenuo.

Condujo una hora más, hasta que se sintió exhausto. Encontró un motel barato en el que pagar en efectivo por una habitación. Bastó para que el aburrido empleado del turno nocturno, más interesado en el programa de policías que miraba en la televisión que en las personas que entraban para pasar ahí la noche, no hiciera preguntas.

Las paredes de la habitación eran demasiado finas, así que pudo oír a la pareja de al lado discutiendo y levantando la voz, aunque nunca llegó a saber por qué peleaban. Algo sobre dinero. «Tal vez por carecer de él», pensó. Poco después de que las iracundas voces amortiguadas por las paredes se apagaran por completo, Ricky oyó el rítmico golpeteo de la cama mientras la pareja hacía el amor y la cabecera golpeaba de forma repetida contra la pared. Por suerte, terminaron poco después.

Esperaba que no reiniciaran su pelea más tarde.

O que tuvieran otra ronda de sexo.

Bajo la humeante ducha, Ricky restregó el aroma a gasolina que aún le parecía percibir en su cuerpo. Se enjabonó de pies a cabeza una, dos veces. Tres veces. Se dio cuenta de que con una bastaba, pero sentía que el olor lo perseguía. Como estaba suficientemente familiarizado con los trucos que ciertos aromas y sensaciones le podían jugar a la mente, sabía que, quizá, su cuerpo nunca olió a gasolina para empezar. Sin embargo, no podía evitar seguir enjabonándose y restregar. Parecía que la gasolina y el ahogamiento estaban vinculados a su memoria.

Sentía la fatiga goteando a través de su cuerpo, pero, una vez que se recostó, el sueño lo eludió: en su mente se desplegaban demasiadas imágenes. Parecían mezclarse en una especie de montaje trepidante en el que cada recuerdo era más perturbador que el anterior.

No soñó, tuvo pesadillas.

Aguas agitadas. Sombras. Fuego. Un espeso bosque que lo tragaba. Despertó temprano y encontró las sábanas empapadas de sudor.

Sabía que la policía de Vermont lo estaría buscando, si no en ese preciso momento, algunas horas más tarde.

¿Enviarían una orden de búsqueda a todas las comisarías? ¿Una alerta de «Se busca»?

¿Lo buscarían para interrogarlo por un incendio sospechoso?

¿Lo habrían vinculado con un posible crimen?

¿Sería sospechoso de algún delito?

Creía que ya coincidía con todas estas descripciones y otras más.

No sabía qué más podría decirle a la policía salvo: «Yo no incendié el lugar y no sé quién lo hizo». Pero sí lo sabía. O, al menos, tenía una idea más o menos clara. «No los vi, pero estuvieron ahí todo el tiempo». Le pareció que las autoridades que tal vez ya lo estarían buscando eran una dificultad trivial. El verdadero problema radicaba en la solitaria bala con las iniciales que alguien grabó en el cartucho, sus iniciales, y en la semana que le quedaba de vida. Había mantenido la bala y el revólver separados para evitar la tentación de hacer justo lo que el fotógrafo, Virgil, Merlin y, en especial, el difunto señor R querían que hiciera.

Era ya media mañana cuando se detuvo frente a la casa del viejo inspector. Vio el mismo camino de acceso de grava y el maltratado buzón; la misma camioneta modificada y el pequeño automóvil con el rasponazo lateral estacionados afuera. El mismo perro del vecino le ladró cuando se acercó a la puerta principal. Vio las mismas cadenas dispares de las que colgaba el decrépito banco de madera en el rincón de la desgastada terraza y la rampa para silla de ruedas.

Golpeó a la puerta con fuerza.

Era una obligación y una necesidad.

El viejo inspector y la hermana de Alex Williams deseaban que los pusiera en contacto con él una vez que lo hubiera reencarrilado. «Por desgracia, tomó la dirección equivocada», pensó. Ricky creía que la petición de Wells y Annie era un deseo tan honesto como todos los que oía en esos tiempos. Establecer el apoyo familiar siempre era un elemento crucial para evitar suicidios. «Pero no funcionó en este caso», se dijo. Sentía la obligación de informarles en persona de lo que había sucedido. Sabía que tendría que omitir detalles, como la despedida burlona y la sonrisa del fotógrafo antes de lanzarse al río. Sospechaba que a la policía de Vermont le costaría trabajo encontrar a los familiares más cercanos, por lo que seguramente sería él quien informaría a su hermana sobre el fallecimiento. «No compliques las cosas. Limita sus preguntas». Se preparó para su misión mientras trataba de persuadirse de que otros médicos, como los cardiólogos y los oncólogos, estaban mucho más preparados para informar con habilidad a los familiares de que «no hay esperanza». No estaba seguro de poder hacerlo él.

También era consciente de que ellos constituían los únicos eslabones que quedaban vinculados a lo que sucedió. En el pasado del fotógrafo debía de haber algo que lo lanzara hacia la próxima etapa del juego, esperaba que pudieran recordar algo que lo ayudara a avanzar, pero no sabía qué podría ser ese «algo».

Aguzó el oído para ver si se escuchaban pasos en el interior.

Nada.

Volvió a tocar a la puerta.

Esperó.

Se dirigió a la ventana y se asomó.

No se veía movimiento ni señales de que hubiera alguien en casa.

Sobre la mesa vio el florero de dos días antes con las flores marchitándose, pero la mesa plegable con medicamentos ya no estaba y el andador ortopédico de aluminio estaba tirado en el suelo como si alguien lo hubiera apartado bruscamente.

Dio un paso atrás y negó con la cabeza, sintiendo la frustración muy cerca. Se quedó mirando la puerta un minuto y luego retrocedió poco a poco hacia los escalones de la fachada.

«Algo no va bien —pensó—. Los dos vehículos están aquí. Debería haber alguien en casa».

Volvió a subir por los escalones y golpeó con fuerza la puerta otra vez.

Nada.

—¡Inspector Wells! —casi gritó frente a la entrada—. ¡Soy el doctor Starks!

Silencio.

Esperó diez segundos. Luego veinte. Treinta.

Giró para mirar al frenético perro corriendo arriba y abajo y ladrando furioso junto a la cerca de malla en el patio adyacente.

—Tal vez tú podrías darles la noticia sobre el suicidio de Alex —susurró mirando al perro sin sonreír tras su pésima broma.

De pronto vio a una mujer que apareció a un lado de la casa rastrillando hojas. Era alta y distinguida, llevaba pantalones vaqueros desgastados, botas de goma y un grueso abrigo marrón claro remendado para protegerse del frío. Tenía el cabello rizado y oscuro con un elegante mechón de canas recogido debajo de un pañuelo rojo brillante.

Ricky caminó hacia ella enseguida.

Permaneció algo alejado de la malla. El perro se interesó aún más en él en cuanto se acercó, empezó a menear un poco la cola entre ladridos. Ricky saludó a la mujer agitando la mano, pero ella no respondió: llevaba auriculares y un anticuado walkman color amarillo brillante enganchado en el cinturón. Ricky se colocó en cierto ángulo para entrar en su campo visual. Cuando ella lo vio agitar la mano, oprimió uno de los botones del viejo reproductor de cintas y se colocó los auriculares grises alrededor del cuello.

—Hola —dijo en un agradable tono—. Lo lamento, no lo vi antes. Estoy escuchando metal, excelente música para rastrillar hojas. Es un mal hábito, lo sé, tal vez debí mentir y decirle que era Bach o Beethoven. Algo más impresionante. En fin, ¿le puedo ayudar en algo? —dijo antes de emitir un agudo silbido y hacer un gesto con la mano.

El perro se calló de inmediato y se sentó sobre las patas traseras.

—Está entrenado. En cierta medida, claro —explicó sonriendo de nuevo—. Hizo una expedición en Irak. Tormenta del desierto. Policía militar. Mi esposo lo trajo a casa. Me vuelven loca, parece que los dos piensan con el mismo cerebro —dijo riendo y sacudiendo la cabeza—. ¡Zeus! ¡Compórtate! —volvió a ordenar sonriente.

El perro se quedó mirándola, en espera de otra señal. Agitó la cola con más fuerza.

—Tener a Zeus implica mantener la malla en perfecto estado porque cree que hay integrantes de Al-Qaeda ocultos a lo largo de toda la calle. Pero es una dulzura. Está envejeciendo y no haría daño ni a una mosca a menos que alguien le apunte con un arma, le muestre un cuchillo y lleve kufiya. Por desgracia, cuando la gente ve un pastor alemán ladrando, se pone nerviosa. No me parece irracional. En fin, me he desviado del tema. ¿Puedo ayudarle en algo?

Ricky miró al perro y sonrió al ver su cansada lengua colgando.

—Sí, gracias. ¿Tiene idea de dónde podrían estar sus vecinos? —preguntó señalando el hogar del viejo inspector.

—¿Oliver y Martha? Hace meses que no están en casa. ¿Es usted agente inmobiliario? Oí que iban a venderla. Me encantaría que alguien la reparara un poco y que se mudara gente nueva. Como puede ver, se encuentra abandonada y se está yendo al infierno.

—Eso es imposible, hablé con ellos hace un par de días. En la casa. Además, ella no se llama Martha, sino Annie. Es la hija adoptiva de…

La mujer negó vigorosamente con la cabeza.

—Nooo… —contestó la mujer—. ¿Está seguro de que habló con ellos? Annie se fue hace muchos años para tratar de triunfar a lo grande. Volvió hace algunos meses, justo antes de que Oliver y Martha partieran. Annie tenía esa cara de «No pienso volver nunca», y ellos se fueron poco después de ella, hace dos o tres meses…

—Él va en silla de ruedas…

—Se refiere a su esposa, ¿no?

—No, Oliver me dijo que su esposa había fallecido…

—Vaya, no sabía eso, qué mala noticia. Me pareció que estaba bien cuando se fueron. Al menos, tan bien como se puede estar con esa enfermedad. Se les veía bastante animados, acababan de comprar una gran autocaravana, muy bonita, por cierto. Debe de haberles costado más de lo que vale su vieja casa; no parecía que pudiera pagarse con la pensión de un expolicía, por eso nos preguntamos cómo la obtuvieron. En un lado tenía incluso un elevador para la silla de ruedas de Martha. Tenía esclerosis múltiple. En fin, era imposible no fijarse en una autocaravana así de enorme, ocupaba todo el camino de acceso. Tenía una gran águila pintada en la parte trasera. La llamaron «El guerrero del camino». Irían al oeste. «Queremos ver Estados Unidos —dijeron—. ¡El Gran Cañón o los rostros del monte Rushmore!». Estaban muy felices cuando partieron. Le dijeron a mi esposo que en Arizona había un lugar especializado en opciones alternativas para tratar la enfermedad de Martha y que, además, el clima allá era más cálido y tal vez sería mejor para ella de cualquier forma. No sabemos cuándo regresarán, pero mi esposo y yo creemos que tenían la misma cara de «Nunca» que Annie cuando se fue.

Ricky sintió que una ola de calor le recorría el cuerpo.

—No, no es posible, hace dos días…

La mujer se encogió de hombros.

—No sé con quién habló, pero estoy segura de que no fue con Oliver ni con Martha. Y respecto a su hija adoptiva, Annie...

—Sí, la enfermera —interrumpió Ricky.

La mujer volvió a negar con la cabeza.

—¿Está seguro, señor? Cuando nos mudamos aquí, hace muchos años, conocí a Annie y quería ser estrella de rock. Nunca mencionó nada sobre ser enfermera, lo cual es extraño si lo piensa, ya que yo soy enfermera. Bueno, hago algunos turnos de vez en cuando porque ya estoy casi retirada, pero en aquel tiempo pude ayudarles a elegir la escuela correcta, conseguir empleo y ese tipo de cosas. En una ocasión, Annie nos cantó una canción que había escrito para guitarra y voz. Bastante buena, debo decir. Pegadiza. Tiempo después, me contó que no había logrado nada ni en Los Ángeles ni en Nashville, ni en ningún otro lugar, así que terminó uniéndose a una secta en Maine. Oliver y Martha lo llamaban «comunidad». Vivían en los bosques que se encuentran más allá del parque estatal Baxter, en el condado de Aroostook. Eso es casi en Canadá, no hay gran cosa ahí excepto el bosque, los alces y los locos que se creen brujos o algo parecido. La última vez que vi a Annie, se había cambiado el nombre a Rainbow Tulip o Petunia, o algo así. Me pareció algo muy al estilo Charles Manson —dijo la mujer volviendo a negar con la cabeza—. Ay, no, aquí estoy de nuevo hablando de más. No es correcto. Mi esposo me diría que mejor me disculpara y volviera a rastrillar hojas. Pero, dígame, ¿cuál es su interés en la familia Wells?

—Soy médico. He estado tratando a Alex Williams. El hermano de Annie...

—Sí, conozco a Alex —interrumpió la mujer—, pero no lo he visto desde hace un par de años. Logró hacerse un nombre importante con sus fotografías y todo eso. No quería tener nada que ver con los lugareños. No me sorprende, teniendo en cuenta la razón por la que él y su hermana estaban aquí para empezar. Creo que después de todo lo que vivieron, trataron de protegerse entre sí.

—Por lo que entiendo, sufrieron de abuso... —empezó a decir Ricky.

La mujer volvió a interrumpirlo.

—¿Abuso? Nunca oí nada al respecto, aunque, claro, quién sabe lo que en realidad sucede en la casa de la gente. Pero permítame decirle que, a veces, Oliver Wells actuaba raro cuando estaba con esos chicos...

—No, su padre biológico...

La mujer negó de nuevo con la cabeza.

—Yo nunca oí más que cosas buenas respecto al inspector Williams. Pero la verdad es que es triste. Ya sabe, la madre muere de cáncer de pulmón cuando ellos son aún muy pequeños y el padre trata de criar a dos preadolescentes solo, pero no es muy bueno para la labor y tiene un empleo que le ocupa todo el tiempo, así que empieza a beber porque se siente abrumado y un día solo está en un bar cuando, de repente...

Se detuvo y miró a Ricky con extrañeza.

—¿Usted oyó otra historia? —le preguntó al ver su expresión de sorpresa.

—Sí —respondió con cautela—. La historia que me contaron es muy distinta a la suya.

«Es una historia de perversión, violencia y desesperanza». Sintió que la ira se apoderaba de él. «No hay mejor manera de atraer y hacer caer a un psiquiatra. Inventa un cuento que ataca tantos puntos neurálgicos que al final ensombrece la verdad más simple: todo es mentira».

La mujer se encogió de hombros.

—Bueno, yo estaba trabajando en la UCI la noche que ella murió y me encontraba a punto de salir de la sala de urgencias la noche que él murió, así que estoy segura de que mi historia es la correcta y me sorprende que alguien le haya contado algo distinto.

«Distinto no alcanza a captar la magnitud de la mentira», pensó Ricky. Al principio no supo qué decir.

—Creo que necesito conocer la historia verdadera —dijo con calma. Por dentro, sin embargo, estaba muy agitado. Sentía un mar de falsedad con corrientes viajando en direcciones opuestas y chocando todo el tiempo—. Creo que debería hablar con el inspector Wells por segunda vez.

—Aunque no parece que haya hablado con él una primera vez —señaló la mujer—. Porque ni está postrado en silla de ruedas ni se ha dejado ver por aquí desde hace meses. Él y Martha no dejaron ninguna dirección para escribirles ni un número telefónico para localizarlos.

Actores. Amigos de Virgil salidos del ámbito teatral. Igual que hace diez años. «Me gustaría que interpretaran un papel, aquí tienen el guion. Pueden improvisar, pero céntrense en hacer la historia terrible y perversa. Después... deberán callar para siempre. Recibirán a cambio muchísimo dinero, pero no quiero volver a saber de ustedes».

«Podría encontrarlos —pensó Ricky—. En Nueva York, si tuviera tiempo. Pero no es el caso».

De pronto se sintió mareado. Le dio la impresión de estar mirando un rompecabezas cuyas piezas no encajaban, y tan diminutas que solo capturaban una imagen fragmentada y huidiza. Sintió la garganta seca. Creía tener cientos de preguntas o tal vez ninguna. No estaba seguro.

Dio un paso atrás.

El perro movió la cola y ladró de nuevo.

La mujer sonrió, volvió a ponerse los auriculares en los oídos, apretó el botón del walkman y siguió rastrillando hojas muertas.

21

UNA OFERTA IRRESISTIBLE

Las mentiras son seductoras. Atraen. Acarician. Prometen.

Ricky sintió que había estado a la deriva en un mar de mentiras y ahora temía ahogarse en ellas.

Se sentó al volante del automóvil de alquiler, miró por el parabrisas, colocó la mano sobre el encendido y se detuvo. Detrás de él, la parlanchina vecina parecía perdida en los sonidos de heavy metal de su walkman, en tanto que Zeus parecía contento de estar echado pero en guardia junto a la malla. El psicoanalista no sabía adónde debía dirigirse a continuación ni cuál sería su siguiente paso. La mochila y el revólver Magnum del fotógrafo estaban guardados en el maletero, pero aún sentía la bala con sus iniciales en el bolsillo del pantalón. Le pareció que era como un trozo de hielo seco: helado al tacto, pero capaz de quemar la piel.

De pronto se sintió exhausto.

Su respiración era superficial. El sudor empezó a atravesar el frío del aire y a extenderse sobre su frente.

Imaginó que así sería la sensación de ser enterrado vivo.

O la de un corredor rezagado, que no logra atravesar la línea de meta, que solo se acerca a ella con espasmos y un dolor insoportable en las piernas.

Un deseo abrumador de cerrar los ojos y solo esperar que algo sucediera estuvo a punto de apoderarse de él.

«Estoy cansado de oír mentiras. Debería rendirme. Darles lo que desean. Morir. No será tan terrible. He hecho cosas buenas en la vida. También cosas no tan buenas, pero hay un equilibrio. Tal vez son más las buenas que las no tan buenas. He ayudado a algunas personas.

Con otras, lo he intentado. He amado de manera genuina. He sido amado, también con intensidad. Quizá. He sido feliz, sufrido penas. Algunos llorarán cuando me vaya y me recordarán algún tiempo. Tal vez con eso baste. ¿Qué más podemos pedir de nuestros días en la Tierra?».

Cuando parpadeó y abrió los ojos, le pareció que el mundo se había oscurecido. Apretó los puños, sujetó con fuerza el volante hasta que los nudillos se le pusieron blancos.

Controló su respiración, habló en voz alta:

—Aún no has perdido.

Trató de llenarse de esa ferocidad que exige la batalla: «¡Defiéndete! ¡Lucha!».

«¡Soluciona esto!», gritó por dentro.

Esa es la tarea del psicoanalista: tomar todos los recuerdos, los malentendidos y todo lo que se tergiversó en el pasado, el dolor y el placer, cualquier emoción que discurra en el día, y encontrar la respuesta en el interior de ese todo.

Entonces comprendió algo.

«Debo resolver mi asesinato antes de que suceda».

Hablando de nuevo en voz alta, trató de imbuirse confianza.

—Tú puedes, maldita sea, puedes lograrlo. Lo hiciste una vez, puedes volver a hacerlo.

Sabiendo que toda esa bravuconería que acababa de escupir podría estar fuera de lugar, recobró la compostura.

«¿Adónde voy ahora?».

Tenía que encontrar un lugar seguro, lo había hecho antes, quince años atrás, cuando se enfrentó por primera vez a la familia que lo quería muerto. Después de haber fingido su muerte, desapareció en el submundo de los indigentes, con lo que consiguió una gran cantidad de tiempo y un espacio adecuado para volver a maquinar sus maniobras.

No podría darse un lujo similar en esta ocasión.

«Han aprendido mucho de sus dos asesinatos fallidos».

A pesar de todo, estaba preocupado, necesitaba irse de ahí. Planear y organizar. «El psicoanálisis es en parte ciencia y en parte creatividad», pensó. Necesitaba ir a algún lugar donde pudiera emplear ambas facetas: «El primer Ricky y el segundo Ricky trabajando en conjunto». Lo que no sabía era dónde.

Se exprimió los sesos tratando de encontrar el sitio adecuado.

Lo primero que le dictó su instinto fue volver a su casa en Miami.

No estaba seguro, pero creía que tal vez sería un error. Visualizó su vida en esa ciudad. Los miembros de la familia letal conocían sus rutinas, sus horarios y a sus pacientes; sabían a qué hora llegaban a su consulta y cuándo se iban. Habían entrado en su despacho con facilidad, reemplazaron su ordenador con uno diseñado para dirigirlo al circuito que crearon para él. Y lo peor: sabían cómo amenazar y afectar profundamente a Roxy y a Charlie.

También parecían haber aprendido lo suficiente para matar a alguien y hacer que pareciera un suicidio.

«Nada allá podría brindarme seguridad».

Habló en voz alta consigo mismo en el interior del coche:

—No, Miami queda descartado, al menos por ahora.

«Mi propio hogar parece peligrosísimo. Impredecible».

Ese fue el impacto de las fotografías pegadas en la misma pared donde antes lo recibió la imagen de cabezas infantiles cercenadas. Lograron poner fuera de su alcance todo lo que alguna vez le resultó familiar.

—¿Y eso dónde te deja? —dijeron los dos Ricky dialogando, tratando de ponerse de acuerdo.

Solo había un lugar en la Tierra que lo atraía, que parecía hablarle.

Se preguntó si no estaría actuando justo como esperaban que lo hiciera, si no estaría haciendo lo necesario para morir. Finalmente arrancó el automóvil y empezó a conducir. Por el espejo retrovisor miró la vieja casa abandonada del inspector, medio esperando verla también estallar en llamas.

Se dirigió a su pasado. Condujo rápido y con brío por la autopista de peaje de Massachusetts casi hasta Boston y al llegar allí vio que el tráfico que usualmente se acumulaba y desbordaba mientras la gente tocaba el claxon y gritaba imprecaciones con marcados acentos había disminuido. Hizo buen tiempo. Se detuvo en un centro comercial cerca de Hopkinton, donde comienza el Maratón antes de que el camino serpentee cuarenta kilómetros a Beacon Hill. En un puesto no muy lejos de una tienda de Gap y un Starbucks compró varios móviles desechables. Luego fue a la conocida cafetería y se compró un humeante latte. Encontró una zona donde sentarse cerca de la entrada al centro comercial. Se instaló, sorbió su café y marcó el número del policía que tomó su declaración en el puente cubierto. Se aseguró de no usar ninguno de los teléfonos desechables, los cuales reservaría para las siguientes etapas. Además, no quería que la policía de Vermont pensara que ocultaba algo.

Mientras oía la línea sonar, se dijo a sí mismo que debía permanecer calmado. Como un artista circense a punto de entrar en la pista principal.

Cuando el policía contestó, Ricky habló de forma rápida pero cuidadosa; era el mismo discurso que había ensayado en su cabeza los últimos treinta kilómetros.

—Habla el doctor Starks. Tuvimos una conversación en el puente sobre mi expaciente, el señor Alex Williams, y usted me dio su tarjeta. Le llamo para preguntar si ha encontrado alguna explicación de lo que sucedió, es decir, una nota de suicidio en su cabaña o algo similar. También me pregunto si recuperaron sus restos porque me gustaría asistir al funeral que se realice. ¿Está usted en contacto con sus familiares más cercanos?

Quería que el policía recibiera todos esos datos rápidamente, pero la información crucial en sus palabras era: «Cuando me fui, la cabaña estaba intacta».

El policía se sorprendió un poco.

—No creí que tendría noticias suyas, doctor. Nos gustaría charlar con usted un poco más. ¿Podría venir a la comisaría?

«Queremos preguntarle respecto al incendio provocado.

»Queremos hacerlo en un espacio vigilado. Queremos controlar las preguntas y las respuestas».

Ricky no planeaba facilitarles las cosas.

—Verá, oficial, mi única razón para viajar a Vermont fue ver al señor Williams —respondió con la mayor arrogancia profesional que pudo. De hecho, recordó a otro paciente, el cirujano ortopedista de Miami, y adoptó su tono de voz—. Y esa razón, por desgracia, terminó en un fracaso. Asumo una parte de la responsabilidad, pero francamente no sé qué más habría podido hacer. El señor Williams parecía decidido, y en este momento hay pacientes en Miami que requieren de mi atención absoluta.

Era cierto y, al mismo tiempo, no.

—¿Desde dónde me está llamando, doctor? —preguntó el policía.

—Estoy en la carretera, agente, en las afueras de Boston, cerca del aeropuerto Logan.

Una vez más, su afirmación era cierta. Si el agente tratara de verificarlo, vería que los indicios de rastreo indicaban justo el lugar donde había dicho que estaba.

El agente se quedó en silencio. «Está tomando notas —pensó Ricky—. Anotando palabra por palabra. Quizá también esté grabando la conversación».

—¿Qué hizo después de nuestra conversación en el puente?

—Disculpe, agente, ¿a qué se refiere?

—¿Podría recordar todo lo que hizo después de nuestra primera entrevista?

Sonaba formal. No era una conversación casual.

Ricky respondió con toda la confianza que pudo.

—Naturalmente. Esperé un rato. Vi a los equipos de rescate trabajar hasta que se retiraron y fue obvio que cualquier otra labor de salvamento tendría que continuar a la mañana siguiente. Luego fui a recoger mi vehículo porque no me quedaba nada más que hacer y me fui.

—¿Podría decirme el lugar exacto donde dejó su automóvil?

Ricky sabía que esta era una pregunta peligrosa. «No mientas —pensó, casi gritándose a sí mismo. La tentación era muy alta—. Las mentiras implican culpabilidad. Las mentiras son vías por las que les gusta circular a los policías. Las mentiras te pisan los talones. Las mentiras son una amenaza, te pueden hacer tropezar y caer en cualquier momento».

—Pues fuera de la cabaña del señor Williams, por supuesto —dijo Ricky, como si no hubiera nada de raro en el asunto.

—¿Y cómo llegó hasta allá?

Ricky vaciló un poco antes de responder.

—¿Cómo que cómo llegué? Subí por el mismo camino por el que bajamos al río el señor Williams y yo aquella tarde. Yo tenía una linterna. Di por hecho que sería más rápido que tomar la carretera, aunque debo admitir que, al final, el trayecto de vuelta fue más difícil de lo que imaginé y, en algún momento en el bosque, incluso me arrepentí. Por suerte pude seguir un sendero con señalización y encontrar mi automóvil.

El policía se quedó en silencio de nuevo.

—¿Entró en la cabaña?

El psicoanalista sabía que, tarde o temprano, el policía le haría esta pregunta o una similar.

—De ninguna manera. No tenía ninguna razón para hacerlo. Además, el señor Williams seguramente cerró su cabaña con llave cuando salimos, ¿no?

La primera mentira absoluta.

El policía tardó en responder.

—¿No dejó nada en la cabaña esa tarde? ¿Un abrigo? ¿Sus notas?

—Por supuesto que no, eso habría sido una tremenda falta deontológica.

Se aseguró de imprimirle a su respuesta una falsa ira, como si se sintiera insultado.

—Cuando llegó a la cabaña, ¿vio a alguien más ahí?

Ricky no contestó de inmediato. Fingió estar pensando.

—¿Alguien más? ¿Se refiere a un vecino?

—A cualquier persona, no importa.

—No. Me parece que el señor Williams llevaba una vida casi de ermitaño, me habría sorprendido ver a alguien cerca de su hogar.

—¿Notó algo extraño? ¿Inusual?

Ricky respondió poco a poco, como un hombre que está tratando de visualizar lo que hizo.

—¿Inusual? ¿A qué se refiere? ¿Hay algo más inusual que ver a un antiguo paciente cometer suicidio? ¿Adónde quiere llegar con esta conversación?

El policía no respondió. En lugar de eso hizo otra pregunta.

—¿Vio algo distinto a como estaban las cosas cuando usted y el señor Williams salieron esa tarde?

Ricky volvió a titubear. Cada demora antes de responder podía causar la impresión de que estaba pensando demasiado cada pregunta, cuando, en realidad, había anticipado la mayor parte y tenía una respuesta preparada para casi todo.

—No, yo diría que no —respondió—. Cuando usted y yo hablamos en el puente, yo todavía me encontraba conmocionado por lo ocurrido. Al subir a mi automóvil me sentía bastante desalentado por el suceso. Molesto. Y eso, oficial, por decirlo de forma amable. Estaba destrozado emocionalmente, el suicidio del señor Williams fue un golpe muy fuerte para mí. Creo que es lo peor que le puede suceder a un terapeuta, y ser testigo de ello, como fue mi caso, es una atrocidad. Como podrá imaginar, uno empieza a reproducir todo en su cabeza, a tratar de identificar lo que pudo haber dicho o hecho para evitar un episodio tan lamentable. Uno se pregunta: ¿qué pude haber hecho distinto? ¿Qué medicamento pude prescribir? ¿A quién más debí llamar? Se desencadena toda una serie de conjeturas. Por eso supongo que podría decir que esa noche estaba yo distraído, profundamente consternado. Aunque ningún adjetivo capta con precisión la sensación de derrota que tuve ese día.

Ricky sabía: «Es mucho más sencillo hacer plausible una mentira envuelta en un montón de verdades».

El agente comenzó a formular otra pregunta:

—¿Está seguro de que...?

Pero Ricky lo interrumpió.

—Mire, ahora que lo pienso, creo que sí hubo algo —dijo como tratando de recordar—. Tal vez no sea nada, pero noté un detalle...

Calló y dejó que el silencio dominara la conversación.

—¿De qué se trata? —preguntó el policía.

—Verá, recuerdo que, cuando arranqué, miré por el espejo retrovisor y noté luz en el interior de la cabaña. No recuerdo que el señor Williams hubiera dejado las luces encendidas aquella tarde cuando salimos de allí. En ese momento pensé que tal vez no había prestado la atención necesaria. En fin, no me pareció importante, pero ahora que lo menciona...

Volvió a callar.

—¿No vio a nadie? —insistió el policía.

—No. Eso ya me lo preguntó.

—¿Cuál es su talla de calzado, doctor?

Ricky no se esperaba esta pregunta, pero sabía lo que significaba. Algún investigador de incendios provocados había encontrado los restos chamuscados de uno de los zapatos que lanzó a la cabaña.

«No mientas».

—No sé, la mayoría de las veces compro el cuarenta y cinco. A veces el cuarenta y seis, todo depende del tipo de zapato. ¿Por qué lo pregunta?

«Son las tallas más comunes de calzado para hombres».

El policía no respondió a su pregunta.

—Cuando estuvo fuera de la cabaña, ¿percibió algún olor en particular?

—¿Se refiere a cuando estuve allí antes de partir?

—Sí.

—¿Un olor? No. Es decir, supongo que solo el olor del bosque. Empezaba a hacer frío y el aire olía fresco.

—¿Oyó algo?

—No, tampoco. Agente, ¿adónde quiere llegar con estas preguntas?

El policía titubeó antes de hablar.

—Esa noche, más tarde, hubo un incendio en la cabaña —explicó—. ¿Sabe algo al respecto?

—¿Un incendio? Ay, Dios, no... ¿Qué sucedió?

—La cabaña quedó hecha cenizas. Para cuando notaron el fuego y los bomberos llegaron al lugar, estaba envuelta en llamas. Debió de comenzar poco después de que usted se fuera.

—Vaya, es increíble —exclamó Ricky—. Me pregunto si habría alguien en la cabaña y no lo vi, pero no había otros vehículos, solo el automóvil que alquilé y una vieja camioneta que supuse sería del señor Williams. No sé cómo alguien más habría podido llegar allí, es un lugar bastante aislado como usted sabe. ¿Cree que alguien estuvo allí cuando me fui? Supongo que es posible, pero no recuerdo haber visto a nadie, y si algún automóvil hubiera pasado en dirección contraria por ese estrecho camino de tierra que lleva a la cabaña, le aseguro que yo lo habría notado...

Ricky fue añadiendo expresiones de asombro y frases apresuradas, le pareció que su actuación era bastante buena. De pronto dio un ligero giro a su falsa sorpresa.

—¿Sabe, agente? Antes de que el señor Williams y yo saliéramos de su cabaña esa tarde... hacía un poco de frío. Mientras hablábamos, él encendió la chimenea y aumentó bastante la intensidad del fuego. Cuando salimos para ir al puente seguía ardiendo con mucho vigor. Yo no sé mucho sobre estas cosas porque, como imaginará, en Miami no hay necesidad de chimeneas o de encender leños para calentarse, pero recuerdo que, por un instante, me pareció que dejar el fuego sin supervisión podría ser mala idea.

—Comprendo —dijo el policía con cierto grado de escepticismo—, sin embargo, las primeras averiguaciones indican que fue un incendio provocado.

—¡Dios santo! —exclamó Ricky—. ¿Cree que puede tener algo que ver con el suicidio del señor Williams?

«En efecto, pero usted no lo sabe, ¿cierto, agente?».

—Seguiremos investigando —dijo el policía.

—Por supuesto. Si en algo puedo ayudar... —dijo Ricky antes de dejar que su voz se fuera apagando—. Por cierto, los restos del señor Williams... ¿pudieron recuperarlos?

El policía no respondió con exactitud.

—Los servicios de rescate siguen en la escena, pero creo que los buzos se retrasaron —explicó—. Vienen desde Burlington, que queda bastante lejos. No he recibido su informe. —Luego añadió—: Creo que tendremos que hablar de nuevo con usted, doctor. En persona. Aquí, en la comisaría.

—Por supuesto, si le parece absolutamente necesario. Sin embargo, no veo ninguna razón —dijo Ricky hablando rápido—. En todo caso, ya tiene mis números telefónicos en Miami. De casa y del teléfono móvil. No dude en llamar si me necesita. De acuerdo con su agenda, por supuesto. Quisiera ayudar de cualquier manera posible.

Lo último que dijo era una mentira absoluta.

De vuelta a la autopista de peaje.

Una faceta de él, la inocente y honesta, se arrepentía de haberle mentido al policía de Vermont. La otra faceta, la práctica, sabía que se encontraba atrapado en una lucha de vida o muerte con una familia que, al parecer, no se detendría ante nada con tal de verlo muerto. Durante dos o tres kilómetros se centró en ese lugar común: no detenerse ante nada. Sabía que tendría que transformar esa frase en una mentira más.

Esos pensamientos lo alejaron del primer Ricky y lo acercaron al segundo Ricky.

De pronto admitió que lo perseguía un problema considerable, algo que podría incriminarlo, por eso decidió detenerse por segunda vez, en esta ocasión en la última zona de servicio para viajeros antes de llegar a los barrios de las afueras. Gasolina. Comida rápida. Refrigerios. Aparcó en la zona más distante del área de servicio y caminó hasta el interior. Compró en McDonald's un refresco dietético grande de naranja y un batido de chocolate, también grande. En la gasolinera compró dos envases de aceite para el motor, una botella de aditivo para gasolina STP y una botella de un litro de leche. Luego llevó todos los artículos al automóvil y los guardó en el maletero.

El revólver del fotógrafo seguía ahí, dentro de la mochila.

Después de asegurarse de que nadie viera lo que hacía, tomó la cámara sin imágenes. «Guarda esto», pensó, aunque no estaba seguro de la razón. Luego vertió los líquidos sobre el arma y el exterior de la mochila para que todo quedara sucio. Un desastre total. Guardó todos los envases vacíos —leche, refresco, batido, aceite y aditivo— en la mochila. Casi logró meter el revólver entero en el vaso de refresco. Cerró la mochila con todo bien apretado en el interior y se aseguró de que el cierre quedara cubierto de aceite.

Sostuvo la mochila con cuidado para que los líquidos no gotearan y mancharan su ropa. Miró alrededor y vio que al fondo del área de estacionamiento había una zona especial para que los perros hicieran sus necesidades. Caminó hasta allá y encontró excremento fresco. Embarró la mochila con él y luego la dejó en un contenedor para basura cercano, tratando de enterrarla lo más posible para que quedara cubierta de desechos.

«La policía me vio con la cámara en el puente. Debería guardarla en caso de que lleguen a preguntar por ella. El revólver, en cambio, me vincula con el interior de la cabaña, no quiero que me encuentren con él».

Estaba seguro de que su manera de deshacerse del revólver era torpe, incluso pensó: «Ricky, necesitas ser mejor criminal». Pero en ese momento no veía otra alternativa.

Vio una alcantarilla cerca de ahí. Volvió a mirar la bala con sus iniciales grabadas en el cartucho y la dejó caer por la rejilla.

Tuvo un pensamiento mordaz, empezó una conversación imaginaria con Virgil y Merlin:

«Sabíais que tomaría el revólver de la cabaña y que Williams me entregaría la bala. Creísteis que no tendría adónde ir ni manera de salir de la trampa en que me hicisteis caer. Qué amable de vuestra parte, proveerme lo necesario para suicidarme —pensó con profundo sarcasmo—. Creísteis que sucumbiría ante la desesperanza, que colocaría la bala en una de las recámaras y que daría fin a todo antes de que llegara la fecha límite que me impusisteis.

»Pues os equivocasteis. Al menos, respecto a que me suicidaría».

Miró el contenedor de basura.

Supuso que la probabilidad de que alguien encontrara el revólver no era poca, pero, al mismo tiempo, ¿quién no tiraría a la basura una mochila barata y dañada sin remedio porque se embadurnó de aceite y excremento de perro? ¿Y quién se pondría a palparla para revisar el interior?

«Ese revólver está destinado a terminar en un vertedero. Perdido para siempre. Espero».

Cuando regresó al automóvil, pensó:

«La única arma que me queda es mi memoria. Y no estoy seguro de que con eso baste».

Atrás quedaron Newton, la salida para Cambridge y Alston, y el río Charles a lo lejos. Atrás quedó el enorme letrero de Citgo y el Monstruo Verde de Fenway Park. Atrás, el imponente anuncio con los datos sobre muertes por armas de fuego en Estados Unidos. Atrás quedaron las salidas a Prudential Center, Beacon Hill y Chinatown. Entonces entró en los túneles que llevaban al aeropuerto Logan.

Tomó la salida para ir a la agencia a devolver el coche de alquiler. Insistió durante varios minutos en comentar al empleado que había estado oyendo un ruido raro en el chasis. En realidad, no había ningún ruido, pero se aseguró de que el empleado lo anotara en la ficha de devolución, y luego se subió a un autobús que lo llevaría a la terminal.

En el mostrador de American Airlines compró un billete de primera clase a Miami. La joven que lo atendió se sorprendió de que no hubiera hecho una reserva por internet, pero Ricky le dijo que sus planes habían cambiado de forma abrupta.

—Un paciente mío falleció —le dijo a la empleada—. No hay nada más que pueda hacer aquí.

—Lamento su pérdida, doctor. ¿Va a facturar equipaje?

—No, solo viajo con una maleta pequeña que llevaré en la cabina conmigo.

Su explicación fue detallada, aunque dudaba que la empleada recordara la justificación de su compra en el aeropuerto y la conversación sobre el paciente. Sin embargo, si llegaban a interrogarla, tal vez algo le vendría a la memoria, y eso le bastaba a Ricky. Su vuelo estaba programado para tres horas más tarde, pero prefirió atravesar la zona de seguridad en ese momento. De ahí se dirigió al restaurante Legal Seafood para cenar temprano. Usó tarjetas de crédito para todo, fue dejando un rastro que cualquier investigador de Vermont con modestas habilidades de investigación podría seguir.

Poco antes de la hora de embarque de su vuelo, caminó por el pasillo que llevaba a la salida y, en cuanto vio el primer vuelo que llegaba, de Salt Lake City, dio media vuelta y se unió al flujo de pasajeros que caminaban en la dirección contraria. Siguió a la multitud hasta la zona de recogida del equipaje y, justo antes de pasar por debajo del letrero que decía NO REINGRESO y de pasar por los distintos juegos de puertas, se detuvo y se hizo a un lado. Esperó, vio a todos los pasajeros y se cercioró de que ninguno se parara. Cuando se sintió listo, atravesó las puertas. Ahí volvió a detenerse y a examinar los rostros de los pasajeros. Pasó por la zona de recogida del equipaje tirando de su pequeña maleta. Arrojó su móvil en la primera papelera que vio. Esperó en la acera un autobús que lo llevara a una agencia de alquiler de automóviles de otra empresa diferente a la que acababa de devolver el automóvil que había usado en Vermont. Se puso en la cola y, unos minutos después, alquiló un nuevo vehículo.

Pensó que, si algún inspector rastreara su elaborado trayecto, solo lo haría parecer culpable de algo. Les resultaría fácil comprobar que nunca había embarcado en ese vuelo. Sin embargo, no había hecho nada ilegal hasta ese momento. Su plan estaba diseñado para ponérselo difícil a cualquiera que siguiera sus movimientos.

Era una ligera satisfacción para su paranoia.

Pero la necesitaba.

Dudaba mucho que Merlin y Virgil lo estuvieran siguiendo, no creía que pudieran hacerlo sin que lo notara. ¿Podrían vigilarlo en todos lados? ¿Desde la casa vacía del viejo inspector hasta la autopista de peaje, el centro comercial, la zona de servicio en la carretera y el aeropuerto?

Era poco probable.

No obstante, como en sus encuentros con la familia que lo quería muerto habían sucedido muchas cosas poco probables, ahora estaba decidido a disminuir esas probabilidades.

Además, sabía que cuando fue al puente y regresó hubo alguien en la cabaña del fotógrafo. O, al menos, cerca de allí. Alguien que permaneció oculto pero listo para actuar.

«Descolgar las fotografías de las paredes. Embalar obras de arte valiosas. Dejar un escalofriante mensaje visual y una sola canción sonando en bucle en el estéreo. Esparcir gasolina y encender velas».

Estaba claro.

«Preparación. Planificación. Más de una persona. Varias. Trabajando juntas como un equipo técnico de Fórmula 1 rodeando el automóvil mientras la victoria se pone en riesgo con cada segundo que pasa».

Pensar en todos estos factores era como tratar de ver debajo de las olas. Sentía temor, en cada paso le parecía que estaba hundiendo el pie en la misma mezcla pegajosa de aceite y excremento que había usado para esconder el revólver del fotógrafo.

No se sintió tranquilo hasta que volvió a estar en la carretera, dirigiéndose a la ciudad donde, después de su primera confrontación con Virgil, Merlin y el señor R, vivió como indigente. En esta ocasión, sin embargo, no planeaba detenerse y visitar ninguno de los sitios en los que había dormido sobre el duro cemento e iniciado lentamente el proceso de volver a reclamar su vida. Ahora quería ir a un sitio donde había dejado muchos recuerdos. Tenía la esperanza de que alguno de ellos lo enviara en la dirección correcta. O en cualquier otra.

22

DÍA SIETE, UNA SEMANA QUE SE HA IDO

Mira al pasado. Mira al futuro

Todo parecía igual y, al mismo tiempo, distinto por completo.

Cuando Ricky condujo por la carretera 6 hacia su pasado vio muchas de las cosas que aún prevalecían. Un restaurante Lobster Shack cerrado por la temporada, un colorido toldo enrollado, las puertas tapiadas para protegerlas del viento y la lluvia, deterioradas y astilladas tablas blancas horizontales como revestimiento. Al pasar a un lado del amplio y tenebroso océano notó que esperaba las tormentas invernales; vio olas grises y espumosas balanceándose de un lado con impaciencia antes de estrellarse contra la arena de la amplia y plana playa. Vio el estacionamiento vacío cerca de Hawthorne Beach, el lugar donde, quince años antes, dejó una vida y se embarcó en otra. Sabía que la mayoría de los turistas consideraba que Cape Cod significaba sol ardiente, áreas de estacionamiento repletas, cuerpos con sobrepeso embutidos en reveladores trajes de baño, bocadillos de langosta y helado, ciénagas saladas donde parece que la naturaleza solo sabe aguardar y cosecha de arándanos rojos en pantanos. Sin embargo, fuera de temporada el universo de la península cambia, se vuelve más apacible, como si esperara las inevitables tormentas rabiosas. En su camino hacia la punta del cabo, vio una curva familiar que, en su mente, siempre estaba repleta de ciclistas que se dirigían a la playa. Ahora se encontraba vacía. Su mirada trató de detectar todo lo que había cambiado: casas recién construidas sobre colinas barridas por el viento, un concesionario en las afueras de un pueblo, anuncios donde antes solo había espacios vacíos. A medida que se dirigía al lugar donde alguna vez estuvo su casa, vio en varias ocasiones que a lo que le resultaba familiar lo habían reemplazado cosas nuevas. Se dio cuenta de que el paisaje era como la vida misma.

No había vuelto al Cabo desde la noche en que le disparó al señor R y luego llamó a la ambulancia que salvó la vida del asesino y, sin saberlo, revigorizó la venganza.

Unos seis años antes había vendido el terreno de la casa que alguna vez tuvo y que tanta dicha le había proporcionado. Pactó la transacción con un promotor inmobiliario que llegó con planos en las manos y que, de acuerdo con sus sospechas, era la pantalla de alguna familia de dinero. Qué recuerdo tan amargo. En ese momento no hizo preguntas, solo firmó los derechos de propiedad y cobró la considerable cantidad escrita en el cheque. Alguna vez imaginó que aquella tierra contenía la antigua tradición de Nueva Inglaterra, y ahora esperaba ver una monstruosidad construida sobre ella. No se equivocó. Al llegar al desvío que tan familiar le resultaba detuvo el coche. A lo largo del prolongado camino de acceso que llevaba a la que alguna vez fue su propiedad vio montones de letreros clavados en los árboles: PROHIBIDO EL PASO.

Los ignoró y continuó avanzando.

Detuvo de nuevo el automóvil a medio camino del acceso. Alguna vez fue un sendero de la rubia y arenosa tierra tan común en el Cabo, pero ahora estaba pavimentado con liso macadán negro. Vio que, a unos cuarenta y cinco metros, se extendía una reja amarilla de metal de un lado a otro del camino. En ella había un panel para introducir códigos numéricos y un intercomunicador. Bajó del automóvil y caminó hasta ahí. Colocó las manos sobre la barrera y la agitó. El crujido que oyó y la idea del: «Mi privacidad es más importante que tú» lo enfurecieron. Un poco más allá, pasando la reja, vio la casa que habían construido sobre la que ardió y se convirtió en cenizas: su casa. El exceso era evidente. Dos pisos para alcanzar una vista del mar, una amplia terraza en la parte trasera para invitar amigos. Una terraza en la parte superior para beber por la mañana capuchino italiano recién preparado en una máquina importada de acero inoxidable o, al menos, eso es lo que imaginó. Demasiadas habitaciones y baños. Una piscina infinita a un lado. Un garaje para tres automóviles. Sospechaba que en una de las plazas había un desorbitadamente caro SUV dejado ahí para el invierno por los dueños: la familia poseedora de lo que una vez fue modesto, antiguo y respetuoso con el pasado de esa zona, y que le perteneció por completo a él y a su difunta esposa. En lo que vio no quedaba nada del salado romanticismo del viejo Cape Cod; este era ahora el territorio de un nuevo rico, del director ejecutivo de algún fondo de inversión. Se quedó mirando con resentimiento la casa nueva, tratando de comparar sus dimensiones con las de aquella que incendió, el lugar donde fue infinitamente feliz hasta que todo se derrumbó, primero por la enfermedad de ella y luego por el asesino que se coló en el bosque una noche.

El psicoanalista sabía adónde quería ir y qué quería recordar:

Los restos del muro de piedra donde esperó al señor R con una pistola en la mano.

Quince años atrás.

Su trampa para un asesino.

La noche en que pensó que solo podría vivir o morir.

El momento en que creyó haberse liberado.

La noche en que pensó que había superado a la familia que lo quería muerto.

«El primer día de mi muerte se convirtió en el primer día de mi vida».

Negó con la cabeza y se recordó: «A veces, lo que parece ser una verdad repentina se convierte en una mentira».

Se alejó del coche de alquiler y se abrió camino entre la maleza. Hizo a un lado con facilidad las resecas malas hierbas hasta que encontró el lugar correcto. Contempló el lugar un instante y reprodujo las imágenes que se habían grabado en su memoria.

«Aquí me escondí.

»Ahí se paró el señor R, dándome la espalda.

»Ahí giró, disparó y falló.

»Aquí disparé yo y acerté.

»Aquí es donde creí que todo había terminado, que podría echar tierra.

»Pero me equivoqué».

Estuvo a punto de pronunciar el lugar común: «Que podría echar tierra sobre el asunto», pero se detuvo al ponderar el verdadero significado de la metáfora.

Se colocó justo en el mismo lugar y la misma postura de hacía quince años, cuando esperó en la oscuridad, oculto debajo de una lona. Algo se le hundió en la espalda, la dura piedra del muro de más de dos siglos de antigüedad, del tiempo de los mosquetes y el arado con caballos. Imaginó el peso del arma que sostuvo aquella noche. Por un instante se preguntó si la acaudalada familia propietaria de la nueva casa tenía idea de la existencia de aquel antiguo muro y de lo que alguna vez significó, de lo que significaba para él ahora. Miró hacia arriba, se quedó contemplando a través de las desnudas ramas que hacía ya tanto se habían despojado de sus hojas. Hacía frío. Al ver el tétrico cielo gris más allá de las copas de los árboles, tiritó y dijo en voz alta:

—¿Cómo saberlo?

Por un momento casi esperó que el fantasma de su esposa emergiera de las sombras y le hablara. Si lo hiciera, seguro que le sugeriría claridad. Llevaba mucho tiempo conjurando su espíritu; cerró los ojos y, por un instante, la vio. Joven, hermosa, llena de optimismo. Una vida distinta, un tiempo distinto. Otro pasado, otro futuro.

Negó con la cabeza. Abrió los ojos.

Repitió con mucha más insistencia, como si el segundo Ricky le exigiera una respuesta al primero.

—¿Cómo saberlo?

«Dijeron que era un juego, pero Alex Williams me aclaró que yo nunca podría ganar en él.

»Y no es un juego, para nada.

»Ha sido una serie de estratagemas psicológicas con base en mentiras elaboradas, bien construidas y establecidas, y con un plan en mente. Me hicieron pensar que participaría en un concurso y no era cierto. En realidad estuve siguiendo el camino que diseñaron para mí y que tenía un solo objetivo:

»Llevarme a la cabaña.

»Reunirme con un antiguo paciente. Alguien relacionado con ellos y dispuesto a jugar un papel en su conspiración.

»¿Por qué lo haría?

»No lo sé. Necesito averiguarlo.

»Y luego…

»… me hicieron creer que me mataría.

»Después…

»… me obligaron a verlo morir.

»No me dejaron ninguna alternativa».

Ricky se quedó en silencio por un momento. Estaba analizando la situación, examinándola como un científico de la muerte que trata de ver a través de un microscopio las células vivas del asesinato.

«¿Por qué tenían la seguridad absoluta de que Alex saltaría?».

—Responde a la pregunta, Ricky —dijo en voz alta y con ferocidad el segundo Ricky.

«Y luego quemaron su pasado de la misma forma que yo quemé el mío.

»¿Por qué?».

Ricky se preguntó esto dos, tres veces. Buscó la respuesta en todos los recovecos de su pensamiento, pero era como mirar un pozo profundo de aguas negras.

Creía tener la respuesta.

«Para borrar el único lazo que quedaba entre ellos y yo.

»Para divorciar sus acciones y cercenar el vínculo entre su red y mi muerte».

Miró alrededor, al bosque circundante. Sintió la dureza de la piedra en su espalda, reprodujo en su memoria todo lo que ocurrió quince años antes. Enfocó su pensamiento en ese minuto y luego en los que le seguirían y constituirían los siete días que le quedaban antes de que llegara la fecha límite.

Tuvo un pensamiento tan gélido como el aire que respiraba.

«No pueden matarme. El único miembro de esa familia capaz de apuntarme con un arma está muerto: el señor R, su hermano. Y también está muerto el hombre que fue su guía en una existencia psicopatológica, mi mentor. Padre y maestro de ellos también. El doctor Lewis, el hombre que a mí me enseñó a ser psicoanalista, y, a ellos, asesinos en un intento permanente de venganza. Una bala en la cabeza mientras yo observaba sentado, una razón más para su desasosiego. Estas muertes mantuvieron viva una obsesión cuyo aspecto dominante es verme morir y que sea yo mismo quien perpetre el acto. Así empezaron hace quince años, estaban convencidos de que podrían arreglar mi muerte con un soborno, pero ese plan falló, así que abandonaron la idea. Ahora han vuelto para tratar de lograr lo único que los satisfará: que me suicide.

«Como hizo su madre.

»Como hizo su padre.

»Como hizo Alex Williams.

»Para ellos, soy el siguiente.

»Es lo único que los saciará.

»Que los hará sentir libres».

Ricky respiró profundamente.

«Nunca comprenderán que se equivocan, que cuando me suicide estaré muerto, pero sus heridas seguirán lacerándolos. Creen que mi suicidio les dará una especie de inmunidad contra la enfermedad de su pasado, pero no es así, creen que la venganza los ayudará a llenar un vacío. No se dan cuenta de que el odio solo crecerá y será más profundo sin que logren entender el porqué.

»Lo cual es muy peligroso.

»O podría serlo».

Al pensar en lo inmenso del odio de la familia, solo tembló.

«Un propósito único. Eso es lo que los une».

En sus pensamientos aparecieron otros «tal vez». Cada uno parecía más desolador que el anterior. Sintió que las dudas lo paralizaban, como si cada pregunta le cortara otro tendón o le rebanara un músculo más, dentro de poco ya no podría ni caminar ni levantar los brazos. A lo largo de toda su vida profesional se había consagrado a identificar las dudas que paralizaban a cada paciente que iba a su consulta y se recostaba en el diván. Siempre creyó que sería capaz de reconocer en él mismo eso si llegara a sucederle, pero ahora no estaba tan seguro. Temía que los «tal vez» en su mente le harían perder la voz y nublarían su razonamiento. Los «tal vez» amenazaban con cegarlo y ensordecerlo, un «tal vez» podría incluso matarlo. Por un instante se sintió atrapado en un asesinato a cámara lenta. «Mi propio asesinato». Entonces trató de convencerse de que esto no podía ser cierto, pero sabía que se estaba engañando.

Luchó contra esos pensamientos, apretó aún más los puños y sintió deseos de golpear el invisible aire frente a él porque no podía golpear a quienes lo atormentaban.

—¡Sé práctico, doctor! ¿Cuál será el siguiente paso? Vamos, seguro que tienes la respuesta frente a ti. Ahí debe de estar, en algún lugar —se dijo en voz alta.

Volvió a analizar lo que pasó en la última semana.

«Asesinar es un arte de vínculos —pensó—. Vínculos entre gente y sucesos, y esos vínculos pueden ser fugaces o duraderos; sin embargo, existen. Son como una roca que cae por la ladera y va cobrando impulso».

Volvió a mirar el tétrico cielo gris sobre él.

—¿Quién no me mintió? —se preguntó en aquella soledad. Pensó en cada una de las personas con que había interactuado a lo largo de la caminata sobre una soga a la que Virgil y Merlin lo sometieron.

Y solo vio una conexión restante, una capaz de detener a la roca asesina en su acelerado descenso.

«Tenue. Frágil. Improbable. Imposible».

Pero era la única persona que creía que podría llevarlo hasta ellos antes de que terminara esa semana. Además, solo le quedaba una opción.

Una opción que parecía más probable cada minuto que pasaba. Pensó en Roxy y Charlie en Miami, ignorantes del aprieto en que se encontraba. Tenía muchos deseos de hablar con ellos. Sacó el móvil de su bolsillo y empezó a marcar el número de Roxy, pero se detuvo antes de pulsar el último dígito. «No, aún no. Todavía te queda algo de tiempo. No mucho, pero algo. Aún es demasiado pronto para decir "adiós"». Exhaló. «Solo me queda una cosa por hacer aquí», pensó. En los últimos diez años había trabajado tanto para brindarles una vida que ahora no podía quedarse parado viendo cómo alguien más la destruía.

O cómo los mataba.

«Así que aprovecha toda oportunidad que tengas.

»¿Y si para cuando acabe la semana solo me queda una opción?

»En ese caso, doctor Starks, harás lo que tengas que hacer».

Tras tomar la decisión, casi rio en voz alta. «¿Qué dirían mis colegas psiquiatras si me oyeran hablándome a mí mismo de esta manera? "Ricky, lamento mucho saber que tienes problemas. Toma dos pastillas de esto y dos de aquello y llámame por la mañana, ¿de acuerdo?"». Le parecía casi una broma, pero no había nadie cerca para reír.

Se puso de pie, se sacudió de los pantalones la tierra del antiguo muro de piedra y caminó de vuelta al lugar donde había dejado su automóvil. Solo volvió a detenerse para mirar de nuevo la casa, ¿o la monstruosidad?, que habían construido en el terreno que alguna vez le perteneció. La grabó en su memoria mientras pensaba: «El cambio es inevitable». El problema era que odiaba el cambio frente al que se encontraba.

Para entonces, ya sabía adónde iría. También sabía a quién tendría que encontrar y lo que debía pedir. Esperaba oír las respuestas que le ayudarían a averiguar cómo terminaría la siguiente semana. «La desesperación puede engendrar determinación», pensó.

23

DÍA OCHO

Más allá del País de las Vacaciones

Una vez más, Ricky condujo hacia la incertidumbre.

Inició el viaje temprano por la mañana, a lo largo de la carretera 95 cruzando Massachusetts para llegar a Maine. Luego se dirigió al norte por la carretera 11 y vio que el invierno se acercaba lentamente con cada kilómetro que avanzaba. El entorno se iba volviendo cada vez más aislado. Algunas granjas, mucho bosque, enormes extensiones de parques nacionales con abundante vida silvestre y ríos de corrientes caudalosas. No era muy distinto al mundo en que había estado cuando visitó a Alex Williams, solo un poco más apacible, primitivo, distante. Si bien el sur del estado era considerado como zona vacacional, a medida que avanzaba hacia la frontera canadiense todo lo que veía le parecía salido de un pasado remoto. Fusiles de chispa, sombreros de tres picos y carros tirados por bueyes, un aire prerrevolucionario, siglo XVIII, cuando nació Estados Unidos. Los pequeños pueblos y ciudades por los que pasó eran apenas una prefiguración fantasmal de la civilización moderna. El equilibrio entre ambos era precario, en la tierra que veía a través del parabrisas dominaba la naturaleza y la historia se mezclaba con el presente. De haber sido un buen día, el paisaje habría sido endemoniadamente hermoso.

Pero no era un buen día.

Lluvia y cielo gris.

Horas en la carretera. Cada minuto que pasaba lo acercaba más a la fecha límite. Se imaginó como un prisionero encerrado en una celda, raspando la pared de hormigón todos los días, marcando una raya más, contando cuánto faltaba para la libertad. De pronto también se vio como un prisionero condenado a muerte, marcando los días que van pasando antes de su ejecución. Trató de sacar ese pensamiento de su cabeza, pero se quedó colgado en los bordes de la imaginación. El Ricky irónico insistió en que, para cuando terminara la semana, sería libre de una manera u otra.

«Saldrán para siempre de mi vida».

O:

«Estaré muerto».

Ricky llegó a un pequeño pueblo ya tarde, encontró una modesta avenida principal flanqueada de edificios de ladrillo, ninguno de más de dos pisos. Una agencia inmobiliaria. Un restaurante que ofrecía desayuno y almuerzo junto a la única pizzería del lugar, quizá. El despacho de un abogado. Una ferretería y varias camionetas abolladas estacionadas afuera. Llovía un poco y las gotas como esquirlas parecían dejar cicatrices en los ladrillos. Sabía el lugar que buscaba, solo esperaba que hubiera alguien allí.

Vio la oficina a mitad de la manzana.

Detuvo el automóvil de alquiler y salió de él. Se cubrió con el cuello del abrigo para protegerse del frío y se preguntó si la llovizna se transformaría en nieve o en granizo. Frente a él había una fachada y una amplia ventana con grandes letras doradas.

BANGOR DAILY NEWS
OFICINA DEL CONDADO DE AROOSTOOK

Miró al interior. Cuatro personas sentadas en escritorios y trabajando en ordenadores.

Entró por la puerta principal y una anticuada campana amarrada al marco interior tintineó. En las paredes había portadas de periódico enmarcadas: «La bolsa de valores se desploma», de 1933. «Victoria en Europa», de 1945. «El hombre camina en la Luna», de 1969. «Nixon renuncia», de 1973. Pensó que debería haber alguna más reciente, sobre el 11-S o, tal vez, la guerra del Golfo, pero no.

La mujer de mediana edad sentada en el escritorio más cercano a la puerta levantó la vista.

—¿Le puedo ayudar en algo? —preguntó en tono amable.

—Eso espero —respondió Ricky—. Hace frío afuera —agregó. Quería parecer amigable, inofensivo.

—No es usted de por aquí, ¿cierto? —dijo ella señalando a la ven-

tana—. Porque esto no es nada. El clima todavía es bueno, así que...
—dijo sin terminar la frase.

—Estoy buscando información sobre esta área.

—Podría ir a las oficinas de la Cámara de Comercio. Dos calles más adelante.

—La información que busco no es del tipo que podría proporcionar un grupo comercial —explicó—. O que querría compartir.

El comentario de Ricky hizo sonreír a la mujer.

—Bien, yo me encargo sobre todo de los anuncios clasificados, pero no creo que quiera poner uno, ¿verdad?

—No. Estoy buscando a alguien que me oriente hacia algún lugar donde pudiera haber... —Ricky dudó, estaba buscando las palabras correctas, sonrió—. Supongo que podrían autodenominarse «comunidad», pero imagino que sería más bien un entorno comunitario independiente de tipo familiar, algo como...

—Se refiere a una secta —interrumpió la mujer sin ambages.

Ricky asintió.

—Sí, hay algunas por aquí. Puede preguntarle a Princeton —dijo girando en su silla y señalando a un joven de veintitantos años en el fondo de la oficina.

Era obvio que había oído la solicitud de Ricky porque ya se estaba levantando de su asiento.

—Creo que es a mí a quien necesita —dijo.

Tenía una barba desaliñada, cabello largo y oscuro, camisa roja de franela, pantalones caqui sobre botas viejas.

—Podría decirse que soy el experto en ese tipo de agrupaciones. He hecho algunos reportajes y escrito columnas —explicó antes de tender la mano y añadir—: Soy Larry, pero me llaman «Princeton» porque les encanta fastidiarme y recordarme que los otros graduados de mi universidad ya están trabajando para *The New York Times* o *The Washington Post*.

El joven no respondía al perfil que Ricky imaginaba propio de un periodista graduado en una universidad del circuito Ivy League; sin embargo, pensó que tal vez las reglas de la apariencia eran distintas en el «norte profundo».

—¿Qué tipo de información busca? —preguntó el periodista.

—Estoy tratando de encontrar a una persona llamada Annie Williams que ahora se hace llamar Rainbow y algo más. Algún tipo de flor, creo...

—En esa comunidad la gente deja atrás muchos nombres y adopta otros. Una gran cantidad de ellos provienen de la naturaleza porque eso permite nombrar como benigno algo que no lo es en realidad.

—¿Cómo podría encontrar a esta mujer? —insistió Ricky.

—¿Por qué quiere encontrarla? —preguntó a su vez el periodista.

Ricky no dudó ni por un instante.

—Es la hermana de un antiguo paciente mío que se ha suicidado. No creo que la policía haya podido contactar con ella para informarla de lo que ha sucedido con su hermano y yo siento la obligación de hablar con ella.

—¿Es usted médico?

—Soy psicoanalista.

—No hay muchos como usted por aquí. Creo que solo hay algunos asesores sobre drogas y medicamentos, y un par de terapeutas vinculados con la clínica local. Tal vez leyeron a Freud hace años, pero incluso dudo de eso. En fin, la gente de por aquí no habla mucho de sus problemas. No sé si eso es bueno o malo.

Ricky sacó su identificación y oyó lo mismo que le dijeron los policías de Vermont.

—Está usted lejos de Miami, doctor.

—Así es —dijo Ricky sonriendo—. Tal vez lo más lejos de ahí que puedo estar, pero, como le mencioné, tengo una obligación. No tengo muchos deseos de dar estas noticias, pero se trata de algo importante.

En realidad no estaba mintiendo. Tampoco decía la verdad, pero esperaba que su explicación satisficiera al periodista.

—La policía podría tener fuentes —dijo el joven—, podrían ayudarle. Tienen información a la que yo no tengo acceso.

—No quisiera involucrar a la policía. Su presencia puede convertir una conversación de por sí difícil en… No lo sé… Podrían ¿complicarla? ¿Volverla demasiado oficial? Creo que esta noticia es delicada en sí misma y por experiencia sé que, cuando la policía se involucra, la gente tiene reacciones combativas por naturaleza. Quisiera evitar eso.

Sabía que su explicación podría apelar al escepticismo del periodista y tocar una fibra con la que tal vez estaba familiarizado. La relación entre la prensa y la policía suele ser de intercambio. Todos quieren recibir, pero nadie quiere dar, lo cual obliga a ambas partes a ceder de mala gana porque se necesitan entre sí.

El periodista asintió sin prisa, justo como Ricky esperaba.

—Dice que se hace llamar Rainbow algo, ¿cierto?

—Así es.

—Pues, en ese caso, definitivamente me suena a que está con los Niños del Bosque.

—Los Niños del...

—Sí, así se hacen llamar. Es algo salido de un libro de Stephen King o de una película de M. Night Shyamalan. No sé si lo sabe, pero King vive cerca de Bangor, por eso muchas de sus espeluznantes historias tienen lugar en Maine. No resulta sorprendente. En fin, a unos treinta kilómetros de aquí, los Niños del Bosque tienen lo que llamaríamos un «complejo», sin embargo, es más bien una serie de construcciones endebles, granjas que datan de hace un siglo más o menos y necesitan muchas reparaciones. No cuentan con gran cosa respecto a la calefacción o la fontanería. Tienen letrinas exteriores y animales de corral. La población fluctúa un poco, pero por lo general hay unos veinte adultos de distintas edades y algunos niños corriendo desnudos en el verano y congelándose en el invierno. Su líder es un individuo que se llama Matthew Robertson. Heredó mucho dinero, muchísimo. Compró el terreno donde viven, que antes era una granja de cultivo de patatas que colindaba con el bosque estatal. Era familiar de un hombre muy poderoso que tenía una empresa de carbón en Virginia Occidental. Se siente culpable por la destrucción ambiental que provocó su familia mientras se volvía estúpidamente rica. A Robertson le gusta hablar sobre la naturaleza, le agradan las pistolas y le encanta acostarse con la gran variedad de mujeres que viven en el complejo. Me parece que todos se han cambiado de nombre, ahora son árboles, animales o flores. Tiene la loca idea de declarar su propiedad como un estado independiente o, más bien, un país. Como no quiere pagar impuestos ni seguir ninguna regla o norma que no haya inventado él, ha tenido problemas con la policía local. Si a usted le parece que esta descripción coincide con alguien con quien estaría la persona que busca, pues...

El periodista dejó de hablar y se quedó mirando a Ricky.

—La persona que me dijo que Annie Williams ahora vivía en un sitio así mencionó a Charles Manson.

—Buena aproximación —dijo el joven—, se acerca bastante. Solo que no me parece que Robertson escuche viejos discos de los Beatles y crea que «Helter Skelter» trate de una guerra racial, aunque podría ser el caso. Tampoco creo que haya ordenado matar a alguien todavía, pero debo hacer énfasis en el «todavía». Me parece que lo que de verdad desea es cimentar su autoridad. Lo he entrevistado y... —dijo el periodista sonriendo antes de hacer una pausa. Volvió a negar con la cabeza—. Bueno, usted es el experto y creo que ese hombre coincide con el tipo de personas a las que usted atiende. Yo solo diría que está loco, pero estoy seguro de que usted puede ofrecer un diagnóstico más acertado. Claro que, en este lugar, y sobre todo cuando se acerca el invierno, con la palabra «loco» se podría describir a un tercio de los habitantes del condado.

—A la mitad —dijo resoplando la empleada encargada de los anuncios, que había estado escuchando la conversación.

—¿Me podría mostrar adónde debo ir para buscar a la señorita Rainbow?

—Claro —dijo el periodista encogiéndose de hombros, pero de repente se detuvo—. ¿Sabe? Yo no iría a ese lugar solo —añadió señalando a la ventana—, en especial ahora que empieza a anochecer, y sobre todo si no me acompañara un equipo SWAT o un pelotón de marines. A esa gente no le gustan los desconocidos. —Rio, pero Ricky permaneció en silencio—. Bueno, no le será difícil encontrar el lugar —añadió el periodista mientras caminaba hacia un extenso mapa del condado que colgaba en la pared del fondo de la oficina.

24

DÍA NUEVE

Solo los mejores consejos

Ricky supuso que el hombre que le apuntaba con la escopeta no era Robertson.

—Esto es propiedad privada —dijo—. Está prohibido pasar. No se admiten turistas, ni policías, ni vendedores, ni recaudadores de impuestos.

El psicoanalista no sabía qué le parecía más amenazante, el cañón del arma o el entrecejo fruncido en el rostro del individuo de la abundante barba. Era obvio que alguna vez se rompió la nariz y que nunca soldó de la manera correcta, ya que apuntaba a la derecha y se sumaba a su atemorizante apariencia.

—No soy nada de eso —exclamó Ricky.

—De acuerdo —dijo el hombre—, entonces, ¿qué es?

—Estoy tratando de encontrar a una persona que creo que es miembro de su comunidad.

—¿De quién se trata?

—Antes se llamaba Annie Williams, pero, por lo que sé, ahora se hace llamar Rainbow y algo más.

—Sí, Rainbow Lotus. ¿Qué asunto tiene que tratar con ella?

—Tengo información personal que debo entregarle solo a ella —respondió Ricky.

—¿Qué tipo de información?

—Familiar.

—Ahora nosotros somos su familia —dijo el hombre.

Ricky sabía que era mejor no enfrentarse a él.

—Sí, lo sé, es obvio —dijo.

«Siempre es mejor estar del lado de un individuo que te apunta con un calibre 12», pensó.

—De todas maneras, me parece que ella querría recibir esta información. Es de tipo emocional, pero es todo lo que puedo decirle.

—¿Qué tipo de mensajero es usted? —preguntó el hombre con tono exigente.

—Del tipo difícil.

A Ricky le pareció que el hombre estaba analizando la respuesta.

—Permanezca en su vehículo. No se mueva —dijo el guardia segundos después.

Ricky lo vio sacar de uno de los bolsillos de su chaqueta un walkie-talkie. El hombre no dejó de mirarlo ni por un instante mientras murmuraba en el transmisor. Recibió una respuesta y se encogió de hombros.

—De acuerdo —dijo—. Cambio y corto.

Con el cañón de la escopeta señaló un punto en la lejanía.

—Debe seguir la curva y subir por el camino, unos treinta kilómetros. Conduzca lento y con cuidado. Verá varios edificios y un granero, afuera hay un viejo tractor rojo. Aparque al lado, salga del automóvil y espere ahí. Alguien lo escoltará a la oficina central. Sunshine Man lo recibirá.

—¿Sunshine Man?

—Correcto.

«Debe de ser Robertson».

—De acuerdo —dijo Ricky.

El guardia bajó la escopeta y vaciló un instante.

—Esto... —dijo hablando con cautela y sosteniendo el arma— es solo para disuadir a otros como usted de venir y acercarse a nuestro mundo sin una buena razón, pero una vez que recibe permiso para entrar... —volvió a señalar hacia el camino que le había indicado seguir— será vigilado en todo momento, así que no haga tonterías.

—Entendido —dijo Ricky—. No cometeré tonterías.

Pensó que ese era el mejor consejo que alguien le daba en mucho tiempo. Y cuando arrancó el automóvil y dejó atrás al hombre con la escopeta sentado junto a una fogata debajo de un viejo toldo marrón oliva que en realidad no lo protegía de la llovizna, supuso que se dirigía a un territorio inexplorado y desafiante incluso para un psicoanalista.

Hizo lo que le había indicado.

Mientras esperaba junto al automóvil, mantuvo las manos afuera para que pudieran verlas. Cinco minutos se convirtieron en diez. Diez se convirtieron en quince. El lodoso patio donde le dijeron que esperara estaba vacío. No veía movimiento en el interior de ninguno de los edificios adyacentes, pero eso no significaba que no lo estuvieran observando. Luchó contra la tentación de volver a subir al coche para no mojarse, pero sabía que la espera en malas condiciones era parte de la manera en que lo evaluarían quienes lo vigilaran. Se preguntó si esperaban que cediera al frío, mascullara algunas imprecaciones y se fuera. «No haré eso —pensó—. Esta es la única pista que me queda».

Recordó que el hombre que fingió ser el viejo inspector le dijo: «Pasé demasiado tiempo siguiendo pistas, pero nunca imaginé que algún día sería una». Fue una de las frases que anuló cualquier duda que habría podido tener Ricky respecto a la identidad del hombre con el que hablaba. Recordar el incidente lo hizo enfurecer. Estaba cansado de todas las mentiras que le habían dicho, también de las trampas en que había caído. Se sacudió el sentimiento de fracaso porque sabía que debía parecer neutral e inofensivo. Tal vez eso sería lo correcto, pero también podría ser un error.

Lo averiguaría muy pronto.

Cuando estaba a punto de cumplirse el minuto treinta de espera, una puerta se abrió por fin y de ella salieron dos adolescentes, un chico y una chica. Vestían vaqueros descoloridos, andrajosas gabardinas y ceñidas gorras de lana.

El chico tenía una pistola semiautomática en la mano y rojos abscesos de acné en el rostro. La chica, en contraste, tenía un aspecto casi angelical a pesar de lo burdo de su vestimenta.

Cuando se acercaron, ella sonrió.

El chico le indicó a Ricky con la pistola que levantara las manos.

Ricky obedeció.

—¿Trae armas? ¿Grabadora de algún tipo o cámara? —preguntó el chico. Estaba muy delgado. A Ricky le pareció que tiritaba. La nariz le goteaba y, cada vez que hablaba, tosía.

«Gripe —pensó—. Eso aquí podría matarlo».

—No —contestó sin tomar en cuenta la cámara que tenía en el maletero.

—De todas formas, ella va a registrarlo —dijo el chico—. No haga ningún movimiento repentino —le advirtió antes de sujetar la pistola con ambas manos y elevarla, para después agacharse y colocarse en posición de disparo.

—Ningún movimiento repentino —repitió Ricky.

Permaneció muy quieto mientras la chica pasaba las manos sobre su ropa. Brazos extendidos, espalda, cadera y luego piernas hasta los tobillos. Después subió de vuelta.

La joven sonrió y dejó que sus manos se quedaran más tiempo del necesario en la entrepierna del psicoanalista.

—Aquí ocultaría yo mi arma —dijo en tono coqueto, en doble sentido. Lo apretó con fuerza y después retrocedió—. Está limpio —aseguró. Luego acercó su rostro al de Ricky y añadió—: ¿Está limpio, señor?

—Doctor —la corrigió.

—Bien, ¿está limpio, doctor? ¿Qué me dice de lo que pensó cuando lo toqué? ¿Tuvo pensamientos sucios? ¿Imaginó mis manos recorriendo todo su cuerpo? Tal vez lo que está sucio es su alma. ¿Lo ha considerado? Dígame.

Ricky se quedó callado un momento.

—Me parece que eso lo deben juzgar otros, no yo —argumentó.

La joven se rio y retrocedió.

—Buena respuesta —dijo antes de que a su sonrisa la reemplazara una expresión amenazante—. Y adivine qué, doctor: está a punto de ser juzgado —agregó la chica en tono burlón y girándose para mirar a su compañero.

—Entre. Siga derecho —ordenó el chico al tiempo que se limpiaba el moco de la nariz con el dorso de la mano que sostenía la pistola.

—¿Tienes fiebre? —preguntó Ricky, casi con un tono retador. Sabía que no era prudente, pero le costó trabajo contenerse—. ¿Dolor? ¿Escalofríos? ¿Garganta irritada? ¿Tos? Me parece que necesitas un tratamiento médico. ¿Sabes? Cualquier enfermedad que tengas se la contagiarás a toda la gente que vive aquí.

—Púdrase —fue toda la respuesta del chico.

25

UN JUEGO DESAGRADABLE

Condujeron a Ricky a lo que de inmediato imaginó que era la vivienda principal. Vio tablones blancos de madera astillada y techos de pizarra gris, todo descolorido y maltratado por el paso del tiempo y el mal clima. Los suelos de madera crujieron con cada paso que dio; a través de las ventanas se colaba el viento helado. La adolescente lo fue empujando golpeándolo en la espalda hasta hacerlo entrar en lo que alguna vez fue una gran sala, pero que ahora contenía almohadas de distintos tipos, colchones viejos, sillones tipo puf de la década de los sesenta, mantas colgadas en las paredes y medio cubriendo las ventanas para mantener el lugar oscuro como una caverna. Era un espacio grisáceo. Tras empujar a Ricky por última vez, la chica salió por una puerta lateral y él se quedó mirando alrededor. Vio la antigua estufa salamandra que calentaba el lugar y percibió un olor a moho producido por el paso del tiempo y la putrefacción, mezclados con una extraña tensión sexual. En un rincón de la gran sala, junto a una tina llena de agua jabonosa, había una mujer desnuda cuya edad era difícil adivinar, tendría tal vez entre treinta y cincuenta años. Con el trapo manchado que tenía en la mano se enjabonó sin ningún pudor las axilas, los senos y la cara. Se giró y miró a Ricky con aire desdeñoso, se levantó la andrajosa falda, reveló la escasa ropa que tenía debajo y se lavó el sexo con movimientos provocativos.

—La limpieza se asemeja a la devoción, ¿no es cierto, doctor? —dijo mientras se bajaba la falda para cubrirse. Luego se secó los brazos con una toalla raída y se puso una vieja camisa roja de franela.

El psicoanalista no respondió.

—Él llegará pronto —dijo la mujer mientras levantaba la palangana y se dirigía a la puerta—. Póngase cómodo —agregó riéndose con indiferencia, como si fuera una broma, dado que no había ningún lugar cómodo donde sentarse.

—Gracias —dijo Ricky—, lo esperaré con gusto.

—Yo esperaré con usted —dijo el chico que moqueaba. Tocó a Ricky en la espalda con el cañón de su arma semiautomática y añadió—: Y mi amiga también.

Algunos instantes después, volvió la adolescente. Venía cargando con dos sillas metálicas baratas que situó en el centro de la sala. Luego salió de nuevo por la puerta y regresó con cuatro sillas más que colocó en fila detrás de las dos que había dejado una frente a la otra. Sacó una cinta métrica del bolsillo de su gabardina y la estiró entre las dos primeras sillas. Ricky alcanzó a ver que entre ellas había casi dos metros. La chica movió una de ellas, volvió a medir la distancia y le sonrió, pero no de manera amistosa.

—Seis sillas. Seis, seis, seis. El número del diablo. Esta es para usted, doctor —dijo señalando una—. Mantenga la distancia —agregó—. No se acerque más.

Ricky se sentó sin hablar y vio a la adolescente salir por la misma puerta.

Volvió algunos segundos después. Esta vez traía consigo un trípode con una cara videocámara de alta gama montada. La colocó a algunos metros apuntando hacia él.

—Sonría a la cámara —le dijo y se colocó detrás del aparato como lo haría cualquier videógrafo de bodas.

Minutos después la sala empezó a llenarse. La mujer a la que acababa de ver bañándose entró acompañada de otras dos, más o menos de la misma incalculable edad. Se colocaron contra la pared, alejadas de los demás. Las otras personas ocuparon las sillas metálicas en la sala y se deslizaron hacia los sillones puf. Un grupo de niños entró, se dejaron caer en los maltratados colchones que estaban detrás de él. Los más pequeños tendrían siete años, según sus cálculos, los mayores eran los dos adolescentes que ya conocía. Luego entró una pareja de frágiles ancianos que venían tomados del brazo para sostenerse; iban vestidos con monos. Tenían el cabello totalmente blanco, manos sucias y maltratadas por el clima. Se sentaron junto a los niños más pequeños y los hicieron callar colocando sus nudosos dedos índice sobre los labios. Cuatro hombres canosos y barbudos, entre ellos el vigilante que lo había intimidado en la entrada de la propiedad, se sentaron en cuatro de las sillas de metal como un jurado. Ricky observó que tenían pistolas en fundas. Uno de ellos tenía un fusil de asalto semiautomático tipo militar AR-15 que colocó en su regazo en cuanto se sentó. Vio que acariciaba el gatillo con el dedo como si estuviera impaciente. Otro de ellos traía colgado al hombro lo que parecía ser un rifle para cazar ciervos. Al sentarse se descolgó el rifle despacio y sacó un trapo para limpiar el vapor condensado en la lente de la mira. Luego lo dejó apoyado en la pared. El psicoanalista imaginó que por esa misma mira lo habían observado. «Mientras estuve esperando afuera».

Nadie dijo nada.

Pero todos lo observaban como animales acechando desde sus madrigueras.

Pocos segundos después se abrió una puerta lateral con un crujido y por ella entraron dos personas más. Un hombre de poco más de cincuenta años con cabello canoso y largo como separado en hebras, de casi dos metros de altura y una delgadez cadavérica con barba desaliñada tipo Van Dyke que no cubría por completo sus prominentes pómulos. Tenía los ojos negros y caminaba como si le resultara difícil mantener el equilibrio. En lugar de las botas de trabajo maltratadas que parecían ser obligatorias en la comunidad, él calzaba sandalias. Llevaba las uñas de los pies largas y sucias de tierra. Vestía de forma incongruente: vaqueros remendados y un largo caftán multicolor deshilachado en los bordes; en el cuello, una flamante cadena de oro con un deslumbrante abeto pendiendo de ella, y un Rolex. Ricky supo de inmediato que era Robertson. Traía de la mano a una niña-mujer de unos trece años, descalza y vestida con solo un delgado camisón blanco de algodón que dejaba ver la tenue curva de sus senos y una banda de tela oscura entre las piernas. El cabello rubio oscuro le llegaba a la mitad de la espalda, lo traía enmarañado, como si acabara de salir de la cama. Tenía una inmaculada piel infantil, pálida, como si pasara mucho tiempo en la sombra. No tenía una apariencia áspera como los otros. Miró a Ricky fugazmente y luego se giró en otra dirección, como si su presencia no le interesara lo más mínimo.

—Tengo un poco de frío, papi —le dijo a Robertson.

—Entonces ve a sentarte junto a la estufa, cariño —dijo él con voz ronca, como si ya hubiera contraído la gripe que Ricky había detectado en el adolescente. Le hizo una señal a una de las mujeres que esperaban junto a la pared, ella se acercó y le puso una manta sobre los hombros a la niña. Luego volvió al lugar desde donde las otras dos lo miraban con los brazos cruzados y sin expresión alguna.

La forma en que Robertson miró a Ricky lo hizo pensar en una araña invitando a una mosca a posarse en los hilos de su telaraña.

—Entonces, ¿es usted médico? —preguntó mientras se sentaba justo frente a él.

—Sí, soy psicoanalista —contestó. Robertson se encogió de hombros.

—Ya sé: Freud, el diván y «Cuénteme sus sentimientos más profundos», ¿cierto?

—Más o menos.

—¿Puede leer mi mente, doctor Psicoanalista?

—No —contestó Ricky—. Eso es para los médiums fraudulentos y para la gente que trabaja en las ferias de pueblo tratando de robar el dinero de los visitantes.

Al oír ese comentario Robertson asintió y sonrió.

—He conocido a muchos psiquiatras. Les gusta hablar de forma confusa y usar términos incomprensibles y palabras rimbombantes sin significado para sonar muy científicos. Los que conocí querían drogarme hasta hacerme olvidar o hacerme revivir todos mis recuerdos de la infancia. ¿Su padre lo golpeaba? ¿Su madre lo vestía con ropa de niña? ¿La niñera le hizo una felación en sus genitales de prepúber?… ¿Es usted como esos psicoanalistas, doctor?

—No podría hablar sobre lo que hacen mis colegas —contestó Ricky con cautela—. Como en cualquier profesión, uno conoce a individuos competentes y otros no tan competentes. Yo trato de ser honesto —explicó.

Robertson resopló y emitió una especie de graznido mezclado con carcajada.

—En verdad lo dudo. En fin, muéstreme algo que pruebe que es quien dice ser.

De la misma manera en que lo había hecho tantas veces antes, Ricky sacó su identificación del hospital y el carnet de conducir. Esta vez añadió su tarjeta de miembro de la Asociación Estadounidense de Psiquiatría. Cuando se las iba a mostrar, Robertson se contrajo en su asiento con una expresión de terror y extendió los brazos con las palmas hacia arriba, como diciendo: «No me toque». El hombre con el AR-15 que estaba sentado detrás del líder se puso muy nervioso y tomó su arma enseguida en un gesto protector. El adolescente sentado detrás de Ricky se inclinó hacia delante y lo presionó en el cuello con el helado cañón de su pistola.

—A Sunshine Man no le agrada que lo toquen los forasteros —susurró desde atrás mientras le pasaba al psicoanalista el cañón por los omóplatos—. Coloque sus identificaciones en el suelo, cerca de los pies de él.

Ricky hizo lo que le ordenaba y vio a Robertson relajarse, pero solo un poco. Esperó hasta que Ricky se enderezó y se alejó de las identificaciones, y solo entonces se agachó y las tomó. Las sostuvo muy cerca de su cara para examinarlas.

«Tiene miedo de que lo toquen —pensó Ricky desde la perspectiva clínica—. Trastorno de la personalidad paranoide».

El hecho de que se acercara tanto las identificaciones a los ojos era algo distinto.

«Problemas oculares —pensó Ricky—. ¿Astigmatismo tal vez? O problemas por cataratas tempranas. ¿Necesitará cirugía láser? O quizá solo gafas para la vista cansada por la edad. ¿Significará esto que todo lo que lo rodea lo ve borroso?». Era posible, pero no podía estar seguro.

Robertson hizo una señal dirigiéndose a los niños en los colchones. Una niña de unos once años vestida con un mono se levantó rápido y corrió a su lado. Él le entregó la identificación y le acarició con suavidad el brazo sin dejar de mirar a Ricky.

—¿Qué ves, hija?

La niña escudriñó las tres identificaciones como si analizara una pregunta muy difícil en un examen decisivo. Levantó la vista y miró con hostilidad a Ricky.

Transcurrió un segundo. Dos, tres. En la sala reinaba el silencio en espera de su respuesta.

—Veo a un forastero del Mundo Oscuro que tal vez quiere hacernos el mal —dijo en una aguda voz infantil, pero con una furia y terror propias de un adulto.

«"El Mundo Oscuro". Esta niña no tiene idea de cuánta razón lleva», pensó Ricky.

Robertson sonrió y le dio palmaditas en la mano.

—Muy bien —contestó—. Devuelve al doctor sus identificaciones.

La niña le entregó las tres tarjetas.

—Aquí tiene —dijo la pequeña—. Ahora váyase. Lo odiamos. No lo queremos aquí. Nadie lo quiere aquí —añadió.

Después de hablar se giró para mirar a Robertson, quien le brindó una sonrisa de aprobación.

En ese momento, como si alguien hubiera hecho una señal invisible, se armó el revuelo y la gente empezó a murmurar y a asentir con la cabeza. Algunos de los niños más pequeños unieron sus dulces y melódicas voces en una consigna.

—Lárguese, lárguese, lárguese, ¡lárguese ahora mismo!

Robertson levantó las manos y acalló a la gente.

—Sí —dijo—, este doctor debería irse, y pronto. Pero primero necesitamos averiguar por qué decidió viajar tan lejos y venir a interrumpir nuestras vidas. También debemos aprender a investigar con cautela. Así que… —dijo en tono sarcástico—. ¿Qué fue exactamente lo que lo trajo aquí, doctor?

—Quisiera hablar en privado con una mujer que antes fue conocida con el nombre de Annie Williams, pero ahora se hace llamar Rainbow Lotus. Es un asunto familiar de gran importancia.

A Ricky le pareció que sonaba un poco pomposo. Quería mostrarse inofensivo pero solemne al mismo tiempo. Un equilibrio difícil.

Robertson pareció darse cuenta de ello.

—Rainbow Lotus se encuentra entre nosotros ahora —dijo.

Ricky se enderezó un poco y miró alrededor, pero Robertson le gritó enseguida:

—¡Míreme a mí!

Se volvieron a oír murmullos en la sala, una especie de cólera subyacente. Ricky notó que los dedos sobre los gatillos se tensaban.

«¿Estaré en peligro? —se preguntó—. Sí, sí lo estoy».

Recordó lo que le había dicho el periodista: «No iría solo, sobre todo si no me acompañara un equipo SWAT o un pelotón de marines».

Nunca se había sentado frente al autoproclamado líder de una secta. Se preguntó lo que habrían tratado de prescribir a Robertson los terapeutas que tuvieron que atenderlo en el pasado. «¿Antipsicóticos? No, no para un psicópata narcisista. No funcionarían». Ricky sabía que a lo largo de su carrera había examinado a algunos criminales de verdad, pero también a algunas personas que anhelaban convertirse en criminales; y que había oído a mucha gente fantasear sobre todo tipo de delitos, incluso el asesinato. Madres, padres, niños, novios y novias, esposos y esposas. La gente fantaseaba respecto al asesinato, respecto a asesinar. Querían matar a otros y, a veces, matarse a sí mismos. Había hablado con esquizofrénicos paranoicos que aseguraban haber recibido órdenes violentas directamente en sus oídos, que decían haber oído la voz de Dios, de Jesús o del perro de su vecino, como afirmó el asesino David Berkowitz, el hijo de Sam. Ese tipo de gente siempre era una amenaza porque podía obedecer las supuestas órdenes recibidas y herir a sus compañeros de trabajo o a desconocidos. Ricky había sido testigo de muchos prolongados y tensos episodios psicóticos de pacientes bipolares. Cada uno de los electrizantes pensamientos de los individuos conllevaba un sinfín de peligros, y cada individuo podía liberarse en cualquier momento de las frágiles limitaciones que los contenían. Los pensamientos eran como barcos atracados en un embarcadero en una tormenta incontrolable, sujetados con sogas tan estiradas y tensas que siempre estaban a punto de romperse. A lo largo de los años había oído a personalidades salvajes y arrogantes afirmar con indiferencia que estaban por encima de la ley y que podían hacer lo que les viniera en gana. Inmunes por completo a la responsabilidad.

Sospechaba que Robertson era uno de ellos.

Y que tenía rasgos de los otros también.

«Ve con tiento», se recordó a sí mismo.

—No mire a otro lado —gritó Robertson.

Ricky concentró su vista en él.

—Aquí no tenemos secretos —insistió el líder.

Ricky asintió como si estuviera de acuerdo.

—Supongo que eso es cierto —empezó a decir, pero luego se detuvo de forma deliberada—. Dígame, ¿cómo debería referirme a usted? No quisiera insultarlo usando un nombre inaceptable.

Robertson se quedó pensando.

—Mi gente —repuso al mismo tiempo que hacía un exagerado gesto con la mano derecha para señalar a los presentes en la sala— me llama Sunshine Man. En otra vida, otro mundo y otro tiempo fui Matthew Robertson, pero ese era un nombre muy parecido a lo que la gente negra considera «un nombre de esclavo». ¿Cuál de ellos cree que debería usar ahora, doctor?

La pregunta parecía simple, pero implicaba demasiado.

Ricky trató de relajar la atmósfera.

—Bien, cuando dice «Sunshine», imagino que habla de la luz y el calor del sol, así que no creo que se refiera al clima en este momento.

Nadie rio, pero Robertson esbozó una sonrisa.

—Muy acertado. Yo solo existo para llevar el brillo y el calor del sol a las almas en la oscuridad. Yo ilumino el tormento, es mi tarea en la vida.

Ricky asintió.

—Yo trato de hacer lo mismo, creo que tenemos eso en común.

Robertson se reclinó un poco.

—Tal vez —dijo—, pero sospecho que eso es lo único.

La imaginación de Ricky se desbordó. Vio los titulares de los periódicos, los especiales de la CNN, los ensayos académicos publicados en revistas de psiquiatría, todo mezclado en una suerte de montaje. Nunca le habían interesado las facetas marginales de la psiquiatría anormal, los estudios de David Koresh, los davidianos, Charlie Manson y sus incontrolables hippies, Jim Jones y sus devotos seguidores suicidas. Conocía libros sobre fundamentalistas mormones y su insistencia en tener muchas esposas, así como su habilidad para encontrar razones psicóticas en la Biblia o el Libro de Mormón para justificar cualquier comportamiento y acto, incluso el asesinato. No obstante, esos análisis, investigaciones periodísticas y evaluaciones clínicas no formaban parte de sus intereses. Él nunca imaginó terminar sentado frente al autoproclamado líder de una secta, pero, ahora que estaba ahí, decidió buscar en su interior todo lo que sabía respecto a las aberraciones que acechaban en los márgenes de la sociedad.

Robertson titubeó, pero algunos segundos después lo interrogó con brusquedad.

—Está usted aquí para matarnos, ¿no es cierto?

—No —contestó Ricky de inmediato.

—Es un espía.

—No.

—En realidad trabaja para una agencia del gobierno que nos quiere enviar a todos a un gulag, ¿no?

«A este hombre lo han interrogado personas que conocen bien su trabajo. La técnica Reid es famosa: confrontación con el sospechoso», pensó Ricky anticipando otras formas de abordar interrogatorios: dominación, evasión, empatía, repetición. Todas ellas podrían presentarse en los minutos siguientes.

Negó con la cabeza, lo único que quería era sonar y mostrarse corriente, rutinario. Incluso aburrido. «No apuestes a tanto», se dijo, aunque sabía que eso era casi imposible.

—No, no trabajo para ninguna agencia del gobierno, pero comprendo por qué podría usted suponer eso, señor Sunshine... —Esperaba estar usando el título honorífico correcto. «Hazlo sentir tan importante como cree ser. No lo cuestiones, ni a él ni a su estatus de líder»—. Le dije que mi único propósito al venir aquí era entregar un mensaje privado a la señorita Rainbow. Lamento la intrusión, pero me parece que tengo la obligación profesional de...

Estaba mintiendo hasta cierto punto. Se encontraba en ese lugar para entregar información, pero también para obtenerla.

Robertson parecía intuirlo.

—No creo que me esté diciendo la verdad, doctor —dijo despacio. Señaló a Ricky con el dedo índice.

—Mentiroso —exclamó, estaba al borde del enojo.

Se volvió y se dirigió a sus seguidores:

—¿Podéis ver sus mentiras?

De nuevo se oyeron murmullos en la sala.

Ricky sabía que esa respuesta era como música para los oídos del autoproclamado líder.

Robertson levantó ambos brazos como un director a punto de ordenar a su revoltosa orquesta tocar los primeros acordes de una sinfonía letal.

—¿Cómo castigamos a los mentirosos que vienen a nuestro mundo? ¿Cómo mantenemos nuestra comunidad a salvo? ¿Cómo mantenemos nuestro mundo puro? ¿Cómo evitamos que el mal penetre en este sagrado recinto donde estamos reunidos?

Hizo todas estas preguntas con voz sonora y dirigiéndose a sus seguidores, pero en ningún momento dejó de mirar a Ricky a los ojos, en tanto que él solo luchó contra el perturbador miedo que acechaba en las agitadas miradas a su alrededor. Robertson parecía desear solo una cosa, dar la orden de matarlo. Le costaba mucho trabajo contenerse. Las voces en la sala fueron más vehementes, el odio empezó a desbordarse en el lugar. Detrás de él, Ricky oyó entre susurros palabras como «herir» y «matar».

Tenía que responder.

—No quiero hacerle ningún daño. Ni a usted ni a ninguno de los presentes —dijo Ricky lo más fuerte que pudo.

De pronto Robertson hizo un gesto con el que pareció cortar el aire entre ellos y los murmullos cesaron de inmediato. Se echó hacia atrás en el asiento y se acarició la desaliñada barba. Miró a Ricky de forma hostil, él lo vio pensando, imaginó que estaba a punto de dar la orden de ejecución. Buscó en su memoria algo que le ayudara a lidiar con el autoproclamado líder. Se dijo que debía confiar en el instinto que había desarrollado y acumulado en todos sus años como psicoanalista. Sabía que tendría que encontrar la manera de anular esa orden incluso antes de que fuera emitida.

—Señor Sunshine, si así lo prefiere, puedo levantarme de esta silla, desearles a usted y a su comunidad un buen día, salir por la puerta por la que entré, ir a mi vehículo, dar media vuelta, salir de su propiedad lo antes posible y nunca volver. Tiene todo el derecho de pedirme que me vaya y, si lo hace, yo me iré sin replicar.

Ricky habló con una formalidad con la que creía que podría lograr que Sunshine Man se detuviera un momento. Tenía razón.

Lo vio vacilar.

Aprovechó el silencio para seguir hablando.

—Sin embargo, si hace usted eso, la señorita Williams, Rainbow Lotus, no conocerá la información que me trajo aquí. Fue un viaje largo, eso debería darle una idea de la relevancia de lo que tengo que decir... —dijo Ricky, acumulando autoridad en su tono—. Por otra parte, intuyo que, en los días subsecuentes, esa creciente curiosidad podría ser más perturbadora que mi presencia en este momento. «¿Qué iba a decir el doctor y por qué era importante?», se preguntarán. Tal vez los obligaría, a usted y a la señorita Rainbow Lotus, a salir al Mundo Oscuro para buscar una respuesta... —dijo, y cuando pronunció las palabras «Mundo Oscuro», giró un poco en su asiento y miró a la pequeña que había usado ese término. Después volvió a mirar a Robertson de forma implacable. Se encogió de hombros y añadió—: Sin embargo, solo usted puede decidir.

«Es una apuesta», pensó Ricky.

Robertson frunció el ceño, fue evidente que no le agradó el ultimátum.

—Dígame ahora mismo de qué se trata —exclamó de pronto.

—No puedo —contestó Ricky.

Dudaba que Robertson oyera con frecuencia un no como respuesta. Sabía que estaba cruzando una frontera emocional muy tenue, el autoproclamado líder podría enojarse y salir de ahí, pero era igual de posible que asintiera mirando a uno de sus seguidores y este lo matara en un instante.

Tal vez, quien vería el gesto del líder sería el chico con cicatrices de acné. «A esa edad no se tienen inhibiciones, podría obedecer cualquier orden sin cuestionarla. De hecho, podría ser un psicópata en entrenamiento».

Quizá Robertson le haría una señal a alguno de los hombres con pistolas o rifles sentados detrás de él. «Son hombres devotos, renunciaron a su identidad para adaptarse a esto. Creen que también tienen la fortaleza que perciben en su líder, es una combinación mortal. Cuando Jim Jones ordenó a sus acólitos que asesinaran a un congresista de Estados Unidos en la selva de Guyana, lo hicieron sin dudar ni por un instante y luego ayudaron a distribuir el Kool-Aid suicida que los mató a todos. La familia de Manson obedeció cuando este les ordenó salir a matar. Los seguidores de Koresh estuvieron dispuestos a sacrificar su vida frente a las abrumadoras fuerzas que se les interpusieron».

Los ejemplos siguieron desbordándose en la mente de Ricky.

Mientras tanto, Robertson parecía estar analizando la respuesta del psicoanalista.

—¿No me lo va a decir? —susurró con lentitud, casi en un tono seductor. Ricky sabía que no se trataba de una pregunta, sino del preludio a algo más.

¿Sería a la muerte?

«Quizá, pero he llegado demasiado lejos para retractarme».

Ricky recurrió a su voz menos amenazante.

—Le ofrezco una sincera disculpa, señor Sunshine, pero debido a mi profesión hice un juramento; además, tenemos reglas de confidencialidad y ética bien establecidas que no puedo violar. Estoy seguro de que usted comprenderá esto porque creo que también debe obedecer a estándares morales aquí, con los Niños del Bosque. Si la señorita Rainbow Lotus desea compartir con usted y sus compatriotas lo que yo le diga durante nuestra conversación, bueno, por supuesto está en libertad de hacerlo. Imagino que eso será lo que querrá hacer debido al fuerte vínculo que la une a usted y por la manera en que la ha ayudado, por lo que se puede ver.

Ricky prácticamente brindó en nombre de la comunidad y apostó al halago con la esperanza de crear un vínculo casi familiar entre él y Robertson.

El líder volvió a sonreír. A la sonrisa de araña la reemplazó una de serpiente.

—Doctor, me pregunto si alguien está al tanto de su visita a nuestra comunidad.

«¿Vino solo? ¿Se encuentra en una situación vulnerable? ¿Podría yo enterrar sus restos en una pocilga sin que nadie venga a buscarlo jamás?».

Ricky detectó el peligro intrínseco de la pregunta.

—Por supuesto, señor Sunshine. Mis colegas de Miami saben que vine.

Esperaba que su mentira funcionara, sonaba a verdad.

Robertson asintió.

—No estoy seguro de creerle, doctor —dijo, y guardó silencio un momento—. De acuerdo, señor Psicoanalista, permítame preguntarle algo: ¿qué está dispuesto a arriesgar de manera personal para poder conversar con Rainbow Lotus y mantener su... —calló, dejó que asimilara la palabra «arriesgar». Ricky se dio cuenta de que se trataba de un efecto teatral, sabía que Robertson planeaba algo porque había anticipado sus respuestas. Le pareció aterrador, pero se mantuvo inexpresivo y controló el miedo que sentía para no mostrarlo— integridad profesional?

Robertson pronunció ambas palabras con un innegable desprecio.

—¿Qué arriesgaría, doctor? ¿Dinero? ¿Estatus? ¿Su futuro? ¿Qué me dice de su vida? Lo que tiene que decirle, ¿es tan crucial? —preguntó inclinado hacia delante, como un depredador—. Tiene que elegir algo, doctor. Las elecciones que hacemos, ¿acaso no todas traen consigo una etiqueta de precio? ¿Qué está dispuesto a pagar? ¿Qué importancia tiene esta conversación para usted?

Ricky respiró hondo.

«No lo sé —pensó—. Podría no ser nada, podría serlo todo. Es mi única oportunidad».

Se encogió de hombros de forma exagerada.

—Ponga su precio, señor Sunshine, y yo le diré si estoy dispuesto a pagarlo.

Sintió que esa era justo la respuesta que esperaba Robertson. El líder se levantó de su asiento como si estuviera pensándolo, pero Ricky sospechaba que solo se trataba de una actuación.

—¿Con qué debería pagarnos el doctor? —preguntó como reflexionando; sin embargo, de pronto repitió la pregunta mirando en todas direcciones, invitando a su rebaño a participar—: ¿Con qué debería pagarnos el doctor?

—Debería estar dispuesto a pagar con su vida —gruñó uno de los hombres canosos con armas.

—Con su dignidad, debería pagar con su dignidad —gritó la adolescente desde detrás de la cámara de vídeo que continuaba fija en Ricky—. Que se desnude, haced que se masturbe frente a todos, eso lo humillará. Y yo puedo grabarlo para que lo vean sus amigos y colegas.

—Dinero —dijo el anciano—. Podríamos comprar más aceite para los calentadores en el invierno. Este hombre debería pagar por ello.

—Es un médico rico —añadió la anciana a su lado—, puede pagarlo.

Robertson parecía estar analizando cada sugerencia hasta que negó con la cabeza.

—No. Nos engañaría en todos los casos. Si lo matamos... —dijo girándose para mirar al hombre con el AR-15— no sabremos lo que iba a decir. E incluso si nos dijera algo, no sabremos si es cierto. Sabemos que el doctor miente, todos lo percibimos.

Calló por un momento. Sonrió y se volvió hacia la adolescente con la videocámara.

—No ganaríamos nada si lo desnudáramos y filmáramos porque no sabemos si eso en verdad lo afectaría. Tal vez es un exhibicionista y, en ese caso, solo se regodearía en su perverso placer...

«Como tú», pensó Ricky muy enojado.

—Y respecto al dinero... —dijo Robertson dirigiéndose a la pareja de ancianos—, pues tendría que prometernos que pagaría, pero ya sabemos que cualquier promesa que haga sería falsa, así que también en eso podría engañarnos.

Se oyeron murmullos entre los presentes. Robertson permitió que el barullo continuara un momento, pero luego levantó la mano y se dirigió al grupo.

—Nuestro pensamiento es demasiado materialista.

Su frase acalló los susurros por completo.

—¿Qué nos diferencia de los animales del bosque?

La gente volvió a vacilar hasta que uno de los ancianos habló.

—Nuestra capacidad para razonar.

—El lenguaje —dijo alguien más—. Nosotros podemos comunicarnos.

La adolescente con la videocámara también dio su opinión.

—El amor. Nosotros podemos amar, los animales no. No exactamente.

Robertson asintió.

—Todas son buenas respuestas —dijo—, pero nuestros vecinos del bosque tienen instintos que casi equiparan la capacidad de razonar. Además ellos siempre encuentran maneras de comunicarse con los otros de su especie, todos lo hemos visto en la forma en que los castores trabajan en equipo para construir sus hogares en los estanques o cuando las ardillas recolectan nueces para sobrevivir al largo invierno. También sabemos que la madre alce es capaz de hacer frente a la manada de lobos que amenaza a su cría y luchar contra ellos, y que eso es amor, ¿no es cierto?

La gente volvió a murmurar, pero en esta ocasión todos estaban de acuerdo.

—No —dijo Robertson fríamente—, debemos pensar de una manera mucho más simple. ¿Qué nos distingue?

Levantó la mano derecha y la mantuvo así, como congelada en el espacio entre él y Ricky. Tres segundos, tiempo suficiente para que todas las personas fijaran la vista en ella.

Luego movió el pulgar derecho de atrás hacia delante, de manera circular.

—El pulgar oponible, doctor. Es lo que nos da control sobre buena parte de lo que hacemos en la vida, ¿cierto? ¿No es una de las grandes maravillas de la evolución? La primera vez que el hombre caminó erguido, lo que lo levantó del fango y le permitió fabricar herramientas fue el pulgar. Eso condujo a la creación de la sociedad, y luego se desarrolló la historia. Y aquí estamos ahora gracias a este dedito.

Ricky vio reír a la adolescente detrás de la videocámara, también a los dos hombres sentados detrás de Robertson.

—Entonces, doctor, ¿arriesgaría su pulgar para tener una conversación? ¿Esta diminuta parte de su cuerpo equivale a su integridad? ¿Al juramento que hizo? ¿Cuánto vale para usted esa conversación?

Robertson se echó hacia atrás, su rostro reflejaba expectativa. Cruzó los brazos como si fuera un estricto director de escuela esperando a que un estudiante mal preparado le diera una respuesta que ya sabía que sería incorrecta.

Ricky no dejaba de pensar.

«Ingenioso. Diabólico. Cínico. Aterrador».

Las sensaciones lo golpeaban. Sabía que su respuesta revelaría demasiado a Robertson. Seguro que esperaba que se levantara indignado y se fuera, que saliera de la sala de reunión soltando un torrente de imprecaciones y amenazas que, en el mundo en que vivían Robertson y su familia, no significaban nada. Tal vez podría salir y tratar de llamar a la policía. «¿Y después qué? Ni siquiera me han amenazado». Sabía que su testimonio sería tomado como «un cuento narrado por un idiota, lleno de ruido y de furia, que no significa nada». Faulkner. Por un instante consideró solo ponerse de pie e irse, pero era imposible olvidar: «Solo me quedan algunos días y ya no tengo más cartas para jugar». Se dijo que su siguiente movimiento dependería de lo que Rainbow Lotus o Annie Williams pudiera decirle.

Si no se enteraba por ella, no podría averiguarlo.

Lo único que veía frente a él era su fecha límite.

Se sentía acorralado por la locura. La locura de la familia que lo quería muerto y su infinita necesidad de vengarse. La locura que se desplegaba en la sala donde se encontraba. La que contenía cada una de las palabras de Sunshine Man. La del fotógrafo lanzándose a las aguas de noviembre. Le parecía que su vida se había derrumbado, que había caído en corrientes oscuras, que era una especie de *Alicia en el País de las Maravillas*, donde arriba era abajo y el tiempo se derretía. Por un instante incluso pensó que la sonrisa fugaz que vio en el rostro de Sunshine Man se parecía a la del gato de Cheshire.

Respiró profundamente antes de hablar.

—No, señor Sunshine, mis dos pulgares son míos y no los pienso dar a cambio de una sola conversación, sin importar lo relevante que sea.

Robertson se rio.

Levantó la mano de forma impredecible y con eso acalló a Ricky.

—Pero, doctor, yo no dije que habría un intercambio... —dijo Robertson. Ricky sintió lo superficial de su propia respiración. Al ver la expresión del líder supo que creía tener control absoluto—. Yo solo le pregunté si correría ese riesgo. ¿Sería yo capaz de pedirle su pulgar, doctor? Tal vez sí, tal vez no. Usted es el psicoanalista, quien se supone que sabe leer a la gente. ¿Me puede leer, doctor?

Ricky sintió que la mirada de Robertson le penetraba el corazón como una bala disparada a quemarropa.

—Este será su desafío: ¿ve a las tres mujeres apoyadas en la pared?

Robertson giró y señaló.

—Sí.

—Una de ellas es Rainbow Lotus.

Ricky asintió.

—Creo que un psicoanalista se jactaría de su habilidad para reconocer algunos aspectos como el sonido, la vista, el tono, en fin, los matices de la vida, y para reconocer la verdadera identidad de una persona. Así que aquí tiene su oportunidad, doctor. Elija a una de las tres, a la que alguna vez se llamó Annie Williams, y entonces podrá conversar con ella. Pero si elige a la mujer equivocada, tal vez podría terminar debiéndome su pulgar derecho. ¿Puede hacer eso, doctor?

«No lo creo —pensó Ricky—. Esa no es la manera en que un psicoanalista arma el retrato de la identidad de alguien».

—Señor Sunshine, le mencioné que yo no leía la mente.

—Lo sé, pero ¿puede leer otras partes del cuerpo? Ese es un lenguaje en sí mismo, ¿no es verdad? Le puedo asegurar, doctor, que yo sí puedo.

Ahora veía de qué se trataba: «Ego desenfrenado. La creencia del narcisista: que posee habilidades sobrenaturales. Un pensamiento mágico».

—Mire, doctor, por ejemplo, ahora sé que tiene miedo, que se siente frustrado, y lo sé solo por la manera en que está sentado. Quiere algo, lo anhela, pero continúa estando fuera de su alcance. ¿O me equivoco?

«En absoluto», pensó Ricky, pero por supuesto no le daría el gusto de decirlo en voz alta.

—Tendrá una oportunidad entre tres. Podría ganar la lotería o perder algo esencial. La mayoría de los jugadores considerarían que las probabilidades son favorables.

—¿Sabe, señor Sunshine? Creo que no participaré en su juego —dijo Ricky fríamente—. No quiero, no, en absoluto. Es un juego de mal gusto, inadecuado para una comunidad que, supongo, se jacta de ser justa y tener un pensamiento avanzado —argumentó. Era un golpe directo al líder, esperaba que le respondiera colérico—. Por eso creo que me iré ahora, como sugirió el niño hace un rato.

Hizo como que se levantaba, pero se detuvo en cuanto Robertson negó con la cabeza y lanzó una horrible carcajada que más bien parecía un rebuzno.

—Y, entonces, ¿quién se quedará con el dolor de toda esa curiosidad que describió tan bien hace poco, doctor? —dijo el líder.

Ricky vio la trampa en que se encontraba, era como ver acercarse las lúgubres nubes antes de la tormenta.

—No se trata de querer arriesgarse, doctor —dijo Robertson—. Sino de estar dispuesto a hacerlo.

Sunshine Man giró un poco y les hizo una señal a las tres mujeres. Todas asintieron.

«Se prepararon para esto», pensó Ricky.

«Prepararon todo mientras yo esperaba afuera en el frío».

La primera dio un paso al frente y le sonrió.

—Yo soy Rainbow Lotus —dijo con una amable sonrisa, con voz sonora pero amigable. Seductora. Luego dio un paso atrás.

La segunda hizo lo mismo, pero en lugar de sonreír, frunció el ceño. Era la mujer que vio exhibiendo su sexo en la tina.

—Yo soy Rainbow Lotus —dijo enojada, con una furia apenas controlable.

La tercera vino a él desde la pared y habló con voz trémula, como si estuviera a punto de llorar.

—Yo soy Rainbow Lotus —dijo respirando con dificultad. Sus hombros temblaron un poco cuando caminó de vuelta a la pared.

«Una exposición de tres emociones distintas», se dijo Ricky.

Cualquiera podría ser la señal delatora: «Yo soy Annie Williams».

—¿Puedo hacer un par de preguntas? —aventuró Ricky.

—No, no lo creo —respondió Robertson—. Sería injusto. Pero, vamos, doctor, ¿qué dice? ¿No quiere elegir y arriesgar su pulgar?

Ricky miró a Robertson.

—No habla en serio, ¿verdad? —dijo con una sonrisa discreta y falsa—. Es decir, señor Sunshine, lo único que estoy pidiendo es la oportunidad de hacer llegar cierta información. Me parece que lo que usted quiere en apuesta está muy lejos de ser razonable.

Ricky habló con ligereza, esperaba que eso desarmara a Robertson. El líder negó con la cabeza, sonriendo.

—¿Que si hablo en serio? Tal vez sí, tal vez no. Vamos, señor Psicoanalista, usted dígame. Me ha observado desde que empezamos a hablar, me ha evaluado de pies a cabeza y ha llegado a conclusiones. ¿Soy cruel? ¿Sádico? ¿Puede leer mi expresión facial y todo lo que he dicho, y con eso determinar lo que haré a continuación? ¿En verdad pediría yo eso? ¿Lo que usted tan bien definió como «muy lejos de ser razonable»? ¿No fue Falstaff quien quería una medida de la carne de un individuo que no le pagó lo que le debía?

—No —dijo Ricky—, fue Shylock en *El mercader de Venecia*. Falstaff es un personaje cómico de *Enrique IV*.

—Por supuesto —dijo Robertson riendo, pero no con humor—. ¿Dónde ha ido a parar lo que aprendí en la escuela? En fin…, ¿va a elegir, doctor? ¿No sabe si hablo en serio o no? Porque, aunque me agrada la palabra, usted fue quien la usó.

Ricky miró a las tres mujeres.

Una sonrisa.

Un ceño fruncido.

Lágrimas.

Insuficiente para decidir.

—¿Puedo acercarme a ellas? —preguntó a Robertson.

—¿Por qué no? —aceptó Sunshine Man encogiéndose de hombros.

Ricky se puso de pie y caminó hasta donde estaban las tres mujeres. Se paró frente a cada una y examinó sus rostros. Cada una mantuvo la misma expresión en su rostro. Una cálida sonrisa. «Hola, ¡soy Annie!». Una mueca. «Maldito seas, yo soy Annie». Un labio trémulo. «Oh, soy Annie y tengo miedo de lo que podrías decirme…».

Entonces se le ocurrió algo. No sabía si con eso se arriesgaría a la mutilación, era probable. Pero también era igual de probable que todo fuera una broma exagerada del autoproclamado líder que, evidentemente, disfrutaba con los juegos perversos. Era probable que los jugara todo el tiempo con la gente que vivía allí. Ricky se dio cuenta de que Robertson había creado un escenario en el que, sin importar a quién eligiera, él ganaría frente a sus seguidores.

«Astuto, muy astuto desde la perspectiva psicológica —pensó—. Pero yo también tengo habilidades».

Se giró y miró a Robertson.

—¿Podría pedir a las tres damas que me muestren sus manos? Las palmas y el dorso.

Robertson volvió a encogerse de hombros.

—Mostradle al doctor vuestras manos —ordenó.

Ricky pasó de una a otra escudriñando la piel.

Callos, cicatrices, uñas llenas de tierra. Señales que delataban horas y más horas de trabajo en una granja miserable. Día y noche.

La tercera mujer, sin embargo, la Rainbow Lotus asustada, tenía surcos y callos en zonas de su piel en que las otras no tenían nada.

Las puntas de los dedos de ambas manos.

También en el pulgar derecho, pero no en el izquierdo.

El inevitable resultado de años de tocar las cuerdas de acero de una guitarra.

—Hola, Annie —dijo Ricky.

—Hola, doctor —respondió ella en voz baja.

26

EL AYUDANTE MÁS INESPERADO

Toda la gente en la sala permaneció en silencio.

Diez segundos, veinte, treinta. Un minuto.

Luego se oyó la respiración densa y trabajosa de varios, así como los crujidos en las sillas mientras se movían incómodos en espera de la reacción de Sunshine Man.

«Ahora sí que estoy en verdadero peligro —comprendió Ricky—. Fui más hábil que el líder frente a todos sus acólitos.

»Ocultará su furia, pero esta seguirá ahí, acechando.

»Y él buscará la oportunidad de manifestarla».

Ricky permaneció de pie junto a Rainbow Lotus o Annie Williams. Necesitaba hablar con urgencia con la segunda, pero temía que la mujer conocida como Rainbow Lotus en la comunidad no cooperara con él o que estuviera demasiado asustada para ayudarle. No la miró en ningún momento.

Robertson, quien se encontraba detrás de él, de pronto actuó como si estuviera sorprendido. Levantó las manos fingiendo asombro.

Luego se giró, miró a su rebaño y empezó a aplaudir.

—Necesitamos felicitar al doctor —dijo.

La gente empezó a aplaudir de manera poco entusiasta, renuente, hasta que Robertson volvió a detenerlos alzando la mano.

—Parece que el doctor en verdad tiene poderes mágicos o una intuición asombrosa. O tal vez solo tuvo suerte. Díganos, doctor, ¿cómo lo hizo?

—Fue suerte —dijo enseguida, era la respuesta menos amenazante.

Robertson respondió en un tono grave.

—No lo creo.

De nuevo el silencio.

Unos segundos después, Sunshine Man volvió a hablar.

—Estaba casi seguro de que elegiría a Willow Tree, la que le sonrió de forma provocativa, porque me pareció muy convincente al insinuar «Elígeme» con la mirada.

«La sonrisa es algo muy obvio, debió saberlo», quería explicarle, pero no lo hizo. La voz del autoproclamado líder sonó de nuevo áspera y tensa, pero ya no se estaba burlando. Ricky percibió de inmediato el trasfondo. «Un tono peligroso, ten cuidado», se dijo. Entonces vio ensombrecerse el rostro de la mujer llamada Willow Tree, parecía una niña a la que acababan de sorprender haciendo algo muy malo y consciente de que pronto recibiría un castigo que no tendría nada de común. No la enviarían a dormir sin cenar ni la increparían; no la obligarían a quedarse de pie en el rincón mirando a la pared. No le lavarían la boca con jabón ni le darían una tunda repitiendo: «Es por tu propio bien». Lo más probable era que le dieran una paliza y que Robertson o alguno de sus tenientes bien armados la sometieran a sexo enérgico que rayaría en violación. La sonrisa con que trató de atraerlo había desaparecido, ahora solo temblaba un poco.

—Lo siento, Sunshine Man —dijo la mujer en voz baja—, yo también estaba segura de que...

Se calló en cuanto Robertson hizo un gesto desdeñoso.

—Está bien, hija —le dijo—, te esforzaste, lo sé. Todos lo vimos. Quedas perdonada en este mismo instante. —Willow Tree asintió, pero Ricky no creía que fuera una declaración sincera—. El doctor parece mucho más astuto de lo que pensé.

Robertson dejó de mirar a la pálida mujer que unos minutos antes sonreía y fijó su mirada en Ricky.

—Entonces, doctor, conservará su pulgar...

El tono de voz de Robertson no le permitía a Ricky saber si en verdad había corrido el riesgo de ser mutilado o no. Era como si estuviera cocinando en su mente: añadió todo lo que Sunshine Man había dicho, lo sazonó con los distintos tonos e inflexiones que usó y se quedó pensando. «Tal vez no, pero es muy probable que sí. Creo que todos esperaban gritar y vitorear mientras me arrastraban y me cortaban el pulgar. Les habría encantado oír mis alaridos y verme forcejear; la sangre los habría vigorizado como a los vampiros de las historias de terror».

Se dio cuenta de que había estado muy cerca.

—... y también ha logrado su conversación privada —dijo Robertson—, como le prometí. Porque, después de todo, soy… —se giró a mirar a la gente con los brazos extendidos— un hombre de palabra. Todos lo sabemos.

«"Un hombre de palabra" es el eufemismo de "Sigo teniendo el control"», pensó Ricky. Pero sabía que habría restricciones, las cuales no se hicieron esperar.

—Pueden salir a hablar. Me parece que con diez minutos bastará. De hecho, como muestra de mi generosidad, les daré quince. En ese tiempo, mi hijo adoptivo permanecerá a veinte pasos de distancia… —dijo Robertson señalando al adolescente con la pistola semiautomática, quien asintió entusiasmado—. Estará lo bastante lejos para no oír, pero suficientemente cerca para cuidar a Rainbow Lotus y que todos estemos seguros de que usted no le hará daño…

—Señor Sunshine, le aseguro que yo no…

Robertson frunció el ceño. Ricky comprendió que no debía haber interrumpido.

—Doctor, a veces incluso quienes tenemos las mejores intenciones podemos producir un enorme daño. No permitiré que eso le suceda a ninguno de mis niños.

Ricky asintió. «Una observación razonable —pensó—. Incluso viniendo de un psicópata narcisista de cuarta».

Robertson se quedó en silencio para enfatizar sus palabras.

—Créame, doctor, no permitiré que nadie dañe a mi gente. Nuestro mundo vence el dolor emocional, lo reemplaza con esperanza, ¿no es cierto? —aseveró mirando a los reunidos allí, ignorando lo miserable y desvencijado del lugar, y lo mucho que contradecía el significado de esperanza. La gente empezó a asentir y él se giró de nuevo para mirar a Ricky—. Si usted llegara a hacerlo, aunque sea de forma involuntaria, yo lo juzgaría con mucha severidad.

Robertson habló en un tono muy solemne, como un abogado preparando su argumento final, pero la amenaza implícita en cada una de sus palabras era evidente.

Las ideas se agitaban en la mente de Ricky. «¿Cómo le digo que su hermano se suicidó sin herirla o causarle un fuerte impacto emocional?».

No podía responder a la pregunta.

Sospechaba que, hasta cierto punto, Robertson intuía por qué estaba ahí. Tal vez no estaba seguro, pero imaginaba qué tipo de mensaje debía hacerle llegar a la mujer. De cualquier manera, el líder solo veía la mitad de la ecuación.

No sabía, por ejemplo, que él también necesitaba recibir información de ella. Mientras todo esto le daba vueltas en la cabeza, Robertson volvió a dirigirse a sus seguidores.

—Esta reunión ha terminado —dijo en tono brusco—, pero quiero que os mantengáis en guardia, todo el tiempo, noche y día, ¡segundo a segundo! El doctor tiene el olor del Mundo Oscuro, debemos permanecer alerta y evitar el mal que podría estar dejando a su paso. Otras personas podrían percibir el olor y seguirlo hasta aquí para matarnos.

Muchos empezaron a murmurar inquietos, pero Robertson no hizo nada para acallar sus temores.

«La paranoia es una droga poderosa cuando se imbuye a los vulnerables en el aspecto psicológico». Los miembros de la secta temían a su líder, pero veían en él una amenaza peor a pesar de que era inofensivo: justo lo que Robertson quería. Ricky pensó que las únicas ocasiones en que se había tenido que enfrentar a manipuladores fue quince años atrás, cuando el psicoanalista que tanto le había enseñado, el doctor Lewis, su otrora mentor, le apuntó con una pistola y tuvo que encararlo, y cuando se enfrentó a su hijo adoptivo, el señor R, un asesino consumado.

Estos recuerdos perturbadores lo asaltaron.

Pero se mantuvo callado.

Poco después, el hombre que había dejado el rifle para cazar ciervos apoyado en la pared lo tomó, soltó el seguro con un teatral ¡clicclac! y cargó una bala en una de las recámaras. Luego levantó el rifle a la altura del hombro y apuntó a Ricky, centrándolo en la mira. Se mantuvo en esa posición varios segundos, hasta que dejó caer el cañón y se echó el rifle al hombro con un grácil movimiento.

—Solo inténtelo —murmuró el hombre.

No explicó qué lo estaba retando a intentar y Ricky tampoco le pidió que entrara en detalles.

Robertson sonrió al hombre.

«En cuanto salgamos, me va a tener en la mira —pensó Ricky—. Parece un individuo ansioso por apretar el gatillo, solo está esperando la orden del líder, aunque nada más sea para matar palomas obedeciendo a la psicótica e infantil filosofía sobre el bien y el mal que este Charlie Manson reeditado vende a estos miserables todos los días».

—Bien —exclamó Robertson—. Creo que ambos entendemos nuestro acuerdo. Quince minutos, doctor, vamos a cronometrarlo…

—Esperó a que Ricky asintiera y luego miró a la gente en la sala—.

Muy bien, ahora todos volved a vuestras tareas cotidianas, velaré por vosotros, estaréis seguros. Hoy, mañana y siempre. Es mi promesa para todos.

«Y su amenaza para mí», pensó Ricky.

Se giró hacia Rainbow Lotus.

—Tal vez debamos salir ahora y hablar —dijo con toda la formalidad de que fue capaz.

—De acuerdo —respondió ella, mirando por última vez a Sunshine Man. Su voz temblaba y tenía la cabeza agachada—. Sígame.

La mujer pasó junto a Ricky y se dirigió a la puerta.

Ya no lloviznaba, pero el cielo continuaba gris, y, aunque la temperatura no había aumentado mucho, al poniente se distinguían algunos rayos de luz penetrando la capa de nubes, lo que parecía indicar que el clima mejoraría más tarde.

Rainbow Lotus guio a Ricky a través del patio hasta un corral con algunas cabezas de ganado: dos vacas y algunas ovejas y cabras. El penetrante olor a animales lo alteró, el lodo cubrió sus zapatillas deportivas en unos segundos.

El adolescente con la pistola los siguió.

—Aquí está bien —dijo ella apoyándose en uno de los postes de la cerca. Señaló un edificio cercano que a Ricky le pareció un gallinero—. Puedes esperar allí —dijo al chico—, desde ese lugar podrás observarnos sin problemas.

—Nada de trucos —advirtió el adolescente a Ricky. Tosió y volvió a limpiarse la nariz con el dorso de la mano.

—Paracetamol para la fiebre, dextrometorfano para la tos. Puedes conseguir ambos en el pueblo sin receta. Bebe muchos líquidos y descansa. Debes tomártelo en serio, suena a una bronquitis, la cual puede derivar en neumonía y eso es muy peligroso. ¿Crees que Sunshine Man te llevará al hospital si te ve toser sin parar o solo dejará que te mueras?

—Púdrase —dijo de nuevo el adolescente.

—Empiezas a repetirte. Me dijiste lo mismo cuando nos conocimos y me presentaste a tu amiga —le recordó Ricky señalando la pistola—. ¿Por qué no buscas una frase nueva?

—Púdrase —repitió el chico con una sonrisa perturbadora—. Vale, aquí tiene algo nuevo: solo le quedan catorce minutos.

El adolescente se volvió hacia Rainbow Lotus.

—Asegúrate de no correr riesgos, ¿de acuerdo?

Rainbow Lotus asintió. Ricky se sorprendió al ver que se había enderezado, tenía los hombros hacia atrás y la mandíbula apuntando hacia arriba y el frente. La diferencia en el lenguaje corporal de la Rainbow Lotus de dentro y la de fuera de la casa era asombrosa. Le pareció que la joven mujer que había visto en la sala ya no existía.

—Descuida —dijo desbordante de confianza en sí misma—, puedo manejar al doctor, no debería ser tan difícil. Sunshine Man me ha enseñado a enfrentarme al mal. Gracias de todas formas, es muy dulce de tu parte. Ahora aléjate para que pueda terminar con esto.

El adolescente dio media vuelta y caminó con pasos reticentes hasta el gallinero. Se alejó varios pasos y, de inmediato, Rainbow Lotus se giró hacia Ricky.

Señaló hacia el chico con un gesto de la cabeza.

—No le gusta, doctor —dijo en voz baja.

—Me parece obvio.

—Toda la gente de la comunidad lo considera un chico muy peligroso —añadió ella, en voz aún más baja—. Saben que tiene afición a jugar con la pistola. Dicen que fantasea con disparar a gente aunque, por el momento, solo mata a pequeños animales inofensivos. Yo nunca le he visto hacerlo, pero me parece que solo es igual a todos los demás: un incomprendido. No es el único al que le gustan las armas.

—Gracias por advertirme —repuso Ricky—, pero ya estaba al tanto.

—También hace todo lo que le digo. Está muy enamorado de mí a pesar de que tengo el doble de edad o un poco más —explicó sonriendo—. De hecho se la triplico, podría ser su madre. Debería buscar chicas de su edad, pero no creo que ninguna de las que están aquí quiera tener algo que ver con él. Los adolescentes son tan transparentes… Desea con toda su alma que Sunshine Man le dé permiso para dormir conmigo porque soy su última oportunidad. Se le ha metido en la cabeza que su virginidad solo le da problemas, que tiene que perderla, pero Sunshine Man se ha negado cada vez que le ha pedido que lo deje acostarse con otras mujeres o adolescentes de la comunidad. Soy su última esperanza, digamos. Por supuesto, a mí no me entusiasma mucho.

La mujer se rio un poco y se cubrió el rostro con las manos para que el adolescente no la viera. Luego se enderezó.

—La verdad es que… me gusta. Y siento lástima por él porque con frecuencia transmite sensaciones positivas y es muy inteligente. De hecho, a pesar de que solo es un muchacho, es la persona más perspicaz en este lugar, y con diferencia. Pero tiene usted razón, necesita cuidarse ese resfriado, solo ha ido empeorando y nadie lo ha llevado al hospital. Creo que prefieren verlo toser, ahogarse y morirse, para luego excusarse en que «así lo quiso la naturaleza».

Ricky estaba sorprendido, se quedó contemplando a Rainbow Lotus un largo rato. No sonaba para nada como esperaba, aunque en realidad no sabía qué esperaba. ¿Tal vez una copia calcada de Sunshine Man? ¿Una mujer casi hippy con la cabeza en las nubes y pensamiento infantil? Cada palabra que decía tenía cierta ferocidad y perspicacia, el miedo que vio en su rostro durante la reunión había desaparecido.

Era una persona distinta a la primera que vio, ahora alcanzaba a detectar un poco de su hermano en la forma en que se conducía y reconocía sus inflexiones en su voz.

O quizá solo era una actriz con mucho talento.

Era esbelta, pero musculada y robusta, casi tan alta como él. Al igual que su hermano, el fotógrafo suicida, tenía un atractivo auténtico, parcialmente oculto por su basta ropa invernal apta para el corral. Tenía una densa cabellera del mismo color que la de su hermano, castaño rojizo, y la llevaba recogida y cubierta con un pañuelo rojo. Sus ojos azules brillaban y, salpicadas en su clarísima piel, aún quedaban pecas de cuando era adolescente. Al igual que todos los otros miembros de la comunidad, llevaba botas de trabajo maltratadas, vaqueros desgastados y una vieja gabardina demasiado grande porque era para hombre. Ricky vio sin problema por qué el adolescente estaba enamorado de ella.

—¿Cómo supo que era yo? —preguntó Rainbow Lotus—. Solo por curiosidad.

—Fue fácil. Vi en las puntas de sus dedos los callos que dejan las cuerdas de la guitarra.

No le costó trabajo imaginar en ese instante a Rainbow Lotus/Annie Williams en un escenario de Nashville. Adiós a la basta ropa de Maine, hola sombrero vaquero, joyas falsas y botas de cuero con tacón.

La joven sonrió y se miró los dedos.

—Por supuesto, debí imaginarlo. ¿Quién le dijo que antes tocaba la guitarra?

—Sus vecinos, en su vieja casa en el oeste de Massachusetts. La señora fue también quien me dirigió hacia aquí.

—Claro, una mujer muy entrometida, ¿no es cierto? Le gustan los chismes, sabe todo sobre los vecinos de nuestra calle. Pero también es agradable, ¿o me equivoco? ¿Zeus sigue ladrando a todo el mundo?

Ricky no respondió, solo asintió. Había decidido usar la misma cortesía que con el líder, quien seguro los observaba desde algún sitio elevado. Tal vez al lado del hombre del rifle para cazar ciervos.

—¿Cómo quiere que me dirija a usted? —preguntó en voz baja.

Rainbow Lotus miró a un lado y al otro.

—Aquí soy Rainbow Lotus —dijo—, pero sospecho que el mensaje que trae es para Annie Williams, así que usemos ese nombre en los siguientes minutos, doctor Starks.

Ricky titubeó, algo lo incomodó de repente.

Sunshine Man no había mencionado su apellido en la reunión para nada, siempre dijo solo «doctor», incluso después de leer su nombre completo en sus identificaciones.

—¿Cómo sabe mi nombre, señorita Williams?

—Lo estaba esperando —respondió ella—. Tiene un mensaje para mí, se trata de mi hermano, ¿no es cierto?

—Sí, pero primero dígame cómo es posible. ¿Por qué dice que me esperaba?

—Hace dos meses… mi hermano vino a verme.

Ricky sintió que el estómago se le revolvía. «Pensé que estaría un paso adelante, ahora veo que voy retrasado», pensó, pero no dijo nada, se mantuvo inexpresivo mientras Annie Williams seguía hablando:

—Al principio me dio mucho gusto verlo, había pasado demasiado tiempo desde que nos vimos por última vez y no esperaba su visita. Luego tuvimos una discusión, nos dijimos muchas cosas por estar enojados, pero el caso es que mencionó que era probable que usted viniera algún día. Como podrá imaginar, le pregunté por qué vendría a verme un terapeuta a quien él mismo no había visto desde hacía años, y lo único que me dijo fue: «Para comunicarte que he muerto». Y, cuando dijo eso, empezamos a reñir.

De pronto calló un momento y se quedó mirando a Ricky con furia.

—Entonces, ¿está aquí para decirme que ha muerto?

En su mente Ricky vio al fotógrafo sonriendo, encaramado en el hueco del puente. Lo vio despedirse y desaparecer mientras el grito de la joven al otro lado anunciaba la llegada de la muerte.

Asintió y, antes de que pudiera decir cualquier cosa, ella habló.

—Fue un suicidio, ¿cierto?

Ricky volvió a asentir.

—¿De qué tipo?

—Lo vi lanzarse al río cercano a su cabaña, en Vermont.

Ahora asintió ella.

—Conozco el lugar. Y el río. —Calló un momento para asimilar lo que acababa de oír y luego preguntó—: Dígame, doctor, ¿vio su cuerpo?

El psicoanalista negó con la cabeza.

—No. Vi a la policía y al equipo de bomberos tratando de recuperarlo. El río estaba crecido, el agua helada. La corriente era impetuosa, feroz, no creo que nadie que se haya sumergido en esa área tuviera oportunidad de...

—Pero, entonces, ¿nunca vio su cuerpo? —insistió.

—No.

—¿Sabía usted que mi hermano es un nadador experto?

Ricky creía recordar que lo sabía, pero no fue algo que le viniera a la mente.

—No estoy seguro.

—Eso significa que podría estar muerto en el fondo de ese río... o no.

—Lo vi saltar...

Annie Williams negó con la cabeza.

—El agua estaba helada... —continuó Ricky.

—No creo que eso le haya afectado, Alex es muy fuerte. Me dijo que tenía un amigo que solía someterlo a todo tipo de ejercicios de entrenamiento militar para que pudiera hacer su trabajo de manera eficaz.

Aunque Ricky tenía idea de quién podría ser ese amigo, el dueño de un almacén en Vermont, insistió.

—Sería muy difícil sobrevivir a lo que presencié.

La mujer volvió a dudar.

—De acuerdo con su experiencia, doctor, lo que cree ver... ¿es siempre real?

No le costó trabajo responder.

—No.

De repente, oyeron gritar al chico desde el gallinero.

—¡Solo quedan siete minutos y medio, imbécil! ¡Ya pasó la mitad de su tiempo!

Annie Williams sonrió.

—Le habla a usted, no a mí.

—Señorita Williams...

—Puede llamarme Annie.

—De acuerdo, Annie. Mire, de alguna manera, su hermano estaba relacionado, vinculado, de acuerdo, vaya, no sé qué palabra usar, pero tenía algo que ver con una familia que desea verme...

—Muerto, ¿no es así?

—Así es. ¿Cómo lo sabe?

—Como le dije, mi hermano y yo discutimos, y creo que, entre todas las palabras hirientes que profirió, mencionó eso. Le dije que sabía que él podía ser muchas cosas, pero, asesino, no, no lo creía. Él no estaba de acuerdo, lo cual me sorprendió. Me dijo que a lo largo de toda su vida adulta había sido «un asesino más entre los otros». Supuse que se refería a sus fotografías. O, al menos, esperaba que solo se refiriera a eso.

—Necesito averiguar cuál era su vínculo con esa familia y no me queda mucho tiempo. Me han amenazado con destruir casi todo lo que tengo en la vida... —empezó a explicar Ricky.

Ella lo interrumpió negando con la cabeza.

—Me pareció obvio —dijo Annie—. Cuando vino a verme, lo acompañaba su esposa, y presentí que ella sí podría ser una asesina...

—¿Esposa? Nunca mencionó estar casado. Cuando se sometió a terapia era soltero y, cuando lo visité...

—¿Está seguro, doctor? —preguntó Annie Williams. Ricky no respondió porque, una vez más, la respuesta era «no»—. Sí, claro, nunca pensé que se casaría, con todos los lugares peligrosos a los que viajaba y los riesgos que corría. No me pareció que su matrimonio fuera lo que toda pareja desearía —agregó.

Ricky empezó a sentir la furia desbordándose desde dentro.

—¿Cómo conoció a su esposa?

—Hace algunos años montó una exposición en Nueva York, en una galería muy de moda en Soho. El título fue *Vida y muerte en las líneas del frente*. Al parecer, ella lo buscó tras la inauguración y poco después...

Ricky apretó la mandíbula. «Debí imaginarlo, debí comprenderlo. Debí... algo». No estaba seguro de qué.

«Virgil».

Annie Williams continuó.

—Lo que más me enfureció fue que todo lo que me dijo parecía dictado por ella, como si moviera los hilos de una marioneta. Casi me hizo estallar porque, antes, Alex no era el tipo de persona que permitiera que lo manipularan. Ahora, en cambio, esa mujer parecía tener control absoluto sobre él. No podía creer que mi hermano hubiera renunciado a su capacidad de tomar decisiones; me dio la impresión de que todo en lo que se involucraba era idea de su mujer, y que estaba más que dispuesto a hacer todo lo que ella deseara.

Ricky sintió que alguien lo estrujaba con toda su fuerza.

Annie miró alrededor.

—Algo similar a lo que sucede aquí. Se supone que somos libres, pero en realidad solo obedecemos órdenes.

—Hábleme más sobre la esposa de su hermano —dijo Ricky en tono cortante, aunque sabía lo que Annie Williams estaba a punto de decirle.

—Antes era actriz —contestó—. El brillo de los grandes focos, y también obras de teatro más alternativo. Es muy hermosa, a pesar de que está envejeciendo. Siempre es difícil para una actriz, ¿no cree? Llegan las arrugas y la juventud se escapa. Aun así, cuando vino dejó a todos los hombres de aquí jadeando como los perros cuando huelen a una perra en celo. Incluso a Sunshine Man.

La furia invadió a Ricky.

—Debo encontrarla, a esa mujer, y tengo que...

Se detuvo.

—¿Qué? ¿Matarla? —preguntó Annie Williams.

—No. Encontrar la manera de liberarme de la amenaza que representa. No será fácil.

—Nunca lo es —dijo ella. De repente, en su rostro se asomó la ferocidad—. No creo que sepa usted lo suficiente, doctor, pero tal vez yo sí. O, al menos, un poco más que usted. Me parece.

Quería responderle, pero no sabía qué decir. Vio la ira en sus ojos y pudo oír la determinación en sus palabras, sintió que estaba participando en un juego de cartas en que las apuestas eran demasiado elevadas y le costaba trabajo leer el rostro de quienes ocultaban sus cartas. Respiró de manera profunda y cambió su tono con la esperanza de que la hermana del fotógrafo fuera más comunicativa.

—Mire, Annie, necesito ayuda. ¿Puede ayudarme? —preguntó tratando de controlar su enfado, en un tono incluso diplomático—. Porque, si no quiere o no puede, tendré que irme ahora y encontrar a alguien que...

Sabía que ese alguien no existía.

—Mi hermano me dijo que no le ayudara —explicó.

Volvió a mirar alrededor, como si sintiera que alguno de los hombres con rifles estuviera escuchando.

—Pero yo soy quien decide a quién quiero ayudar y a quién no, así que tal vez esté dispuesta a hacerlo... —dijo en voz bajísima, apenas un murmullo— hasta cierto punto. Digamos, solo hasta el punto en que tal vez tendría que traicionar a mi hermano. A pesar de que nos peleamos la última vez que nos vimos y que me dejó más enojada que nunca, no creo poder hacer eso. Es mi sangre, hemos hecho frente a muchas cosas juntos, en especial después de que mamá y papá fallecieron, y Oliver y Martha nos acogieron. Mi hermano es la única familia real que me queda, fuera de la gente de aquí a la que le gusta decir que es mi familia, pero que, por supuesto, para mí no cuenta en absoluto. ¿Comprende?

Ricky sintió que estaba en medio de una negociación e iba perdiendo.

—Sí —dijo—, comprendo. Solo que... —vaciló un instante, pero recobró la fuerza— no creo que su hermano aún sea la única familia que le queda. Sobrevivir a ese salto en el río me parece...

Annie Williams lo interrumpió.

—¿Qué? ¿Complicado? ¿Difícil? ¿Imposible? ¿Todas las palabras negativas de desaliento que Alex oyó a la gente decir antes de lograrlo y sacar la mejor fotografía de todas? —preguntó, y, antes de que Ricky pudiera hablar, añadió—: ¿Usted cree que esta es la primera vez que mi hermano se enfrenta a la muerte? ¿Que se burla de ella? ¿Que le escupe a la cara?

—No.

Annie Williams lo miró más de cerca.

—Si está muerto, quiero saberlo. Y si está vivo, también.

A Ricky le pareció que tenía sentido. Asintió.

La mujer se acercó un poco y le habló muy bajo.

—Él y su maldita esposa tuvieron una larga charla con Sunshine Man. Le apuesto a que ese espectáculo al que lo acaba de someter frente a todos fue idea de ella.

Ricky trató de no mostrar su sorpresa.

—La amenaza de cortarme el pulgar, ¿la habrán planeado juntos?

—He visto a Robertson hacer cosas peores —dijo ella encogiéndose de hombros. Por un momento vaciló—. Cuando mi hermano me visitó, sucedió algo más —añadió susurrando con cuidado.

Ricky se inclinó hacia delante para acercarse, pero antes de que ella continuara...

—¡Oiga, imbécil! —gritó el adolescente—. ¡Está a punto de acabarse el tiempo! Voy a empezar la cuenta atrás. ¡Le quedan tres minutos!

Annie Williams respiró hondo y susurró lo más rápido que pudo.

—Mi hermano no quiso sacarme de aquí y rescatarme. En cuanto su esposa dijo: «No, no te vamos a ayudar», él se negó rotundamente, se rio y me dijo: «Lo siento, Annie, tú sola te metiste en este embrollo, ahora debes salir de la misma manera». Le supliqué que me ayudara. «Por favor, sácame de aquí», imploré, pero no aceptó. «No, lo siento. Tuviste mala suerte, Annie», fue su respuesta. En toda nuestra vida juntos, nunca le pedí algo así, pero él solo siguió negando con la cabeza sin que le importara mi desesperación. Y créame, doctor, estoy desesperada. ¡Necesito salir de aquí! En ese momento odié a mi hermano y en especial a su esposa porque creo que él me habría ayudado de no ser porque ella estaba a su lado. Al menos, quiero pensar que lo habría hecho. Hace seis meses llegué a este lugar creyendo que estaba haciendo algo, pero resultó ser otra cosa. Creí que aquí podría reflexionar y recobrar el control de mi vida, dejar atrás la decepción y comenzar a ver un porvenir. Creí que podría pensar en lo que quería hacer en el futuro y que era un lugar seguro para organizarme, una especie de retiro pacífico en el bosque para reflexionar. Qué mentira, ¡qué maldita mentira! —dijo con amargura—. No me gusta este lugar y no me gusta ni la gente, ni las pistolas, ni el sexo, ni la porquería de comida. Necesito escapar. Necesito salir de aquí —repitió haciendo énfasis en cada palabra—. Y necesito salir ahora. Dígame, doctor Starks, ¿puede salvarme de esta gente? ¿Puede sacarme de aquí?

Ricky oyó la desesperación en su voz.

—¿Cómo? ¿No puede simplemente irse?

—No —dijo Annie Williams—. Ninguno de los niños de Sunshine Man puede simplemente decidir irse, somos…, digamos, prisioneros. Yo quiero volver a ser Annie y dejar atrás a Rainbow Lotus. Si usted me ayuda, yo lo ayudo, ese es el trato que le propongo. ¿Puede hacerlo, doctor Starks? Usted representa mi mejor oportunidad para escapar, tal vez la única.

—Comprendo, pero no sé cómo… —empezó a decir Ricky.

—¡Treinta segundos! —gritó el adolescente con una especie de rebuzno en lugar de risa, el cual se vio interrumpido por un acceso de tos. Cuando se repuso, apuntó a Ricky con la pistola y añadió—: ¡No rebase el límite!

—Esta noche habrá una oportunidad —susurró Annie Williams—, solo preste atención a lo que sucederá en los próximos minutos.

—Entonces usted quiere que yo…

—¡Preste atención! —murmuró ella con vehemencia por segunda vez.

—¡Deje de hablar, imbécil! —gritó el chico antes de que Ricky pudiera terminar o de que Annie tuviera oportunidad de explicarle más—. Se acabó el tiempo —dijo caminando rápidamente hacia Ricky e indicándole con su arma que se alejara de Annie Williams. Era obvio que solo esperaba una razón, aunque mínima, para apretar el gatillo. Sabía que eso complacería muchísimo a Sunshine Man.

«Los adolescentes son magníficos asesinos. Además de no tener inhibiciones, aún no han madurado en lo psicológico. Después de lo que sucedió en Columbine, a la policía le quedó claro eso. Es el criterio que aplican los líderes de las pandillas del centro-sur de Los Ángeles cuando reclutan a sus miembros; el ejército también lo hace cada vez que el objetivo es complejo y peligroso. Sunshine Man lo sabe bien», pensó Ricky mientras obedecía reticente las instrucciones del niño-hombre armado.

27

AL BORDE DE UNA DISCUSIÓN

Tembloroso, esperó en medio de la oscuridad que empezaba a envolverlo. Una oscuridad solo posible en los bosques septentrionales, más profunda y densa que la noche en cualquier ciudad. Percibió el espeso silencio y la inmovilidad del aire helado que se sumaban a su peculiar temor: «Estoy cometiendo un error».

Dos horas antes, Ricky se detuvo a un lado del camino, a casi doscientos metros de la única vía de entrada de tierra que daba acceso al decadente mundo de los Niños del Bosque. Ahora estaba de nuevo ahí, con las luces y el motor del automóvil apagados. Tenía el pie fuera del freno para que las luces rojas no se vieran en la parte de atrás y vestía las prendas más oscuras que tenía. Permaneció agachado y con un elevado nivel de ansiedad.

Echó un vistazo a su reloj; aunque apenas eran casi las siete, parecía medianoche.

Una vez más, se volvió a preguntar: «¿Será aquí donde moriré?».

Y mientras luchaba por disipar ese pensamiento, en su mente se reproducía, como un disco rayado con la aguja atascada en un solo surco, lo que había visto y oído horas antes.

Annie Williams, como si fuera un camaleón, volvió a transformarse en Rainbow Lotus. Luego, ella, el muchacho enfermo y él atravesaron el claro entre los edificios y se dirigieron al lugar donde se había quedado estacionado el automóvil de alquiler, junto al viejo tractor. En varias ocasiones el adolescente empujó a Ricky en la espalda con el cañón de su pistola mientras mascullaba: «No dejes de moverte, imbécil». Cuando tosió o estornudó, Ricky se contuvo y no volvió a hacer comentarios sarcásticos. El trío caminaba trabajosamente entre el fango cuando, tras sentir un empujón más, Ricky se giró y miró al chico: «¿Puedes dejar de hacer eso? Sé a dónde nos dirigimos». El chico se rio y volvió a empujarlo. Annie Williams no dijo nada.

Cada milímetro del cuerpo de Ricky estaba a la expectativa.

De una palabra.

Una frase.

Una declaración.

Alguna señal de lo que la mujer planeaba y la manera en que esperaba que él la ayudara.

Sunshine Man y el hombre del rifle para cazar ciervos los esperaban. Detrás de ellos se encontraba el tipo del fusil AR-15. Estaba en la entrada más cercana y observaba con cautela sin dejar de acariciar su arma con aire despreocupado.

Robertson se apoyó en el automóvil de Ricky fingiendo estar relajado, pero el psicoanalista vio que todos sus músculos estaban tensos y solo aparentaba estar matando el tiempo. El encendido color rojo de sus mejillas lo delataba también, no se debía a lo helado del viento, sino a la ira contenida. Aún estaba descalzo a pesar de la frialdad del lodo. Ricky supuso que su cólera era lo que lo mantenía caliente. El líder golpeó varias veces con los nudillos la ventana lateral del automóvil.

—Le voy a dar permiso de que se vaya ahora —había dicho en voz alta—. El asunto que lo trajo aquí ha terminado.

Entonces recordó: en la selva de Guyana, el autodeclarado líder Jim Jones fingía conceder a sus visitantes permiso de partir, pero luego ordenaba que los asesinaran. Y terminó instando a sus seguidores a beber veneno mezclado con Kool-Aid. Quienes titubearon respecto al suicidio colectivo fueron forzados a beber a punta de pistola.

Eso fue en 1978.

Décadas atrás.

El psicoanalista creía que, a pesar de todos los años que habían pasado, la psicología de la manipulación seguía siendo la misma.

Robertson se giró para dirigirse a Rainbow Lotus.

—¿Qué te ha dicho el doctor, hermana-esposa? ¿Cuáles eran las importantes noticias privadas que tenía que hacerte llegar?

Habló en tono burlón, usando un sarcasmo con el que trataba de ocultar su furia.

Rainbow Lotus no dudó en contestar con una voz un poco quebrada que pareció imbuirle llanto a cada palabra que salió de su boca.

—Vino a decirme que mi amado hermano, el que, como recordarás, vino a visitarme hace algunos meses con su adorable esposa y que fue tan amable con todos, falleció de manera repentina. Mi hermano era paciente del doctor, yo lo quería mucho... Siempre fue muy amable conmigo. Es un terrible acontecimiento —explicó. Su voz se fue quebrando, Ricky pensó que era una actriz extraordinaria, aunque sin técnica y no tan hábil como Virgil. Tampoco tan experimentada, porque aquella tenía tablas, había participado en talleres, asistido a sesiones del Actor's Studio y actuado en muchas obras. A pesar de todo, Annie Williams era bastante competente.

Robertson permaneció en silencio, parecía estar asimilando la información. Entonces fulminó con la mirada al psicoanalista.

—Noticias de muerte, lo sabía.

Se giró y se dirigió al hombre con el rifle de caza.

—¿No fue lo que te dije que nos traía este hombre?

—Eso fue exactamente —contestó el hombre mirando también con desprecio a Ricky.

Sunshine Man abrazó a Rainbow Lotus y permaneció así un buen rato, consolándola.

—Ahora yo seré tu hermano. Y tu padre también —aseguró sin dejar de mirar con odio al psicoanalista.

Rainbow Lotus hundió su cabeza en el pecho del líder un momento y dijo en voz suave pero lo bastante alta para que todos lo oyeran.

—Sé que así será.

Sunshine Man parecía enfurecer más con cada segundo que pasaba; sin embargo, se esforzó por mantener el control sin dejar de fulminar a Ricky con la mirada.

—De acuerdo, doctor, su reunión privada terminó y fue justo lo que imaginé. A pesar de mis claras advertencias, lastimó a esta fulgurante alma...

Sunshine Man calló por un instante y Ricky pensó: «Pero ¿qué se suponía que debía hacer? ¿No decirle que su hermano se suicidó en mis narices?».

Tal vez el líder creía que había herido a la mujer, pero ella no parecía lastimada.

De pronto Ricky sintió la duda invadiéndolo poco a poco como el frío. Ya no estaba seguro de que el suicidio que presenció hubiese sido real.

Sunshine Man continuó.

—... lastimó a este ser que brilla y es un faro musical en este mundo para todos nosotros… —dijo, acariciando a Rainbow Lotus en la espalda—. Así que, antes de que me enoje más y dé una orden de la cual podría arrepentirme después, tal vez sea mejor que se marche y no regrese. Ni siquiera mire atrás, solo conduzca hasta la carretera y después acelere y aléjese. No vuelva a pensar en el tiempo que pasó aquí, excepto para agradecer que tuvo suerte, mucha más suerte de la que merece. Y tampoco hable con nadie de su visita, solo considérela una pesadilla que no se repetirá. Comprende lo que quiero decir, ¿verdad? No quiero volver a verlo, tampoco mis niños. Sería peligroso para ellos, pero mucho más para usted. No nos ha traído más que tristeza, maldad y fealdad que nos recuerdan al mundo que dejamos atrás para siempre, y que no permitiré que llegue a este lugar sagrado y seguro.

Ricky se preguntó si esa sería la respuesta estándar de los líderes de sectas en Guyana, California, Utah, Maine, Europa, Sudamérica. Poco importaba.

El hombre con el rifle para cazar ciervos asintió con vehemencia tras cada una de las palabras del autoproclamado líder como si fueran verdades dignas de reverencia, luego señaló la puerta del automóvil de alquiler indicándole que se subiera y se largara.

El psicoanalista dio varios pasos hacia el vehículo y colocó la mano en la manija.

En ese momento Annie Williams/Rainbow Lotus se separó del abrazo de Sunshine Man, resopló varias veces como señal de que estaba recobrando la calma y se dirigió al adolescente.

—Muchas gracias por mantenerme a salvo —le dijo al mismo tiempo que extendía la mano para acariciar su brazo con afecto. El chico sonrió como un tonto y ella se giró para mirar a Robertson—. Se comportó de maravilla. Fue algo especial, me hizo sentir protegida en todo momento como dijiste que haría. Está creciendo muy rápido, dentro de poco será un hombre de verdad…

El último comentario provocó una risa nerviosa en el muchacho.

Annie Williams/Rainbow Lotus siguió hablando.

—Me parece que esta noche estará de guardia, ¿o me equivoco?

—En efecto, guardia del atardecer a la medianoche —dijo Robertson.

Rainbow Lotus le sonrió coqueta al chico.

—Bien, si Sunshine Man lo autoriza, esta tarde, cuando te lleve la cena, como a las siete, también podría darte un poco de té de hierbas para tratar el resfriado y sentarme contigo al lado del fuego un rato. Podríamos cantar juntos una canción.

Ricky pensó: «El chico ha oído "juntos", pero eso no tiene nada que ver con cantar, es una insinuación, tal vez una promesa. Todo depende, la habilidad de los adolescentes para malinterpretar el discurso es infinita».

Robertson asintió.

—Buena idea —dijo, y enseguida señaló al psicoanalista sin dejar de hacer contacto visual con el chico—. Si lo vuelves a ver por aquí, mátalo.

—Así lo haré —respondió el joven enseguida y volvió a mostrarle a Ricky su pistola.

—¡Bang! —dijo.

Los otros rieron.

Robertson levantó la mano.

—Su visita ha llegado a su fin, doctor. Váyase y considérese afortunado de estar vivo aún.

El hombre con el rifle para cazar ciervos y el adolescente asintieron.

Ricky miró por última vez a Robertson. El líder de pacotilla solo le había lanzado una amenaza tras otra: su pulgar, su vida. Se preguntó si alguna vez concretaría sus advertencias, pero luego le pareció que sería mala idea ponerlo a prueba. Pensó en el hecho de que, cuando se enfrentó al señor R, siempre tuvo claro que era un verdadero asesino, lo cual le facilitó tomar decisiones. No estaba seguro de que fuera el caso de Robertson. Su arrogancia era abrumadora, era único en su especie y, al mismo tiempo, igual que todos los líderes de sectas. No le parecía que fuera el tipo de hombre al que le gustaba apretar él mismo el gatillo.

Aunque se deleitaría en dar la orden.

Y estaría feliz de cerciorarse de que se cumpliera.

Sunshine Man no era el tipo de individuo dispuesto a aceptar una fractura en la infalible estructura de su mundo o que alguien cuestionara su autoridad, sin importar lo considerable que fuera el error del infractor.

No perdonaría que Rainbow Lotus huyera del complejo para volver a ser Annie Williams.

Ricky se subió al automóvil y lo puso en marcha; en cuanto estuvo dentro, el hombre del rifle de caza azotó la puerta. El psicoanalista se puso el cinturón de seguridad enseguida y sintió un gran alivio en el instante en que empezó a conducir, en cuanto sintió los engranajes moverse mientras iba marcha atrás. Las llantas se deslizaron sobre el fango y acumularon tracción a medida que avanzaba y dejaba atrás al líder que lo quería muerto. Lo único en que podía pensar era: «Annie planea huir hoy mismo. Entre el atardecer y la medianoche. Cena y té a las siete, es el mensaje que quería transmitirme».

En la mente de Ricky se mezclaron pensamientos turbulentos, contradictorios.

«Es la única esperanza que me queda.

»Puede guiarme a Virgil y Merlin.

»No...

»Seguro es una trampa».

La trampa final para atrapar al doctor Starks.

Imaginaba la manipulación.

«Virgil y Merlin son iguales que Robertson, no pueden apretar el gatillo ellos mismos, por eso se las arreglaron para poner un arma en manos de un adolescente al borde de la psicopatología, el cual no tendría reserva en obedecer a ciegas las órdenes del paranoico narcisista al que idolatra y matar en nombre de ellos.

»Y no dudará en apretar el gatillo porque cree que lo que está haciendo es proteger a una mujer que le triplica la edad, que podría ser su madre, y con la que ansía perder su virginidad.

»Es una receta brutal y angustiante para cualquier adolescente con deseos de crecer: una fantasía sexual sazonada con devoción compulsiva.

»No...

»Ayudaré a Annie a salir de este mundo como me lo pidió y luego ella me ayudará a mí.

»Ella sabe dónde se ocultan Virgil y Merlin».

Ricky estaba exaltado por dentro, pero tranquilo por fuera. Lanzó un último vistazo al espejo retrovisor y vio a Robertson y a Rainbow Lotus caminar hacia el edificio principal; él la rodeó con el brazo para reconfortarla antes de que ambos desaparecieran.

«¿Estaría actuando con él?

»¿Estará actuando conmigo?».

Sin poder responder a las preguntas, condujo lentamente por el camino de tierra.

Shotgun Man ya había vuelto a su puesto debajo de la lona marrón oliva cuando Ricky pasó en su trayecto hacia la carretera vacía, lo vio acuclillado junto a la pequeña fogata, y entonces el hombre se puso de pie, levantó su arma, le apuntó y lo observó a través de la mira para asegurarse de que no se desviara. Ricky sintió la tensión del dedo del hombre sobre el gatillo, tenía la boca seca, imaginó el impacto que haría pedazos la ventana lateral y la lluvia de proyectiles dobles atravesando su piel. Ni siquiera podía respirar cuando pasó junto a él. La última vez que miró por el retrovisor lo vio comunicándose por el walkie-talkie, sin duda informando al líder de que, en efecto, acababa de salir del complejo.

Su paciencia tuvo que estirarse al máximo, como el cordón de una cometa sometida al furioso viento. Continuaba diciéndose que debía de haber un plan, solo que no sabía cuál era. Le parecía que se enfrentaba a una estratagema doble, de cincuenta-cincuenta: por un lado, la desesperada Annie Williams escaparía de la difícil vida de devoción como la acólita Rainbow Lotus. Por otro, el plan implementado por Merlin, Virgil y su flamante esposo, el fotógrafo hermano de Annie, seguiría en marcha, y un adolescente reprimido y con acné de quince años terminaría asesinándolo. ¿A quién culparían de su muerte? A ninguno de ellos, tampoco a Sunshine Man. Culparían a un niño que no le importaba a nadie y que durante el interrogatorio diría a los agentes de la policía local: «¡Pero ese hombre entró en una propiedad privada a pesar de que se le ordenó que no volviera! ¡Creí que quería hacernos daño! Fue en defensa propia. Más o menos…». No habría respuesta a la pregunta de qué hacía ahí Ricky o qué estaba tratando de hacer, solo habría un psicoanalista muerto y mucha gente contenta por ello. No habría ningún sospechoso a quien relacionar con su cadáver. Sería un asesinato que nunca parecería asesinato, y como la policía no encontraría de manera inmediata información importante ni respuestas lógicas a preguntas incómodas como: «¿Qué hacía ahí ese hombre?», y como tampoco querría problemas con los Niños del Bosque, solo consideraría su muerte como un suceso desafortunado y archivaría la desaparición en la carpeta con la etiqueta «Demasiado problemático».

Había dos opciones, pero ninguna de ellas era ni clara ni obvia, y Ricky sabía que se dirigía a una en ese momento.

La incertidumbre casi lo paralizaba.

Una insistente voz en su interior, casi tan fuerte como las de las alucinaciones que le daban órdenes a Charlie, le decía que corriera.

«Lárgate de aquí ahora, mientras aún puedas».

La otra, igual de potente, argumentaba que ya no tenía «a donde huir».

La hermana del fotógrafo se encontraba en algún lugar en medio de las tinieblas de la noche, a unos cientos de metros, y era su única ruta para avanzar hacia la libertad. O hacia la muerte.

«Dijo a las siete».

«Y aquí estoy».

«En un lugar donde quieren asesinarme».

«Cerca de gente que tiene órdenes de matarme».

Respiró con dificultad. Una vez, dos, tres veces. Como un buceador hiperventilando antes de descender a las tenebrosas y agitadas aguas. Reconoció el riesgo que corría, la pregunta que le gritaba en la cara.

—Pero no tengo opción, en realidad no la tengo —musitó. Aunque no lo reconfortaba, era la verdad. Desearía que hubiera otra ruta para avanzar, una segura y secreta, pero no la había. En medio de esa densa noche, solo quedaba una vía.

Salió del automóvil y cerró la puerta con cuidado para no hacer ruido. Se quedó de pie al lado del camino un instante mientras sus ojos se ajustaban a la visión nocturna. Luego empezó a caminar despacio entre las sombras, hacía la entrada del complejo.

No tenía un plan. Ni A ni B, tampoco había un vidrio que romper en caso de emergencia.

Sintió que las tinieblas lo devoraban como a Jonás en su viaje a las entrañas del gran pez.

No sabía por dónde caminar, le costó trabajo avanzar, deseó tener la linterna que el fotógrafo le había dado, pero también era consciente de que cualquier rayo de luz anunciaría su presencia. Recordó lo que Robertson había dicho a su rebaño: «Un sendero del mal». Se preguntó si no estaría transitando por ahí en ese momento.

A pesar de que caminó rápido, sus zapatillas deportivas solo hicieron un ligero ruido al pisar algún que otro resto de grava; lo más estentóreo era en realidad su respiración entrecortada.

La única luz provenía de la luna de sangre en el cielo, pero le bastó para avanzar por el borde del camino, era suficiente para adivinar el contorno del espacio en el grueso muro de bosque que marcaba la entrada del acceso al complejo. Calculó en voz baja. Shotgun Man, la fogata y su lona estarían a unos cincuenta metros dentro del camino de tierra, justo después de la ligera curva que impedía que alguien lo viera desde la carretera. La distancia que separaba la civilización de la locura colectiva era demasiado poca. Ahí estaría el adolescente haciendo guardia. Ricky vio la arboleda al lado del camino y se preguntó si no sería mejor entrar en el bosque para poder acercarse sin ser notado. Dio un paso en esa dirección, pero de inmediato comprendió que era muy probable que las zarzas y los arbustos lo atraparan como a un animal en un rosal y que, al tratar de liberarse, hiciera demasiado ruido. Además, imaginó que al luchar contra las zarzas podría llegar a moverse tanto que perdería la orientación y no sabría ya por dónde continuar. En una ocasión sorprendió a un asesino en los bosques cerca de su casa en Cape Cod, pero esa zona la conocía a fondo. Unos días antes, tuvo que lidiar con la vegetación en el bosque cuando se dirigía a la cabaña del fotógrafo, pero entonces contaba con una poderosa linterna. Esto sería muy distinto. Se dijo que el único lugar en que el héroe podía penetrar densos bosques sin dificultad era en los programas de televisión o las películas, solo ahí había suficiente espacio para permitirle llegar al sitio donde realizaría la hazaña. Para los héroes de televisión no había ni espinas ni sombras, no había ramas colgando en la oscuridad de la noche. Tampoco piedras ni enredaderas en las que los tobillos podrían torcerse o las rodillas rasgarse. En la vida real, el bosque envuelto en la negrura nocturna se volvía un laberinto del que era imposible salir.

Se sintió desnudo.

No tenía armas.

No tenía luz.

Ni un plan.

Sabía que debía mantenerse cerca del borde de la arboleda que miraba al acceso de tierra. Trató de hacer pausas cada cierto número de pasos para perderse entre las sombras. Se sentía fantasmal, como si hubiera dejado su cuerpo atrás, como si lo único que se deslizara entre las tinieblas fueran su recuerdo y esperanza. Al principio le pareció que estaba acechando a algo, pero no sabía qué.

Enseguida pensó en el inevitable corolario:

«A menos de que sea yo a quien acechen».

Al percatarse de su trabajosa respiración y de la sensación de frío que le provocaba el nítido aire del norte, comprendió que había entrado en el reino donde la razón cedía el paso al miedo irrefrenable. A cada cuidadoso paso que daba, esperaba escuchar una bala insertarse en la recámara de un rifle o de la pistola del muchacho. Se preguntó si alcanzaría a escuchar el disparo que lo mataría. Deseó tener gafas de visión nocturna como las que usaban los bien entrenados miembros de los equipos Navy Seal para acorralar terroristas. Luego se imaginó como un terrorista acercándose sin saberlo a su propia muerte. Al avanzar por el camino de tierra tuvo que luchar contra los ataques de paranoia que amenazaban con hacerlo sucumbir al pánico. Se forzó a seguir de forma sistemática, como un robot. Se sentía atrapado en una representación teatral que no sabía cómo terminaría.

Un paso. Vacilación. Dos pasos. Pausa.

«Respira».

«Exhala. Despacio».

Luchó contra las náuseas y el sudor provocados por el terror.

Se acercó a la ligera curva en el camino.

Por fin vio destellos de luz.

«La fogata».

Oyó voces apagadas que reconoció en ese instante.

«El muchacho y Annie Williams».

Se paró en seco. Trató de deslizarse hacia la sombra más oscura cerca de él y escuchar.

Discutían.

28

¡ESPERA!

Cuando Ricky se escabulló entre la maleza guardando el mayor silencio posible, oyó que el muchacho empezaba a subir la voz. Fue como abrir una puerta en medio de una conversación privada.

—No puedes irte sin más —fueron las primeras palabras del adolescente que pudo distinguir. Las pronunció con voz aguda y frenética—. ¡No tienes permiso!

—Pero debo y planeo hacerlo. Esta noche. Ahora —respondió Annie Williams con voz suave.

Desde donde se encontraba, Ricky vio sentada a la pareja junto a la tímida fogata, cuyas llamas parpadeantes hacían que la escena pareciera iluminada por luces estroboscópicas. Sobre ellos colgaba una linterna Coleman de un gancho en uno de los postes que sostenían la lona. Su luz creaba un pequeño cono alrededor del adolescente y de la mujer a la que este conocía como Rainbow Lotus.

Tras vacilar un instante, el joven continuó.

—¡No te lo permitiré!

—Sí, sí que lo harás porque te importo.

—¡No! ¡No lo haré!

La palabra «no» sonó trémula, con la misma convicción que el humo que se elevaba de la fogata.

Una pausa.

—¡No puedes!

Sus palabras se revigorizaron.

Ricky vio al adolescente agitar en el aire la pistola al mismo tiempo que tomaba el walkie-talkie que había visto a Shotgun Man usar. Annie Williams extendió el brazo y evitó que acercara el aparato a sus labios.

—No hagas eso —dijo—, permíteme explicarte.

Estaba tranquila, su voz sonaba firme, no parecía tener miedo, aunque Ricky imaginó que el corazón le estaría latiendo a toda velocidad y que se sentiría abrumada por la agitación, como un prisionero tratando de escapar de la prisión de máxima seguridad en Alcatraz. Calmada por fuera, centrada. Y por dentro, tensión, corazón palpitante, imaginación desbordada.

El muchacho titubeó.

—No necesito una maldita explicación —dijo—, no puedes irte sin más. Son las reglas y no hay nada más que eso —aseguró en tono contundente; sin embargo, de pronto pareció que estaba a punto de llorar, y sus siguientes palabras fluyeron como una presa a punto de desbordarse—. Si te vas, me quedaré solo. No le caigo bien a nadie más que a ti y a Sunshine Man, y, francamente, creo que a él tampoco le agrado, en absoluto, y, además, está tan involucrado con todos los demás y sus malditos problemas que no tiene tiempo para mí. Si te vas, no tendría a nadie con quien hablar. No lo hagas, por favor.

El paso de la cólera a la súplica. A Ricky no le sorprendía, en su consulta con frecuencia había visto los rebotes de ira de muchos pacientes. Esto, sin embargo, era un poco distinto porque el chico no estaba en una silenciosa consulta, sino en el bosque, debajo de una lona que goteaba. No se encontraba en un entorno terapéutico sino en los márgenes del complejo de una secta, y ni siquiera trataba de entender porque sería imposible: su comprensión se vería bloqueada por las enseñanzas de Robertson y la intensa frustración sexual. «Este muchacho pensó que sucedería algo que anhelaba, pero las cosas salieron de una manera que no esperaba», pensó. Ricky sabía cuál era la siguiente etapa de la cascada emocional, cuando el adolescente descubriera que ni sus deseos ni sus súplicas tendrían respuesta: «Más ira. Se desbordará con rapidez y tal vez le siga una furia incontrolable. Después de eso, una decisión brutal».

«Una decisión que podría implicar apretar el gatillo».

A pesar de lo que veía, no estaba seguro de qué debía hacer. Se mantuvo en silencio, oculto en la oscuridad, a menos de diez metros y consciente de que el muchacho estaba concentrado en Rainbow Lotus, aterrado de ver que la transición había comenzado y que, en cuanto volviera a ser Annie Williams y regresara al mundo real, la perdería.

Ricky sabía, sin embargo, que el muchacho no mentía al decir que se quedaría «solo».

Annie Williams se mantuvo tranquila.

—Se trata de mi único hermano —le explicó despacio—, tengo que hacer todos los arreglos porque, de lo contrario, lo enterrarán en un lugar muy triste, sin lápida y sin nadie que lo recuerde. Por eso debo ir —dijo. Continuó hablando en un tono muy dulce y comprensivo. Ricky tuvo que estirar el cuello para oírla. Estaba impresionado por la forma en que estaba abordando la situación, parecía comprender de forma intuitiva cómo manejar al chico.

Él vaciló y calló un instante. Después el enfado regresó a su voz.

—¿Y al menos pediste permiso a Sunshine Man?

Annie Williams negó con la cabeza.

—Sabes la respuesta.

—Sunshine Man no te lo permitirá —dijo el muchacho—. Conoces las reglas, todos las conocemos. Además, pude oír muy claro cuando te dijo: «Ahora nosotros somos tus hermanos». Así es, somos tus hermanos, somos lo único que necesitas. No hay razón para irte. Ninguna.

Las últimas palabras las pronunció de manera contundente. «Como las súplicas no funcionaron, ahora recurre de nuevo a las leyes», pensó Ricky.

—Además, no te dejaré ir —añadió el chico. No era la primera vez que se lo decía.

—Yo creo que sí me dejarás —replicó Annie Williams.

Ricky la vio asentir y sonreír, la vio tomar la mano del chico, pero él la retiró enseguida.

—Ay, vamos, corazón, no seas así —dijo Annie Williams. La palabra «corazón» destilaba la esencia de todo lo que le había dicho en voz alta y su insistencia. De pronto lo tomó del brazo con ternura—. Me dejarás ir porque somos amigos, ¿cierto? Somos amigos especiales.

—No, no te dejaré —dijo petulante, pero dudando.

—Mira —repuso Annie Williams—. Quiero que te quedes con mi guitarra, sabes lo importante que es para mí. La cuidarás mientras no esté aquí, regresaré en un par de días.

«Un movimiento hábil —pensó Ricky—. Le encarga un objeto importante para ocultar lo que en verdad desea. Escapar».

—Pero ¿qué le voy a decir a Sunshine Man? Se va a enojar mucho.

Annie Williams se estiró y empujó el estuche de la guitarra hacia el adolescente.

—Él sabrá entender, siempre entiende, lo sabes.

El chico asintió.

«Qué gran mentira —pensó Ricky—. Sunshine Man solo entiende lo que quiere. Se enfurecerá y se desquitará con él de una manera brutal».

—No creo que… —empezó a decir el adolescente. Luego calló.

«Ella ha ganado —pensó Ricky—. Quizá».

—¿Cómo vas a…? —dijo el adolescente con voz entrecortada.

—Puedo caminar hasta el pueblo…

—No, ¡son como un millón de kilómetros!

Annie Williams sonrió al oír la exageración.

—De acuerdo, entonces haré dedo. Luego tomaré un autobús.

En cuanto Ricky oyó esto comprendió que la estaba poniendo en riesgo. Si el muchacho o cualquiera de los Niños del Bosque se dieran cuenta de que él seguía ahí, reaccionarían de manera muy violenta. Trató de escabullirse hacia atrás y ocultarse más entre las sombras, pero sintió que unas ramas se le hundían en la espalda. De pronto le pareció que lo envolvía un frío cargado de rocío que no había sentido hasta ese momento. Pensó que debería retroceder y esperar en el automóvil, pero intuyó que si se movía no podría volver sobre sus pasos sin hacer ruido. Y cualquier ruido, incluso el más sutil crujir de las hojas, podría atraer la atención del joven.

Mantuvo la mirada fija en la pareja junto a la fogata. Inspiró de manera superficial, silenciosa.

En ese momento vio al adolescente tensarse. No hacía mucho que había dejado de ser niño, y ahora negaba implacable con la cabeza.

—No, no, no… —repitió angustiado y furioso. En cada palabra se podía oír la contradicción. Ricky lo vio levantarse de improviso—. Sunshine Man dijo que yo estaba a cargo, y yo digo que no puedes irte sin su autorización. Lo voy a llamar y, si dice que te puedes ir, de acuerdo, pero si no, no te irás.

Levantó el walkie-talkie.

Annie se estiró y volvió a tomarlo del brazo.

—No, no puedes hacer eso porque eso no es lo que hacen los amigos por sus amigos. Por sus amigos especiales.

Ricky vio al chico dudar, la presión que sentía en el brazo era una cosa, pero el walkie-talkie en la otra mano significaba otra. Estaba entre ambas.

Annie Williams se puso de pie frente a él.

—Si haces esa llamada no volveré a hablarte jamás.

Ricky sabía que, con esa amenaza, la mujer estaba jugando su última carta.

El chico estaba paralizado, aún tenía el walkie-talkie en la mano, pero no intentó usarlo de nuevo.

—Cuidarás de mi guitarra porque es importante para mí y lo sabes —dijo Annie—. Eres el único a quien se la puedo confiar —continuó, empezando a alejarse de la fogata y del cono de luz de la linterna—. Volveré pronto —agregó—, en unos días o una semana. Soportarás ese tiempo sin mí, sé que puedes hacerlo. Cuando regrese, haremos algo especial.

«Es un error —se dijo Ricky en cuanto oyó esto—. No creerá una promesa así».

Las lágrimas, el enojo y la indecisión lo estaban abatiendo. El chico se dejó caer junto a la fogata.

Annie Williams giró y empezó a andar hacia el camino de tierra; se dirigía al lugar donde Ricky se ocultaba. Avanzó con la cabeza en alto, rápido, sin una maleta, sin una bolsa siquiera.

Por un momento se le ocurrió susurrarle a Annie: «Estoy aquí», pero enseguida vio que no era buena idea…

… porque el adolescente gritó:

—¡Detente!

Ella continuó caminando.

Ricky vio al muchacho levantarse y alejarse de debajo de la lona; iba manipulando con torpeza el walkie-talkie, tratando de guardarlo en su bolsillo, y entonces lo dejó caer. En ese momento levantó la pistola y apuntó a Annie Williams a la espalda.

Ella siguió avanzando y pasó junto a Ricky sin notar su presencia.

—¡Detente ahora mismo! —gritó el adolescente.

No se detuvo.

El muchacho seguía sosteniendo el arma semiautomática frente a él; de pronto empezó a avanzar a trompicones hacia ella, persiguiéndola. Él tampoco vio a Ricky entre los árboles, solo levantó el arma y volvió a apuntar hacia Annie.

—¡No bromeo! ¡Por favor, Rainbow! ¡Detente ahora mismo o disparo!

Ricky se quedó paralizado, observando los sucesos que se desarrollaban frente a él, sintiendo sus músculos tensarse.

Como si hubiera sentido la presión del cañón apuntándole a la espalda, Annie Williams por fin se detuvo y giró muy despacio. Estaba a unos seis metros de distancia, pero Ricky estimó que, a pesar de la negrura que envolvía el bosque, el chico no fallaría en caso de decidirse a disparar.

—No, no vas a disparar —dijo ella con calma—, no lo harás porque no eres un asesino.

«Se equivoca —pensó Ricky—. Claro que es un asesino. O lo será, o podría serlo, ¡no lo desafíe!».

Aunque le parecía que Annie Williams había actuado bien hasta ese momento, de pronto vio que las cosas empezaban a desmoronarse frente a él.

—¡Por favor, Rainbow! ¡No me obligues! —repitió el muchacho.

Y se detuvo.

—Somos amigos —dijo ella con ternura, sonriendo—. Vamos, somos buenos amigos. Soy tu mejor amiga, la única, no pensarás dispararme.

El adolescente titubeó.

—Me iré ahora —dijo Annie.

«Está apostando —pensó Ricky—. O tal vez va de farol, jugando con cartas que no tiene».

Annie se quedó callada un momento como deseando añadir algo, pero incapaz de hacerlo, así que solo negó con la cabeza.

Luego se giró muy despacio, de forma deliberada, y empezó a caminar de nuevo por el camino de tierra. Tenía un aspecto fantasmal bajo la luz de la luna.

—¡Detente! —volvió a gritar el adolescente. Parecía atrapado entre la ira y las lágrimas, abrumado por la imagen de Annie Williams dirigiéndose a la opresiva oscuridad del Maine nocturno.

Levantó ambas manos en posición de disparo y apuntó.

«No lo hará», pensó Ricky.

«Sí lo hará».

El adolescente apretó el gatillo.

El rugido del arma semiautomática quebró el aire frío y sonó como esquirlas de hielo.

La bala pasó chirriando a treinta o cincuenta centímetros de la cabeza de Annie Williams. Fue un tiro casi mortal o casi milagroso, imposible saberlo.

—¡Te dije que te detuvieras! —gritó el adolescente desesperado. No estaba seguro de si debía llorar o matar. Volvió a apuntar y gritó.

—Eso solo fue una advertencia, el próximo disparo...

No tuvo oportunidad de terminar.

Ricky tuvo su último pensamiento coherente: «No hay opción». Salió disparado de su escondite y, como un descomunal defensa en un campo de fútbol americano tratando de despejar el camino para un corredor más rápido y atlético que él, se lanzó de lleno contra la espalda del adolescente.

Cuando su cuerpo golpeó el del muchacho hubo una especie de conmoción, el psicoanalista sentía chispas y electricidad encendiéndose dentro de él. Ambos cayeron hacia delante y se estrellaron contra el sendero de tierra.

Al chico se le resbaló la pistola semiautomática que había tenido en la mano, la vio volar hacia delante. Gruñó y dio bocanadas, Ricky le había sacado el aire con el golpe. Sujetó su cabeza para tratar de controlar sus brazos y evitar que tomara la pistola de dondequiera que se encontrara en la oscuridad. Estaban enredados, anudados luchando.

Ricky no recordaba cuándo fue la última vez que participó en una pelea.

¿Décadas atrás? ¿Cuando estaba en el instituto y tenía la edad del chico?

Pero su encuentro solo consistió en empujarse, dar manotazos, gritar exaltado y, quizá, lanzar un poco enérgico derechazo.

No fue una pelea real.

Y no tenía nada que ver con esta riña en la que el adolescente de pronto gritó, recuperó un poco el aliento y comenzó a retorcerse debajo de Ricky y a tratar de rodearle el cuello con las manos. Golpeó y empujó con furia, en algún momento arañó al psicoanalista y luego lo abofeteó. Era más joven, fuerte y rápido, además de que luchaba de forma frenética. Sus golpes salían como proyectiles al azar hacia arriba y aterrizaban en los hombros y el pecho, en busca de su cabeza y su rostro. Ricky logró esquivar la mayoría, pero uno rebotó en su barbilla haciéndolo probar de repente el sabor de la sangre en su labio.

Entonces se dio cuenta de algo.

«No podré ganar esta pelea.

»En algún momento me hará rodar, yo quedaré debajo y entonces acabará conmigo».

Estaban sucediendo tantas cosas al mismo tiempo que le costaba trabajo procesarlo todo, solo entendía que en ese instante iba ganando, pero en uno, dos o tal vez cinco segundos las cosas cambiarían y el chico le causaría mucho dolor.

Luchó con todas sus fuerzas, con toda su rabia.

Lo mejor posible.

No sabía qué decir para que el chico se detuviera.

No tenía la energía suficiente para mantenerlo sometido, para clavar sus brazos a los costados y obligarlo a dejar de moverse. No podría detener la lucha y razonar con un chico que no parecía entender razones.

Tampoco tenía un arma.

Imaginó que solo le esperaba dolor, pero continuó dando batalla. Trató de pensar en alguna llave de lucha libre que le permitiera neutralizar lo que se perfilaba: la pérdida de su momentánea posición de superioridad. No quería herir al chico, pero tampoco quería que él le hiciera daño, era un dilema imposible de resolver.

Y en ese instante oyó:

—¡Alto, parad! ¡Parad ahora mismo o disparo!

Una voz aguda, con urgencia implícita, pero también...

Ecuánime.

Deliberada.

Casi musical.

Annie Williams tenía la pistola en la mano y apuntaba a Ricky y al adolescente a solo unos metros de distancia. Estaba agachada, al nivel de ellos. Su rostro quedaba iluminado por la parpadeante luz proveniente de debajo de la lona, delineado por el fulgor de la luna. Por un instante Ricky no supo quién estaría en la mira de la pistola.

—Suéltalo —dijo Annie.

Ricky no sabía si se dirigía a él o al chico, pero se detuvo.

Y lo dejó ir.

A su vez, el adolescente se quitó de encima a Ricky refunfuñando. Ambos se levantaron dificultosamente.

—Es mi pistola —dijo el adolescente—, devuélvemela.

Sonaba casi infantil, como un niño de guardería negándose a compartir un juguete.

—No —exclamó Annie—, dad un paso atrás.

Se separaron cincuenta o sesenta centímetros.

—¿Se encuentra bien, doctor?

—Sí —contestó Ricky enjugándose los labios.

El muchacho se giró para mirarlo y entonces vio con quién había estado forcejeando.

—Se supone que debo matarlo —dijo, como si fuera lo más normal del mundo—. Sunshine Man me dijo que si lo volvía a ver... —explicó volviéndose hacia Annie—. Tú lo oíste —añadió.

—Nadie matará a nadie esta noche —afirmó Annie Williams.

Ricky no estaba seguro de que así sería.

Annie le indico a Ricky con la pistola que se colocara a su lado. El adolescente se sorprendió muchísimo.

—¿Te irás con él? —preguntó a Annie como si fuera algo imposible de imaginar.

—Sí —dijo—. Él me llevará adonde se encuentra mi hermano.

El muchacho titubeó.

—No volverás, ¿verdad? Es decir, no volverás nunca, me estabas mintiendo.

Annie no respondió, no necesitó hacerlo.

—Vamos, doctor —dijo ella—, debemos irnos ahora. Deben de haber oído el disparo en el complejo, no tardarán en llegar.

Ricky sabía que tenía razón.

Pasó junto al adolescente y se detuvo al lado de Annie.

Ella continuaba apuntando al muchacho.

—No vas a dispararme —dijo de la misma manera que ella lo había hecho minutos antes.

—No —contestó Annie en voz baja—. Tal vez tengas razón, pero yo no contaría con ello. También podría darle la pistola al doctor, y no sabemos qué querrá hacer con ella.

Sonaba lógico.

—Rainbow, por favor —suplicó el adolescente.

—Estarás bien —dijo ella—, diles que no tuviste manera de retenerme. Diles que te forcé a dejarme ir, que el doctor te robó la pistola, o que yo lo hice. Lo que quieras, diles lo que se te ocurra, solo cúlpanos a nosotros. Sunshine Man te perdonará.

«No lo creo», pensó Ricky.

El silencio se extendió un momento.

El muchacho parecía dividido entre estar a punto de romper en llanto o abalanzarse sobre ellos en un ataque de rabia. Cualquiera de las dos opciones era posible.

Negó con la cabeza.

—No, no me perdonará —susurró—. Me odiará por haberte dejado ir, por no detenerte, y los otros me odiarán aún más, ya los conoces. Estaré más solo que nunca.

En ese momento Ricky oyó voces de alarma a lo lejos, también oyó una campana. Y la angustia lo invadió.

—Tenemos que irnos —dijo—. ¡Ahora!

Annie Williams seguía mirando al adolescente.

Ricky la vio escuchar, calcular, ponderar, sustraer, analizar y suponer.

—Debemos irnos —insistió.

Annie asintió y, con la vista aún fija en el muchacho, dijo:

—Si quieres, puedes venir con nosotros.

Ricky se tensó de inmediato, no esperaba aquello. Por la cabeza le pasaron muchas cosas. «¿Bromeas? ¡Este muchacho quiere matarme!». Y por último: «¡De ninguna manera!». Pero no dijo nada.

El adolescente levantó la cabeza.

—¿Adónde vais?

—Lejos de aquí —respondió ella.

—Mala idea —murmuró Ricky.

—No tengo opción —dijo Annie Williams, susurrando también—. No puedo dejarlo aquí sin más.

Annie lo miró de nuevo.

—Ahora —dijo—. Quédate con Sunshine Man y acepta todo lo que tiene en mente para ti o ven con nosotros. ¡Pero decide ya!

El muchacho se giró hacia atrás, hacia el complejo, el lugar de donde provenían las voces. El hombre del rifle para cazar. Shotgun Man y el AR-15.

Luego miró de nuevo a Annie y Ricky.

Indeciso, en conflicto ante el dilema.

«Un niño tratando de comprender el torbellino en su interior», pensó Ricky.

—¡Tu guitarra! —exclamó.

—Déjala, ¡no importa! —dijo ella—. ¡Tienes que decidir ahora mismo! Ven o quédate.

—Ahora —dijo Ricky—. ¡Debemos irnos!

Los sonidos de alarma y las voces se oían cada vez más cerca. El crudo rugido de un quad arrancando perturbó el aire nocturno. Ricky alcanzó a ver luces provenientes del complejo.

Annie lo sujetó del brazo.

—Se acabó el tiempo —dijo—. ¡Corra!

Esa sola palabra bastó para que ambos dieran media vuelta, algunas zancadas y empezaran a correr en medio de la noche lo más rápido posible. Ricky sintió que la tensión y la rigidez comenzaban a abandonar su cuerpo, también olvidó las heridas de la reciente pelea. Se esforzó mucho más de lo que imaginó que podría, sus pasos empezaron a extenderse. Se dijo a sí mismo que en los siguientes minutos tendría que dejar de ser el Ricky envejecido, que tendría que recuperar al joven Ricky y volver a ser el hombre que alguna vez fue.

Tanto él como Annie tragaron a bocanadas el aire frío, que les rasgó los pulmones y talló un grito de pánico en sus corazones.

Las sombras parecían sujetarles las piernas y tratar de hacerlos caer a cada paso como zarcillos de enredadera.

Ricky dio un traspié, pero Annie lo sujetó del hombro.

—¡No se detenga! —gritó.

Era como correr hacia el olvido.

Por el camino de tierra bajo la luz de la luna, hacia la carretera. Sus pies golpeaban la negra superficie mientras esperaban oír disparos detrás de ellos en cualquier momento. Esperaban oír voces rabiosas y la urgencia de la persecución.

—Por aquí —dijo Ricky con el aliento torturado, casi sin voz. Sus palabras surgieron ásperas y cortantes como el hielo. Tomó a Annie de la muñeca para dirigirla a la dirección correcta y señaló el lugar donde había dejado abandonado el automóvil.

Faltaban menos de doscientos metros, pero parecían doscientos kilómetros. Corrieron con vigor, zancada a zancada, presas del pánico. Ricky no sabía de qué huían, solo lo invadía el vago y tácito temor de lo que Sunshine Man les haría si los atrapaba. La noche, el frío, la oscuridad del bosque que los encapsulaba: todo conspiraba para hacerles sentir que la civilización y la razón, la ley y el orden y la sociedad con normas existían en algún otro lugar, lejos de allí, en otro tiempo, en otro universo. Esa huida era primigenia, eran dos animales asustados perseguidos por depredadores antiguos. Miedo elemental, terror prehistórico.

Para sorpresa de Ricky, llegaron al automóvil, a una posible seguridad. Y cuando abrieron las puertas para lanzarse al interior y alejarse a toda velocidad, oyeron un lastimero grito proveniente de la oscuridad detrás de ellos.

—¡Esperad!

29

HAMBURGUESAS CON QUESO Y ANTIBIÓTICOS

Al principio, el único pensamiento de Ricky fue: «Huye».

El adolescente, respirando con dificultad, tosiendo de nuevo, iba en el asiento trasero. Trataba de mantener el equilibrio, pero aun así se deslizaba de un lado a otro cada vez que Ricky tomaba una curva a toda velocidad. Annie Williams iba sentada delante junto a Ricky, agarrada al asidero sobre la ventana, pálida, en silencio, conteniendo el aliento y aferrada con la mano izquierda a la pistola semiautomática que reposaba en su regazo. Ricky condujo a toda velocidad tratando de poner distancia entre ellos y cualquiera que fuera el castigo que la furia de Sunshine Man les asignara. «No puedes insultar a un psicópata y no esperar represalias». También esperaba disparos y balas zumbando alrededor, tal vez una ventana hecha pedazos. Una lluvia de tiros de escopeta y de armas automáticas. Se sentía como un desventurado ciervo en la mira del hombre del rifle. No se permitiría pensar «hemos escapado» porque no estaba seguro de que hubieran escapado ni hacia dónde iban escapando. Trató de regular su respiración, de relajar las manos, la sujeción del volante que le había puesto blancos los nudillos y, por último, intentó reducir la presión en el acelerador y disminuir la velocidad. Los neumáticos se habían quejado en más de una ocasión, el motor iba aullando. En cada curva del camino le daba la impresión de que las tinieblas y el bosque circundante se extendían para apresarlos. «Conducir rápido en el bosque por la noche es así —se dijo—. Todos los bosques parecen tener vida, todas las sombras se aferran a ti». Tardó varios minutos en reconocer que el riesgo de que él perdiera el control y el automóvil girara, saliera disparado a una zanja y se estrellara era mayor que el de que el líder de la secta y lo que quedaba de su rebaño los persiguieran. Tuvo que hacer un gran esfuerzo para levantar un poco el pie del pedal y desacelerar.

Vio el indicador descender en el velocímetro.

Ciento treinta se convirtió en noventa y cinco, y noventa y cinco en sesenta y cinco. De pronto le pareció que solo estaban gateando.

El segundo pensamiento que tuvo: «¿En qué me metí?».

Y un tercer pensamiento: «Dijeron que no debía usar ayuda del exterior, como lo que sucedió con la señora Heath. Y acabo de añadir dos personas a la ecuación».

«¿Será ayuda? Tal vez sí. Tal vez no. No lo sé».

Cuando el automóvil empezó a desacelerar, Ricky trató de organizar sus pensamientos.

—¿Se encuentra bien? —preguntó al fin.

Annie seguía aferrada al asidero en la parte superior de la ventana como si sintiera que se iba a desplomar en cualquier instante, pero entonces lo soltó.

—Estoy bien. O, al menos, lo mejor que se puede estar, supongo —dijo en voz baja antes de exhalar despacio. Había estado conteniendo el aliento.

Hubo un breve silencio tras el cual se oyó la voz de Ricky de nuevo.

—¿Qué hay de ti? —preguntó dirigiéndose al adolescente.

Este solo gruñó y tosió.

—¿Estás bien? —insistió.

—Sí —dijo el muchacho.

A Ricky no le parecía que fuera verdad, mantuvo la vista fija en él a través del espejo retrovisor. Tras una pausa, dijo:

—No sé tu nombre. ¿Cómo te llamas?

El muchacho negó con la cabeza.

—Vamos —pidió Annie en voz baja.

—Quiero que me devuelvas mi pistola —dijo él.

—Aún no —intervino Ricky—, Annie la guardará algún tiempo.

No sabía si el chico estaba a punto de saltar al frente y reiniciar la pelea o de romper en un llanto incontrolable. Lo vio mirando hacia fuera, contemplando la oscuridad nocturna del bosque de Maine, y recordó un suceso de diez años atrás, cuando él y Roxy huyeron de la zona rural de Alabama. Roxy había tratado entonces de ver el futuro en las sombras sin darse cuenta de que lo que le deparaba se definiría en otro lugar. Ricky trató de hacer contacto visual con Annie Williams, pero ella también se encontraba absorta en la noche que parecía pasar del otro lado del parabrisas.

Se exprimió los sesos tratando de recordar las preguntas que, de acuerdo con el protocolo, le haría un psiquiatra de admisión en un hospital a una persona joven que hubiera sufrido un trauma.

Preguntas simples.

Respuestas elementales.

Luego, con base en ellas, había que hacer un diagnóstico y elaborar un plan inicial de tratamiento. Las pruebas más sofisticadas podían esperar, al principio no habría necesidad de hacer el Inventario Multifásico de Personalidad de Minnesota, pruebas de Rorschach, los inventarios de Ansiedad y Depresión de Beck, ni ninguna otra de las pruebas que aplicaban sus colegas.

Ricky negó con la cabeza.

«No, no soy su psiquiatra.

»Además, ¿cómo trata uno a un asesino?

»¿O a un niño a punto de convertirse en uno?».

Trató de esbozar una sonrisa.

—Escucha, necesito un nombre para poder dirigirme a ti —le dijo con calma al adolescente—. Ella era Rainbow Lotus, pero ahora es Annie. A mí me conoces como el doctor Starks, pero eso me parece demasiado formal, así que ¿por qué no me llamas Ricky? Por mí está bien. Entonces, antes de continuar, ¿me puedes decir cuál era tu nombre en aquel lugar?

El chico no dejó de mirar por la ventana, pero empezó a hablar en voz baja.

—Me llamaban «Conejo Veloz» porque nadie de la familia podía correr tan rápido como yo, por eso me pusieron ese apodo.

Ricky asintió.

—Es un buen nombre para alguien que se mueve tan deprisa como tú. Me gusta… —dijo. «Sigue hablándole», pensó—. Además, ese animalito aparece en varias obras literarias. Hay un famoso libro infantil que los niños adoran, *El conejo de terciopelo*; también hay uno llamado *La colina de Watership* que fue muy popular durante algún tiempo; los personajes principales son conejos. Ah, y *Corre, Conejo* de Updike es un clásico de la literatura. ¿Alguna vez practicaste algún deporte? ¿Como baloncesto? El personaje del libro de Updike jugaba al baloncesto y también se llamaba Conejo.

El muchacho negó con la cabeza.

—No conozco ninguno de esos libros. Y, en cuanto a los deportes, tal vez pude ser bueno en ellos, pero nunca lo sabré porque abandoné la escuela.

—¿Cuándo fue eso?

—Hace un año, creo.

El adolescente volvió a toser, rápido y de forma consecutiva. Continuaba hundido en el asiento, con una actitud hosca.

—¿Cuál era tu nombre antes de que te llamaran Conejo?

El chico permaneció callado varios segundos antes de responder.

—Owen —dijo al fin.

—De acuerdo, Owen. ¿Y cuál era tu apellido? Ya conoces el mío, Starks. Y el de Annie, Williams.

El chico vaciló y, cuando por fin habló, su voz pareció quebrarse.

—Tenía dos apellidos, pero ya no sé cuál es el correcto.

Ricky se dio cuenta de que había entrado en una zona emocional y delicada del chico.

—¿A qué te refieres? —preguntó en el tono más suave que pudo.

—Cuando nací, mi madre no pudo criarme porque creo que era adicta. En realidad no lo sé porque nunca la vi, terminé viviendo en casa de mi abuela desde muy pequeño, pero luego ella murió porque su corazón era débil y falló. Yo tenía unos seis años cuando ocurrió, me parece, y mi mamá había desaparecido, es decir, ya nada le importaba un carajo por la situación en que se encontraba. Entonces me enviaron a hogares de acogida, uno tras otro, no recuerdo cuántos fueron, pero cambiaban con frecuencia, por eso digo que hubo muchos apellidos, nadie quiso conservarme. Por eso creo que el último apellido real que tuve fue el de mi abuela: Haskell. Era el que usaba cuando hui la última vez.

La información se desbordó de sus labios como una cascada.

—¿Cuándo fue eso? —preguntó Ricky.

—Ya le dije, hace un año —respondió el chico.

—¿Estabas en noveno curso?

—Sí, y odiaba todo de la escuela.

—No, vamos, no puedes haber odiado «todo». ¿No había una sola cosa que te gustara?

Owen, el adolescente, volvió a vacilar.

—No —contestó.

«Por lo menos algo le gustaba, pero no lo admitirá».

—Vamos, vamos, debe de haber alguna cosa...

—Me gustaba leer. Y dibujar. Se me daba muy bien, pero ya no lo hago...

La siguiente pregunta debió ser «¿Por qué no?», pero Ricky no la formuló. Estaba tratando de recolectar toda la información que le iba dando el muchacho para procesarla rápido. Era como las «Evaluaciones de peligrosidad» que los juzgados con frecuencia pedían realizar a los psiquiatras forenses. «¿Esta persona representa una amenaza? ¿A qué nivel? ¿Deberíamos tener miedo?». Un trabajo psiquiátrico de adivinación, en el mejor de los casos, ya que era imposible predecir con precisión. Depende del instinto, no de la ciencia; o, en todo caso, de un instinto impregnado por la ciencia. Ricky levantó la vista de nuevo, se daba cuenta de que, aunque el adolescente solo había dicho unas cuantas palabras, acababa de abrir una ventana hacia un universo pasado muy complejo.

—¿Adónde fuiste cuando huiste, Owen?

El chico se encogió de hombros de nuevo.

—¿Adónde cree, doctor?

—Ricky —lo corrigió.

—Bueno, Ricky, ¿adónde cree que fui?

—A la calle.

—Es jodidamente obvio, ¿no, Ricky?

«Sí», pensó, pero no lo dijo en voz alta.

—Entonces, ¿cómo terminaste en ese otro lugar?

La pregunta del psicoanalista provocó que de la boca del muchacho manara otra cascada de palabras.

—Fue por un individuo que conocí en la calle, me dijo algo sobre la familia, así me enteré de su existencia, me dijeron que era el tipo de lugar en que nadie me haría el tipo de preguntas estúpidas que me está haciendo usted ahora, y que allí podría ser libre y dejar de chupársela a vejetes en sus automóviles para ganar algo de dinero, así que fui para allá haciendo dedo. Me costó algún tiempo, porque a nadie le agrada la idea de recoger a un chico al lado de la carretera, ni siquiera a quienes quieren que se las chupen. Tuve que eludir a los policías locales y a los estatales porque, de haberme atrapado, me habrían llevado de vuelta con alguna familia de acogida que solo habría fingido que yo les caía bien aunque, en realidad, solo les interesaba recibir el cheque mensual del gobierno. Finalmente llegué al bosque y simplemente entré y Sunshine Man me dijo que podía quedarme. Tan sencillo como eso. Ni siquiera tuve que chupársela al principio, aunque después lo hice un par de veces. Y ahora, gracias a usted, no podré regresar jamás.

El silencio y el aroma de la amargura saturaron el automóvil.

Annie interrumpió negando con la cabeza de forma vigorosa.

—Conejo, pudiste quedarte, no tenías por qué venir con nosotros. Si en verdad tienes tantos deseos de volver, el doctor Starks puede dar la vuelta ahora mismo y dejarte al final del sendero para que camines hasta el complejo.

Ricky no quería hacer eso, pero sabía que, si el muchacho se lo pedía, accedería.

Owen parecía estarlo considerando.

—Mala idea —dijo al fin—, ¿crees que volverían a recibirme después de lo que acaba de suceder?

—No.

—Rainbow..., Annie..., ¿sabes lo que me harían? —preguntó Owen en un tono melancólico y realista.

—Sí, lo sé —contestó ella.

—¿Qué? —preguntó Ricky.

—No es nada agradable —dijo Annie.

Owen se enderezó y se deslizó hacia el centro del asiento trasero.

—Sunshine Man es muy bueno para inventar castigos cuando alguien se equivoca o hace algo que no le agrada. Reúne a todos, explica lo que hiciste como si fuera un maldito juez y luego anuncia tu castigo. Siempre empieza de la misma manera: al principio, solo silencio, nadie te habla. Un día, dos, tres o más. Lo suficiente para que desees oír lo que sea que te quieran decir, aunque sea: «Púdrete». Sin embargo, nadie te habla y empiezas a enloquecer. Es como ser sordo o estar en una celda de aislamiento, pero en realidad es peor porque la gente sigue ahí, a tu alrededor, pero actúa como si no existieras. Nadie te toca ni te habla, es como si fueras invisible. Te sientas y comes solo, y en la noche vas a acostarte solo. El problema es que no estás solo porque cada cierto número de horas alguien entra y empieza a golpear cacerolas junto a tu oído, así que no puedes dormir, y de todas formas no lo haces porque te pasas la noche esperando a que lleguen de nuevo a hacer ruido. Por la mañana, sin importar lo cansado que estés, Sunshine Man te da una lista de tareas, pero sin decirte nada, por supuesto. Solo te da la lista, la cual siempre incluye tareas duras en el exterior, en el frío o, cuando hace muchísimo calor, en el lodo, entre bichos y animales, como limpiar establos o vaciar las letrinas —explicó el muchacho antes de que su voz se debilitara—. Y entonces las cosas empeoran.

—¿Por qué?

Owen respiró de manera profunda.

—Digamos que pasas tres horas limpiando los establos y terminas, todo está en su sitio y ya sacaste el estiércol de cada uno de los compartimentos, están tan limpios que podrías comer directamente del suelo, o sea, perfectos. Luego llega Sunshine Man y no te dice: «Buen trabajo» ni nada de eso, solo empieza a ensuciar y desarreglar todo lo que hiciste. Tira al suelo lo que colgaste y lo patea por todos lados, todo lo que limpiaste lo lanza de vuelta a los compartimentos. Y luego, aunque sientes ganas de matar, no puedes decir nada, solo empiezas de nuevo, desde el principio. Y cuando terminas, él regresa o envía a uno de los hombres o incluso a las mujeres para que vuelvan a ensuciar y desordenar como él hizo, y tienes que empezar de nuevo. Llega un momento en que pierdes la cuenta de las veces que has limpiado y el trabajo se convierte en tortura. No importa lo bien que lo hagas, para él nunca es suficiente. Todo es inútil, igual que tú. Y la gente sigue sin hablarte...

El muchacho calló un momento y cerró los ojos como si se estuviera viendo a sí mismo repitiendo las arduas tareas rurales en bucle.

—Es como cavar un hoyo, rellenarlo, volver a cavar, rellenarlo, y así sin parar. No pasa mucho tiempo antes de que sientas que vas a enloquecer y, además, nunca sabes cuánto durará el castigo. ¿Un día? ¿Una semana? ¿Un mes? ¿Toda la vida? Y de pronto, cuando estás demasiado cansado y sucio y sientes que te has vuelto loco, Sunshine Man anuncia de repente que has hecho suficiente. Cada vez que sientes que ya no puedes soportarlo más, él llega y dice que está bien, y les avisa a todos que el castigo se acabó, y todos te abrazan, te dan palmadas en la espalda, te besan en las mejillas y ríen, incluso si no les agradas. Y, luego, ¿sabe lo que hacen? Alguien te cocina un pastel de cumpleaños y todos te cantan la maldita canción de *Cumpleaños feliz* como si no hubiera sucedido nada y como si fuera el primer día que pasas en el complejo. Como si fueras un bebé porque Sunshine Man dice a todo pulmón que volviste a nacer y grita malditos «Aleluya», sea lo que sea, y regresas al grupo y piensas: «Nunca volveré a cometer la estupidez que me hizo merecedor de este castigo. Jamás». Entonces, dígame, Ricky..., doctor Starks, maldito señor Psicoanalista: ¿cree usted que quiero regresar a eso?

—No —dijo Ricky—, no lo creo.

«La CIA y su departamento de operaciones clandestinas podrían aprender una o dos cosas de Sunshine Man», pensó. Lo que Owen acababa de describir era una sofisticada técnica para controlar personas.

Era un tipo de castigo que anulaba la identidad; armas y secuaces para hacer énfasis en la amenaza física, y manipulación sexual para completar el cuadro.

El muchacho cayó en la trampa, pensó que obtendría «libertad» y le dieron justo lo opuesto. Al principio lo aceptó de forma inocente, y luego, a medida que fueron destruyendo su identidad, lo fue recibiendo incluso con entusiasmo, siempre oscilando entre el miedo y la obediencia. Rendir «culto» también quiere decir «respetar, admirar...», «obedecer».

«A pesar de todo —pensó Ricky—, el chico sabe a lo que regresaría y es consciente de que ya no quiere ser parte de ello, lo cual indica cierto nivel de fortaleza psicológica, cierta rebeldía.

»Parece que algunas partes de su personalidad sobrevivieron».

Ricky se quedó en silencio un momento y luego continuó interrogando a Owen.

—¿Por qué no huiste como cuando te fuiste de los hogares de acogida?

—¿Para ir adónde? ¿De vuelta a la calle? —contestó el muchacho en un tono áspero—. Además, ¿quién me recibiría en su hogar?

«Preguntas profundas —pensó Ricky—. Y sin respuesta sencilla».

Owen sufrió otro acceso de tos, se agachó como si su cuerpo estuviera convulsionando, y luego se enderezó y se reclinó en el asiento. Inspiró de manera profunda y, al final, volvió a mirar por la ventana.

—Bueno y... ¿nos dirigimos a algún lugar? —preguntó.

—Sí —dijo Ricky, aunque en ese momento no estaba seguro de su destino.

Volvió a mirar al adolescente por el espejo retrovisor.

«Abuso sexual, tortura, aislamiento, abandono».

Y, desde el punto de vista psicológico:

«Demasiados traumas sin resolver.

»Un caso en extremo difícil».

Sin embargo:

«Los jóvenes tienen una resiliencia extraordinaria».

Roxy lo había demostrado diez años atrás. Charlie también, a su manera y a pesar de que su lucha era constante y permanente.

«El caso de Owen, por desgracia, será mucho más difícil que el de Roxy o Charlie.

»Porque en este momento es completamente impredecible.

»Podría escapar en la primera oportunidad.

»O decidir ejecutar la última orden que le dio Sunshine Man.

»Podría asesinar.

»O podría no hacerlo».

Todos estos pensamientos cruzaban la mente de Ricky mientras oía al muchacho toser. A pesar de todo, sabía que debían ir a un lugar y hacerlo pronto.

Era la segunda vez que Ricky visitaba una sala de urgencias en las últimas semanas. Cuando fue a ver a Charlie por su crisis bipolar, el tratamiento fue obvio; en esta ocasión, en cambio, decidir qué hacer sería un desafío.

La enfermera de admisiones lo miró escéptica.

—Lo lamento, doctor, pero no comprendo, este muchacho no tiene seguro médico, ni número de seguridad social, ni dirección ni familia inmediata, y, además, ¿no es pariente suyo?

—Así es, pero es urgente que lo examine un internista. No ha tenido un hogar en mucho tiempo —explicó.

—Sí, pero ¿por qué viene con él y qué hace usted aquí, tan lejos de casa?

«Aquí» era un hospital rural en las afueras de un pequeño pueblo no muy lejos de la costa de Maine. Era casi medianoche y, por suerte, la sala de urgencias estaba vacía cuando Ricky llegó acompañado de Annie y Owen.

—Es una historia muy larga, enfermera. Le dejaré el número de mi tarjeta de crédito, así podrá cobrar lo que sea necesario, yo me haré cargo de los gastos.

—Creo que debería llamar a las autoridades —dijo la enfermera en un tono burocrático y contundente.

Ricky sabía que si decía: «No, no lo haga», ella sospecharía aún más, si eso era posible. Así que cambió de estrategia.

—El muchacho es primo de la mujer que está sentada allí. Lamento que ella no tenga consigo una identificación, pero tuvimos que salir de manera imprevista debido a problemas domésticos, una situación peligrosa. Usted sabe a qué me refiero… —explicó. Contaba con que la enfermera infiriera que se trataba de maltrato—. Fue entonces cuando me di cuenta de que el chico estaba más enfermo de lo que había yo imaginado, por eso vinimos. Mire, ¿podríamos hacer que lo vea alguno de los médicos para ponerle algún tratamiento? Luego usted y yo podemos llamar a las autoridades pertinentes de ser necesario.

El psicoanalista mezcló verdades y mentiras a gran velocidad.

Sin embargo, lo único de lo que la enfermera de admisiones estaba convencida era del precario estado de salud del muchacho.

Owen estaba justo detrás de Ricky y, en ese momento, tuvo otro incontrolable acceso de tos que resultó muy oportuno.

«Buen momento para toser —pensó Ricky—. Sin importar lo peculiar que resulte nuestra situación, no lanzará a la calle a un chico enfermo».

Tenía razón.

—De acuerdo —dijo, y se giró hacia otra enfermera que estaba cerca de la entrada.

—Llévalo al consultorio uno y dile al doctor Vincent que lo vea de inmediato —dijo.

Volvió a mirar a Ricky y la fotografía en su identificación. Escribió el número de la tarjeta de crédito y todos los detalles de su carnet de conducir, así como los de la identificación del hospital.

—Espere ahí —le dijo señalando una hilera de sillas pegadas a la pared.

Unos cuarenta minutos después, en la sala de espera apareció un médico en pijama sanitario verde que hizo señas a Ricky y a Annie, quien apenas podía mantener los ojos abiertos.

—¿Son sus familiares? —preguntó el médico.

—Somos lo más cercano que tiene —dijo Ricky.

El médico asintió. Era un hombre joven, dedujo que solo tendría unos diez o doce años más que Roxy. Tenía barba de varios días, usaba gafas y lucía un tatuaje en el antebrazo que a Ricky le pareció militar. «Un joven que decidió estudiar Medicina después de haber dado una vuelta o dos por el mundo, pero al que le gusta la acción y por eso se decantó por ser médico en una sala de urgencias».

—Bien, Owen está en verdad muy enfermo, pero mejorará pronto. Tiene bronquitis. Fue bueno que lo trajeran, ya que podría derivar en neumonía si no se atiende. Le administramos esteroides y paracetamol porque tiene un poco de fiebre. La función pulmonar deberá mejorar con un inhalador de salbutamol. También necesitará algunas medicinas que se pueden comprar sin receta médica. No quiero prescribir nada con codeína: es muy joven y prefiero mantenerme alejado de las drogas adictivas. Por otra parte, necesita antibióticos porque la descarga nasal es bacteriana. Le aplicamos una inyección para empezar, pero deberá continuar con pastillas los siguientes días. También le inyectamos vitaminas A y D, y le pusimos un poco de ungüento con zinc que debería eliminar su acné en poco tiempo. Necesita algo de descanso y un buen baño. Mucho jabón. Está sumamente desnutrido, no sé cómo llegó al estado en que se encuentra, no quiso hablar mucho ni decir dónde había estado ni lo que ha estado haciendo.

—Ha estado viviendo en el bosque —explicó Ricky. Era una verdad a medias.

—Vaya, eso explica varias cosas —dijo el médico—. Voy a llamar a la farmacia local, dejaré un mensaje, pero los medicamentos estarán listos mañana por la mañana. Lo más probable es que tengan a mano todo lo que pedí.

Ricky se quedó pensando un momento. Nueve, diez horas.

—Doctor, el chico está muy ansioso…

—¿Es un diagnóstico psiquiátrico? —preguntó el médico.

«Es el diagnóstico de alguien que piensa que este muchacho podría levantarse a medianoche a matarlo».

—Sí. Como usted dijo, necesita una buena noche de sueño para empezar. Yo tal vez recetaría zolpidem, pero me preocupa que pudiera tener una reacción desfavorable o que haya efectos secundarios. No me gustaría que ande por ahí alucinando y caminando dormido. Tal vez un poco de benzodiazepina sería mejor. Temazepam. ¿Tendría usted un poco?

El médico de la sala de urgencias asintió.

—Es un medicamento fuerte. Le puedo dar un comprimido, doctor, pero solo esta noche.

—No me lo dé a mí, déselo a él —aclaró Ricky.

Recordó que habían pasado por un motel algunos kilómetros atrás. Calculó en silencio. Seguro que Owen seguiría dormido para cuando él hubiera reservado una habitación para los tres. El baño podría esperar hasta la mañana siguiente.

Tenía razón.

Annie permanecía despierta con dificultad, pero entre ambos lograron llevar cargando al muchacho hasta la habitación del motel. Había dos camas dobles, colocaron a Owen en una. Ricky le quitó las botas llenas de barro y lo cubrió con una manta. Para cuando terminó, Annie ya estaba dormida en la otra cama. Entonces cogió del armario un par de almohadas y una manta y se acostó en el suelo, entre las dos camas. Le pareció que era un escenario muy casto, se sentía como un caballero artúrico colocando su espalda entre él y la persona a su cargo antes de quedarse dormido.

Fue el primero en despertar, dolorido por haber pasado la noche sobre el duro suelo, pero bien en general. Se dio una ducha, se lavó los dientes y trató de pensar cuál sería su siguiente paso.

No quedaba mucho tiempo.

Hizo un inventario de lo que sabía y lo que ignoraba. De lo que tenía y lo que no.

No sabía de qué manera lo ayudaría Annie, pero estaba seguro de que, vivo o muerto, su hermano el fotógrafo sería la clave para encontrar a Virgil.

Tampoco sabía si Owen podría ayudarle o si sería una amenaza. El chico podría ir en ambas direcciones.

Por lo pronto, ahora tenía un arma, la pistola semiautomática del adolescente estaba guardada bajo llave en el maletero del automóvil de alquiler. Le quedaban ocho disparos, pero Ricky aún no sabía cuándo, para quién, o si acaso los usaría. De pronto cayó en la cuenta de que Annie y Owen habían dejado toda su ropa en el complejo de la secta, ni siquiera tenían un cepillo de dientes, así que tendría que equiparlos para los días siguientes. Además, sería necesario tirar a la basura las asquerosas prendas del chico. Todos estos aspectos prácticos necesitarían ser solucionados en medio del asunto más importante. «Solo me quedan algunos días antes de tener que tomar una decisión». Se sentó en el cuarto de baño y trató de reorientar sus pensamientos. Tenía que apartar por completo a Sunshine Man en ese momento y volver a concentrarse en Virgil y Merlin, así como en la inminente fecha límite.

Tenía que encontrarlos.

Y encontrar la manera de quedar fuera de sus planes.

Pero no se atrevía a preguntarse a sí mismo: «¿Cómo?».

Miró su imagen empañada por el vapor en el espejo. Con la punta del dedo escribió «Roxy y Charlie» y luego borró los nombres deslizando la mano sobre la superficie. Pensó que su vida continuaba intacta por el momento, pero se empezaba a despedazar por los bordes, tenía que moverse rápido y sin titubear.

Cuando salió del pequeño baño vio que Annie Williams ya se había levantado.

—Me vendría bien un café —dijo ella en voz baja—, pero primero quisiera asearme.

—Por supuesto —dijo Ricky—. Luego tendremos que empezar a trabajar, tenemos mucho por hacer y muy poco tiempo.

Ella sonrió.

—Encontrar a mi hermano y a su esposa, comprendo. Le dije que si me ayudaba a escapar de la secta de Sunshine Man lo ayudaría. Me ayudó y ahora yo haré lo mismo por usted.

Ricky deseaba creerla. Notó que no incluyó un detalle: en su conversación anterior le había dicho que su lealtad siempre sería para su hermano. Solo esperaba que no tuviera que verse obligada a elegir.

En ese momento Owen se movió un poco y abrió los ojos.

—Me siento mucho mejor —dijo y, un instante después, giró sobre su cuerpo y volvió a quedarse dormido.

—Guarde algo de jabón y champú para Owen —dijo Ricky a Annie, indicándole con un gesto que pasara al baño—, los va a necesitar.

Hacia el final de la tarde, después de que Owen pasara casi veinte minutos bajo la ducha a petición de Ricky, de que tomara sus medicamentos y se vistiera con ropa recién comprada en un rápido viaje al centro comercial, los tres entraron en un restaurante tipo diner antiguo cerca de la autopista interestatal que se dirigía al sur, a Boston. El restaurante era un remolque tipo Airstream con el reluciente y típico acabado plateado por fuera. En el interior había una serie de reservados y una larga barra con taburetes altos tapizados en cuero rojo frente al pasaplatos que daba a la cocina. En cuanto se sentaron en uno de los reservados, una camarera se acercó y les entregó los menús.

—De acuerdo, vamos a cenar y, después, ¿adónde iremos? —preguntó Owen.

Ricky dirigió una intensa mirada a Annie y respondió.

—Iremos adonde Annie nos diga que tendremos que ir para encontrar a la mujer que se casó con su hermano. Yo pienso que él falleció, pero Annie cree que continúa vivo.

—¿Y dónde es eso? —preguntó el muchacho.

Ricky volvió a mirar a Annie.

—Necesito que me preste su móvil —dijo ella, y se giró hacia Owen—. Tengo que llamar a la policía de Vermont para asegurarme de que yo tengo razón y Ricky se equivoca.

Ricky metió la mano en su bolsillo y le dio uno de los teléfonos desechables de prepago.

—¿Por qué no espera y llama mañana temprano? —le dijo. Aunque sabía que eso significaría más horas que se le escaparían de las manos, era consciente de que se trataba de un departamento de policía rural. Lo más probable era que todos, salvo el agente del turno de noche, se hubieran ido a casa.

—De acuerdo —dijo Annie, aunque en tono reticente.

En ese momento reapareció la camarera en el reservado.

—¿Ya saben qué van a pedir? —les preguntó en tono amable y lista con su libreta y un lápiz para anotar.

—Yo quiero una hamburguesa con queso —dijo Owen sin dudar.

—Yo también —dijo Annie.

—Que sean hamburguesas con queso para todos —añadió Ricky.

La camarera miró a Annie.

—¿Cómo quiere la suya de hecha? —preguntó.

Annie sonrió.

Se levantó de forma abrupta y miró alrededor. La mitad de los asientos del diner estaban ocupados. Había una familia en un reservado, una joven pareja en otro, y varios trabajadores en la barra inclinados sobre tazas de café y sándwiches.

Echó la cabeza hacia atrás, respiró hondo y de repente cantó con una voz resonante y pura, con matices de country:

> *Just a cheeseburger in Paradise.*
> *Heaven on earth with an onion slice.*
> *Not too particular, not too precise,*
> *just a cheeseburger in Paradise...*

Annie se detuvo al terminar de cantar el coro.

—Como en la canción de Jimmy Buffet —dijo—: una hamburguesa con queso en el paraíso.

La camarera rio con ganas.

Para ese momento, todas las miradas estaban fijas en Annie; mucha gente sonreía y todos aplaudían con entusiasmo. Ella dedicó pequeñas reverencias a cada rincón del diner.

—No sé si podría llamar paraíso a este lugar —dijo la camarera—, pero nuestras hamburguesas son muy buenas. Pasaré su pedido a la cocina ahora mismo.

Owen también sonreía.

Ricky estaba muy sorprendido. Impresionado.

Annie volvió a sentarse.

—Ha sido un comienzo —dijo mirando al psicoanalista. No especificó el comienzo de qué.

30

DÍA DIEZ

Camino a la incertidumbre

—Active el altavoz, quiero oír lo que digan —dijo Ricky al pasar a Annie la desgastada tarjeta del policía de Vermont.

No estaba seguro de desear oír lo que la policía le diría a Annie, tampoco estaba seguro de cuál sería su reacción si se confirmara la muerte de su hermano. Tal vez la verdad la fortalecería y la instaría a ayudarle. «Sabrá que ellos provocaron su muerte, no yo. Ellos. Tal vez el dolor la paralice. Tal vez solo se diga: "Mi hermano se ha ido para siempre, no me importa cómo sucedió, solo deseo quedarme aquí a llorar"». De cualquier manera, el psicoanalista sabía que tenía que permitir que hiciera esa llamada.

Annie asintió. Owen acababa de engullir un enorme desayuno con tortitas, y ahora los tres estaban de pie en la calle, junto al automóvil alquilado de Ricky, tras haber pasado otra noche en un motel y sintiendo el frío aire matinal de Nueva Inglaterra.

—De acuerdo —dijo ella—, pero ¿no le parece que esta debería ser una conversación privada?

—En circunstancias normales sí —contestó Ricky—, pero nuestras circunstancias no tienen nada de normales.

Annie se encogió de hombros como reconociendo que era cierto y marcó el número de la tarjeta que Ricky había sacado de su bolsillo.

Después del segundo tono, contestó el policía de porte rígido.

Annie Williams se presentó rápido y explicó lo que quería saber.

—… y necesito saber cuál es la situación de mi hermano y su casa… —dijo al final.

El policía titubeó.

—No puedo darle información por teléfono, preferiríamos que viniera a vernos en persona a la comisaría...

Era justo lo que Ricky esperaba, fue lo que el policía de porte rígido le había dicho. En cierto modo, Annie parecía haber anticipado esa respuesta también.

—He estado viviendo en Maine, pero alejada de la sociedad —explicó—. Las noticias llegan muy despacio y no me resulta fácil viajar. Acabo de enterarme del aparente suicidio de mi hermano... —explicó e hizo una pausa, miró a Ricky como preguntando: «"Aparente", ¿cierto?». No esperó a que el policía le respondiera, solo soltó su siguiente pregunta—: ¿Recuperaron su cuerpo?

El agente le respondió con otra pregunta.

—¿Cómo se enteró sobre el incidente? —dijo—. Hemos tratado de contactar con usted desde hace algunos días, nos ha costado trabajo encontrar a familiares del señor Williams.

Ricky notó que el agente usó la palabra «incidente».

También que dijo: «Nos ha costado trabajo encontrar a familiares...».

Se refería a Virgil. «Imposible contactar con ella».

No le sorprendía.

Annie le respondió de inmediato.

—Yo soy el único familiar con el que hay que contactar —dijo—. Me enteré porque el doctor Starks, que en algún momento fue el terapeuta de mi hermano, logró localizarme. También me explicó que hubo un incendio en su cabaña. ¿Qué me puede decir al respecto?

—El doctor es uno de nuestros dos testigos —dijo el agente—. Estaba hablando con su hermano justo antes de que saltara al río.

—Sí, él mismo me lo dijo —repuso ella—. De cualquier manera, aún necesito saber si el cuerpo fue recuperado —añadió Annie en un tono incisivo, haciendo patente que no estaba para juegos.

—No. Hasta el momento no lo hemos encontrado —dijo el agente después de un momento de vacilación—. El río corre a mucha velocidad, es posible que lo haya arrastrado varios kilómetros. El área en que debemos buscar es muy extensa. Esta semana un equipo de buzos lo intentará de nuevo.

Moviendo los labios sin emitir ningún sonido, Annie miró a Ricky y con sutiles gestos le insinuó: «Se lo dije».

—¿Y qué me dice respecto al incendio en su cabaña? —preguntó al policía.

—Los investigadores especializados en incendios provocados continúan trabajando, pero es un incendio que, de manera oficial, hemos catalogado como sospechoso.

«No me diga», volvió a decir Annie solo moviendo los labios y mirando a Ricky. Se quedó pensando unos segundos antes de hablar de nuevo.

—Espere —dijo de forma abrupta—, me acaba de decir que el doctor es uno de los testigos del momento en que mi hermano se lanzó al río. ¿Quién es el otro?

El policía respondió con cautela, repitió lo que ya le había dicho antes.

—En verdad creo que sería mejor que viniera a hablar con nosotros en persona, señorita Williams. No tengo autorización para darle por teléfono el nombre del testigo ni muchos otros de los detalles porque la investigación está en proceso.

Fue amable, pero era obvio que no quería comprometerse.

Annie asintió como si el policía pudiera ver su respuesta. Miró a Ricky, tratando de ver si había otra duda en su semblante.

—Comprendo, son demasiadas preguntas, lo lamento, agente. Trataré de ir a la comisaría pronto para hablar con usted en persona.

—Eso nos ayudaría mucho —dijo el policía inflexible—. Si tuviéramos más noticias, ¿podríamos contactar con usted en este número telefónico?

«Con "más noticias" en realidad quiere decir "si encontramos el cuerpo"», pensó Ricky.

Annie lo miró de nuevo y lo vio asentir.

—Por supuesto —contestó.

Ricky sospechaba que el policía de porte rígido no tardaría en hacer un rastreo y descubrir que se trataba de «un teléfono desechable de prepago como los que prefieren usar los traficantes de drogas, los estafadores y otros criminales, y eso solo le parecerá aún más sospechoso».

Annie finalizó la llamada y entregó el teléfono a Ricky.

—Necesito ir y ver por mí misma.

Él estaba a punto de hablar, pero Annie preguntó de forma abrupta:

—¿Qué otro testigo? Usted no mencionó nada respecto a otra persona.

—Lo lamento —dijo Ricky—. Cuando su hermano saltó, en el extremo opuesto, al final del puente, había una joven. También lo vio pasar al otro lado de la pared de madera, pero nunca supe su nombre. Todo fue muy repentino.

No dijo más.

Annie parecía preocupada.

—¿Una joven? ¿Al final del puente?

—Sí, una chica que parecía tener edad de estar en la universidad. Bajó de su automóvil y se detuvo mientras su hermano y yo sosteníamos nuestra última conversación.

—¿Se detuvo?

—Bueno, sí, nosotros íbamos caminando en medio del puente.

Ricky reprodujo en su mente lo que había sucedido, trató de verlo cuadro por cuadro, como cuando un detective examina una grabación de cámara de seguridad de circuito cerrado esencial para una investigación. «¿Por qué se bajó la joven de su automóvil? Solo habría necesitado esperar a que pasáramos antes de continuar avanzando en el puente. Lo noté desde el principio, pero fue un detalle que, con toda la falsedad y conmoción que me abrumaron cuando Alex Williams desapareció del otro lado del puente, se quedó en el fondo del recuerdo», pensó.

Annie también estaba reflexionando.

—Describa a la joven —le dijo de pronto.

Ricky visualizó a la mujer.

Lo primero que recordó fue el grito, agudísimo, frenético.

Luego la expresión de estupor y miedo en su rostro.

Recordó que lo sujetó del brazo y señaló el agua del río corriendo a toda velocidad.

Hizo a un lado esos detalles y se concentró en su apariencia.

Edad, altura, peso, complexión. Una cascada de cabello negro rizado, atrapado debajo de un gorro tejido. Pantalones vaqueros, chaleco invernal acolchado. Sudadera gris del MIT.

Penetrantes ojos verdes.

Le dijo todo esto a Annie…

… quien palideció en cuanto él terminó la descripción. Su rostro estaba desencajado por la sorpresa.

—Creo saber quién es —musitó—. ¿Está seguro con respecto a la sudadera del MIT? —preguntó, pero no le dio oportunidad de contestar. Él asintió y ella se cubrió la boca con la mano un instante, como tratando de evitar que sus palabras se desbordaran. Con la misma rapidez, inclinó la cabeza y dijo—: Es… —dudó, cambió de dirección—. No lo puedo creer… —empezó a decir y calló de nuevo. De pronto empezó a respirar con dificultad, como si sintiera un enorme peso en el pecho. Se volvió un poco mirando el área rural que los rodeaba y luego levantó la vista hacia los grises cielos.

—¿La conoce? —preguntó Ricky—. ¿Cómo es posible? ¿De quién se trata?

El psicoanalista sintió que la oscuridad lo invadía por dentro. Las preguntas que se hizo en el puente y que tuvo que descartar para hacer frente a la caminata en el bosque, el olor a gasolina en la cabaña, el fuego, las fotografías de sus pacientes y todo el torbellino de acontecimientos e imágenes, de pronto volvieron a él como un clamor insoportable.

Recordó el disco de vinilo en el tocadiscos y la frase en bucle: «*Cold heart...*».

—¿Quién es ella? —insistió. Quería sujetar a Annie de los hombros y sacudirla pero se contuvo y pegó los brazos a sus costados.

Annie miró en otra dirección, pero Ricky sabía que contestaría tarde o temprano. Sería doloroso, pero no sabía por qué.

El silencio entre ellos duró un instante.

—Se lo diré —contestó—, pero primero...

Volvió a titubear.

—¿Qué les hizo? —le preguntó de pronto girando hacia él. Su pregunta lo pilló por sorpresa, Annie parecía estar al borde de la furia y la tristeza, parecía estar a punto de golpearlo en el pecho con los puños y de romper en llanto—. Me refiero al principio de todo, cuando esto comenzó. ¿Qué les hizo para que lo odiaran tanto?

—Qué situación tan de mierda —dijo Owen cuando Ricky terminó de relatarles todo. Parecía sumamente divertido; cada vez que Ricky mencionaba otro asesinato, soltaba una carcajada.

Annie, por el contrario, permaneció callada, pensando.

Cuando empezó a lloviznar otra vez, entraron en el automóvil. El motor estaba apagado y en el interior hacía frío. La pistola seguía guardada bajo llave en el maletero, junto con la única maleta que tenía Ricky y un par de bolsos nuevos llenos de ropa para Annie y Owen.

En todos sus años como terapeuta, Ricky se había acostumbrado a entender los silencios. Le parecían entidades vivas, creía que cada uno tenía una forma distinta y una poesía intrínseca y original. Podía identificar cuándo un silencio era el preludio del enfado o el llanto. Los silencios que eran producto de la reflexión y la contemplación eran distintos a los que indicaban un arrebato. Había silencios que insinuaban avances y otros que bostezaban como tenebrosos túneles emocionales. Había silencios que eran mentiras y otros que eran verdades.

El que se percibía en el pequeño automóvil de alquiler era distinto. Era un silencio que parecía dar la bienvenida a la muerte.

Al menos, esa fue la impresión que tuvo después de contar a Annie y Owen parte de la historia que lo había llevado hasta ese frío automóvil y lo había sentado junto a dos personas hasta cierto punto desconocidas. Que lo había llevado a estar con dos seres con problemas emocionales profundos en el exterior de un diner en Maine, a solo unos días de tener que decidir lo que debía hacer: «Matar a Virgil. Matar a Merlin. Suicidarme. O encontrar una solución».

La palabra «solución» le parecía tóxica, como si tuviera en la lengua leche rancia.

Cuando les habló a Annie y Owen sobre su pasado con la familia que lo quería muerto, sintió como si hubiera estado escuchando a un paciente hablar desde el aislamiento del famoso diván. Fue una especie de experiencia extracorporal para el psicoanalista. Se oía hablar, pero se percibía como otra persona desvinculada de él que hablaba desde los confines del automóvil, era un Ricky que había existido años antes, que ya no era el Ricky sentado frente al volante. Lo que escuchó fue la historia de tiempo atrás, cuando era joven y apenas comenzaba a hacer incursiones en el universo de las enfermedades mentales, una época en que confiaba brutalmente en sí mismo, tenía muy poca experiencia y cometió un error trágico que les arrebató su madre a tres niños. Asimismo, pensó en la manera en que ese peculiar fracaso fue acumulando inercia hasta convertirse en una historia de psicópatas, asesinos, suicidios y un rastro complicado de muertes violentas. Casi dos décadas de muerte.

Sin dejar a un lado la presencia, a lo largo de todos esos años, de una implacable necesidad de venganza.

«La sed de venganza es como una infección sin tratamiento, solo empeora de forma constante. O como el cáncer que con paciencia va creciendo en un órgano y transformándose en una fatalidad inevitable».

Por un momento se preguntó si, dondequiera que estuviesen, Virgil y Merlin recordarían siquiera por qué lo habían perseguido todo ese tiempo. El acto de hundirlo en una tumba había trascendido las razones originales, cobrado vida propia.

Tratar el tartamudeo era posible, también tratar un tic nervioso como el lavado compulsivo de manos. Con terapia y medicamentos era posible controlar muchos tipos de comportamientos obsesivo-compulsivos. Él lo había hecho con éxito en muchos casos a lo largo de los años.

En ese instante, sin embargo, le pareció que no había cura para aquello a lo que hacía frente.

«Algunas obsesiones no tienen fin, continúan vivas y enérgicas hasta el instante en que llegan a la tumba».

Entonces pensó en Roxy y la imaginó sentada en la primera fila, asistiendo a una clase en la facultad de Medicina, tomando notas con esmero, atenta a cada una de las palabras del profesor. Luego pensó en Charlie, quien tal vez continuaría alterado porque un ataque bipolar como el que había sufrido era el equivalente a participar en una pelea y salir mal librado. Por suerte, también sabía que ya lo habrían recibido de vuelta con los brazos abiertos en el despacho de diseño para el que trabajaba en Miami. El mero hecho de visualizarlos como un ejemplo de lo que parecía ser «normal» lo tranquilizó... y lo angustió al mismo tiempo.

Seguridad y peligro, lado a lado.

Respiró hondo.

—De acuerdo —dijo lo más suave que pudo—. Le he dicho todo lo que sé, no espero que lo entienda porque no estoy seguro de comprenderlo yo mismo a pesar de haberlo vivido. Ahora necesito algo de usted. Me dijo que conocía a la mujer del puente. ¿Quién es?

Annie habló con voz vacilante, casi temerosa.

—La conocí hace cuatro años, en la boda de mi hermano. Fue la dama de honor y me causó una fuerte impresión a pesar de que, en ese tiempo, era mucho más joven. Era muy inteligente y muy fría, tenía el cabello rizado y los ojos verdes.

Ricky escuchó, y cuando ella pronunció el nombre, se sorprendió, pero, al mismo tiempo, no. De pronto sintió como si la temperatura en el interior del vehículo hubiera descendido por debajo de cero.

Vio de reojo a Annie, quien ahora miraba por la ventana sumida en sus pensamientos. Luego vio a Owen. No dejaba de moverse de un lado a otro impulsado por una obvia impaciencia adolescente.

Aún no estaba seguro de poder confiar en ninguno.

Acercó la mano al contacto y encendió el motor.

—Muy bien —dijo el adolescente—. ¿Adónde vamos ahora?

Ricky no respondió, solo señaló a Annie.

—Sé que Annie puede actuar —dijo. «Su actuación frente a Sunshine Man fue excelente», pensó—. ¿Qué hay de ti?

—Con «actuar» se refiere a hacerlo como los actores en un escenario? ¿Interpretar a Shakespeare y esas cosas? «¿Ser o no ser?» ¿Ese tipo de actuación?

A Ricky le sorprendió que Owen conociera esa cita.

—No del todo, pero algo así.

—Nunca lo he intentado, nunca me han pedido que lo haga.

Ricky no estaba seguro de que fuera verdad. «Tal vez está actuando ahora mismo, quizá en la primera oportunidad volverá a ser el colérico adolescente que conocí con los Niños del Bosque y tratará de hacerse con un arma. Con cualquiera que esté a su alcance. Ser amistoso, comprarle ropa nueva, una hamburguesa y antibióticos no garantiza gran cosa».

Esta era solo una preocupación más que Ricky había sumado a todas a las que hacía frente. Le sonrió a Owen.

—Eso no significa que no puedas actuar —dijo. Ahora fue el chico quien sonrió.

Por fuera, los tres encarnaban a la perfección los papeles que Ricky asignó en el trayecto desde Maine a Massachusetts y luego a Boston. Él sería un buen padre, un hombre profesional que no se andaba con juegos. Ella sería su ansiosa y distanciada segunda esposa, y Owen sería su inteligentísimo hijo adolescente. Practicaron algunos diálogos y varios tipos de conversaciones en la carretera 95, cuando atravesaron los barrios residenciales del norte, al pasar por Concord y Lexington y sus historias de la Revolución, cuando finalmente avanzaron a paso de tortuga por las congestionadas calles de Cambridge, más allá de Harvard Yard y Harvard Square, el lugar donde los aromas gemelos del entorno académico y el comercio se mezclaban, junto al aburrido edificio de ladrillo rojo de la Escuela JFK, y a lo largo de Memorial Drive, acompañados por el lado derecho por el agua gris negruzca y apacible del río Charles. A Owen parecían intrigarle las piraguas que se alcanzaban a ver deslizándose sobre las tranquilas aguas mientras los remos se elevaban y se volvían a hundir a un mismo tiempo en el río, como parte de una maquinaria. Ricky estuvo a punto de señalar y hablarles del área debajo del puente en el que por algún tiempo fue indigente, después de su primer encuentro con Virgil, Merlin y el señor R, quince años atrás, pero no lo hizo. Ahora le parecía más un sueño del pasado que una realidad.

Los campus universitarios en Boston producen distintas sensaciones. La Universidad de Boston, por ejemplo, es un lugar práctico y urbano en apariencia. Harvard transmite academicismo e intelectualidad, y evoca privilegio brahmán. Boston College parece un lugar con una disciplina jesuita a la que es obligatorio apegarse. Tufts tiene la innegable rebeldía de los hippies de antaño. Northeastern y Lesley se sienten distintas a todas las otras instituciones. Y la popularidad del Instituto Tecnológico de Massachusetts, el «MIT», se justifica por la explosión de ideas que conjugan invención e ingeniería. Su campus colinda con el río y está dividido en grandes cuadrángulos de césped e imperturbables bibliotecas abovedadas. Su arquitectura es excéntrica, igual que sus estudiantes, cuyas mentes parecen apegarse automáticamente a formas complejas y ecuaciones complicadas. En el MIT, incluso los poetas parecen combinar la regulación de la matemática con una desenfrenada creatividad lingüística. Es un lugar en el que ninguna idea está fuera del límite y cualquiera podría conducir a la obtención de la beca MacArthur «para genios».

Dos estudiantes dirigían las visitas al campus.

A Ricky no le costó trabajo guiar a Annie y Owen hasta la oficina de admisiones del instituto y unirse a varias otras «familias» que estaban ahí para conocer el campus. Este tipo de visita era un rito de iniciación que marcaba la inminente llegada al nivel superior de estudios y que tenían que realizar las familias de clase media y alta en Estados Unidos, donde un título universitario es considerado no solo esencial, sino también automático. Los guías eran una joven y un joven que, a pesar de la reputación de falta de dinamismo de los estudiantes del MIT, desbordaban energía y extroversión. El joven dijo a los visitantes muy orgulloso que se especializaría en física cuántica, y ella alabó con vehemencia las numerosas virtudes de las ciencias de la computación.

El grupo pasó con diligencia por todos los puntos obligados: bibliotecas, dormitorios, salones de clase, laboratorios. Incluso hubo una demostración de robótica en uno de los laboratorios. En algún momento, uno de los otros adolescentes del grupo se giró para mirar a Owen y le preguntó en qué escuela estudiaba, y él respondió enseguida.

—El instituto no me parece lo bastante interesante. Me están educando en casa, es una experiencia con más desafíos.

Con eso bastó para que las preguntas cesaran. A Ricky le complació que Owen pareciera estar comprometido con su papel y gozando de su propia actuación. El chico incluso sometió a los guías a una ráfaga de preguntas sobre la vida en los dormitorios, dónde se podían comprar las mejores cervezas y hamburguesas, y con qué frecuencia los estudiantes del MIT cruzaban el río para ir a Fenway Park a ver a los Red Sox. Incluso preguntó sobre la actividad sexual de los estudiantes de los primeros años.

—No se supone que debamos hablar de ese tema durante la visita, pero te puedo decir que la noche del sábado en el MIT es como la noche de sábado en cualquier otro lugar. La diferencia es que la manera de crear una conexión con alguien es más científica —explicó la chica.

Ricky no creía que fuera verdad, pero la explicación hizo reír mucho a Owen. Annie se mantuvo en silencio, estaba esperando su oportunidad. Ricky le había encomendado la misión de hacer la pregunta que los había llevado a ese lugar.

Una sudadera gris del MIT.

En un puente de Vermont.

Usada por la hija de Merlin.

La chica a quien Ricky vio por última vez diez años antes, cuando salía, acompañada de su madre, de la costosa casa de Merlin en los barrios residenciales de Connecticut. La última vez que Annie Williams la vio fue en la boda de su hermano y Virgil.

A Ricky le aterraba pensar que la necesidad de venganza se hubiera extendido a otra generación como una herencia maligna.

Casi al final de la visita, mientras el grupo cruzaba uno de los cuadrángulos, Annie se acercó a la joven guía e interrumpió su bien memorizado discurso sobre la historia de cada edificio y las menciones frecuentes de nombres célebres de la universidad, de hombres y mujeres que habían ganado millones de dólares con sus inventos o premios Nobel por sus ideas.

—Disculpa —preguntó Annie con cautela y en un tono muy amistoso—, me pregunto si conocerás a mi sobrina. Se llama Molly Thomas y estudia aquí...

—Por supuesto —contestó la guía—. Estuvimos juntas en varias clases de informática el semestre pasado. Es una chica superinteligente y agradable.

«No tan agradable —pensó Ricky—. Tal vez incluso una criminal».

—Ah, entiendo. ¿Y sabes dónde podría encontrarla? —continuó Annie con una sonrisa—. No la he visto desde hace mucho tiempo y está creciendo rapidísimo, nos gustaría llevarla a cenar o hacer algo con ella. Además, lleva años sin ver a Owen y... —explicó mirando al adolescente—, creo que sería genial que ambos estudiaran en el MIT al mismo tiempo...

Annie habló con celeridad y ligereza, ocultando lo interesado que estaba Ricky en conocer la respuesta.

—Oh —dijo la guía negando con la cabeza—, no he visto a Molly. Supe que se había tomado un semestre de descanso. Por lo que oí, les dijo a sus compañeras de dormitorio que viajaría un poco por Europa. A veces, los estudiantes de informática nos sentimos atados a algoritmos y ecuaciones, códigos y bits, ya sabe cómo es esto. Un descanso puede ayudar a aclarar la mente.

—Qué lástima, creo que debimos ponernos en contacto con ella antes —dijo Annie, mirando a Ricky.

—Apuesto a que Molly es muy buena en informática —dijo él.

—¿Bromea? —respondió la chica muy emocionada—. Molly terminará trabajando en Microsoft, Apple o alguna otra empresa de Silicon Valley y ganando millones cuando se gradúe.

—Apuesto a que sí —dijo Ricky.

«Hace diez años que los visité, había dos niños.

»La niña, Molly.

»El niño, Mark júnior.

»Él estudiaba en una escuela especial para niños con espectro autista».

Ricky recordó que los había observado una década atrás. Inocentes en todos los aspectos.

Pero eso había cambiado.

Y lo comprendía.

«Molly, la estudiante del MIT, no está en Europa visitando castillos y comiendo *croissants* o *strudel,* ni teniendo fugaces relaciones románticas.

»Hace poco estuvo en un puente de Vermont en un momento muy preciso con una sola misión. Dar un grito.

»Un alarido falso que disimuló el hecho de que estaba al tanto de lo que pasaría.

»Y, antes de eso, quizá estuvo en Miami reemplazando el ordenador de mi escritorio con uno idéntico que preparó especialmente para mí».

Ricky miró alrededor, vio los grises muros de los edificios del campus que colindaban con el cuadrángulo.

«Me pregunto en cuál de los salones enseñarán Venganza.

»¿Tendrán un laboratorio especial para experimentar con el arte de asesinar?».

Ricky avanzó flanqueado por Annie y Owen. Había empezado a unir cabos en su mente y, con cada paso que daba, el panorama se tornaba más terrible, pero no dijo nada.

Los tres permanecieron callados el resto de la visita y se separaron del grupo cuando las familias se acercaron a la oficina de admisiones. Ricky sintió como si en su interior se hubiera formado una delgada y parduzca superficie de hielo sobre la que su imaginación patinaba sin reparo. «¿Qué les habrán hecho Virgil y Merlin a esos niños?».

Imaginó a Merlin diez años atrás leyéndoles cuentos a los dos pequeños de diez años. «Hace mucho tiempo existió un hechicero maligno llamado doctor Starks, el cual merecía morir…».

Miró de reojo a Annie, le pareció que ella también estaría planteándose una pregunta similar. En algún momento, cuando volvieron al automóvil, se dirigió a él.

—No puedo creer que alguien fuera capaz de… —pero se detuvo antes de terminar.

«Deberías empezar a creerlo», pensó Ricky.

Owen, por otra parte, parecía vigorizado tras la visita. Su primer comentario cuando llegaron al automóvil sorprendió un poco a Ricky.

—Este lugar es bastante guay. Creo que podría vivir aquí.

Un chico que abandonó la escuela en noveno grado ahora se sentía atraído por un mundo muy distinto a todo lo que había conocido en su complicada, breve y penosa vida. Ricky pensó que el MIT debía de parecerle al adolescente un universo ajeno, como Marte, pero el hecho de que no fuera así resultaba muy estimulante. Se dijo que no debería olvidar ese detalle y se preguntó si la personalidad del adolescente al que consideraba un psicópata en ciernes no cambiaría hora con hora. «¿Será posible?». No estaba seguro. Pensó que tal vez debería decirle al muchacho algo excesivamente adulto y tonto como: «Necesitarás trabajar muy duro para alcanzar un sueño así», pero se dio cuenta de que su advertencia podía esperar.

Ricky condujo, se alejó del campus del MIT. Se dirigió a Harvard Square, estacionó el automóvil y llevó a Annie y a Owen a una cafetería cerca de ahí. Los dejó en una mesa, le entregó a ella su tarjeta de crédito y le dijo que pidieran algo de comer mientras él iba a comprar algunos artículos.

Annie lo miró intrigada cuando dijo «artículos».

—Pensé que tenía, teníamos... ¿una fecha límite? —dijo en tono de afirmación, pero también preguntando.

—Así es, tenemos una fecha límite —confirmó Ricky—, pero quiero conseguir varias cosas que creo que necesitaremos para movernos de una manera más eficaz.

Annie asintió y negó a la vez con la cabeza. Parecía estar a punto de preguntar: «¿Qué cosas?», pero no lo hizo. Tenían ropa nueva y un arma. ¿Qué más necesitaban?

A Owen, en cambio, la respuesta de Ricky le pareció satisfactoria.

—Seguro, genial —dijo sin volverse a mirarlo, ya tenía la vista hundida en el menú. Ricky presintió, sin embargo, que terminaría pidiendo hamburguesa con queso y patatas fritas de nuevo. Annie aún tenía una expresión dubitativa.

—¿Qué haremos luego? —preguntó.

—Meternos en problemas —respondió Ricky.

—Eso no es necesario repetirlo —dijo ella tras un breve suspiro.

—O tal vez deberíamos repetirlo con frecuencia —dijo Ricky.

—De acuerdo. —Annie sonrió mientras levantaba un menú y se giraba para mirar a Owen—. Entonces, ¿qué pediremos esta vez? ¿Filete para ti y ensalada para mí?

Ricky caminó presuroso por la acera, eludiendo a toda la gente que parecía tener esa misma urgencia de: «El día llegó a su fin, hora de volver a casa». Pero su casa estaba muy lejos y no estaba seguro de volver a verla, se sentía atrapado en una pesadilla personal que la normalidad del mundo a su alrededor contradecía. Vio a estudiantes y gente de negocios desbordando las aceras, saliendo del metro, o el «T», como lo llamaban allí, entrando y saliendo de las tiendas. Todos parecían saber adónde se dirigían, nadie hacía frente a las implacables exigencias de una familia a la que la definía la muerte. Se imaginó descendiendo a algún lugar desolado, parecido a las imágenes que acompañaron el mensaje del difunto señor R en su ordenador. Visiones medievales del infierno. Al menos, ahora sabía quién las había generado: «La genio en informática del MIT que conoció en el puente. La sobrina del señor R». Todos esos pensamientos los creaba su desbordante imaginación. Sentía que ninguna de las personas que pasaban a su lado podían ver al verdadero Ricky. Había quienes se dirigían a casa y estudiantes que volvían a los dormitorios. Él, en cambio, era un hombre al borde del asesinato y eso le brindaba cierta invisibilidad.

Trató de deshacerse de aquella pegajosa y desagradable sensación.

Sabía que lo que estaba a punto de hacer era necesario desde el punto de vista psicológico.

«Si quiero confiar en Annie y Owen los próximos días, tendré que fortalecer nuestra relación».

Aunque de una extraña manera, era lo que siempre hacía con cada nuevo paciente. Las primeras conversaciones estaban diseñadas para identificar un punto común de confianza y enfatizar el papel de cada uno: paciente y terapeuta. Los límites solían ser claros porque la tradición y la experiencia los habían establecido. Ahora, sin embargo, no contaba con ninguno de esos lujos. La diferencia era que, con la gente que se acercaba a él para pedirle ayuda, el vínculo se establecía de manera verbal y gracias a la constancia de las sesiones terapéuticas. En este caso, creía que necesitaba ser más concreto y mostrarles que podía vincularse con quienes ellos eran en realidad.

«Si en realidad son quienes parecen ser».

No podía saberlo, lo único cierto era que quedaba poco tiempo y que la línea entre una buena relación y un soborno era muy fina.

Del otro lado de la entrada al metro en Harvard Square se encontraba Harvard Coop. Coop era una abreviatura de «cooperativa». Se trataba de unos grandes almacenes que ofrecían muchos artículos adornados con el logo de la famosa universidad, y muchos más que buscaban satisfacer las necesidades de la vida cotidiana en Cambridge. En Harvard Coop era posible encontrar una lámpara de escritorio de gran intensidad o las obras completas de Milton, así como toallas de baño económicas o coloridas sábanas Marimekko. Abrigos para el invierno y partituras para piano. Discos duros para ordenador, un estuche de destornilladores Phillips, perfectos para ensamblar muebles sencillos, mapas y guías narrativas del estanque Walden, del que escribiera Thoreau y se encontraba cerca de allí, o un volumen de poesía sáfica para leer durante una caminata por el bosque. Cuando Ricky atravesó las puertas de cristal corredizas, sabía que debía dirigirse a un lugar específico. No quería perder mucho tiempo haciendo compras.

Tenía razón.

Tres de los artículos que buscaba estaban en un mismo departamento y el cuarto en un área adyacente. El último en una galería en el piso superior. El vendedor de la galería le dio algo de información.

—Es un artículo de alta gama. Si su plan es obsequiárselo a esa dama especial, será un regalo maravilloso. Si no le gusta, puede traerlo de vuelta.

—Eso haré —dijo Ricky.

Cuando regresó, Owen y Annie estaban esperando en la acera fuera de la cafetería. Ella tenía una bolsa de papel en las manos.

—Le pedí un sándwich de pavo para llevar —dijo—, pero, como no sabía si prefiere mostaza o mayonesa, cogí ambas.

Luego vio lo que Ricky llevaba en la mano.

Y se quedó boquiabierta.

—Es para usted, Annie. Me sentí culpable de que tuviera que abandonar la suya —dijo Ricky al tiempo que le entregaba el estuche de guitarra.

Annie empezó a hablar, pero de repente se quedó callada. Colocó el estuche en la acera y se puso en cuclillas para abrirlo.

—¡Es una Martin! —dijo en voz baja, cargada de sorpresa—. Es hermosa —añadió mientras tomaba la guitarra del estuche y pasaba los dedos por el diapasón tocando algunas notas con una experiencia evidente. El repentino estallido de música se combinó con el sonido de los automóviles atascados en el tráfico y el motor de diésel de un autobús que iba pasando—. Es hermosa —repitió.

—Bien —continuó Ricky volviéndose hacia Owen—. Esto es para ti —dijo al entregarle al chico una bolsa de tienda.

—No sabía que era Navidad —exclamó Owen—. Bueno, de todas formas, nunca recibí regalos de Navidad —añadió.

Abrió la bolsa y sacó un gran cuaderno de dibujo y dos estuches de metal. Uno tenía lápices de carboncillo y el otro lápices de colores.

—No estaba seguro de si preferirías blanco y negro o color —explicó Ricky—, pero puedes experimentar con ambos. Lo que me gustaría pedirte es que hagas un retrato de Annie y su guitarra. ¿Podrías hacerlo?

El adolescente asintió.

—Tengo algo más para ti —añadió y le entregó un paquete más pequeño—. Es un libro.

—¿Qué libro es? —preguntó Annie levantando la vista, pero sin dejar de acariciar las cuerdas de su guitarra.

Era un libro de bolsillo delgado con una llamativa portada en color rojo.

Owen lo miró intrigado.

—¿Qué es un «guardián entre el centeno»? —preguntó.

—Lee el libro y lo averiguarás.

—¿De qué trata? —preguntó el adolescente.

—De ti —contestó Ricky.

31

DÍA ONCE

Un tatuaje inolvidable

Ricky, Annie y Owen volvieron a pasar una noche incómoda en otro motel barato justo en las afueras de Boston, cerca de Auburn, en la autopista de peaje de Massachusetts. Una vez más, Owen se acostó en una cama, Annie en la otra y Ricky se hizo una especie de colchón con mantas en el suelo. Annie tocó con su guitarra nueva una canción lenta y melancólica que arrulló a Owen. Se quedó dormido casi enseguida, pero los medicamentos tal vez también ayudaron. Lo último que pensó Ricky antes de rendirse al sueño fue: «Un día más que se va». Cada vez que cerraba los ojos se preguntaba si lo asesinarían mientras dormía, y luego, en la mañana, se despertaba sorprendido de que alguien no lo hubiera asfixiado. Parecía que la posibilidad disminuía cada día, pero imaginaba que tal vez era solo una falsa esperanza. Owen, por otra parte, iba mejorando. Era muestra de la capacidad de recuperación de los adolescentes que la gente mayor como Ricky ya no poseía. Lo que inquietaba al psicoanalista, sin embargo, era que el muchacho no parecía estarse recuperando de la misma manera de su relación con Sunshine Man. Tampoco confiaba por completo en su radical cambio, había pasado de psicópata, aspirante a asesino y seguidor del líder de una secta a ser un chico tranquilo que trataba de leer *El guardián entre el centeno* en el asiento trasero de un automóvil alquilado y que, a pesar de haber abandonado el instituto, ahora soñaba con estudiar en el MIT. Annie también lo intrigaba, seguía siendo un enigma. «Hermana devota, pero ¿de qué manera?». Tenía otras preguntas. «¿En verdad me ayudará? ¿Por qué renunció a su carrera como cantante?».

Como terapeuta, estaba acostumbrado a pasar sin mucho problema de un misterio emocional al siguiente, y a esperar hasta que los pacientes llenaran los huecos que le proporcionaban a él las respuestas que necesitaba. La diferencia era que, como terapeuta, solía tener el tiempo de su lado. En este caso, las respuestas inmediatas lo eludían, sería más sencillo para un agente de policía, incluso estando bajo la presión que implicaba resolver el crimen: «Buenas tardes, señor Sospechoso. ¿Cometió usted este crimen? ¿Sí o no? Sabe que tenemos sus huellas digitales, ¿verdad? O su ADN... O un testigo ocular...». Preocupado, aunque eso no era ninguna novedad, Ricky se aseó y levantó a los otros.

—Debemos irnos —dijo señalando con prisa la puerta del baño, la ducha y los cepillos de dientes.

—¿Adónde vamos? —preguntó Owen.

Ricky se quedó callado mirando a Annie.

—Bien, si Annie nos dijera adónde iría su hermano si estuviera vivo y tratara de ocultarse, iríamos allí. O si nos dijera adónde iría la esposa de su hermano después de orquestar el suicidio de su flamante nuevo esposo, iríamos allí.

La mujer asintió.

—Tengo algunas ideas, pero no estoy segura —dijo.

—La certidumbre es algo que suele esquivarme —explicó Ricky.

—Vermont —dijo Annie—. Su hogar. En donde murió o no murió. Me gustaría empezar por ahí. Además, le dije al agente que iría a visitarlo a la comisaría. ¿Podríamos ir?

Era lo que Ricky se esperaba.

—Dudo que encontremos certeza, no importa cuánto nos esforcemos en buscarla. Pero, vamos, recoged vuestras cosas —dijo Ricky—. Necesitaremos cuatro o cinco horas para llegar allí.

Tenía la sensación de que lo estaba succionando una corriente invisible, pero sabía que debía ignorar su aprensión. No veía otra manera de avanzar más que continuando, aunque cada kilómetro le gritara: «Estás tomando una decisión apresurada».

Odiaba la dirección adonde se dirigía.

«Queda muy poco tiempo.

»Y estoy dando marcha atrás».

Sentía que estaba retrocediendo sobre pasos que ya había dado y que se habían mostrado erróneos. No obstante, en el fondo aceptaba que buena parte de su quehacer profesional se basaba en esa estrategia: revisitar experiencias y volver a examinar decisiones. Permitir que el pasado guiara al futuro. Recordó que esos sentimientos fueron el tema central de la última conferencia que ofreció en la facultad de Medicina, antes de que lo arrastrara el juego que le propuso la gente que lo quería muerto, y que no era un juego. De pronto odió todo lo que había dicho. Ahora quería atacar con fuerza, abrirse paso a golpes, ser decidido. El lugar adonde se dirigían le parecía el camino opuesto. Él quería ser como un general que ordena a sus tropas cargar contra el enemigo o como un cirujano que con toda confianza en sí mismo extirpa un cáncer.

Pero no veía alternativa.

Le parecía que la siguiente opción obvia era Nueva York, la ciudad donde encontró a Merlin y Virgil hacía quince años y luego diez, y donde los superó en ambas ocasiones. Pero, justo por esa razón, sabía que debía descartarla. Era una ciudad que conocía bien, que le había ofrecido ventajas que ellos no anticiparon ni quince ni diez años antes. La parte de él que se comportaba como detective sospechaba que los asesinos se habían dado cuenta de ello cuando hicieron el análisis *post mortem* para tratar de entender por qué no habían logrado provocar su muerte hasta ese momento. La segunda opción obvia era Greenwich, Connecticut, el lugar donde, diez años antes, en una agradable tarde, vio a los dos hijos de Merlin volviendo de la escuela, y donde lo engañaron y le hicieron creer que a Merlin y su familia los acosaba un asesino desconocido, un asesino que nunca existió, un asesino producto de la fantasía. Un asesino que ellos mismos inventaron con su intricada imaginación. Diez años atrás, todo fue parte de un plan fraguado de forma minuciosa, cuyo objetivo era hacerlo entrar en una habitación de una casa en el Alabama rural para que un hombre agonizante pudiera asesinarlo. De esa manera, ellos permanecerían a salvo y se desharían de todo vínculo con el asesinato que habían concebido. Lograron hacerlo llegar a esa habitación, pero nunca vieron el giro que daría la situación.

Esta reflexión le hizo comprender que la alternativa de dirigirse a la lujosa área residencial de las afueras de Connecticut también debería descartarla.

No estarían en ningún sitio obvio.

En ninguno de los lugares donde sabía que habían estado.

Habrían vendido sus casas y mudado a sus familias. Abandonado sus apartamentos sin dejar una nueva dirección para el reenvío de correo.

Ahora serían fantasmas.

Como los dos actores que encarnaron a Oliver Wells, el viejo inspector, y a la falsa enfermera Annie, mientras el verdadero inspector se dirigía al oeste con su esposa enferma en una lujosa y flamante autocaravana. «¿Cuánto te habrá costado, Merlin?», se preguntó Ricky. Estaba seguro de que todos los caminos que lo podrían llevar a ellos habían sido borrados. Todos los rastros eliminados. En el pasado habrían contado con su hermano, el señor R, y con sus habilidades como asesino, para que se «deshiciera» de los vínculos dejados atrás.

Pero ahora eso no era posible. Ahora, el hermano y la hermana que quedaban dependían de sus propios talentos.

«Es probable que hayan aprendido mucho de su difunto hermano.

»Una cosa es anticipar lo que hará un asesino profesional, y otra, lo que haría alguien como Merlin o Virgil, quienes no son asesinos en un sentido tradicional».

Eso era lo que los volvía tan impredecibles.

«Debo igualarlos en imprevisibilidad».

De pronto le vino un pensamiento aterrador: estaban dispuestos a pagar el precio que fuera sin importar de lo que se tratara, con tal de que él terminara suicidándose.

Dinero. Productos. Su reputación. Sus carreras. Las vidas de otros.

El precio no les importaba.

Tal vez alguna vez fueron más reservados, pero eso había cambiado.

No les importaba cuánta ruina o muerte dejaran a su paso, lo único que les interesaba era tener éxito en su única misión.

Ricky se quedó pensando un momento.

«O dos misiones. La primera: que yo muera. La segunda: salirse con la suya y regodearse en su logro. Celebrar los años de preparación, brindar por ello en cada reunión familiar durante las fiestas».

Pensar todo eso hizo que le doliera el estómago, pero no lo manifestó. Solo miró a Annie y Owen reuniendo sus pocas pertenencias y preparándose para partir.

Sabía que Virgil y Merlin no cometerían los mismos errores dos veces.

«Pero cometerán nuevos errores.

»Ya empezaron: enviar a la chica con una sudadera con un logo identificable.

»Seguro cometerán otros.

»Identifícalos. Rápido».

Cuando se dirigió al automóvil con Annie y Owen, comprendió que todo lo que imaginaba era solo una débil esperanza y no le infundía ánimo en absoluto.

Ricky, Annie y Owen entraron en el edificio de la Oficina del Alguacil del Condado de Windham y caminaron hasta un escritorio donde se anunciaron y explicaron con quién deseaban hablar. Una joven policía auxiliar que parecía ser en parte secretaria, en parte encargada de la centralita, los escoltó.

El policía de porte rígido se sorprendió al verlos entrar en la pequeña sala. Al llegar, Ricky vio unos seis escritorios, una mesa con una radio y una máquina de fax y dos pantallas de ordenador. En una de las paredes había una pizarra blanca con una lista en la parte superior de los «Casos activos». Entre ellos había un robo, un «arresto de un traficante de drogas» y tres accidentes automovilísticos: dos en que «un automóvil golpeó a un ciervo», y el tercero clasificado como «Conducción bajo los efectos del alcohol», con una nota de prueba de alcoholemia de 2,7 debajo. Encima de todos los casos se leía: «Suicidio Williams» e «Incendio Williams», y debajo de los dos títulos había una serie de nombres y números telefónicos: «Forense del condado de Windham. Investigadores de incendios provocados del condado de Windham. Sección de crímenes graves del departamento de policía del estado de Vermont». Cerca de la pizarra estaba la consabida pared adornada con los carteles de «Se busca».

—No los esperaba —dijo el policía de porte rígido mientras se ponía de pie y les estrechaba la mano—. Usted debe de ser la hermana del señor Williams. Gracias por venir.

—Sí, soy su hermana —dijo Annie y, sin preámbulos, añadió—: He venido, como le dije que haría. Ahora, ¿qué me puede decir usted?

El policía los miró a los tres y luego se dirigió a Ricky.

—Me dijo que volvería a Miami porque tenía que atender a sus pacientes, doctor —señaló.

Ricky negó con la cabeza.

—Se equivoca. Le dije que en Miami tenía pacientes que requerían de mi atención, pero no dije que me dirigiría allí de inmediato. Usted no me preguntó si sabía dónde encontrar a la señorita Williams, pero resulta que lo sabía… —Era una modesta verdad a medias—. Además, me pidió que volviera a visitarlo cuando pudiera, y aquí estoy, igual que la señorita.

Ricky sabía que sonaba demasiado confiado y arrogante, era justo la impresión que quería dar.

El policía se dirigió a Annie.

—Me gustaría hablar con usted en privado.

—Por supuesto —dijo ella—. ¿Ya encontró el cuerpo de mi hermano?

—No —contestó el policía señalando una puerta que conducía a una oficina lateral, pero, antes de dirigirse allí, se giró para mirar a Owen—. ¿Y tú quién eres? —preguntó.

—Un amigo de la familia —contestó el adolescente sin dudar—. Solo estoy tratando de ayudar, brindar mi apoyo moral y todo eso, ya sabe.

El policía asintió, pero era obvio que no le creía.

—De acuerdo, por favor siéntense allí mientras hablo con la señorita Williams —dijo señalando una serie de sillas de plástico pegadas a la pared.

Ambos caminaron hacia las sillas. Ricky estaba impresionado, era claro que Owen tenía experiencia lidiando con oficiales de policía y sabía cómo manejarse.

—Me parece que no le agrada mucho al agente, doctor —dijo Owen sonriendo entre dientes—. Siempre pasa eso con los policías locales, son un dolor en el trasero, ¿sabe? Yo digo: ¡que se jodan! —exclamó, no susurrando del todo—. Oiga, por cierto, me está gustando el libro.

Se quedaron sentados en silencio unos diez minutos, hasta que Annie salió de la oficina negando con la cabeza.

Ricky solo alcanzó a oír una cosa cuando se abrió la puerta.

—… entonces, en cuanto tenga información concreta me informará, ¿de acuerdo?

—Naturalmente —respondió el policía de porte rígido—, pero podría llevarnos algún tiempo.

—Genial —exclamó Annie en un tono entre sarcástico y colérico—. Estaré esperando sus noticias… cuando sea que llegue a tenerlas.

Entonces ella atravesó la sala a paso veloz.

—Salgamos de aquí —dijo señalando la puerta de salida con la cara enrojecida y los labios fruncidos. Estaba furiosa, pero no dijo nada hasta que salieron—. Ese hijo de perra no me dijo nada. «No sabemos nada sobre su hermano. Los buzos cesaron la búsqueda hasta la primavera. El agua está muy fría y la corriente es violenta. El cuerpo podría estar en cualquier parte del río. Tal vez lo arrastró kilómetros. Los investigadores de incendios están haciendo pruebas en su cabaña. No tenemos sospechosos…». Que se jodan —dijo en un tono cada vez más agudo que le añadía amargura a lo obsceno de la situación—. Ni siquiera me dio el nombre de la «testigo», solo dijo: «Ya tenemos su declaración», como si eso sirviera de algo. Yo sé quién es la testigo, pero eso no se lo dije a él —añadió. Cada vez que abría la boca, las palabras salían como una cascada iracunda. Respiró hondo, calló y se quedó pensando—. Para colmo, me confesó: «Nos está costando trabajo contactar con la testigo de nuevo». No me digas, maldito genio.

—Nombre falso —dijo Ricky—. Identificación falsa, todo falso. La policía seguramente no verificó nada de lo que les dijo, sino hasta que decidieron hacer seguimiento, pero eso fue un par de días después de que estuvo conmigo y con su hermano en el puente, lo que debió de darle tiempo de sobra para desaparecer. Se ha ido y dudo que vuelva a Vermont en su vida. Ni siquiera para venir a contemplar los colores del otoño o esquiar con amigos.

Ricky habló con un cinismo absoluto.

Se volvió para mirar a Annie.

Se dio cuenta de que el enojo había dado paso a la tristeza; se empezaron a formar lágrimas en sus ojos y su voz tembló por primera vez.

—¿Dónde está mi hermano? —preguntó. Nadie podía responderle—. ¿Y en qué se metió?

Eso lo habría podido responder Ricky, pero prefirió no hacerlo.

Annie jadeó un poco y luego sollozó.

Ricky la interrumpió.

—Vamos al puente —dijo—. Así lo verá usted misma.

«Verá que murió.

»Verá que no murió».

Ricky sintió que la incertidumbre de Annie se estaba volviendo contagiosa y que ahora él tenía el virus. No creía que hubiera una manera sencilla de brindarle la respuesta que tanto necesitaba ni de decirle si su hermano había muerto o no. El problema era que, al añadir al hermano fotógrafo y el acto de suicidarse en la ecuación que Virgil y Merlin crearon, solo veía dos respuestas igualmente posibles.

Para cuando Annie, Owen y Ricky llegaron al puente cubierto, el clima tormentoso que los perseguía con terquedad se había disipado hasta cierto punto. Era temprano aún, por la tarde, y la oscuridad no era tanta como cuando Ricky caminó hasta allí con Alex Williams. También hacía un poco menos de frío, el viento no parecía tan impetuoso y en el ligero cielo azul del invierno se deslizaban algunas nubes. El entorno se mostraba un poco más benigno, menos amenazante que cuando estuvo allí la última vez. Sin embargo, el agua que corría debajo del puente era potente y oscura.

Estacionó el automóvil no lejos del lugar, en una zona destinada para ese propósito.

Los tres salieron en silencio y permanecieron sin hablar, como si fueran a entrar en un cementerio. Annie rompió el silencio.

—Recuerdo la última vez que estuve aquí —dijo—. La única vez.

Señaló el sendero que llevaba hacia la zona para acampar y el lugar donde ella y su hermano posaron para una fotografía muchos años atrás.

—Yo conservé mi fotografía —dijo—, pero un día la dejé por accidente en casa de Oliver y Martha.

«Dos actores la usaron de manera muy convincente».

—Yo también fui con él hasta ese punto y reprodujimos la escena, solo que quienes posamos fuimos él y yo —explicó Ricky—. Aunque creo que borró la fotografía en ese instante porque, cuando traté de mostrársela a los agentes, había desaparecido.

Annie asintió.

—Este lugar es mucho más agradable en verano —dijo señalando una parte del río—. Se puede nadar ahí y allá —añadió. Luego señaló una veredita debajo del puente. Ricky vio que había unos pequeños escalones de piedra que llevaban a la ribera—. Los niños entran y salen por ahí —explicó Annie—. Creo que Alex me dijo que también venía a nadar aquí en verano.

«Entonces conocía estas aguas», pensó Ricky.

Annie se quedó mirando el impetuoso río.

—Parece frío —añadió.

—Tal vez entre cuatro o siete grados —dijo Ricky.

Se esforzó por recordar sus cursos de ciencia, pero sentía que los había tomado hacía un siglo, cuando empezó en la facultad de Medicina y, de la misma manera que lo hacía ahora Roxy, apuntaba todo lo que oía decir en el podio o en cualquiera de las camas del pabellón médico. Era un recuerdo distante, pero estaba ahí. «Hipotermia. Comienza rápido si la persona se sumerge en agua cerca del punto de congelación. Después de diez, o máximo veinte minutos, empiezas a perder el control de tus músculos y la coordinación falla. Empiezas a temblar, la respiración se vuelve superficial y se dificulta. A eso le sigue el estado de inconsciencia. Todavía le llevará una hora más matarte, pero tú ya te encuentras en una pendiente demasiado inclinada, demasiado difícil de escalar de nuevo para salir».

Trató de reunir los distintos datos en su mente.

«Alex Williams vestía vaqueros y zapatillas deportivas. Antes de saltar se quitó la chaqueta y la camisa a cuadros. Los pantalones lo habrían hecho pesar más y lo habrían arrastrado al fondo en lugar de aislarlo del frío, pero el suéter de cuello vuelto ajustado de tela sintética lo habría ayudado. Ropa que lo habría salvado, ropa que lo habría matado —pensó y continuó imaginando la secuencia—. Era un nadador competente, pero solo habría tenido unos minutos antes de que el agua helada y la violencia del río lo incapacitaran. Quizá solo unos segundos…».

Miró alrededor y vio una papelera en una esquina del estacionamiento. Caminó hasta allá y se asomó al interior. Más o menos a la mitad vio lo que necesitaba, lo tomó y caminó de vuelta adonde estaban Owen y Annie. Ya habían subido hasta el camino que atravesaba el puente.

—Muéstreme dónde saltó —dijo Annie.

—Por supuesto —contestó Ricky—, solo deme un minuto.

Se dirigió a los escalones que Annie Williams le había mostrado y bajó rápidamente hasta la ribera. Tomó el objeto que había sacado de la papelera, una botella grande de Coca-Cola, y la llenó hasta la mitad con agua del río. Luego enroscó con fuerza la tapa.

Volvió a subir al puente.

—Síganme —dijo.

Ricky los condujo más allá de las secciones laterales de madera sólida, hasta donde se encontraban las aperturas en forma de X. Las tablas de madera sobre las que pisaron lentamente crujieron. Notó que Annie Williams estaba pálida, parecía nerviosa; antes de que metiera las manos en los bolsillos de su abrigo, a Ricky incluso le pareció ver que le temblaban. «Esta visita ha disparado sus emociones», pensó. Se detuvo frente a una apertura específica, por la que se lanzó Alex Williams. Con verla le bastó para sentir que estaba en una pesadilla, pero se acercó y miró con detenimiento.

Y descubrió algo.

Un corte, una marca en la madera, la habían tallado con un cuchillo. Mediría cinco por cinco centímetros, no más. Estaba tallada en la base del costado del puente, bastante más abajo que la apertura, cerca de las tablas del suelo. Era pequeña y parduzca, estaba en un lugar donde nadie la notaría a menos de que estuviera mirando hacia abajo.

«Esta marca podría no significar nada, podría solo ser una dentellada de un automóvil que pasó demasiado cerca de la pared», pensó.

Y luego:

«O esta marca podría significarlo todo. Podría ser una señal: "¡Saltar aquí!", porque en esta zona el río es lo bastante profundo y no hay rocas grandes.

»Podría ser una cosa o la otra».

Pero él sabía cuál.

—Aquí —dijo antes de girar un poco y señalar el lugar donde terminaba el camino—. Y la señorita Sudadera del MIT estaba allí.

Annie parecía estar calculando la distancia.

Ricky tenía algo en mente.

Un experimento no científico.

«¿Cuánto tiempo me quedé parado sin reaccionar? —trató de recordar—. Cinco segundos. Diez. No, un poco más, doce. O tal vez menos. Nueve».

Se giró hacia Owen.

—Owen, ¿podrías ir al extremo del puente y ver qué pasa con esto? Lo voy a dejar caer al río —dijo Ricky sosteniendo la botella.

Owen se encogió de hombros.

—Claro. ¿Solo observar?

—Exacto. Y cuando me veas ahí… —dijo señalando la apertura—, bueno, te daré una señal, pero observa adónde va la botella. No le quites la vista de encima.

—Comprendo —dijo el adolescente. Dio media vuelta y trotó hasta el final del puente antes de girar en el borde y desaparecer para colocarse en un buen punto de observación.

—¿Estás listo? —gritó Ricky.

—Listo, ¡puede dejarla caer! —contestó el adolescente.

Ricky pensó que era la prueba menos precisa que se le habría podido ocurrir, pero quería intentarlo al menos. Se dirigió a Annie.

—De acuerdo, voy a soltar la botella. Cuente diez segundos y venga corriendo hasta donde me encuentro.

Ricky trepó por la apertura y le hizo una señal a Owen en cuanto lo vio al final del puente. Luego dejó caer la botella al río, trató de que cayera justo donde imaginaba que lo habría hecho el fotógrafo. La vio desaparecer un instante, pero luego subió y el río la arrastró debajo de él. Unos segundos antes, Annie trepó junto a él.

—¿Puede ver la botella? —preguntó Ricky.

—No.

—Owen, ¿ves la botella? —le gritó al muchacho.

—Ajá, claro que puedo —gritó Owen de vuelta. Tras un momento de silencio, volvió a gritar—. ¡Qué extraño! ¡Deberían ver esto!

Ricky y Annie descendieron de la apertura y avanzaron por el camino.

—¡Aquí abajo! —dijo Owen.

Ricky se movió rápido, Annie le pisaba los talones. Caminaron con prisa hasta el final del puente y también giraron al final de la pared lateral. Llegaron adonde se encontraba Owen de pie, en la ribera, sobre las aguas turbulentas.

—¿Qué pasa? —preguntó Ricky casi sin aliento.

El adolescente estaba señalando el río.

—Miren —dijo.

Ricky y Annie se giraron y vieron que la botella había quedado atrapada en un remolino revertido. La corriente se la había llevado casi de inmediato, así que no la pudieron ver, pero la arrastró a una parte del río que curvaba el flujo del agua de vuelta hacia la ribera, hasta una zona cercana a los escalones de piedra. Vieron a la botella subir y bajar, parecía un niño en un parque jugando a ocultarse, incapaz de decidir hacia dónde correr. Indeciso. Unos segundos después, la botella cambió de dirección un poco y la corriente principal volvió a envolverla, la vieron avanzar a toda velocidad río abajo hasta que desapareció en el codo que quedaba a lo lejos.

Ricky observó la botella hasta que le fue posible.

Su imaginación la había transformado en el fotógrafo.

Observó el empuje brutal de las aguas.

«Nadie podría sobrevivir a eso».

Se giró para observar el remolino de nuevo, el que atrapó la botella al principio y la empujó hacia la zona donde el agua era más superficial, cerca del extremo del puente, junto a los escalones de piedra por los que había bajado. Imaginó que el fotógrafo habría subido y bajado con la corriente muchas veces en aquellas vacaciones idílicas que solo tuvieron lugar una vez en su niñez, y luego como adulto, cuando tal vez habría ido a refrescarse a las invitantes aguas del río, un abrasador día de verano.

«A eso sí podría sobrevivir».

Ricky se dio cuenta de la apuesta. «Arriesgada».

«Pero usted era un nadador competente, señor Williams. Si el agua lo hubiera arrastrado hacia abajo, con tres o cuatro poderosas brazadas habría podido nadar hacia la zona más tranquila del río, a las aguas con que hubiera lidiado sin dificultad. Luego, cuando yo me giré hacia aquel lado, pudo trepar y salir. Cerca, pero sin ser visto.

»Habría estado empapado, Alex, el frío habría penetrado hasta sus huesos. Habría requerido de atención inmediata, calentarse o arriesgarse a morir. Y luego tuvo que desaparecer antes de que yo lo viera o de que la policía llegara y lo encontrara, apenas unos instantes después, ya que llegaron pronto. ¿Cómo lo logró?».

Ricky consideró la combinación de habilidades, fuerza y conocimientos médicos necesarios para sobrevivir en ese momento y de inmediato supo quién sabría con exactitud qué hacer en un momento tan crítico si tuviera a su cargo a un fotógrafo temblando de frío y, quizá, al borde de la muerte. Alguien que se enorgullecía de sus habilidades de supervivencia.

—¿Qué piensa, doctor? —preguntó Annie de repente.

—Creo que ya no estoy tan convencido de que lo que vi en verdad haya sucedido —confesó Ricky con un aire académico a pesar de que estaba furioso.

Se había dado cuenta de la posibilidad de que ante él se hubiese creado una ilusión similar a la que él planeó quince años antes para conseguir más tiempo. Lo que él hizo fue montar una representación, fingir un suicidio junto al mar. Dejar un automóvil, ropa, medicamentos y una nota de suicidio. La conclusión obvia estuvo muy alejada de la realidad.

Esto era igual. «Lo que vi no fue lo que vi».

Qué astutos. Hacerle ahora lo que él les había hecho antes. La diferencia, sin embargo, era que su ilusión tenía como objetivo conseguir libertad para tomar decisiones, para elegir. Ellos lo hicieron para disminuir sus capacidades. Le pareció que usar lo que él había hecho para engañarlo ahora era diabólico, pero, claro, ese era su estilo. También sospechaba que no habían tenido en cuenta algo que vio días antes, un detalle como una sudadera del MIT. «Los detalles más ínfimos de un asesinato son los que pueden arruinar incluso el mejor plan, es algo que aprendí, aunque no precisamente en una clase de psicoanálisis».

El día que el fotógrafo saltó del puente, Ricky había visto algo más, unas horas antes. Un tatuaje muy peculiar en la espalda de un hombre que también estuvo en la escena.

32

NO ES LA PRIMERA VEZ

—Entonces —dijo Ricky con cautela—, ¿los dos sabéis qué hacer?

Owen y Annie asintieron al unísono. El adolescente parecía emocionado, contento de participar en algo que Ricky insinuó que podría ser peligroso. Cuando le explicó lo que quería que lograra, Owen sonrió.

—Descuide, tengo algo de experiencia justo en esto, no hay problema.

Annie, en cambio, parecía debatirse entre la furia y la duda.

—Nos tiene que explicar... —empezó a decir, pero cambió de opinión—. ¿Está seguro de que no tiene otro plan? —preguntó—. Es decir, creo que podríamos solo entrar y preguntarle al individuo si...

Ricky interrumpió.

—¿Cree que ser amable con él funcionará? ¿Y luego qué?

—Comprendo lo que dice —aceptó Annie.

—Podría mentirnos —continuó Ricky—. La mejor forma de llegar a la verdad es hacer las cosas de manera imprevista, tenemos que sorprenderlo.

No estaba seguro de ello, pero imaginaba que, al menos, sonaba bien.

Annie habló con frialdad.

—Necesito averiguar lo que él sabe —dijo mirando a Ricky—. Necesitamos averiguarlo.

Owen también habló:

—Vamos, Annie, será divertido.

Annie le sonrió.

—Podrá ser muchas cosas, Owen —replicó—, pero dudo que «divertido» sea una de ellas.

Los tres rieron, aunque nerviosos e incómodos.

Estaban estacionados al lado de la carretera, a poco más de un kilómetro de la gasolinera y almacén general donde, varios días antes, Ricky vio en el baño la galería repleta de fotografías de Alex Williams y donde conoció al dueño: el hombre que lo guio hacia la cabaña del fotógrafo.

En su mente había quedado grabada una de las imágenes.

«El retrato del dueño del almacén, antaño miembro de los Navy Seal. Y el distintivo tatuaje que iba de un hombro al otro, sobre sus cicatrices de guerra».

Sabía que cualquier persona que se hubiese sometido al rigor del entrenamiento de los Seal comprendería a fondo la hipotermia, tanto desde la perspectiva médica como en la cruda realidad. ¿Quién mejor para sacar a su amigo el fotógrafo de aguas a punto de congelarse, llevarlo hasta la cabina de su bien climatizada camioneta, alejarse conduciendo con calma y despreocupado mientras los vehículos de emergencias y el personal de salvamento llegaban al lugar del aparente suicidio? Sería una operación sustentada en su entrenamiento militar y experiencia para abordar situaciones imprevistas. Esfuerzo físico conjugado con atención extrema al momento oportuno y a un ritmo cardiaco lento. Rick intuía que esos elementos constituían una combinación atractiva para el amigo de Williams. Y, teniendo en cuenta que administrar un aislado almacén y una gasolinera no era la mejor estrategia para volverse rico rápidamente, incluso contando con una pensión militar, si le añadieron una gratificación a la mezcla, era claro que no habría podido negarse.

Tampoco era difícil imaginar que parte del acuerdo entre el dueño del almacén y Virgil y Merlin implicaba mantener la boca cerrada.

Tratar de hacerlo hablar sería un problema.

Ricky esperaba que lo que tuviera debajo del mostrador no fuera un revólver cargado, aunque sospechaba que era justo eso. Su plan, tal como lo había urdido, dependía más de cazar que de disparar.

Mientras esperaba a que llegara el fin de la jornada laboral, el psicoanalista vio cómo las sombras atravesaban las delgadas ramas de los abetos que flanqueaban el camino. Recordó el letrero de madera con el antigramatical texto grabado a mano en la puerta del almacén: «Si no lo hay con nosotros, seguro no lo necesita. Abierto diario 6 a 6».

Por un momento pensó que estaba dirigido a él.

«Espero que lo haya porque lo necesitamos y llegaremos justo antes de que cierre».

Le echó un vistazo a su reloj de pulsera.

—Llegó la hora —dijo Ricky—. ¿Todos listos?

Escuchó dos «sí», pero en distintos tonos. Uno se oía furioso, el otro tenía un entusiasmo desenfadado y rebelde.

—De acuerdo, allá vamos —dijo tratando de imbuir a su voz confianza, aunque fuera falsa.

Aquella anticipada noche de invierno parecía haber sido pintada con amplias pinceladas de negro sobre el lienzo del pequeño mundo rural que Ricky veía a través del parabrisas. En ese momento pensó que, desde aquel día en que la familia que lo quería muerto reapareció en la pantalla de su ordenador con el mensaje: «Saludos desde el infierno», había vivido entre las sombras.

Las únicas luces que se veían eran la que estaba sobre las puertas del almacén general y la débil franja fluorescente que iluminaba los surtidores de gasolina. Ricky condujo hasta uno de ellos como cualquier conductor que busca combustible barato para llenar el depósito. Apagó el motor y miró hacia las escaleras que llevaban al almacén.

—Annie, entre usted primero. Owen, espera hasta que ella esté dentro y dale algo de tiempo para que distraiga al dueño. Luego entras.

—De acuerdo —dijo Owen—. Ya he hecho esto, como le dije.

—Espero que funcione —susurró Annie al salir del automóvil.

A Ricky no le pareció que tuviera miedo, solo incertidumbre respecto a muchas cosas, eso era lo que la hacía titubear. Anhelaba averiguar la verdad sobre su hermano, pero al mismo tiempo le daba miedo. «Con razón se muestra tan inquieta».

La vio entrar en el almacén.

La imaginó dentro. Imaginó todo.

«La pintoresca estufa de leña en el rincón.

»Los anaqueles con ropa de franela, los alimentos enlatados, el mostrador refrigerado.

»El dueño del almacén, antiguo Navy Seal, detrás de la caja registradora.

»Annie mirando los artículos, tal vez tomando una chaqueta polar y colocándosela por delante para ver si le queda bien. Luego caminando al mostrador para preguntar por los libros en la repisa. La "biblioteca". O por la hilera de DVD y las viejas cintas VHS, según el letrero: "NUESTRO BLOCKBUSTER". Estaría haciendo lo necesario para captar toda la atención del propietario y hacerle creer que, a pesar de haber llegado tan tarde al almacén y de tal vez haberse perdido el espectáculo de los colores del otoño y estar ahí con demasiada anticipación para la nieve invernal y la llegada de la temporada de esquí, en realidad era una turista y planeaba comprar algo».

Un minuto. «Ten paciencia». Dos. Tres. Cinco. «Suficiente».

—De acuerdo, Owen. Te toca —dijo Ricky.

—Perfecto —repuso el adolescente—. ¿Alguna marca en especial, doctor? ¿Qué le gusta? ¿Budweiser? ¿O tal vez una marca local artesanal y elegante?

—Cualquiera, Owen —contestó el psicoanalista—. La marca no es lo importante.

Owen se rio.

—Lo sé, Ricky. Vamos, relájese, esto es muy divertido.

«No, no lo es», pensó Ricky, pero no lo dijo. El muchacho se deslizó en el asiento trasero, salió del automóvil, caminó hasta el frente del almacén y, sin dudarlo, entró.

Él volvió a esperar. Cogió la gorra de béisbol que había comprado días antes y se la ajustó en la cabeza. No creyó que hubiera cámaras de vigilancia en el almacén, no había visto ninguna. Sin embargo, no quería arriesgarse. Supuso que el entrenamiento de combate cuerpo a cuerpo que seguro recibió siendo más joven, cuando era Navy Seal, era todo el sistema de seguridad que necesitaba el dueño del almacén en el Vermont semirrural. Bastaría una mirada fría, como la que lanzaba sobre el cañón del fusil de francotirador, a través de la mira, para que la gente supiera de manera instintiva que no debía meterse con él. Era un hombre peligroso. A Ricky le parecía que, a pesar de todo a lo que lo había sometido la vida en los últimos años, no tenía una presencia feroz, y eso podría ser un problema. Por eso se preparó para encarnar un papel que no le resultaba natural: «Tal vez el psicoanalista en realidad es un asesino».

En ocasiones anteriores había logrado representar algunas variaciones con distintos grados de éxito.

Tendría que arreglárselas de nuevo.

Le rechinaron los dientes, el motor apagado había permitido que la temperatura descendiera con rapidez en el automóvil. Sintió la humedad del sudor deslizándose hacia abajo, a lo largo de su columna. O, al menos, esperaba que fuera humedad y no terror.

En el fondo, reconocía que como plan no era gran cosa.

Pero fue lo único que se le ocurrió con tan poco tiempo de anticipación.

Esperó varios segundos más y luego salió del automóvil y se dirigió a la parte de atrás como si fuera a echarle gasolina. Lo hizo encorvado, con la cabeza agachada y la cara apartada. Por dentro, como si fuera un temporizador de cocina, iba contando los segundos que pronto devinieron minutos. En lugar de coger la manguera del surtidor de gasolina, abrió el maletero y mantuvo la cabeza agachada con la esperanza de que la puerta abierta tapara lo que estaba haciendo. Tardó algunos segundos en encontrar en su bolsa la pistola semiautomática que le había quitado a Owen en los alrededores del complejo de Sunshine Man. Manteniéndola baja para que no resultara obvio lo que hacía si alguien estaba mirando, metió una bala en la recámara.

Después giró rápido y caminó hasta el frente del almacén, se detuvo a unos metros de los escalones.

Levantó la pistola con las dos manos, la sujetó cerca de su pecho y se agachó un poco hasta adoptar lo que, a su entender, era una postura de tiro.

Y luego esperó.

«No tardará mucho».

Contó de nuevo los segundos en silencio.

«Annie debe de estar en el mostrador distrayendo al dueño con preguntas simpáticas y triviales sobre el jarabe de arce, los gorros tejidos, los ornamentos o lo abrigada que es la chaqueta polar. O cuál será la mejor ruta para volver a la autopista.

»Owen debe de estar caminando hacia el refrigerador en la sección de alimentos.

»De pie frente a las repisas llenas de vino y cerveza.

»El dueño debe de estar mirándolo, inclinado hacia delante.

»—Oye, muchacho, ¡aléjate de ahí!

»Owen estará metiendo la mano y cogiendo un pack de seis latas de cerveza.

»Ahora cerrará la puerta de golpe y correrá hacia la puerta.

»—¡Ey! ¡Detente!

»Annie representando su papel.

»—¡Detente! —dice…, pero interponiéndose un instante.

»El dueño salta sobre el mostrador y la empuja para hacerla a un lado.

»Gritos. Maldiciones. Una rápida persecución, sigue a Owen de cerca. Su instinto de combate aflora en un instante».

Ricky rezó en silencio:

«Por favor, que no coja un arma».

Respiró hondo.

Oyó gritos en el interior, un coro de ruidos repentinos.

Se preparó.

La puerta se abrió y Owen salió corriendo, abrazando las cervezas contra el pecho y sonriendo como un demente. «Vaya, es rápido», pensó Ricky.

La puerta se cerró y rebotó con el marco produciendo un ruido. ¡Crac!

Owen saltó al pasar junto a Ricky. La puerta principal se volvió a abrir. El dueño del almacén salió persiguiendo al chico como un loco.

—Deténgase ahí —dijo Ricky con la mayor calma que pudo.

Apuntándole con la pistola directo a la cara.

El dueño estuvo a punto de caer. Se sujetó del pasamanos para frenar el impulso.

Owen frenó derrapando y se detuvo un par de metros detrás de Ricky, se giró y observó la escena como quien mira un espectáculo teatral.

Hubo un silencio breve durante el cual el dueño de la tienda se quedó mirando la pistola. Luego a Ricky y a Owen, tratando de comprender, de asimilar lo que estaba sucediendo.

—Creo que deberíamos tener una conversación sobre lo que ha pasado en los últimos días —dijo Ricky con la mayor calma posible, y luego le indicó con la pistola al dueño que volviera a entrar en la tienda. Annie estaba detrás de él manteniendo la puerta abierta. «Como el portero de un elegante edificio de apartamentos en Nueva York. Un detalle con clase», pensó Ricky. También empezó a imaginar las distintas personalidades entre las que debería elegir para su siguiente actuación. «Tipo rudo. Sádico. El Padrino. Recaudador de impuestos. ¿Policía bueno? ¿Policía malo?». No estaba seguro, pero sabía que tendría que ser algo distinto a lo que esperaba aquel hombre. Entonces adoptó el elegante tono de un *maître* de un restaurante de lujo—. Lo más conveniente sería que levantara las manos ahora, ¿no cree? Entremos, hace frío aquí.

El dueño obedeció.

Su cuerpo estaba tenso, una de las venas de su cuello estaba abultada y su rostro era el retrato de la cólera, pero entró de nuevo en el almacén. De mala gana.

«Nunca lo habían capturado —imaginó Ricky. En ningún momento dejó de apuntarle, ni de muy lejos, ni demasiado cerca—. Este hombre sabe cómo desarmar a alguien que lo está amenazando», pensó. Sentía sus músculos a punto de estallar por la tensión, no estaba seguro de lo que haría si de pronto el antiguo Navy Seal hiciera algún movimiento y tomara un arma escondida en algún lugar del almacén.

—¿No cree que deberíamos atarlo? —preguntó Annie.

—Sí —dijo Ricky—. Owen, ¿has hecho esto alguna vez?

—Más o menos —respondió el adolescente. Dejó el pack que había robado sobre un mostrador, se le veía feliz—. Al menos, sé algo sobre el uso de correas. Uno aprende esas cosas en los hogares de acogida.

—Debe de haber cuerdas en algún sitio —dijo el psicoanalista.

Owen miró alrededor.

—La cinta de embalar es mejor —dijo mirando al dueño del almacén y añadió—: ¿No es cierto, jefe? ¿Pasillo…?

Ricky conocía bien la cinta de embalar, la había usado diez años antes con un hombre deleznable vinculado con Virgil y Merlin. El hombre se sintió aterrado al tener la pistola en la cara y estuvo dispuesto a decir lo que fuera con tal de liberarse de Ricky. No creía que el dueño del almacén fuera el mismo tipo de individuo que el egoísta director de teatro de diez años antes, pero no lo mencionó.

El antiguo Navy Seal miró a Owen con la mandíbula apretada y los ojos entrecerrados.

—Creo que no permitiré que hagas eso —dijo en voz muy baja y penetrante, y luego se dirigió a Ricky—. Esta no es la primera vez que alguien me apunta con una pistola a la cara —dijo con una risita falsa.

Ricky lo había anticipado.

—Qué curioso, a mí también me han apuntado a la cara —dijo tratando de sonar amistoso en exceso—. Y también debería saber que no es la primera vez que le apunto a alguien a la cara.

—¿Y ya mató a alguien, doctor? —insistió el hombre—. Porque yo sí.

Ricky no le respondió.

El dueño del almacén sonrió, parecía haberse relajado, estar menos enojado. Empezó a actuar como un engreído.

—Supongo que quiere que crea que sí ha matado, pero lo dudo, doctor. Me parece que no lo ha hecho. Para ser franco, no le creo nada. ¿Tipo rudo? No. ¿Asesino? Tampoco. No parece de esa clase.

Las palabras del antiguo Navy Seal le hicieron perder demasiada confianza a Ricky. Ahora tendría que motivarse a sí mismo de alguna manera.

Levantó la pistola un poco, eligió el blanco más obvio encima de la cabeza del hombre y apretó el gatillo.

La explosión se oyó en cada rincón del almacén, la bala dio en una de las cabezas de ciervo. Uno de los globos oculares de plástico estalló, se desprendió un poco de pelaje, y la gorra de béisbol que colgaba de la cornamenta cayó al suelo.

El disparo provocó un eco, el solitario cartucho que salió del arma repiqueteó al caer en el suelo de madera y luego rodó hasta desaparecer debajo de un expositor de ropa. Ricky notó que, aunque muy poco, el dueño del almacén se encogió cuando disparó.

«El sonido de los disparos significa algo para él —pensó Ricky—. Recuerdos terribles de batallas pasadas. Debo aprovecharlo».

Se quedó mirando al hombre un momento antes de volver a hablar.

—Usted solo conoce un tipo de asesino —dijo con frialdad, pero hablando con calma, de manera monótona, lo cual hizo que cada palabra se percibiera como el filo de una navaja—. Como los que conoció cuando era más joven y estuvo en el ejército, tal vez incluso el tipo de asesino que alguna vez tuvo en la mira. Pero créame que hay muchos tipos más. Criminales. Psicópatas. Hombres blancos ricos y narcisistas. Y también están los otros, los que no entran en ninguna de las categorías identificadas. ¿Le parece que sueno muy académico o científico? Bien, es porque lo soy. Soy un científico de la muerte, ciertas personas me convirtieron justo en eso. Así que soy el tipo de asesino con el que usted nunca se ha topado —explicó Ricky. El dueño del almacén permaneció en silencio, como reflexionando sobre lo que estaba oyendo. No parecía tener una respuesta inmediata.

Owen regresó después de rebuscar en varios pasillos, traía un gran rollo de cinta de embalar plateada. Lo primero que vio fue la cabeza de ciervo dañada. Sonrió.

—Guau, cómo mola —exclamó—. Está mucho mejor ahora —dijo mientras hacía girar el rollo de cinta y miraba a Ricky como preguntándole qué hacer a continuación.

—Esta no es la primera vez que he tenido que apretar un gatillo —confesó el psicoanalista. Se quedó callado un instante para que el hombre asimilara lo que había dicho—. Veamos, señor ex Navy Seal, estoy seguro de que recibió entrenamiento para saber cómo actuar en caso de ser capturado por el enemigo...

—Sí, el entrenamiento SERE —interrumpió el hombre.

—Y estoy seguro de que los instructores de su curso imitaron a tipos malos de todo el mundo: terroristas de Oriente Próximo o, quizá, combatientes de Al-Qaeda. Incluso tal vez representaron el papel de traficantes de drogas latinoamericanos. O agentes del KGB. ¿Cierto?

El hombre no respondió, pero Ricky sabía que la respuesta era «sí».

—Sin embargo, dudo que haya usted considerado de lo que sería capaz un viejo psicoanalista desesperado enfrentándose a un dilema como el mío a pocas horas de que, supuestamente, tenga que suicidarme, o de que algo terrible o incluso fatal le suceda a gente que estimo demasiado. Situaciones como esta me ponen muy nervioso, usted comprende, ¿verdad? Esto es lo que provocan las fechas límite. Transforman a una persona que por lo general es tranquila en un individuo nervioso, un poco inestable…

El hombre siguió callado. Ricky asintió y Owen extendió y arrancó una larga tira de cinta de embalar.

—… y muy impredecible —continuó—. Verá, señor ex Navy Seal, si se supone que mi muerte está programada, ¿cree que me importa mucho quién más tenga que morir conmigo?

Ricky estaba cada vez más tenso, se preguntaba si el dueño del almacén no decidiría contraatacar en ese momento. Podría sujetar a Owen, tomar a Annie del cuello. De algo sí estaba casi seguro: no apretaría el gatillo mientras le estuviera apuntando al hombre porque no era lo mismo que dispararle a una cabeza de ciervo disecada. Solo quería actuar y sonar como alguien que sí sería capaz de hacerlo.

El dueño del almacén miró a Ricky con atención, como tratando de encontrar la respuesta a su propia pregunta. Estaba tratando de tranquilizarse, acumulando fuerza mientras evaluaba las circunstancias.

Después se giró un poco hacia Owen y Annie, que estaban de pie cerca de él.

Extendió las manos, poniendo las muñecas a disposición del adolescente.

—De acuerdo, doctor, jugaré a su juego, aunque no creo que tenga el valor necesario para matarme —dijo—. No aprietes demasiado la cinta, muchacho. Cuando me libere podría descargar mi enojo contigo.

—No sería la primera vez que alguien desea darme una paliza —dijo Owen, como expresando algo que debería ser obvio. Fue una confesión perturbadora. Se paró frente al antiguo Navy Seal y le ató las muñecas hasta inmovilizarlo.

—Siete con noventa y nueve —dijo el hombre.

—¿Cómo? —preguntó Ricky—. ¿A qué se refiere?

—Siete dólares con noventa y nueve. Es el precio de la cinta de embalar. Me debe siete con noventa y nueve.

«Buena respuesta —pensó Ricky—. El siguiente paso será un desafío».

Mientras estaba pensando en lo que haría, Owen lo ayudó sin darse cuenta.

—Oiga, doctor —dijo tras terminar de atar al dueño y dar un paso atrás—. Robé la cerveza como me pidió que hiciera. ¿Puedo beber una?

Era una petición ridícula, casi rompió con la tensa atmósfera en el almacén. «Sigue el juego», pensó Ricky, y sonrió.

—¿Tienes una identificación que muestre que tienes veintiún años? Sería lo que te pediría aquí nuestro amigo. No nos gustaría que perdiera su licencia para vender alcohol por vendérselo a un menor de edad y permitir que beba dentro del almacén, ¿cierto?

Owen se rio.

—Creo que la dejé en el coche —dijo—. Tendrá que creerme.

El dueño del almacén ni siquiera sonrió, estaba furioso. Annie, por otra parte, estaba recobrando fuerza, preparándose para lo que vendría. Estaba acostumbrada a hacerlo, a salir de la oscuridad detrás del escenario y aparecer con su guitarra bajo las luces de los reflectores.

—Entonces, adelante —dijo Ricky—. Y también abre una botella para nuestro amigo —añadió señalando con la pistola al dueño—. Creo que le vendría bien un trago. Y añadiremos las cervezas a mi cuenta, ¿de acuerdo?

Tras oír esto, Owen volvió a sonreír y abrió una botella que insertó a la fuerza entre las manos atadas del hombre. Luego abrió una para él y dijo:

—¿Annie? ¿Ricky?

—No, gracias —contestó el psicoanalista.

Luego calló un momento mientras observaba con atención la cólera en el rostro del antiguo Navy Seal.

—Tenemos muchas preguntas —le dijo.

—¿Y cree que responderé a alguna? —preguntó el hombre.

—Sí —dijo Ricky—, porque solo una importa —añadió. «No me dirá la verdad, pero no seré yo quien pregunte».

Giró un poco y señaló con la pistola.

—Adelante, Annie.

Vio a la mujer respirar hondo y dar un paso al frente.

Su voz temblaba un poco, pero cobró fuerza a medida que enunció la pregunta. En su rostro no había más que rabia.

—¿Dónde está mi hermano? —dijo—. ¿Dónde? Necesito saberlo.

El hombre la miró con detenimiento. Tomó un largo trago de la botella y se reclinó con aire entre indiferente y desafiante.

—Debí notar el parecido con Alex —dijo—. Fue mi error. No volveré a cometerlo.

Annie ignoró su respuesta.

—¿Dónde está mi hermano?

El hombre negó con la cabeza.

Ella dio algunos pasos y acercó su cara a la del dueño.

—¿Dónde está mi hermano?

El dueño se encogió de hombros.

—Fuera del río, gozando de buena temperatura corporal y disfrutando de un cóctel en alguna playa soleada. ¿Cayo Hueso? ¿Tahití? Estará bebiendo una de esas azucaradas bebidas para chicas con una sombrillita en la copa. Tal vez esté ahí, tal vez esté haciendo eso.

—¿Dónde está mi hermano?

Annie vaciló y luego su voz se volvió un poco más grave. Usó un tono pausado, gélido.

—¿Dónde está mi hermano? Es la última oportunidad antes de que… —dijo y se quedó en silencio.

—¿Antes de que qué? —preguntó el dueño burlándose un poco.

—Présteme la pistola —dijo mirando a Ricky—. No me agrada este hombre, no me agrada que no responda a mi pregunta. Lo voy a matar.

Habló con tranquilidad, como si se tratara de la solución más natural posible. Extendió la mano pidiendo la pistola y, por primera vez, el dueño se movió incómodo en su asiento. Se lamió los labios. Una sutil reacción nerviosa.

«Sabe qué esperar de mí —pensó Ricky—. Pero no de ella. Es algo que puedo aprovechar también».

—Creo que más le vale responderle a la dama —dijo Ricky en el tono más amable que pudo.

El hombre se tensó, Ricky lo notó en sus músculos. Una vez más, se quedó callado un momento, pero cuando habló permitió que su voz fuera acumulando fuerza. Las palabras empezaron a fluir de manera implacable, como puñetazos.

—Supongo que lo entrenaron hombres similares a usted, y que el entrenamiento consistió en torturarlo con descargas eléctricas en los genitales, arrancarle las uñas, privarlo del sueño o golpearlo sin cesar. El submarino y muchos otros tormentos espantosos. Sin embargo, se me ocurren otros tipos de martirio un poco más lentos, pero igual de eficaces, como la humillación pública. ¿En verdad quiere que los vecinos sepan que un viejo loquero, una mujer y un mocoso lo atraparon y lo tuvieron sometido apuntándole con una pistola? ¿Qué me dice de sus compañeros veteranos Navy Seal? ¿Cree que les divertiría enterarse? ¿Tiene exmujer? ¿Hijos a los que no ve con frecuencia? Hacer el ridículo es un tipo de tortura especial para un hombre como usted, ¿no es cierto? También me pregunto si les caerá lo bastante bien a los agentes de policía local. Si se enteran de que ayudó a engañarlos, ¿serán clementes con usted? Si se dan cuenta de que lo que hizo les costó tiempo y dinero, ¿lo perdonarán? Además, tal vez haya cometido uno o dos delitos de paso. ¿Tiene una coartada sólida si le preguntan qué estaba haciendo cuando se incendió la cabaña de Alex? Me pregunto tantas cosas, pero en realidad... —hizo una pausa y miró con frialdad al hombre antes de insistir—. Creo que debería hacerse una pregunta muy sencilla...

—¿Cuál? —contestó el hombre.

—Es tan simple como lo que Annie le preguntó —dijo Ricky.

—¿Cuál es la pregunta? —insistió el dueño del almacén.

—¿Qué gana quedándose callado?

El hombre fulminó a Ricky con la mirada.

Annie volvió a interrumpir.

—Deme la pistola —insistió.

Owen habló desde detrás de ambos.

—Dele la pistola, Ricky, veamos qué hace con ella.

Ricky le sonrió.

—Tal vez, pero primero veamos qué hace nuestro amigo ahora. La situación dependerá de lo que decida hacer —dijo el psicoanalista de la forma más sarcástica posible, y luego se encogió de hombros—. Solo me gustaría añadir algo que podría ayudarle a decidir...

El hombre seguía mirando a Ricky con odio. «Le pasan demasiadas cosas por la cabeza —pensó Ricky—. Está tratando de procesar lo más rápido posible, pero todavía no imagina qué pasará. Punto a nuestro favor».

El psicoanalista respiró hondo y suspiró como si se sintiera decepcionado de la confrontación.

—Mire —dijo despacio—. Estoy cansado de que me mientan. No estoy seguro de poder controlar mis sentimientos. Así que, dígame, ¿qué podría hacer para arruinarle la vida? ¿Humillarlo? ¿Avergonzarlo? ¿O tal vez solo debería darle la pistola a la dama que tanto insiste en tenerla? Veamos qué hace con ella. Se la ve bastante estresada, ¿no cree? Tal vez esté perdiendo el control, quizá sea capaz de hacer cualquier cosa. Verá, en todos mis años como terapeuta he visto a la gente cometer actos terribles cuando ya no puede más. Los pacientes caen en estados de fuga en los que en verdad no saben por qué mataron a alguien, por ejemplo. Tienen brotes psicóticos, ataques de cólera incontrolables que terminan en distintos tipos de amnesia. Situaciones que los obligan a preguntarse: «Pero ¿qué he hecho?». Las diversas experiencias que he tenido hacen que mi imaginación se desboque.

Ricky acumuló un engaño tras otro, su objetivo era que el dueño del almacén se preguntara: «¿Qué podría hacerme este hombre? ¿Qué hará? ¿Qué podría hacer ella si le diera la pistola?».

Distintas amenazas con un arma, resultados que podrían apuntar en cualquier dirección.

Annie se dio cuenta de que el dueño podría ceder en ese momento, que debería intervenir. Dio algunos pasos, volvió a poner su cara frente a la de él y gritó:

—¿Dónde está mi hermano?

Rompió en llanto, su saliva salió disparada y le cayó en el rostro al hombre. La consumía una perturbadora combinación de ira y tristeza.

Y luego, en un instante, cambió por completo.

—Dígame, por favor —dijo—. Por favor, no quiero suplicar, pero estoy suplicando. Necesito saber. Se lo imploro —insistió.

«Una actuación merecedora de un premio», pensó Ricky.

Sobre el mostrador había un viejo teléfono. De repente Annie tomó el auricular y se lo arrojó al hombre, presa una vez más de un ataque de ira, mostrando lo impredecible que podía ser en ese instante.

—¡Llame a Alex! —ordenó.

El antiguo Navy Seal se mostraba confundido, negó con la cabeza.

—Lo siento, no puedo. Me gustaría hacerlo, pero no me dejó un número, solo se fue.

—¿A dónde fue? —gritó Annie, a punto de estallar.

El silencio se extendió en el almacén, solo se escuchaba el ocasional chisporroteo de la estufa de leña en el rincón.

El dueño de la tienda vaciló antes de responder, con calma:

—La está esperando.

—¿Dónde está?

—¿Dónde? En el paraíso, por supuesto.

Lo dijo como si nada, en el tono burlón que había usado al principio.

Annie tartamudeó, no le era posible articular la pregunta. Estaba pálida, parecía conmocionada. La ira se había ido, ahora la invadía la emoción. Tenía los puños apretados; sin embargo, los brazos le temblaban al igual que la voz. Entonces levantó el brazo, extendió el puño y se dirigió a Ricky.

—Deme la pistola —exigió con un murmullo.

El dueño del almacén se giró hacia el psicoanalista, lo vio acercar la pistola, estaba justo entre su cara y la mano de Annie.

—¿Dónde está? —preguntó Ricky en voz alta. «Fingiendo».

—También lo está esperando a usted, doctor.

Ricky se quedó en silencio un momento, tratando de comprender.

—¿Dónde? —preguntó al fin.

—En el infierno —respondió el hombre.

Ricky centró el cañón apuntándole directo a la cara. «Es inútil», pensó, pero no sabía qué más hacer.

El hombre miró el arma.

—No me va a disparar, nunca se propuso hacerlo. No es parte de su personalidad, doctor, ¿me equivoco? Y tampoco creo que ella pueda matar —dijo mirando a Annie.

—¿Quiere arriesgarse a averiguarlo? —preguntó Ricky.

—Sí —contestó—. Apuesto a que tengo razón.

Se quedó en silencio de nuevo unos segundos.

—Doctor, ¿por qué querría dispararme si ya le dije lo que deseaba saber?

—¿A qué se…? —empezó a decir el psicoanalista, pero el hombre lo interrumpió.

—Ya le respondí. A usted también —dijo dirigiéndose a Annie.

—Hay muchas maneras de crear el paraíso y el infierno aquí mismo en la tierra. El infierno no es nada complicado, usted mismo acaba de sugerir varias ideas, doctor, algunos tormentos a los que le gustaría que alguien me sometiera. Serían el infierno para mí, en eso tiene razón. Sin embargo, estoy más familiarizado con otros horrores, como los que vi en mis tiempos de combatiente. Me parece que usted se encuentra en ese momento, doctor, en un combate.

Ricky no respondió. «Tiene razón, estoy en un combate».

El dueño del almacén se giró un poco hacia Annie.

—Y, quizá, usted misma podría imaginar qué lugar consideraría su hermano que es el paraíso. Quizá, alguna vez fue la cabaña en el bosque desde la que se podía ver un hermoso río de Vermont. Pero ¿ahora? Es probable que el paraíso ahora sea algo distinto para él. Tal vez el paraíso consiste en dejar todo lo terrible atrás y no volver a verlo jamás. Quizá, el paraíso es pasar la vida con la mujer que está ahora a su lado.

«Virgil —pensó Ricky—. O tal vez ese es el infierno, solo que Alex no lo sabe.

Annie respiró hondo y recobró un poco la compostura, pero Ricky no lograba ver si estaba a punto de romper en llanto o de gritar como una loca y golpear al dueño del almacén en la cara. Cualquier cosa era posible.

—Por favor, solo dígame dónde está, sin adivinanzas ni bromas. Necesito saber.

El hombre sonrió. Ricky supuso que, a pesar de la cinta que le inmovilizaba las manos y la pistola en el rostro, sabía que controlaba por completo el interrogatorio. Volvió a tomar otro generoso trago de cerveza.

—No lo sé, es decir, no con precisión. Lo lamento, no puedo ayudarla. Lo sorprendente es, sin embargo, que, de acuerdo con lo que me informaron, el buen doctor sabe dónde se encuentra Alex. Solo que no ha resuelto la incógnita.

—¿Cómo? —exclamó Annie con un grito ahogado.

—Yo no… —empezó a decir Ricky, pero el dueño del almacén lo interrumpió enseguida.

—¡Ah! Usted cree no saberlo, pero hay gente muy peligrosa que piensa que sí lo sabe. Así que reflexione un poco, señor Psicoanalista —dijo asintiendo y mirando el arma en manos de Ricky—. No necesitaba eso, doctor, no lo necesitó ni por un instante. Solo debió entrar en el almacén y preguntarme. Mire, todas sus amenazas han sido inútiles, recuerde que soy un viejo soldado. Debo admitir, sin embargo, que me ha entretenido. Es usted muy hábil. Por supuesto, no esperaría menos de un hombre con sus antecedentes. En fin, mientras recuperaba una temperatura corporal normal y se secaba, mi viejo amigo Alex me dijo que seguramente usted volvería a pasar por el almacén, y que yo debería ayudarle de la misma forma que lo hice la primera vez que vino. Por supuesto, todo eso fue después de su valerosa e impresionante demostración de nado. Me recordó el entrenamiento que recibí hace tantos años. Yo sabía que Alex era un tipo muy resistente, pero no imaginaba cuánto. Es alguien que corre riesgos. Interesante, ¿no? Me refiero a su elección. Pudo haber muerto sin problema, creo que tenía mucho en contra. Pero, bueno, esa es otra historia, ¿cierto? Me dijo que cuando usted viniera debía entregarle algo para ver. Me dijo que a usted le parecería familiar. En palabras de Alex: «Un buen psicoanalista debería ser capaz de detectar el tema común».

Ricky miró la repisa donde estaban las películas viejas y el anuncio hecho a mano: «NUESTRO BLOCKBUSTER».

Por primera vez puso atención en los títulos: *Carrie*, *El cabo del miedo*, tanto el *remake* de 1991 como la versión original de 1962. *El cuervo*, la película que le costó la vida a su protagonista, estaba junto a *Gladiator*, película ganadora del Oscar. Ricky recordó un diálogo en particular: «Y juro que me vengaré, en esta vida o en la otra». Junto a esas películas estaban *Kill Bill*, volúmenes 1 y 2, seguidas de la perturbadora *Perros de paja* del director Sam Peckinpah. Luego, tres películas de Clint Eastwood: *Sin perdón*, *El fuera de la ley* y *El jinete pálido*. Junto a esas se encontraban *El halcón inglés* de Steven Soderbergh y el filme coreano *Oldboy*. La última película en la repisa era una adaptación reciente del clásico de Alejandro Dumas *El conde de Montecristo*.

—Puede elegir una, doctor, pero asegúrese de elegir bien porque la película correcta contiene información para usted.

Ricky volvió a revisar los títulos.

Había visto casi todas las películas.

También notó el tema central de todas. La venganza.

Una de las de Clint Eastwood llamó su atención. El título hacía referencia a un versículo de la Biblia, Apocalipsis 6, 8. Ricky sabía de memoria la famosa cita: «... Y miré y vi un caballo pálido, y su jinete tenía por nombre Muerte. Y lo seguía Hades...». «Hades: el infierno».

Estaba a punto de decirle a Owen que saltara al otro lado del mostrador y cogiera la película, pero lo pensó un poco más. La película de Eastwood era muy conocida, un éxito de taquilla. Un clásico de la televisión por las noches.

Oldboy, la película coreana, era en cambio una obra mucho más oscura.

«Un filme poco común para encontrarlo en un almacén general en el Vermont rural.

»Algo que solo un fanático del cine de arte y ensayo elegiría.

»Un hombre permanece cautivo quince años y luego trata de vengarse de la persona que lo encerró».

Ricky procesó la información a toda velocidad. «Muchas similitudes. Quince años. Aprisionado por la historia y las emociones».

—Owen —dijo el psicoanalista—. ¿Ves esa película? ¿*Oldboy*? Dásela a Annie, por favor.

El hombre sonrió.

El adolescente le dio el DVD a Annie.

Y Ricky, a pesar de lo que había dicho el dueño del almacén, continuó apuntándole con la pistola.

—Annie, ¿puede abrir el estuche y decirme qué hay dentro?

Annie abrió el estuche.

En el interior había un DVD color plateado con un rótulo en marcador negro. Annie jadeó un poco y lo sostuvo en alto para que Ricky lo viera. No era *Oldboy*.

En la superficie del DVD había una sola frase:

Para el doctor Starks, que está a punto de morir.

—¿Lo ve? No necesitaba tanta puesta en escena, doctor —continuó el dueño del almacén, riendo como si hubiera dicho una broma que solo él entendía—. Pero aprecio el esfuerzo de todas formas. Las cosas se vuelven un poco aburridas por aquí en la temporada baja. Gracias a usted, hoy hubo un poco de variedad —dijo. Luego se dirigió a Owen—. Muchacho, ya puedes cortar la cinta, nuestro asunto está terminado. Además, es hora de que cierre el almacén y me vaya a cenar a casa.

Owen miró a Ricky y este asintió.

—¿Por qué no? —dijo, y bajó el arma automática.

El dueño del almacén extendió las muñecas.

—Todavía me debe siete con noventa y nueve por el rollo de cinta, y nueve con noventa y nueve por la cerveza. El DVD es cortesía de la casa.

33

NOCHE DE CINE

Se sentía acorralado.

Se sentía estúpido.

Sentía un enojo difícilmente controlable contra el hermano y la hermana que lo querían ver muerto. Pero, peor aún, se sentía furioso consigo mismo por haber caído de lleno en la situación en que se encontraba. En su mente vio un tejón en una trampa de acero, tratando de roer su propia pierna para liberarse.

«Debí matarlos cuando tuve oportunidad de hacerlo».

Su siguiente pensamiento fue contradictorio, así que lo ignoró.

«¿Y cuándo tuviste en verdad la oportunidad?».

Se sentía abrumado.

Cuando salieron del almacén, el antiguo Navy Seal sonreía. Ricky condujo dos horas. «Nos dirigimos exactamente a ningún lugar», se dijo, y luego se detuvo en otro motel barato para pasar la noche. Un motel elegido al azar cerca de Worcester, Massachusetts, en el centro del estado, como lo haría alguien sin rumbo.

No sabía cuál sería su próximo paso, pero era consciente de que, fuera el que fuera, dependería del contenido del DVD. Odiaba eso. Tenía la sensación de estar atado con alambre de púas y que le rasgaba la piel cada vez que se movía. O como si estuviera de pie sobre un barril inestable y con una soga anudada al cuello, tratando de mantener el equilibrio.

Comprendía que lo habían superado y que habían anticipado su pensamiento en cada ocasión, así que ya no veía ninguna salida rápida. Lo que alguna vez le funcionó, como crear un equilibrio en la tensión, ya no servía de nada. El deseo de venganza de la familia que lo quería ver muerto era implacable. Habían anticipado cada lugar al que fue, cada persona con quien habló, cada paso que dio. Sospechaba que, de la misma manera en que predijeron en detalle lo que haría, todavía prepararían a otros actores en lugares donde ni siquiera imaginaba, actores que estarían ahí solo «en caso de que Ricky venga. Ricky irá ahí, Ricky irá allá, Ricky podría hacer esto, Ricky podría hacer aquello. Ricky hablará con tal persona. Y con esa otra. Y esto es lo que le dirán. Necesitamos dirigir a Ricky en tal dirección, hacia el siguiente actor que ya lo espera. ¿Y qué pasará si Ricky no aparece? En ese caso, muchas gracias, aquí tiene su pago, por favor olvide que le pedimos hacer esto. Además, no importa si alguien le pregunta respecto a esto porque no ha cometido ningún crimen, solo representó un papel en la obra de teatro de alguien con una vida mucho más complicada». Una planificación elaborada pero letal. Le daba la impresión de que habían tomado todo lo que aprendieron en las dos ocasiones que intentaron asesinarlo y fallaron, y fraguaron circunstancias en que nada de lo que hacía funcionaba, todo lo dirigía al resultado que ellos deseaban. Venganza. Lo que más le aterraba era lo bien que parecían conocerlo. Habían logrado lo que pocos asesinos: «Tomaron todos mis instintos, mi entrenamiento, mi experiencia y personalidad, y lo usaron en mi contra». Sentía que ya no luchaba contra la familia, sino contra un contrincante involuntario en una película que ellos habían producido. «Luces, cámara, acción. Entre con la señal y salga por la izquierda del escenario». Lo único que percibía en su futuro era desesperanza. «Estoy caminando como un sonámbulo hacia mi propia muerte». Los pensamientos que lo inundaban en ese momento coincidían con los aspectos clásicos de una depresión profunda extendiéndose en su mente y su corazón; por primera vez en su vida se sintió impotente frente a las fuerzas que lo manipulaban. «Un médico de la mente y las emociones que no se puede tratar a sí mismo». Era como caer por el hueco de un ascensor repleto de pesadillas, como descender a toda velocidad hacia una puerta enorme sin poder desacelerar y sabiendo lo que le esperaba del otro lado: la muerte.

«¿Será matar o morir asesinado?».

Entonces reflexionó:

«Me quedan muy pocos movimientos para jugar en este tablero de ajedrez.

»Más me vale elegirlos bien».

—¿No vamos a ver la película? —preguntó Owen señalando el DVD que tenía Ricky en la mano. Se moría de curiosidad. Atrás había quedado el taciturno adolescente con cara de: «Estaré feliz de asesinar al doctor en cuanto usted lo ordene, señor Sunshine Man», lo había reemplazado un muchacho locuaz que con su actitud parecía decir: «Cualquier misterio en que me vea envuelto será más interesante que todo lo demás que haya hecho en mi vida». Su noción sobre el futuro parecía limitarse a lo que sucediera en los próximos minutos y a soñar con universidades. Ricky miró a Annie; se la veía menos animada, una vez más la agobiaban emociones conflictivas. «Mi hermano no está muerto, pero ¿en qué se ha convertido?». En su rostro se adivinaba el temor a lo que pudiera haber en el DVD. «Pensó que solo necesitaba ser rescatada de Sunshine Man y su secta, pero ahora se da cuenta de que está en otra situación de la que tal vez también necesitará que la salven», pensó Ricky.

—Sí, la vamos a ver, pero primero tengo que reflexionar un poco —dijo Ricky.

Una vez más, se encontraban en un motel barato, recostados en el par de camas gemelas. Sobre la endeble mesa de la habitación, Ricky había colocado abierto el nuevo portátil que había comprado en Miami, después de que varios asesinos y una hija/estudiante del MIT se apoderaran de su ordenador de escritorio. El portátil tenía una ranura para insertar el DVD, pero se detuvo antes de hacerlo.

—Esperad aquí —dijo. O, más bien, casi ladró como un comandante dando órdenes—. Regreso en un momento.

Annie asintió. Desde que tuvieron la conversación con el antiguo Navy Seal, había estado muy callada y pensativa a pesar de todos los kilómetros que recorrieron en el automóvil mientras Ricky conducía.

Owen, en cambio, se movía con la impaciencia de un adolescente. Abrió la boca para decir algo, pero luego se encogió de hombros.

—Está bien, doctor, pero no tarde, tengo demasiada curiosidad —dijo por fin antes de sentarse de nuevo en la cama y tomar su cuaderno de dibujo y algunos lápices para empezar a dibujar.

Ricky cogió el DVD, la pistola semiautomática y su abrigo, y salió de la pequeña habitación del motel hacia la noche de Nueva Inglaterra.

Quería estar solo.

Tenía que organizarse, pero era como tratar de organizar relámpagos.

Aún sentía que el difunto señor R en verdad lo había estado acechando y había estado tirando de todas las cuerdas existentes como un marionetista infernal. Titubeó un instante, sintió el aire frío envolviéndolo. Miró a la derecha y luego a la izquierda, como un anciano inválido temeroso de cruzar una intersección concurrida. Luego caminó rápido y se alejó de todas las luces, del letrero de «HABITACIONES LIBRES» en luz neón roja sobre la recepción del motel y de los débiles apliques baratos sobre cada puerta de habitación, y se dirigió a las tinieblas al fondo de la zona de estacionamiento.

«Cada vez que pensé que todo había acabado, para ellos solo era el comienzo». Comprender esto lo hizo carcajearse con cinismo por dentro. «Es como una terapia a largo plazo —pensó—. El paciente cree que ya terminó, pero el terapeuta sabe que el tratamiento en verdad comienza cuando lo ve salir de la consulta por última vez. ¿Sucederá lo mismo con la revancha?».

Caminó despacio hasta el fondo del estacionamiento, donde encontró una cerca de hormigón. Apoyó la espalda contra el duro hormigón y se deslizó hacia abajo, hasta acuclillarse sobre la superficie negra de macadán. Entonces se sentó a observar en la oscuridad. En la autopista cercana vio los faros encendidos de los automóviles cortando la noche a toda velocidad al pasar. A lo lejos divisó los arcos amarillos de un McDonald's y oyó los frenos de aire de un camión articulado atravesando las tinieblas como un cuchillo.

Estaba seguro de que el DVD en su bolsillo lo conduciría a su siguiente paso, era la única vía posible. No veía manera de desobedecer lo que fuera que le sugirieran en él.

Respiró de forma brusca y vio el vaho de su aliento al exhalar.

«¿Cómo provocas un suicidio?».

Conocía las respuestas de los libros de texto. Depresiones intratables, reducción de las posibilidades, una sensación inexorable de que los muros alrededor nos encierran. Soledad. Desesperación. Ruina.

«¿Cómo haces que alguien más se mate?

»Quítale todo lo que le queda, todo por lo que vive».

Lo tenía claro. Los elementos del suicidio solían ser una combinación letal, una maquinaria de muerte que funcionaba desde el interior de la mente y el corazón. Cuando las opciones empezaban a desvanecerse, aunque fuera en el exterior, las fuerzas que quedaban fuera de nuestro control se acumulaban y destruían la esperanza y el futuro. «El jefe me despidió. Mi mujer se llevó a los niños y me dejó aquí con la tarjeta de un abogado de divorcios en la mano. El cáncer me está devorando por dentro y no responde a la quimioterapia. El dolor se vuelve incesante. No valgo nada. Soy un inútil. No queda nada en mi futuro y todo lo que hay en el pasado me lastima.

»Esa es la situación en que quieren colocarme».

Negó con la cabeza.

—Combátelos —dijo en voz alta.

«Combate». El dueño del almacén había estado muy acertado al elegir aquellas palabras. Era posible que el mayor error de Ricky hubiese sido no reconocer que la batalla de quince años atrás solo fue la primera. La de diez años atrás, la segunda. Dos victorias. Y ahora él, como un ejército demasiado confiado en sí mismo y tras largos años de silencio, se dirigía sin orden ni concierto hacia la emboscada.

Sacó el DVD y lo colocó frente a su cara.

—¿Qué me van a decir ahora?

«El paraíso y el infierno. Uno solo, lo mismo. Una combinación».

El concepto del paraíso y el infierno en uno solo le pareció más frío que el hormigón contra el que tenía la espalda apoyada o el aire helado que producía condensación sobre él. Miró la pistola automática que tenía en la mano y levantó la vista.

—Sería muy triste suicidarme en este lugar —dijo en voz alta. Para nadie y para todos.

Se levantó con una carcajada que penetró la negrura de la noche.

—De acuerdo —exclamó hacia las sombras—. No me habéis vencido aún, todavía me quedan un par de días. Veamos qué me queréis decir. —Las últimas palabras las dirigió al DVD como si el objeto pudiera transmitírselas a Virgil y Merlin. O al señor R, quien estaría observando desde su posición elevada en el infierno.

Al igual que un boxeador que se tambalea golpe tras golpe y pierde un asalto tras otro, con cortes en la piel y sangrando, exhausto, pero buscando en su interior, consciente de que aún tiene la fortaleza necesaria para lanzar el último gancho directo a la mandíbula y, quizá, tumbar a su oponente en la lona, Ricky caminó despacio hacia la habitación. Se deshizo de la apariencia de fugitivo con que llegó allí. Levantó la mandíbula, apretó los dientes y caminó de manera deliberada cruzando las tinieblas y diciéndose a sí mismo que las sombras no lo harían caer.

—Vale —exclamó—. Es hora de ver la película.

Owen apartó su cuaderno y saltó de la cama. Annie atravesó la habitación con cautela.

—¿A dónde fue? —le preguntó.

—Afuera, a organizar mis pensamientos —contestó él.

Después de unos segundos, Annie le hizo otra pregunta:

—¿Qué sucede?

Le pareció que había muchas maneras de responder, pero vio la incertidumbre en el rostro de la mujer y pensó que necesitaría que se mantuviera fuerte los próximos días, así que decidió no responderle del todo.

—Solo veamos lo que tiene que decir esta gente —exclamó con el DVD entre las manos.

Caminó hasta el portátil y lo encendió. Deslizó el disco en la ranura y vio el familiar icono aparecer en la pantalla. Movió el cursor sobre él. «Cada vez que Virgil, Merlin o su difunto hermano me han contactado, alguien ha muerto», pensó. Este pensamiento le hizo sentir que se asomaba al fondo de un abismo, por lo que trató de descartarlo de inmediato y solo hizo clic en el icono de reproducir.

La pantalla se llenó con un mensaje sencillo. Letras rojas como los créditos al inicio de una película de horror de bajo presupuesto.

> Hola, doctor.
> No le queda mucho tiempo de vida.
> Pero ¿sabe qué?

Los pequeños altavoces con sonido metálico empezaron a emitir un zumbido. Era un ruido repetitivo como el que haría un motor de diésel. La imagen en la pantalla cambió.

Un bulldozer despejando un terreno.

Sin indicaciones de ¿dónde? Sin indicaciones de ¿cuándo? Sin indicaciones de ¿por qué?

El vídeo continuó y el sonido cambió un poco. Inconfundibles sonidos de construcción. Martillo, clavos, sierra de mesa.

Una lámina de madera de cinco por diez siendo laminada.

Serrín volando.

Ningún rostro, todo en primer plano. Manos nudosas. Trabajadores en vaqueros y sudaderas deshilachadas. Pero ¿quiénes? Imposible saberlo. Sobre las imágenes apareció una frase:

> Lo que fue suyo ya no lo es.
> Lo que fue suyo ahora es nuestro.

La pantalla se quedó en negro por un instante, solo lo suficiente para que Ricky inspirara bruscamente. Luego una imagen en barrido se extendió sobre la pantalla.

Olas rompiendo en la playa.

El sonido del mar golpeando rítmicamente la costa salió por los altavoces. La imagen en la pantalla cambió de repente y apareció un primer plano.

Un montón ordenado de ropa sobre la arena.

Un frasco de pastillas vacío.

Reconoció el lugar de inmediato, la imagen también. Era lo mismo, pero distinto. Quince años atrás dejó un montón de ropa y un frasco de pastillas sobre la arena como prueba de su suicidio. Fue un elemento clave de su acto de desaparición. Las prendas en la pantalla no eran las suyas, pero la implicación era la misma. Era la mezcla de una historia antigua y una nueva, entonces supo cuál era el mensaje: «Aquí es donde murió una vez para escapar de nosotros, aquí es donde debería morir de nuevo, solo que ahora no hay escape posible».

Mientras trataba de comprender...

... sintió un temor que casi lo abrumó.

Una de esas experiencias en que el corazón se detiene un segundo. En verdad sintió que no podía respirar. La boca se le secó de inmediato y, cuando vio la siguiente imagen, palideció como si no le corriera sangre bajo la piel.

Su paciente suicida de Miami.

Alan Simple, el hombre de negocios muerto.

Pero en la pantalla aparecía vivo.

Estaba sentado sobre la arena con las piernas cruzadas, mirando hacia la cámara. Con los ojos relucientes por las lágrimas y la barbilla temblándole de miedo. Asintió con la cabeza, como si oyera una orden. Al fondo, Ricky vio varias palmeras que reconoció balanceándose empujadas por la suave brisa. Los faros delanteros del caro Mercedes de su paciente perforaban la oscuridad de la noche.

Tenía un móvil en la mano.

Ni un sonido, solo un silencio espeluznante.

Al principio, Alan Simple miró con impotencia el teléfono, luego marcó un número y se colocó el aparato junto a la oreja.

La imagen se congeló en ese momento, pero entonces empezó el sonido. Primero, el golpeteo de las hojas de palmera impulsadas por un viento caprichoso, y después, la voz del hombre de negocios. En la habitación del motel, Ricky, Annie y Owen oyeron una grabación de lo que sucedió sin imágenes. La voz se oía tensa. Entre murmurante y desesperada. Lastimera, suplicante, estresada en extremo. Apenas menos débil que un susurro y difícilmente reconocible. Los tres se inclinaron hacia delante para escuchar.

«Doctor Starks...
»Por favor, conteste el teléfono.
»Sé que puede oírme.
»Por favor, doctor, necesito hablar con usted.
»¿Por qué no responde?
»Por favor, se lo suplico...
»No me deje solo.
»El dolor es excesivo.
»Me duele todo el tiempo.
»Ya no lo soporto.
»No me ignore...
»Por favor, doctor...
»Necesito ayuda. Lo necesito. Por favor.
»¿Por qué no quiere ayudarme?».

La pantalla se quedó en negro otra vez.
Y luego...
Un disparo.
El sonido inundó la habitación. Un ruido aterrador, como si se hubiera producido donde ellos estaban y no en el DVD.
Annie dio un grito ahogado, Ricky se echó hacia atrás de repente.
—¡Vaya! —gritó Owen.
El psicoanalista esperaba que la siguiente imagen fuera del hombre muerto, la misma que colocaron en su ordenador en Miami como protector de pantalla.
Pero no fue así.
Solo aparecieron palabras que una suave y melodiosa voz leyó en off. Virgil.

Piensa en el impacto que tendrá este momento
en tus amigos, si acaso te queda alguno,
en tus pacientes del pasado y el presente...
en tus colegas y tal vez en la policía...
En toda la gente que te conoce...
Y... quizá, en los medios de comunicación que

siempre están hambrientos de historias sensacionalistas...
¿Qué te parece este titular?:

**«Respetable psicoanalista de Miami ignora
súplicas desesperadas de un paciente
que le pide ayuda y lo lleva al suicidio...».**

El titular fue leído con una voz profunda que parecía carcajearse en tono burlón. Lo acompañaba una fotografía de archivo de una multitud de periodistas y cámaras rodeando a un político. El hombre solo era mostrado desde atrás; lo bañaban las luces incesantes de los flashes y lo cubría un mar de micrófonos. Tras un segundo o dos de vacilación, se volvió a oír la voz de Virgil, pero ahora en un inesperado murmullo.

Y también considera el impacto que tendrá
la grabación en...
la familia del señor Alan Simple...

Entonces apareció en la pantalla una fotografía tomada en el funeral al que asistió Ricky. La viuda del hombre de negocios vestida de negro, cogiendo de la mano a sus dos hijos. Permaneció un instante. Ricky se dio cuenta de que había sido tomada con una lente especial desde lejos, pero, antes de que pudiera procesar la información, aparecieron más palabras y se volvió a oír la voz de Virgil entonando lo que estaba escrito en la pantalla, en un tono teatral, como una lectura dramatizada de un soliloquio frente a un público en éxtasis.

Te odiarán aún más.
Lo sabes, ¿verdad?
Su odio será infinito.
Sin alivio, sin descanso, eterno.

De la misma forma que mis hermanos y yo te odiamos.

¿Qué harían?
¿Te demandarían tal vez?
¿Por negligencia? ¿Mala praxis?
Una respuesta sencilla, típica.
Cualquiera se la esperaría...
Dejarían su odio en manos de

> juzgados, abogados, jueces y jurados...
> Sería una opción,
> pero no la que más satisfacción les daría...

La palabra «satisfacción» apareció y cambió de color enseguida. Pasó de un rojo infernal a un plateado, a un azul claro y, por último, volvió a un explosivo rojo escarlata. En el fondo, como burlándose de él, se oyeron los conocidos acordes con que empieza la canción «Satisfaction» de los Rolling Stones. La palabra, la voz y la música se mezclaron y se mantuvieron por un instante antes de desaparecer de la pantalla. Las reemplazó otro texto:

> Pero tal vez eso no sea suficiente
> para nada...
> Tal vez querrán una venganza mucho mayor.
> ¿Querrán matar?
> Eso creo...
> Recuerdas la nota que te dejó el señor Simple, ¿verdad?

En la pantalla apareció una película en cámara lenta. La cámara se enfoca en una mano abriendo la puerta del Mercedes y luego pasa por el asiento del conductor, el volante y, por último, el salpicadero: el lugar donde quedó la hoja blanca de papel con el mensaje impreso. La imagen permaneció en la pantalla lo suficiente para leer las palabras y luego la voz de Virgil continuó:

> ¿Recuerdas su declaración antes de morir?
> El culpable eres tú.

Las palabras fueron desapareciendo y al final solo quedó «culpable» temblando en la pantalla. El volumen de la voz de Virgil empezó a aumentar y a eso se sumó un efecto sonoro mientras la palabra seguía creciendo.

CULPABLE...

Luego desapareció y surgieron dos preguntas.

> ¿Quién más podría sufrir las consecuencias?
> ¿Habrá dos personas más?

A medida que las frases y la voz fueron acumulando fuerza, aparecieron dos fotografías, tomadas con cámara oculta, una al lado de la otra.

Roxy tomando apuntes en un aula abarrotada, rodeada de otros estudiantes de la facultad de Medicina, inclinada sobre su cuaderno, sonriendo, feliz de estar donde se encontraba y de hacer lo que estaba haciendo. Charlie con una mochila colgada del hombro, despreocupado, satisfecho, caminando hacia su oficina en la agencia de publicidad.

Eran imágenes recientes, de tal vez un mes antes. Tomadas en secreto. Ni Roxy ni Charlie parecían estar al tanto de ser fotografiados. La voz de Virgil se oyó con una mezcla de frialdad y alegría, como si ella y su familia hubieran vencido. Una voz aterradora:

> ¿Qué opinarán de ti cuando se enteren?
> La confianza...
> desaparecerá.
> El afecto...
> se acabará.
> La relación...
> se romperá.
> Te volverás tóxico, doctor.
> Radiactivo.
> ¿Qué tipo de vida te quedará?

La pantalla volvió a congelarse.

—¿Quiénes son? —preguntó Owen.

Ricky no respondió, no le parecía que el mensaje del DVD hubiera terminado. Tenía razón, aparecieron más palabras como si alguien las estuviera mecanografiando en la pantalla. La voz de Virgil dejó de oírse y la reemplazó el tono agrio de su hermano el abogado, Merlin. Quería la respuesta a otra pregunta.

> Se acerca un cumpleaños. ¿De quién, doctor?
> ¿Ya adivinó?

Ricky se tensó.

En ese instante apareció otra imagen, una fotografía en blanco y negro.

> Una joven en un triste apartamento
> de un edificio para la clase baja.
> Tenía un bebé recién nacido entre sus brazos.
> Dos niños pequeños a su lado miraban al bebé.
> Una familia, un momento de gozo, de esperanza.
> De posibilidad, a pesar de lo hostil del entorno.

Luego la pantalla se quedó en negro y apareció un último mensaje.

> Adiós, doctor Starks.
> Haz lo que siempre
> has estado destinado a hacer.

En la habitación del motel, Ricky, Annie y Owen, de pie hombro con hombro para poder ver la pequeña pantalla, se quedaron contemplando las palabras. Unos segundos después, Ricky se inclinó y presionó el botón de expulsión y el DVD se deslizó afuera zumbando con suavidad. Guardó el DVD en su maletín. «Bien, Ricky, tenías razón sobre el contenido», pensó.

—Hum, no comprendo. ¿Quiénes eran esas personas? —preguntó Owen.

—Era una familia, ¿no? —dijo Annie, verbalizando lo obvio—. La fotografía parecía tomada mucho tiempo atrás.

—Así es —repuso Ricky.

—¿Quiénes eran? —dijo Annie, repitiendo la pregunta de Owen.

A pesar de que nunca había visto esa fotografía, Ricky sabía quiénes eran. Fue tomada muchos años antes de que esos tres niños entraran en su vida, y poco antes de que la mujer que aparecía en ella recurriera a él desesperada, en busca de ayuda. Contactó con él justo cuando acababa de terminar sus estudios y no tenía experiencia, en un momento en que su torpeza para el trabajo psicológico, así como varios retrasos, condujeron a su muerte. «Un aniversario luctuoso que no recordaba aunque debería hacerlo y que se acerca con rapidez. El día que la madre de los niños murió».

—Parece lógico —murmuró para sí mismo. La fotografía también fue tomada mucho antes de que su otrora mentor adoptara a esos pequeños que pronto serían huérfanos, y los entrenara y convirtiera en asesinos. También fue tomada antes de que otra fotografía de la nueva familia adornara la pared de la cabaña del fotógrafo que poco después ardería. Todas las imágenes tenían como propósito transmitir el mismo mensaje, eran una acumulación de números que se sumaban para dar como resultado una sólida e innegable cifra.

«Debería morir ahora mismo, Ricky».

Imágenes provenientes del mismo cuarteto: dos vivos y dos muertos, pero todos persistentes en la misma visión letal.

El doctor Lewis, Virgil, Merlin, el señor R.

Podría confesarles a Annie y a Owen los nombres del cuarteto mortal y describir a cada miembro porque cada uno tenía un *curriculum vitae* de muerte, pero, por alguna razón, se sentía renuente a articular sus nombres en voz alta; presentía que, si lo hacía, podría envenenar las pocas bocanadas de aire que le quedaban. Así que solo se dejó caer en el borde de una de las camas. Annie y Owen se le quedaron mirando.

Annie habló de nuevo.

—Ese DVD... —empezó a decir, pero Ricky levantó la mano y la interrumpió.

—Fue una invitación —dijo con amargura.

«Virgil y Merlin quieren asientos de primera fila para el espectáculo de mi muerte», pensó.

Respiró de manera profunda y le sonrió a Annie. Fue una sonrisa melancólica, imbuida de resignación y de una resistencia contradictoria, sentimientos que hacían eco en su interior.

—Sé dónde está su hermano ahora —le dijo a Annie. Ella asintió despacio, no estaba segura de desear recibir esa información—. También sé dónde se supone que debo morir.

TERCERA PARTE

UNA HABITACIÓN LLENA DE ASESINOS

It is in the water, it's in the wind…
It's where you're going, it's where you've been.
It's what you're doing, it's what you don't…
It's what you're willing and what you won't.

You can't turn back now; you can't turn back now…
*It's too late to turn back now.**

«We Can't Turn Back»
Rodney Crowell

* «Está en el agua, está en el viento… / Está donde vas, está donde has estado. / Es lo que haces, es lo que no haces… / Es lo que estás dispuesto a hacer y lo que no. // No puedes volver ahora; no puedes volver ahora… / Es demasiado tarde para volver». *(N. de la T.).*

34

DÍA DOCE

Ayuda de un hombre muerto

El silencio rodeaba a Ricky. Le echó un vistazo al barato reloj digital sobre la mesa de noche en la triste habitación de hotel. Vio cómo cambiaban y avanzaban los brillantes números rojos en la esfera. Un minuto. Dos, tres. Era como ver su vida drenarse sin cesar.

Su primer pensamiento:

«Debí saberlo desde el principio, ¿en qué otro lugar estarían esperándome?».

Por supuesto, era irrazonable y, en el fondo, lo sabía. No, no había manera de saberlo, sin embargo su castigador pensamiento prevaleció.

Segundo pensamiento:

«Estoy arruinado».

No, tampoco era el caso. Estaba cerca de la ruina, pero no estaba arruinado aún.

Asimilar lo que decía en el DVD el hombre de negocios de Miami antes de morir había sido como evaluar un desastre. Como atravesar el terreno después de un huracán o un tornado y valorar los daños. Había destrucción y escombros por todos lados, la única diferencia era que se trataba de un paisaje emocional, no geográfico.

Sabía que el amplio impacto de la grabación, de las palabras de su expaciente, sería tan letal como habían predicho Virgil y Merlin. Generaría un malestar expansivo que manaría de forma constante hacia el exterior, de lo más íntimo a lo más distante. Si esa grabación llegara a difundirse, no habría manera de que lo perdonaran. Ni la familia del hombre ni sus colegas. Tampoco los pacientes actuales ni los del pasado. Menos los futuros, como dijeron los hermanos. Nadie. Ni siquiera Roxy y Charlie. Su depresión se estaba extendiendo de tal manera que creyó que Virgil y Merlin también tenían razón respecto a las dos personas que ahora eran como su familia. Las palabras del hombre de negocios de Miami socavarían toda la confianza que tenían en él. Ya le parecía oírlos: «Pero, Ricky, ¿por qué no trataste de ayudarle?». Sus cuestionamientos serían como cortes de navaja. Permitir que aquellas palabras vieran la luz sería diabólico. Tenían razón respecto al artículo en algún periodicucho. Temía que le llamara algún reportero, incluso podría recibir otra llamada de los inspectores del departamento de homicidios de Miami, quienes no creerían su explicación ni sus quejumbrosas acusaciones: «Hay una familia que quiere verme muerto, por eso los maté primero…». Notó que respiraba con dificultad, pero levantó la cabeza y trató de valorar en los rostros de Annie y Owen el impacto de lo que habían visto en el DVD. Sabía que cualquier cosa que dijera resultaría patética para quienquiera que la oyera, ya fueran ellos en la pequeña habitación del motel o más adelante sus pacientes, colegas, Roxy, Charlie, la policía, la prensa o «todas las personas en mi vida, como predijeron». De pronto recordó: «El riesgo de Hércules al realizar sus doce trabajos siempre era el fracaso porque cualquier error lo haría sufrir una gran humillación a pesar de ser un semidiós».

El tercer pensamiento:

«Si quiero vivir, necesito idear un plan.

»Y debo hacerlo rápido.

»Pero ¿de qué tipo?

»Un plan que dé fin a todo».

Sabía que había un plan con el que podría acabar con la pesadilla. Era el «plan» con que Virgil y Merlin estaban contando. De manera muy conveniente le habían proporcionado un revólver que ya no tenía en su poder y una sola bala que le entregó el fotógrafo para hacer lo que la familia quería, lo que, desde fuera, parecería un suicidio. «Vaya a la playa, siéntese sobre la arena, levante el revólver, colóquelo en su boca y apriete el gatillo». Pero también se había deshecho de ella.

Se imaginó como paciente de un hospital psiquiátrico tratando de organizar sus últimas horas, pero de inmediato luchó contra esa sensación con gritos en su mente: «Sé práctico, encuentra tu camino de vuelta a la vida».

«Te quedan dos días».

Estas exigencias que él mismo se hizo lanzaron su pensamiento en otra dirección.

«¿Cómo superar a un grupo de psicópatas?».

En ese momento se dio cuenta de que el primer Ricky, el empático psicoanalista preocupado por el bienestar de sus pacientes, que se inquietaba por Roxy y Charlie, y que ahora se sentía también responsable de Annie y Owen, tendría que hacerse a un lado y permitir que entrara en acción el segundo Ricky, el hombre que conocía el arte de asesinar de manera íntima, el detective implacable, el individuo que sería capaz de todo cuando la desesperación lo abrumara. En el silencio de aquella habitación de hotel, este segundo Ricky sintió el peso de la pistola semiautomática que llevaba en el bolsillo de la chaqueta. Al primer Ricky le parecía que el DVD resultaba igual de pesado y peligroso, lo que le hizo recordar la vieja broma de la escuela primaria: «¿Qué pesa más? ¿Un kilo de plumas o un kilo de plomo?».

Annie caminó casi tambaleándose hasta la única silla de madera que había en la pequeña habitación del motel y se desplomó en ella; parecía que lo que había visto en el DVD la había dejado exhausta. Cuando por fin habló, sonó cansada y asombrada.

—¿Lo sabe? ¿Ahora sabe adónde fue mi hermano? Sé que antes creía no saberlo, pero ¿ahora? ¿Qué de lo que vio cambió la situación? —dijo señalando el DVD.

En cada una de sus palabras había un subtexto: ¿en qué se ha metido mi hermano? E, inevitablemente, una variación de la pregunta: ¿en qué me he metido yo?

Ricky la miró, sabía que al principio todo era muy simple para Annie: «Ayúdeme a escapar de Sunshine Man y yo lo ayudaré a usted». Nunca calculó el coste de lo que implicaría esa ayuda, y ahora que resultaba aterradoramente claro, la ansiedad la invadía. Una ansiedad que solo esperaba el momento de hacerse a un lado para cederle el paso al abyecto amigo que surgiría a continuación: el miedo.

Ricky se encogió de hombros; el hecho de saber adónde tenía que ir era como un peso que lo oprimía sin clemencia. Hércules esforzándose, cubierto de sudor, con los músculos clamando, sosteniendo el mundo entero mientras Atlas descansaba. Uno de sus doce trabajos.

—Sí, ahora lo sé —dijo—. Fue el bulldozer y la casa en construcción.

—De acuerdo. ¿Y dónde está? —preguntó Annie.

Ricky no respondió de inmediato, se quedó sentado a un lado de la cama, reflexionando sin cesar.

«Todo tiene que ver con el simbolismo psicológico —pensó—. Son imágenes diseñadas para desencadenar conexiones. Ese fue el rompecabezas que desde el principio quisieron que armara, el que me llevaría a ellos.

»Como un Ricky sin opciones.

»Un Ricky al borde de la muerte».

De pronto comprendió.

«Alex Williams, el fotógrafo de la muerte, lo sabía mejor que nadie. Todo lo que dijo en su última sesión tenía como propósito enfatizar ese conocimiento. Todo coincidía con una sola idea: he visto demasiados asesinatos, así que tomar mi propia vida o la de alguien más no implica mayor problema. La muerte es barata».

Ricky odiaba esta noción.

Tosió y se rio al mismo tiempo, pero no de una broma. Fue el tipo de carcajada que daría un hombre que se enfrenta a una ejecución, con la que trata de conservar al menos un poco de su humanidad antes de que se la arrebaten.

—¿Dónde? —repitió Annie.

—Es el lugar donde morí una vez —dijo el psicoanalista—. Hace mucho tiempo fue mi lugar favorito en todo el mundo.

Annie negó con la cabeza, casi furiosa.

—Pero eso no tiene lógica —exclamó.

Ricky no respondió, pero pensó: «Sí, sí la tiene».

Se giró y miró a Annie y Owen.

—Descansad —dijo muy estricto—. Mañana deberemos viajar de nuevo.

—Todo esto terminará pronto, ¿no es cierto? —preguntó Annie con voz suave, abrumada por todo lo que había visto y oído.

—Sí —contestó Ricky.

—Alguien morirá, ¿verdad? —intervino Owen; era lo primero que decía desde que había visto el DVD. Sonaba entusiasta frente a esta perspectiva.

—No quiero que muera nadie —dijo Annie hablando aún en voz baja—. No quiero que usted muera —agregó mirando a Ricky—. Ni mi hermano, ni nadie.

—¿Ese alguien morirá de verdad? —insistió Owen ignorando todo lo que Annie acababa de decir—. O sea, no como el suicidio que usted fingió hace mucho y lo que el hermano de Annie hizo, ¿cierto? —agregó con una obvia falta de tacto.

—Eso lo tendremos que ver —contestó Ricky.

—¿Quién más podría morir? ¿La chica aquella del MIT o alguien a quien todavía no hemos visto? ¿Como la gente que lo persigue, doctor?

—Eso también está por verse —insistió el psicoanalista—. Lo lamento, Owen, no soy bueno para adivinar el futuro.

El adolescente se rio.

—Supongo que no —dijo antes de saltar a una de las camas.

Levantó su libro y hojeó hasta llegar a una página cerca del final y le sonrió a Ricky antes de empezar a leer. Annie se levantó de la silla como si fuera a hablar, pero se detuvo y solo caminó hasta donde estaba Ricky y le puso la mano en el hombro.

—No quiero que muera nadie —insistió.

Él no contestó, solo asintió. «Tendré en cuenta la petición, pero ¿cómo podremos evitarlo?», se preguntó. Annie estrujó su brazo, caminó hasta la cama y se desplomó en ella. Luego tomó su guitarra y la abrazó contra el pecho. En lugar de tocar uno o dos acordes, la abrazó como un niño abrazaría a su animal de peluche preferido. Owen tenía la famosa novela entre las manos, pero todavía parecía emocionado y dispuesto a recibir con los brazos abiertos cualquier experiencia que se presentara al salir a la calle.

—¿Es usted un asesino, Ricky? —preguntó—. El tipo del almacén no parecía creer que lo fuera.

—Ya lo averiguaremos, ¿no crees? —contestó Ricky.

—Creo que cualquiera puede convertirse en asesino si se ve forzado a hacerlo —dijo el muchacho.

«Tal vez sí, tal vez no», pensó Ricky.

Owen parecía estar reflexionando. Negó con la cabeza y, en ese instante, la sombra de la preocupación se posó en su rostro.

—¡Debería huir, Ricky! —dijo. En su voz ya no se percibía su entusiasmo adolescente—. Huya y escóndase, vaya a algún lugar donde no puedan encontrarlo. Es lo que yo haría. Suele funcionar, le puedo mostrar cómo hacerlo si quiere.

—Gracias, Owen, pero no. Desearía poder hacerlo —respondió Ricky hablando despacio y esbozando una sonrisa irónica—, pero me he vuelto viejo y huir ya no es mi estilo —explicó. «Ya consideré huir y lo descarté, implicaría dejar latente una situación demasiado arriesgada», pensó—. Además, creo que no hay lugar en el mundo donde me pueda ocultar de esta gente. Ya no. Tal vez hace tiempo sí, hace muchos años, pero no ahora.

—Comprendo, Ricky. Si cambia de opinión, solo dígame. ¿Tiene un plan?

Las preguntas del adolescente le llegaron directo al corazón.

—Estoy trabajando en uno —respondió el psicoanalista con cautela. Y deseando que fuera verdad.

Pensaba que ya se había acostumbrado a dormir en el suelo entre las dos camas que ocupaban la cantante y el muchacho, pero aquella noche fue difícil. La dureza parecía hincársele en la espalda, le costó trabajo dormir. Pasaba de la medianoche, era el inicio del duodécimo día. En lugar de guardar bajo llave la pistola semiautomática en el maletero antes de acostarse, como lo había estado haciendo, la colocó debajo de las dos almohadas sobre las que intentó dormir. En realidad, que la forma de la pistola se le enterrara en las mejillas cada vez que giraba hacia la izquierda o la derecha no fue lo que le impidió dormir. Más bien fue la sensación de que el arma ardía como si fuera brasas y parecía gritarle: «Decídete, Ricky, estoy esperando».

Se levantó y tuvo cuidado de no despertar a los otros. Tomó el arma, su portátil y el DVD, y entró en el pequeño baño. Se sentó sobre el asiento del inodoro.

Primero desactivó el seguro de la pistola y contó cuántos disparos quedaban.

Siete.

«Solo necesito uno para mí.

»O dos, para Virgil y Merlin.

»O tres, si también tengo que matar a Alex Williams.

»O cuatro, si tengo que matarlos a todos y luego suicidarme».

Las tres balas que quedaban después del último escenario que imaginó le parecieron un margen de error apenas adecuado. «Podría fallar una vez. Dos como máximo». Volvió a cargar el arma y la dejó en el lavabo mientras abría su portátil.

Por un instante sintió deseos de hacerlo pedazos.

Incluso consideró usar una de las balas del margen de error para destruirlo, para matarlo para siempre. Aquel portátil había sido solo una fuente de dolor en los últimos días, por eso le parecía que destruirlo sería lo correcto en ese momento. Su ordenador de escritorio fue el que entregó el mensaje inicial que lo lanzó al camino que lo había conducido a aquella habitación de motel. Y esa misma noche, su portátil nuevo le había entregado otro mensaje, uno que lo castigó aún más. Al tenerlo sobre las piernas, le pareció sentir la presencia de Virgil y Merlin. Levantó la vista de repente, como si estuvieran hacinados en el diminuto baño con él. En cierta forma, incluso esperaba oír la voz de su difunto hermano, el señor R.

Ricky luchó contra la desagradable sensación de pesadumbre, introdujo el DVD en la ranura y deslizó el cursor sobre el contenido del vídeo hasta llegar a la parte en que aparecían las fotografías de Roxy y Charlie. Se sintió desbordado por las emociones, pero solo verlos le bastó para animarse y sonreír. Luego, sin embargo, cuando recordó el contexto de las imágenes, sintió un vacío de desesperación.

Se reclinó y miró hacia arriba. Fijó la vista en los mosaicos blancos del techo y vio una pequeña mancha de agua a un lado.

La idea de que tal vez no volvería a verlos era una especie de tortura medieval. Por un instante pensó que la única manera de darle fin sería llamándoles. La posibilidad de oír sus voces de nuevo fue demasiado atractiva, así que miró alrededor en busca de su teléfono móvil, pero se dio cuenta de que lo había dejado fuera. Estaba por levantarse para ir por él, pero se detuvo.

Su imaginación empezó a trabajar de nuevo a toda velocidad.

«Ellos son lo que me vuelve vulnerable.

»El afecto que siento por Roxy y Charlie es mi mayor debilidad».

Pensó en todos los pacientes que había tratado a lo largo de varias décadas. De la misma manera en que lo hizo el señor Alan Simple, un hombre que fue víctima de abuso en su niñez, más de un paciente se acercó a él temeroso, pidiendo ayuda psicológica porque no quería hacerles el mismo daño a sus niños.

Deslizó el cursor de nuevo y se quedó mirando la imagen del hombre de negocios de Miami.

—Usted no merecía morir —susurró a la fotografía—. Iba por el buen camino, se estaba preparando para lidiar con sus demonios, con el tiempo habría ganado la batalla.

Al oírse en voz alta le pareció que sonaba exagerado, pero, al mismo tiempo, era una apreciación precisa.

Continuó mirando la imagen, aunque sin volver a reproducir el mensaje.

—Analízalo, analízalo —se dijo en voz baja.

«Es lo que hago —pensó—. La gente se acerca a mí y empieza a hablar, yo escucho y, con lo que me dicen, voy armando el misterio de su vida y diagnostico sus problemas».

«Ese es el primer Ricky».

Volvió a ver la imagen y dio la bienvenida al segundo Ricky.

Lo primero que comprendió debió ser obvio desde antes.

«Lo que dijo Simple fue enviado a otro teléfono para ser grabado, no al mío. Necesitaban sus palabras, pero, al mismo tiempo, no querían que llegaran a mí. Al menos, no hasta estar listos para jugarlas como un as en una partida de cartas. Tampoco querían que las oyera la policía ni la familia de mi paciente. Eran una especie de granada de mano sin seguro, esperando a ser lanzada».

Fue añadiendo información que iba comprendiendo.

«Lo que querían era que mi número quedara registrado en el teléfono móvil del señor Simple. Querían que apareciera como si yo lo hubiera ignorado. Querían crear la noción de negligencia y abandono para que cuando lanzaran la grabación al mundo resultara explosiva e incriminatoria».

Recordó una de sus primeras llamadas, cuando telefoneó al estudiante de psiquiatría a quien también estaba tratando. Recordó el mensaje que recibió el joven.

«A los pacientes del doctor Starks les gusta suicidarse».

Ese simple mensaje fue lo que creó un contexto, el del hombre de negocios fallecido sería como un incendio forestal y destruiría todo en su camino.

Entonces se echó un poco hacia atrás y pensó.

«Su muerte fue parte del teatro del suicidio.

»Estuvieron ahí mismo, filmándolo.

»¿Quién podría mirar a través de una cámara a un hombre a punto de morir y no sentirse afectado?

»El fotógrafo. El hermano de Annie.

»Lo ha hecho cientos de veces».

Entonces recordó el protector de pantalla de su ordenador en Miami.

«Un momento de muerte.

»¿Quién pudo tomar esa fotografía?

»La misma persona, un hombre inmune a la muerte».

Ricky continuó analizando las imágenes, las que tenía en la memoria, las que vio en el DVD.

«El automóvil.

»La pistola del suicidio.

»¿Qué más? Una nota impresa en papel ordinario sobre el salpicadero del Mercedes, con una firma, lo cual no era difícil de conseguir. A punta de pistola, Simple habría firmado cualquier cosa. Una cortada *post mortem* y un poco de sangre recolectada para rociar sobre el teclado de mi ordenador».

Respiró hondo.

«Por lo menos tres personas.

»Una y dos: el señor Alan Simple que trabajó hasta tarde, hasta después de que oscureciera y todos salieron de su oficina, algo que era común en él. Lo más probable es que lo hayan secuestrado en el aparcamiento subterráneo, amenazado con una pistola y llevado en un automóvil hasta la zona desierta del parque a la orilla del mar».

Imaginó las súplicas del hombre de negocios.

«¿Por qué hacen esto? ¿Qué les hice? No los conozco. No comprendo…».

Súplicas ignoradas.

«Tres: alguien tuvo que seguirlos en otro automóvil porque necesitarían otro vehículo después de asesinar a Simple para huir de la escena del crimen.

»Dos asesinos y una víctima. Como mínimo.

»Uno de ellos estuvo ahí para mentir. "Haga esta llamada, señor Simple, y diga estas palabras que preparamos. Después lo dejaremos libre".

»Virgil. Merlin. Pudo ser cualquiera de los dos, ambos son persuasivos a su manera. Una es seductora, hermosa. El otro es enérgico.

»Simple no tuvo más opción que creerles mientras trataba de entender. Seguro que hizo lo que le dijeron porque no comprendía lo que iba a suceder, no sabía que moriría a manos de absolutos desconocidos.

»Y luego:

»¿Quién introdujo la pistola en la boca del señor Alan Simple?

»¿Quién apretó el gatillo?

»¿Quién se aseguró de que las huellas del hombre de negocios quedaran impresas en la empuñadura?

»¿Quién dejó caer el arma sobre la arena empapada de sangre?

»¿Quién colocó la nota de suicidio en el automóvil?

»¿Importa quién lo haya hecho?

»No lo sé. Quizá».

Casi temblaba de ira.

«Alan significaba mucho para mí, pero para ellos no era nada. Solo una cifra, una entidad no existente, un engranaje en su plan para lograr que me suicidara. No les importó quién era, no les importaron ni su familia ni sus amigos. Le robaron su vida, y a su familia la despojaron de su presencia. Les robaron un futuro.

»De la misma manera que quieren hacer conmigo».

En ese instante, las observaciones del primer Ricky se mezclaron con las del segundo Ricky.

«Esto tiene que ver con la muerte, pero también con el robo».

Varias palabras dieron vuelta en su cabeza: Robo, atraco, despojo, hurto, saqueo.

Luego añadió una más: pérdida.

Mientras pensaba en todas esas palabras continuó mirando la imagen congelada del difunto, y un plan empezó a fraguarse en su mente. Con el cursor fue hasta las imágenes de Roxy y Charlie y luego volvió a donde estaba. Lo hizo una vez, dos, tres. El punto de inicio del plan era la vulnerabilidad. Al principio no le pareció coherente, era algo más similar a la psicosis religiosa, como cuando una persona en agonía y éxtasis empieza a hablar en lenguas, de una forma incomprensible pero desbordante de determinación. A medida que fue avanzando, el plan tomó forma y se transformó en algo más concreto. Jadeó vigorosamente y pensó: «Señor Alan Simple, traté de salvarlo del sufrimiento, y creo que lo habría logrado de no ser por los asesinos que llegaron a su vida. Fue una víctima inocente, la única manera que encontraron para acercarse de nuevo a mí. Le pudo suceder a cualquiera de mis pacientes, los observaron a todos para elegir, pero al final prevaleció el azar, usted solo fue el miserable sin suerte que escogieron. Ahora, sin embargo, creo que usted me puede salvar a mí».

»O, al menos, darme la oportunidad de salvarme a mí mismo».

Ricky era consciente de que esa era la forma en que un terapeuta abordaría la situación.

Odió todo lo que le empezó a pasar por la cabeza, pero no tenía alternativa.

Extrajo el DVD con movimientos frenéticos y empezó a buscar los sitios de internet más comunes en el ordenador. Todos los elementos de las crecientes redes sociales que se le ocurrieron. Facebook. Instagram. Buscó hasta quedar inclinado hacia delante, cerniéndose sobre el portátil, con los dedos volando sobre el teclado, deslizándose por el ratón táctil a toda velocidad mientras las cosas más comunes iban apareciendo en la pantalla. En algún momento le echó un vistazo a la pistola. «Muchos tipos de balas —pensó, dirigiéndose al arma como si fuera un ser vivo—. Tal vez solo quedan siete en este cartucho, pero conseguiré más». Trabajó arduamente, hasta avanzada la noche.

35

CERCA DE LA MUERTE

Esto es lo que Ricky vio en su ordenador a las 2.39 de la madrugada.

Un post de Facebook publicado por una adolescente hacía dos años. Entre todas las fotografías en su timeline de estrellas de rock, comidas preferidas, disfraces de Halloween, cachorros, gatitos y compañeras del equipo de fútbol de la escuela, solo había una imagen distinta. La única fotografía en que aparecía con su familia.

Dos sonrientes adolescentes de dieciocho años cogidos del brazo. Una usa sudadera gris del MIT, el otro una camiseta color rojo brillante de la Universidad de Boston. Detrás de ellos, un sonriente Merlin con su esposa Laura en una vibrante y soleada tarde de otoño. De pie en una calle flanqueada por árboles y llena de automóviles y de otros padres y adolescentes sacando cajas de mudanza de sus caros SUV en el exterior de un dormitorio estudiantil.

Un solo texto:

> ¡Día de mudanza! ¡El primer día de mi gemelo y yo en la universidad! ¡Ciencias de la computación para mí y justicia penal para Marky júnior!

—Debiste desechar esa sudadera —dijo Ricky en voz alta, sobreponiéndose a la fatiga.

Entonces recordó:

En el exterior de la escuela especial en Connecticut, hace diez años.

Cuando vio al hijo de Merlin salir de una de las aulas.

Y comprendió algo.

«Autismo altamente funcional. Tal vez es muy bueno para las matemáticas y para organizarse, no tan bueno en las habilidades sociales. Fácil de manipular. Justicia penal sería una buena especialización para alguien así. Ciencia y reglas. Tal vez ahí fue donde estudió ciencias forenses y aprendió el trasfondo del crimen con ayuda de su padre, y de su tía y del carismático nuevo esposo de esta. Un grupo de seres con un propósito muy distinto al de cursar una licenciatura».

Ricky volvió a hablar solo en la soledad del baño del motel:

—Ahí es donde empezaste a aprender sobre cómo asesinar. Aunque aprender y asesinar no son lo mismo, ¿cierto?

Ricky sabía la respuesta a su pregunta, pero no la dijo.

—¿Adónde vamos ahora? —preguntó Annie.

La pregunta de la noche anterior estaba implícita: «¿Dónde está mi hermano?».

Ricky no respondió a esta última, no dijo: «Te llevaré a él», a pesar de que eso era lo que estaba pasando.

—No iremos muy lejos —dijo Ricky—. Nos llevará un par de horas en coche. Tendremos que detenernos una o tal vez dos veces, necesito comprar algunas cosas.

—¿Viaje y compras? —preguntó Owen—. Guay.

Era temprano por la mañana, otro día gris de noviembre en Nueva Inglaterra con la amenaza de una llovizna que podría atravesar la pesadumbre en el ambiente. La pasajera luz solar del día anterior se había desvanecido, ahora solo quedaba un mundo trémulo y silencioso. Ricky se sintió vigorizado al sentir el aire húmedo en su rostro. Seguía trabajando a pesar de haber dormido solo unas cuantas horas y de que debería estar exhausto. Sin embargo, la adrenalina lo animó, sintió que tendría tiempo para descansar antes de poner en marcha todo lo que había maquinado en su mente. No usó la palabra «plan» porque no estaba seguro de que lo fuera en verdad. No se sentía como un entrenador de fútbol americano antes de un juego importante contra un adversario mucho más capaz ni como un general anticipando una campaña militar contra un enemigo implacable que podría presentarse en cualquier momento. No obstante, «si hay una manera de vivir más allá de las siguientes veinticuatro horas, lo más probable es que sea esta», pensó.

Los tres subieron al automóvil y Ricky se dirigió de vuelta a la autopista de peaje de Massachusetts, hacia el este.

—¿Se siente bien para conducir? —preguntó Annie—. Se acostó tarde, ¿no?

—Estaré bien —respondió él—. En efecto, fue una noche corta.

—Y la pasó tratando de resolver esto, ¿verdad? —preguntó Owen. Ricky se rio a medias.

—Traté de resolver algunas cosas, pero hay muchas otras que todavía no sé. Trataré de averiguar las respuestas pronto.

—Guay —dijo Owen, repitiendo esa palabra adolescente multifunción que podía significar cualquier cosa.

Avanzaron en silencio. Parecía que Annie iba a decir algo cuando Ricky tomó la salida de la autopista por la interestatal 495 y hacia el sur camino de Cape Cod, pero no lo hizo.

Más adelante, cerca de la entrada a la autopista, había salidas que conducían a varios centros comerciales y almacenes tipo outlet. En algunas semanas sus aparcamientos estarían repletos de gente tratando de aventajar a otros en la orgía de la compra de los regalos de Navidad, pero en este desolado día entre semana a principio del invierno, cuando Ricky llegó y se detuvo, más o menos a la hora de apertura de los comercios, solo había unos cuantos automóviles estacionados.

«Por lo menos esta vez traigo zapatos», se dijo.

—¿Tiene una lista, Ricky? —preguntó Owen.

Ricky se dio unos golpecitos en la frente y entregó una tarjeta de crédito a Annie antes de bajar del automóvil.

—Esto es lo que necesito que compre —le dijo despacio—. Tres teléfonos desechables de prepago para que podamos comunicarnos si nos separamos, algunos DVD vírgenes y...

Annie interrumpió.

—¿Como el que grabaron para usted y vimos anoche?

«No, no era *Oldboy*».

—Sí, de ese tipo. También un par de memorias USB. Ya sabe, como las que se insertan en los portátiles para copiar archivos.

—Sí, las conozco —dijo Annie, asintiendo.

No sabía si lograría que funcionara, pero pedirle que comprara todo lo necesario les dio la impresión a ambos de que había urdido un auténtico plan.

—¿Qué hay de mí? —preguntó Owen.

—Tú te quedarás conmigo —contestó Ricky—. Dejaremos a Annie las tareas aburridas y nosotros haremos algo más interesante. ¿De acuerdo?

Owen asintió.

—Bien, nos reuniremos dentro de una hora en la zona de restaurantes y comida rápida. Comeremos más hamburguesas con queso —dijo Ricky tratando de aligerar su tono y esbozando una sonrisa fingida. «Hace muchos años compré este mismo tipo de artículos yo solo, antes de incendiar mi vida entera y convertirla en cenizas. Ahora me acompañan dos personas en quienes confío a pesar de que tal vez no debería».

Los tres salieron del automóvil y caminaron con paso firme hacia la entrada del centro comercial. Ricky vio a varios hombres que comenzaban a colgar luces navideñas en el exterior de una tienda. «Supongo que nunca es demasiado pronto», pensó. Se preguntó si estaría vivo para entonces, si llegaría a celebrar las fiestas que se acercaban. Le señaló a Annie una dirección y él se dirigió a un gran almacén de camping y artículos deportivos que dominaba un extremo del centro comercial. Al entrar, cogió un carrito de compras. Owen no dejaba de observarlo mientras caminaban por los pasillos; Ricky tenía la sensación de que lo estaba estudiando. Ropa de hombre para actividades al aire libre, artículos de camping. Owen vio cada una de las elecciones de Ricky desde una perspectiva peculiar: «Si alguna vez tengo que matar a alguien, necesitaré artículos como estos».

El carrito se llenó rápidamente de objetos:

Dos pasamontañas negros, del tipo que solo permite ver los ojos.

Dos parkas y dos pantalones de tela de camuflaje con aislamiento térmico, un juego de la talla de Owen, otro de la talla de Ricky. El tipo de equipo que usan los cazadores de ciervos.

Dos linternas con filtro rojo. Muy pequeñas y potentes.

Una linterna normal de acero, de cuerpo negro y alargado como una porra.

Dos mochilas negras.

Un par de prismáticos de alto poder, resistentes al agua y a los impactos.

Un par de gafas de visión nocturna. No de calidad tipo militar, sino del inmediato nivel inferior. También diseñadas para cazadores o para gente paranoica en exceso, como quienes se están preparando para el fin del mundo.

Una pistola de bengalas de emergencia, como las que suele haber en las pequeñas embarcaciones manejadas por capitanes de fin de semana que a menudo se enfrentan a problemas en el mar. Tres bengalas con mensajes de advertencia.

Un silbato de rescate como los que suelen llevar los excursionistas en invierno, con un sonido muy agudo y penetrante capaz de generar un eco a varios kilómetros de distancia en las montañas.

Al llegar a la caja, Ricky encontró un empleado con aspecto de estar muy aburrido.

—Tenemos muchos cazadores en la familia —le dijo. El empleado solo asintió mientras guardaba los artículos en dos bolsas grandes de plástico. Owen los observó con mucho interés, como tratando de comprender qué uso se le daría a cada uno, pero era un rompecabezas. Las gafas de visión nocturna le llamaron la atención en particular. Por lo menos en dos ocasiones leyó las instrucciones impresas en uno de los lados de la caja.

Ricky lo cogió del brazo cuando salieron del almacén.

—Owen, preferiría que lo que acabamos de comprar quedara entre nosotros. Si Annie se enterara podría angustiarse un poco.

Era un lugar común, pero esperaba que Owen comprendiera.

El adolescente se quedó pensando unos instantes y luego asintió.

Annie los estaba esperando en la zona de restaurantes como habían quedado. También tenía consigo una bolsa de compras.

—¿Consiguió todo lo que le pedí? —preguntó Ricky.

—Sí, sin problema —contestó ella.

Ricky le dio algo de dinero a Owen y lo envió a comprar comida para los tres. En cuanto se alejó, Annie se dirigió a él.

—Me parece que anoche descubrió algo. ¿Qué fue?

Ricky se quedó pensando un momento antes de responder.

—Descubrí que, incluso estando involucradas en planes para asesinar, algunas personas pueden ser normales y comportarse de acuerdo con su edad.

Annie asintió, le parecía lógico. Se volvió a sentar en su silla, se volvió hacia el local de alimentos donde estaba el adolescente haciendo cola y se quedó mirándolo.

—¿Cree que Owen esté bien? —preguntó.

Ricky dudó al responder.

—¿A qué se refiere con «bien»?

Annie sonrió y negó con la cabeza.

—Vamos, doctor, sabe a qué me refiero.

—¿Quiere mi opinión profesional?

—Sí —dijo ella.

—De acuerdo. No he tenido oportunidad de hablar con él de manera profunda sobre los abusos de los que ha sido víctima. Tiene que someterse a una serie de pruebas psicológicas para poder realizar un diagnóstico. El adolescente que conocí en el complejo de Sunshine Man reflejaba una faceta de Owen, pero en estos días nosotros hemos visto otra. ¿Cuál dominará de aquí en adelante? ¿Empezará a torturar animales pequeños, a obsesionarse con las armas, el aislamiento y los videojuegos? ¿Se unirá a una comunidad que promueva y practique el odio? ¿Terminará en la torre de la Universidad de Texas o en el exterior de un centro comercial con un arma automática pensando: «Me llevaré todas las vidas que pueda conmigo y después me suicidaré provocando a los policías para que me maten»? ¿O tal vez después de leer a Salinger también lea a Dickens y a Hemingway y reflexione y se diga: «Haré lo que sea necesario para ser aceptado y estudiar en el MIT»? No lo sé, no podría decírselo, Annie. No obstante, me parece que se encuentra mejor. Creo que, mientras se sienta involucrado en algo emocionante como ahora, podrá funcionar bastante bien. El desafío se le presentará cuando tenga que volver a la rutina. Tiene que encontrar un hogar, una escuela y la manera de comer tres veces al día, además de todas las otras cosas básicas y aburridas de la vida. No sé si cuenta con lo necesario para lidiar con lo ordinario de la misma forma que enfrenta lo extraordinario. .

Annie se quedó pensando.

—Me preocupa —dijo al fin.

—Comprendo, es normal.

—¿Qué sucederá con él?

«¿Qué sucederá con nosotros?», pensó Ricky.

—No lo sé, no soy bueno para hacer predicciones.

—¿Owen sigue siendo peligroso?

—Sí —dijo el psicoanalista. Se quedó callado un momento, reflexionó y luego añadió—: Es peligroso para sí mismo. Si las cosas se pusieran difíciles, podría volver a huir de repente. O si se sintiera abandonado, atrapado o amenazado. O limitado de alguna manera. Si dejara de sentirse importante, como es el caso en este momento. Es difícil saber qué lo haría reaccionar de forma negativa. ¿Representa un peligro para otros? Seguro, eso no ha cambiado. Si tuviera una pistola en las manos..., vaya, no estoy seguro de lo que haría. Sin embargo, es muy difícil saber lo peligroso que podría ser, tal vez sea imposible, así que solo podemos esperar y ver qué va sucediendo. Lo cierto es que necesitará tratamiento tarde o temprano.

—¿Debería ser pronto?

—Sí, cuanto antes mejor —contestó el psicoanalista sonriendo—. Dicho lo anterior..., veo que a usted le agrada. Es un chico muy inteligente y sabe mucho sobre el mundo real. Tiene una personalidad interesante, creo que encontrará un terapeuta que disfrutará el tratamiento. Espero.

Annie también sonrió y luego volvió a sumirse en sus pensamientos.

—Y yo, doctor, ¿me encuentro bien? —preguntó con una media sonrisa.

—Me parece que es una persona afligida, alguien que se ha enfrentado a mucho —respondió. En realidad pensó: «Su hermano, asesinos, amenazas, incertidumbre. Afligida es lo menos que se puede decir».

—«Afligida» me parece una palabra neutra, me gustaría saber lo que está sucediendo en realidad.

Ricky se quedó pensando un momento.

—Verá, Annie, estamos en una situación extraña. La preocupación que siente por su hermano es real, legítima. El problema es que se entrelazó con mi situación y mi relación con él, así que tendremos que ver cómo se desarrollan las cosas.

—De acuerdo —respondió ella pronunciando cada palabra muy despacio. Tal vez sí estaba de acuerdo después de todo.

—Nuestro trato continúa en pie, ¿recuerda? «Yo la ayudo y usted me ayuda» —dijo Ricky.

—Lo sé, solo que no me queda claro cómo espera que yo lo ayude —repuso Annie sonriendo con un poco de amargura—. Ricky, ¿es usted peligroso?

—Sin lugar a duda —dijo él. Estaba mintiendo porque no podía estar seguro de nada. «Fui peligroso en el pasado y tendré que serlo en el futuro».

—Yo también creo que es peligroso —dijo Annie entre risitas nerviosas—, pero de una manera peculiar y simpática.

Ricky no hizo las preguntas más obvias. «¿Peculiar? ¿Simpática? ¿A qué se refiere? De cierta forma, tal vez tenga razón», pensó.

—Entonces —dijo Annie en voz baja—, supongo que seguiremos en esto hasta el final.

Ricky no tuvo que responder a lo obvio.

Ambos vieron a Owen volver con una bandeja llena de patatas fritas, hamburguesas y bebidas. Ricky sonrió para sí. «Dale a un adolescente algo de dinero, pídele que compre algo de comer para todos y volverá con lo más predecible. Ni siquiera se le pasó por la cabeza comprar ensalada», pensó. Miró alrededor y vio a las otras personas comiendo en la zona de restaurantes. Patatas fritas y pizza o falsa comida china. Bolsas de compras a sus pies o en las sillas libres, conversaciones entusiastas. La cotidianidad de la escena casi lo abrumó. «Nadie más se dirige a la muerte —pensó—. «A menos, claro, de que queramos pensar: todos vamos hacia allá, cada cual a su manera, a su propio paso».

—Tenemos una última parada —dijo Ricky mientras estacionaba el automóvil en el aparcamiento de un gran almacén de herramientas—. No os mováis de aquí, solo necesito unos minutos para comprar lo que necesito.

No estaba seguro de que fuera buena idea dejarlos solos. En su mente se desarrollaron distintas conversaciones imaginarias; todas comenzaban cuando la mujer y el chico se giraban para mirarse y se preguntaban: «No tenemos idea de lo que planea Ricky, ¿qué deberíamos hacer?». Le parecía que la traición era una posibilidad muy real, tan real como lo opuesto: que le brindaran su ayuda de forma incondicional. Y también era posible una situación intermedia: que Owen decidiera hacer una cosa y Annie otra. Sentía que, en el aspecto emocional, las cosas fluían a su alrededor. Sabía que no compartir con ellos su plan era un riesgo también, pero, dado que ambos eran esenciales para lo que había fraguado, necesitaba mantenerlos cerca y expectantes. Además, si supieran más detalles respecto a su plan, podrían tener miedo y salir huyendo.

«Lo que estoy haciendo, lo que planeo hacer, lo que podría o no suceder: todo es una manifestación de la maldad. Todo es amoral. Y, al mismo tiempo, es lo correcto y ético», pensó.

Lo invadían tantas contradicciones que por dentro sentía ganas de reír y gritar. Se apresuró a entrar en el almacén, no le llevó mucho tiempo encontrar lo que buscaba. «Guantes elásticos ajustados color azul, como los que usan los cirujanos, y dos pares de guantes resistentes para trabajo duro». Cuando vio una pequeña palanca con gancho, de las que se conocen como «pata de cabra», la midió para ver si cabría en su mochila. También la compró. En la sección de pinturas encontró cubrebotas blancos de Tyvek como los que se ponen los pintores profesionales sobre los zapatos para no arrastrar al interior de las casas la basura de fuera. Un reflector de baterías equipado con función de luz estroboscópica. Compró más cinta de embalar y varios lazos de torcedura grandes. Lo último que cogió fue una pesada cadena de acero endurecido y un candado.

Regresó al automóvil y vio a Annie y Owen sentados en silencio, se preguntó si habrían llegado a un acuerdo y ahora trataban de que él no lo notara. De pronto sintió que la paranoia lo invadía, pero fue una sensación fugaz que descartó enseguida.

«Demasiado tarde para dar marcha atrás», pensó.

Se sentía como un avión comprometido con su último aterrizaje. La turbulencia podría sacudirlo y tratar de hacerlo cambiar de dirección; la lluvia o la nieve amenazaban con convertir el descenso en un desastroso derrape. En los próximos instantes podrían presentarse todo tipo de fallos mecánicos. Cualquier error del piloto pondría en riesgo a los pasajeros y, sin embargo, era imposible desviarse. La velocidad y la inercia eran demasiado altas, quedaba poco tiempo y solo había una dirección posible: en descenso y hacia el frente.

—De acuerdo —dijo Annie—, terminamos de hacer las compras misteriosas. ¿Qué sigue?

—Si fuera otra época del año, sentiría que estamos de vacaciones —dijo Ricky, anticipando la pregunta que en verdad quería hacer ella—. Dentro de poco podrá hablar con su hermano —afirmó. Era una frase casi gozosa, aunque la realidad presagiaba algo distinto. Encendió el motor y se apresuró a volver a la autopista.

El tiempo que tanto necesitaba iba pasando como el asfalto bajo los neumáticos en movimiento. Para cuando llegaron a Cape Cod, sabía que le costaría trabajo encontrar un motel. La mayoría cerraba al terminar el verano y bajaba las persianas para protegerse del inevitable «Nor'Easter», un furioso ciclón extratropical. Por eso le sorprendió ver, a unos veinte o treinta minutos de su destino final, un letrero que decía GREAT SEA VIEW MOTEL una hilera de habitaciones de tablilla blanca y, sobre todo, las grandes letras en luz neón roja anunciando: «Tarifas especiales/Habitaciones disponibles». Notó que, a pesar de su nombre, y de que los árboles circundantes estaban desnudos y parecían esqueletos en el gris de la tarde, el motel no tenía ni una sola vista al mar y mucho menos grandiosa.

En la recepción había un joven con coleta detrás del mostrador. Estaba viendo una telenovela en un pequeño televisor. Usaba gafas y era una especie de híbrido entre una estrella de rock desempleada en espera de su siguiente concierto y una gran oportunidad de triunfar, y un joven que había abandonado el colegio universitario y estaba dispuesto a aceptar cualquier empleo para sobrevivir, sin importar lo aburrido que fuera. El joven levantó la vista cuando Ricky entró.

—¿Puedo ayudarle? —dijo en un tono muy amable y algo sorprendido.

—Quisiera una habitación para un par de noches. Somos tres.

—Una habitación, dos camas y un sofá cama. Eso sería nuestra suite VIP, la cual, cosa rara, se encuentra disponible porque la reina de Inglaterra partió esta mañana. Se la puedo ofrecer por el mismo precio que las otras habitaciones porque ustedes son los únicos en el motel.

El joven de la coleta parecía relajado, feliz de ver a otros seres vivos al fin.

—¿Con una tarifa especial como dice el letrero? —preguntó Ricky, señalando afuera.

El joven de la coleta sonrió.

—Claro, una tarifa muy favorable. Tanto, que es la misma tarifa aplicable a todas las habitaciones en cualquier temporada. En realidad deberíamos ofrecerlas sin coste alguno porque, como habrá notado, las multitudes se redujeron. O sea, no hay nadie.

—Me sorprendió que estuviera abierto este motel.

—En realidad debería estar cerrado —explicó el joven de la coleta—, pero el dueño tuvo un mal verano y cree que vendrá gente de todo tipo a pasar Acción de Gracias, Navidad o Año Nuevo. El problema es que nadie vendrá porque esta zona está muerta en esta época. La gente prefiere ir a Boston o a Providence, incluso viajar hasta Stowe o Sunday River, a las estaciones de esquí. Ahí sí saben celebrar a lo grande: luces de colores, chocolate caliente, bebidas especiadas, música a todo volumen y diversión. Lugares para pasarlo increíble. En el verano aquí es así, pero el verano se acabó. Creo que hay un par de lugares abiertos en Orleans o Chatham, pero están a treinta o cincuenta kilómetros y son del montón, ya se imaginará. No tienen personalidad como nosotros... —dijo riéndose un poco de su propia broma—. En fin, el dueño sigue pagándome por permanecer aquí sentado aunque esté vacío. Pero no me quejo, aunque eso parezca.

Ricky se rio. «Orleans o Chatham, debo recordarlo», pensó, y enseguida pagó la habitación por adelantado y en efectivo.

El joven de la coleta se quedó mirando el dinero como si no supiera qué era.

—Por lo general solo aceptamos tarjetas de crédito —explicó.

—Sí, pero ¿tu jefe anda por aquí revisando los recibos? —preguntó Ricky.

—No, está en New Hampshire. Solo me llama de vez en cuando

para molestar —dijo el joven de la coleta, pero entonces guardó silencio y comprendió.

—Bien, tal vez nosotros tampoco estemos aquí —dijo Ricky—. Tal vez nadie se registró. Después de la reina de Inglaterra, claro.

El joven de la coleta asintió entusiasmado.

—Así es, no hay nadie aquí —dijo y se guardó el dinero en el bolsillo—. De cualquier forma, necesitaré que firme una ficha de registro en caso de que...

El joven no dijo en caso de qué y Ricky no preguntó más.

—Por supuesto —dijo el psicoanalista. Cogió una pluma y el joven de la coleta le entregó un breve formulario con líneas para escribir su nombre, dirección, correo electrónico, matrícula de coche, marca, modelo y firma—. Es para nuestra lista de contactos —explicó el joven mientras él miraba la tarjeta.

Con un ademán teatral, Ricky firmó en la parte inferior «R. Stiltskin», y dejó el resto de los campos en blanco, lo cual no pareció molestarle al joven de la coleta en absoluto. Después de eso, el recepcionista le entregó la llave de la habitación y le indicó dónde estaba.

Cuando estacionó el coche en el espacio frente a la suite VIP, Owen preguntó:

—Entonces, ¿qué hacemos ahora, jefe?

—Descansaremos —dijo Ricky—. La noche será larga.

No sabía cuánto de larga, tal vez minutos, horas, una eternidad. «Lo que tengo en mente podría variar de muchas maneras», pensó, con la esperanza de sobrevivir a lo que estaba a punto de suceder. Tendría una probabilidad del cincuenta por ciento, imaginó.

36

DÍA TRECE

Las obvias ventajas de la ropa de camuflaje

Poco después de la medianoche que marcaba el inicio de su decimotercer día, Ricky movió un poco a Annie para despertarla y luego se
giró hacia la otra cama y meneó a Owen.

Cinco horas antes había pedido pizza del único lugar que hacía
entrega a domicilio.

—Todavía tengo un asunto pendiente que atender —les dijo a
Owen y Annie, y los dejó esperando la pizza de salchicha y peppero-
ni con extra de queso, y preguntándose qué diablos tramaba. No se lo
dijo. «No puedo», pensó.

Condujo por la autopista casi media hora antes de ver uno de los
moteles que, según el joven de la coleta, podrían estar abiertos también. Supuso que sería un motel de cadena, aunque en la entrada había
un anuncio que decía: «Abierto todo el año». El silencioso gerente
estaba en la recepción cuando entró. Alquiló una habitación por un
par de días.

—Es solo para mí —dijo—, estoy de paso. Alguien de mi familia
política está enfermo, le haré una visita para ver cómo está —explicó
para justificar el título de médico que el recepcionista escribió junto a
su nombre. En esta ocasión, usó una tarjeta de crédito para pagar y
firmó la ficha de registro con sus datos verdaderos.

Una vez que tuvo la llave de la habitación en el bolsillo, volvió al
motel Great Sea View.

Para cuando entró en la suite VIP, ya era tarde, Annie y Owen se
habían quedado dormidos. En la mesa había una pizza a medio comer

y un par de latas de refresco. Imaginó que tendría hambre, pero el estrés le había quitado el apetito. Por eso prefirió concentrarse en el plan. Se vistió con el traje de caza con patrón de camuflaje. Lo hizo pausadamente, como un estudiante de último año preparándose para la fiesta de graduación. Y, antes de despertarlos, se dio a sí mismo un discurso motivacional: «Puedes hacer esto». Cuando Annie y Owen parpadearon y abrieron los ojos, solo escucharon:

—Llegó la hora.

El adolescente se sentó de inmediato.

Annie parecía estar a punto de preguntar: «¿La hora de qué?», pero en cuanto vio el traje de camuflaje se detuvo, asintió y fue al baño. Cuando Ricky oyó el agua correr en el lavabo, se giró hacia Owen y le lanzó una bolsa con ropa.

—Igual que yo —dijo.

—Eso está hecho, jefe —contestó Owen. Sacó los pantalones de tela de camuflaje y aislamiento térmico y empezó a vestirse.

Antes de que Annie saliera del baño y viera lo que estaba haciendo, Ricky preparó las dos mochilas negras. Metió distintos artículos en cada una mientras Owen observaba fascinado.

Cuando Annie salió, los vio y esbozó una sonrisa tristona.

—Parecéis gemelos, pero muy raros —dijo sacudiendo un poco la cabeza—. ¿Yo no usaré traje de camuflaje?

—No —dijo Ricky—. Usted debe tener el aspecto… Vaya, el que su hermano espera que tenga.

—Eso podría implicar botas blancas con diamantes de imitación incrustados, una falda corta para mostrar mis piernas y una camisa vaquera con guitarras y notas musicales rojas bordadas —dijo—. Como Patsy Cline o Dolly Parton.

«Esa sería la Annie lista para salir a un escenario de country, pero esta noche será un escenario distinto», pensó Ricky. Sin embargo, quería mantener el tono ligero de la conversación, así que repuso:

—Me encantaría ver ese atuendo, pero no creo que funcione para lo que tengo en mente. Lo dejaremos para otra ocasión.

—¿Cuál es el plan, Ricky? —preguntó Owen.

—Llevaremos a Annie a ver a su hermano —contestó.

—¿Ahora? —preguntó ella—, pero es más de medianoche.

—Sí, es el momento idóneo —contestó Ricky sin explicar nada a pesar de que las circunstancias lo exigían.

Los tres permanecieron en silencio, Ricky entregó un teléfono desechable de prepago a cada uno.

—Registraremos el número de los otros dos —les indicó, y eso hicieron—. Bien, ahora el plan. Tengo una tarea para cada uno de los tres, pero antes debo aclarar que lo que os pediré que hagáis no viola la ley y, además, es algo que creo que querréis hacer. Digamos que son misiones que aprovechan las habilidades de cada uno. Comenzaremos con Annie y su hermano.

Cuando dijo «No viola la ley», tal vez estaba mintiendo y era consciente de ello, pero no pensaba aclararlo. No creía que violar o no la ley fuera crucial para Owen, pero sabía que para Annie sí.

Después de su explicación, ambos lo vieron guardar la pistola automática en el bolsillo cargo de su parka de camuflaje.

—¿Morirá alguien esta noche? —preguntó Owen.

—No quiero que… —empezó a decir Annie, pero se detuvo. De pronto adoptó una actitud feroz—. Ricky, sabe que no soy una asesina y no quiero convertirme en una, ni siquiera por accidente. Tampoco le ayudaré a matar a alguien.

Por lo que dijo parecía que, al verlo con ropa de camuflaje, imaginó que se había convertido en una combinación de cazador, psicoanalista y asesino psicópata que planeaba masacrar a todos esa noche, aunque no estaba segura de quiénes serían todos.

—Owen, trataré de responder a tu pregunta —dijo sin decir nada a Annie y mirando directamente al muchacho—: nadie tiene por qué morir esta noche. Sin embargo, no podría decirte con exactitud lo que sucederá en las próximas horas. Tengo la esperanza de que todo salga como lo planeé. Si así sucede, todos estarán bien, pero necesito estar preparado en caso de resultados imprevistos.

No concretó quiénes eran todos. Por fuera sonaba confiado, pero por dentro tenía muchas dudas.

—Esperanza…, una palabra poco adecuada para este momento —dijo Annie con voz ronca e inquieta.

—Es la única que me queda.

—Ricky, debe prometerme que no planea matar.

—Las promesas son frágiles —dijo Ricky—, se rompen con facilidad. Pero permítame decirle algo, Annie: no es mi intención matar a nadie.

Annie asintió.

Una vez más, Ricky esperó que lo que le había dicho fuera verdad.

No estaba seguro, podría solo ser una sarta de mentiras, así que rio con amargura.

—De todas maneras, solo me quedan veinticuatro horas antes de que llegue mi muerte, me gustaría aprovechar el tiempo lo máximo posible.

—Bien —interrumpió Owen entusiasmado—. Entonces ¿quién hará qué?

—Os lo explicaré cuando estemos más cerca —dijo Ricky mientras se colgaba la mochila al hombro. Luego le dio la suya a Owen. Miró su reloj de pulsera, faltaban unos minutos para la medianoche.

Los tres salieron de la suite VIP y se adentraron en la negrura del silencioso mundo exterior. En la oficina del motel no había luces, Ricky supuso que el joven de la coleta se habría ido a casa horas antes y que había apagado todas las luces, incluyendo las de las entradas a las habitaciones. La escasa luz de la luna, opacada por nubes brumosas, hacía que el paisaje resultara espectral. Incluso el anuncio del motel Great Sea View estaba apagado, solo se llegaba a ver una franja roja de luz neón donde decía: «No hay habitaciones disponibles». Ricky supuso que era la manera en que el joven de la coleta evitaba que alguien que viajara por la autopista de Cape Cod en la oscuridad lo despertara para tratar de alquilar una habitación. Lo cual tampoco era probable, no se veían automóviles atravesando la oscuridad. Todo hacía que Ricky sintiera que eran invisibles.

Condujo en silencio unos veinte minutos y luego se salió de la carretera principal y condujo otros diez hasta detenerse en una calle lateral. «Calle» era una exageración. En Cape Cod, las calles laterales en realidad estaban un modesto escalón por encima de la tierra y la arena. La separación entre el camino y la propiedad privada la marcaban arbustos silvestres y algún que otro árbol. Cuando se detuvo, los neumáticos se deslizaron sobre la grava arenosa. La sensación de que estaban cerca del mar aunque no alcanzaban a verlo fue casi abrumadora. De pronto le pareció oír el ruido constante del oleaje rompiendo en la costa e incluso oler la sal en el aire. Vio algunas dunas elevarse un poco más allá de donde los faros de su automóvil atravesaban la oscuridad, pero también los apagó para dar la bienvenida a la noche.

Era un lugar que conocía a fondo, cada una de las sensaciones le resultaba familiar, como cuando solía acariciar con su mano la piel desnuda de su esposa, años atrás, en el tiempo en que la enfermedad de ella aún no arruinaba su felicidad, antes de que todas las dificultades creadas por la familia que lo quería muerto cayeran sobre él.

Estaban a unos cien metros del camino que conducía a la que alguna vez fue su casa en Cape Cod. La noche, el frío y el silencio parecían imitar a la noche en que, en aquel complejo en el norte de Maine, le robó a Sunshine Man algo importante: a Annie y a Owen.

Presentía que esa noche robaría muchas cosas más.

Esperaba poder robar su vida de vuelta.

Imaginó el escenario que se acercaba, vio todo como si fuera un jugador profesional barajando las cartas, contempló todos los elementos sincronizados, todo funcionando.

A pesar de ello, tenía muchas dudas aún. Bromeó en su interior. «Robert Burns: "Los mejores planes de ratones y hombres..."».

Se sacudió la sensación de miedo que aún persistía.

—Bien —dijo imbuyendo calma y determinación a su voz—, primero, Annie, va a andar hasta ese camino de acceso —dijo señalando el sendero que conducía a la casa que alguna vez fuera suya—. Hacia la mitad encontrará una reja amarilla que impide el paso, tendrá que escalarla o encontrar la manera de rodearla. Le daré una linterna... —y abriendo su mochila, le entregó la larga linterna negra—. No debería costarle trabajo. Cuando pase la reja quiero que me llame, solo para confirmar que llegó hasta ese punto. Esa será la señal para nosotros de poner en marcha el reloj. Luego siga avanzando. Un poco más adelante verá una casa grande. Camine hasta la puerta principal y llame al timbre. Continúe llamando hasta que alguien responda. Golpee con fuerza de ser necesario, grite el nombre de su hermano. Que no le preocupe despertar a la gente en la casa, eso es lo que se supone que debe hacer.

—¿Cómo sabe que estarán ahí...? —empezó a decir Annie, pero Ricky la interrumpió enseguida.

—Le aseguro que estarán ahí. Es lo que nos dijeron en el DVD.

El psicoanalista en él interpretó el simbolismo como algo opuesto a lo práctico. «Me convocaron a este lugar porque aquí morí una vez y es donde quieren que vuelva a morir».

—Pero...

Ricky respiró hondo y le explicó rápidamente a Annie:

—Estarán ahí porque este camino alguna vez llevó a mi casa; alguna vez, este fue mi lugar preferido en el mundo. Ese fue el mensaje que nos enviaron con la imagen de los bulldozers y los constructores. La gente que quiere robarme mi vida empezó robándome el lugar donde más felices fuimos yo y mi difunta esposa hace mucho tiempo, y construyendo su propia casa encima de mis recuerdos: un lugar brutal y horrible. Así destruyeron mi pasado, usando una crueldad simbólica.

Annie asintió. «En el teatro de la muerte, todo esto tiene sentido», pensó Ricky.

—¿Y luego? —preguntó ella.

—Imagino que tendrá usted algunas preguntas para su hermano, como: «¿Por qué sigues vivo si deberías estar muerto?» y «¿Por qué alguien querría nadar en noviembre?».

La última pregunta la dijo en un tono más ligero, tratando de atenuar la tensión. Tras verla asentir, tocó su antebrazo.

Calló un instante y luego añadió:

—Podría preguntarle: «¿Por qué quieres matar al doctor Starks?». Me gustaría mucho saber qué dirá.

Annie parecía un poco sorprendida.

—Sí, pero...

—Pregúntele. Pregúntele también a su esposa, a su cuñado, a toda la gente en la casa. Insista cuanto sea necesario, hable con fuerza, exija respuestas. No permita que Alex le diga: «Te lo explicaré más adelante...» o «Es complicado...». Esas son tonterías. Averigüe lo que necesite para estar tranquila...

—No sé si... —empezó a decir Annie.

—Estarán inquietos porque los despertará y los hará salir en la madrugada, y porque no la esperan. Responderán con algo cercano a la verdad porque no tendrán tiempo para reunirse e inventar mentiras. Es más fácil prepararse y mentir con la luz del día. La noche los perturbará un poco, es psicología elemental. Confíe en la idea de que no la estarán esperando.

Ricky solo esperaba que así fuera. Sonó bien cuando lo expresó, casi profesional, como si fuera algo que hubiese estudiado en profundidad y estuviera en el primer capítulo de todos los libros de texto universitarios llamados *Usted dijo que deseaba ser psicoanalista, ¿verdad?* Pero claro que no le dijo nada a Annie, solo trató de sonar como un hombre tan familiarizado con los matices de la personalidad, que podía, de manera razonable, saber lo que haría la gente frente a los acontecimientos por venir. Pero en realidad no tenía ni idea. O tal vez sí. Cualquier cosa era posible.

—No sé... —empezó de nuevo a decir Annie, pero entonces cambió de actitud y bajó la voz—. Doctor, ¿estaré en peligro?

—No —contestó Ricky—. ¿Por qué querría hacerle daño su hermano?

—Por ninguna razón —respondió ella—. O por un millón de razones.

«Una respuesta muy psicoanalítica —pensó Ricky—. Muy apropiada».

De pronto supo que tendría que jugar una carta que le permitiera a Annie reunir cierta confianza en sí misma. Sonrió y dijo:

—Piense en todas las veces que ha estado en el escenario. En las luces, el público, el micrófono y la banda musical que la acompaña. Todo es igual, así que ya sabe qué cantará y cómo sonará. Tal vez sea especial para el público, una experiencia única, digamos, pero para usted es una vivencia conocida. Esta noche, simplemente le cantará a la gente en esa casa una canción que ellos no esperan en absoluto. La sorpresa es su ventaja.

—De acuerdo —dijo Annie, a pesar de que su tono parecía expresar otra cosa—. Y, luego, ¿qué?

—Lo primero que le preguntarán en cuanto tengan oportunidad será: «¿Dónde está el doctor Starks?». Debe anticiparlo y preparar su respuesta, que será algo como: «Los está esperando» o «Está listo para suicidarse». Estas respuestas responden a la pregunta, pero no del todo, solo ayudan a postergan las cosas. Su discurso debe ser obtuso, oblicuo, argumentativo. Enójese. Si no puede responderles en absoluto, pero se siente capaz de continuar exigiendo respuestas, hágalo, eso servirá. Siempre será bueno responder a sus preguntas con preguntas que usted ya haya pensado o pretenda formularles.

Ricky calló un momento y sonrió en la oscuridad.

—Recuerde que también puede solo decir: «El doctor está planeando darse una zambullida para celebrar el inicio del invierno». Eso los confundirá.

Le agradaba ese toque.

Le pareció que Annie diría algo, pero no fue así, entonces él siguió hablando.

—Además, hay dos tareas más que tendrá que realizar y que no deberían costarle mucho trabajo.

Annie sonrió de soslayo y sacudió la cabeza.

—Vamos, Ricky —dijo—, ambos sabemos que cuando alguien dice: «No debería costarle mucho trabajo»... —No necesitó terminar la frase.

Ricky quería parecer confiado.

—En eso tiene razón, pero no creo que lo que le pediré sea tan difícil.

—Lo escucho —dijo Annie.

—Primero, después de que la dejen pasar, asegúrese de que la puerta principal no quede cerrada con llave. Esto podría requerir un poco de actuación; sea prepotente, distráigalos. Grite de ser necesario, si tiene que llorar, llore, no hay problema. Ira, tristeza, cólera, frustración, no importa el sentimiento, todo es aceptable. Sea natural, pero también sea una actriz… —sugirió, aunque le preocupaba un poco que la verdadera actriz dentro de la casa reconociera la actuación de alguien más. «Es algo que no podría evitar aunque quisiera», pensó—. Solo asegúrese de hacer lo necesario para convertirse en el centro de atención, sé que así será de todas formas.

—De acuerdo —repitió Annie—. Lo intentaré, pero no puedo prometer nada. ¿Cuál es la segunda tarea?

Ricky volvió a inspirar profundamente. Sabía que lo que estaba a punto de decir era simple pero esencial; sin embargo, no quería mostrárselo a Annie porque creía que eso podría hacerla sentirse más presionada. Quería que pensara que su deseo de hacer frente a su hermano encajaba con cualquier cosa que él quisiera hacer para salvar su vida. Debía evitar que comprendiera a fondo lo imprescindible del acto que estaba a punto de pedirle que realizara porque, de entender las implicaciones, podría dudar en el momento clave.

—Es algo sencillo —dijo—, le daremos suficiente tiempo para que les diga, a su hermano, su esposa y quienquiera que esté en la casa, lo que crea que necesita decirles, ¿de acuerdo? Pero deberá asegurarse de que, cuando Owen y yo lleguemos por la parte de atrás de la casa, todos vayan a recibirnos.

Annie abrió un poco la boca, no se esperaba eso.

—¿«Cuando lleguemos»? ¿Cómo sabré que…? —empezó a decir, pero Ricky levantó la mano y la interrumpió.

—Créame que lo sabrá, me haré notar.

Ricky usó los prismáticos para observar a Annie. Notó la ligera vacilación en cada uno de sus pasos mientras avanzaba por el camino enmarcado por la luz de la luna y cuando giró para entrar en el camino de acceso que alguna vez estuvo cubierto de arena y tierra, pero ahora era de negro macadán. Primero desapareció entre las tinieblas y, poco después, Ricky vio la luz de la linterna haciendo la señal. Entonces empezó a contar en silencio: «Un paso. Dos. Tres. Un metro. Diez. Veinte. Diez segundos. Treinta segundos. Un minuto. Espera otro. Dos. Bien. Tres».

—¿A qué estamos esperando? —preguntó Owen, a pesar de que la respuesta debía ser evidente.

—Estamos dando un poco de tiempo a Annie.

Entregó al muchacho un par de los guantes azules de látex y otro de los guantes de trabajo.

—Los de cuero van encima —explicó mostrándole lo que quería decir. Se puso los dos pares él mismo y luego se cercioró de que el chico hiciera lo mismo. Luego se puso el pasamontañas negro en la cabeza y Owen también lo imitó.

—No me gusta esperar —confesó Owen.

—Lo sé, pero no estamos esperando. Ya no. De acuerdo, es nuestro turno —dijo Ricky.

Owen continuaba sentado en el asiento trasero, con la actitud de un caballo de carreras en la puerta de salida.

—¿Qué debo hacer? —preguntó él.

—Te daré instrucciones cuando lleguemos allí —dijo Ricky, una respuesta suficiente para el chico, quien ya estaba fuera del automóvil.

—¿Linterna? —preguntó Owen al sacar de su mochila una de las pequeñas linternas con filtro rojo.

—Aún no —dijo Ricky—, solo permanece junto a mí, conozco el camino. Deja que tus ojos se adapten a la oscuridad.

Ambos caminaron rápidamente, aunque Ricky no quería ni alcanzar a Annie ni que ella los oyera detrás de sus pasos. Estimó cuánto habría caminado. Sabía que sería presa de una combinación de incertidumbre y anhelo, y que esa mezcla la haría avanzar por momentos de manera constante, pero titubear en otros. No quería que supiera adónde se dirigían, aunque, de haberse detenido un momento a pensarlo, ella misma lo habría imaginado. Pero no lo haría, solo actuaría. Temerosa pero resuelta, enojada pero indecisa. Vacilante en cada paso, forzándose a avanzar y sabiendo que no podía dar marcha atrás. La mezcla de emociones que la impulsaban y embargaban al mismo tiempo era esencial para su plan. Lo que necesitaba saber Annie se encontraba frente a ella, también todos sus miedos. Quería que llegara a la puerta principal con sensaciones erráticas haciendo eco en su interior.

En ese momento vibró el teléfono móvil en su bolsillo.

No hubo saludo.

—Muy bien, Ricky, acabo de pasar la reja.

—Espere cinco minutos, sé que será difícil, pero debe hacerlo. Luego continúe —dijo el psicoanalista y terminó la llamada.

Ricky se deslizó desde el acceso hasta unos matorrales, Owen iba justo detrás de él. A diferencia de los bosques del norte donde tuvo que seguir un rastro para llegar a la cabaña del fotógrafo, y de la densa vegetación que cubría la tierra al girar en la carretera y adentrarse en los dominios de Sunshine Man, la naturaleza de Cape Cod era una mezcla de ramas muertas derribadas por el intenso viento y las tormentas invernales, así como de pino bronco, roble matorral, hierba marina y arena. Avanzar le costó menos trabajo del que había imaginado, por lo que mantuvo la linterna de filtro rojo en su bolsillo. Oyó a Owen siguiéndole el paso sin dificultad, al fin y al cabo era un adolescente, estaba más delgado y en mejor forma. Se detuvieron al llegar al muro de piedra que, como un músculo o un tendón, Ricky sentía que ya era casi parte de él. Entonces se acuclillaron. Ricky tiró de Owen para acercarlo a él y señaló.

—¿Ves esa casa? —le dijo.

—Sí. ¿Ahí es donde quieren asesinarlo?

—Así es —confirmó Ricky.

—Bien, ¿qué sigue?

—Continuaremos avanzando un poco junto a este muro de piedra, mantente cerca de mí.

No esperó a que el muchacho respondiera, solo empezó a empujar la exuberante vegetación. Oyó a Owen maldecir cuando su parka se enganchaba a una espina de vez en cuando, o gruñir cuando se resbalaba un poco, pero era obvio que no le costaba trabajo seguirle el paso.

Cincuenta metros, o tal vez cien.

Ricky se detuvo y miró hacia la casa por encima del muro de piedra, lo que le daba una vista lateral. Desde donde estaban podía ver la puerta principal y el saliente de la plataforma que servía de terraza en la parte de atrás de la casa.

No veía a Annie, pero imaginó que iría saliendo despacio de entre las sombras.

Para llegar a la casa tendrían que caminar unos cincuenta metros más de terreno despejado. En medio de la oscuridad, parecía lejos y cerca, posible e imposible. El psicoanalista sintió la adrenalina correr por todo su cuerpo. Se giró hacia el adolescente.

—Muy bien, Owen, te diré tu misión de esta noche —le dijo.

—Lo escucho, jefe.

—Muchas cosas dependerán de lo que hagas.

—¡Guay! Estoy listo —asintió entusiasmado el chico.

—Un pequeño acto criminal, no muy distinto a lo que hiciste en el almacén en Vermont. Solo que esto irá un poco más allá de un pack de seis cervezas.

Owen rio en voz baja.

—En tu mochila están las gafas de visión nocturna, úsalas de ser necesario. Quiero que sigas caminando al lado de este muro de piedra hasta que te encuentres frente a la plataforma de la parte de atrás de la casa, es como una terraza. Se encuentra a unos veinte o treinta metros de aquí. Verás la piscina a la derecha.

—Espere, pero le dijo a Annie que llegaríamos juntos.

—Sí, me expresé mal —se excusó Ricky.

Owen comprendió.

—Vale, entiendo. ¿Luego qué sigue?

—Te llamaré por teléfono, pero no enseguida, tardaré unos minutos, así que tendrás que ser paciente...

—Será difícil.

—Debemos dar a Annie suficiente tiempo dentro de la casa, podría llevar más de un par de minutos, quiero que las cosas lleguen a un punto álgido en el interior.

—De acuerdo.

Owen dudó igual que Annie un poco antes, pero Ricky continuó explicando.

—No será necesario que contestes el teléfono cuando suene, solo espera que empiece a vibrar, esa será la señal para lo que quiero que hagas. La pistola de bengalas está en tu mochila. Una de las bengalas está cargada y sin seguro. Mantente agachado y cruza la zona abierta. Acércate a la plataforma lo más posible sin ser visto y dispara directo a la puerta deslizante...

—¿Directo a la puerta?

—Exacto.

—Guay. ¿Va a explotar?

—No lo creo, pero el impacto podría quebrarla y la bengala penetrar y arder en alguna otra parte. En cuanto golpee la puerta, deberás volver a los arbustos manteniéndote fuera de vista. Recuerda que tendrás dos disparos más. Luego saca el silbato y empieza a soplar. Eso deberá captar su atención.

—Seguro —exclamó Owen.

—También te puse la lámpara de luz estroboscópica. Colócala cerca del arbusto, enciéndela y, en cuanto empiece a lanzar destellos, aléjate.

—Muy bien. ¿Y luego?

—Continúa silbando y moviéndote. Dispara otra bengala. Sigue cambiando de posición para que no sepan dónde estás. Mantén la cabeza agachada. Si tienes que retirarte hasta detrás del muro de piedra, hazlo, no hay problema, solo forma mucho barullo. Necesito que no sepan dónde estás, que traten de adivinar. Como un Conejo Veloz, ¿recuerdas?, necesito que uses tu rapidez. Si llegaran a encender reflectores en la parte de atrás de la casa, porque estoy seguro de que los tienen, aléjate aún más. Mantente fuera de la luz y no dejes de moverte.

«Espero que no empiecen a disparar —pensó Ricky. Sabía que debía advertir al adolescente—. Podrían hacerlo».

—Escucha, Owen, no sé si están armados…

—Descuide, me mantendré agachado. Ahora, dígame, ¿cuál es el propósito de todo lo que tengo que hacer?

—Distraerlos. Me da la impresión de que eres muy bueno en eso. Monta un escándalo, muévete lo más posible en toda la zona de atrás. Capta su atención por completo.

—Ajá. Creo que tiene razón, Ricky. Puedo hacerlo. ¿Cuánto tiempo tengo que mantenerme así?

—El máximo posible, mientras estén observando. Al mismo tiempo gritarán, buscarán linternas, encenderán las luces y tratarán de averiguar qué sucede…

—¿No llamarán a la policía?

Ricky negó con la cabeza.

—No lo harán, no es ese tipo de gente.

Era casi lo único de lo que estaba seguro. En la casa habría un sofisticado sistema de alarma, pero no estaría activado.

—Guay. Bien, ¿deberé entrar luego?

—Si las cosas salen bien, no. Dejaré que tú decidas cuándo correr. Cuando sientas que ya has causado suficiente distracción, vuelve al coche. Pase lo que pase, no quiero que esta gente te atrape. Estaré ahí cuando regreses, no tardaré mucho tiempo en volver —dijo, pero sabía que al decir «no tardaré mucho tiempo en volver» estaba siendo muy optimista.

—¿Qué hay de Annie?

—Estará con ellos, pero, de los tres, ella será la que estará más segura. No le harán daño. Está al tanto de que tenemos trajes de camuflaje y de que en mi bolsillo hay un arma, pero no sabe nada sobre las otras cosas que planeé para esta noche: bengalas, silbatos y luces estroboscópicas. Cuando compramos esto, ella se encontraba en otra tienda, así que estará igual de sorprendida que ellos, en especial cuando dispares la primera bengala. Hará muchísimo ruido.

Owen asintió. A pesar de que el pasamontañas le cubría casi toda la cara, Ricky notó su gran emoción: su mirada y su voz lo delataban.

—Entiendo, entiendo. Me parece que me tocará la parte divertida del plan. En fin, ¿y usted qué estará haciendo mientras tanto?

Ricky se quedó callado un momento.

—Salvando mi vida de la única manera que creo posible —dijo con cautela.

37

LAS PRIMERAS HORAS DEL DÍA TRECE

En espera de la parte divertida

Cuando Owen se deslizó hacia la noche, Ricky se quedó un momento junto al muro de piedra. Desde donde estaba escondido vio a Annie surgir de la oscuridad y llegar a la puerta principal de la casa. El robusto rayo de luz que manaba de su linterna iluminó su camino. La vio detenerse, apagar la linterna, prepararse y tocar el timbre. Unos segundos después, empezó a golpear la puerta con furia, como él le había pedido. El sonido retumbó a través del frío nocturno, Ricky sabía que llegaba tan lejos que Owen lo oiría desde donde quiera que estuviera oculto detrás de la casa. Desde el momento en que el puño de Annie hizo contacto con la gruesa madera de la puerta, Ricky supo que se había puesto en marcha todo lo que tramó para esa noche y que no había manera de volver atrás. Cuando vio encenderse la primera luz en una de las habitaciones de la casa, respiró hondo. Segundo piso. La fachada.

Luego otra luz. Segundo piso, al lado.

Y una tercera. Abajo, en un pasillo o escalera.

De pronto, una cuarta luz iluminó la puerta principal y bañó a Annie en un cono sobre su cabeza. Dio un paso hacia atrás, tambaleándose sorprendida por la brillantez de la luz que la rodeaba, como deseando deslizarse hacia las sombras donde, quizá, se sentiría más segura.

Entonces se abrió la puerta.

No pudo ver quién estaba en el interior, pero no le fue difícil imaginar la sorpresa de quienquiera que fuera.

Asombrado y boquiabierto.

Ahogándose con sus palabras. ¿Qué haces aquí?

De pronto sintió que un colérico cinismo lo invadía.

«No es lo que esperabas, ¿verdad, Virgil? ¿O Merlin? ¿O Alex, fotógrafo/hermano/esposo no muerto y posible asesino?».

Transcurrieron algunos segundos mientras la persona que abrió pareció asimilar la presencia de Annie. Luego la invitaron a pasar.

Ricky vio la puerta cerrarse. Hasta ese momento todo iba de acuerdo con el plan.

«Paso uno: ella entra. Hecho.

»Paso dos: se cerciora de que no aseguren la puerta. Hecho. Espero.

»Por favor, Annie, tienes que lograrlo».

No creía poder entrar de ninguna otra manera. La delgada pata de cabra en su mochila podría permitirle abrir una ventana, pero no era experto en forzar entradas. «Un verdadero delincuente sabría cómo hacerlo, pero yo no soy un delincuente. Aunque en los siguientes minutos tendré que creer lo contrario».

A pesar del aire frío que lo envolvía, Ricky sintió el sudor correr en las axilas y alrededor del cuello. Un calor que parecía emanar de su interior lo abrasaba como si se encontrara demasiado cerca de un horno abierto, era tan intenso que deseó poder quitarse la parka de camuflaje y el pasamontañas. La parka era demasiado estrecha, parecía el abrazo letal de una boa constrictora; el pasamontañas lo ahogaba como la venda que le habría puesto en los ojos un verdugo, pero sabía que no debía quitarse ninguno de los dos. Tocó la pistola semiautomática en su bolsillo cargo para cerciorarse de que todavía estaba ahí. «Siete balas».

Esperaba no necesitarlas todas. Ninguna sería lo mejor. Imaginó que, a pesar de todas sus promesas, su psique se estaba inclinando hacia el asesino.

Trató de regular su respiración, por dentro se dio a sí mismo severas órdenes militares a gritos: «¡Respira! ¡Cálmate! ¡Concéntrate! ¡Prepárate!».

Se preguntó si un soldado mirando desde la seguridad de un parapeto al ejército enemigo reuniéndose ante él se enfrentaría a esa misma combinación: la posibilidad de contraataque mezclada con la idea de «podría morir aquí y ahora», y el impulso de «correr presa del miedo». Pero luego se dijo: «Ignora todo».

Trató de imaginar la situación dentro de la casa.

Habría deseado oír las voces clamorosas, inflamadas por la furia y la confusión.

—Vamos, Annie —susurró—, haz tu parte.

Se giró un poco para tratar de ver si Owen había llegado a su posición en la parte trasera de la casa, pero era imposible verlo en la oscuridad. Sabía que el chico habría visto las luces encenderse dentro y que estaba ansioso por cumplir su misión. «La parte divertida», recordó Ricky, aunque sabía que nada esa noche podría serlo.

Volvió a mirar al frente, tuvo que luchar contra el abrumador deseo de darle a Owen la señal. «¡Espera!», se gritó a sí mismo, pero solo en su mente. Lo único que podía oír era su penosa respiración: ruidosa, incontrolable. «¡Espera!». La orden era eléctrica y sonora, como si fuera el eco del cielo nocturno que lo cubría.

Trató de estimar el tiempo de lo que sabía que estaría sucediendo en la casa.

«¿Cuánto duraría la discusión?

»¿Cuánto duraría aquella confrontación?

»¿Cuánto le llevaría a Annie exigir respuestas?

»¿Cuánto le llevaría empezar a llorar? ¿A gritar con furia?

»¿Cuánto se tardaría en provocar un caos emocional?

»Y… reunir a todos en un solo lugar como los marineros atraídos de forma inexorable por el canto de la sirena».

«Yo debería saberlo», pensó.

«Pero no lo sé».

Estaba adivinando sin permitirse comprender que adivinar en un momento así era muy peligroso.

Sacó su teléfono móvil del bolsillo y abrió la ventana desde la que podría establecer contacto con Owen. Volvió a inspirar profundamente y, en lugar de colocar el dedo en el gatillo de la pistola, lo posó con suavidad sobre el botón con que le enviaría la señal al muchacho. Luego saltó el muro de piedra y empezó a correr.

El amortiguado estrépito de sus zapatillas deportivas golpeando sobre la suave tierra se conjugó con el sonido de su trabajosa respiración. Le pareció que la mochila que llevaba en la espalda pesaba más que antes, como si estuviera llena de ladrillos. Corrió lo más rápido que pudo, impulsándose con el movimiento de los brazos, lamentando cada día y año que cargaba encima porque la edad lo obligaba a ir lento. Aquella era una carrera para un hombre joven, efectuada por un hombre en el ocaso de su vida. Sintiéndose un nigromante invocando a los espíritus, hizo un llamamiento a toda la velocidad de la que era capaz su cuerpo. Deseó que hubiera un hechizo que le permitiera quitarse años, restaurar sus músculos y volverlo tan joven como alguna vez fue. Que lo hiciera tan veloz como cuando la tierra hacia la que ahora corría les pertenecía a su esposa y a él. Antes de haber quemado todo, antes de venderle el lugar a Merlin sin saberlo. Antes de que los bulldozers, los contratistas, los serruchos y los martillos sustituyeran lo que alguna vez fue antiguo y hermoso con la moderna monstruosidad que ahora tenía frente a sí.

Cada segundo que pasaba esperaba oír un disparo.

Cada zancada que daba esperaba que lo atravesara una bala.

Recordó la copia que vio algunos días antes en la cabaña del fotógrafo de la famosa fotografía de Robert Capa del soldado republicano en el momento de su muerte, y se preguntó si no estaría acercándose a ese mismo momento en su vida.

De pronto vio la casa más grande, más cerca.

Se apresuró sin dejar de estrujar el teléfono móvil que tenía en la mano.

Esperaba que la puerta principal estuviera abierta.

Esperaba ver un arma apuntándole.

Le pareció estar haciendo demasiado ruido e ir tan lento como una tortuga, sentía que todo estaba mal y a punto de ser destruido y de convertirse en ruinas.

Pero, a pesar de su asombro, logró llegar al costado de la casa.

Se acuclilló con la espalda contra un muro exterior, debajo de un gran ventanal, y se acurrucó en un áspero hueco en que lo abrazaron algunos arbustos.

Respiró una vez. Dos. Tres.

Alrededor solo había silencio, nadie lo vio correr.

Aguzó el oído, trató de oír una discusión. Se inclinó hacia delante y movió la cabeza hacia la puerta. Ahí estaba, oyó sonidos apenas perceptibles.

—Muy bien —susurró—. Aprieta el gatillo.

Entonces pulsó el botón de Enviar del teléfono móvil. Lo oyó sonar cuando se conectó con el de Owen.

Sonó una vez. Dos. Y luego la conexión se terminó.

«El chico está haciendo lo que le dije».

Sentado en el suelo frío y casi a oscuras, trató de permanecer lo más invisible e imperceptible que pudo y esperó por segunda vez.

El tiempo le pareció abrasador, como si ardiera a su alrededor. Reunió toda su fuerza y controló sus pensamientos. Diez segundos.

«¿Cuánto tiempo me llevará cruzar el claro?». Treinta segundos. «¡Listo, Owen! Separa bien las piernas, levanta la pistola y apóyate bien. El culatazo será fuerte, así que prepárate». Un minuto. «Apunta, respira hondo... y aprieta el gatillo».

En menos de un segundo empezó a oír todo. Primero, un estruendo que surcó el aire nocturno, seguido de un inmenso choque y un retumbo devastador. No se oyó como una explosión, sino más bien como una ráfaga. El ruido aniquiló el silencio de la noche.

Casi podía percibir la bengala encendiéndose en la parte trasera de la casa. O estalló al pasar por las puertas deslizantes y ahora ardía en el interior, o cayó sobre el escritorio y se encendió en el suelo. Imaginó el fulgor que producía, la amenaza del posible fuego.

«Casi», se dijo.

«Espera. Solo unos segundos más. Paciencia».

Contenerse fue casi doloroso, y pensar en seguir adelante, también.

Sin embargo, recobró la compostura, giró un poco y se acuclilló, listo para levantarse.

Escuchó.

Allá, donde no podía ver, oyó una cacofonía de voces alarmadas. Era como el distante eco del rayo apagado por la gruesa puerta y las paredes, pero aún perceptible. Lanzó una orden que nadie oyó, pero que era esencial.

—Vamos —susurró—. Todos, dirigíos a la ventana.

«Recibid a Owen, como dije».

Rechinó los dientes y tensó los músculos. Contó: «Uno, dos, tres...».

«Este es el momento. ¡Allá voy!».

Teléfono móvil en el bolsillo. Pistola automática en la mano, con una bala en la recámara y el seguro desactivado. Lista para disparar y casi gritando para captar la atención: «Vamos, Ricky, ¡úsame para resolver tus problemas!».

Aún agachado, saltó hasta la puerta principal. Colocó la mano sobre la manija y, sin idea alguna de lo que haría si no abriera, o si Virgil, Merlin y el fotógrafo estuvieran dentro esperándolo, apuntándole con sus armas porque habían descubierto lo que estaba tramando. Y, en ese caso, no tendrían problema para acribillar al artista de las entradas forzadas que acababa de llegar con la cara cubierta y una pistola en la mano. «Agentes, no teníamos ni idea de quién estaba atacando nuestra casa...».

«… aunque, por supuesto, lo sabían bien».

Ese era el riesgo que corría.

«Nada en la vida vale la pena si no hay riesgo de por medio», pensó.

Y giró despacio la manija.

La puerta se abrió un poco.

Volvió a respirar hondo.

Primero oyó el agudo sonido del silbato de rescate en boca de Owen proveniente del fondo de la casa, era un ruido espantoso, como un meteorito que surca encendido el cielo nocturno.

Entonces, de manera totalmente opuesta, con el mayor sigilo y a hurtadillas, se deslizó por la puerta principal y entró en lo que Daniel en la Biblia habría llamado el foso de los leones.

38

EL IMPROBABLE LADRÓN

Quería ser una sombra.

Bajo la tenue luz en el interior de la casa pasó en un instante de la invisibilidad del camuflaje a la obviedad, pero no había nada que pudiera hacer al respecto.

A la derecha vio una amplia sala con alfombra y muebles caros; varias lámparas iluminaban el espacio. A su izquierda había un comedor, formal, sin iluminar; lo llenaba una oscuridad grisácea que trataba de robar luz de la habitación adyacente. Un largo pasillo de acceso con una sola lámpara y armarios en hilera a un lado que conducían al fondo de la casa y a la cocina. Una amplia escalera para llegar a las habitaciones del piso superior. Un lugar que gritaba «dinero nuevo» y representaba muy poco el viejo Cape Cod. Y desde el fondo de la enorme cuasimansión, voces exaltadas, la música de la confusión y el estrés, imprecaciones mezcladas con órdenes y preguntas, una orquesta desafinada tratando de encontrar las notas comunes. Voces de mujer. De hombre. Ricky no alcanzaba a distinguir cuánta gente había reunida allí, pero reconoció al precursor del pánico en los tonos que oyó: un tintineo de enojo, nervios y temores, subrayado por la incertidumbre. A lo lejos, un silbato que daba alaridos. «Owen está cumpliendo su misión».

Siguió moviéndose rápido, pero también en el mayor silencio posible; tenía la impresión de que cada paso que daba retumbaba como redoble de tambor y de que la luz que lo tocaba lo hacía resplandecer. Subió por las escaleras hacia el siguiente piso pegado a la pared.

Seguían sin notar su presencia.

El tumulto en la parte de atrás le sirvió de cobijo, tal como esperaba.

De pronto oyó un alarido: «¡Que alguien consiga un extintor, maldita sea!», al que se sumó otro: «¡Ahí!», pero, al final, todo se disolvió entre incomprensibles gritos.

Cuando llegó al siguiente piso el ruido pareció desvanecerse, lo sustituyó un falso silencio. Miró a lo largo del pasillo y vio varias puertas que habían sido abiertas de golpe. Vio una pantufla abandonada en la carrera y de pronto se sintió agradecido de que la alfombra fuera gruesa y amortiguara el ruido de sus movimientos.

Sabía que solo tendría algunos segundos, pocos minutos. No más. «Encuentra tu salvación».

Algo difícil de lograr incluso cuando se tiene tiempo para pensar, ponderar, planificar y evaluar movimientos bien meditados, y casi imposible en la premura a la que ahora se enfrentaba. No obstante, lo invadía la desesperación de un hombre colgado de las uñas en una fisura, preparándose para realizar el último esfuerzo para ponerse a salvo.

Respirando con dificultad, tratando de no hacer ruido y gritándose por dentro que debía apurarse, Ricky entró de golpe en la primera habitación, temeroso de encontrarse cara a cara con el enemigo.

Vacía.

Una sola cama, sábanas y mantas desordenadas, como quedan las camas cuando alguien se despierta de forma abrupta, alarmado por un ruido, justo como lo había planeado. En un rincón, junto a una maleta abierta, vio un montón de ropa revuelta: vaqueros de diseño rasgados y zapatillas deportivas. Miró alrededor apresurado. En una pared vio una fotografía grande tomada un día soleado y ventoso, con un velero deportivo inclinado a un lado y con el spinnaker inflado. En otra, una serie de remos cruzados. El conjunto gritaba: decoración concebida por un caro diseñador de interiores al que se le dio la orden de hacer que el lugar pareciera «como de Cape Cod». Sin personalidad, sin presencia.

A un lado, un escritorio moderno.

Y, sobre una silla, una sudadera gris del MIT tirada con descuido.

Casi deseó saludarla como si fuera una vieja amiga. La apreciaba porque le había hecho el favor de indicarle de quién era esa habitación. Luego vio sobre el escritorio un portátil junto a una impresora y un módem. Junto al portátil había varios libros de texto de matemáticas con palabras como «Algoritmos» o «Programación» en las portadas. Algunos papeles sueltos y una libreta de papel amarillo con notas y ecuaciones garabateadas en la primera hoja. Parecía el espacio de alguien tratando de mantenerse al día con sus tareas.

Cogió el ordenador, le arrancó todos los cables y lo guardó en su mochila. Luego miró alrededor otra vez.

«¿Algo más que robar?

»No.

»Continúa».

En el otro lado del pasillo había una segunda habitación muy parecida a la primera. En esta había pinturas homogéneas en las paredes, una vista marina con grandes olas en el fondo, dunas al frente y algas ondeantes. También había tres pósters pegados de manera descuidada sobre la cama. Un concierto de Dropkick Murphys, una imagen grande de Lucky, el leprechaun mascota del equipo de baloncesto de los Celtics de Boston y una ampliación de la mano de Dave Roberts de los Red Sox de Boston extendiéndose para llegar a la segunda base justo debajo del toque del infielder de los Yankees en el cuarto juego de la Serie de Campeonato de la Liga Americana 2004. El leprechaun tenía una pipa en la mano; Ricky sintió que su sonrisa maniaca se dirigía a él. «La habitación del chico», pensó. Más sábanas y mantas, ropa y un par de botas de baloncesto tiradas por ahí.

«Aquí no hay ordenador».

Otra impresora y varios libros de nivel universitario: *Estudios forenses I*, *Investigaciones de crímenes auténticos* y *Enciclopedia estadounidense del crimen*.

Ricky sabía que todo universitario debía tener un ordenador, por lo que supuso que el del chico debía de estar en el piso de abajo porque no lo veía por ninguna parte en la habitación.

Maldijo en silencio.

Luego vio un teléfono móvil conectado a la pared sobre una mesa de noche junto a una botella parcialmente llena de Gatorade y dos latas de bebidas energéticas… y una pistola de bolas de pintura. «Maldito seas, ¿eso usaste para atacar a Charlie?».

Tomó el teléfono y la pistola y los guardó en la mochila.

De vuelta en el pasillo, empezó a hacer cálculos.

«Un minuto, dos, tres.

»Se me está acabando el tiempo».

Pasó junto a un baño que también estaba a un lado del pasillo alfombrado.

La siguiente puerta estaba entreabierta.

Se acercó con sigilo y la tocó un poco para poder mirar dentro.

«Vacía».

Entró. Era una habitación mucho más grande con una cama king-size, un vestidor y una puerta que conducía a un baño en suite. Más sábanas desordenadas y ropa tirada por ahí: las señales de bienvenida de lo inesperado. Sobre un escritorio vio una fotografía. Virgil y Alex cogidos del brazo. Ella: flores en el cabello y vestido blanco de encaje. Él: traje de sirsaca y corbata rojo brillante. Una fotografía de boda de una pareja mayor.

Miró alrededor rápido, con prisa.

Sobre un asiento acolchado junto a la ventana había una mochila gris grande para colgarse al hombro.

La reconoció de inmediato.

«Mochila para cámara».

Se acercó de un brinco y la abrió. En el interior había dos cámaras y varios carretes fotográficos sin revelar. También había una memoria USB. «Para almacenaje». Tomó todo y lo guardó en su mochila. Volvió a mirar alrededor en busca de algo más, cuando de pronto se le ocurrió algo. Pasó al baño y tomó dos cepillos de dientes, un cepillo de cabello negro grande y un peine que encontró sobre la encimera entre los dos lavabos gemelos. También los guardó en la mochila.

Volvió al pasillo.

Escuchó. Las voces de alarma en el piso de abajo empezaban a apagarse, la gente había salido de la casa o la sorpresa se había terminado, cualquiera de las dos opciones era posible. Oyó una colisión proveniente de la parte trasera de la casa, pero no sabía qué la había provocado.

«Se acabó el tiempo. ¡Corre! ¡Ahora!», se gritó a sí mismo en silencio.

Pero al fondo del pasillo vio unas puertas dobles.

«El dormitorio principal».

«Vete, vete de aquí ahora, ¡mientras aún puedas!», pensó.

Pero no lo hizo.

En su mente surgió la noción de: «Estás abusando de tu suerte».

A pesar de todo, se acercó a las puertas y las empujó poco a poco. Cuando estaba a punto de entrar, oyó una voz.

—¿Mark? ¿Qué pasa?

La voz lo perturbó, el terror se apoderó de él. Estuvo a punto de detenerse, dar media vuelta y correr; sin embargo, la inercia, mezclada con la ansiedad, lo impulsó a seguir. Sacó de su bolsillo la pistola semiautomática y entró en el dormitorio. Levantó el arma a la altura de los ojos y apuntó directamente a la mujer de pie junto a una de las ventanas laterales.

—No grite —dijo con la mayor frialdad posible—. No se mueva. No grite, nada de alaridos, nada de nada, señora Thomas. Solo quédese ahí sin moverse.

La mujer dio un paso atrás y dejó escapar un grito ahogado, Ricky vio la expresión de estupor y terror repentino en su rostro.

La esposa de Merlin tenía diez años más que cuando la vio por un instante fuera de su casa en Greenwich, Connecticut. Su oscura cabellera estaba despeinada, vestía un par de viejos pantalones deportivos y una camiseta deshilachada que decía «Aruba». Estaba boquiabierta, como si estuviera a punto de hacer lo que Ricky le dijo que no hiciera.

—No lo haga —dijo el psicoanalista en un tono plano, sombrío.

La mujer se reprimió.

—¿Quién...? —empezó a decir.

—Usted lo sabe —contestó Ricky.

—No me mate —dijo—, por favor, no quiero... No quise... Es decir, nunca fui parte de... Yo jamás...

Ricky no la creía, lo que estaba oyendo era una cascada de mentiras ocultas en oraciones fragmentadas.

De pronto se calló, respiró de manera superficial y preguntó asustada:

—¿Qué está sucediendo?

Ricky no respondió. Preguntó en cambio:

—¿Laura, cierto? ¿Esposa y madre?

La mujer asintió.

Ricky señaló la amplia ventana junto a la que ella estaba situada y que daba a la parte trasera de la casa, a un extremo de la piscina. En ese momento tanto Ricky como la esposa de Merlin oyeron otro estallido y vieron la segunda bengala surcar el cielo como un deslumbrante cometa rojo. Esta vez, parecía dirigida al segundo piso de la casa en lugar de directo al cielo; de hecho, la vieron estallar muy cerca y convertirse en una cascada de luz roja.

La mujer jadeó y retrocedió un poco.

Algunos segundos después de que la bengala iluminara el cielo, Ricky oyó otro estridente silbido.

—¿Qué...? —empezó a decir la mujer y luego calló—. ¿Nos va a matar a todos?

—Siéntese en la cama —dijo Ricky, con la mayor calma posible, dejando a un lado el exigente tono que usaría un asesino. Sonaba más bien como un médico dando a conocer malas noticias.

La esposa de Merlin vaciló al principio, miró alrededor con desesperación y vio la oscuridad del otro lado de la ventana, pero al final hizo despacio lo que Ricky le había ordenado.

—Ponga las manos detrás de usted —agregó Ricky mientras sacaba de uno de los bolsillos exteriores de su mochila un lazo de torcedura de los que había comprado, pero que no había planeado tener que usar. Se sentía atrapado en una película, actuando como lo hacían los criminales ficticios, esperando que las acciones que había visto en la fantasía de la gran pantalla fueran lo bastante semejantes a la vida real para ayudarle a fingir en ese momento. Dejó la pistola a un lado por un instante y le ató las manos a la mujer pensando: «Si me estuvieran atando a mí, este sería el momento que aprovecharía para atacar y defenderme».

Pero ella no hizo nada, solo empezó a llorar.

—¿Qué nos va a hacer?

A Ricky le agradó la forma en que lo preguntó, en plural en lugar de singular.

«Qué maternal, casi adorable», pensó.

Cuando la mujer sintió las manos inmovilizadas abrió los ojos por el miedo.

—No le haré daño. Ni a usted ni a nadie —dijo Ricky, pero intuía que no le creería.

«¡Debes irte! ¡Ahora!», se gritó a sí mismo.

Pero no se movió, solo miró alrededor en el dormitorio.

La esposa permaneció sentada en la cama, cada vez más asustada.

A un lado había otro baño en suite. Frente a la cama king-size vio una amplia pantalla montada en la pared; a la derecha, una puerta doble de madera y vidrio estilo francés. «Esa puerta lleva a la plataforma de arriba, donde está la terraza —pensó Ricky—. La terraza para beber capuchino por la mañana». Miró alrededor y vio otro portátil. Este se encontraba en el suelo, conectado a la pared, cargando batería. Junto a él había dos teléfonos móviles que también se estaban cargando. Caminó hasta ellos, tomó todo y lo guardó en su mochila con los otros artículos. Luego, igual que había hecho en la otra habitación, corrió al baño y tomó dos cepillos eléctricos. Uno tenía un anillo rojo y el otro uno azul para indicar a quién pertenecían.

Después volvió a la alcoba.

—Tengo una pregunta —dijo Ricky.

Ella asintió.

—¿Por qué es tan importante que yo muera?

Vio más miedo en los ojos de la mujer, quien no dejaba de mirar la pistola semiautomática.

—No, no responda —dijo Ricky—, usted no es a quien debo preguntarle eso. Mejor permítame preguntarle algo que sí podrá responder —dijo haciendo énfasis en «podrá» y tratando de sonar frío, incluso despiadado—. Yo pregunto y usted responde, pero usando nada más que una, dos o máximo tres palabras. Y en voz baja, no quiero nada de ruido. Eso es todo. Si no obedece, tendrá consecuencias... —dijo agitando la pistola frente a su cara.

«Qué manera de fingir —pensó Ricky—. Pero no creo que lo note ni que me exija probar que hablo en serio».

Se puso la mochila en la espalda, tomó la pistola con ambas manos y le apuntó a la mujer directo a la cara, desde muy cerca, como Alex Williams le había apuntado a él en la cabaña de Vermont. Esperaba asustarla tanto como a él lo había asustado el fotógrafo días antes. «Es solo una actuación», se dijo en silencio.

—¿Este es el ordenador de su esposo?

La mujer asintió.

—Bien, dígame la contraseña, y también dígame la contraseña del ordenador de su hija. Hágalo y nadie morirá. Es muy simple, muy sencillo.

La mujer asintió por segunda vez.

En su mirada se veía el terror que sentía ante el arma que Ricky tenía en las manos.

«Ya no te queda tiempo —quería gritarse a sí mismo—. Vamos, Laura, esposa y madre, y tal vez psicópata también. ¡Hable!».

—La de él es «bestlawyer1», todo en minúsculas. La de ella es «MITHonors!», mayúscula para MIT y la H, el resto en minúsculas y con signo de exclamación al final. Tal vez las cambiaron, pero no lo sé, no me han dicho nada.

«Podría estar mintiendo, no tengo manera de saberlo».

Estaba a punto de hablar cuando ambos oyeron el primer disparo. Fue distinto al de la pistola de bengalas, este sonó mucho más intenso, colérico. Un poco apagado por las paredes, pero provenía de la plataforma. Le siguieron dos disparos más que se oyeron como un chirrido que desapareció en la noche. Después de eso se oyó a una mujer gritar:

—¡Alto! ¡Alto! ¡No dispares! ¡No dispares!

Hubo uno o dos segundos en que solo se oyó el eco de los disparos. Luego, otra súplica.

—¡Alto! ¡Por favor, detente!

«Annie».

Laura, la esposa de Merlin, gritó de repente:

—¡Mark! ¡Ayuda! ¡Ayuda! ¡Aquí! ¡Ayuda!

Sus gritos atravesaron a Ricky como si fueran balas y destruyeron la calma en el dormitorio.

Sabía que ni siquiera tenía tiempo de maldecir.

Hizo cálculos veloces, supuso que a la gente abajo le llevaría un momento comprender lo que sucedía. Todos estaban concentrados en el bullicio de afuera y en el mundo más allá de su capacidad para penetrar la oscuridad. Uno. Dos. Tres... Y entonces Merlin o Virgil o Alex, o todos ellos, reconocerían que la verdadera amenaza no eran las bengalas rojas, la luz estroboscópica y los agudos silbidos provenientes de la parte de atrás de la casa, sino lo que estaba arriba, en el dormitorio, y decidirían subir empuñando sus armas.

—¡Ayúdame, Mark! ¡Ayuda! ¡Arriba! —volvió a gritar la mujer.

Ahora tenía una expresión iracunda, casi engreída, como diciendo: «¿Y ahora qué piensa hacer?».

Un cambio radical en cuestión de segundos.

—¿Me va a matar, doctor? —preguntó—. ¿En algún momento en verdad lo contempló? No lo creo. Además, ¿qué ganaría con eso? —exclamó. El miedo se había disipado, lo sustituía una arrogancia que a Ricky le resultó detestable. En un instante, dejó de ser una víctima asustada que gimoteaba y se convirtió en una insoportable y cruel mujer—. ¡Aquí! —continuó gritando.

«Me está desafiando», pensó Ricky.

Oyó más gritos.

«Se acercan.

»Si sales por ahí, en el segundo piso de esta enorme casa vacacional habrá un tiroteo al estilo salvaje Oeste».

Se giró hacia Laura y, por un instante, pensó en usarla como escudo.

«Sería demasiado hollywoodiense».

No se veía capaz de algo así.

Además, esperaba encontrar en su mochila todo lo que necesitaba.

Sintió el peso de la pistola en su mano.

«Siete balas.

»¿Eres un asesino, Ricky?».

Oyó el retumbar de los pasos en las escaleras.

«Es una pelea que no puedo ganar».

Solo veía un camino.

Giró de pronto, atravesó el dormitorio dando zancadas y sin mirar atrás, sin mirar la puerta principal ni a la esposa del abogado sentada en la cama. Abrió las puertas que llevaban a la terraza y salió. El aire helado le golpeó la cara y, al mismo tiempo, lo calmó. «Escapa ahora o muere», pensó, y esa idea bastó para vigorizarlo e infundirle anhelo. Cuando caminó hacia la baranda que rodeaba a la plataforma, otro pensamiento fugaz le pasó por la cabeza: «Si fuera un hombre joven, esto sería mucho más sencillo». Se asomó y solo vio la oscuridad cercenada por la luz proveniente del interior de la casa. A la derecha estaba el área de la piscina. «No es buena idea. Losas de granito compacto y mosaicos». Giró a la izquierda, al final de la plataforma del segundo piso. En ese extremo vio matorrales gruesos y el césped adyacente al camino de acceso delantero».

Oyó más ruido y gritos detrás de él, venían por el pasillo para rescatar a la esposa de Merlin, quien en ese momento empezó a gritar, una y otra vez:

—¡Aquí! ¡Ayuda!

Su estridente voz lo impulsó a seguir.

«No me queda tiempo.

»Esto es una locura, ya estás viejo. No puedes hacer esto —pensó mientras escalaba al otro lado de la baranda lo más rápido posible—. Pero no tengo más adónde ir».

Al principio se quedó colgando, estirándose lo más posible hacia abajo, como si estuviera practicando escalada libre, dependiendo de la cuestionable fortaleza de las puntas de los dedos para mantenerse asido a El Capitán, en California, mientras pensaba cuál sería su siguiente movimiento: el que lo llevaría a la cima y el éxito, o el que podría hacerlo resbalar y caer en el olvido. Respiró hondo. «No puedo creerlo», le pareció pensar. Y entonces se soltó y se dejó caer al negro abismo de la noche.

39

DÍA TRECE - 1 A 4 DE LA MADRUGADA

Vuela, pero no muy lejos

El dolor le atravesó de inmediato la pierna izquierda.

Se desplomó hasta el suelo, pero antes aterrizó entre el matorral que amortiguó hasta cierto punto la caída. Su pierna se torció de una manera brutal bajo el peso de su cuerpo, el cual rodó sin control. Todo le dio vueltas, se sintió mareado, pero por fin se detuvo a unos metros de la pared de la casa. Se quedó aturdido unos instantes, lleno de rasguños, con el sabor de la sangre en los labios. En cuanto oyó sobre él las voces enojadas y en persecución, se preparó. Sabía que no le quedaba tiempo para titubear y tenía la aterradora impresión de que su pierna había quedado casi inutilizable, así que, luchando contra las ráfagas de electrizante dolor en el tobillo, la rodilla y la cadera, pero tratando de estimularse y generar el mismo tipo de adrenalina que corrió por su cuerpo en su lejana juventud, se puso de pie trabajosamente y, tras dar un profundo respiro, empezó a correr impulsándose con los brazos. Huyó con la cabeza agachada y una mochila llena de ordenadores, teléfonos y cepillos de dientes sonando como un redoble de tambor en la espalda. Miró hacia el frente y vio las sombras oscurecerse; la noche se enfrentaba a la pálida luz proveniente de la casa y al brillo de la luna en el cielo. Las tinieblas gritaban: «seguridad», así que, ignorando todo el dolor y el insistente miedo, trotó a su encuentro.

Luchó contra el pánico sin mirar atrás.

Sabía que, en unos segundos, Merlin, Virgil…, todos ellos, estarían en la terraza del dormitorio viéndolo escapar.

Sintió como si llevara una diana fluorescente en la espalda.

Echó la cabeza hacia atrás, jadeando en el aire frío, tratando de llenar sus pulmones. Envió órdenes a sus piernas: «No hay dolor. ¡Más rápido!», pero sentía que todo su cuerpo le rebatía a gritos. Cargó el peso hacia la izquierda, avanzó de forma errática tratando todo el tiempo de aprovechar la seguridad que proporcionaban las sombras. De pronto sonó un disparo detrás de él y un terrón se levantó a su derecha. Apenas alcanzó a asimilar lo que pasaba, «me están disparando», cuando se oyó un segundo tiro. Le pareció que este pasó cerca de su cabeza. «Estoy muerto», pensó por un instante, pero entonces se dio cuenta de que la vida se encontraba solo a unos pasos, así que redobló el esfuerzo, se forzó a ir más rápido y permitió que la noche lo abrazara como una amante ansiosa, hambrienta de cariño.

«Los primeros dos disparos fueron apresurados. Destinados a fallar. Ahora, seguro que alguien me está apuntando con cuidado, con los brazos bien firmes y extendidos, con el arma al frente, como en un campo de tiro», imaginó.

Volvió a zigzaguear.

Los disparos cesaron.

No sabía si solo estarían recargando, si habían gastado todas sus balas o si ya no podían verlo.

Siguió corriendo.

Atravesó la arboleda más cercana, luchó contra los hierbajos, dio bocanadas hasta llegar al antiguo muro que tan bien conocía. Lo saltó sin dudar y casi tropezó al aterrizar. Pegó la espalda a la piedra, respirando con dificultad, tratando de recobrar la compostura. Luego se puso de pie, se abrió rápido camino entre la maleza y volvió al camino de acceso.

Caminó a lo largo y dobló la esquina.

Sus pies empezaron a golpetear sobre el macadán como si fueran timbales.

Vio frente a él la reja que se extendía a lo ancho del acceso.

Desaceleró hasta solo trotar, aunque sabía que eso era una invitación al dolor, y se acercó aún más.

Vio los dos sistemas para ingresar códigos, uno a cada lado de la barrera, en postes gemelos, montados a la altura de la ventana del conductor. En la reja había una pequeña caja negra para activar los comandos de apertura y cierre. «Necesito saber el código para entrar o salir, así es como la gente rica garantiza su privacidad».

Se detuvo y se descolgó la mochila de los hombros. Palpó todos los artículos robados en la casa y sacó la pequeña pata de cabra, la cadena de metal y el candado. Sintió gran satisfacción al pensar que, en al menos una de las cosas que anticipó que usaría, no se equivocó.

Caminó hasta el primer teclado sintiendo el peso de la palanca.

Después de darle tres fuertes golpes, quedó colgando. Uno de los cables estaba roto, y el otro, torcido. Esperaba haberlo inutilizado.

Luego, como le había dicho a Annie que hiciera poco antes, se abrió paso entre las zarzas junto al poste de la reja, rodeándola para llegar al otro lado. Atacó al segundo teclado como había hecho con el primero. Después pasó la cadena alrededor del lugar donde la reja tocaba el poste de cierre y la aseguró con el candado. Cuando escuchó el clic, arrojó las llaves a la oscuridad del bosque y, suponiendo que ya no necesitaría la barra de metal, también se deshizo de ella.

Levantó la cabeza, oyó un automóvil arrancando en la parte de atrás de la casa.

La persecución.

«Les espera una sorpresa», pensó.

No obstante, también sabía que un candado no detendría a una bala, así que dio la vuelta y empezó a correr de nuevo. Con cada paso, sin embargo, una contradicción: la fatiga lo obligó a bajar la velocidad, el dolor que se extendía por su pierna izquierda lo frenaba aún más. Sentía los pulmones en carne viva y la garganta reseca, pero la necesidad de escapar lo animaba, por lo que, una vez más, decidió no dar cuartel y trató de sacar todo el vigor que aún quedaba en su interior. «No queda mucho, pero bastará».

No miró atrás hasta llegar al camino principal.

Imaginó lo que pasaría detrás de él, en la reja: un repentino alto con chirrido, seguido de enojo, maldiciones y frustración al ver los teclados destruidos y la cadena que los mantenía encerrados del otro lado. Entonces se carcajeó como no lo había hecho en mucho tiempo.

«Es lo que merecen».

De pronto vio una figura agitando una linterna con filtro rojo bajo la luz de la luna.

«Owen».

Agitó a su vez la mano para saludarlo.

Caminó con prisa, pero cojeando.

El muchacho lo notó; lo primero que le dijo al acercarse fue:

—¿Se encuentra bien, doctor? ¿Le dispararon?

—No, no —respondió Ricky—. Estaré bien, solo me encuentro un poco maltrecho y acusando mi edad. Sube al automóvil, debemos salir de aquí —dijo.

No creía que Merlin, Virgil o alguien más de la casa pensaran en acercarse al muro, pero prefirió no arriesgarse. Retrasarse sería mala idea sin importar la razón, y tampoco quería cometer el error de subestimar la cólera de la familia ni lo mucho que deseaban que muriera. Señaló de inmediato el asiento del pasajero y Owen obedeció.

Ricky se desplomó frente al volante y echó la mochila al asiento de atrás. Buscó las llaves del automóvil, encendió el motor, movió la palanca y pisó el acelerador. Las llantas lanzaron arena y tierra. Hizo girar el volante, el automóvil se sacudió varias veces al pasar por algunos montículos y de pronto ya estaban en la carretera alejándose a toda velocidad.

Ricky se quitó el pasamontañas mientras iba conduciendo.

Respiró hondo varias veces para tratar de calmarse.

Owen hizo lo mismo, su voz aún seguía tensa.

—¿Qué pasará con Annie? ¿Vamos a dejarla ahí? No podemos...

—Annie estará bien —dijo Ricky despacio—. No es a ella a quien quieren matar, sino a mí —aclaró sonriendo—. Y tal vez a ti también ahora, un poco. Sobre todo cuando comprendan lo que lograste esta noche. Fue genial, Conejo Veloz.

Ricky miró de reojo a Owen y, a pesar de la oscuridad dentro del automóvil, lo vio sonreír.

—¡Fue increíble! —dijo—. Me encantó la pistola de bengalas, es una maravilla. Tiene mucha potencia. Fue divertidísimo..., hasta que ellos empezaron a dispararme. Ahí fue cuando decidí mover el trasero y volver al coche. Es decir, no se acercaron demasiado, dispararon varias veces apuntando en direcciones equivocadas, pero me pareció que no debía tentar mi suerte esta noche.

«Yo lo hice», pensó Ricky, pero no lo dijo. Solo repitió lo anterior.

—Fue genial, Owen. Creo que todos cumplimos nuestra misión de la mejor manera, pero esto no ha acabado aún —dijo. Era consciente de que el enojo que había dejado atrás aumentaría, se habría renovado. Incluso sentía una satisfacción infantil, como cuando los niños están en los juegos del parque y sacan la lengua y se ríen en la cara del bravucón al que han burlado. Creía que, por primera vez en quince años, desde que todos ellos le enviaron aquella carta de «Bienvenido al primer día de su muerte», había alterado el equilibrio de sus juegos mortales, pero todavía tendría que hacer muchas cosas para evitar llegar al último día de su muerte. Condujo con suavidad, Owen permaneció en silencio. «Con cada kilómetro que recorremos me alejo más, pero, en realidad, lo que he hecho esta noche me ha acercado mucho más a ellos. Solo que no lo saben. No aún».

—¿Les robó algo, doctor? —preguntó Owen.

—Sí.

—¿Qué?

—Culpabilidad y esperanza —contestó. A pesar de lo confusa que sonaba, la respuesta pareció satisfacer al muchacho.

—Bien —dijo.

Casi eran las tres de la madrugada cuando Ricky y Owen llegaron al motel Great Sea View. Ricky detuvo el automóvil frente a la suite VIP y aparcó marcha atrás para que el maletero quedara cerca de la puerta. Se agachó y oprimió la palanca para abrirlo.

Owen lo miró y, con algo de sorpresa en su voz, preguntó:

—¿Todavía tenemos algo que hacer?

—Oh, sí —dijo Ricky—. Primero quítate el equipo de camuflaje y vístete con ropa normal. Luego tenemos que traer al automóvil todo lo que hay en esa habitación, y me refiero a todo. No olvides la guitarra de Annie y su ropa. Podemos dejar lo que quedó de pizza, pero, todo lo demás, al coche. ¿Entendido?

—¿No vamos a dormir aquí?

—No. Nos vamos a alejar lo más rápido posible.

—No comprendo —dijo Owen—. ¿Cómo nos encontrará Annie?

—Ese es el punto —repuso Ricky—. No queremos que Annie nos encuentre esta noche o lo que queda de ella porque no sabemos quién estará con ella cuando llegue aquí, ni lo que podrían hacer. Es decir, si acaso llegara aquí, lo cual dudo. De todas formas, sabemos dónde está y podremos contactar con ella cuando queramos. Lo haremos pronto, pero ahora tráete las cosas lo más rápido que puedas. Cámbiate y carga el automóvil.

Owen asintió.

En unos minutos, todo estaba en el maletero. El equipo de camuflaje y todo lo que habían usado en la casa. También la guitarra, bolsas con ropa, artículos de aseo, el portátil de Ricky, el cuaderno de dibujo de Owen y *El guardián entre el centeno*.

—¿Es todo? —preguntó Owen.

—Eso creo —dijo Ricky mientras caminaba por la suite VIP comprobándolo. No quedaba nada más que algunos trozos de corteza de pizza que mostraban que R. Stiltskin había pasado la noche ahí.

No sabía si lo que estaba haciendo era necesario, no creía que pudieran pasar por la reja con la cadena esa noche, pero le pareció que un auténtico criminal tomaría una precaución así de razonable para borrar las huellas de su presencia de un lugar donde podrían reconocerlo.

No quería que lo sorprendieran dormido en el sofá cama.

Mientras conducía, el cansancio empezó a pesarle, también a Owen. La fatiga reemplazó a la adrenalina, pero él siguió conduciendo con la ventana un poco abierta para que el aire frío le golpeara la cara, dejando que el palpitante dolor de la pierna lo mantuviera alerta hasta llegar al otro motel en donde había alquilado una habitación, a kilómetros de distancia, en las afueras del pintoresco pueblo de Orleans. Colocó el pequeño letrero de «No molestar» en la manija exterior de la puerta. Tanto Owen como él se lanzaron a las camas. Owen se quedó dormido en segundos, acurrucado en posición fetal, mitad niño, mitad criminal, complacido con el papel que había desempeñado en la aventura de esa noche. Ricky, en cambio, se quedó recostado en la oscuridad de la habitación, pensando que debería sentirse increíblemente afortunado de haber sobrevivido esa noche, mirando al techo y pensando en todo lo que todavía tendría que hacer para mantenerse vivo. Y, después de un rato, él también cayó en un profundo, aunque agitado, sueño.

DÍA TRECE - 10 DE LA MAÑANA A 4 DE LA TARDE

La arquitectura de la salvación

El dolor lo despertó varias horas después.

Tenía la rodilla y el tobillo inflamados. Lo recorrían dolores que parecían cometas, sentía como si tuviera la pierna conectada a una toma de corriente. Cojeó hasta el baño y se metió rápido en la ducha con el agua lo más caliente que soportó. Se secó y luego buscó ibuprofeno y paracetamol, y tomó tantos como pudo de cada uno. Se puso frente al lavabo y se miró en el espejo. Le pareció que se veía igual, tal vez un poco distinto porque se había transformado en una especie de psicoanalista-ladrón. Sonrió al pensar en ello. Esperaba que las cosas hubieran cambiado bastante desde la noche anterior. Imaginó que podría notar el cambio incluso en su rostro, que vería sus arrugas un poco menos pronunciadas, tal vez tendría menos mechones de canas, pero sabía que para hacer un cambio permanente todavía tendría que vencer varios obstáculos, y empezaría a la mañana siguiente.

—Hay mucho por hacer —le dijo a su reflejo. Se vistió con cuidado, negando con la cabeza al ver la inflamación y sentir todo aquel dolor. Ponerse los calcetines y meter el pie izquierdo en la zapatilla deportiva fue una agonía.

El médico que había en él examinó y evaluó. Habían pasado décadas desde que tomó clases de anatomía y musculatura en su primer año en la facultad de Medicina. Roxy sabría más que él. A pesar de todo, logró hacer un diagnóstico: menisco medio posiblemente rasgado. Tal vez el ligamento cruzado anterior se había roto, quizá ahora era como un jugador de fútbol americano que sería despedido, que no podría volver a correr como antes. También tenía un esguince alto de tobillo y, quizá, una fractura por avulsión del pie.

Necesitaba rayos X. Necesitaba hidrocodona.

Se dijo que no podía hacer gran cosa al respecto, tendría que atender sus heridas después. Solo esperó no verse obligado a correr a ningún lado ese día, aunque no estaba seguro de no tener que hacerlo. «No estoy escapando —pensó—. No exactamente».

Sabía que:

«Aún es el decimotercer día.

»Se supone que mi último día es mañana.

»Lo que haga hoy me salvará.

»O no».

Respiró hondo, todavía miraba su reflejo.

Insistió: «Ricky, ahora necesitas ser más implacable que ellos».

Sentía que cada minuto que pasaba era como una cuenta en un ábaco de la muerte, sumándose a otras cuentas para formar una sola cifra.

Owen gruñó y rodó sobre el vientre cuando Ricky lo sacudió.

—Regresaré pronto —le dijo—. Dejaré dinero para que comas algo.

El adolescente solo refunfuñó. Ricky lo tomó como una respuesta y salió por la puerta del motel.

Su primera parada fue una gran tienda de una cadena de supermercados. En un rincón del estacionamiento de la tienda había una enorme y sólida caja amarilla con un letrero que decía «ROPA PARA LA CARIDAD» en grandes letras negras y una ranura para depositar las prendas. Allí echó las dos parkas y los pantalones de camuflaje con aislamiento térmico, así como los pasamontañas.

En los alrededores, detrás de un restaurante gourmet, encontró un contenedor de basura y tuvo un pensamiento peculiar: «Me he convertido en experto en deshacerme de artículos incriminatorios en contenedores». Para su alivio, había tres bolsas grandes de basura llenas de desechos de restaurantes: cajas vacías, latas de salsa de tomate y restos pestilentes de comida. En ellas tiró la pistola de bengalas después de haberla limpiado para borrar las huellas digitales, las linternas, las gafas de visión nocturna, el silbato y todos los otros artículos de la noche anterior. Los teléfonos desechables de prepago que usaron él y Owen también los tiraría ahí, pero antes miró las pantallas y descubrió que en ellas había una notificación de mensaje no visto. En ambos casos era un mensaje de voz de Annie. Primero oyó el mensaje para Owen: «Owen, están furiosos, pero no saben quién provocó el bullicio. Mantente alejado». Luego oyó el suyo, que era más simple: «Ricky, continúe escondido, no sé lo que podrían hacerle. Lo odian. No puedo hablar».

Entonces condujo hasta la oficina postal del siguiente pueblo y compró las cajas de envío más grandes que tenían, además de cinta de embalaje y dos rollos de plástico de burbujas.

Se detuvo en un estacionamiento vacío y abrió el maletero del automóvil. Armó las cajas, envolvió con el plástico los portátiles, la pistola de pintura y los móviles que había robado. Por último añadió el DVD que no era *Oldboy* y embaló todo cuidadosamente.

Luego condujo a otra oficina postal en otro de los pequeños y pintorescos pueblos de Cape Cod, y desde allí mandó todas las cajas a su propia casa en Miami por envío urgente.

Al terminar, hizo una llamada desde su móvil personal.

El empleado de la tienda de ordenadores en Miami contestó después de que el teléfono sonara por segunda vez.

—Habla el doctor Starks...

—Qué tal, doctor, todavía tengo su..., bueno, no su ordenador, sino el que me dejó aquí, sea quien sea su dueño. El del aterrador protector de pantalla. ¿Decidió desecharlo?

—No. De hecho, alguien lo recogerá hoy o mañana, si no tiene inconveniente.

—Ninguno. Desearía haber logrado más y recuperar el contenido, pero...

—Descuide, estoy de acuerdo con usted en que tal vez se requiera de un especialista del FBI para entrar en él, como me dijo cuando hablamos. La persona que lo preparó debe de ser un experto...

«Molly, la estudiante de ciencias de la computación del MIT. La siguiente generación de buscadores de venganza».

Ricky calló un momento y, luego, como si se tratara de la petición más normal del mundo, añadió:

—Sin embargo, me gustaría pedirle un favor.

—Por supuesto, doctor, ¿de qué se trata?

—¿Puede tomar una fotografía del protector de pantalla e imprimirla? Lo más clara y nítida que sea posible. Y en un formato de por lo menos veinte por treinta centímetros. Guárdela en un sobre, séllelo y entréguselo al joven o la joven que recogerá el ordenador. ¿Podría hacer eso?

El empleado vaciló. Ricky imaginó que estaba tratando de evaluar si no estaría haciendo algo ilegal, pero poco después debió de llegar a la conclusión de que no porque contestó:

—Claro, doctor, puedo hacerlo.

A Ricky le pareció que el empleado estaba a punto de hacerle otra pregunta. Estaba en lo cierto.

—Tal vez debería entregarle la fotografía a la policía, doctor, ¿no cree?

Ricky dejó pasar unos segundos antes de responder.

—Sin lugar a dudas, es una excelente idea —dijo infundiendo a su voz un entusiasmo fingido—. Tal vez querrán verla. No lo sé, siempre están ocupados con muchos casos y no estoy seguro de que el suicidio de un paciente mío sea un crimen... Pero voy a contactar con ellos para asegurarme.

Lo dijo para tranquilizar al joven.

Aunque de algo estaba seguro.

«El suicidio que no tuvo lugar fue un crimen, sin duda.

»Uno de muchos, incluyendo los suyos».

Entonces colgó.

La biblioteca del pueblo no estaba muy lejos de la oficina postal. Era un edificio modesto con pilares falsos blancos en el exterior y paredes de ladrillo rojo que contrastaban con las típicas tejas grises maltratadas por el clima de Cape Cod. Era un edificio con sólida presencia y arraigo. Ricky caminó lento, lo frenaba el persistente dolor en la pierna. Entró y le preguntó al empleado detrás del mostrador de préstamo dónde estaban los ordenadores de uso gratuito para el público. Actuó con precaución extrema, solo les envió un rápido correo electrónico a Roxy y a Charlie.

Hola, Roxy y Charlie.

Espero que estéis bien. ¿Cómo van el trabajo y la facultad? ¿No más cartas amenazantes? Charlie, ¿te estás adaptando bien a tus nuevos medicamentos? Necesito cerciorarme.

Espero volver a casa pronto, pero tengo que pediros que me hagáis un par de favores.

Esta noche llegarán a mi casa varias cajas por envío urgente. Necesito que las recojáis mañana, por favor. No las abráis.

Por favor, también id a la tienda de ordenadores que ya conocéis, ya sabéis, a la que siempre vamos. Dejé ahí un ordenador de escritorio y un sobre. También necesito que los recojáis.

Llevad las cajas y el ordenador a cualquier lugar de alquiler de trasteros, preferentemente alguno en la carretera South Dixie, de los que están casi llegando a Kendall. Alquilad el trastero más pequeño que tengan, guardad las cajas y mi antiguo ordenador y cerrad con un candado de combinación. No os preocupéis por el precio, os reembolsaré lo que paguéis y me haré cargo de las cuotas mensuales.

Cuando hayáis terminado, tomad el sobre y pegadlo en mi buzón. NO escribáis en ningún lugar la combinación del candado ni el número del trastero, ni la dirección del lugar donde dejéis las cajas. Memorizadlo todo. En cuanto pueda, os pediré que me deis esta información.

Lamento agobiaros con esta responsabilidad. Sé que ambos estáis ocupados, pero os aseguro que es importante.

Os explicaré todo cuando vuelva a casa.

«Si vuelvo a casa», pensó Ricky.

Quería escribir algo más: «Si no regreso, entregádselo todo al inspector González del departamento de homicidios de Miami».

Pero al final no lo hizo.

Ricky caminaba sobre una delgada saliente entre la furia incontrolable y la sensación de seguridad. La seguridad de ellos y la suya. Temía caer, por eso insistió en repetirse que cada paso era sólido y constante.

Volvió a leer el correo.

Una parte de él, la que sabía que se acercaba el decimocuarto día, el día en que esperaban que muriera, deseaba encontrar una manera de decirles adiós o, incluso, solo insinuarlo. Algunas palabras que les permitieran saber a Roxy y Charlie que estuvieron en sus pensamientos hasta el momento en que todos sus pensamientos llegaron a su fin. Sentía emociones ardientes y retorcidas que le hacían contraer el estómago. El mero hecho de ver sus nombres en las direcciones de envío casi lo hizo llorar.

Pero se obligó a recobrar la fortaleza.

«No —se dijo—. Haz lo que tengas que hacer».

E hizo clic a Enviar.

No tenía intención de explicar demasiado, no quería sonar alarmado. Aunque suponía que sería inevitable, en especial por lo que les había sucedido algunos días antes. Sospechaba que, tras recibir el correo electrónico, tratarían de llamarle. Sería una reacción lógica considerando las peticiones que les acababa de enviar, un comportamiento normal. Y el hecho de que alguna cosa en su vida pudiera ser normal lo animó.

Ahora volvería al motel, imaginaba que Owen se habría desperta-do por fin. La ruta que tomó para volver lo llevó por la calle principal de uno de los pequeños y pintorescos pueblos de Cape Cod. Las es-trechas aceras de ladrillo por las que durante el verano transitaban multitudes de sandalias, shorts y camisetas de tirantes estaban vacías ahora. Las tiendas de golosinas, las heladerías y los almacenes de ropa para las vacaciones estaban cerrados «por fuera de temporada». Agen-cias inmobiliarias. Una librería. Vio una farmacia, detuvo el automó-vil y entró cojeando. En un rincón encontró una rodillera, una tobi-llera, compresas de gel para congelar y un bastón de metal. En otros estantes vio más analgésicos y compró todos los que pudo. Junto al área donde se entregaban los medicamentos con receta había varias sillas de plástico alineadas para que la gente esperara. Se sintió tentado de hablar en privado con el encargado, mostrarle su número de auto-rización de la DEA y pedirle que le vendiera algunos analgésicos más potentes a base de opioides, pero sabía que podrían embotarlo, y ese día necesitaba mantenerse despierto y con los sentidos a punto. De cualquier forma, se dejó caer en una de las sillas, se levantó el pantalón y sacó con cuidado el pie izquierdo de la zapatilla. Se colocó la rodi-llera y luego la tobillera, y los apretó todo lo que pudo tolerar. Cuan-do se puso de pie, sintió como si hubiera encapsulado su pierna en plástico de burbujas como el que había usado para envolver los orde-nadores, pero pudo moverse con un poco más de libertad. El bastón también lo ayudó.

Sintiéndose con mayor movilidad, salió de la farmacia y caminó a la librería que había visto al pasar. Le sorprendió que estuviera abier-ta. Cerca de la entrada había una estantería con un letrero escrito a mano: «Best Sellers del *New York Times*». Estaba vacía, pero sabía que en verano estaría repleta y los empleados la reabastecerían todos los días.

Detrás del mostrador solo había una mujer joven, oculta en parte por un expositor de tarjetas postales de bahías. Estaba absorta en la lectura de un libro de la serie de Harry Potter, pero levantó la vista y lo miró con el mismo asombro que el joven de la coleta cuando alqui-ló la suite VIP en el motel Great Sea View. En su cara se leía la pregun-ta: «¿Qué hace usted aquí en temporada baja?».

—¿Puedo ayudarle? —preguntó la mujer con amabilidad.

—Sí, gracias —dijo Ricky—. ¿La sección de ficción para jóvenes adultos?

La mujer señaló unos estantes en la sección con el letrero de «Literatura» y junto a la sección de «Psicología», de la cual desbordaban libros de autoayuda. Ricky sonrió. «Debería escribir el libro *Guía rápida y sencilla de un psicoanalista para permanecer vivo, aunque haya gente que lo quiera ver muerto*», pensó.

No le llevó mucho tiempo encontrar los libros que necesitaba.

Eran dos, de bolsillo. Se los entregó a la empleada y ella le cobró con una sonrisa.

—Dos de mis favoritos de cuando era más joven —dijo—. Son perfectos para el típico adolescente aislado. ¿Son un regalo? ¿Quiere que los envuelva?

—Son para regalar, pero no necesito que los envuelva, gracias —contestó Ricky.

Salió de la tienda con una copia de *La ley del hueso* de Russell Banks y *Rebeldes* de S. E. Hinton. Esperaba que alguno de los dos libros mantuviera ocupado a Owen en las próximas horas porque sabía que lo que le quedaba por hacer tenía que hacerlo solo.

15.52 horas

Ricky tuvo que esforzarse por controlar su superficial respiración mientras volvía sobre sus pasos y recorría de vuelta el frenético trayecto de la noche anterior. Un trayecto que, más que carrera, fue una especie de vuelo. Sabía que esa posibilidad de escape no volvería a presentársele. Cuanto más se acercaba a Virgil, Merlin, Alex Williams y quienquiera que estuviera en la casa construida sobre la que alguna vez fue su propiedad, más lo invadían diversos sentimientos: ansiedad, miedo, casi pánico. En su interior se libraba una batalla constante entre los pensamientos en cascada que por un lado le hacían decirse: «Esto es un gran error», y, por el otro, repetir: «Pero ¿qué más puedo hacer?». Y, al final, siempre llegaba a la misma conclusión: «Me he enfrentado a ellos y los he vencido antes, puedo hacerlo de nuevo». Cuando el automóvil de alquiler giró hacia el camino de acceso por el que corrió la noche anterior haciendo frente a la densa oscuridad, el psicoanalista tuvo que reunir cada gramo de la fortaleza interior que aún moraba en él. No creía que le quedara mucha resistencia porque la mayor parte se había consumido durante el robo a la familia, pero estaba decidido a aprovechar lo que quedara. Su pistola iba guardada en la guantera. A la derecha, entre los arbustos silvestres y la arboleda, estaba el muro de piedra que lo ocultó la noche anterior y también otra noche quince años antes, cuando le disparó al señor R. La ocasión en que más cerca estuvo de convertirse en asesino y en la que, ingenuamente, creyó que con herir a un asesino real bastaría para recuperar su libertad. Una parte de él quería volver a ese sitio donde esperó escondido debajo de una lona oscura como si, de alguna manera, en algún recuerdo irreal, esa estrategia pudiera volver a funcionarle.

Lo primero que vio cuando entró por el acceso fue una camioneta roja estacionada a un lado, junto a la reja eléctrica. En uno de los laterales tenía un gran anuncio que decía: «Cape Cod. Servicio de cerrajería 24 horas», y la caricatura de un hombre abriendo una puerta cerrada. Debajo, un número telefónico y una dirección de correo.

Después vio a un hombre que no se parecía mucho a la caricatura. Vestía vaqueros, una maltratada gorra de béisbol y una camisa de lana a cuadros para protegerse del frío de la tarde. Alrededor de su prominente cintura llevaba un cinturón de cuero para herramientas, tenía un destornillador en la mano y estaba reemplazando el panel eléctrico destruido. En ese momento conectaba los cables a un nuevo teclado.

La reja estaba abierta de par en par.

«Al menos logró lidiar con la cadena», pensó Ricky. Se preguntaba si eso significaría que la familia que lo quería muerto atacó la suite VIP en el motel Great Sea View. Esperaba que el joven de la coleta no hubiese resultado herido, lo que le hizo recordar al empleado de aquel motel de Alabama, el imitador de Elvis que murió diez años atrás, cuando el señor R llegó buscándolo a él. Respiró hondo, evocó la escena de la muerte. También recordó que fue la noche en que conoció a Roxy, cuando era pequeña y solo tenía trece años. Un recuerdo espantoso combinado con algo que se convertiría en una maravillosa experiencia cercana a la paternidad en su vida.

En el piso, junto al parachoques trasero de la camioneta, Ricky vio en el suelo la cadena, el candado y unas cizallas para tareas pesadas.

El electricista levantó la vista cuando pasó a su lado. Ricky movió la mano en un gesto amigable, disminuyó la velocidad y bajó la ventana.

—¿Pudo repararlo? —preguntó.

El electricista asintió.

—Casi —contestó.

—¿Tiene idea de cómo se averió? —preguntó Ricky.

—Alguien se volvió loco con un martillo —gruñó el hombre antes de volver a concentrarse en sus cables y el destornillador.

—Vivimos en un mundo muy extraño, ¿no cree? —dijo Ricky en tono alegre.

—En eso tiene razón —repuso el electricista.

«Este hombre me recordará —pensó Ricky—. Y eso es bueno».

Frente a la casa había otro vehículo. Una deteriorada camioneta pick-up gris descolorida, llena de rayaduras y abolladuras.

Esta tenía el nombre del contratista en el lateral. Ricky vio a dos trabajadores vestidos con sudaderas, botas y vaqueros similares a los del electricista. Después de arrojar varias herramientas a la parte de atrás, subieron a la camioneta. «Vinieron a reparar la puerta deslizante —sospechó—. Y tal vez a limpiar las marcas negras de la bengala que ardió sobre la plataforma».

También a ellos los saludó agitando la mano y con una sonrisa para que lo recordaran «en caso de que no sobreviva». Los hombres respondieron a su gesto, pero enseguida lo ignoraron, arrancaron la pick-up y se fueron a las cuatro en punto. Hora de volver a casa.

Ricky aparcó en el lugar que dejaron y miró la mansión.

La puerta de la fachada estaba cerrada.

Dejó el arma en la guantera y usó el bastón que acababa de comprar para estabilizarse y caminar hasta la entrada.

Tocó el timbre de manera insistente, tres veces.

Oyó pasos acercándose en el interior.

En el breve trayecto a la casa había imaginado unos cien planes, tenía la cabeza llena de ideas, de lo que haría, lo que diría y cómo actuaría. Pero, en ese instante, todo se le olvidó. Se preparó como un piloto volando con un solo motor y descendiendo para aterrizar apoyado solo en un ala y una oración.

La puerta se abrió y de pronto se encontró mirando de frente a Laura, la esposa de Merlin.

Ella se quedó boquiabierta.

«Ni siquiera Daniel, quien, ataviado con la abundante buena fortuna del Antiguo Testamento, fue rescatado de las fauces del león por intervención de los cielos y los ángeles, se sintió tan ansioso de volver al foso de los leones por segunda vez y poner su suerte a prueba —pensó Ricky—. Los leones hambrientos podrían no escuchar a los ángeles de nuevo.

»Pero me arriesgaré».

—Hola, Laura, un placer volver a verla. ¿Durmió bien? Tal vez podría avisar a los demás de que he venido a visitarlos, ¿no cree? —soltó al pasar a su lado y entrar en la casa sin ser invitado—. Esta debería ser mi última visita —añadió, sonando confiado en extremo e incluso con un ligero sonsonete. Con eso esperaba disimular el temor de estarse enfrentando a los últimos minutos de su vida y de haber vuelto a la escena del crimen sabiendo que no era un asesino después de todo.

41

DÍA TRECE - 16.05 HORAS

Una apuesta con la muerte

La sala principal estaba vacía. Entró caminando, balanceando su bastón con confianza, como si fuera un hombre de una época previa a la guerra, como un dandi de finales del siglo XIX paseando en París: era un acto teatral que montó para la sorprendida esposa. Lo único que le hacía falta para completar la actuación era un sombrero de copa de seda o un bombín de paja. Unos instantes después oyó a Laura gritar detrás de él con una voz agudísima y desbordante de pánico.

—¡Mark! ¡Alex! ¡Todos! ¡Es él! ¡Está aquí!

«No esperabas verme, ¿verdad?».

Se giró hacia la mujer.

—Laura, escuche, puede llamarme Ricky —dijo muy tranquilo—, como hacen todos mis amigos.

Su tono familiar y despreocupado seguramente la asustó más, era justo lo que quería. Vio un alto sillón de cuero frente a los otros muebles, era el lugar dominante. Oyó el retumbar de los pasos urgentes provenientes de distintos lugares de la casa, de arriba, de la parte de atrás, de la cocina. Se sentó, cruzó las piernas y trató de parecer sumamente relajado y cómodo, pero, por dentro, el corazón estaba a punto de explotarle. Se preparó para hacer frente a la violencia en unos instantes. Imaginó a un director de cine dando instrucciones cruciales a una joven y nerviosa aspirante a estrella mientras se preparaban para filmar la escena decisiva: «Muy bien, en esta escena te enfrentarás a la gente que te quiere ver muerta…».

El primero en llegar a la sala fue Merlin.

Sobresalto momentáneo, seguido de una expresión impertur-
bable.

En un instante fue más allá del enojo, parecía furibundo.

Tenía un revólver en la mano.

Lo levantó y apuntó directamente a Ricky, pero titubeó.

Era el momento que el psicoanalista más temía: los segundos en
que la ira podía nublar un pensamiento claro. Una reacción visceral que
gritaba: «¡Aprieta el gatillo!».

«Este podría ser el momento en que muera».

Abrió los brazos y los extendió lo más posible.

—Hola, abogado. Vengo desarmado —dijo con calma, como si no
pasara nada. Como si nada le importara.

Sabía que era una declaración falsa.

«Estoy armado con armas invisibles».

Pero no lo mencionó aún, no quería jugar sus cartas todavía. Solo
miró a Merlin bajar el arma.

Renuente.

No era difícil imaginar el dedo acariciando el gatillo con insistencia. La batalla entre la razón y el instinto que se libraba en el calculador abogado. Hasta entonces había prevalecido la razón, pero el instinto podría actuar en cualquier momento.

Ricky controló su respiración, espiró lento, tratando de disimular
el miedo. Usó su expresión de psicoanalista, es decir, su manera de
permanecer impávido a pesar de los horrores confesados por los pacientes.

Vio a Laura caminar despacio hasta detrás de Merlin y sujetar su
brazo izquierdo como ocultándose, pero tratando de ver qué sucedía.
No deseaba ser testigo de un asesinato, pero tampoco quería perdér-
selo. Estaba atrapada sin esperárselo. Unos segundos después se oyeron pasos apresurados en las escaleras y Ricky vio a los dos jóvenes
universitarios. Molly del MIT y Mark júnior de la Universidad de
Boston llegaron y se pusieron junto a sus padres.

Se quedaron mirándolo como si fuera un viejo fantasma de su infancia, alguien a quien casi llegaron a conocer en sus fantasías adolescentes. La presencia que acechaba debajo de la cama, que se ocultaba
en el armario o vivía en el desván lista para salir de un salto mientras
ellos trataban de conciliar el sueño. «El payaso malvado, el hechicero,
duende, trol, vampiro, zombi: Ricky, el psicoanalista que había traído
tanta muerte a su familia».

«Bueno, ¡vaya sorpresa! —pensó—. Heme aquí en carne y hueso».

—Hola de nuevo, Molly —dijo Ricky con un pequeño gesto de saludo con la mano—. Un placer volver a verte. ¿No has visitado más puentes cubiertos en Nueva Inglaterra? Hay muchos, ¿sabes? Son muy pintorescos y románticos. Un día podrías llevar allí a algún novio del MIT de paseo. Cuando no estés trabajando en programar o encriptar algoritmos, por supuesto, cuando no estés ocupada haciendo tarea. Esos puentes son dignos de ser fotografiados, son muy llamativos, pero tú ya lo sabes, ¿no es cierto? —dijo con un sarcasmo inconfundible. Su intención era hacerle entender: «Sé algo sobre ti»—. Pero también hay otras cosas y personas dignas de ser fotografiadas, que también conoces, ¿verdad?

«Como el señor Alan Simple, que murió asesinado».

Sabía que Molly no respondería.

Aunque quisiera, su padre no se lo permitiría.

Palideció un poco, parecía tener la boca sellada. Ella y su hermano estaban paralizados un paso por detrás de sus padres. Ricky vio a Laura volverse hacia su hija cuando mencionó el MIT.

«Toqué una fibra delicada, ¿cierto?».

Continuó hablando.

—Y tú debes de ser Mark júnior. Un placer encontrarnos al fin, a pesar de que siento como si ya te conociera. Ya te había visto en una ocasión, eras muy pequeño. Fue en el exterior de la escuela especial donde te inscribieron. Te costó trabajo avanzar al principio, ¿no es verdad? Pero te empeñaste y venciste. Es admirable lo que has logrado, deberías estar orgulloso. ¿Y ahora estudias crimen y castigo en una universidad de prestigio al otro lado del río Charles, muy cerca de tu hermana? Me parece muy apropiado para continuar con la tradición familiar. En fin, me da gusto ver cómo has crecido…

«¿… y te has convertido en un asesino?», terminó de decir Ricky, pero solo en su mente. No sabía si tenía razón, en la sala se respiraba la incertidumbre y lo que él necesitaba eran certezas.

—Qué divertido es el paintball, ¿no es cierto? Jugar con pistolas de cápsulas de pintura —dijo viendo al chico palidecer.

Volvió a respirar lentamente mientras reorganizaba su acometida, hizo una pausa suficiente para que Alex, el fotógrafo no del todo difunto, también apareciera en la sala empuñando un revólver. De un lado, manteniéndose un poco atrás, ya estaba presente Annie, su hermana.

«Casi todos», pensó.

Virgil llegó en ese momento.

Estaba mayor. La década que había transcurrido desde la última vez que la vio había trazado algunos mechones plateados en su cabello. Seguía siendo deslumbrante, alta, distinguida. Ya no era la mensajera desnuda que apareció ante él para ofrecerle de manera seductora un viaje guiado al infierno que su familia había creado para él. Ahora era una mujer madura, pero conservaba su hermosura de la misma sofisticada manera en que una actriz evoluciona con el tiempo y desarrolla un sólido dominio sobre cualquier persona a la que permite entrar en su órbita. En ella se conjugaban majestuosidad y misterio; un atractivo sexual irresistible y persuasivo, algo que decía: «He visto y hecho mucho, y puedo imbuirle toda esa experiencia a un solo movimiento de mi mano o al sutil néctar de mis labios».

Reconoció los hechizos que Virgil podría lanzar.

En su mirada también reconoció una ira inextinguible.

Todos se quedaron mirándolo en silencio.

Una reunión familiar como para alguna de las fiestas que se acercaban. Todos reunidos para decir aquello por lo que estaban agradecidos, para cantar un villancico juntos o levantar una copa y dar la bienvenida al nuevo año.

Otro momento peligroso, ya que todos se estarían preguntando: «¿Qué hace aquí?». Y tal vez la pregunta requeriría una respuesta distinta para cada uno.

Entonces Virgil habló.

—Mátalo...

Y, casi como si lo hubiera olvidado, agregó:

—... por favor.

Nadie se movió.

Era como si un helado viento invernal se hubiera colado en la sala, un viento penetrante y expansivo, generador de la escarcha que empezaba a acumularse.

El fotógrafo se retorció un poco y amagó con levantar su arma. Ricky notó que carecía de convicción mortal, tal vez a él también le hacía falta la ferocidad necesaria. No era el mismo Alex que le apuntó con un arma en su cabaña de Vermont, cuando actuó para crear la ilusión de una amenaza, sin intención real de asesinar. Esto era distinto y Ricky se daba cuenta de ello. Sin embargo, no le quedaba claro de qué manera había cambiado su otrora paciente. Creía que haría casi cualquier cosa que Virgil le pidiera, pero esta orden lo lanzaría directo a una frontera invisible.

«Ha visto demasiada muerte.

»Ha documentado demasiada muerte».

Ricky recordó sus palabras:

«Me he convertido en un asesino y lo he hecho con mucho gusto...

»¿En serio, Alex? ¿Ahora lo eres?

»Podrías, pero no lo creo».

Sabía que una de las personas frente a él había colocado una pistola en la boca del señor Alan Simple, su infeliz paciente. Y había disparado. También sabía que Alex Williams fue quien tomó la fotografía porque esta tenía su estilo y su manera de encuadrar los objetos. Sabía quién contribuyó con su experiencia para enviar la fotografía y todo lo que la acompañó, como la carta falsa con que quisieron hacer creer a Roxy que había sido acusada de hacer trampa. La señorita Molly del MIT. También sabía que una de las personas presentes le apuntó a Charlie con una pistola de paintball y así lo lanzó al fondo de una espiral de bipolaridad. «Quien disparó aquella cápsula de pintura roja en la madrugada tuvo que ser Mark júnior». El acto tenía las características de una travesura de joven universitario de fraternidad.

Sin embargo, no sabía quién había asesinado a Simple.

Pudo ser cualquiera, pero dudaba de Laura. Merlin, el abogado, era demasiado inteligente para apretar un gatillo, preferiría que otro se ensuciara las manos. Asimismo, su esposa no habría permitido que ninguno de sus hijos se convirtiera en asesino. «¿Contribuir a una muerte? Sí. ¿Matar? No».

Eso solo dejaba a Virgil y a Alex Williams.

Imaginó la conversación rebotando en la cabeza del fotógrafo:

«¿Ayudar a forzar a Ricky a suicidarse?

»Sí, lo haré.

»¿Asesinar a un desconocido? ¿Al señor Alan Simple?

»También podría hacerlo, bajo la influencia de Virgil, claro. Podría forzarme a ello, conozco a fondo lo que significa ver extinguirse la vida de otros.

»Pero ¿matar a Ricky ahora, aquí mismo, en este momento y frente a toda esta gente? ¿Matar a alguien que conozco? ¿Alguien que no es una cifra ni una entidad abstracta? ¿Asesinar a alguien que para mi esposa y su hermano representa una cosa y, para mí, otra?

»No estoy seguro. Tal vez sí. Tal vez no. Estoy tratando de encontrar la respuesta dentro de mí».

Ricky fijó la vista en su otrora paciente. Entrecerró los ojos y lo fulminó con la mirada. No quería parecer asustado, aunque le costaba trabajo. Por fuera se le veía frío y calculador; por dentro, el corazón le palpitaba a toda velocidad y sus terminaciones nerviosas estaban al borde del colapso.

«Un momento arriesgado —pensó—. Distinto al instante en que Merlin entró en la sala apuntándome con el revólver. Pero igual de peligroso».

Hizo cálculos, todos los factores que influían en el momento pasaron por su mente a toda velocidad.

La sala permaneció en un silencio ensordecedor.

No sabía si el fotógrafo estaría bajo el mismo tipo de hechizo que Sunshine Man lanzaba sobre sus seguidores, si obedecería ciegamente a Virgil creyendo que solo era su esposa, cuando, en realidad, tenía una relación más estrecha con él: era su guía personal en el infierno. ¿Tendría esa hermosísima mujer el mismo nivel de control que el líder de la secta ejercía sobre toda esa gente que de manera rutinaria aceptaba sus irracionales órdenes ignorando las restricciones usuales de la sociedad que impedían hacer el mal?

«Es el tipo de mujer que puede hacer que otros cometan actos que por lo general no cometerían. Puede hacer que la gente actúe sin pensar.

»Puede manipular.

»Su hermano, el abogado, también manipula, pero de otra manera.

»Una combinación letal».

»Estoy apostando demasiado, pero todas las decisiones en la vida son una apuesta. En especial cuando uno está en una sala llena de gente obsesionada con matarme».

Era probable que el fotógrafo, su expaciente, se hubiera contagiado del odio que le tenían Virgil, Merlin y su difunto hermano, el señor R. Laura, la esposa del abogado, tal vez también lo odiaba ahora. Quizá no de una manera tan virulenta, pero un poco al menos. Los dos jóvenes universitarios estaban al tanto de la aversión, aunque tal vez no conocían el origen y solo eran reclutas en la causa cuyo objetivo era asesinarlo.

Hasta ese momento, Ricky no había tenido valor suficiente para mirar a Annie, no sabía el impacto que habrían tenido en ella los sucesos de la noche anterior. Ruido, bengalas, silbatos y gritos para disimular un robo. Ella tuvo que ajustarse a lo que pasaba en dos bandos: el de él y el de la familia. No sabía por qué lado se habría decantado Annie y no quería que la mujer se sumergiera en la atmósfera que se estaba generando en aquella sala y que parecía instalarla a un acto específico: unirse a los psicópatas. Debido a su inseguridad, decepción y frustración porque la vida no estaba saliendo «como había planeado», se había dejado seducir por las promesas de Sunshine Man. En aquel entonces era una mujer vulnerable, y ahora lo era aún más. De todas las personas ahí reunidas, a Ricky le parecía que ella era la menos predecible.

La vio dar un paso al frente.

—No lo hagas, Alex—musitó cerca de su hermano.

Ricky se quedó mirando el cañón del revólver que tenía delante.

«Crea una distracción —se dijo—. Es hora del espectáculo».

Entonces hizo un gesto desdeñoso, como si pudiera hacer desaparecer el arma de la mano del fotógrafo como un mago en un espectáculo infantil.

—Alex —dijo despacio—, si usted aún no es un asesino, no se convierta en uno ahora.

En ese momento de vacilación, Virgil extendió su brazo y tocó el de su esposo.

—Aquí no —dijo—. Tu hermana tiene razón, no podemos matarlo aquí.

Otro momento de razonamiento, igual al que experimentó su hermano.

«Me ha salvado una repentina cuestión práctica», pensó.

«No le dispares a una persona que, además de desarmada, está cómodamente sentada en un sillón en tu casa: será difícil explicar a la policía por qué lo hiciste».

Hubo otro silencio.

Alex habló.

—Entonces, ¿dónde?

Virgil miró a Ricky.

Cuando él la miró también, vio su rostro endurecerse, fue como ver años de emociones acumuladas creando un caos en su mente. Décadas de odio, años de obsesión, mentiras y manipulación. Actuaciones en las que mostró miedo y luego confianza. Arrogancia y fortaleza. Debilidad y súplicas. Las distintas Virgil que había conocido desde el momento en que aquella mujer entró en su consulta en Manhattan, dejó caer su gabardina al suelo y se quedó de pie, desnuda frente a él, atrayéndolo a seguir el sendero del suicidio. Encontrar el escenario idóneo para su muerte podría ser la actuación más importante de la vida de Virgil, una actuación que había estado ensayando segundo a segundo, todos los días, durante años. En ese momento se convertía en la última escena del último acto.

—Se suponía que el doctor Starks iría a suicidarse al lugar donde se suicidó antes —dijo Virgil muy despacio, imprimiéndole furia a cada palabra—. Podríamos llevarlo allí ahora —agregó—, estamos familiarizados con cómo matar en una playa, ¿no?

La indolencia en su voz era escalofriante.

«La frialdad de un asesino».

Ricky sabía a qué se refería, al lugar donde ella apretó el gatillo, un legado de su difunto hermano, el señor R.

«El parque estatal en Cayo Vizcaíno donde murió Alan Simple.

»Pero adonde ella quiere ir ahora es a Hawthorne Beach, a unos kilómetros de distancia. Las olas que rompen en esa playa aparecen en el DVD con la película que no es *Oldboy*».

Los recuerdos surgieron de su interior en ese instante.

«Las conocidas dunas altas y la franja arenosa, el lugar donde yo y mi esposa pasamos muchas felices horas y donde, hace quince años, después de quemar nuestro hogar, fingí mi muerte. Donde le hice creer al mundo que, en medio de una depresión incontrolable, me drogué y caminé hacia las olas para que me tragara el mar.

»Siempre fue el lugar correcto para concretar mi suicidio Es una opción lógica, desde el punto de vista psicológico. Las autoridades mirarán los viejos archivos y anunciarán al mundo: "En una ocasión, el doctor Starks fingió morir aquí, es lógico que haya elegido el mismo lugar para volver a hacerlo". El tipo de lugar que hará que la gente esté de acuerdo y asienta al leer un segundo obituario en los periódicos locales. Quince años atrás publicaron uno con base en una mentira que parecía ser verdad. Esta será la verdad disimulada por una mentira».

Negó con la cabeza.

—Me parece que no entienden —dijo Ricky con cautela.

—¿No entendemos qué, doctor? —preguntó Merlin.

La voz del abogado había recobrado fuerza. Parecía que, al igual que su hermana, poco a poco iba regresando al borde de la furia controlada. Ricky sabía que llegar a ese borde significaba que cualquier cosa era posible. Aquel tono en su voz era el de un abogado que ya había oído a su oponente vomitar malinterpretaciones que rayaban en mentiras, y que ahora se ponía por fin de pie porque había llegado su turno de argumentar. Las palabras lo asfixiaban como manos alrededor del cuello, le costaba demasiado trabajo controlarse. «Es probable que el revólver en sus manos lo esté instando a gritos a usarlo —pensó Ricky—. "Aquí estoy, úsame y termina con esto para siempre"».

El psicoanalista asintió sin dejar de mirarlo.

«No disparará».

«Aún no, ya tomó esa decisión.

»Es demasiado abogado, está ponderando las ventajas y los inconvenientes, tratando de ver el problema desde todos los ángulos, intentando anticipar todos los resultados. Está tratando de predecir el futuro aunque sabe que no puede. Su cautela domina a su furia, al menos lo suficiente para dejar que su dedo permanezca en el gatillo y para mantener el arma abajo, pegada a su costado.

»Por el momento.

»No le des motivos para que vuelva a evaluar la situación».

Ricky percibió la ironía: «En esta sala, su hermano, el señor R, no habría dudado ni por un instante, pero en la parte de atrás de una iglesia en Alabama, hace diez años, sí lo hizo. Dudó porque creía que tenía control absoluto sobre todos los factores conducentes a mi muerte, pero no, no lo tenía». Algo le quedaba claro a Ricky: «La vacilación del señor R le costó la vida y nos lanzó a todos directamente al sendero que nos trajo hasta esta sala, este minuto, este segundo. Justo aquí, justo ahora».

—¿Qué es lo que cree que deberíamos entender? —preguntó Virgil en un tono penetrante, frío, directo, sin arrepentimientos, iracundo, pero también controlando cada una de sus emociones e impulsos.

El instinto, entrenamiento y los años de experiencia del psicoanalista florecieron en el momento en que sonrió a la familia.

—Deben entender que ya estoy muerto —contestó y señaló con un gesto los sofás y sillones alrededor—. Tomen asiento, por favor, relájense y siéntanse como en casa, porque aquí es donde todos moriremos.

42

DÍA TRECE

Los últimos minutos antes de las tinieblas

Un breve curso de criminalidad impartido por un criminal
singular que propone usar un viejo crimen de una manera
totalmente nueva

Todos caminaron titubeando hasta sus asientos. Algunos moviéndose
con nerviosismo, otros inclinándose hacia delante, a la expectativa.
Las miradas se mantuvieron fijas en Ricky, en espera de que hablara o
se explicara. O de que hiciera algo que los catapultara a todos a alguna
acción indefinida como corredores atentos al disparo en la línea de
salida.

«Esta será mi mejor última sesión —pensó—. O tal vez mi peor
última sesión. Una u otra».

Era extraño, pero se sentía confiado.

«No se han dado cuenta, pero los próximos minutos jugaremos a
un juego. Esta vez será mi tipo de juego, no el de ellos.

»Un juego verbal. En el que hablaremos y argumentaremos».

Era justo lo que había hecho en la privacidad de los cientos de sesiones de terapia que había dado a lo largo de casi toda su vida adulta.
«La existencia como intervalos de cincuenta minutos» en los que tuvo
que manipular sentimientos y guiar la dirección de los resultados.

«Sin adivinanzas. Sin videos. Sin trabajos hercúleos.

»Sin voces muertas del infierno».

Lo que planeaba hacer era simple. De la misma manera que ellos alguna vez le hicieron llegar algo, ahora él les haría llegar algo distinto.

«Un juego de historia. Un juego de obsesión. Un juego psicológico. Un juego de amenazas. Un juego de dudas.

»Un juego de asesinato. Un juego de muerte.

»Un juego de vida».

Las dos armas presentes en la sala, los revólveres de Alex y Merlin, permanecieron empuñadas, dispuestas. Sin embargo, ya no le apuntaban a él de manera directa. Ahora, sus propietarios, cuyas voces se habían acallado, las sostenían en el costado de manera distraída, ociosa. A Ricky le pareció que la cínica postura tipo «podría morir o podría vivir» con que se presentó ante ellos había sido una buena estrategia inicial.

—De acuerdo, doctor Starks —dijo Merlin con un tono muy formal, como un abogado en un juicio tomando la palabra. Su tono fue plano e indiferente—. Explique a qué se refiere antes de que sienta que ya he oído demasiado y le dispare. «Estás muerto, vamos a morir». Esto no tiene ninguna lógica y mi paciencia es limitada.

Después de hablar dio paso al silencio. Sabía estirar las palabras, hacer una pausa entre frases para que todo el discurso tuviera un impacto escalofriante. Era un toque que había aprendido en los juzgados e imitando famosos contrainterrogatorios. Clarence Darrow contra William Jennings Bryan en el Juicio de Scopes. O Tom Cruise y Jack Nicholson en *Algunos hombres buenos*. Y algo similar a lo que Virgil, su hermana, aprendió cuando estudió los matices en el discurso para poder actuar en escena. Ricky recordó enseguida la breve conversación que tuvo días antes con el productor de teatro que le dijo que la actuación de la actriz como Lady Macbeth había sido extraordinaria: «Acercaos, espíritus malignos que el pensamiento gobernáis… Impedid que la clemencia humana se oponga al propósito de mis crueles intenciones…». Muchas actrices habían imbuido un anhelo asesino a esos versos en una miríada de formas.

Ricky se inclinó un poco hacia delante y fijó su mirada en Merlin con la misma inflexibilidad que usó al encarar a Alex unos segundos antes.

Merlin se volvió hacia Virgil y continuó hablando.

—Tiene razón, doctor —dijo, tratando de hacer patente su desprecio en la manera en que pronunció el título de Ricky—, este sería un mal lugar para dispararle. Si decidiera hacerlo, sin embargo, estoy seguro de que podría salir del problema con mis propios argumentos.

Como sabe, tengo mucha habilidad para ello. Por otra parte, la policía local no es tan sofisticada como la de las grandes ciudades. Por si fuera poco, les caigo bien, me consideran un amigo porque el año pasado los proveí de nuevas radios de alta tecnología. Soy un individuo destacado en la comunidad, un contribuyente de alto nivel. A mí no me ponen multas de tráfico...

Sonrió como un tiburón.

—Soy más importante que usted cuando fue el dueño de este terreno. Es probable que ni siquiera supieran que existía... hasta que quemó su casa, por supuesto. Pero luego yo me hice cargo de su tierra y cultivé relaciones sociales. También tengo vínculos con el gobierno local. Hice algunas contribuciones y doné algunas cosas. Ya sabe, ahora hay bibliotecas locales cuyas salas llevan mi nombre, y zonas de conservación ecológica en las que hermosas plaquitas de madera, también con mi nombre, adornan los senderos. Financié un par de proyectos de políticos locales para rescate de animales. Todo esto hace que yo sea la persona a la que la gente local menos querría acusar de un delito...

Volvió a sonreír, esta vez como el gato de Cheshire.

—... en especial de homicidio.

Luego sonrió por tercera vez, de una forma perturbadora. Como Ted Bundy.

—La gente rica con mi apariencia no termina en prisión.

Ricky reconoció de qué se trataba: «Un falso alarde como en los juzgados».

—Creo que sobreestimas tus habilidades —dijo el psicoanalista con firmeza—. Los sobornos modestos pueden salvar de muchas situaciones, pero no en caso de asesinato.

Merlin se inclinó hacia delante con el rostro un poco enrojecido, como un buitre hambriento examinando un cadáver.

—¿Está seguro de eso, doctor? Teniendo en cuenta su situación, me parece que está apostando demasiado,

«En eso tiene razón», pensó Ricky. Merlin levantó su arma. No le apuntó, solo la usó para hacer gestos, para recordarle que seguía en su mano y que todavía ansiaba ser usada.

Ricky ignoró todo aquello y se concentró en procesar la información.

«A ningún padre le agrada que lo humillen frente a sus hijos, pero de cualquier forma será precavido. A pesar de su amenaza, apretar el gatillo cambiaría la imagen que tienen de él los muchachos. Tal vez podría salirse con la suya si habla con la policía local, también tiene razón en eso. Pero ¿con sus hijos? No lo creo. Es probable que sean conscientes de que ha estado orquestando mi muerte, durante muchos años les han enseñado a esperarla incluso. Y, si de pronto me convirtiera en una amenaza, es decir, si sacara una pistola, como la que dejé en el automóvil, aceptarían que su padre me matara para protegerlos. Pero eso no sucederá, no aceptarán que se convierta en un asesino a sangre fría frente a sus ojos. ¿Disparar a un hombre desarmado y sentado en un sillón? No. Eso los conmocionaría, los lastimaría y dejaría marcados para siempre. Los colocaría en mi territorio: el de la terapia psicológica. Él lo sabe pero seguro que no lo desea. Es la música que suena detrás de cada una de sus amenazas». Ricky veía cómo oscilaban las opciones frente al abogado que también era padre. De cualquier forma, se dijo: «Sé cauteloso».

A pesar de todo, sabía que el hombre más peligroso en esa sala no era él, por eso giró y se dirigió a su otrora paciente.

Vio que Alex Williams también era consciente de su peligrosidad.

El fotógrafo levantó su arma y la sostuvo frente a todos. La giró hacia un lado y luego hacia el otro, como alardeando.

—Mi cuñado no tendría que matarlo, doctor —interrumpió el fotógrafo—. Yo podría hacerlo. Ahora mismo. En este lugar. En este instante y con este revólver. Y luego podría irme sin perder mi libertad ni ser castigado... —dijo sonriendo y encogiéndose de hombros—. Después de todo, ya estoy medio muerto. En Vermont siguen buscando mi cuerpo, aunque supongo que por ahora preferirán esperar a que llegue la primavera. Además, soy perfectamente capaz de transformarme en alguien distinto en ese tiempo. Nueva identidad, nueva historia, nueva vida. De la misma forma en que usted lo hizo una vez. De hecho, lo anhelo. Ya no quiero ser el viejo Alex y seguir cargando toda esa tristeza. Todos los malos recuerdos. Lo sabe, ¿o me equivoco? Es decir, le quedó clarísimo después de nuestra sesión final en el puente, ¿cierto? Piénselo, quien lo mataría sería un hombre muerto. ¿Cree que los agentes de la policía local que acaba de mencionar mi cuñado comprenderían todo eso? No lo creo.

Calló un instante y luego continuó.

—Considérelo, doctor. Yo podría ponerme de pie, caminar hasta donde está, colocar el cañón en su boca, apretar el gatillo y dejar la pistola en su mano. Luego, cuando llegue la policía, todos podríamos decir...

Vaciló, dejó que la espeluznante atmósfera se extendiera en la sala antes de continuar.

«Alan Simple —pensó Ricky—. Este hombre vio a Virgil hacerle justo eso».

Alex continuó hablando, esbozando una sonrisa inocente, y así imaginó en voz alta la conversación que tendrían con los policías que llegaran a la casa del abogado.

—¿Saben, agentes? Para nosotros es un total misterio. El doctor parecía en verdad muy molesto porque su propiedad había sido demolida y luego se había construido una casa sobre ella. Nos quedamos estupefactos cuando sacó la pistola y se disparó frente a todos. Sospechamos que estaba deprimido, en estado suicida. Nos parece que su consulta en Miami y la atención a sus pacientes son un desastre en este momento, ¿no es cierto? ¿No estaba abrumado desde que uno de ellos se suicidó? Hay tantos factores... ¿Alguien podría saber lo que tenía el doctor Starks en la cabeza cuando se disparó? Es un misterio, como dijimos. Un acontecimiento tan perturbador y triste...

El estrés de Ricky iba en aumento, pero estaba decidido a no permitir que lo notaran. La tensión en la sala también era cada vez más patente.

El fotógrafo se encogió de hombros y repitió en tono burlón:

—Es tan, tan, tan, pero tan triste... Nadie sabe en realidad por qué la gente hace las cosas que hace... —dijo. Hizo una pausa y luego agregó—: ¿Qué cree que dirán esos policías, doctor? Yo creo que algo como: «Qué tragedia. Por supuesto, no habrían podido hacer nada al respecto». Y luego habrían estrechado mi mano y salido cargando su cuerpo.

Alex agitó el revólver en el aire para enfatizar lo que estaba diciendo, parecía que Virgil le había dado clases de actuación. Luego se detuvo y apuntó el arma hacia Ricky.

Centró el cañón y cerró un ojo mientras con el otro dirigía la mira.

Ricky recordó: «No es la primera vez que me pone un revólver en la cara. Si no apretó el gatillo entonces, no lo hará ahora».

Respiró hondo, sabía que hacer frente a la familia en aquella sala era como caminar sobre una cuerda floja, como cruzar una superficie alfombrada con serpientes letales o tratar de pasar como si nada junto a una manada de lobos hambrientos. No obstante, reconocía que le habían presentado sus mejores argumentos para asesinarlo.

«Y se quedaron cortos. Como imaginé. Como planeé. Como esperaba».

—Buena parte de lo que dice es cierto —respondió Ricky hablando lento, como un matemático que analiza una complicada ecuación—. Podría matarme y podría hacerlo justo de la manera en que lo describe...

Calló un instante y se reclinó en su asiento como un hombre que rezuma confianza.

—Pero piense en los resultados, Alex... Estaría pidiendo a esos dos jóvenes de ahí —dijo señalando a los universitarios detrás de sus padres—, vaya, los estaría instando a que fueran algo más que testigos. Tendrían que convertirse en sus cómplices en esta ficción, el encubrimiento de un homicidio en primer grado. En este momento solo son hijo e hija, estudiantes que tal vez imaginaron que lo único que ustedes les pedirían sería participar en una especie de videojuego. Dispáreme ahora mismo frente a ellos y todo esto se convertirá en algo distinto, en algo un poco más real, ¿no cree? Sería demasiada carga para ellos, día tras día, año tras año, ¿no le parece? ¿Cree que la culpabilidad no les pesaría y algún día se volvería insoportable? Los humanos no podemos cargar con la deshonestidad para siempre, nos puede provocar pesadillas, una ansiedad incontrolable, fuertes depresiones, dudas, inestabilidad y desesperación. Mentiras mezcladas con culpabilidad pueden acechar desde nuestro propio interior. Es una mezcla tan peligrosa como el cáncer. Todos los psicoanalistas lo saben...

Miró a Molly y Mark júnior.

Vio el miedo comenzando a florecer en sus rostros, en su mirada, en su lenguaje corporal.

Miró a Alex y su revólver, pero sus palabras estaban dirigidas a Merlin, su esposa y sus dos hijos.

—¿En verdad creen que sería justo transmitir su necesidad de revancha a la siguiente generación?

Nadie respondió a su pregunta.

Ricky se encogió de hombros, tratando de dar al fotógrafo la impresión de que nada de lo que le había dicho importaba.

—Además... —dijo volviendo a mirar a Alex, pero haciendo gestos hacia Merlin y su esposa—, lo mismo pasará con los padres de estos jóvenes. ¿Cree que su matrimonio podría soportar una mentira y un asesinato en sus cimientos? ¿Qué pasará cuando se separen? Porque créame que será inevitable. ¿No le parece que, durante una reunión con un consejero matrimonial, alguno de ellos se sentirá obligado a confesar: «Me obligaron a ser testigo de un asesinato...»?

Dejó que su pregunta quedara en el aire hasta descomponerse y convertirse en una sutil peste.

Ricky volvió a respirar hondo.

—Lo cual, Alex, nos lleva a su esposa —dijo en voz baja—. El asunto es complicado, muy complicado...

La última palabra quedó flotando en la tensión del ambiente.

Entonces continuó:

—Su esposa..., bueno, sospecho que al principio estará contenta con usted porque ha dedicado buena parte de su vida a asegurarse de que yo muera, así que, sí, digamos que estará feliz por algún tiempo... Será cariñosa y le dirá que hizo algo maravilloso. Hasta que, en algún momento en el futuro, que podría ser en una semana, o en un mes o ¿tal vez en un año?, se deshaga de usted de la misma manera en que se ha deshecho de todas las demás personas en su vida... porque habrá hecho lo que ella quería y por lo que se casó con usted, y porque se habrá vuelto, digamos, ¿un poco innecesario e incómodo para ella?

Era una mera suposición, pero, por la expresión feroz de Virgil, supo que había dado en el clavo.

Se volvió de nuevo hacia él.

—Por cierto, ¿cómo lo encontró, Alex? ¿Anhelaba enamorarse de Alex, el consumado fotógrafo de guerra? ¿El pintor capaz de retratar la realidad con su cámara? ¿O llegó a su vida un poco más informada, sabiendo algo como: «Este es Alex, el infeliz deprimido en extremo que alguna vez se sometió a terapia con el hombre a quien quiero ver muerto. Él puede ayudarme a lograrlo, a lograr lo único que deseo en la vida»? ¿Cuál de esas posibilidades cree que se acerca más a la realidad, Alex?

Fue como si les hubiera disparado a dos personas, pero no se detuvo ahí.

—Sabe que se cansará de usted. Tal vez no se canse de lo que hizo, pero ¿qué los mantendrá juntos más adelante? ¿Un asesinato? Además, Alex, esa vida que acaba de describir, en la que renunciará a todo lo que es y ha sido y se lanzará a una nueva existencia anónima, de la misma forma en que yo lo hice hace muchos años..., vaya, no sería en verdad una vida para ella, ¿cierto?

Hizo otra pausa para dejar que asimilara lo que acababa de decir.

—¿Y en qué lo convertirá lo que ha hecho por ella y su hermano? Todos los aspectos del plan que urdieron para verme morir fueron pensados para desvincularse de mi asesinato. Quieren recibir los beneficios de mi muerte, pero no asumir la responsabilidad. Muy buena estratagema, claro, pero bastante problemática porque, si usted me mata, vaya, eso lo convertirá en una amenaza. Una enorme e incontrolable amenaza. Una ligera discusión de pareja, un desacuerdo familiar o, quizá, como le sucedió a su padre en un bar, una noche bebe usted de más, y ¿qué podría confesar sin darse cuenta? ¿Qué podría suceder entonces?

Sus palabras hicieron eco entre todos los presentes.

Ricky respiró hondo de nuevo y luego, como si estuviera contando un chiste, solo dijo:

—Ellos querrán estar a salvo, no solo hoy y mañana, no solo una semana, un año o dos. Querrán certidumbre. Así que ¿qué cree que decidirán hacer entonces, Alex?

Dejó que el fotógrafo reflexionara, que las preguntas lo incomodaran. Al mismo tiempo, estaba renovando la ira de Virgil. «La ira de una asesina».

Pero ella no lo contradijo.

El psicoanalista continuó hablando:

—Por supuesto, creo que todos aquí estarían dispuestos a seguir viviendo con mi muerte a cuestas…, pero solo si quien me matara fuera yo mismo. Es lo que siempre han necesitado, ¿no es cierto? Mi suicidio. Eso liberaría a todos de los problemas legales y emocionales… Alguien tal vez tendría preguntas…, sentimientos de inquietud…, algunas dudas, pero todo eso podría superarse. ¿Pero que usted me asesinara? ¿Aquí y ahora? No. Eso causaría pesadillas y cosas peores. Porque nadie en esta sala podrá volver a ver a los otros de la misma manera. Jamás.

De pronto giró hacia los dos universitarios. «Ahora puedes volver a jugar esa carta. Recuérdales que este momento no solo tiene que ver con el pasado y un poco con el presente, sino que significa todo para el futuro». Hurgó en sus ojos con la mirada y luego se enfrentó al padre y la madre.

—Me pregunto —dijo Ricky en un tono despreocupado que ocultaba su ansiedad—, ¿cómo quieren que crezcan sus hijos? ¿Como su padre, el experto abogado? ¿O como el ruin criminal que también es su progenitor? ¿Desearán ser tan hermosos y llenos de talento como su tía, la actriz? ¿O querrán volverse tan retorcidos por el odio como ella? Me parece que estos jóvenes se enfrentarán a decisiones difíciles cuando traten de lidiar con lo que habrán visto y oído aquí.

Ricky sabía que su debilidad radicaba en los jóvenes.

«Así como ellos me amenazaron a mí con que atacarían a Roxy y Charlie, ahora puedo hacer lo mismo».

Comprendió con furia lo que estaba sucediendo.

«Los giros radicales son parte del juego limpio».

Laura, la madre, parecía enferma, como si solo pensar en el dilema al que se enfrentarían sus hijos la pudiera hacer vomitar en cualquier momento.

«Ahora sabe que tiene mucho que perder», pensó Ricky.

Sonrió y giró de vuelta al fotógrafo con el revólver.

Recurriendo a un efecto dramático, contempló con intensidad el arma, como si fuera un héroe de Marvel y su mirada pudiera derretir el cañón. Luego miró al fotógrafo directamente a los ojos. Se reacomodó un poco en su asiento, asegurándose de que Alex siguiera su mirada. Luego se giró hacia Annie y de nuevo lo miró a él con intensidad.

Se encogió de hombros de la misma manera que Alex había hecho poco antes. Exagerando, con un aire teatral. Aunque le parecía un poco perverso, deseaba que Virgil y Merlin estuvieran impresionados con su actuación.

—Y todavía hay una persona más presente en esta sala sobre la que debemos hablar, Alex…

Trató de sonar lo más familiar posible, como si fueran viejos amigos. Se dirigía al fotógrafo, aunque en realidad estaba hablando con todos en la casa. Había furia en su mirada, pero su voz sonaba cálida. «La contradicción debería inquietarlo y obligarlo a analizar lo que sucederá a partir de ahora».

—Esto nos lleva a todos de vuelta a la cuestión de su hermana. Ella también está presente ahora, observando, escuchando. Y asimilando cada detalle…

Se volvió hacia Annie.

—Así pues, hola, Annie. Me alegra ver que está a salvo…

La miró de arriba abajo, asegurándose de que sí estuviera a salvo, y luego se dirigió a los otros.

—… excepto por este instante, solo este…

Hizo otra pausa para intensificar el efecto y se giró de nuevo hacia el fotógrafo.

—Cuando la rescaté de la secta, porque estoy seguro de que usted recuerda a los Niños del Bosque, ¿no, Alex? El lugar donde dejó a su hermana para que se pudriera, de donde no la rescató cuando ella se lo suplicó… Como decía, cuando la rescaté, me di cuenta de que para ella sería difícil traicionarlo.

Disfrutó mucho de dar ese golpe, pero también era una manera de recordarle a Annie que todavía estaba en deuda con él.

—Me he preguntado por qué no la rescató. No me parece lógico. Es decir, cuando un ser amado implora ayuda… ¿Acaso alguien más le dijo: «No, no ayudes a tu hermana, es más importante ver morir al doctor Starks…»? —preguntó Ricky sabiendo que era justo lo que había sucedido. Decirlo fue como hundir con el martillo un clavo psicológico en una tabla emocional—. Annie lo quiere, Alex, pero ¿cree que puede lidiar con la carga de saber lo que usted hizo? ¿Con lo que presenciará? ¿Qué tipo de universo emocional crearía usted para su hermana?

Lo que dijo fue como una estocada al fotógrafo, un disparo al corazón.

—Permítame sugerir una variación a la pregunta que formulé antes —continuó el psicoanalista—: ¿con quién cree que desea vivir Annie? «¿Con mi hermano el multipremiado fotógrafo? ¿O con mi hermano, el asesino a sangre fría?». ¿La puede imaginar en un escenario presentando una nueva canción y contándole al público: «Tengo un hermano que se convirtió en asesino…»? ¿Qué le parece mejor? Usted dígame, Alex.

Luego volvió a empuñar el comentario que se transformó en estocada y lo hundió aún más, retorciéndolo para sacar más sangre. Sangre emocional.

—Además, ¿hoy no sería Annie la única testigo en quien ellos no podrían confiar por completo?

Cuando dijo «ellos», se giró y señaló a Virgil y a Merlin como si él mismo fuera un testigo que los acusaba en un juicio en el que había demasiado en juego.

—Annie no es parte de su familia… —habló midiendo sus palabras, con cautela—. Para ellos, Annie no significa nada, Alex.

Vio que todo lo que iba diciendo estallaba en la mente del fotógrafo.

—Así que considere eso. ¿Qué solución cree que le darían al problema, Alex?

Por un momento, Ricky pensó en Owen en el motel. Le habría gustado explicarle: «… y esta es la razón por la que no intentamos rescatar a Annie anoche. Para que pudiera estar aquí en este momento, sintiéndose vulnerable, para que participara en este juego como una carta inesperada».

El fotógrafo frunció el ceño y abrió parcialmente la boca para responder, pero luego solo apretó los labios y se quedó en silencio.

El revólver en su mano volvió a su costado; de pronto colgó, laxo.

Sintió como si estuviera sentado frente a un piano psicológico, tocando una partitura compleja. La mano derecha atacaba ciertas notas, y la izquierda, otras. Teclas blancas y negras, sumándose, contribuyendo a la música.

Se volvió hacia Merlin.

—¿Por qué dije que ya estoy muerto?

Dejó que la pregunta colgara en el aire.

—Porque hace quince años, cuando llegó a mi vida con su deseo de venganza, el doctor Frederick Starks que conoció y quería ver morir en ese entonces, en efecto murió. Para cuando salí de nuestro primer encuentro había dejado de ser quien era...

La voz de Ricky cobró impulso.

—Hasta ese momento, yo había sido un psicoanalista respetado en Nueva York...

Vaciló.

—Y dejé de serlo...

Otro silencio.

—Tardé años en restablecer una parte de lo que solía ser, en un nuevo lugar, un nuevo mundo...

»y luego, cinco años después, ustedes destruyeron esa vida también, cuando mintieron y me pidieron ayuda, cuando se les ocurrió meterme en una habitación con un hombre agonizante que me mataría porque estaba desesperado y creyó sus mentiras...

Ricky notó que todos estaban ahora «dispuestos a escuchar».

O «forzados a escuchar».

Le parecía que todo lo que decía eran explosiones emocionales. Como si todos esos años que pasó casi sin contestar, solo oyendo a la gente hablar de sus problemas, de los más serios y letales hasta los más aburridos y triviales, llegaran de repente a su fin en aquella sala, frente a la familia que lo quería muerto. Por primera vez estaba hablando y diciendo lo que pensaba.

«Hace mucho tiempo», como dice el preludio de tantos cuentos, la idea de «Ricky debía suicidarse» era algo abstracto.

«Ya no lo es».

—... y luego, cuando su hermano, el verdadero asesino de la familia, se preparó para matarme y falló, volví a cambiar. Ese hombre ya no existe tampoco...

Eso era un poco menos preciso, pero convincente.

—Lo cual nos trajo a este momento y lugar, a los siguientes minutos. Por lo que entiendo, me queda un día antes de la fecha en que quieren que muera.

Miró a todos en la sala.

—No necesito esas veinticuatro horas. El doctor Frederick Starks que creen conocer llega a su fin hoy.

Otro silencio.

Virgil habló primero, sus palabras manaron con un eco espeluznante, helado.

—¿Cómo puede llegar a su fin sin morir?

Ricky la miró con intensidad antes de responder.

—Porque todo empezó con un crimen, mi crimen. Un crimen que no acabó en un juzgado, por el que no terminé esposado ni en prisión. En eso siempre tuvo razón, fue un crimen de negligencia, de incomprensión y de inexperiencia. Todo esto comenzó cuando me equivoqué con su madre. Mis errores le costaron la vida, los dejaron huérfanos, a usted y a sus dos hermanos. Y, en cierta forma, los convirtió en los criminales que ahora son…

No mencionó la preparación de psicópatas que su otrora mentor, el doctor Lewis, brindó a sus hijos adoptivos. En lugar de eso se detuvo y miró a todas las personas que lo encaraban con una ferocidad que oscurecía sus dudas. Sabía que iba a jugar la última carta que le quedaba. La lanzaría a la mesa con la esperanza de que le permitiera ganar exclamando: «Aquí me juego todo».

—Por eso todo terminará con un crimen.

Permitió que asimilaran sus palabras antes de continuar.

—Porque ustedes, con sus actos a lo largo de todos estos años, me han transformado en un criminal también.

Les dio unos últimos segundos para comprender.

—Un tipo distinto de criminal, claro, pero formado por ustedes. En dos ocasiones, el psicoanalista que hay en mí pensó que habíamos llegado a un equilibrio entre su odio y sus necesidades, y mi vida. Es la manera en que el terapeuta aborda las dificultades, siempre lo ha sido y seguirá siendo así. Ahora, sin embargo, he comprendido que ningún equilibrio los satisfará. Su necesidad de venganza abruma al pensamiento racional. Es la más estúpida de las emociones, ¿no creen? Al final es inútil. Una satisfacción momentánea que solo da lugar a toda una serie de problemas distintos. Y sin embargo, sigue ahí como una cicatriz que nunca se borra, y yo ya no puedo hacer nada para eliminar esa necesidad suya. Por eso decidí lidiar con esto de una manera por completo distinta esta vez. Una manera criminal.

Calló de nuevo.

Vio que en los rostros frente a él empezaban a mezclarse la cólera y la duda. Sus palabras estallaban como las bengalas que había disparado Owen la noche anterior.

—Les diré cómo: algunos ordenadores, algunos teléfonos móviles, unas cámaras, una memoria USB, cepillos dentales y peines: ADN. Objetos comunes, pero no tanto. Ahora deberían hacerse una sencilla y aterradora pregunta: ¿qué hay en esos objetos y a quién se los entregará el doctor?

El silencio continuó en la sala.

«Ahora sí que estoy jugándome la vida de verdad», pensó antes de seguir hablando.

—¿Hay en ellos evidencia de asesinato? Sí. Eso creo. ¿Y de otros crímenes? Apostaría que sí de nuevo. ¿Y quiénes están implicados en ellos? ¿Quién de ustedes corre más riesgo? ¿A quién le arruinarán la vida cuando un inspector de Miami, mucho más astuto y persistente que cualquiera de los agentes de la policía local de Cape Cod, a quienes ustedes están tan seguros de poder engañar, un inspector capaz de descifrar cualquier programa de codificación que hayan podido instalar, sin importar lo sofisticado al estilo MIT que sea..., toque a su puerta y les quiera hacer algunas preguntas muy específicas porque dejó de pensar que el suicidio en el sur de Florida que le tocó investigar haya sido un suicidio y ahora cree que fue un asesinato? El inspector, además, podría encontrar suficiente evidencia en esos artículos para probar su teoría. Fotografías, mensajes, ADN. Un DVD con una película que no es *Oldboy*. ¿Y qué más?

Ricky vio que cada uno había empezado a considerar lo que decía.

—Un verdadero inspector con un pase al mundo de Rumpelstiltskin.

Merlin parecía consternado.

El rostro de Virgil se endureció.

Alex se contrajo hacia atrás como si lo hubieran golpeado.

Molly de pronto tomó a su madre de la mano.

«Sabe lo que hay en su portátil».

Vio el semblante de Mark júnior oscurecerse.

«Él también lo sabe.

»Ambos son jóvenes, pero no tanto como para que el futuro no los asuste».

Vio el pánico apoderarse de Laura, la esposa.

«Ella no sabe, pero puede imaginarlo».

Hay un juego de mesa que consiste en colocar pequeños bloques de madera para formar una torre. El objetivo es sacar los bloques de la estructura deslizándolos con cuidado antes de que queden demasiado pocos y la torre colapse. A Ricky le pareció que eso era lo que estaba sucediendo en ese momento en la sala.

Un colapso.

Vio a Virgil girar de repente hacia Merlin y a Alex moverse nervioso.

Virgil deseaba asesinarlo, estaba desesperada por hacerlo. Ricky solo pudo imaginar todo lo que había dejado atrás, a todo lo que había renunciado con tal de verlo morir. Pasaba lo mismo con Merlin, quien prescindió de todos sus logros en Wall Street por el mismo objetivo: una muerte. Los hermanos habían fraguado juntos un elaborado plan para matarlo. El plan incluía el lugar, pero ellos no serían quienes apretarían el gatillo. Era un plan basado en sus deseos, no en sus habilidades o destreza como asesinos. Un plan con demasiados fallos, demasiadas etapas en donde algo podría salir mal, y eso fue lo que él aprovechó. Su difunto hermano, el señor R, lo habría sabido.

«Él sí era capaz de asesinar.

»Ellos no».

«Un caso interesante desde la perspectiva clínica —pensó, sin dejar de ver la ironía—. Una línea roja que los psicópatas no cruzarán».

«Ahora coloca el último ladrillo en la pared», se dijo.

—Tal vez yo no sea un asesino, pero ¿soy capaz de extorsionar? Por supuesto. Creo que, si eso es lo que se requiere para salvar mi vida, puedo hacerlo —dijo mirando a Virgil y Merlin—. Nuestra relación va a evolucionar por completo, porque ahora estoy en condiciones de arruinarle la vida a cada uno de ustedes y, en especial, a esos dos jóvenes. Si mi futuro está en riesgo, bueno, también el suyo. Gracias a ustedes decidí convertirme en un criminal muy entregado. Anoche fui ladrón, hoy seré extorsionista. En lo que me convierta mañana, mi «decimocuarto día», bueno, dependerá de ustedes.

Los miró a todos con gran intensidad.

—¿Cuánto vale una vida? ¿Cuál es el precio de un futuro?

«Soy un asesino», pensó.

Virgil tenía el rostro desencajado.

Parecía desesperada.

Entonces, con una nueva voz que ya no era ni fluida ni musical, sino áspera y tensa, imbuida de pasión, pero sin autoridad, exigió:

—Matadlo. Matadlo ahora mismo. Matadlo y terminemos con esto.

Era como si hablara con todos y con nadie al mismo tiempo. «Es curioso —pensó Ricky mientras la contemplaba—. Es la primera vez, de todas las que la he visto, en que está realmente fea».

Nadie se movió. Ricky solo oyó a Laura, la esposa de Merlin, murmurarle:

—No, no, no lo hagas...

El psicoanalista dejó que el silencio se extendiera entre ellos, y cuando la inmovilidad y la quietud crecieron a un punto en que parecerían estallar, solo negó con la cabeza. Con vigor, de forma dramática. Y cuando habló, lo hizo con la autoridad de un orador.

—Su oportunidad de matarme ha llegado a su fin. Terminó anoche, ya tarde, cuando les robé su futuro. Ahora me pertenece. Estoy dispuesto a esconderlo para siempre, a cambio de mi vida. En caso de que muera, puedo mostrarle todo al mundo y mi muerte se convertirá en la muerte de todos ustedes también.

Sonrió de la manera más perturbadora que pudo.

—Metafóricamente, por supuesto. Pero digámoslo de una forma sencilla y real: sus vidas, como las conocen ahora, terminarían. Y cada segundo que les quede, se verán abrumados y asediados por problemas legales, emocionales y de todo tipo.

Más silencio. Vio que todos estaban analizando lo que decía. «El riesgo para cada uno es enorme».

Volvió a asestarles un golpe.

—Creo que, en los días venideros, cuando piensen en mí solo deberán preguntarse: ¿estará Ricky gozando de buena salud? ¿Su corazón seguirá latiendo con fuerza? ¿Mirará a ambos lados de la calle al cruzar? ¿Seguirá teniendo buena postura y respirando de manera regular? ¿No tendrá alguna enfermedad? ¿Algún malestar? A partir de ahora, solo eso deberá preocuparles —dijo, riendo de manera burlona, entre dientes.

—Véanlo como un plan de terapia psicológica continua, como una manera terapéutica de abordar su salud mental. Como un medicamento muy potente —agregó e inspiró hondo.

—Esto se convertirá en una sesión de terapia que durará el resto de su vida. Pasarán su vida en mi diván.

El psicoanalista vio el impacto de sus palabras en la familia que lo quería muerto. Fue como si, en ese momento, comprendieran cómo se les escapaba de las manos... para siempre.

—Esta reunión ha llegado a su fin. Todos los juegos que hemos jugado a lo largo de estos años terminaron. Lo que en verdad falleció, más que cualquier otra cosa, fue la venganza. Esa parte de ustedes muere aquí y ahora. Saldré caminando por esa puerta y esta será la última vez que vean al doctor Starks. Y la última vez que yo los vea a ustedes.

Todos se quedaron paralizados, azorados.

Ricky esbozó una retorcida mueca.

—Descuiden, no será tan terrible, podrán seguir con su vida, pero sin mí y sin su obsesión por matarme. La abogacía, los escenarios, el arte de la fotografía... son ocupaciones valiosas, dignas de practicar —dijo mirando a cada uno de los adultos—. Las ciencias de la computación y la justicia penal, vaya, ambos son excelentes y rentables campos de estudio... —agregó volviéndose hacia los dos jóvenes y dándoles tiempo de asimilar sus palabras—. Por todo esto, los exhorto a que se esfuercen por hacer de su existencia la experiencia más rica y satisfactoria posible, todos los días. Logren cosas importantes, enamórense, celebren la vida. Yo continuaré con lo que me queda, pero sin ustedes. Ni siquiera su recuerdo —continuó. Sabiendo que era improbable, añadió con gran cinismo—: Les deseo la mejor de las suertes.

Lo dijo como si estuviera cerrando un libro.

Se levantó de repente y tomó su bastón.

Atravesó la sala cojeando. Sintió las miradas siguiendo cada uno de sus inestables pasos. A pesar del persistente dolor en su pierna, sabía que, en esa sala, él era el único que no estaba lisiado.

Justo antes de salir, se volvió.

Y miró a la hermana del fotógrafo.

—Annie, es libre de elegir en este momento —le dijo con calma—, pero en las próximas horas podría no tener la misma libertad. Veo dos futuros posibles para usted: uno con ellos, o uno con Owen y conmigo. ¿Cuál de estas dos pandillas de criminales cree que podría ofrecerle un poco de esperanza?

«Le daré diez segundos para decidir. Tal vez veinte, pero no más».

Contó en silencio.

La vio vacilar. Su pregunta la ponía ante un dilema.

La vio volverse hacia su hermano.

—Adiós, Alex —musitó.

El fotógrafo solo asintió como si hubiera esperado que llegara ese momento.

No hubo un adiós para nadie más.

Annie cruzó la sala con paso tembloroso y se acercó a Ricky.

—Muy bien —dijo él en voz baja—. Buena elección.

Esperaba que fuera verdad.

—No mire atrás —susurró.

La guio hacia el pasillo y luego a la puerta principal, la cual cerró de golpe al salir. En ese instante pensó que estaba dejando atrás todo su pasado. Caminó vacilante, aún lastimado y presa del dolor, apoyándose en el bastón. Sabía que se acercaba a un cambio inmenso. Annie lo tomó del brazo. A ella también le costaba trabajo caminar, daba la impresión de que todo lo que había oído y visto allí había alterado su equilibrio. El ligero apoyo que se brindaron era lo único que la mantenía en pie.

Caminaron entre la oscuridad que los fue cubriendo con rapidez. El frío les golpeó el rostro. Ricky pensó que era como dejar las sombras atrás. A cada paso esperaba oír gritos, que Merlin, Virgil y el fotógrafo de repente decidieran que la muerte y la venganza eran preferibles a la incertidumbre. Una parte de él se preguntaba si lo siguiente que oiría no sería un disparo, si lo siguiente que sentiría no sería una bala. Sin embargo, el miedo fue disminuyendo a medida que avanzaban. Detrás de él no se escuchaba nada, así que solo continuó su huida hacia la noche ansiosa. La oportunidad que estaba eligiendo lo ensordecía, ni siquiera lograba oír sus propios pasos sobre la grava de la entrada. Le parecía ir flotando un poco, libre de la acción de la gravedad, libre de la historia.

El silencio lo arropó, lo acogió.

Cuando llegaron al automóvil, respiró de manera profunda. Tomó la llave y encendió el motor. Annie iba sentada en el asiento del copiloto. El mundo frente a ellos se veía negro, pero entonces Ricky encendió los faros y empezó a forjar un estrecho camino. Aún no había mirado atrás, a la casa repleta de fealdad construida sobre el lugar donde alguna vez fue increíblemente feliz. Se preguntó si volvería a serlo, y entonces pensó que, al menos, ahora tenía una oportunidad, sin importar lo tenue que fuera. Una oportunidad reconocible.

«¿Qué más —se preguntó— podría alguien esperar de la vida siendo razonable?».

EPÍLOGO

DÍA CATORCE

Y muchos otros días catorce

Poco antes del amanecer...

Ricky dejó a Annie y Owen todavía durmiendo en la habitación del motel. No escribió una nota para decirles adónde iba porque pensó que no tardaría mucho. Simplemente salió de puntillas de la oscuridad de la habitación hacia el frío matinal de mediados de noviembre. Se movió en silencio, de la misma forma que lo hizo la noche que le robó su vida de vuelta a la familia que lo había atormentado. El dolor ya no era tan importante, se dijo, aunque cada paso le recordaba lo que acababa de vivir. Le quedaba una tarea pendiente antes de recoger al adolescente y a la antigua cantante, y partir de Cape Cod.

El abrazo de la noche comenzaba a ceder cuando se detuvo en la zona de estacionamiento. Al bajar del automóvil oyó el sonido constante de las olas rompiendo en la playa. Pequeñas explosiones, un ruido familiar. Lo último que quedaba de la oscuridad ocultaba el mar amalgamándolo con el cielo. Sin embargo, él sabía que se desvanecería en los próximos minutos, cuando la primera luz matinal permitiera enfocar el mundo.

El asfalto bajo sus pies se convirtió en suelta y resbaladiza arena.

Continuó caminando lentamente y con dificultad hacia el murmullo de las olas.

Muchos años antes, en ese mismo lugar, se desnudó, dobló su ropa y dejó un frasco vacío de medicamentos, huellas que conducían al agua y una nota llena de desesperación. Así creó la ilusión de un suicidio que le permitiría desaparecer y pasar por indigente para luego regresar como una persona nueva. Todo con el objetivo de vencer al señor R, su hermano Merlin y su hermana Virgil. Para salvar a otros. Para salvarse a sí mismo.

Sabía que el doctor Frederick Starks que había caminado hacia las olas hacía quince años ya no existía tampoco. Cuando le dijo eso a la familia que lo odiaba, hablaba desde el fondo de su corazón.

Se preguntó si sería cierto que el mal era un maestro tan bueno como el bien.

Se quedó de pie en la playa esperando que comenzara el día, imaginó que se encontraba justo en el lugar adonde Virgil quería conducirlo y matarlo.

Tenía la impresión de que todo había pasado años antes, no horas.

Así pues, Ricky vio el débil sol de noviembre subir por el horizonte al este. Vio al mundo cobrar forma. Fue como si estuviera recibiendo el molde de su propio pasado. Detrás de él había elegantes dunas altas y alguna que otra zona de ondulante hierba verde. Bajo sus pies, una amplia zona de acogedora arena amarilla mate. Una línea de algas en la marca de la marea alta. El océano, que al principio era gris negruzco, comenzó a variar hacia un azul profundo y se extendió de manera infinita frente a él, interpretando la rítmica música del vigoroso oleaje.

Él interpretó su propia sinfonía en su interior.

En rápida sucesión, fue despidiéndose de mucho.

Primero, de su esposa fallecida hacía tanto tiempo y del amor que compartió con ella en ese lugar que descubrieron juntos y que llegó a significar tanto para ambos. Les dijo adiós a todas las personas ficticias en quienes se había visto obligado a convertirse desde que la familia que lo quería muerto llegó a su vida. Cuando pensó en ellas, se sintió amigo de todas: hombre muerto, indigente, conserje, detective privado, sacerdote, productor de cine, analista. Hubo muchas personalidades a lo largo de los giros que se produjeron en quince años, pero ya no necesitaba ninguna.

Por eso se despidió de una cascada de recuerdos buenos y malos.

Luego dio la vuelta y caminó con dificultad, avanzando por la playa hacia el estacionamiento, sabiendo que nunca regresaría a Cape Cod ni a lo que ese lugar representaba. Fue una impetuosa combinación de tristeza al mirar atrás y entusiasmo al pensar en el futuro. Un final y un comienzo simultáneos.

—Desearía haber estado ahí —dijo Owen.

—Créeme que no —dijo Ricky.

—Aún no puedo creer que lo haya logrado —añadió el adolescente.

—Bueno, tendremos que ver, pero pienso que así fue. Annie también lo cree.

Annie asintió animada mirando a Owen.

El chico sonrió.

—¿Y cuál es el plan ahora, doctor? ¿No más matar o morir?

Annie se volvió hacia el psicoanalista con la misma pregunta en la mirada.

—Correcto —contestó él.

—Iremos a algún lugar, ¿cierto, Ricky? —preguntó Annie—. ¿Nos alejaremos de aquí?

—Sí, por supuesto —asintió.

Se dio cuenta de que tanto Annie como Owen habían comprendido que podían quedar a la deriva. «Si mis problemas se han solucionado, ¿en qué lugar les deja eso a ellos?».

Ricky recordó el viejo mantra militar:

«Nadie se queda atrás».

—Annie, supongo que tiene alguna identificación, ¿cierto? ¿Un carnet de conducir o algo similar?

—Sí.

—Pero tú no, Owen. ¿Verdad?

—Qué va. Sunshine Man no repartía credenciales a los miembros.

—Bien, tendremos que hacer algo al respecto —dijo Ricky—. Hay que ser prácticos, en este mundo es difícil moverse sin una identificación que diga quién eres o quién podrías ser al menos… —dijo mientras recordaba: «Alguna vez yo lo logré». Luego se dijo a sí mismo: «Pero esa historia ha terminado»—. Antes de arreglar ese ligero contratiempo, iremos a casa —les dijo sonriendo. «Casa» era quizá una palabra extraña para ambos porque ninguno tenía una—. Recoged y subid todo al coche. Primer paso: nos espera un largo trayecto.

Hacia el final de la tarde…

Cuando llegaron a caminos que les parecieron conocidos, Annie y Owen permanecieron callados y Ricky se limitó a conducir. Al llegar a su destino, ambos se sorprendieron mucho a pesar de que, desde hacía varios minutos, habían reconocido cada vuelta en el camino.

Annie estaba asombrada y Owen no dejaba de negar con la cabeza.

—¿Está seguro de esto, Ricky? —preguntó la joven.

Owen interrumpió antes de que Ricky respondiera.

—¿Sabe, doctor? En esto apoyo a Annie, no me parece que sea buena idea. No creo que seamos bien recibidos aquí.

—Ese es el punto —dijo Ricky sin entrar en detalles.

Se detuvieron frente al almacén general en Vermont. El psicoanalista estaba en lo cierto cuando dijo que tendrían que recorrer un largo trayecto por Massachusetts; les llevó casi todo el día. Dentro del almacén, lo más seguro era que el antiguo Navy Seal estuviera preparándose para cerrar e irse a casa. Ricky tomó el arma semiautomática de la guantera y Annie lo miró con cara de: «Otra vez no, por favor».

Ricky vio su reacción.

—No se preocupe.

—¿Para qué quiere el arma? —le preguntó ella en tono exigente.

—Para usarla como moneda —contestó.

—Ricky, nada de esto me suena lógico —dijo Annie.

—Ya lo verá —contestó—. Solo seguidme —dijo antes de salir del automóvil y guardarse la pistola en la parte trasera del pantalón, sostenida por el cinturón, como había visto hacerlo en la televisión. Luego caminó despacio y subió las escaleras que llevaban a la puerta delantera. Vio el letrero: «Si no lo hay con nosotros, seguro no lo necesita. Abierto diario 6 a 6», y le pareció que la frase era bastante cierta. Esta vez no llevó consigo el bastón. «Será mejor que me vea cojear, es como una herida de guerra. Además, el bastón me haría parecer viejo, y no quiero eso».

El antiguo Navy Seal y dueño del almacén estaba sumando los pocos recibos de la caja registradora cuando entraron. Owen y Annie se quedaron un poco atrás, con la idea de que el hombre sacaría un arma en cuanto los viera.

Sin embargo, solo frunció levemente el ceño y esbozó una sonrisa burlona.

—Vaya, vaya. Maldita sea, en verdad que no esperaba volver a verlo nunca, doctor. Ni a sus cómplices —dijo mientras deslizaba con cautela la mano por detrás del mostrador.

«Seguro que está listo para coger su pistola», pensó Ricky.

—Esta es una situación muy distinta a la de la última vez que nos vimos —explicó Ricky enseguida.

El dueño del almacén titubeó.

—¿Y qué tipo de situación lo traería aquí de nuevo?

—Me parece que usted tiene algo que necesito, no se me ocurre dónde más buscarlo.

El hombre asintió.

—Tengo muchas cosas, pero eso ya lo sabe. ¿Está buscando información otra vez?

—No —dijo Ricky—, no se trata de información.

El dueño de la tienda volvió a sonreír.

—De acuerdo —comenzó despacio—. Primero dígame, doctor, ¿encontró a mi amigo? —Y agregó señalando a Annie—: Su hermano.

—Sí —dijo Ricky. Annie asintió—. No sé si volverá usted a ver a Alex o no. Está vivo, aunque, claro, usted ya lo sabía. Sospecho que podría tener algunas dificultades con la mujer con que se casó, pero eso sucede en todos los matrimonios... —dijo. «Alex no tiene idea de lo que le espera, de lo que sucederá cuando Virgil comprenda bien que ha perdido gran parte de su vida. Todos esos años de odio sin ningún resultado. Ese es un tipo de enojo muy distinto, y Alex estará justo frente a ella. Oirá cosas irracionales como: "¿Por qué no le disparaste cuando te dije que lo hicieras?"», pensó, pero no creyó que fuera necesario explicar todo eso al amigo del fotógrafo—. Tal vez Alex regrese aquí porque en verdad le gustaba mucho esta zona. Es un lugar seguro, podría reconstruir su cabaña, tomar más fotografías de los puentes cubiertos y la gente local. Pero, claro, todo eso tendrá que esperar a que pueda contarles a los agentes de la policía local alguna malísima pero creíble justificación para su chapuzón en el río a principios del invierno, y que ellos le crean.

—Yo podría ayudarle con eso —dijo el dueño del almacén.

—Estoy seguro —dijo Ricky—; sin embargo, nadie sabe lo que elegirá hacer. Lo que sí puedo asegurarle es que se encuentra en excelente estado de salud. Solo tendrá que hacer frente a decisiones difíciles. Esperemos y veamos.

El antiguo Navy Seal asintió.

—Gracias por la información. Ahora dígame qué hace aquí porque estoy seguro de que no vino solo a hablarme del futuro de mi amigo.

—Claro —dijo Ricky—. Bien, cuando nos conocimos, usted me dijo que de vez en cuando venían aquí jóvenes con identificaciones falsas para tratar de comprar cerveza. ¿Lo recuerda?

El dueño del almacén se quedó un poco sorprendido y confundido por la pregunta. Parecía que la conversación se encaminaba a un lugar que jamás habría imaginado.

—Sí —dijo—, así es. Lo recuerdo.

Ricky sonrió.

—Y sospecho que usted les quita esas identificaciones falsas.

—Sí, la ley me obliga a hacerlo.

—Bien, yo…, bueno, en realidad, mi joven amigo —dijo señalando a Owen detrás de él— necesita una de esas identificaciones. Debe ser lo bastante buena para que un guardia de seguridad en un aeropuerto solo la mire, diga: «Sí, sí, es él» y nos permita pasar para embarcarnos en un vuelo.

La expresión del dueño cambió de inmediato, parecía divertido.

—¿Ha venido a por una identificación falsa? —dijo riendo con ganas—. Doctor, una vez más, me parece que es usted una persona muy peculiar.

—No tenemos tiempo para obtener una identificación legítima, ¿sabe? —explicó Ricky—. Además, sería un poco complicado.

—Por lo general les entrego a los policías las identificaciones —dijo el dueño.

Ricky negó con la cabeza.

—Pero se quedará con algunas de vez en cuando, ¿no?

Estaba contando con la sutil manera en que el dueño del almacén se relacionaba con la ilegalidad.

El hombre asintió.

—Insisto, doctor, me sorprende. Así es, conservo algunas. Solo las mejores. Las que pueden vencer a un escáner. No me parece necesario entregarle esas a la policía, siempre pueden resultar útiles…

El antiguo Navy Seal se rio un poco.

—… como ahora.

Entonces se agachó y sacó una pequeña caja con llave de debajo del mostrador.

—Debe saber, doctor, que estas identificaciones son caras.

Ricky asintió.

El hombre miró a Owen y abrió la caja. Empezó a sacar credenciales plastificadas, miró con detenimiento y levantó cada una a la altura del rostro de Owen, quien permanecía inmóvil frente a él, como un sastre probando una prenda cara a un cliente adinerado. Fue pasando una tras otra hasta que por fin encontró una cuya fotografía parecía coincidir con los rasgos del chico.

—Carnet de California, un estudiante extranjero de alguna universidad... —dijo. Volvió a mirar a Owen y la identificación, y luego otra vez a Owen—. Vaya..., no es perfecta, pero la fotografía me parece bastante buena. Mismo color de cabello, mismos ojos, misma apariencia de niño mocoso... —dijo sonriendo—. Solo ponte una gorra de béisbol, muchacho, y asegúrate de que haya mucha gente esperando detrás de ti en el aeropuerto y todos tengan prisa. Quizá funcione —añadió, y le entregó la identificación al psicoanalista.

«Ya me he convertido en criminal, ¿qué puede importar otro inocente pecadillo?», pensó Ricky.

—¿Cómo quiere pagar por la identificación, doctor? —le preguntó el dueño de la tienda en tono muy amable—. ¿Tal vez en efectivo...?

Ricky levantó la mano izquierda y con la derecha sacó la pistola semiautomática que tenía escondida en el pantalón. Por un momento, el dueño del almacén se quedó sorprendido de nuevo.

—No pensará robarme, ¿verdad, doctor? Creía que habíamos dejado esas tonterías atrás.

—No, para nada —dijo Ricky—. Esto no es un robo —agregó mientras expulsaba el cargador del arma y tiraba del cuerpo superior para liberar la bala en la recámara. Luego le entregó el arma descargada al dueño.

—Quisiera hacer un trueque —explicó. «De cualquier forma, no puedo embarcar en un avión con esto», pensó.

El dueño del almacén tomó el arma sopesándola.

Sonrió.

—Una Colt modelo 1911. Calibre 45, militar. Casi una antigüedad, doctor. Parece de la época de Vietnam. Cuando yo hice el servicio, ya habían cambiado a las 9 milímetros. Glock. Sig Sauer. Esta arma tiene un valor nostálgico que algunas personas apreciarán bastante. Tanto criminales como coleccionistas. Y todavía está en buenas condiciones, lo suficiente para hacer un enorme y muy preciso agujero en el pecho.

Probó el resorte de la corredera. Clic, clic, clic.

—Si no le molesta que le pregunte, ¿dónde consiguió esto, doctor?

—En una secta.

—¿Alguna vez fue registrada?

—No lo sé.

—¿Robada?

—No lo sé.

—¿Usada en algún crimen?

—No lo sé.

—¿Utilizada para matar?

—No lo sé. Pero yo no la usé para eso.

El dueño del almacén husmeó el cañón.

—Fue disparada hace poco.

Ricky señaló la cabeza de ciervo montada en la pared, detrás del antiguo Navy Seal. Ahí seguía el agujero negro donde le disparó.

El hombre soltó una carcajada.

—Claro, usted asesinó a mi amigo el ciervo por segunda vez. De acuerdo —dijo—, me parece un trato justo. De hecho, me parece que salgo ganando, doctor.

—No hay problema —contestó Ricky tomando el cargador y sacando todas las balas antes de entregárselas al dueño.

—Doctor, debería usted aprender a confiar un poco más en la gente —dijo el hombre riendo.

Luego señaló la identificación falsa que Ricky tenía en la mano.

—Oye, muchacho —dijo mirando a Owen—. Asegúrate de memorizar el nombre completo, dirección y fecha de nacimiento en la identificación. No los vayas a olvidar, no te conviene dudar al dar la información si alguien te la pide. El muchachito novato a quien se la quité falló en grande cuando lo puse a prueba. Buena suerte. Y prométeme que no tratarás de usarla para comprar cerveza.

Un día catorce unos días más tarde

No le sorprendió que, en el tiempo que estuvo en el noreste, todos sus pacientes actuales hubiesen recibido algún tipo de enigmático mensaje diciendo: «A los pacientes del doctor Starks les gusta suicidarse». Era parte de la estratagema que Virgil y Merlin habían planeado para aislarlo. Aunque eso no afectó a su trabajo como profesor en el hospital, sí logró mermar su consulta privada. Tuvo muchas conversaciones difíciles al regresar a Miami. En algunas se desbordó el llanto; en otras, el enfado. En otras más, la frustración y la tristeza. Sin embargo, en cada caso el objetivo fue el mismo: explicar que su práctica profesional se había visto comprometida y, por lo tanto, debía remitir al paciente en cuestión a otro terapeuta para dar continuación al tratamiento. Ninguno de ellos podría volver a confiar en él lo suficiente.

Solo uno siguió con él y solo de manera provisional.

El joven residente de psiquiatría que le avisó sobre los mensajes desde el principio.

—No quiero cambiar de terapeuta, doctor —le dijo el joven sentado frente a él—. Me parece injusto. Para usted y para mí.

«Es un hombre perceptivo», pensó Ricky.

—No creo tener opción —confesó.

—Siempre hay una opción —afirmó el residente—. Podría no ser la mejor, pero siempre hay opción.

«Y perspicaz».

Ricky dejó de hablar y se quedó mirándolo. Era lánguido, alto, tal vez demasiado delgado por la gran cantidad de horas que pasaba en el pabellón psiquiátrico y las noches sin dormir por cuidar de su incipiente familia: su esposa, quien había estudiado cardiología pediátrica y tenía un pesado y complicado horario, y un bebé de un año. El residente era una persona que equilibraba las necesidades de sus pacientes con sus propias ansiedades e incertidumbres, y que dudaba de sí mismo de manera constante y siempre estaba volviendo a examinar cada elemento de sus terapias. A Ricky le parecía que, con el tiempo, esas cualidades lo fortalecerían y lo volverían más competente. También creía que el joven psiquiatra reflejaba de alguna manera la imagen que tenía del Ricky de décadas atrás, cuando tenía su edad. «No creo que cometa el mismo error que yo. Me parece que él no trataría de manera inadecuada a la madre de los niños que crecieron y se convirtieron en los asesinos que durante años me quisieron muerto».

Apreciaba al residente y, además, le desagradaba mucho la idea de dar fin a su terapia.

No podía evitarlo, pero de pronto se le ocurrió una idea.

—En ese caso, me pregunto si podríamos modificar un poco nuestra relación.

—¿A qué se refiere? —preguntó el joven psiquiatra.

—Me parece que, cuando recibió esa nota, su terapia estaba casi a punto de concluir. Quedaban algunas preguntas sobre el impacto que tuvo su niñez en su senda profesional, pero creo que usted mismo podría explorarlas sin ayuda.

—No estoy seguro —dijo el joven.

—El hecho de que no esté seguro es un indicador de que podrá hacerlo solo —dijo Ricky.

—Por eso amo la psiquiatría —dijo el joven asintiendo—: lo que parece ser una cosa, a menudo resulta ser otra en realidad.

Ambos rieron. «Qué momento tan agradable», pensó Ricky.

—Dicho lo anterior —continuó el psicoanalista—, me gustaría

pedirle que se enfrente a un verdadero reto psicológico. Un tratamiento que podría resultar difícil.

El joven residente se interesó de inmediato y se sentó un poco más al borde del asiento para escuchar.

—Dígame, doctor, ¿de qué se trata?

—De un nuevo paciente. Es un adolescente aislado, huérfano, abandonado. Un niño de la calle que en algún tiempo perteneció a una secta. Con abuso sexual en su historia, pero...

—¿Sí?

—Muy inteligente y divertido. Todo el tiempo dice cosas ingeniosas. Y, si logra eludir una caída en los fosos que se le han presentado en la vida, creo que tendrá mucho potencial para el futuro.

El joven psiquiatra asintió.

—Yo diría que «desafiante» no describe del todo la complejidad del caso.

—Tiene usted razón, pero también es un desafío que podría resultar gratificante.

—¿Ya tiene un análisis funcional, doctor? ¿Tiene un diagnóstico?

Ricky pensó en Owen. Creía que había muchas etiquetas que podría asignarle, pero prefirió no mencionar ninguna.

—Me parece que sería mejor que usted mismo hiciera el diagnóstico y decidiera. Claro, si es que está dispuesto a aceptarlo como paciente.

—¿Cuál es su relación con este joven, doctor?

—Estoy realizando los trámites para ser su tutor legal. Vive en mi casa y ya lo volví a inscribir en la escuela que, para empezar, lo ha enfrentado a dificultades de asimilación porque pasó demasiados meses solo. Ajustarse a las rutinas cotidianas, el rigor académico y las responsabilidades le cuesta trabajo.

—Después de todo lo que me ha contado, no me sorprende.

—Hay, sin embargo, aspectos positivos —continuó Ricky—. Es un lector voraz, tiene talento para el dibujo y es probable que se convierta en estrella del equipo de atletismo —dijo. «Sigue siendo Conejo Veloz», pensó.

—De acuerdo —dijo el residente mientras procesaba la información—. Creo que son cualidades con las que se puede empezar a construir algo.

—Me temo —dijo Ricky— que, sin el apoyo necesario, podría terminar muy mal. Espero que la ayuda que reciba le ayude a florecer.

Ricky vio la expresión de intriga en el rostro del joven terapeuta.

«No es un caso rutinario en absoluto, lo cual resulta atractivo e inquietante al mismo tiempo. Y, de cierta forma, emocionante. Es un caso emocional intricado que podría servir como cimiento para la carrera de un joven psiquiatra».

—En ese caso, me gustaría reunirme con él.

—Haré los arreglos necesarios —dijo Ricky—. Mañana mismo, si es posible. Creo que lo mejor es empezar cuanto antes.

El joven psiquiatra asintió con entusiasmo y sacó una pequeña libreta encuadernada en cuero. Sonrió con timidez cuando Ricky lo notó.

—Lo sé, no es una agenda muy moderna, casi todos los demás usan su teléfono móvil. Yo prefiero anotar todos mis horarios en una hoja de Excel en el ordenador. Es una manera bastante impersonal de organizarse, pero también uso este cuaderno, que es más íntimo y me ayuda a recordar.

«Un poco anticuado. Como yo», pensó Ricky.

El residente se quedó mirando la agenda.

—¿Qué le parece a las once? En el pabellón psiquiátrico del hospital. Deberá llegar un poco antes para el papeleo. La enfermera de turno lo llevará adonde me encuentre. Voy a apartar una hora para conversar con él, para conocernos. Y tal vez dedique una hora más a hacerle algunas pruebas. ¿Cómo se llama el muchacho, doctor?

—Owen —contestó Ricky—. En realidad no tiene apellido. Aún.

Y al día siguiente, después de dejar a Owen en el pabellón psiquiátrico...

Ricky estacionó su automóvil y salió a la luz solar de cerca del mediodía. Desde donde estaba podía ver la bahía Vizcaína. Pensó en lo distinto que era el azul del agua en comparación con los oscuros grises del mar de noviembre en Cape Cod. Con un sobre de papel manila debajo del brazo, caminó rápido dos calles hasta llegar a un parque. Una joven en shorts color fucsia y patines pasó a toda velocidad junto a él. «Muy Miami», pensó. La rodilla todavía le dolía y su cojera aún era pronunciada, pero el calor del lugar parecía tener ciertas cualidades curativas. A pesar de ello, sospechaba que de todas formas tendría que llamar a su antiguo paciente, el cirujano ortopédico, y solicitar una consulta. El cirujano seguro que querría cortar la pierna, pero Ricky no lo permitiría. Cuando levantó la cara vio al inspector fornido sentado en un banco bajo la sombra de una higuera de Bengala, esperándolo.

—Buenas tardes, inspector —dijo extendiendo el brazo y estrechando su mano.

—¿Por qué cojea, doctor?

—Me caí. Estaba visitando a unos amigos en el noreste. Ya sabe, hace demasiado frío y es fácil resbalar en el suelo helado.

El inspector González asintió.

—No es un lugar para mí —dijo—, prefiero quedarme aquí, incluso en el verano, cuando uno siente que se va a derretir. Pero dígame qué puedo hacer por usted, doctor, aquí estoy. Es un poco inusual, el departamento de homicidios no recibe muchas llamadas de psicoanalistas, y mucho menos para reunirse en un lugar público a mediodía. El mensaje que recibí decía que tenía usted algo para mí. Siento muchísima curiosidad.

En las pocas semanas desde la última vez que habían hablado, semanas previstas como las últimas de Ricky, el inspector González no había perdido su franqueza.

El psicoanalista le entregó el sobre de papel manila y González lo miró como preguntándose: «¿Qué es esto?».

Abrió el sobre y sacó su contenido.

Una fotografía de veinte por treinta centímetros impresa en alta resolución y en papel fotográfico.

Era la captura de pantalla de la imagen en su ordenador, con la que le dieron la bienvenida antes de invitarlo a jugar al juego que no era un juego.

Su paciente muerto.

Tirado en la playa, en el parque al final de Cayo Vizcaíno.

—Este es… —empezó a decir el inspector.

Ricky lo interrumpió.

—El señor Alan Simple, mi paciente, a cuyo funeral asistimos hace poco, en la iglesia a tres calles de aquí.

El inspector asintió.

—¿Dónde obtuvo esto, doctor?

—Me lo enviaron de forma anónima.

—¿Cuándo?

—Poco después del servicio, creo. En esos días tuve que salir de manera inesperada de la ciudad, así que no puedo ser muy preciso. Lo encontré encajado debajo de mi puerta cuando volví a casa.

Era una declaración falsa, pero no le importaba. Estaba equilibrando la promesa que le hizo a la gente que lo quería muerto con la obligación que creía tener con el paciente víctima del deseo de venganza de la familia: un hombre inocente.

—¿Tiene idea de quién lo envió? ¿O por qué se lo enviaron a usted?

«Sí, pero no repetiré esos nombres ni responderé a su pregunta. Al menos, no por ahora». Estuvo a punto de reírse, pero logró contenerse. «Si algo aprenden los psicoanalistas, es a mantener la boca cerrada y no compartir información».

—No.

—¿Este es el sobre en que llegó?

«Huellas digitales. ADN».

—No, lo lamento, el sobre original lo tiré a la basura sin pensar. Este es un sobre que yo tenía en casa, en mi escritorio.

El inspector miró la imagen.

—Parece una fotografía de una escena del crimen, pero tomada por un fotógrafo profesional.

—Eso fue lo que pensé —dijo Ricky—, pero en ella se ve algo más que solo un cadáver.

—¿De qué se trata? —preguntó González, aunque Ricky sabía que el inspector conocía la respuesta.

—Se ve que, la noche que murió el señor Simple, había alguien más en esa playa.

González contempló la fotografía y asintió.

—Sí, es obvio.

El inspector levantó la cabeza. Se quedó callado un momento y luego miró a Ricky de manera intensa, penetrante. Era el tipo de mirada que daba a entender que podía reconocer las mentiras con la misma facilidad que veía las arrugas en el rostro del psicoanalista.

—¿Tiene algún pasatiempo, doctor?

—Lo siento, ¿cómo dice? ¿Pasatiempo? ¿Como qué?

—Como fotografiar cadáveres.

Ricky negó con la cabeza.

El inspector continuó mirándolo con atención, sopesando cada respuesta.

—¿Sabe, doctor? Entregarme esto lo hace parecer…, vaya, sospechoso, ¿no cree?

—Sí, pero no tengo nada que ocultar, inspector.

Eso tampoco era cierto, pero no le importaba. «Tengo un millón de cosas que ocultar, es parte de la persona en que me he convertido en los últimos quince años. Y en quien me convertí en mi decimotercer día».

—Además, inspector, ¿cree que un asesino le entregaría una fotografía de su propia obra?

El inspector negó con la cabeza y rio un poco.

—No, no lo creo, pero en este mundo han sucedido cosas aún más extrañas, doctor. Nunca he conocido a un psicoanalista asesino, así que no sé de qué manera podrían actuar. Supongo que sería algo distinto al sicario de algún traficante de droga, a un pandillero o a un esposo engañado. Digamos que tengo buena idea de lo que gente así podría hacer. De cualquier forma, creo que examinaré con mayor detalle la muerte del señor Simple —dijo el inspector—. Por favor, manténgase disponible en caso de que tenga más preguntas para usted.

—Excelente —dijo Ricky—. Era lo que esperaba que dijera. Por supuesto, si llegaran a surgir más preguntas, por favor llámeme de inmediato. Aunque creo que ya le dije todo lo que sé. Si recordara algo más, me pondré en contacto con usted.

—Hágalo, por favor —contestó González.

—Una cosa más, inspector —dijo Ricky.

—¿Sí?

—Si volviera a abrir la investigación, por favor informe a la familia del señor Simple. No sé si procesarían mejor un asesinato que un suicidio, pero, desde la perspectiva emocional, estos dos tipos de muertes son muy distintos para los allegados. El suicidio insta a la gente a sentirse culpable y a torturarse con la típica pregunta: «¿Qué podría haber hecho para evitarlo?». El asesinato, como seguro sabe por el tiempo que ha pasado en el departamento de homicidios, produce respuestas muy distintas. No me gusta especular, pero sospecho que los miembros de la familia experimentarán depresión y ansiedad al saber que fue asesinado, pero también sentirán un poco de alivio al saber que su esposo y padre no se suicidó. Solo si su investigación llegara a confirmar un asesinato, claro está.

Ricky imaginaba que la investigación del inspector llegaría a callejones sin salida, pero al menos se mantendría abierta, que era lo que él necesitaba. Además, pensaba que era lo mínimo que podía hacer por la familia de su difunto paciente.

—Esto será difícil —dijo Ricky—, pero, mira, Owen, solo di la verdad respecto a todo. No la adornes, no te alejes de los hechos. Solo sé lo más claro y honesto que puedas. Y también sé valiente, sé que podrás lograrlo. Diles todo, con detalles, no calles nada.

—Comprendo —dijo Owen, algo nervioso—. Odio a los policías —agregó.

—Pero estos no son policías como los que conoces —explicó Ricky—. Creo que te parecerán gente interesante.

—Comprendo —repitió el muchacho—. De acuerdo, lo haré —dijo con voz trémula.

Ricky se volvió hacia Annie.

—También querrán su testimonio, Annie, confirme lo que pueda. Limítese a lo que vio con sus propios ojos.

—Vi demasiado —dijo Annie—, demasiado, y todo fue aterrador —musitó mirando a la pared.

Annie se acercó a Ricky, tomó la mano de Owen y la estrechó.

—Estarás bien —dijo en voz baja—. Recuerda: Ricky y yo estaremos aquí para lo que necesites.

Owen sonrió y asintió. Parecía que ambos querían decir algo más, pero, antes de que alguno pudiera hablar, una joven con un traje azul entró en la sala de espera donde se encontraban. En la pared sobre ellos había un letrero dorado bajo una gran águila y el emblema de la bandera estadounidense: Departamento de Justicia. Distrito sur. Crímenes especiales y fiscalía.

La mujer se presentó: asistente del fiscal.

Owen y Annie la siguieron a través de unas puertas de vidrio y por un pasillo hasta una oficina. Ambos se giraron y miraron a Ricky por lo menos una vez, y en cada ocasión él levantó el puño apretado: una señal de triunfo para alentarlos.

Cuando los separaron y los hicieron pasar a salas de interrogatorio distintas, Ricky se reclinó.

«Es una jurisdicción diferente. A las autoridades de aquí les llevará algún tiempo ponerse en contacto con las del norte de Maine, pero una verosímil declaración jurada por parte de Owen, respaldada por el testimonio de Annie, echará a andar la maquinaria de la fiscalía. En cuanto vean que se trata de abuso sexual en menores de edad y, quizá, secuestro, actuarán. Rápido y de forma contundente».

Sintió como si de nuevo estuviera sentado en aquella silla frente a

los casi dos metros de Sunshine Man. «No logré asustarte como psicoanalista de Miami, ¿cierto? Me pregunto cómo te sentirás cuando
te enfrentes a un grupo de agentes del FBI sin sentido del humor, con
armas automáticas y órdenes de registro firmadas para entrar en tu
complejo. ¿Los vas a amenazar con una pistola? ¿Les vas a decir que
les cortarás los pulgares? No lo creo».

No sabía si los testimonios de Annie y Owen pondrían a Sunshine Man directamente en el camino a la prisión, pero era posible.

Además, sería una buena venganza. «Para atar los cabos sueltos»,
se dijo. Sabía que sonreír y soltar una carcajada sería muy inadecuado.

El último verdadero decimocuarto día
Seis meses después...

Poco después de las 19.00 del martes
En el Bluebird Café
Hillsboro Pike
Nashville, Tennessee

Estaban apiñados en los rígidos asientos alrededor de una mesa, a solo
unos metros del escenario sobre el que había cuatro bancos y micrófonos. Charlie acababa de regresar del bar con cervezas para él y
Roxy, y una Coca-Cola para Owen. Deslizó el refresco sobre la mesa
hacia el adolescente.

—Lo siento, O., para ti no hay alcohol —exclamó dándole un ligero codazo en el brazo. Cuando Roxy vio esto, hizo lo mismo.
Owen sonrió. Ricky estaba muy contento de que ambos hubiesen recibido al chico en su círculo sin mucho problema.

Miró alrededor. El pequeño café estaba repleto. Había gente en
las mesas y en la barra. Algunas personas incluso estaban apoyadas
en las paredes, junto a los pósters de los antiguos conciertos y pre-
sentaciones, y las fotografías de algunos famosos músicos de música
country & western que habían tocado ahí a lo largo de los años desde que el lugar abrió sus puertas a mediados de los ochenta. El público desbordaba el lugar y todavía había más personas afuera, haciendo cola con la esperanza de poder entrar. La fila se extendía más allá
de la barbería de un lado y, del otro, más allá de la lavandería. El
Bluebird Café estaba en una pequeña plaza comercial casi anodina,
el lugar más improbable para situar una pequeña sala de conciertos

de renombre mundial. A pesar de ello, en el ámbito del country & western, tenía un prestigio equivalente al del Carnegie Hall o el Royal Albert Hall. En más de una ocasión, Bonnie Raitt, Taylor Swift, Steve Earle o Garth Brooks habían engalanado el famoso escenario del Bluebird.

En una noche típica de concierto se presentaban varios cantautores que tocaban, conversaban con el público y mostraban su estilo único. Todos estaban cerca del estrellato, pero todavía no lo habían logrado del todo. Muchos artistas famosos habían comenzado su carrera en las sesiones de noche de talentos del café, y muy pocos de ellos olvidaban el impulso recibido.

Ricky imaginó que tal vez habría unas cien personas en el interior a pesar de que en la puerta había un letrero que indicaba la capacidad máxima: «Noventa personas». El atractivo de escuchar por primera vez a alguien en el camino a la fama era como una droga dura en el ámbito musical de la cultura de Nashville.

Las luces se atenuaron.

Los cuatro músicos subieron al escenario y ocuparon su lugar en el centro, rodeados de un público ansioso y lo bastante cerca para tocarlos. Botas, tejanos y sombreros vaqueros. Cabello largo y delicados dedos sobre las deslumbrantes cuerdas de las guitarras.

En el escenario, todos los músicos se comportaban como viejos amigos, no como competidores. Hubo algunas bromas, breves charlas amistosas. Más de una vez, varios expresaron un sincero aprecio por el talento de los otros cuando fue su turno de tocar.

Annie fue la tercera en subir a cantar.

Empezó dirigiéndose al público.

—Esta canción la escribí hace algunos meses y refleja bastante bien mis sentimientos en ese momento.

Tocó un primer acorde de sol. Seguido de fa y luego re menor. Cuando aún estaba atacando las cuerdas en la introducción, dijo el título.

—Se llama *Can't go backwards anymore...*

Tras explicar que la canción hablaba de la imposibilidad de dar marcha atrás, añadió bromeando:

—Y, por cierto, amigos, no me refiero a la chatarra que tengo por automóvil.

Hubo algunos aplausos, pero la penetrante y nítida voz de Annie los apagó en un instante, en cuanto se lanzó de lleno a la canción. Un ritmo animado, ágil. La estructura tenía un interludio con influencia de blues en el que usó un tubo de *slide* en el pulgar izquierdo sobre las cuerdas de la guitarra. Ricky y Roxy murmuraron.

—Qué hermoso, esta canción en verdad me encanta —dijo la joven estudiante.

Las lágrimas se asomaron a sus ojos, la letra que Annie había escrito también significaba algo para ella. Y para los dos jóvenes a su lado. Charlie y Owen se inclinaron hacia delante, como tratando de capturar, antes que nadie, cada palabra de la letra y cada nota de la canción que quedaron suspendidas en el aire inmóvil del café.

Los sonidos bañaron a Ricky, se infiltraron en él. Entonces pensó que una transformación muy singular había tenido lugar. Hacía quince años se encontraba sumamente solo y en su futuro solo veía la continuidad de esa soledad. Creía que solo su quehacer como psicoanalista lo mantendría ocupado. Todo ese tiempo, la muerte y la tristeza lo hicieron rezagarse desde el momento en que la familia que lo quería muerto llegó a su oficina de forma inesperada y atacó sin piedad lo que quedaba de aquella, de por sí, atribulada y solitaria existencia. A su paso dejaron demasiada muerte. «La primera vez, la segunda vez y, ahora, en esta tercera y última ocasión». Una manifestación de la constancia del mal. Pero, paradójicamente, en su singular y compulsivo deseo de venganza, sin saberlo le brindaron algo que había cobrado un inmenso valor para él: una familia. Annie, Roxy, Charlie y Owen. No, no era una familia típica, eso era evidente. Eran un grupo de gente con desafíos importantes y problemáticas sustanciales, pero nada que no pudieran vencer si se unían. Eran como un bote de cuatro remeros surcando a toda velocidad la superficie de un sosegado río mientras Ricky los guiaba y marcaba la cadencia. Cada remero hundiendo el remo en un agua distinta y con una fortaleza diferente, pero todos tenían un futuro definido más allá de la línea de meta que Ricky casi divisaba.

El psicoanalista estuvo a punto de reír a carcajadas en cuanto comprendió lo paradójico y sorprendente de la vida.

Entonces, él también se inclinó un poco hacia delante y permitió que la música, como un río, lo empapara y se llevara consigo todas sus preocupaciones.